井上ひさし全芝居

その六

新潮社版

井上ひさし全芝居 その六・目次

装幀　安野光雅

井上ひさし全芝居　その六

父と暮せば

1

音楽と闇とが客席をゆっくりと包み込む。しばらくしてどこか遠くでティンパニの連打。遠方で稲光り。

――やがてバラックに毛が生えた程度の簡易住宅が稲光りの中に浮かび上がってくる。現在《いま》は昭和二十三（一九四八）年七月の最終火曜日の午後五時半。ここは広島市、比治山《ひじやま》の東側、福吉《ふくよし》美津江の家。間取りは、下手から順に、台所、折り畳み式の卓袱台《ちゃぶだい》その他をおいた六帖の茶の間、そして本箱や文机《ふづくえ》のある八帖が並んでいる。なお、八帖《じょう》には押入れがついている。

……と、茶の間の奥に見えていた玄関口に下駄を鳴らして、美津江が駆け込んでくる。二十三歳。旧式の白ブラウスに、仕立て直しの飛白《かすり》のモンペをきりっとはいて、ハンドバッグ代りの木口の買物袋をしっかりと抱いている。茶の間に足を踏み入れたとき、またも稲光り。美津江、買物袋を抱き締めたまま畳に倒れ込み、両手で目と耳を塞いで、

美津江　おとったん、こわーい！

押入れの襖《ふすま》がからりと開いて上の段から竹造、

竹造　こっちじゃ、こっち。美津江、はよう押入《とだな》れへきんちゃい。

竹造は白い開襟《かいきん》シャツに開襟の国民服。雷よけに座布団《ざぶとん》を被《かぶ》っているが、美津江にも座布団を投げてやって、

竹造　なにを《なにゅー》しとるんね、はよう座布団《ざぶとん》かぶって下段《した》へ隠れんさい。

美津江　（ギクリが半分、うれしさも半分）おとったん、やっぱあ居《お》ってですか。

竹造　そりゃ居るわい。おまいが居りんさいいうたら、どこじゃろといつじゃろと、わしは居るんじゃけえのう。

美津江　じゃけんど、こげえド拍子もない《なー》話があってええんじゃろうか。こげえ思いも染めん話が……、居らんでどうするんじゃ。

竹造　なにをぐどりぐどりいうとる。はようこっちへ……

（閃光《せんこう》に）ほら、来よったが！

美津江　（押入れへ入り込みながら）……おとったん！

遠のいて行く稲光りと雷鳴。その合間を縫って押
入れの上段と下段で、

竹造　おとったんと押入れ《とだな》と座布団《ざぶとん》と、味方が三人もつい
とるけえ、ピカピカがこようが、ドンドロが鳴ろうが、
もう大丈夫じゃ。

美津江　じゃけんど、うちゃあもう二十三になるんよ。え
え大人がドンドロさんが鳴るいうてほたえ騒いどる。情
けのうてやれんわ。ほんまに腹の立つ。

竹造　（断平《だんこ》として）おまいが悪いんじゃない《なー》。

美津江　……どうも。

竹造　おまいはこないだじゅうまで女子専門学校の陸上競
技部のお転婆《てんば》で、ドンドロさんが鳴りよろうが平気で運
動場を走り回っとったじゃないか。

美津江　（大きく頷《うなず》いて）部員が三人しかおらんかったけ
え、短距離から長距離まで、うちが一人で受け持っとっ
た。そいじゃけん忙しゅうて忙しゅうて、ドンドロさん
なぞに構《かも》うとられんかった。

竹造　その胆《きも》の太《ふてー》いおまいが、こげえほたえ騒ぐようにな
ったんはなひてじゃ。

美津江　……それがようわからんけえ、おとろしゅうてな
らんのよ。

竹造　ほいでに、いつから、そがあなったんじゃ。

美津江　三年ぐらい前から、かいね。

竹造　あのピカのときからじゃろうが。

美津江　やっぱあ……？

竹造　（頷いて）富田写真館の信《のぶ》ちんを知っとろうが？

美津江　うちらしじゅう写真を撮ってもろうとったね。

竹造　腕のええことじゃあ広島でも五本指に入る写真屋じ
ゃ。

美津江　ほいでにおとったんと組んでいっつもあぶない《なー》こ
とをしとってでした。

竹造　……あぶない《なー》？

美津江　あのころ、おとったんはうちんとこ、福吉屋旅館
をまるごと陸軍将校の集会所に貸しとったけえ、その伝《つ》
手《て》で物資《もの》がぎょうさんあって、

竹造　あったよのう。お米にお酒、鮭《さけ》缶に牛缶、煙草《たばこ》にキ
ャラメル、押入れ《とだな》にはなんでもありようた。おまいはま
だねんねのときにおかやん亡《のう》くしたふびんな女の子《おなごんこ》じ
ゃけえ、母の愛には飢えても物に飢えさせたらいけん思
うて、おとったんはいのちこんかぎり……、

美津江　お米や煙草で釣って女子衆《おなごしゅ》を温泉へ連れ出して、
湯に入っとるところを信ちんおじさんがこそっと写真に
撮って、それを将校さんたちに見せとってでした。ほい
から……、

竹造　（さえぎって）じゃけえ、その信ちんは、いまは駅
前マーケットでええ加減な芋羊羹《いもようかん》を売っとってじゃ。

美津江　知っとる。

竹造　立派な技量を持っとるあの信ちんがなひて闇屋の真似をせにゃ生きて行けんのか。

美津江　裸写真を撮った罰《ばち》があたったんよ。

竹造　まじめに聞かにゃあいけん。

美津江　ごめん。

竹造　あれからこっち、マグネシュウムがピカッ、ボンいうて光りよるたんびに、あのピカの瞬間が、頭の中に、それこそよう撮れた写真を見るようにパッと浮かび上がってくる、そいがおとろしゅうてどもならんけえ、写真屋はやめた、信ちんはそがいいうとった。つずまり、マグネシュウムもドンドロさんもピカによう似とるけえ、信ちんも、おまいも、ほたえるようになったんじゃ。

美津江　……ほうじゃったか。

竹造　ほいじゃが。理由があって、ほたえとるんじゃけえ、恥ずかしい思うちゃいけんど。そいどころか、ピカを浴びた者は、ピカッいうて光るもんにはなんであれ、それがたとえホタルであってもほたえまくってええんじゃ。いんにゃ、けっかそれこそ被爆者の権利ちゅうもんよ。

美津江　そがん権利があっとってですか。

竹造　なけりゃ作るまでのことじゃ。ドンドロさんにほたえんような被爆者がおったら、そいはもぐりいうてもええぐらいじゃけえのう。

美津江　（ピシャリと）それはちいっと言いすぎとってですよ。

竹造　そりゃまあ、ごもっともじゃが……。（縁先へ這《は》い出して空模様を窺《うかが》い）やあこれは。お日《ひー》さんが出とりんさる。

美津江　（少し這い出して見て）ほんまじゃや。

竹造　ドンドロさんはどうやら宇品の海の上へ退《の》きゃんしたげな。

美津江　やれうれし。

　ほっとして立つと台所から小さな土瓶と湯呑《ゆのみ》を持ってくる。

美津江　今朝、図書館へ出る前に入れとった麦湯があるんよ。飲もうか。

竹造　そりゃええのう。

　美津江、二つの湯呑に注いで自分のを一気に飲む。竹造、湯呑を口まで持って行くが、とんと下において、

竹造　わしゃよう飲めんのじゃけえ。

美津江　あ、そうじゃったかいね。

　美津江、竹造の分もおいしそうに飲む。竹造、そ

　　れを食い入るように見ていたが、

竹造　これは大変《こと》じゃ。

美津江　どひたんな？

竹造　饅頭《まんじゅう》じゃが。さっき図書館で、木下さんがおまいに饅頭くれんさったろうが。あれ、まさか潰《つぶ》れとりゃせんじゃろうの。

美津江　……いけん。

　　今しがたまで大事に抱いていた買物袋から、新聞紙で包んだものを出してそっと開く。……大判饅頭はどうやら無事。

竹造　（感嘆して）どっしりしとる。

美津江　駅前マーケットに出とったんじゃと。

竹造　近ごろ出色の饅頭じゃ。

美津江　木下さんも、一目見たとたんぴたり足が止まったいうとられた。金縛りにでも会《お》うたようにどがいしてもその前を通り抜けられん、ほいで一個買《こ》うたが、まだ足が重うてならんけえ、引き返してもう一個買うたら、ようやっとふだんのように歩けるようになったんじゃと。

竹造　たしかにそれだけの迫力は備わっとるで。

美津江　ほいで木下さんは図書貸出台におったうちんとこへきて、こげえいいんさったんよ。ぼくは二つもよう食えんけえ、一つは福吉さんがたべてつかあさい。（二つに割る）たべようね。

竹造　そいじゃけえ、わしゃあよう食えんのじゃ。

美津江　あ、そうじゃったか。

　　美津江、食べながらもう半分を紙で包む。生つばをのみながら見ていた竹造、気を取り直して、

竹造　それをおまいにくれんさったあの木下いう青年じゃがの、今日、ここの文理科大学の先生じゃいうておいでじゃったのう。

美津江　（頷いて）この九月から物理教室の授業嘱託をなさるんじゃと。

竹造　授業嘱託いうと……？

美津江　助手のことじゃ。

竹造　（なんども頷きながら）牛乳瓶の底より分厚い眼鏡《めがによー》をかけて、いっつも大けな鞄《かばん》をかかえて、ほいで落ち着いた話し振りをしとってで、こりゃごついインテリさんじゃあるまいか、そがあ睨《にら》んどったが、やっぱあのう。

美津江　ピカの年まで呉《くれ》の海軍工廠《こうしょう》で工員養成所の教官をしておられたんじゃと。海軍技術中尉じゃったんと。

竹造　海軍さんにしちゃあ、どっか泥臭《どろくしゃー》いところもあっとってじゃがのう。

美津江　そりゃいろんな海軍さんがおるわいね。ほいで戦

さが終わってから二年間、母校の東北帝大で大学院生をやっとられて、今月、七月のあたまにまたこっちへ戻りんさったいうことじゃげな。そうじゃ、ピカのすぐあと、この広島の赤土の焼け野原を一日《いちんち》かけて歩き回ったことがあるいうとられたよ。

竹造　おいくつぐらいかのう。（推測して）三十……？

美津江　二十六じゃと。図書貸出票にはそう書いとられたけえ。

竹造　ほいでおまいが二十三とくるけえ、こりゃよう釣り合《お》うとる。

美津江　（一瞬ニコリ、だがすぐ猛然と腹を立てる）なにいうとってですか。木下さんはただの利用者じゃけえ。

竹造　（断言する）ただの利用者が饅頭なぞようくれんぞ。

美津江　ばからしゅうて、もうやっとられん。さあ、晩の支度じゃ。おとったんはまだ居ってん？

竹造　そりゃおまい次第じゃろうがのう。

美津江　ほいじゃ、そのへんをきれいにしといてつかあさい。

　美津江はエプロンつけて台所へ行き弁当箱（木製）を洗い出す。竹造もエプロンつけて叩《はた》きなどを持ち出すが、まったく怠けて、

竹造　いまの話じゃがのう、木下さんはおまいが気に入ったけえ、饅頭をくださったんじゃ。そこらへんをもうちっとわかってあげにゃあいけん。

美津江　おとったんは饅頭に意味を求めすぎます。

竹造　饅頭にも意味ぐらいあらあのう。おまいにその意味を読み取る勇気がないだけじゃ。

美津江　木下さんはお礼のつもりでくれんさったんよ。それだけのことじゃ。

竹造　そがいに言い切ってええんじゃろか。

美津江　おとったんたら！

　美津江、茶の間へきて改まる。

美津江　ちょっとこっちへきて坐《すわ》ってつかあさい。……四日前、先週金曜のお昼すぎ、「原爆関係の資料がありますか。市役所へ行ったら、図書館で訊《き》いてみてくださいと言われたんですが」いうてこられた方があって、その人が木下さんじゃったんよ。ふだんのうちなら、おいとりません、ですませてしまうんじゃけど、なんかしらん、木下さんの声の調子が一途《いちず》じゃった。ほいで、こげえ説明してあげたんよ。「原爆資料の収集には占領軍の目が光っとってです。たとえ集めたとしても公表は禁止されとってです。それに一人の被爆者としては、あの八月を忘れよう忘れよう思うとります。あの八月は、お話もない《なー》、絵になるようなこともない《なー》、詩も小説もない《なー》、学

問になるようなこともない《なー》、一瞬のうちに人の世のすべてがのうなっていました。そがいなわけですけえ、資料はよう集めておらんのです。それどころか資料が残っとるようなら処分してしまいたい思うぐらいです。うちも父の思い出になるようなものはなんもかも焼き捨ててしまいました」……。饅頭はそのときのお礼、それだけのことじゃ。

竹造　図書館には貸出台が二つ並んどって、どっちゃにも女の子《おなごんこ》の館員が坐っとる。

美津江　へえ、高垣さんとうちじゃが、そいがどないしたんな。

竹造　あのピカからこっち、おまいはすっかり人変わりしおって、いまじゃ無口の、愛想なしの、いっつも伏し目がちの女の子、笑ういうたらここへ帰ってきてからぐらいなもんじゃ。ひきかえ高垣さんは明るい人柄で評判じゃ。

美津江　じゃけえ、そいがどないしたいうて訊いとるんです。

竹造　なひて木下さんは、寄り付きやすい高垣さんではのうて、愛想なしのおまいに話しかけてきなさったんか。そこんとこが大事じゃ。ふつうなら高垣さんのところへ行くんが筋道いうもんじゃろうが。

美津江　そがあことは木下さんの勝手でしょう。

竹造　じゃけえ、わしゃこげえいいたいんじゃ。木下さんはえらい上にかしこいお人じゃてな。おまいはもともと気立てもよきゃ頭も冴《さ》えた明るい女の子《おなごんこ》、なんせえ女専を二番で卒業したほどの才女じゃけえのう。木下さんはおまいのその本来の姿を一目で見抜きんさって、おまいに興味をもった。これが饅頭に隠されとった意味じゃ。

美津江　いつまでも突飛《とつぴ》なことをいうとったらええです。（台所へ立つ）何日でもそこでばかばか《ばー》りいうとりんさい。うちはもう知らんけんの。

竹造　饅頭に隠されたもう一つの意味はなんじゃろか。

美津江　饅頭の話はもうやめてちょんだいの。

竹造　こいはおまいにとって大事中の大事じゃけえ、あくまで饅頭の意味を追求せにゃあいけん。

美津江　ここんとこへきてにわかに現れてきんさって、ばかばか《ばー》りいうとってですけえ、うちゃあもう、あたまァ痛《いと》うてやれんわ。

竹造　結句おまいも木下さんを好いとるんじゃ。たがいに一目惚《ぼ》れ、やんがて相思相愛の仲になるいうことよのう。見かけはごつう固そうじゃが、中味はえっと甘い《あまー》。おまいの心は饅頭とよう似とる。

美津江　（叫ぶ）そがいなことはありえん。……人を好きになるいうんを、うち、自分で自分にかたく禁じておるんじゃけえ。

竹造　木下さんをなんとも思うておらんのじゃったら、おまいは今日その場で饅頭を突き返しとったはずじゃ。

美津江　いつも静粛に！　そいがうちの図書館の第一規則なんよ。「こないだはどうも。饅頭どうぞ」「うち困ります」「そう言わずにぜひどうぞ」「饅頭《まんじゅうー》をいただくんは規則で禁じられとります」……窓口でそがいなへちゃらこちゃらした問答がでける思うとんの。館長さんも主任さんも、ほいて隣りの高垣さんも、みんな聞き耳《みみゅー》を立てとるんよ。黙って貰《もろ》うとくよりほか術《すべやー》はありゃせんが。

竹造　明日は木下さんと会うんじゃろう。昼休みに図書館近くの千年松で会おういう約束をしとったろうが。

美津江　それも断ろう思うたんじゃけえ……、

竹造　窓口でいつまでもへったらこったら問答しとるわけにはいかんかったいうんか。

美津江　ほいじゃけえ、ウンちゅうて頷いただけのことじゃ。

竹造　ありゃあのう……、

美津江　おとったんもよう見とってつかあさい。明日《あしたー》は木下さんに、二度とうちに声をかけんでくれんさいいうて、はっきりことわってくるけえ。

竹造　なひて万事そがいに後ろ向きにば《ばー》かり考えよるんじゃ。木下さんを好いとるなら好いとるでええじゃないか。こっちはあっちを好いとる、あっちもこっちを好いとる。そいじゃけん、こっちとあっちが一緒になれたらしあわせ。これが木下さんのくれんさった饅頭のまことの意味なんじゃ。

美津江　うちはしあわせになってはいけんのじゃ。じゃけえもうなんもいわんでつかあさい。

竹造　これでもおまいの恋の応援団長として出てきとるんじゃけえのう、そうみやすうは退《の》かんぞ。

美津江　……応援団長？

竹造　ほうじゃが。よう考えてみんさい。わしがおまいんところに現れるようになったんは先週の金曜からじゃが、あの日、図書館に入ってきんさった木下さんを一目見て、珍しいことに、おまいの胸は一瞬、ときめいた。そうじゃったな。

美津江　（思い当たる）……。

竹造　そのときのときめきからわしのこの胴体ができたんじゃ。おまいはまた、貸出台の方へ歩いてくる木下さんを見て、そっと一つためいきをもらした。そうじゃったな。

美津江　（思い当たる）……。

竹造　そのためいきからわしの手足ができたんじゃ。さらにおまいは、あの人、うちのおる窓口へきてくれんかな、そがいにそっと願《ねご》うたろうが。

美津江　（思い当たる）……。

竹造　そのねがいからわしの心臓ができとるんじゃ。

美津江　うちに恋をさせよう思うて、おとったんはこないだからこのへんをぶらりたらりなさっとったんですか。

竹造はにっこり笑う。

美津江　恋はいけない《めん》。恋はようせんのです。もう、うちをいびらんでくれんさい。

竹造　そがいに強うこころを押さえつけとってはいけんがのう。あじもすっぱもない《にゃー》人生になってしまいよるで。

美津江　もうおちょくらんでくれんさい。うちゃあ忙しゅうしとるんです。晩の支度が待っとってです。明日の準備も待っとってです。夏休み子どもおはなし会いうて、うちら図書館の館員が十日間、子どもたちにお話をしよるんです。比治山の松林の中の涼しい風の通り道に、毎日、三、四十人もの子どもたちが集まってきてくれとる。どの子もうちらの声や松の梢《こずえ》を渡る風の音が好きなんです。みんなたのしみにしてくれとるけえ、準備はきっちりせにゃあいけんのです。

美津江はザクザクと玉菜《キャベツ》を刻み出す。竹造、その様子を見ていたが、やがてそのへんを片づけながら玄関口の方へ後退して行く。美津江はなおも必死でザクザクザク……。ゆっくりと暗くなる。

2

音楽の中から、三十ワットの電球にかぼそく照らし出された八帖間が静かに浮かび上がってくる。……縁先に蚊いぶしの煙。

一日たった水曜日の午後八時すぎ。電球の下、文《ふ》机《づくえ》の上で、白ブラウスにモンペの美津江が鉛筆でなにか書いている。

……書き終えた美津江、それを横目でちらちら見ながら、「おはなし」を始める。まだ棒読みに毛の生えた段階で、美津江はときおり訂正の筆を入れたりもする。

美津江　……むかしから、この広島は、「七つの川にまたがる美しい水の都」として知られとりましたが、それら七つの川は郊外の北の方で一本にまとまって太田川《おおたがわ》になります。そのころのおねえさんは、国文科のお友だちと、毎週のように太田川ぞいの村むらへ出かけて、土地に伝わる昔話を聞いて回るのをたのしみにしとりました。ほんまいうと、行った先で出してくれんさるカキの味噌《みそ》雑煮とか、松茸《まつたけ》入りの混ぜ御飯とか、こんにゃくの味噌べったりとか、御馳走《ごっつぉー》をいただく方がずんとたのしみじゃったけえ、熱心に歩き回っとったんでした。こいからお聞かせするんも、そのころ、あるお年寄りから教えてもろうた昔話の一つです。そんときはたしか焼き鮎《あゆ》をいただいたように思いますが。

（せき払い一つ）さて、その太田川からちょんびり山ん中に入《い》ったところに、おじいさんとおばあさんが住んどったそうじゃげな。おじいさんは欲ぼけの怠けもん、げえに至らぬ男でちいとも働こうとせんけえ、おばあさんが洗濯やら柴刈りやら焼き鮎づくりやら、なんやらかんやら一人でこなして、ようやっと暮しを立てておった。ある日のことじゃ。鮎とりに出かけたおばあさんは、あんまりのどが渇いたけえ、川の水を一口のんだ。ほいたらどうじゃ、顔のしわがいっぺんにのうなって、もう一口のんだら、今度は腰が伸びて、もう一口のんだら、ま《ま》ぶ《ばいー》しいほど見事《みごとい》なええ女子《にょぼ》に若返ってしもうたんじゃ。帰ってきたおばあさんからこの話を聞いたおじいさんは、「なひてばあさんばか《ばー》り若返るんじゃ。わしもおまいに負けんほどのええ若い衆《わけーしゅ》になってみせたるぞ」、そがい叫《おら》んで家から飛び出して行きよったが、それっきり、夜になっても戻ってこん……、

台所でゴロゴロと摺鉢《すりばち》の音がする。ねじり鉢巻の竹造がエプロンを着用、ときどき団扇《うちわ》を摑《つか》んで蚊を打ち払いながら炒《い》り子《こ》を摺っている。

美津江　……おとったん？

竹造　よォ、まいにち暑いことじゃ。

美津江　居《お》っとったですか。

竹造　そりゃ居るわい。丸一日ぶりじゃのう。

美津江　そのゴロゴロ、なんとかならんですか。えっと気になって練習にもなにもならんですけえ。（台所にきて電灯を点《つ》ける）なにしょうるんの？

竹造　じゃこ味噌にきまっとるがのう。見んさいや、炒り子がええ塩梅《あんばい》に摺り上がっとろうが。

美津江　うちがじゃこ味噌つくろう思うとんのを、どうして知っとったですか？

竹造　そのへんに炒り子と味噌がおいてあったっけえ、それぐらいの見当はつく《つかー》わい。

美津江　……。

竹造　さあ、ここへひしお味噌を入れる。

かたわらの丼《どんぶり》の味噌を摺鉢に放り込み、なおも摺る。

竹造　ほいで細か《こまこーに》くちぎった赤とんがらしを加える。（美津江に）とんがらし、とんがらし。

美津江、そばの小皿から刻んだ唐辛子を摘まんで摺鉢に入れる。竹造、みごとに摺り上げて、

竹造　福吉屋旅館名物のじゃこ味噌、一丁上がり。

美津江　（なめてみる）うん、ええとこ行っとる。

竹造　おとったんの腕はまだ落ちとらんじゃろうが。ほい

で、いまのはなしのつづきはどげえなん？　欲ぼけじいさんはどがいなったいうんじゃ？
美津江　（頷いて）おじいさんが夜になっても戻ってこんけえ、心配になったおばあさんが提灯《ちょうちん》さげて迎えに行くと、……川岸で、欲の深そうな顔をした赤ん坊がオギャーオギャー泣いとったそうじゃげな。
竹造　そいじゃ、いまの子によう受けん《まー》。品がよすぎるけえ。
美津江　むりに受けようとせんでもええの。
竹造　じゃけんど、ちいっとでもおもしろい方がええに決まっとるけえ。そうじゃ、こがいに変えたらええ。（語る）おじいさんは夜になっても戻ってこん。それっきりじゃ。心配になったおばあさんが提灯さげて迎えに行くと、……川岸にはおじいさんの入れ歯が転がっとるだけじゃった。
美津江　……。
竹造　（受けないので意外）欲たかりじいさんじゃけえ、若返りの水を飲みすぎよったんじゃ。ほいで赤ん坊を通りこしてのうなってしもた……。
美津江　それぐらい、うちにもわかっとる。
竹造　おまいのオチよりゃあ笑える思うがのう。
美津江　（叫ぶ）話をいじっちゃいけんて！　前の世代が語ってくれた話をあとの世代にそっくりそのまま忠実に伝える、これがうちら広島女専の昔話研究会のやり方なんじゃけえ。
竹造　六年前に県の視学官から大目玉をくろうた会じゃないか。いまは戦時じゃ、非常時じゃ、昔話の研究がなんの役に立つんじゃ、そんな暇があったら工場ではたらけいわれて、たしか昭和十七年の末までには解散したはずじゃが。
美津江　じゃが、研究会の根本精神はいまもうちの身体《ごたい》に生きとってです。
竹造　……今日の昼休みも、いまと同じことをいうて木下さんと口争いしとったな。
美津江　口争いじゃない《なー》、あれは議論です。
竹造　じゃけんど、比治山の松林は涼しいけえ昼寝に一番《ずんど》ええ、そがい思うてきとった人らが、おまいがあげよった大声に魂消《たまげ》て起き上がっとったぞ。
美津江　議論しとっただけじゃいうとんのに。

美津江、八帖に戻って原稿の暗唱につとめる。竹造はじゃこ味噌を二つの容器（蓋《ふた》つきの瀬戸物）に分けて詰めているが、

竹造　木下さんがピカに興味を持たれた始まりは原爆瓦《かわら》じゃいうのう。
美津江　……そがあいうとられたね。
竹造　あの年、八月の末、郷里の岩手へひとまず引き揚げ

ることになって呉から広島に出てこられた木下さんは、列車の時間まで焼け野原をあちこち歩き回っとられた。お昼になったけえ、大手町の、お不動さんがあったあたりに腰《こしゅー》をおろして弁当をひろげたが、そんときじゃいうのう、海軍将校用の上等なズボンを通してお尻《しり》にチクチクいう痛みがきよったのは……。

美津江　腰を下ろしたところに原爆瓦があったそうな。

竹造　見ると、瓦にはびっしり棘《とげ》のようなもんが立っとる。そいも一本のこらず同じ方向に突き出しとる。こいは瞬間的な熱、そいも信じられんほど高い熱で一瞬のうちに表面《おもて》が溶けてできたもんにちがいない《なー》。……なんちゅう爆弾か。この爆弾のことをよう知らにゃいけん。この高熱の中でいったいなにが起こったんか、そいをもっとよう知らにゃいけん。木下さんはそがいに思うて、道みち原爆瓦を拾い拾い駅へ向こうたいう。

美津江　そがいにもいうとられたね。

竹造　おまいはそのときの原爆瓦のうちの一つを預かってきとったはずじゃが。

美津江、本棚のてっぺんから風呂敷包みを下ろす。

美津江　預かったわけじゃない《なー》、木下さんがうちにむりやり押しつけて去《い》ってしもうたんです。

竹造、受け取って卓袱台の上でほどく。中に紙製の平たい菓子箱。竹造、その蓋をとって凝然。菓子箱の内容は、原爆瓦（五センチ四方）、ぐにゃぐにゃの薬瓶、そしてガラスの破片が数片。

美津江　（代わりに取り出すが、たいへんな抵抗がある）被爆者の身体《からだ》から出たガラスのかけら。

竹造　……むごいことよの。

美津江　原爆瓦。

竹造　……とげとげしいことよの。

美津江　熱で曲がってもうた水薬の瓶。

竹造　……おとろしいことよの。

美津江　木下さんとこには、これとおんなじに奇体に曲がったビール瓶じゃの、ホルンのように丸うなってしもうた一升瓶じゃのが、何十本もあるいうがの。他にも、熱で表面が溶けて泡立っとる石灯籠《どーろ》、針の影が文字盤に焼きついとる大時計……。そいじゃけえ、入ってまだひと月にもならんのに木下さんは、下宿から追い出されかかっとるんじゃげな。

竹造　ほんまかいの?

美津江　（頷いて）資料抱えて帰るたんびに、下宿のおかみさんが、「そんな《そがー》もん持ち込んで気味《きび》が悪い《わりー》」いうてこぼす。「いまにきっと床が抜けよるけえ、もっと下宿料いただかにゃ、とても《なんぼにも》やれん」いうて、ぎょうさん嫌《いや》味《みゅう》をたれる。原爆瓦を石油箱で一つ持ち込んだ一昨日《おとつい》の夕食《ばん》なんかえっぽどひどかったいう。お茶碗《おちゃわん》の御飯《まんま》の盛りが少のうなっとる、お汁《おつい》の実もへっとる。

竹造　薄情な話よのう。

美津江　ほいじゃけえ、木下さんは今日、うちにこがい訊いとってじゃった。「むりを承知でお願いします。原爆資料を図書館で保存してもらうわけにはいきませんか」

竹造　やっぱあ、むりかいのう。

美津江　（大きく頷く）マッカーサーが「うん」いうたら話は別じゃけえどね。その場でことわるのも気の毒じゃけえ、一日考えさしてくれんさい、いうといた。じゃけえ、明日も昼休みに会わにゃいけん。ほんま手のかかる利用者もおっとってじゃ。

竹造　ハンカチ貸しんさいや。

美津江　へえ？　……へえ。

竹造、じゃこ味噌入りの容器を美津江から受け取ったハンカチで包みながら、

竹造　じゃこ味噌、木下さんの分、ちゃんといれものに入れといたけえ、明日、持ってってあげんさい。

美津江　おとったんたら、もう……。

竹造　男ちゅうもんはなぜか《なんで》女子《おなご》のハンカチに弱い。

美津江　おせっかいやき。異な気《いなげ》なふうに気を回しちゃいけんいうとんのに。

竹造　せえなら主任さんに上げてもええんじゃけえ。

美津江　主任さんのおかみさんはごっつやきもちやきじゃけん、誤解されたらかなわんけえ。

竹造　せえならやっぱあ木下さんにあげりゃええ。

美津江、ぷんぷんしながら文机において、

美津江　こがあなことは《こたー》二度とせんでちょんだいよ。

竹造　それより木下さんとの議論、なにがもとじゃったか思い出してみんか。

美津江　……おしまいに木下さんがこげえいうとってでした。「あなたの被爆体験を子どもたちに伝えるためにも、ぼくの原爆資料を使《つこ》うて、なんかええおはなしがつくれないものでしょうか」

竹造　木下さんちゅう人間《にんげ》は知恵者《しゃ》じゃのう。

美津江　できん、そげえいうときました。話をいじっちゃいけんちゅうのが、うちらの根本精神ですけえ。

竹造　またそれかいの。そりゃ自分らで集めた話じゃけえ、こだわるのもわからんことはないが《なー》……。

美津江　それでも、木下さんがうちにこの資料を押しつけんさるだけ《だき》で、ちいとも折れてくださらんけえ、できんことは《こたー》できませんいうて、つい《かー》大声を上げてしもうたんです。ま、こんなところかいな……。

竹造　待ちんさい。いま、なにかひらめきよった。

美津江　あ、それ、おとったんの十八番《おはこ》、あてにならんことの代名詞。ひらめくたんびに新しい商売じゃの、女子《おなご》衆《しゅ》なんかに手《てょう》を出して、おじったんの遺《のこ》した身上《しんしょう》、小さな旅館のほかはなんもかも……、

竹造　たとえ身上をふやしとっても、結句はピカで全部、灰にされとったわい。いうたら先見の明があったんじゃ。

美津江　そがあなことというたら、一所懸命、はたらいとられた方に無礼じゃけえ、ほんまに。

竹造　わかっとる。じゃがええか、おまいらの集めた話をしようとするけえ、おっどれすっどれの口喧嘩《げんか》になるんじゃ。だれもが知っとる話、そいに原爆資料を入れ込んではどうじゃ。ほいたら木下さんがよろこびんさるわい。

美津江　夏休みおはなし会は子どもたちのためのものです。

竹造　わかっとる。じゃがええか、桃太郎さんでもええ、さるかに合戦でも一寸法師でもええ、よう知られとる話の中に、おまい、原爆資料をくるみ込んでみい。

美津江　どげえに？

竹造　そいは本職のおまいが考えることよ。

美津江　だいたい占領軍の目がそこら中でぴかぴか光っとんのよ。おとったんは占領軍の権力《ちから》を知らんけえ、そげえなのんき坊主いうとられるんよ。

竹造　（ひらめく）またきよった……。

美津江　うちゃあ、おはなしを覚えにゃいけんの。もう居《お》ってもらわんでもええですけえ、また来てちょんだいの。

竹造　（かえって堂々として）そいじゃが。おまいがしよるんはおはなしじゃけえ、言うそばから風がおまいのことばを四方八方へ散らばしてくれる。よい子たちのこころの中を通り抜けたおまいのことばは風にのって空へのぼり虹になる。証拠はのこらん。比治山を吹きぬける広島の風がおまいの味方なんじゃ。

　言いながら竹造はエプロンの、下に二つ、上に一つあるポケットに木下青年の原爆資料を入れる。

竹造　参考になるものやらならんものやらよう分からんが、聞いてつかあさい。（おはなしが始まる）一寸法師……、お椀《おわん》の舟で京の都へ上ったあの一寸法師のことはみんなもよう知っとってじゃの。お姫様を救おうと赤鬼の口の中へ躍り込み、縫い針の刀でお腹の中《どんばらんなかー》をチクチク刺し回って、とうとう鬼めを降参させてしもうた。強い《つえー》のう。たしかに強い《つえー》。じゃけんど、ヒロシマの一寸法師はもっと、えっと、ごつう強いんじゃ。

美津江　……ヒロシマの一寸法師？

竹造　（大きく頷いて）「福吉美津江エプロン劇場」のはじまり！

美津江　エプロン劇場……。

竹造　（また頷いて）エプロンのポケットをいい具合《えーがい》に使

うて話をしっかり盛り上げるわけじゃ。さて、赤鬼のお《どん》腹《ばらん》の中へ飛び込むまではおんなじじゃが、その先は大けにちがうぞ。（おはなしに戻る）赤鬼のお腹《どんばらん》の中に飛び込んだヒロシマの一寸法師は、（エプロンの右下のポケットから原爆瓦を出して高く掲げ）この原爆瓦を鬼めの下っ腹に押しつけて、

『やい、鬼。おんどれの耳くそだらけの耳の穴かっぽじってよう聞かんかい。わしが持っとるんはヒロシマの原爆瓦じゃ。あの日、あの朝、広島の上空五百八十メートルのところで原子爆弾ちゅうもんが爆発しよったのは知っちょろうが。爆発から一秒あとの火の玉の温度は摂氏一万二千度じゃ。やい、一万二千度ちゅうのがどげえ温度か分かっとんのか。あの太陽の表面温度が六千度じゃけえ、あのとき、ヒロシマの上空五百八十メートルのところに、太陽が、ペカーッ、ペカーッ、二つ浮いとったわけじゃ。頭のすぐ上に太陽が二つ、一秒から二秒のあいだ並んで出よったけえ、地面の上のものは人間《にんげ》も鳥も虫も魚も建物も石灯籠《どーろ》も、一瞬のうちに溶けてしもうた。根こそぎ火泡を吹いて溶けてしもうた。屋根の瓦も溶けてしもうた。しかもそこへ爆風が来よった。秒速三百五十メートル、音より速い爆風。溶けとった瓦はその爆風に吹きつけられていっせいに毛羽立って、そのあと冷えたけえ、こげえ霜柱のような棘《とげ》がギザギザギザと立ちよった。瓦はいまや大根《だいこ》の下ろし金、いや、生け花道具の剣山。このおっとろしいギザギザで、おんどりゃ肝臓を根こそぎ摺《す》り下ろしたるわい。ゴシゴシゴシ、ゴシゴシゴシ……』

痛《いと》うて痛うて赤鬼は、顔の色を青うしてからにそのへんを転げ回ってのた打った。


　怯《おび》えている美津江。

　竹造、左下のポケットから薬瓶を出して掲げ、

すぐさま、ヒロシマの一寸法師は熱で溶けてぐにゃりと曲がった薬瓶を取り出し、

『やい、鬼。こんどはこの原爆薬瓶で、おんどりゃ尻の穴に、内側から栓をしてやるわい。ふん詰まりでくたばってしまやあええ』


　竹造、上のポケットからガラスの破片を出して掲げ、

『……やい、鬼。これは人間の身体《からだ》に突き刺さっとったガラスの破片ぞ。あの爆風がヒロシマ中のありとあらゆる窓ガラスを木《こ》っ端微塵《ぱみじん》に吹ッ飛ばし、人間の身体を、（涙声になっている）針ネズミのようにしくさったんじゃ……』

美津江　（いつの間にか左の二の腕を押さえている）やめ

て！

竹造　『このおっとろしいガラスのナイフで、おんどりゃ大腸や小腸や盲腸を、千六本にちょちょ切っちゃるわい』……。

美津江　もうええですが！

竹造　……非道《どえりゃー》いものを落としおったもんよのう。人間《にんげ》が、おんなじ人間《にんげ》の上に、お日《ひー》さんを二つも並べくさってのう。

擂鉢などを片づけながら、

竹造　原爆資料を話の中に折り込むいうんは、それがどげな話であれ、広島の人間には《にゃー》、やっぱあ辛《つら》いことかもしれん。これはよう覚えちょかにゃなりませんのう。木下さんにおまいを気に入ってもらおう思うてやったことじゃが、悪い《わりー》ことをした。わしのひらめきちゅうやつは《あー》どうもいけん。

片づけものを持って台所の奥深くへ消えながら、

竹造　木下さんに上げるお土産、明日はじゃこ味噌だけで我慢してちょんだいや。

美津江　いろいろ気を使うてくれんさってありがとありました。(ト見るがいない)……おとったん？　おとったん……。

ゆっくりと暗くなる。

3

音楽の中で雨が降っている。

明るくなると前場の翌日、木曜日の正午すぎ。天井から雨が漏っており、その雨粒を茶の間に五つ六つ、八帖間に六つ七つと置いてある丼や茶碗が正確に受け止めている。

茶の間の下手ぎわに、大鍋と飯炊き釜を足もとに置き、片手に小鍋を下げた竹造が立ち、試験場の監督官のような目つきで二つの部屋の雨漏りを見張っている。

……と、茶の間と八帖の境目に新しい雨漏りを発見。竹造、童唄《わらべうた》のようなもので囃《はや》しながら丼や茶碗の間を石蹴《いしけ》り式に巧みに縫って行ってそこへ小鍋を置き、

竹造　ゆうべの雨《あみゃー》は、りはつな雨じゃ。夜中に降って、朝には止《や》んだ。

と元の位置に戻る。もっともすぐ、遠方の八帖の

文机の上に新たに雨が漏っているのを見つけ、飯炊き釜を抱えて出動する。

竹造　いま降る雨は、あんぽんたんな雨じゃ。朝から降りよって、昼になっても止まん。

文机をずらして飯炊き釜を置くが、こんどは文机の新しい置場所に迷う。そこでひとまず文机を持って、

竹造　雨、雨、止まんかい、おまいのとったんごくどうもん、おまいのおかやんぶしょうもん。

元の位置まで戻ってくる。置場所を探しているうちに、文机の上の便箋と封筒に目が行く。文机をその場に置き、その前に坐って封筒の宛名を読む。

竹造　「広島市外府中町鹿籠《ふちゅうちょうこごもり》二丁目……、滝沢様方、木下正様、みもとに」。みもとに……？

ばかににっこりする。つぎに便箋を読む。

竹造　（ところどころ声に出す）「前略。いつも市立図書館をご利用くださいましてありがとうございます。……お目にかからせていただいているときはいつも忙しくしており、……（頭の上に雨粒。大鍋を頭に載せて防ぎながら）これは大切なことですのでお手紙で、……お集めになっている原爆資料……、もしも私のところでよろしければ……、一人住まいですので置場所は……、多少、雨漏りはいたしますが……、このところきびしい暑さが……、おからだくれぐれも……。かしこ」

美津江が帰ってくる。玄関口で唐傘の雨を払っているのへ、

竹造　もうお帰りか《はーもどったんか》。

美津江　……あ、おとったん。

竹造　おお、いさせてもろうとるよ。お昼になったばっかりじゃいうのに、どうしたいうんじゃ。

美津江　この雨で、おはなし会が流れてしもうた。

竹造　（頷いて）どうせなら夜中のうちに降りゃええのにのう。子どもたちがかわいそうでやれん。……忘れ物か。

美津江　……早引けです。

竹造　どっか悪い《わりー》んか。（愕然《がくぜん》として）まさか、吐き気がするいうんじゃあるまいな。へてから、立ちくらみ、耳鳴り、腹つかえ、下り腹。……まだ原爆病が出よるんか？

美津江　このごろは出《でゃー》はせん。

竹造　それならええが……。

美津江　あいかわらずシクシクしとるんは（左の二の腕を軽く押さえて）ここぐらい《ぐりゃー》なもん。

竹造　それなら安心じゃ。（元気づけて）あの根性悪《こんじょわる》の外《げ》道者《どーもん》もえんやっと退散したのかもしれんのう。

美津江　そう思わせて安心させといて、いきなりだまし討ちにくるけえ、死ぬまで気は許せんけえど。

竹造　うーん、面倒なものを背負《しょ》うてしもうたものよのう。……あれ？

縁先に出て空模様を見る。

竹造　やったあ。ようやらやっと雨が上がってくれよった。これ以上降ると、置くものがのうなってしまうとこじゃったんじゃ。まさかここへ風呂桶《こけー》を運び込むわけにも行かんけえのう。

雨漏りが止んだあたりの丼や茶碗を五つ六つ片づけて卓袱台を組み立てて置き、坐る場所をつくってやる。

竹造　ほいで、いい具合《えーがい》に行ったかいのう。

美津江　いい具合……？

竹造　じゃこ味噌のことじゃが。木下さん、よろこんでくれんさったか。

美津江　ああ、じゃこ味噌ねえ……。

竹造　これはぼくの大好物でありまして、そがあいうとられはせんかったか。

美津江　まだ渡しとらんけえ……、

木口の買物袋から例のハンカチ包みを出して、卓袱台の上に置く。

美津江　ここにある。

竹造　どうしてここにあるんじゃ。

美津江　比治山へは行かなんだ。

竹造　どうして。

美津江　雨が降っとったし……、

竹造　傘《かさー》を持っとろうが。

美津江　道が緩《じゅるー》くなっとるけえ、こけるかもしれんし、

竹造　下駄には歯ちゅうもんがあるど。

美津江　なによりも……、

竹造　なんじゃちゅうんじゃ。

美津江　木下さんと会《お》うちゃいけん思うて……。

竹造　またそれかいの。おんなじことばっかしいいよったら、しまいにゃ人に笑われるど。

美津江　ほいで、作業室で本の修理しとった……。

竹造　いまからでも間に合うんとちがうんか。

美津江　そのうちに、木下さんが比治山の方から図書館へ向かって歩いて来《き》んさるんが見えた。会うちゃいけん思うて、早引けさせてもろうてきた……。
竹造　（ぶるぶる震えている）昔じゃったらここでゴツンと一発ぶしゃあげるところじゃがのう！
美津江　おとったん、これでええん。うち、人を好いたりしてはいけんのです。
竹造　むりをしよると、あとでめげるど。
美津江　ええいうたらええんじゃ。じゃけえ、もうほっといてくれんさいや。

美津江、そのへんを片づけ始める。

竹造　応援団長をなめちゃいけんど。
美津江　顔色《いろめ》変えてどうしたん？
竹造　すっぺーこっぺーごまかしいうちゃいけんで。おまい、どこまでも木下さんを好いちゃおらんいい張るつもりか。
美津江　じゃけえ、それは……、
竹造　聞くだけ野暮ちゅうもんじゃな。（文机の封筒と便箋を指して）「みもとに」。この脇付けにおまいの気持がはっきり出とるじゃないか。
美津江　（一瞬、動揺するが）女性ならだれでもそげえ書きよってじゃ。
竹造　「一人住まいですので置場所はございます……」、ただの利用者にあててこげえなことが書けるか。
美津江　それ、いたずら書き。捨てよう思うとったんよ。返してちょんだいの。
竹造　いらんもんなら、わしが捨てちゃるわい。
美津江　おとったんたら……。

竹造、封筒と便箋をズボンのポケットに収めて、

竹造　どうして人を好いちゃいけんいうんじゃ。たしかにおまいは人がたまげてのけぞるような美人じゃな《なー》い。そいの半分はわしの責任でもある。じゃけんど、よう見りゃ愛敬《あいきょう》のあるええ顔立ちをしとるけえ、そいはわしの手柄じゃ。
美津江　なにいうとるんね。
竹造　つずまり、木下さんがそれでええいうてくれんさっとるんじゃけえ、その顔でええんじゃないか。
美津江　そういうことじゃな《なー》いいうとるでしょう。
竹造　……もしかしたら原爆病か。あいつがいつ出てくるかもしれんけえ、そいで人を好いちゃいけん思うとるんじゃな。
美津江　（頷いてから）じゃが、木下さんが、そのときは命がけで看病してあげるいうてくれちゃったです。
竹造　なんな、ずいぶん話は進んどるんじゃないか。（ひ

らめいて）そうか、生まれてくるねんねんのことが心配なんじゃな。たしかに原爆病はねんねんにも引き継がれることがあるいうけえ、やれんのう。

美津江　（頷いてから）そのときは天命じゃ思うて一所懸命、育てよう……、

竹造　そいも木下さんのお言葉かいの。

美津江　遠回しにじゃけど、そがあいうとられとってでした。

竹造　遠回しであれ近回しであれ、そこまで話し合えるちゅうことは……、もう、わしゃ知らんが。

美津江　そいじゃけえ、いっそう木下さんと会《お》うちゃいけんのです。

竹造　ほんじゃなにか、うまいこと行きゃあうまいこと行くほどうまいこと行かんちゅうんか。

美津江　あ、それはいえとる。

竹造　たいがいにしとかんと、わしでもほんまに怒るで。話が一昨々日《さきおとつい》と明々後日《しあさって》とあべこべの方角を向きよって、ついでにでんぐり返りやらさかとんぼやら打っとるけえ、なにがなにやらようわからん。

美津江　（これまでにないような改まった声で）ここへ坐ってくれんさいや。

竹造　……はい。

竹造、思わず美津江の前に坐ってしまう。

美津江　うちよりもっとえっとしあわせになってええ人たちがぎょうさんおってでした。そいじゃけえ、その人たちを押しのけて、うちがしあわせになるいうわけには行かんのです。うちがしあわせになっては、そがあな人たちに申し訳が立たんのですけえ。

竹造　そがあな人たちいうんは、どがあな人たちのことじゃ。

美津江　たとえば、福村昭子さんのような人……。

竹造　福村……、ちゅうとあの？

美津江　（頷いて）県立一女から女専までずうっといっしょ。昭子さんが福村、うちが福吉、名字のあたまがおんなじ福じゃけえ、八年間通して席もいっしょ、陸上競技部もいっしょ。じゃけえ、うちらのことを二人まとめて「二福《ふたふく》」いう人もおったぐらいでした。

竹造　二人じゃけええかったんじゃ。もう一人二人、福の字のつくんがおってみい、まとめて「お多福」、いわれとったかもしれんけえな。

美津江　（耐えて）……女専で昔話研究会をつくったんもいっしょ。昭子さんが会長で、うちが副会長でした。はなしをいじっちゃいけんちゅう根本方針も二人で話し合《お》うて決めたことじゃったですけえ。

竹造　ほいであよに頑張っとったんか。

美津江　ほうじゃが。

竹造　成績もしじゅう競《せ》っとったけえのう。

美津江　（首を横に振る）駆けっこならとにかく、勉強では一度も昭子さんを抜いたことがのうて、うちはいっつも二番。これはたぶん、おとったんのせいじゃ。

竹造　……いきなりいびっちゃいけない《めん》。

美津江　なによりもきれいかったです、一女小町、女専小町いうて囃《はや》されてね。

竹造　あの娘《こ》のおかやんの方がきれいかったんとちがうか。裁縫塾をしとってで、おまけに未亡人で、あの人の前へ出ると、なんでかしらん、よう口が利《き》けんのじゃ。

美津江　ほいで手紙を書いとったんやね、お米や鮭《さけ》缶や牛缶つきの。「この春こそはごいっしょに比治山の夜桜を見たい思うとります福吉屋の竹造より。福村静枝様まいる」……。

竹造　どうしてそうようなこと知っとるんじゃ。

美津江　昭子さんが見せてくれたんです、「まいる、いう脇付けはすこしおかしいんとちがう」いうてね。

竹造　……おかしいですか。

美津江　「まいる」は女性が使う脇付けじゃけえね。

竹造　そんなもんを公開しちゃいけんがな。見かけによらず人の悪い後家さまじゃ。

美津江　うちには実のおかやんのようにやさしゅうしてくれんさったわ。

竹造　そいじゃけえ、おまいのほんまのおかやんになってくれたらよかったいうとるんじゃ。福村から福吉へ一字変えれば《りゃー》すむことじゃけえのう。

美津江　（耐えて、改まって）昭子さんこそしあわせにならにゃいけん人じゃったんです。

竹造　じゃけえ、どうしてか訊いとるんじゃ。

美津江　うちより美しゅうて、うちより勉強ができて、うちより人望があって、ほいでうちを、ピカから救うてくれんさった。

竹造　……ピカから、おまいを？

美津江　（大きく頷いて）うちがこよに生きておれるんは、昭子さんのおかげじゃけえの。

竹造　突飛をいいよる。あんとき、うちの庭にはわしとおまいの二人しかおらんかったはずじゃ。どこに昭子さんがおったいうんかいね。

美津江　手紙でうちを救うてくれんさったんよ。

竹造　手紙で……？

美津江　あのころ昭子さんは県立二女の先生。三年、四年の生徒さんを連れて岡山水島の飛行機工場へ行っとられたんです。前の日、その昭子さんから手紙をもろうたけえ、うれしゅうてならん、徹夜で返事を書きました。ほいで、あの朝、図書館へ行く途中で投函しよう思うて、うち、こよに厚い手紙を持って庭を裏木戸の方へ歩いとった……。

竹造　わしはたしか縁先におった。一升瓶につめた玄米を棒で突いて白くしとったんじゃが、石灯籠《どーろ》のそばを歩いとったおまいを見て、「気《きー》をつけて行きいよ」……。

美津江　（頷いて）その声に振り返って手をふった。そんときじゃ、うちの屋根の向こうにB29と、そいからなんかキラキラ光るもんが見えよったんは。「おとったん、ビーがなんか落としよったが」

竹造　「空襲警報が出とらんのに異な気《いなげ》なことじゃ」、そがあいうてわしは庭へ下りた。

美津江　「なに落としよったんじゃろう、また謀略ビラかいね」……。見とるうちに手もとが留守になって石灯籠の下に手紙《てがみゅー》を落としてしもうた。「いけん……」、拾おう思うてちょごんだ。そのとき、いきなり世間《しょけん》全体が青白うなった。

竹造　わしは正面から見てしもうた、お日《ひー》さん二つ分の火の玉をの。

美津江　……（かわいそうな）おとったん。

竹造　真ん中はまぶしい《まばいー》ほどの白でのう、周りが黄色と赤を混ぜたような気味の悪い《きびがわりー》色の大けな輪じゃった……。

少しの間《ま》。

竹造　（促して）ほいで。

美津江　その火の玉の熱線からうちを、石灯籠が、庇《かば》うてくれとったんです。

竹造　（感動して）あの石灯籠がのう。ふーん、値の高いだけのことはあったわい。

美津江　昭子さんから手紙をもろうとらんかったら、石灯籠の根方《ねかた》にちょごむこともなかった思います。そいじゃけえ、昭子さんがうちを救うてくれたいうとったんです……。

いきなり美津江が顔を覆《おお》う。

竹造　……どうしたんじゃ？

美津江　昭子さんは、あの朝、下り一番列車で、水島から、ひょっこり帰ってきとってでした。

竹造　（ほとんど絶句）なんな……。

美津江　夜の補習のために、謄写版道具一揃いと藁半紙千枚、そよなものがひょっこり要るようになって、学校へ受け取りに来られたんです。

竹造　ほいで、どうした？　まさか……。

美津江　西観音町《にしかんおんまち》のおかあさんとこで一休みして、八時ちょっきりに学校へ出かけた。……ピカを浴びたんは、千《せん》田町《だまち》の赤十字社支部のあたりじゃったそうです。

竹造　（唸る）うーん。

美津江　昭子さんをおかあさんが探し当てたのが丸一日あとでした。けんど、そのときにはもう赤十字社の裏玄関の土間に並べられとった……。

竹造　なんちゅう、まあ、運のない娘《なー》じゃのう。
美津江　（頷きながらしゃくり上げ）モンペのうしろがすっぽり焼け抜けとったそうじゃ、お尻が丸う現れとったそうじゃ、少しの便が干からびてついとったそうじゃ……。

少しの間。

竹造　もうええが。人なみにしあわせを求めちゃいけんいうおまいの気持が、ちいと《ちいたー》は分かったような気がするけえ。
美津江　……。
竹造　じゃがのう、こうよな考え方もあるで。昭子さんの分までしあわせにならにゃいけんいう考え方が……。
美津江　（さえぎって叫ぶ）そよなこと《こたー》はできん！
竹造　なひてできん？
美津江　昭子さんのおかあさんとの、……約束があるけえ。
竹造　約束……？
美津江　（頷いて）約束のようなもの……。
竹造　どうよな約束いうんじゃ？
美津江　……昭子さんのおかあさんに会《お》うたんは、ピカの三日あと、八月九日の午後遅くのことじゃった。……ピカの日に、うち、広島から宮島へ逃げて、九日の朝まで、堀内先生のうちで厄介かけとったけえ。
竹造　堀内先生？　どっかで聞いたような……。
美津江　女学校のときの生花の先生じゃ。
竹造　おお、あの年寄り先生か。
美津江　（頷く）……。
竹造　ええ先生がおられて、えかったのう。
美津江　先生にはげまされて、朝、宮島をたって、魚を焼くような臭《にお》いのたちこめる中を、昼ごろ、うちに着いた。
竹造　（いたわるように）きれいに焼けとったろう。
美津江　泣き泣きおとったんのお骨を拾いました。
竹造　……ほうじゃったな。いや、ありがとありました。
美津江　そいから西観音町の昭子さんところへ行ったんじゃが、あそこいら《あこいら》もすっぱり焼けとって、うちが訪ねたときは、おかあさんは防空壕の中で寝ておいでじゃった。背中に非常に大《じょうにいかい》きな火ぶくれを背負っておいでで、腹ばいになってげっしゃりなさっとった……。
竹造　むごいことよの。
美津江　おかあさんはうちの顔を見てごつうによろこんで、ぶらあ起き上がると、うちを力いっぱい抱きしめて、よう来てくれたいうてくれんさった。ところが、昭子さんのことを話してくださっとるうちに、いきなりおかあさんの顔色が変わって、うちを睨《にら》みつけて（言えなくなる）……。
竹造　どうなさったんいうんじゃ。
美津江　「なひてあんたが生きとるん」

竹造　……！

美津江「うちの子じゃのうて、あんたが生きとるんはなんでですか」

少しの間。

美津江　そのおかあさんも月末には亡《の》うなってしまわれたけえど……。

竹造　つまらん気休めいうようじゃが、昭子さんのおかやんは、そんとき、ちぃーっと気が迷うて、そよなことを……、

美津江（はげしく首を横に振って）うちが生きのこったんが不自然なんじゃ。

竹造　なにいうとるんじゃ……。

美津江　うち、生きとるんが申しわけのうてならん。

竹造　そよなこと口が裂けても口にすなや。

美津江　聞いてちょんだいの！

竹造　聞きとうないわい。

美津江（構わずつづける）うちの友だちはあらかたおらんようになってしもうたんです。防火用水槽に直立したまま亡《の》うなった野口さん。くちべろが真っ黒にふくれ出てちょうど茄子《なすび》でもくわえているような格好で歩いとられたいう山本さん。卒業してじきに結婚した加藤さんはねんねんにお乳を含ませたまま息絶えた。加藤さんの乳房に顔を押しつけて泣いとったねんねんも、そのうちにこの世のことはなにも知らずあの世へ去《い》ってもうた。中央電話局に入った乙羽さんは、ピカに打たれて動けんようになってもうた後輩二人を両腕に抱いて、「私らはここを離れまいね」いうて励ましながら亡《の》うなったそうです。あれから三年たつのにまだ帰っとらん友だちもおってです。ほいて、おとったんもおる……！

竹造　わしとおまいのことなら、もうむかしに話がついとる。よう考えてみいや。

美津江　いんねの。あんときの広島では死ぬるんが自然で、生きのこるんが不自然なことやったんじゃ。そいじゃけえ、うちが生きとるんはおかしい。

竹造　死んだ者はそうよには考えとらん。現にこのわしにしても、なんもかもちゃんと納得しとるけえ。

美津江（さえぎって）うちゃあ生きとんのが申し訳のうてならん。じゃけんど死ぬ勇気もない《なー》です。

また、雨が降りだす。

美津江　そいじゃけえ、できるだけ静かに生きて、その機会がきたら、世間からはよう姿を消そう思うとります。おとったん、この三年は困難の三年じゃったです。なんとか生きてきたことだけでもほめてやってちょんだい。

美津江が立って、玄関口へ行こうとする。

竹造　どこへ《どけー》行くん？

美津江　本の修理をしのこしたままじゃけえ、やっぱあ図書館へ戻る。木下さんはもうおらん思う。

竹造　待ちんさい。

ズボンのポケットから封筒と便箋を出して、美津江に突きつける。

竹造　これは投函しときんさいや。

美津江　……！

竹造　速達で。

美津江　そげえ無茶な……。

竹造　こりゃァおとったんの命令じゃ。

竹造から押しつけられた封筒と便箋を手に震えている美津江。

竹造は雨漏りを見つけて、またも丼や茶碗を置いて行く。

竹造　雨、雨、止《や》まんかい、おまいのとったんごくどうもん、おまいのおかやんぶしょうもん……、

雨がはげしくなり、それにつれて暗くなって行く。

4

音楽がおわるとすぐにオート三輪のエンジンの音がおこり、それにつれて明るくなると、前場の翌日、金曜日の午後六時。

茶の間の卓袱台に、木下青年とオート三輪の運転手が飲んだ湯呑茶碗が載っている。

八帖間から庭先にかけて、いましがた木下青年が持ち込んだ原爆資料でいっぱい。

新聞紙を敷きつめた八帖間に、溶解して首の曲がったビール瓶のケース、同じような五合瓶や一升瓶が五、六本、高熱で奇妙に歪《ゆが》んだ一升徳利、八時十五分を指したまま止まっている直径三十センチの丸時計、片側が焼けた花嫁人形などが置かれ、上手の壁ぎわに、茶箱や蜜柑箱なども積み上げられている。

庭の上手に、石灯籠の上部が三つ。そしてそれに混じって、沢庵《たくあん》石ぐらいの大きさの、顔面が溶解した地蔵の首。

エンジンをふかしていたオート三輪が、やがてのんびりと走り去ると、玄関口から、笑顔をのこした美津江が入ってくる。湯呑を台所へ下げ、布巾《ふきん》

を持ってきて卓袱台を拭き始めるが、ふと、地蔵の首に目が行き、たちまち笑顔が凍りつく。……やがて、こわごわ縁先へにじり出て地蔵を見ているが、さらに裸足《はだし》のまま庭に下りて地蔵の首を自分の方へ向ける。思わず悲鳴に似た声。

美津江　……あんときの、おとったんじゃ！

それに応《こた》えるかのように、下手から火吹竹で肩を叩きながら竹造が入ってきて、

竹造　なんか用か、九日十日？

美津江、地蔵の首と竹造の顔を見比べていっそう硬くなるが、とっさに地蔵の首をあさっての方へ向けて、

美津江　居《お》っとられたんですか。

竹造　（頷いて）古い洒落《しゃれ》はやっぱあ受けんのう。ほいで、木下さんは、もう一回、原爆資料を運んでくるいうとられたようじゃのう。

美津江　これでちょうど半分じゃそうです。

竹造　（感心して）ぎょうさん集められたものじゃのう。下宿のおかみさんば《ばー》かり責めるわけにはいけんで、ほんまに。

美津江は足の裏をはたいて家へ上がり、卓袱台を拭き、台所仕事などをするが、これから先しばらく、彼女はいま生まれた動揺と格闘する。

竹造　木下さんの下宿からここまでの道のりのことじゃが、あのオート三輪の運転手はなんぼあったいうとったかいのう。

美津江　ちょっきり片道一里十町、信号が六つ、踏切が一つ、そがあいうとったけえど。

竹造　ほいなら、あっちゃで積み込む時間を勘定に入れても、あと三、四十分もすれば、木下さんがまたここへきんさるわけじゃ。そんとき、またようおいでましたいうて挨拶をすませたらすぐ、お風呂をおすすめせいや。

美津江　お風呂……？

竹造　（火吹竹を示して）こよな暑い日にゃあ、お風呂が一番の御馳走《ごっつぉー》じゃけえ。

美津江　お風呂を焚いといてくれさったん？

竹造　ほいじゃが。

美津江　ごっつ気の利く……。

竹造　だてに二十年も男やもめをやっとりゃせんわい。ほいで、木下さんは熱い《あちー》湯がお好きか、ほいともぬるめがええんじゃろか。

美津江　そよなことまでは知らんけえ。
竹造　それはそうじゃのう。ほんなら適当に沸かしちょくが、湯上がりにはなにか冷たいもの《ひゃいもん》を差し上げにゃいけんで。
美津江　ビールを一本、買《こ》うてあります。
竹造　そりゃええ。せいでも運転手は冷たい《ひゃい》水でええで。こんな日には冷たい水でも御馳走じゃけえのう。
美津江　氷も五百匁目《もんめ》、買うといた。
竹造　ほいから運転手には早う去って《いんで》もらわにゃいけんで。長居されたらやれんけえ、用心せえや。
美津江　次の仕事があるそうじゃけえ。
竹造　（安心して）ほりゃえかった。ほいから新しい《にいな》手拭《てのごい》を用意しとかにゃあいけんで。
美津江　買うてあります。
竹造　シャボンも要《い》るで。
美津江　それも買うてあります。
竹造　軽石は……。
美津江　買うてあります。
竹造　へちまは……。
美津江　買うてあります。
竹造　ほいから男物《おとこもん》の浴衣《ゆかた》じゃが……。
美津江　買うて……、そがあもんあるわけない《なー》。
竹造　（頷いて）男物の浴衣まで用意しとったら、ちいーと外聞が悪い《わりー》けえのう。おまいもよう心得とるじゃろうが、木下さんの背中を流すんはいくらなんでもまだ早いけえ、そがなことすなや。これまた外聞ちゅうもんがあるけえのう。
美津江　おとったん、薪をつがんでもええんですか。
竹造　わかっとる。それで《ほいで》夕飯《よーはん》の御馳走はなんじゃ。
美津江　ビールにじゃこ味噌。
竹造　そりゃええ。
美津江　小いわしのぬた。
竹造　ええが、ええが。
美津江　醤油めし。
竹造　（舌なめずりして）醤油めしの加薬《かやく》はなんとなんとなんじゃ。
美津江　ささがきごんぼう、千切りにんじん、ほいから油揚げ《あぶりゃーげ》とじゃこ。
竹造　ごっつ、ええのう。
美津江　ほいで仕上げが真桑瓜《あじうり》じゃ。
竹造　（ためいきをついて）わしも招《よ》ばれとうなってきよった。
美津江　（竹造を見つめて）……おとったんが食べてくれんさったら、うちもうれしいんじゃけえどねえ。
竹造　（いきなり）夏休みは取れるんかいね。
美津江　……夏休み？
竹造　さっき出かけしなに、木下さんがいうとられたろうが。「夏休みが取れるようなら岩手へ行きませんか。九月の新学期までに一度、家へ帰ろう思うとるんです。美津江さんを連れて行ったら両親が非常に《じょうに》よろこびますけえ」

美津江　……夏休みは取ろう思うたら取れる思う。

竹造　ほいなら是非《ぜっぴ》行ってきんさい。

美津江　岩手はうちらの憧れじゃった。宮澤賢治の故郷《ふるさと》じゃけえねえ。

竹造　その賢治くんちゅうんは何者かいね。

美津江　童話や詩をえっと書かれた人じゃ。この人の本はうちの図書館でも人気があるんよ。うちは詩が好きじゃ。

竹造　どがいな詩じゃ？

美津江　永訣《えいけつ》の朝じゃの、岩手軽便鉄道の一月じゃの、星めぐりの歌じゃの……。

竹造　ほう、星めぐりのう。

美津江　（調子高く）「あかいめだまのさそり、ひろげた鷲《わし》のつばさ、あおいめだまの小いぬ、ひかりのへびのとぐろ……」。星座の名をようけ読み込んだ歌なんよ。

竹造　星の歌なら小学校んときにつくったことがあるで。

美津江　……ほんま？

竹造　（調子高く）「今夜も夜になったけえ、三つ星、四つ星、七つ星、数えとったら眠とうて、とろりとろりとねんねした。上じゃ星さんペーカペカ、下じゃ盗人《ぬしと》がごーそごそ、森じゃ……」

美津江　……！

竹造　風呂の火加減、見にゃいけんけえ、あとは割愛じゃ。たしか二重丸もろうて、教室の壁に貼り出してもろうたはずじゃ。（去りかけて）木下さんが岩手へ行こういうて誘うたんは一種の求婚じゃ。そのへん、わかっとろうな。「森じゃふくろがぼろきて奉公せい、お寺じゃ狸《たのき》がぽんぽこぽん……」

竹造は火吹竹を振り回しながら下手へ去る。それを見届けて、美津江は庭に下り、改めて地蔵の首を見る。やがてこころが決まる。しっかりした足取りで家に上がると、押入れから大きな風呂敷を出して身の回りのものを包み始める。

そこへ下手から竹造がやってきて、

竹造　木下さんは無精ひげを生やされとったけえ、剃刀《かみそり》を用意しとかにゃいけんで。

美津江　剃刀のたぐいは家の中に置かんことにしとる。首の血管に切りつけて亡《の》うなった被爆者がいくたりもおられたけえのう。風呂桶につけといた左手首の血管をあれですらっと切って死にんさった方もおってです。

竹造　（美津江の様子を観察していたが）……おまい、ひょっとしたら荷造りしよるんじゃな《なー》いか。ほいも岩手へ夏休み旅行に出かけよういう荷物じゃなさそうじゃな。

美津江　（頷いて）堀内先生の生花教授のお手伝いをさせ

てもらおう思うとる。間ものう家を出れば、七時五分の宮島行きの電車には《にゃー》乗れるじゃろう。

荷物をまとめ終えた美津江は、卓袱台に走り寄って便箋をひろげ鉛筆を構える。

竹造　(抑えながら) 木下さんが戻ってきんさるんじゃけえ、その案は考えもんでえ。だいたいが人を招んでおいて途中で放り出す《ほーくりだす》やつがあるか。ほいはごっつ失礼《ひつれー》ちゅうもんよ。

美津江　この手紙を玄関口のよう目につくところに置いて出るんじゃけえ、心配せんでもええのんです。

竹造　せっかくの御馳走はどよになるんじゃ。くさるにまかせて蠅《はえ》めらに食わせたるいうんか。

美津江　一人で上がってもらうんじゃ。木下さんに、そよに書いとくけえ。

竹造　風呂はどがあなるんじゃ。やっぱあ、勝手に風呂へ入ってちょんだい、いうて書くんか。

美津江　(頷いて) そのあとの文章は……。(ちょっと空《くう》を睨んで考えて) お帰りの《ん》節は雨戸を閉め、玄関の鍵をかけて出てつかあさい、鍵はお隣りに預けてくれんさい。ほいで最後の一行は、大切な資料はこのままお預かりしときます。じゃけんど、うちのことはもうお忘れになってつかあさい、取り急ぎ……。

竹造　図書館にはもう出んのか。

美津江　……ええ。

竹造　いつものややこしい病気がまた始まりよったな。

美津江　……ちがう！

竹造　いんにゃー、病気じゃ。(縁先に上がる) わしゃのう、おまいの胸のときめきから、おまいの熱い《あちー》ためいきから、おまいのかすかなねがいから現れよった存在なんじゃ。そいじゃけえ、おまいにそがあな手紙を書かせとってはいけんのじゃ。

竹造、美津江から鉛筆を取り上げる。

美津江　そいは大事な鉛筆《えんぺつ》じゃけえ、うちに戻してや。昭子さんとのお揃いなんじゃ。ピカのときにモンペの隠しに入れとったけえ、生き延びた鉛筆なんじゃ。

竹造　おまいは病気なんじゃ。病名もちゃんとあるど。生きのこってしもうて亡《の》うなった友だちに申し訳な《なー》い、生きとるんがうしろめた《たー》いいうて、そよにほたえるのが病状で、病名を「うしろめとうて申し訳な《なー》い病」ちゅうんじゃ。(鉛筆を折って、強い調子で) 気持はようわかる。じゃが、おまいは生きとる、これからも生きにゃいけん。そいじゃけん、そよな病気は、はよう治さにゃいけんで。

美津江　(思い切って) うちがまっことほんまに申し訳な《なー》い思うとるんは、おとったんにたいしてなんよ。

竹造　（虚をつかれて）なんな……？

美津江　もとより昭子さんらにも申し訳ない《なー》思うとる。じゃけんど、昭子さんらにたいしてえっとえっと申し訳ない《なー》と思うことで、うちは、自分のしよったことに蓋をかぶせとった。……うちはおとったんを見捨てて逃げよったこすったれなんじゃ。

庭へ飛び下り、力まかせに地蔵の首を起こす。

美津江　おとったんはあんとき、顔におとろしい火傷《やけど》を負うて、このお地蔵さんとおんなじにささらもさらになっとってでした。そのおとったんをうちは見捨てて逃げよった。

竹造　その話の決着ならとうの昔についとるで。

美津江　うちもそよに思うとった。そいじゃけえ、今さっきまで、あんときのことはかけらも思い出しゃあせんかった。じゃけんど、今んがた、このお地蔵さんの顔を見てはっきり思い出したんじゃ。うちはおとったんを地獄よりひどい火の海に置き去りにして逃げた娘じゃ。そよな人間にしあわせになる資格はない《なー》……。

竹造　途方もない《とつけもなー》理屈じゃのう。

美津江　覚えとってですか、おとったん。はっと正気づくと、うちらの上に家がありよったんじゃ。なんや知らんが、どえらいことが起こっとる。はよう逃げにゃいけん。そがあ思うていごいご動《いご》いとるうちに、ええ《えー》具合《がい》に抜け出すことができた。じゃが、おとったんの方はよう動けん。仰向けざま《あぬけざま》に倒れて、首から下は、柱じゃの梁《はり》じゃの横木じゃの、何十本もの材木に、ちゃちゃらめちゃくそに組み敷かれとった。「おとったんを助けてつかあさい」、声をかぎりに叫《おら》んだが、だれもきてくれん。

竹造　広島中、どこでもおんなじことが起こっとったんじゃけえのう。

美津江　鋸《のこ》もない《なー》、手斧《ちょうの》もない《なー》、木槌《きづち》もない《なー》。材木を梃子《てこ》にして持ち上げよう思うたがいけん、生爪《なまづめ》をはがし掘ったがこれもいけん……。

竹造　ほんまによう頑張ってくれたよのう。

美津江　そのうちに煙たい《けぶたー》臭《にお》いがしてきよった。気がつくと、うちらの髪の毛が眉毛《まひげ》がチリチリいうて燃えとる……。

竹造　わしをからだで庇《かぼ》うて、おまいは何度となく《のー》わしに取りついた火を消《きや》してくれたよのう。……ありがとありました。じゃが、そがあことをしとっちゃ共倒れじゃ。そいじゃけえ、わしは「おまいは逃げい！」いうた。おまいは「いやじゃ」いうて動かん。しばらくは「逃げい」「いやじゃ」の押し問答よのう。

美津江　とうとうおとったんは「ちゃんぽんげで決めよう」いいだした。「わしはグーを出すけえ、かならず《ぜっぴ》おまいに勝てるぞ」いうてな。

竹造　「いっぷく、でっぷく、ちゃんちゃんちゃぶろく、ぬっぱりきりりん、ちゃんぽんげ」（グーを出す）
美津江　（グーで応じながら）いつもの手じゃ。
竹造　ちゃんぽんげ（グー）
美津江　（グー）見えすいた手じゃ。
竹造　ちゃんぽんげ（グー）
美津江　（グー）小さいころからいつもこうじゃ。
竹造　ちゃんぽんげ（グー）
美津江　（グー）この手でうちを勝たせてくれんさった。
竹造　ちゃんぽんげ（グー）
美津江　（グー）やさしかったおとったん……。
竹造　（怒鳴る）なひてパーを出さんのじゃ。はよう勝って、はよう逃げろいうとんのがわからんか、このひねくれもんが。親に孝行する思うてはよう逃げいや。（血を吐くように）おとったんに最後の親孝行をしてくれや。たのむで。ほいでもよう逃げんいうんなら、わしゃ今すぐ死んじゃるど。

短い沈黙。

竹造　……こいでわかったな。おまいが生きのこったんもわしが死によったんも、双方納得ずくじゃった。
美津江　じゃけんど、やっぱあ見捨てたことにかわりがな《な》い《ー》。うち、おとったんと死なにゃならんかったんじゃ。

竹造　（また怒鳴る）このあほたれが。
美津江　……！
竹造　おまいがそがあばかたれじゃったとはのう。女専まで行ってなにを勉強しとった？
美津江　じゃけんど……、
竹造　（ぴしゃり）聞いとれや。あんときおまいは泣き泣きこよにいうとったではない《なー》か。「むごいのう、ひどいのう、なひてこがあして別れにゃいけんのかいのう」……。覚えとろうな。
美津江　（かすかに頷く）……。
竹造　応《こた》えてわしがいうた。「こよな別れが末代まで二度とあっちゃいけん、あんまりむごすぎるけえのう」
美津江　（頷く）……。
竹造　わしの一等《えっとー》おしまいのことばがおまいに聞こえとったんじゃろうか。「わしの分まで生きてちょんだいよォー」
美津江　（強く頷く）……。
竹造　そいじゃけえ、おまいはわしによって生かされとる。
美津江　生かされとる？
竹造　ほいじゃが。あよなむごい別れがまこと何万もあったちゅうことを覚えてもろうために生かされとるんじゃ。おまいの勤めとる図書館もそよなことを伝えるところじゃないんか。
美津江　え……？

竹造　人間のかなしいかったこと、たのしいかったこと、それを伝えるんがおまいの仕事じゃろうが。そいがおまいに分からんようなら、もうおまいのようなあほたれのばかたれにはたよらん。ほかのだれかを代わりに出してくれいや。

美津江　ほかのだれかを？

竹造　わしの孫じゃが、ひ孫じゃが。

短い沈黙のあと、美津江はゆっくりと台所へ行き、庖丁を握りしめる。

そしてしばらく竹造を見ていたが、やがてごぼうを取ってささがきに削《そ》ぎはじめる。そのうちにふと、手を止めて、

美津江　こんどいつきてくれんさるの？

竹造　おまい次第じゃ。

美津江　（ひさしぶりの笑顔で）しばらく会えんかもしれんね。

竹造　……。

そのとき、遠方でオート三輪の音。

竹造　こりゃいけん、薪《まき》をつぐんを忘れとった。

竹造、すたすたと下手奥へ去る。美津江、その背へ、

美津江　おとったん、ありがとありました。

オート三輪の音が近づいてくる気配のうちにすばやく幕が下りてくる。

主要参考文献

大江健三郎『ヒロシマ・ノート』岩波新書
広島市・長崎市原爆災害誌編集委員会編『広島・長崎の原爆災害』岩波書店
広島市立浅野図書館編集発行『広島市立浅野図書館略年表』
広島市編集発行『広島新史』
中国電気通信局『広島原爆誌』
日本原水爆被害者団体協議会『ヒロシマ・ナガサキ死と生の証言』新日本出版社
家永三郎・小田切秀雄・黒古一夫編『日本の原爆記録』日本図書センター
家永三郎・小田切秀雄・黒古一夫編『ヒロシマ・ナガサキ原爆写真・絵画集成』日本図書センター
峠三吉『原爆詩集』青木書店
西山洋子「原ばく」
林幸子「ヒロシマの空」
深川宗俊「冴えた眼から」
関千枝子『広島第二県女二年西組』筑摩書房
中国新聞社編集発行『写真で見る広島あのころ』
奥住喜重・工藤洋三・桂哲男訳『原爆投下報告書』東方出版
山極晃・立花誠逸編、岡田良之助訳『資料 マンハッタン計画』大月書店
平山輝男他編『現代日本語方言大辞典』明治書院
広島県師範学校郷土研究室編『広島県方言の研究』芸文堂書店
広島公共職業安定所編集発行『ひろしまことば』
町博光監修、ＮＨＫ広島放送局編『今じゃけぇ広島弁』第一法規出版
村岡浅夫編『広島県方言辞典』南海堂
井上ひさし編著『共通語から広島方言を引く辞典』私家版
方言監修＝大原穣子。資料提供＝広島市立中央図書館。
他にも多くの方がたの資料や手記のお世話になりました。
ありがとありました。
作者敬白

黙阿彌オペラ

永い間、そしていつも、劇作の指針として仰いできた根村絢子氏の評論『もっと翻訳劇を』（岩波書店「文学」一九五九年四月号）に捧《ささ》げる。

と　き

嘉永《かえい》六年（一八五三）師走《しわす》から、明治十四年（一八八一）初冬まで。すなわち、狂言作者の二世河竹新七が芽の出ぬのに絶望して両国橋から身を投げようとした三十八歳師走から、その新七が自分に「黙阿彌《もくあみ》」と阿彌号をつけて劇界からの隠退を決意する六十六歳初冬までの二十八年間。

ところ

全場を通して、両国橋西詰へ三百歩、柳橋へ二百歩ほどの距離にある小見世《こみせ》「仁八《にはち》そば」の店内。

ひと（登場順）

とら（七一）
河竹新七（三八）
五《ご》郎《ろ》蔵《ぞう》（二八）
円八《えんぱち》（二三）
久次（一八）
及川《おいかわ》孝之《こうの》進《しん》（三〇）
おせん（四）
おみつ（二一）
陳青年（不詳）

年齢は初めて登場したときのものを示した。もちろん、俳優は自分の扮《ふん》する人物の年齢にそれほど忠実である必要はない。

第一幕

一　仁《に》八《はち》そば

音楽の中で明るくなると、嘉永《かえい》六年（一八五三）の師走《しわす》二日、夜四ツ頃《ごろ》（午後十時前後）の、柳橋裏河岸《かし》の小さなそば屋「仁八そば」。まず浮かび上がってくるのは、正面の二枚の腰高障子。障子には二枚にわたって、「そば切　柳橋裏河岸　仁八そば」（鏡文字）と書いてある。開店中はここに縄暖簾《なわのれん》が下がる。

折りから、時刻《とき》を知らせる拍子木が通り過ぎて行き、犬の遠吠えが風に乗って千切れ千切れに飛んでくる。

腰高障子の左右は格子《こうし》窓で、上手に賄《まかな》い場の一部が見えている。賄い場と店内とを仕切るように出し台（カウンター）が延びていて、その上に、棒《ぼう》鱈《だら》と里芋の煮つけ、鯣《するめ》の足、慈姑《くわい》の煮物、鶏卵焼《たまごやき》などを盛った皿鉢《さはち》が何枚か並べてある。出し台は「火の用心」の札の貼られた大黒柱で止まっている。大黒柱から上手へ行くと、家の者が寝起きする六帖間に至るはず。

下手は、「そば十六文」「大蒸籠《せいろ》四十八文」「天ぷら三十二文」「花まき二十四文」などと書いた品書きが貼られた板壁で、その下に心細く畳が敷いてある。下手の奥、板壁と格子窓の境目に小さな掛行灯《かけあんどん》がかかっているが、それにも「火の用心」の文字。

店内は三和土《たたき》で、卓が一台と巾広《はばひろ》の長床几《ながしょうぎ》が二本。そして木製の大火鉢。

またも雪交じりの風の烈《はげ》しい一ト吹き。やや近くで犬が今度はけたたましく吠え、つづいて、「開けてくんねえ」「開けておくんなさい」「悪く狸寝入りを決め込むと承知しねえぞ」「もしもし、もしもし」などの声とともに腰高障子を打つ音。

上手から、とら（七二）が、手持ちの小さな箱行灯を掲げて出てくる。素足に藁草履《わらぞうり》。

とら　どこのだれだか知らないが、口やかましい人たちだね。（障子の向こうへ一喝）黙らっせえ。こんな時分にどっぴどっぴ騒ぎ立てて、いったいどこのアンポンタンの親玉だ。

新七（声）……客といえば客なんですが。

五郎蔵《ごろぞう》（声）おい、見世の人、食い物屋てえものは客のくるうちが花だぜ。さあ、清く開けてくんねえ。

とら 間もなく両国橋や柳橋のたもとに夜鷹《よたか》そばが回って来るころだ。こっちはとうに竈《かまど》の火を落としちまったよ。

新七（声）でもありましょうが、じつは人の生き死ににかかわることでして……。

五郎蔵（声）入れてくれなきゃ人が死ぬんだぞ、おい。

とら ……人が死ぬ？

五郎蔵（声）そうとも。放《ほ》っとくと両国橋からドボンだ。開けなきゃいつか、そいつがここへ、ドロンと化けて出ることになるが、それでもいいのか。

とら そりゃ大事《おおごと》だ。ちょっと待たっせえ。

とら、行灯を卓の上に置き、心張棒《しんばりぼう》を一本、外すとそれを武器のように構える。外から障子が勢いよく開いて、風花とともに笊《ざる》売りの五郎蔵（二八）と河原崎座の立作者《たてさくしゃ》の河竹新七（三八）が飛び込んでくる。新七は唐桟《とうざん》の着物に羅紗《らしゃ》の襟巻、そして紺足袋はだしで、履物はないが、身なりは悪くない。引きかえ五郎蔵は、まるっきりはだしで継ぎはぎの着物、襟巻代わりに首手《て》拭《ぬぐ》い。

新七 ……助かりました。

五郎蔵 師走の夜の川風《かわつかぜ》で五臓六腑《ぷ》がまるで凍豆腐《しみどうふ》よ。身体《からだ》の芯《しん》を氷柱《つらら》にでも貫かれているようだぜ。

とら（二人の足もとを見て目を皿にする）……。

新七（今のところ説明不能）……。

五郎蔵 これには深いわけ次第があるんだから、そうつめてえ目で見ちゃいけねえ。余計ひえちまうじゃねえか。そばは天ぷらにしてくんな。富士のお山がそっくり入るぐれえ腹が空《す》いているんだ。それから酒を炬燵《こたつ》代わりにしてあったまりてえ。ここへ手早く正宗《まさむね》か剣菱《けんびし》の熱燗《あつかん》をずらっと並べてくんねえ。

とら 酒なんぞないよ。

五郎蔵 けんもほろろなご挨拶だが、そば屋が酒を置かないで今の世界が渡れるもんけえ。（板壁の品書きを見てガックリ）……なんで酒を置かねえんだよ。

とら こっちにも深いわけ次第があるんだよ。それに竈の火を落としちまったから、そばもむりだね。

五郎蔵 ありがたいそば屋だぜ、まったく。

とら 出せるのは白湯《さゆ》ぐらいなもんだ。

新七 いただきます。

とら（頷いて）火鉢に埋めてある炭団《たどん》の頭を火箸《ひばし》で叩《たた》いてみなせえ、赤いところが顔を出すからね。（五郎蔵に）出し台に煮物がある、ちっとは腹の足しになるだろう。

とら、上手に引っ込み、すぐに鉄瓶と古草履を二足持って出てくる。新七は火鉢のそばへ。五郎蔵は出し台の皿鉢をあれこれ物色。とら、二人に草履を与える。

五郎蔵 （慈姑を口に放り込んで）……かび臭えぞ、この慈姑。煮てから二年がとこはたってらァ。

とら 悪い口を叩くね。

五郎蔵 （鶏卵焼を試して）鶏卵焼というよりは豆腐焼だわ。……豆腐が七分で鶏卵が三分ってえところだ。混ぜもので銭を稼いじゃあいけねえな。

とら （茶碗に白湯を注《つ》ぎながら）口の傍《はた》に番所がないと思って、言いたい放題を言ってるよ。

五郎蔵 ちっちっちっ、歯が欠けた。どうしてこれが鯣《するめ》の足なんだ、雪駄《せった》の裏皮と言った方が早《はえ》えぞ。

とら （強く）売物の上で唾《つばき》を吹くな。おめえさんのばばっちい唾で味が悪く変わるわ。

五郎蔵 なんでえ、口の悪いばあさんだな。

とら おたがいさまだろうが。

五郎蔵、新七と向かいに腰を下ろし、鯣の足をかじりながら白湯を啜《すす》る。二人、茶碗を両手の手の平で包み込むようにして持つうちに、白湯の温かさに放心。

とら それで、だれが橋の上からドボーンなんだい。その人は、いったいどこにいなさるのかね。

二人、ハッとなり、卓越しに両手を突き出し互いに襟を摑《つか》み合い、必死に止め合って、

新七 早まっちゃいけないと云っているんです。

五郎蔵 こっちこそ死に急ぎはよせと云っているんだ。

新七 命あっての物種《ものだね》じゃありませんか。

五郎蔵 生きていりゃこそ花実《はなみ》も咲くんだからよ。

新七 わけもおありだろうが、まだお若いんだから。

五郎蔵 わけを聞こうじゃないか、え、わけをよ。

とら （バシンと卓を叩き）二人だけで呑《の》み込んでいるようだが、あたしにゃなにがなんだかわけがわからないよ。

五郎蔵 だから（新七を指して）こいつがだよ、両国橋の上から大川へドボンと、

新七 （五郎蔵を指して遮る）飛び込もうとしていたので、

五郎蔵 （新七を指しながら遮る）とっさに横から抱きついて、

新七 （五郎蔵を指して遮る）この人に身投げを思いとどまらせました。

五郎蔵 なんでえ、おめえばかりがいいところを取りやがって。おいらだっておめえを抱き止めてやったじゃねえか。

新七　（頭を下げて）申しおくれました。河竹新七と申します。筆で浅草に暮しの煙を上げております。

五郎蔵　おう、本所から深川にかけて笊を売り歩いている五郎蔵てもんだ。

新七　（じっと見て）五郎蔵さん、死んじゃいけませんよ。死ねば死に損、生きれば生き得といいますからね。

五郎蔵　おめえこそ死ぬなよ。死ぬより大きな怪我はないっていうからな。

とら、耳を傾けながら二人のはだしの足もとなどを見ていたが、

とら　事情がだんだん読めてきた。早い話がこういうこったね。おめえさん方はたがいに死のうとした、そいでたがいに引き止め合った……。

新七　……ご鑑定どおりです。

五郎蔵　時刻《はんとき》が半刻もずれてりゃ、あした、雪の大川に土《ど》左衛門《ざえもん》が二体プカーッてことになっていたわけよ。

とら　そりゃ惜しかったねえ。

五郎蔵　なんだと。

とら　馬鹿は死ななきゃ治らないというから、いっそ飛び込んで治しゃよかったんだよ。そしたらあたしも起こされずにすんだしね。

五郎蔵　この世とあの世の別れ道に立って死ぬほど苦しんだ人間をつかまえて馬鹿とはなんだ。

とら　たがいに相手に向かって云った「死ぬな」という科白《せりふ》を、自分に向けて云いやいいじゃないか。それがわからないようじゃ馬鹿も行き止まりだ。馬鹿の番付がでりゃ、おめえさん方なら立派に大関は張れるよ。

五郎蔵　姨捨山《おばすてやま》で狸の餌食《えじき》になりそうな見かけだが、口は新品の剃刀《かみそり》みてえなばあさんだな。

とら　憎まれ口のつぐないにぶっかけぐらいはこさえてあげようかね。

とらは賄い場に入る。竈に火をおこし湯を沸かす気配。話の進み具合に合わせて、ときどき出し台越しに顔を覗《のぞ》かせもする。

五郎蔵　この先もあの口で膾《なます》に刻まれそうだ。新七さん……、だっけ。お互《たげ》えにとんでもねえところへ入《へ》っちまったな。

新七　（激している）「死ぬな」と自分に言い聞かせて、「はい」と自分が聞き入れてくれるようなら、世の中に身投げなんぞありゃしません。

五郎蔵　いい科白だ。（賄い場へ）ばあさん、聞いてるか。

新七　それにちょっと行き詰まったから死んで楽になろうという、そんな世間並みの了見とはちがって、五百も八百も頭痛の果ての無念残念、死ぬよりほかに術《すべ》はないと

見定めての決心です。

五郎蔵　（感心）作者だねえ。ばあさん、顔の皺紐《しわひも》をちゃんと引き締めて聞かなきゃいけねえよ。

新七　これが無念残念でなかったら、世の中に無念残念がなくなります。

五郎蔵　もっと云ってやれ。

新七　（ハッとなり、抑えて）朝、起きてうがいをするたびに自分にこう釘《くぎ》を刺すのです、「焦《あせ》ってはいけませんよ」

五郎蔵　……いきなり調子を変えるな、相の手がまごつくじゃねえか。

新七　「そのうちにきっと上げ潮がくる。こっちに太陽《ひ》の当たる日がくる。それまでは焦っちゃなりません」……。五郎蔵さん、わたしはこの十年間、毎朝、自分にそう言い聞かせてきました。けれども夜になると足が勝手に動いて、いつの間にか両国橋の欄干から暗い水面《みなも》に魅入《みい》っている。……とりわけ今夜は水面へ舞いおりて行く雪を見ているうちに、おのれの身体が宙に舞いあがるようなふしぎな心地になりまして、

とら　（賄い場から）今夜こそ死ねると思ったのかい。

新七　（頷いてから）ところが、わたしと同じようなふしぎな目つきをして水面に見入っているお人があった。この人も死ぬ気だ、さあ、死ぬるが先か、

五郎蔵　（頷いて）止めるが先か、

新七　迷いに迷い、

五郎蔵　（頷いて）いつでも死ねるが助けるのは今しかねえと、とっさに思いついて、

新七　五郎蔵さんに思いとどまってもらったのです。

五郎蔵　またいいところを取りやがって。

とら　なにをそう焦っているんだね。

新七　十年前、二十八の年から、名前だけはピカピカ金箔《きんぱく》つきの河原崎座立作者。けれども、その実体はとなると、この十年の間にまっとうな新作狂言を書かせてもらったのはただの一度、たったの一度ですよ。

五郎蔵　（驚いていたが）狂言作者だったのかよ。

新七　（頷いて）猿若町三丁目の河原崎座の狂言作者部屋を束《たば》ねています。

五郎蔵　道理でてめえにだけにいいところを割り振ると思ったよ。

竈の火はもう大丈夫、とらが出てくる。

とら　狂言作者のお師匠《おッしょ》さんて、座元《ざもと》からお給金が出るやら、役者からご祝儀の花が来るやら、猿若町では奉られもするやらで、なんでもたいそう結構な生業《なりわい》らしいじゃないか。新しいものが書かせてもらえないからって、なにもそう焦ることはないだろうさ。

五郎蔵　ばあさん、よく云ったぜ。（新七に）そんな結構

ずくめの暮しのいったいどこを押せば、死ぬ口実が出てくるんだ。

新七　（きっぱりと）座元の、河原崎権之助旦那の狂言の立て方が苦しみの種です。「新七さん、今度も在《あ》り物《もの》で行きましょうや」と、いつもそればっかりですからね。

とら　在り物というと曾我兄弟や忠臣蔵のたぐいかね。

新七　（頷いて）わたしのやることといったら、権之助旦那と在り物の名作狂言の中から季節節句に合うものを選ぶことだけ。そりゃあ名作を出していれば座元の懐中《ふところ》は安泰でしょう。けれどもそれでは作者が育たない。旦那は新作で損をするのがおいやなのです。

五郎蔵　新作でも座元の胴巻にはジャラジャラと銭が入ってくるんじゃねえのか。声色でしか知らねえが、「お釈迦さまでも気がつくめえ」って新作があるだろう。

とら　（すかさず）「切られの与三《よさ》」だね。

新七　（暗い声で）この三月、一丁目の中村座に出た瀬川《せがわ》如皐《じょこう》の新作です。

五郎蔵　それがべらに棒のつく大当たりで桟敷《さじき》の床が抜けそうになったというじゃねえか。通りですれちがう声色屋にしても夏からこっち、あればっかりだぜ。与三郎の科白で耳にたこよ。「エヽご新造さんへ、おかみさんへ」

とら　（うれしそうに）へえへえ。

五郎蔵　「イヤサ、コレお富、久しぶりだなァ」

とら　「そういうお前は、（五郎蔵の出鼻を抑えて）与三郎だな」

五郎蔵　……ええ？

とら　「おぬしはおれを見忘れたか」

五郎蔵　……お、おい。

とら　「しがねえ恋の情けが仇《あだ》、命の綱の切れたのを、どう取り留めてか木更津《きさらづ》から」

五郎蔵　その名科白の受持ちはおいらなんだぜ。

とら　「めぐる月日《つきひ》も三年越《みとせご》し」

五郎蔵　なんでこういいところを盗《と》られちまうんだろ。

とら　「江戸の親には勘当うけ、よんどころなく鎌倉の、谷七郷《やつしちごう》は食い詰めても」……、

新七　（耳を押さえて）聞きたくない。

とら　これからがいいところなんだよ。「面《つら》へ受けたる看板の疵《きず》がもっけの幸いに」

新七　（血を吐くように）わたしにはとてもそんな科白は書けない。

とら　……なんだい、ついさっきまで書きたい書きたいと騒いでたじゃないか。

新七　たしかに、座元が新作を禁じているのが第一の苦しみの種。ところが、新作を書かせてもらったとしても、今のような科白が思いつけるかどうか自信がない、これが第二の苦しみの種。わたしより後輩の瀬川如皐が、今ではるか先を行っている。追い付けるだろうか、これが第三の苦しみの種……。

とら　よっつ目の苦しみの種は？
新七　……よっつ目、といいますと？
とら　極《きわ》め付《つ》けの苦しみの種のことさ。
五郎蔵　そうよ。そうやって苦しんだ揚句、やけっぱちを起こして、どこかの芸者と深間にはまって、座元の金をちょろまかしてしまったとか、もっとさしせまった、のっぴきならねえ事情てものがあるだろうが。
新七　（呆然《ぼうぜん》として）……はあ？
とら　それを苦にしたおかみさんが子どもさんを道連れに死出の旅、そんな悲しいことがあったんだろ。とどのつまりはその芸者にも振られ、わが子恋しさに大川の水を呑む気にもなった……。
五郎蔵　（深く同情して）そんなところなんだろうな。
新七　待ってください。家の者と二人の子どもは、いまごろは浅草寝釈迦堂《ねじゃかどう》の家で軽い寝息を立てているはずです。あとに残されるあの者たちを思えば不憫《ふびん》ではありますが。
とら　死のうとした事情たしかに、さっきのみっつでおしまいなのかね。
新七　（頷いて）すべて包み隠さずに申しました。
五郎蔵　女はほんとうに絡《から》んでねえのか。
新七　あまり興味ありませんから。
五郎蔵　金も絡んでねえんだな。
新七　もちろんです。借金もありません。
五郎蔵　子どもを売ったとか、そういうこともねえ？
新七　そんなことはいたしませんよ。
五郎蔵　なんでえ、死にもの狂いで抱きとめたりして、いまいましい大汗をかいちまった。
とら　そのようだね。

とらは賄《まかな》い場へ入る。薪《まき》をくべに行った様子。
五郎蔵は畳にごろり。

五郎蔵　おめえさんなんか放っといて、さっさと飛び込みゃあよかった。あーあ、今夜はついてねえや。
新七　（怒る）わたしは本気だったんですよ。
五郎蔵　おめえさんが並べ立てた事情ぐれえじゃ、とうてい死ねるものじゃねえ。身投げとジャレ遊びをしているだけよ。早《はえ》えとこ家へ帰ってかみさんの布団へ潜り込み頭なでなでしてもらうんだな。
新七　なんですか、えらそうに。
とら　（賄い場から粉だらけの手を上げて）おめえさんのはね、能《のう》ある者は身を苦しめるってやつさ。
新七　能ある者は身を苦しめる……？
とら　いってみりゃ贅沢な苦しみなんだよ。いまのまま作者部屋を束ねていりゃ結構な暮しがつづけられるんだろ。それがなんだい、その上に欲を出して、それが叶いそうもないから死のうだなんて、そんな贅沢三昧《ざんまい》は通らないんだからね。

五郎蔵　ばあさんや、もっと聞かせてやってくれや。

とら　身投げなんてものはね、なんの能もないが一所懸命に生きているのに、だんだん詰まる痩世帯《やせじょたい》、結句《けっく》、貧乏ゆすりさえできねえほど追いつめられた連中がするものなんだよ。

五郎蔵　作者だなあ、ばあさんも。もっと云ってやれ。

とら　鶏卵《たまご》をつなぎにそば粉を捏《こね》ている最中だ。そんなむだなひまはないよ。

新七　むだ？

五郎蔵　（言下に）そうよ。

新七　すると、わたしには身投げをする資格がない？

五郎蔵　ねえな。

新七　（すごい勢いで）そういうおまえさんはどうなんです。

五郎蔵　（急に鼻声になる）ちくしょうめ、お絹坊の姿が目の先にちらついてきやがったぞ。

新七　……お絹坊？

五郎蔵　四つになる子を、半月前に、十両で人手に渡しちまったのよ。

新七　売ったんですか。

五郎蔵　捨てたのかもしれねえ。

新七　（詰問《きつもん》）なぜです？

五郎蔵　五年前、おいらのような者のところへもかみさんがきてお絹坊が生まれた。そのころは笊もよく売れて、九尺二間《くしゃくにけん》の裏長屋ながら、家ン中はお絹坊のオギャオギャーの声を真ん中にいつも上機嫌の高話《たかばなし》、気味の悪いほど諸事万端うまく行っていたのよ。ところが、……ちょっとうまく行くと直《じき》に魔がさすというのは世の中の当り前《めえ》だから仕方がねえが、かみさんがお産の後《あと》病いで起き上がれねえ。そこから後は行き詰まるのが早えや、笊は売れねえ、かみさんの病いは日ごとに悪く進む。

新七　（話に引き込まれている）まさか？

五郎蔵　三月《みつき》とは保《も》たなかった。のこされたのは赤ん坊とあちこちから借り集めた薬代の金十両、

とら　（賄い場から麺棒《めんぼう》を上げて）赤ん坊は貰乳《もらいちち》で育てたのかね。

五郎蔵　当たり前《めえ》よ。

とら　苦労したろう。

五郎蔵　お絹坊の笑くぼを見りゃ太い苦労も素敵な苦労に変わるんだ。

新七　なのになぜ……？

五郎蔵　忘れもしねえ半月前の、初雪ちらつく寒い晩、更けて淋《さび》しい本所外《はず》れの片側町《かたかわまち》を、親子二人、腹を空《す》かせ切って歩いていると、通りかかった夜鷹そば屋の前で、めったにおねだりをしたことのねえお絹坊が、いきなり足ずりして、「チャン、あたい、おそばが食べたいよう」としくしくやり出した。「チャンもそばが喰《く》いてえ。けどな、今日は朝から一個の笊も売れなかっただろう。お

足がないんだから我慢しな。長屋へ帰ったら腹いっぱい水を呑ませてやるからな」、そう言い聞かせたが、よっぽどひもじかったんだろう、足を踏み鳴らしてなおも泣く……。

とら　（そば切り包丁を振り上げて）うちへくりゃよかったんだ。

五郎蔵　いまごろ云われても遅いや。

新七　（促して）それで？

五郎蔵　おいらも泣いて、泣いているうちに考えがまとまった。ひもじがる子に二八十六文《にはちじゅうろくもん》のそばも食わせられねえんじゃもう親とはいえねえ。こんな情けのねえ親の手もとに置くよりも、ちゃんとしたところへ養女に出した方がこの子のためだ。

新七　（唸《うな》る）……！

五郎蔵　間に人を入れて、深川の煎餅《せんべい》屋の大見世《おおみせ》へ十両の金とひきかえに養女に出したんだが、捨てるほどでも親の情《じょう》、今日の夕方、こっそり様子を見に行っておどろいた。饅頭《まんじゅう》みてえにふくれ上がった霜焼けの手で風呂《ふろ》の水を汲《く》んでいるんだ。養女とは名ばかりで捨猫同然の扱いよ。

他人《ひと》ごとでなくなったと見えて、とらが晦い場から出てくる。

とら　働かせるだけ働かせて、いずれは芸者にでも売るつもりなんじゃないのかい。

五郎蔵　思わず駆け寄って、「チャンだよ」と声をかけたが、もっとおどろいたことに、「あたいはこの家の者になったんだから、もう会いにきちゃいけないよ」と云うじゃねえか。それからこうよ。「こうやって会いにくると銭貰《ぜにもら》いだと思われるよ。チャンが銭貰いと思われたら、あたい、つらいもの」……。

とら　なんて利発な子なんだろうねえ。

五郎蔵　おいらに似ねえ、いい子なんだ。別れしなに、袂《たもと》から胡麻《ごま》煎餅を出して、「お八つにもらった煎餅だけど、おたべ」……。

五郎蔵、たもとから煎餅を取り出す。四つに割れている。

五郎蔵　四つの子どもにそこまで気をつかわせているのかと思ったらもうてめえに愛想がつきて、この煎餅がお絹坊と思って親子心中を巧《たく》んだが、そこへ飛んでもねえお節介野郎が飛び出してきやがったのよ。

新七　（低頭して）どうお詫びすればいいのか……。申し訳ありません。

五郎蔵　（二人に）喰うかい。

とら　ありがとうよ。

五郎蔵　（新七に）ほれ。
新七　そんな大事なものを。
五郎蔵　遠慮しっこなし。
新七　では……。

五郎蔵、とら、喰う。新七は一片《いっぺん》を押しいただき、懐中紙《の》を出して載せる。

五郎蔵　（ムッとなって）袂糞《たもとぐそ》でもついているというのか。あとで捨てる気だな。
新七　（明るい）仕事部屋の机の上に飾るつもりです。
五郎蔵　置物かよ、煎餅は。
とら　それに鼠が引くよ。
新七　切子細工《きりこざいく》の水呑みに収めておきます。

五郎蔵、とら、首を傾《かし》げている。

新七　わたしは芝の質屋の生まれ。幼いころから、立てば借金坐れば家賃歩く姿は質屋行き、というお客さんの切ないうしろ姿を数限りなく目にしていたはずなのに、その光景をどこかへ置き忘れたまま狂言作者をつとめておりました。この煎餅の一片《いっぺん》には、わたしが忘れたままに放っておいた世間という名の銭地獄の光景がぎっしりと詰まっている。これはこの世の銭地獄を眺める遠眼鏡だ。そばに置いて狂言の筋立てを考えますよ。この煎餅からはきっと金《きん》が出ます。
五郎蔵　……ほんとか、おい。

五郎蔵、くわえていた一片を吐き出し、こねくりまわして見ている。

とら　（五郎蔵に）お乳の貰い先は何軒あったんだい。
五郎蔵　え？
とら　貰乳で育てたんだろう。
五郎蔵　……五軒だったかな。五軒が五軒ともよく居留守を使ってくれたぜ。
とら　間の悪いときは先様《さきさま》でもいい顔はしないのさ。今うちの子にやったばかりだからもう出ないかもしれないよ、だなんていや味をいわれてね。
五郎蔵　腹を空かせて夜泣きされるのには往生したな。お絹坊のお腹《なか》の都合で先様を寝床から引っ張り出すわけにも行かねえし、……いやに貰乳にこだわるが、どうかしたのか。
とら　あたしも孫娘のおみつを貰乳で育てたもんでね。
五郎蔵　おっかさんは乳足らずだったのか。
とら　倅《せがれ》の嫁はおみつをおいて逃げたんだよ。
新七　それはひどい。
五郎蔵　見つけ出して棒でも食らわせてやれ。

とら　逃げ出して当たり前なんだよ。
二人　……？
とら　亭主と伜は二人揃って底抜けの大酒呑み、客より先に見世の酒をぺろっと呑んじまうんだよ。べろんべろんでそば切り包丁をにぎるから、細縄より太いそばをこさえちまってさ。
五郎蔵　客には、うどんてことで、……通用しねえか。
とら　おみつが生まれて間もなくのころだから十四年前、東両国の料亭で酒呑み大会があって、親子二人、たがいに「今日はおれが酒呑みの大関になってやる」と云い合って出かけて行った。それでその馬鹿二人が最後の最後まで勝ち残って、
新七　親子仲よく引き分けた……？
五郎蔵　そりゃめでてえ。
とら　（首を横に振って）たがいに譲らず大関の位を争って呑みつづけたんだよ。結句は、息子を負かした亭主はその場で頓死《とんし》。伜は半年後に、口からは黄色い水を吐き、尻からは黄色い霧を吹いて一生の幕切れさ。お芝居よりすさまじい世話場で、あれじゃ女房も逃げ出すわ。
二人　……。
とら　世話場はたいてい酒から始まるからね。酒が不幸の仲人なんだよ。
五郎蔵　（板壁の品書きを見上げて）なるほど、酒を売らねえわけがわかったよ。

新七　それで、お孫さんは？
とら　おみつはあたしが立派に育て上げた。十歳の春に京橋の小間物屋へ奉公に上がって、どうやらこのごろは、そこの若旦那《わかだんな》とたがいにホの字にレの字らしい。
五郎蔵　こんどこそはめでてえや。
新七　お曾孫《ひまご》さんが授かるのも間もなくですよ。
とら　相手はまだ十六、おみつも十四、そこまで男女の知恵を回すには、あと四、五年はかかるだろうね。

とら、そばを茹《ゆ》でに賄い場へ入る。

五郎蔵　（考えている）四、五年もかかるかなあ。
新七　（決心をつけて）五郎蔵さん。またぞろいらぬお節介を焼くようですが、お絹坊を取り戻す十両、この新七に用立てさせてくださいませんか。
五郎蔵　……なんだと？
新七　さいわい座元からお給金をいただいたばかり。欲深な質屋でさえ百文貸して四文の利息、ですから煎餅屋への礼金は一両も弾《はず》めば御の字でしょう。（紙入れを抜き出して）ここに十一両と三分ばかり持ち合わせがあります。
五郎蔵　（ありがたくて）……ちくしょう。
新七　十一両を持って、さ、いますぐに。
とら　（賄い場から長箸《ながばし》を振り上げて）あたしもその株仲《かぶなか》

間《ま》に入れとくれ。
新七　……株仲間？
とら　（賄い場から出てきて）なにをするにも株をこさえて仲間を組むのが当今《いま》の流行《はやり》じゃないか。おめえさん一人にいい子振りをさせておくもんか。
新七　（唸って）株仲間とは文殊《もんじゅ》の知恵です。いくら出せそうですか。
とら　一両！　の半分の、二分《にぶ》ならなんとかなる。
新七　それなら十一両を四十四株に分けて、一株一分ということにしましょう。（懐中《ふところ》から紙と矢立てを出し、筆の穂先を嚙《か》んで）株仲間の亭主役を引き受けます。（書く）柳橋裏河岸《がし》仁八《にはち》そば……、
とら　寅年生《とらどし》まれで、とら、というんだよ。
新七　（書く）とらどの、二株。浅草寝釈迦堂河竹新七、四十二株……。
五郎蔵　おいら、ありがたく、ことわるぜ。
新七　遠慮はいりません。わたしたちは好きで株仲間を組むんですから。
とら　（大きく頷いて）お絹坊がきれいに育って玉《たま》の輿《こし》にでも乗ったら、そのときは十層倍二十層倍にふやして返しておくれ。そうやって御恩送《ごおんおく》りをしてもらえばいいんだよ。
五郎蔵　（きっぱりと）おいらはたったいまから宗旨《しゅうし》を替えたんだ。
二人　……？
五郎蔵　おいらたちが橋の上でたがいに止め合って争っているときに、橋の下を屋根舟《やねぶね》が一隻《せき》、川上へ漕《こ》ぎ上って行ったのを覚えているか。
新七　（首を傾げて）なにしろ止める止められるで夢中でしたから……。
五郎蔵　どこへ雪を見に行くのか知らねえが、日本橋あたりの大店《おおだな》の旦那らしいのが炬燵《こたつ》に入って右左《みぎひだり》の芸者衆に笑いかけていた。その光景がいまひょいと目に浮かんできたのよ。おめえさんたちの、ありがてえ株ってやつで、たとえお絹坊を引き取ってもその先は、どうせまた笊を売りあぐねて親子して夜鷹そば屋の前で泣くにきまってら。おんなじことの繰り返しじゃねえか。ばかばかしいや。新七さん、おいらは跳ぶよ。
新七　……跳ぶ？
五郎蔵　度胸一つで橋の上から橋の下の雪見舟へ跳ぶのよ。そうして、きれいな衣装をととのえ煎餅屋へ、表口からお絹坊を迎えに行ってやるから、見てな。
とら　いや味に気取ってどうしたんだい。
五郎蔵　おいらの手で必ずお絹坊を引き取る。ご親切はありがてえが、きっぱりことわらァ。
とら　惜しいねえ。（賄い場に入りながら）せっかく株仲間ができるってよろこんでいたのにさ。

なにか思案しながら右の人差指を鉤形《かぎがた》に曲げたりしている五郎蔵。それを窺《うかが》っていた新七、

新七　五郎蔵さん。

五郎蔵　……ん？

新七　悪くは詮索《せんさく》したくないが、跳ぶとおっしゃったのは、まさか悪事を働くということではないでしょうね。

五郎蔵　（ぎくりとなるが）おめえさんの知ったこっちゃねえや。

新七　いったいなにをなさるおつもりなんです。

五郎蔵　いまは、くわしい話は負けてくれ。

新七　しかし……、

五郎蔵　黙っておいらのすることを見ておいて、後で新作狂言の材料《ねた》にでもするこったな。

とら、広蓋《ひろぶた》にぶっかけ二つ、載せてくる。

とら　上がったよ。

五郎蔵　おっと、待ちかねたり。

五郎蔵、割箸を割りながら、そばをふうふう吹く。新七、その様子を見ながら紙入れから天保《てんぽう》通宝（百文銅貨）を一枚出すと、パチンと卓の上に置く。

新七　差し出がましいが、勘定はわたしが受け持ちます。

とら　百文銅貨だね。（首から紐で下げた財布を抜き出しながら）お釣りは六十八文、と……。

新七　釣りは来年のそば代に回してください。

とら　来年の、だって？

新七　（頷いてから、五郎蔵に）来年の今月今夜、同じ時刻に、またここで会いましょう。なにがあっても集まるんですからね。それまでは（割箸を割る）、お絹坊のためにも、まともに生きてくださいよ。

とら　来年の分を取っても、まだ三十六文、余るがね。

新七　余った分は心づけです。

とら　すまないねえ。

五郎蔵　（顔を上げて汗を拭き）ちくしょう、芯《しん》からあったまってきやがった。

とら　そりゃよかった。拵《こさ》えたかいがあったよ。

とら、うれしそうに二人を見ている。風の一ト吹き。暗くなる中で、新七がそばを食べ始めようとしている。

二　炭団《たどん》

一年たって——。

安政元年（一八五四）の師走二日、夜四ッ前（午後十時前）の「仁八そば」。正面の腰高障子は閉まっており、縄暖簾はすでに内側に取り込まれている。

くたびれた羽織を着た客、三遊亭円八《えんぱち》が、畳敷きで、蒸籠《せいろ》を食べているが、その横の広蓋に積み上げられた空の蒸籠の数はすでに五枚。
とらは大黒柱の前の箱に腰を下ろして長煙管《ながぎせる》をくわえ、円八にそれとなく注意している。

円八　（とらと目が合って）けっこうなお味ですな。
とら　慈姑《くわい》一皿に蒸籠六枚で、ちょうど三百文だよ。
円八　鰹節《かつおぶし》を惜しげもなくお使いになっている。こういうけっこうな味が世間に埋《う》もれてちゃいけませんや。あたしゃ大いに吹聴《ふいちょう》させていただきますよ。
とら　酸《す》っぱい沢庵《たくあん》とお世辞はきらいなたちなんだよ。
円八　（舌鼓《したつづみ》）まことにけっこう。
とら　じっさい今夜は妙な晩だよ。さっきは捨て子のおせん、今度は（円八をジロッと見る）……。
円八　（舌鼓）すてきなうまさだ。もう一度、云わせていただきたいな。（舌鼓）けっこう。
とら　そうやっていつまでも鶏みたいにときをつくっていろ。あたしゃ炭団を取ってくるんだから。

とら、炭取りを持って上手へ入る。円八は履物を持つと、上手へ、「うまいッ」「そばてえものはすべからくこうありたいもんですな」「けっこーッ」などと声高《こわだか》に云い立てながら、出口の方へ後じさりして行く。いきなり正面の腰高障子が開く。

とら　やっぱり正体を顕《あらわ》したな。

円八、呆然。

円八　……でもどうやって。
とら　奥は一間《ひとま》で、すぐ裏口、ちっちゃな家だから早回りが利くんだ。蒸籠を一枚ずつ小出しに注文しながら、もう一刻《いっとき》はたっぷり居座っているから、怪しいとは睨んでいたんだよ。（羽織を品定めして）日灼《ひや》けしてくたびれ切っているけど、三百なら売れるだろう。預からせてもらうよ。
円八　いけません、これは大事な商売道具なんです。
とら　それならお足をお出しよ。お足がないなら尻尾をお出し。

円八、ぐっと詰まったところへ、上手から四歳ぐらいの女の子（おせん）の怯《おび》えて泣く声。以下、科白に合わせてよろしく泣く。

円八　さっきのおせんちゃんだ。捨てられた夢をまた見ているんだな。（奥へ）おばあちゃんがあやしてあげるって。

とら　（入りかけて、戻る）逃げられてたまるか。

円八　（奥へ）おばあちゃんがすぐ行きますよォ。

とら　（入りかけて、戻る）火事は出しても食い逃げ出すな、これ一筋でやってきたんだ。

円八　（奥へ）いま行きましたよォ。

とら　（立往生して）ひとの弱味につけ込んで、うーん。

腰高障子が開いて、颯爽《さっそう》と新七が入ってくる。

新七　しばらくでした。

とら　いいところへきてくれたよ、新七さん。

円八はしおたれる。おせんの泣き声も止《や》む。

新七　三月の河原崎座以来ですか。

とら　（頷いて）初日に招《よ》んでくれてありがとうよ。おかげで一生分の目の保養をさせてもらった。なにしろ猿若三座のお芝居を桟敷から観《み》るなんて臍《へそ》の緒《お》を切ってから初めてだからね。

新七　五郎蔵さんにも観てもらいたかった。いったいどこでどうしているのか……。

とら　今夜は一年ぶりに会えるさ。師走二日の夜四ツ、それがお約束だからね。

新七　たのしみだなあ。

とら　二人そろったところで株仲間の相談を持ちかけるから、それもたのしみにしておいで。

新七　……株仲間？

とら　あとでゆっくり。（逃げようとしている円八の襟をぐいと掴んで）あたしの初日占い、みごと的中だろう。河竹新七の新作の「忍《しの》ぶの惣太《そうだ》」、上々吉の大当たりだったじゃないか。御出世、よかったね。

新七　（頭を下げて）高島屋と組めたのが幸運でした。市川小《こ》團次《だんじ》の、あの科白回しにずいぶん助けられましたからね。しかし、なによりも五郎蔵さんの「跳ぶ」というひと言に助けられました。（懐中《ふところ》から小型の帳面を出す）これはわたしが大事にしている心覚え帖ですが、ほら、ここのところに「跳ぶ」と書きつけてある。この「跳ぶ」を睨みながらあの芝居の筋書きを立てたんです。

円八　（とらを逆に引きずるようにして覗き込み）「跳ぶ」……、なるほど。

新七　そう、忍ぶの惣太が行きずりの少年梅若丸を殺して地獄へ跳ぶという趣向は、この五郎蔵さんの血を吐くようなひと言から、……なんです、この人は。

とら　お足のない鶏だよ。
新七　なんですって？

おせんの、怯えて泣く声。

とら　ちょいとこの人を見張っていておくれ。あたしゃおせんを見てくるからね。

とら、奥へ入る。新七、首を傾げながら、奥と円八とを半々に見ている。

円八　エヽ一刻ほど前、父親が女の子と仲よく並んでそばを食べておりましたが、そのうちに父親が（奥を示して）はばかりへ立ちました。
新七　はあ？
円八　ところが、父親はいっこうに戻ってこない。この家は小さいですからね、スーッと裏口から抜けて、どっかへ行っちゃったんですな。
新七　置き捨て？
円八　（頷いて）「チャンがいなくなるってこと、あたい知ってたよ、だって今日は朝からあたいにやさしすぎたもの」と、これがそのときの女の子の科白、それからこう、「あたい、おせんです。よろしくおねがい申します」……。
新七　それであの泣き声でしたか。
円八　ところで、あなたの「忍ぶの惣太」の梅若殺しの科白、あれ一つで江戸の声色屋の懐中はみな冬知らずのホカホカものだそうですな。
新七　（照れて）まさか。
円八　けっこうな科白をお書きになりましたね。「殺すも因果、殺さるるも因果、これ旅の子ども、許してくりゃれ、南無阿彌陀佛」
新七　声色屋さんですか？
円八　二代目三遊亭円生《えんしょう》の門下で、円八と申します。お見知りおきを。
新七　……こちらこそ。
円八　これでも場末の席で一度だけ真《しん》を打ったことがあります。ところが話し出してすぐ、客席から、「そんなに喋りたければ、はばかりにでも入って一人で勝手に喋っていろ」と座布団の雨です。そこで心機一転、今年の夏、女房子どもを置いて拾《ひろ》い草鞋《わらじ》の旅……、
新七　拾い草鞋の旅？
円八　道ばたに捨てられた古草鞋を拾い、そいつをはいて歩く貧乏旅のこと。（小型の帳面を出し、そこを開いて見せながら）伊香保《いかほ》の峠の茶店で拾った言葉です。土地の衆がこっちをさして、「あれは江戸から落ちてきた拾い草鞋の噺家《はなしか》だとさ」と陰口を叩いていたが、うまいことをいうもんですな。

新七　（共感）あなたも帳面をつけておいでなんだ。
円八　命の次に大事なネタ帖で。（手渡して）中をどうぞ。かまいませんよ。
新七　（帳面を軽く拝んで、開けたところを読む）「古くても新橋、一本でも日本橋、昨日通っても京橋、木の橋でも竹橋」……。
円八　橋づくし。地口で落とす噺の枕《まくら》に使います。
新七　（別のところをめくって読む）「鮒《ふな》と白魚がいつしかいい仲になり、駆け落ちして大川の杭《くい》の間に侘《わ》び住まい。やがてこのこと親類一同の耳に入り、詮議《せんぎ》きびしく、どうでも別れさせようと一決。その噂《うわさ》を聞いた件《くだん》の鮒と白魚、世をはかなみ、手を取り交わして、『南無阿彌陀佛』と釣針へふらり」
円八　逆落《さかさお》ちで落とすときの枕に使います。
新七　（感心して）貴重な帳面ですな。（別のところを読む）「あたしだって生身の人間、どこを切っても赤い血が噴き出してくるんだ。ここまで放ったらかされたんじゃたまらないよ」……。これは？
円八　当分は使う気にはなれません。あたしの留守中、女房が子どもを連れて長屋を出て行きしなに、近所のおかみさんに切った啖呵《たんか》ですから。
新七　（頭を下げて、別のところを読む）「円朝《えんちよう》の馬鹿野郎ッ」……。円朝というと、いま噂に高い日の出の勢いの天才少年ですね。
円八　あたしの弟弟子で、まだ十六歳の小僧ッ子です。江戸へ舞い戻ってすぐ、こいつの高座を聞いたんですが、聞いているうちに口惜《くや》しくって悲しくって涙をぽろぽろこぼしました。
新七　後からきた者がはるかに先を行っている。……わかります。
円八　客に受けていくら。こればっかりで修業してきました。手っ取り早く受けるには言葉と遊ぶこと。ですから、「エ、象が行っても虎ノ門、日本晴れでも雷門、じいさんが先に行っても馬場先門なんてえことを申しますが」などとやっていたわけです。ところが円朝はちがった。あいつの噺の中では人がいきいきと生きている。日当たり悪く生まれて微《かす》かな暮しの煙を上げている人間どもの仕草や心の動き、それからふだんの言葉づかい、そういったものがそっくり写し絵になっていた。
新七　写し絵？
円八　（頷いて）十六の小僧が世話場をさらに生一本《きいつぽん》に突きつめて、人生の実《じつ》を写し取っていたんです。あいつの噺の中にはこのあたしさえ生きていた。初めてですよ、あんな噺は。
新七　人生の実を写し取る……。写実ということでしょうか。
円八　エヽそんなようなもので客の心を鷲摑《わしづか》みにして思うがままに引きずり回していた。ですから、「円朝の馬鹿野郎ッ」と、口惜しまぎれにほめたわけで。

新七　（心に刻み込むように）生一本の世話場……。つまり生世話場か。

円八　（改まって）その帳面、あなたにお預かりいただきたいんですが、いかがなものでしょうか。中のネタを狂言にお使いくだすってもかまいません。

新七　いけませんよ、そんな。これはあなたの命そのものじゃありませんか。

円八　その命を担保にいくらかお貸しいただければ、一生涯、恩に着ます。

新七　……。

円八　世間の人から見れば、ただの古帳面、反故紙《ほごがみ》のかたまり、ほかの人に質草に出してまちがって竈の焚《た》きつけや襖《ふすま》の下張りにされたりしては浮かばれません。けれども、あなたなら帳面の重味は……。

新七、紙入れから一分銀《いちぶぎん》を四粒、天保通宝を五、六枚出して円八の帳面の上に載せ、それから卓に置く。

新七　円八さん、お命まではお預かりできませんよ。

円八　……ありがとうございます。

円八が頭を下げたとき、とらが出てくる。

とら　ようやっと寝ついてくれた。チャンに添伏《そいぶ》ししてもらっている夢でも見ているんだろうね、あたしの横腹に手をこじいれてくるから身動きがとれやしない。（円八に）今度は、おめえさんを片づける番だ。さあ、羽織。

円八　エ、円八と申します。

とら　だれがおめえさんの名前なんか聞いたんだよ。名前はあってもお足は、あるじゃないか。

円八、卓の上に天保通宝を三枚、置いて、

円八　これがそば代です。長いこと滞らせて、すみませんでした。（もう一枚）それからこれはおばあさんへの心づけ。（さらにもう一枚）これでおせんちゃんに飴でも買って上げてくださいますか。

とらは呆然。新七は素知らぬ顔。

円八　さあどうぞ。

とら　つまらねえ人じらしをして、呆《あき》れ返った閑《ひま》なお人だ。（銅貨を摑み取り、怒鳴って）ありがとうござい！

円八　そば湯の熱いところをいただけますか。

とら　（怒鳴って）へい、湯桶《ゆとう》一丁！

とら、ぷんぷんしながら賄い場に入る。やや遠くで拍子木の音、番太郎の「四ツでござーい」の声。と、正面の腰高障子が静かに開いて、

久次 ごめんくださいまし。

大店《おおだな》の手代《てだい》風の若い男（じつは身投げ小僧久次）が入ってくる。優男《やさおとこ》だが、やり手で優秀な印象。湯桶を卓へ運んできていたとら、

とら ……五郎蔵さんかい。

久次 初めてお目にかかります。浜町河岸《はまちょうがし》で炭屋渡世《すみやとせい》をいたしております白木屋《しろきや》の手代で清太郎《せいたろう》と申します。

とら 黒い炭を扱って屋号が白木屋とは、おもしろい取り組みだ。なにか用かね。

久次 こちらにおとらさんとおっしゃるおばあさんは……？

とら あたししかいないだろ、ばあさんは。

久次 五郎蔵さんから言づかってまいりました。こうでございます。「おいらは跳ぶ前に転んじまった。でも今は元気に炭団《たどん》をつくっている」

ポカーンとしているとらと新七。円八は静かにそば湯を呑んでいる。久次、懐中から平べったい紙包を二つ出して、

久次 一両金が一枚ずつ入っております。一つは去年の今月今夜、五郎蔵さんが別れ際《ぎわ》に河竹新七さんとおっしゃる方からお借りしたお金だそうで、利息は負けてくれと云っておりました。もう一つはおとらさんへ。

とら あたしにも一両金だって？

久次 はい、そのようで。

とら なんで五郎蔵さんが？

久次 株仲間をこさえるときはおいらを加えてくれ、これはそのときの出資金だと、五郎蔵さんはそう云っておりました。とらばあさんは株仲間をこさえるのが好きだから、なにか新規の話があるにちがいないとも云っておりました。それではおやすみなさいまし。

新七 待ってください。いまの「転んじまった」とはどういうことなんです。

久次 あの、ほかにも回らなければならないところがございますので……。

とら こんな時刻にどこへ回ろうてんだよ。これから働くのは泥棒か、

久次 （ギクッ）……。

とら でなきゃ夜鷹そば屋ぐらいなもんだ。五郎蔵さんはなんで炭団なんぞつくっているんだね。

円八 けっこうなそば湯がありますよ。ちょっと温《あった》まって

いらっしゃい。

円八、そば湯を注《つ》いで久次を卓へ招き、大火鉢に炭団をくべたりする。久次、少し困った顔になるが、床几に腰をおろし、一口啜《すす》って、

久次　この秋、江戸市中の大手の炭屋三十三軒が、炭団株仲間をつくりました。

とら　株仲間ねえ。うん、馬鹿におもしろそうだ。

久次　炭屋の床や倉庫からは屑炭《くずずみ》が山のように出ますが、これは売物になりませんから、株仲間を通してその年の当番の年番《ねんばん》炭屋へ集めます。今年の年番はてまえども白木屋、店ではこの清太郎の受持ち。集めた屑炭は舟でお向かいの石川島《いしかわじま》へ運びます。

新七　石川島というと、人足寄場《にんそくよせば》の？

久次　（頷いて）その人足寄場へ安く払い下げます。寄場では、この屑炭に、鋸屑《のこくず》や布海苔《ふのり》やツノマタを混ぜてよく練り上げて、大きなお団子に握り固めまして、天火で乾かします。つまりこれが炭団でございますな。

大火鉢で炭団がパチパチと跳ねる。

久次　石川島のはこうは跳ねません。これはたぶん秩父《ちちぶ》あたりのいじけ炭団、

とら　余計なお世話だよ。道草くわずに真っ直ぐお話し。

久次　石川島の炭団を今度は株仲間が買い受けまして、市中で売りさばきます。石川島の囚人のみなさんは百個で五十文の実入《みい》りになります。

新七　待ってください。お話によると、五郎蔵さんは、その人足寄場にいる……？

久次　炭団組の兄ィ株をなさっております。

新七　囚人ですか？

久次　（頷いて）勇ましい気風《きっぷ》の、男の総元締のようなお人で、てまえなどは大好きでございます。それで兄と弟のようなおつきあいをさせていただいておりますが。

新七　……そうでしたか。

とら　五郎蔵さんの石川島送りはなんの科《とが》なんだい。

久次　強請《ゆす》りということで。

とら　……凄《すご》いね。

久次　強請った先は深川の煎餅屋で。

新七　というと、お絹坊が買われて行った先だが。

久次　（頷いて）そのお絹ちゃんが店の大きな炉に落ちて大火傷《おおやけど》、三日二夕晩、苦しみ抜いた末、五歳の正月に、はかなくなりました。

新七、とら、衝撃を受ける。

久次　なんでも炉の縁《へり》につまずいて、運んできた木炭もろ

とも、かんかんにおこった炭火へ突っ込む格好になったのだとか。

このとき、だれかが提灯《ちょうちん》を下げて表を通ったのだろうか、腰高障子の向こうから内部の様子を窺っていたらしい浪人者（及川孝之進《おいかわこうのしん》）の影が、一瞬、大きく浮かび上がる。久次の話に集中しているので、だれも気がつかない。

久次　店先から暴れ込んだ五郎蔵さんは、炉をめがけて手《て》桶《おけ》一杯の水をざあとぶちまけ、ぱっと上がった真っ白い灰神楽《はいかぐら》の中に仁王立ちになり、「お絹坊を生かして返してくれ！」……、

とら　あたしなら水じゃなくて火をつけていたよ。

新七　どだい四つや五つの小さな子どもに炭なぞ運ばせてはいけません。

久次　番頭が金を包んで差し出しました。五郎蔵さんは、「生かして返せ」と叫びつづけて受け取ろうとしない。番頭は金額が少ないからだと悪く推量、十両から二十両、二十両から五十両、五十両から百両と包みの中をふやすが、そのたびに五郎蔵さんは「生かして返せ」と怒鳴って押し戻す。そのうちに町内の鳶《とび》の者や下《した》ッ引《ぴき》などが悪く知恵をしぼり、「娘の焼け死にをもっけのさいわいに大金を強請るごろつき」というふうに仕立て上げたのだそうでございます。

とら　お絹坊は亡《な》くす、柄《え》のないところへ柄はすげられる、五郎蔵さん、さぞや口惜しかったろうねえ。

新七　地獄の責め苦だったはずですよ。

円八　（ふと）……おや、風がきてますね。（右の人差指を舐《な》めて立てて）どうも裏からのようですよ。

とら　裏戸は閉めてあるはずだよ。おかしいね。（奥を覗き込んで）だれだい、おせんかい？（声音が変わる）……だれだ！

とら、全身を棒にして引き下がって来、久次は正面の腰高障子へ駆け出そうとする。

孝之進　そのまま、そのまま。

奥から、牛久《うしく》山口家の浪人、及川孝之進が入ってくる。なぜか釣竿《つりざお》（二本に畳んでいる）と魚籠《びく》を持参。一同、しばらく呆然としたまま。

孝之進　（奥へ顎《あご》をやって）女の子が安らかな寝息を立てているが、かわいいものだな。

とら　……どなたさまで？

孝之進　名乗りの前にそば湯を一口。なにしろ今夜は歩きづめでの。だいぶ腹もへったわ。

孝之進、うまそうにそば湯を呑む。

とら　看板なんですがね。

孝之進　かまわん、かまわん。

とら　こっちがかまうんですよ。そば湯をお呑みになったら、お帰りいただきましょうかね。たとえあなたさまが宮本武蔵様であれ水戸黄門様であれ、そば屋の中ではそば屋の主《あるじ》まかせにするものだ。

久次がそっと腰高障子に手をかける。孝之進の釣竿一閃《いっせん》。針が久次の襟にかかって、手繰り寄せられる。

久次　無体なことをなさいますな……。

孝之進　帰る前にわしの名ぐらいは聞いて行ってはどうかな。損はさせんよ。

一同、ますます呆然。

孝之進　水戸街道を北へ行くと、牛久沼という大きな沼がある。そのあたりで一万十七石を領するのは牛久山口家、わたしはその牛久山口家浪人で及川孝之進と申す。以後ご昵懇《じっこん》に願いたいな。

とら　ふン、だれが。

孝之進　む？

新七　それで、ただいまは？

孝之進　神田須田町《すだちょう》の裏長屋、そこの九尺二間を三つ打ち抜いて剣術を教えているが、昨年、浦賀へペルリがきたときは一時《いっとき》、隆盛をみたものの、近ごろはとんと流行《はや》らん。もっともわたしの竹刀《しない》はこの釣竿ほどはよく動かぬから、そのせいもあるだろうな。（出し台に行って、取箸《とりばし》でコンニャクを串刺しにして一口）そこで昨今は、幼い時分に牛久沼で鍛えた鮒《ふな》釣りの腕をいかし、大川の寒鮒を神田の甘露煮屋へ卸している。このコンニャクはうまいぞ。

とら　お足はお持ちなんだね。

孝之進　どう見えるかな。

とら　（頭を抱えて）また人じらしだ。

孝之進　いまはない。が、これからここで手に入れる。

とら　エエッ。

円八　まさか押し込み……？

新七　新手の強請りかもしれません。

とら　こんなちっぽけなそば屋を的《まと》にすることはないじゃないか。ちょっと行けば蔵前に札差しの蔵が並んでいるんだよ。

孝之進　（今度は里芋の煮つけを箸に刺して）これでもかつては御家《おいえ》の勘定役人の内でな。御家の御手許《おてもと》をすこしでも温かくしてさしあげようと、己《おの》が一存で米相場をはったのが間違いのもと、御手許に小さからぬ穴をあけて、禄《ろく》を失うやら、妻子は実家《さと》へ戻るやら、友人からは見放されるやら、以来、運は坂道の雪だるま、転げ落ちる一方だ。御家人株を三十金《きん》、五十金で買い取って、天下の御直参にという志もないではないが、鮒を釣るぐらいではなかなか叶わぬ。ま、世間に看板あげての貧乏浪人だよ。

とら なんだか泣き言いってるみたいだね。

円八 どうも押し込みではなさそうですよ。

新七 泣き落としの新手とも考えられますね。

孝之進 ところが、本日、思いがけなく運を釣った。浅草《せんそう》寺《じ》の暮れ六ツの鐘を遠くに聞きながら、川下の矢《や》ノ倉河《くらが》岸《し》のよどみを針で探っているところへ、運というやつがおとずれてきた。

とら 打出の小槌《こづち》でも流れてきたんですかね。

孝之進 目の前を漕《こ》ぎ上がって行く一丁の屋根舟。どこの商人《あきんど》か、全体に肥えずに顔ばかり肥えた脂男《あぶらおとこ》がお供の芸者衆にいいところを見せて、縞《しま》の財布から一両小判をチャラチャラこき出している。脂男の前でずぶ濡れの手代風の若い男が声もなく男泣きに泣いている。

孝之進、話の矛先を次第に久次に向けて行く。

孝之進 ……と、その脂男のこう云っているのが聞こえてきた。「お店《たな》の金をなくしたからといって、主人へのお詫びに身投げするなんぞは愚《ぐ》の骨頂《こっちょう》です。両国広小路で掏《す》られた十両は、こうやってわたしが用立ててあげるから、まっすぐお店へ帰りなさい。船頭さん、舟を柳橋につけておくれ」……。その後は潮の音にまぎれて聞こえなかったが、どういうお礼を云ったのか、後学のために教えてくれまいか。

意外な展開に息を呑む三人。

久次 なにかの茶番狂言と思い、おもしろくうかがっておりますうちに、こっちへ矢玉が飛んできて大いにまごつきます。針を外してくださいまし。まだ、お店の用事ものこっておりますので失礼いたします。

孝之進 証拠がある。

久次 あるわけがございますまい。てまえは、浜町白木屋手代、清太郎。御不審ならば人をやってお訊《たず》ねくださいまし。

孝之進 炭屋の手代という話は障子越しにのこらず聞いたが、どこまで信じられるものやら。

久次 暮れ六つにお店で帳面をつけていた者がどうして大川で濡れ鼠になれましょう。ほら、天井裏で鼠も笑っておりますよ。

孝之進　（決めつけて）柳橋から後をつけたのだ。その方は踵《かかと》に羽根を生やしたような早足で三味線堀の長屋へ行き、それから、湯屋《ゆうや》、刺青《いれずみ》職人の長屋、髪床《かみどこ》、一膳飯《いちぜんめし》屋と梯子《はしご》歩き、もう一度、長屋へ戻って、そのあとここへきた。そうだな。

久次　人ちがいでございます。帳面のあと、てまえはひじきと油揚げの煮たのでおまんまをいただいておりました。ごめんなさいまし。

久次、腰高障子めがけて飛び出しながら、左の二の腕から剃刀《かみそり》を取り出して糸を切る。そのすきに孝之進、剃刀を叩き落とし、捕って押さえる。久次の右の二の腕にも剃刀が糸で括《くく》りつけられている。

孝之進　二の腕に剃刀を隠し持つお店者《たなもの》が、どこにいるものか。

孝之進、久次を突き放す。久次、土間にあぐらをかいて、次の科白《せりふ》の中で、もろ肌を脱ぐ。

久次　くやしいけれど負けは負け、さらりと尻尾を出してやる。生まれは湯島の町学者の家、親の教える子曰《しのたまわ》くちんぷんかんぷんよりも、サイコロの丁か半かどっちだどっちがおもしろく、たった十六で島送りになった背なの昇り龍《りゅう》の刺青で隠れもねえ……、

とら　（覗き込んで）なんも彫《ほ》ってないよ。

久次　今日は彫り入れの初日で寸法をとっただけなんだ。（もう一度）……背なに入るはずの昇り龍の刺青で隠れもねえ身投げ小僧久次とは、

とら　身投げ小僧？

久次　おいらのことだよ。

とら　（新七と円八に）聞いたことがあるかい？

二人　（首を横に振る）……。

とら　だれも知らないってよ。

久次　だから今日からなんだよ。五郎蔵兄ィも云ってたが、ほんとうによく脇からガチャを入れてくれるばあさんだな。

新七　おとらさん、どうやらこの久次さんは五郎蔵さんにとって大事な人のようです。名乗りだけでもすっきりやらせてあげようじゃありませんか。

久次　新七さんだっけね。ありがとうよ。

新七　よろしく。

孝之進　なんだ、そなたたちは。この者の料理はわたしがするのが筋目だぞ。

円八　名乗りぐらいゆっくりやらせて上げてくださいましよ。（久次に）円八です。

久次　（目顔で挨拶）……。

とら　旦那、コンニャクをもっとお上がりよ。お代はいただきませんよ。
久次　エヽ（と勢いをつけて）こないだまでは炭団組で五郎蔵兄ィの弟分、先月、島を出てからは、兄ィの恨みを晴らしたい一念、例の煎餅屋の大見世を探って主人の芸者狂いに目をつけ、うまく間合いを測って両国橋からドボン、一世一代の身投げ騙《かた》りを巧《たく》んだのだ。そこのお武家の云っていた「脂男」というのは煎餅屋の主人、養女にもらったお絹坊に年に似合ったお人形遊びもさせねえばかりか、かえってあくどくこき使い、その上、兄ィに強請りの悪名《あくみょう》をなすりつけて島へ送り込んだ張本人なのよ。
とら　よくやった！
久次　新七さんに借りがある、おとらさんには株仲間をするときの元手をあげてえものだと、兄ィがよく口にしていたから、まんまとせしめた十両から、さっきの二両を包んだんだ。
とら　えらい！
新七　（帳面を出しながら）芝居小屋なら満場総立ち、ヤンヤヤンヤの嵐になるところだ。（円八に）芝居になりますねえ。
円八　（もう帳面をつけている）円朝の向こうをはる、いい噺に仕上げてみせますよ。
とら　（ほとんど孝之進に向けて）そんなやつが相手ならたとえ千両、騙し取っても許されるね。だれが許さなくっても、このおとらがさし許す。おめえさんのやったことは真っ当な仇討ちなんだからね。あれこれ云うやつがいたら、たとえそいつが水戸黄門様であれ黒船のペルリであれ、そうして番所であれ、このばばあが生涯くらいついてやる。旦那はどう思うかね。

新七と円八、こわごわながら、とらや久次を守る姿勢になる。孝之進、その風圧に押されて、

孝之進　待て。だれが番所へ届け出るなどと申した。わたしはただ義援金《ぎえんきん》を一両、分けてもらえないだろうかと、そう思っただけだぞ。株の期限が明日に迫っているのだ。
とら　株？
孝之進　（頷いて）諸国の浪人が三十人あまり集まって株仲間をつくっておる。
とら　（自分に向かって）そうか、あたしも株仲間の話をしなきゃいけなかったんだ。（孝之進に）その的《まと》はなんなんです。
孝之進　御家人株。半年に一度、株仲間が一両ずつ持ち寄り、当たりくじを引き当てた者に御家人株を買ってやる仕組みだ。
とら　そりゃおもしろいね。
孝之進　おもしろくてやっているわけではない。そうでも

しないと禄《ろく》にありつけぬのだ。くじ運がよければ、明日にでも天下の御直参になれるかもしれん。(久次に) なんとかならんだろうか。さっくりと素直に頼むべきだったかもしれんが、行きがかりでつい芝居がかってしまった。反省しておる。

久次、ちょっと考える。やがて首に下げた財布から小判を八枚出し、半分にして、

久次 あの投げ針はすてきだったぜ、先生。その見物料に、八枚をこう二ツ割りにして四両。

孝之進 おお、四回もくじが引ける。しかしいいのか。

久次 (頷いて) こうなったら先生も一味だ。

孝之進 身投げ小僧のお仲間か。(深く頭を垂れて) それは願ってもない光栄だ。

とら トめでたく手打ちが終わったところで、おせんのことで話が……、

このとき、おせんの泣き声。一回で泣き止む。

とら 利発な子じゃないか。寝ながらでも、ああやってちゃんと相の手を打ってくれるんだからね。(さっきの小判をパチンと卓の上において) あたしの分が二分、五郎蔵さんの分が二分、合わせて一両。これでおせん株仲間が二人になった。さ、みんなも株仲間にお入り。

四人、呆気《あっけ》にとられている。

とら あんな器量よしは万《まん》が稀《まれ》だよ。おまけに、まだ四つかそこいらであの利発なことはどうだい。あたしと五郎蔵さんは、おせんの行く末に賭けた。きっと惚《ほ》れ惚《ぼ》れするような、いい娘に育つよ。どうだね?

円八 あたしもそうは思いますが、でも、もうちょっとくわしく……。

とら だから、少しお金を張り込んで、手習い、お針、行儀作法をみっちり仕込む。その費用《かかり》を株仲間で持とうというんだよ。十歳になったら日本橋か京橋の大店《おおだな》へ奉公に出す。あの器量だ。若旦那が目をつけないわけがない。いろいろあった末に、二人は晴れて夫婦になりましてと、こうものごとが順に行くわけさ。早く云えば、あの子を玉の輿に乗せるわけだ。株仲間はいわば育ての親、そこで二百か三百の礼金をいただく。その礼金を株数で割って分配すれば、十五年もしないうちに何十倍にもふえて戻ってくる。(首から下げた財布から一分銀を出して) 虎の子の一分銀、さあ、これも出しちゃうよ。

円八 なるほど。あの子がこれから育って行くための義援金を集めたいとおっしゃるんですね。

とら (意外な切り口に感心) ふーん、そういう考え方も

あるか。

久次　そのときになって、礼金なんぞ出しません、親が子を育てるのは当たり前でしょうと云われたらどうするんだ。丸損じゃねえか。

とら　ばかだね。礼金を喜んで出すような子に、明日からきびしく仕付けて行くんだよ。

孝之進　米の先物買いと同じ理屈でおもしろい、が、いっそ大名屋敷や大身《たいしん》の旗本屋敷へ奉公に上がらせるというのはどうだろう。殿様のお手がついたら、それこそ五百にも千にもなる。

とら　もちろんその手もあるよ。

孝之進　妻の実家《さと》にいる娘も正月がくればもう五つだ。おせんという子を娘と思って……、（トさっきの小判を出しかけるが久次に気を使い）う一む。

円八　（新七に）あたしも子どものことを思い出しました。さっきいただいたお金の一部を、おせん株に……。よろしいでしょうか。

新七　（頷いて）わたしも入れていただこうと思っていたところでしたよ。（一分銀を二粒出しながら）お絹坊の悲しい死を聞いた晩に、おせんという子がきた。ひょっとしたらおせんはお絹坊の生まれ変わりかもしれません。そう思いましてね。はい、二分です。わたしが亭主役をつとめましょう。

新七、卓の上に懐紙をひろげて、記録を付け始める。

円八　あたしは一分です。

とら　これで株仲間は四人になったよ。おあとはないかないか……。

円八　（久次に）あなたも見ておいでなさいよ。そりゃかわいい子ですから。

とら　そうともさ、おめえさんなぞは若いから一目惚れだよ。

久次　ばかにしてらァ。四つの子に惚れるひょうたくれがどこにいるもんか。

久次、腹を立てながら奥へ行く。それを見届けてから孝之進、一両金をそっと出しながら、

孝之進　……神田須田町二丁目善兵衛店《ぜんべえだな》住人、牛久山口家浪人、及川孝之進。

新七　いいんですか、先生。

孝之進　これを出してもまだ三回、くじを引くことができる。おせんが真実、福の神ならなんとか当たりくじを引かせてくれるだろう。

とら　その意気だよ、先生。

孝之進　エイ、一両。

新七　では……、

新七が書き付け始めたとき、おせんが猛烈に泣き出す。一同、ハテとなって、奥を見やるうちに暗くなる。暗くなってからも、しばらく泣き声が聞こえている。

三　花火

まだ暗いうちに、音楽がつづいている中から、十六歳に成長したおせんの唄《うた》が浮かび上がってくる。

花、花、花火、
夏の眺めは両国の
出船、入り船、屋形舟、
仕掛け花火に星くだり
玉屋、鍵屋の腕くらべ。
エー、エー、エー。

唄の後半で明るくなると、十二年後の慶応二年（一八六六）夏、両国川開き（旧暦五月二十八日）の宵の口の「仁八そば」、おせんが唄いながら卓の上に取皿を六枚並べているところ。おせんは柳橋のお酌《しやく》（芸者の一つ前の段階）。愛らしくそれでいて粋でもある浴衣《ゆかた》を着ている。

入口から五郎蔵が米袋（一斗入り）を担《かつ》いで入ってきて、袋を下ろすのも忘れて、おせんの唄に聞き惚れている。

なお、縄暖簾はすでに内に引き入れてあり、大黒柱には、表紙に『おせん株仲間控』と大書した古ぼけた大福帳が下がっている。畳敷きの手前（客席に近い方）の小机に、久次の写本道具（文久二年刊『開成所辞書』、筆墨、美濃紙《みのがみ》）。畳敷きの奥に、新七、円八、孝之進の夏羽織、そして孝之進の大小。

五郎蔵　（唸って）滅法もねえいい声だ。
おせん　いらっしゃい。
五郎蔵　（そのへんに袋を下ろしながら）いつ聞いてもほれぼれすらァ。
おせん　お呼び立てしてごめんなさい。じつは株仲間のおじさん方にお話があって、それで……。
五郎蔵　呑み込み呑み込み。おせんちゃんの呼び出しとありゃ唐天竺《からてんじく》の先からでも馳《は》せ参じるよ。それにこっちも株仲間の間抜け面《づら》が恋しくてうずうずしてたところよ。
おせん　（裏口を目で指して）おじさん方は外で魚を焼いていらっしゃるわ。
五郎蔵　（頷いてから）おせんちゃんは三味線を持たせて

も柳橋一なんだってな。芸者が花ならお酌はつぼみ、そのつぼみがまだ十六の若さで、ペペンペンペンの名人とはてえしたもんだ。声がいい上に、三味線もお上手とくりゃ、鬼に金棒、お赤飯《せきはん》に胡麻塩《ごましお》ってやつよ。

おせん 四角四面に弾いているだけだからまだだめなんだって。気持が入るようにならなければ一人前とは云えないんだそうよ。

五郎蔵 だれがそんなトンチキを云ってるんだ。かわりにおいらがひっぱたいてやろう。

おせん (賄い場に入りながら)三味線のお師匠さん。

五郎蔵 (微《かす》かにうろたえるが)……とにかくひっぱたきたいやつがいたら、いつでもおじさんに云うんだぜ。

おせん (微笑《ほほえ》みながら)ありがとう。

奥から、外行きの着物を着込んだとらが出てきて、賄い場のおせんへ、

とら 大きな声で唄うんじゃないよ。うちを通り抜けて両国橋あたりまで届いてたよ。

おせん またおばあちゃんの大げさがはじまった。

賄い場から出てきて、とらの着付けをちょっと直してやる。

とら おまえの唄を聞いて、川開きの客が、花火そっちのけでここへ押しかけて来でもしたら事だ。せっかくの集まりに水をさされちまうことになるよ。

おせん はい。(とらの全体を見て)どこから見ても、どっかの品のいい御隠居さまよ。(賄い場へ戻る)

とら (五郎蔵に)どうだね、人間様の世界に戻って三箇月、すこしは人間界の水にも慣れたかね。

五郎蔵 ちえっ、石川島をお猿さんの島かなんかのように云いやがる。

とら 新七さんの口入れで入った深川のお米屋さん、ちゃんとつとめているんだろうね。

五郎蔵 (頷きながら米袋の中から一摑《つか》み、さらさらとやって)ざっと、こんなもんよ。

とら (一粒嚙《か》って)いいお米じゃないか。

五郎蔵 一流料亭のお客様が召し上がる加賀の一等米だ。おとらさんが嚙《か》み呑みしているような仙台米より三倍も値の張る代物だぜ。おせんちゃんにと思って、ここんとこ、せっせと丹精しておいたんだ。

五郎蔵、左手に一升桝《ます》を持ち、米を量る仕草。左の親指を桝の中に入れ込んでいる。

五郎蔵 おいらの発明になる秘伝中の秘伝、そのつもりで聞いてくんな。米を桝で量るときに左の親指を、さりげ

なくこう、枡の内側へ入れ込んでおく。するとこの親指
分だけ米が浮くわな、へ、、、。
とら　そりゃ浮くだろうが、露見したら事だ。新七さんの
顔に泥が付くことにもなるんだよ。
五郎蔵　だから、そう初中終《しょっちゅう》はやらねえで、小遣銭の要る
ときだけに限ってるんだ。

裏口から、孝之進、久次、円八の順に入ってきて、
五郎蔵に目顔で挨拶しながら、皿《さ》鉢《はち》を卓の上に置
く。

円八　鰯《いわし》がきれいに焼けましたよ。
孝之進　この塩鰺《しおあじ》、うまそうであろうが。
久次　くさやだ、くさや。
おせん　（賄い場から五合徳利を抱えてきて）おばあちゃ
んにおねだりして、剣菱を五合《ごんごう》、買いました。
五郎蔵　ありがてえ。すてきにのどが渇いていたところだ。
円八　（とらやおせんに、しかし五郎蔵にもかけて）新七
さんのおでこに、相変わらず二本、縦皺《たてじわ》が刻まれたまま
ですよ。
孝之進　口も、こう、への字結びでな。
久次　ときおり溜息《ためいき》、それも深く、こうなんだぜ。
五郎蔵　どっか加減でも悪いのか。

立とうとするのを、とらが制して、

とら　ついこないだ高島屋がポックリ逝《い》っちゃったろ。そ
れが響いているんだよ。
五郎蔵　（頷いて）市川小團次《こだんじ》のことだな。店の番頭さん
も「惜しい役者をなくしましたなあ」と云って、お園と
手を取り合ってべそをかいてやがった。お園ってのは女《じょ》
中頭《ちゅうがしら》でね、あの二人は、どうも怪しい。
とら　（ジロリ）……。
五郎蔵　あやまり、あやまり。

頭を掻《か》く五郎蔵に、一同、口々に、

とら　高島屋と河竹新七。この組み合せは、梅に鶯《うぐいす》、柳に
燕《つばめ》、もう一つ云うなら竹に雀《すずめ》。その一方がいきなり欠け
ちまったんだから、のこされた方が応《こた》えないわけはない
んだ。
久次　この十年間に二人が出したものはすべて大評判。
円八　二十六本の生世話物《きぜわもの》は、ほとんど傑作。
孝之進　云うならば大当たりのつるべ打ち。
とら　江戸のお芝居を高島屋と河竹新七が二人で背負って
いたんだよ。ところが、その高島屋が自分から欠けちま
ったらしいんだね。
五郎蔵　……自分から欠けちまった？

おせん　高島屋のお芝居がお上のお気にさわって、きつくお叱《しか》りがあったんだそうよ。そのせいで高島屋は……。御座敷ではそういう評判だわ。

円八　（頷いて）さきごろ北町御奉行所《おぶぎょうしょ》がこう仰《おお》せ出されたんだそうです。「このところの世の乱れは、生世話物芝居の生々しさ毒々しさに世人が惑わされていることにその因《もと》がある。以後、生世話物の興行は禁止」

五郎蔵　すると新ちゃんは、むりやりに翼をもがれたのか。

円八　（頷いて）お上の御意向を聞いた高島屋は、見る見る真っ青になり、こめかみをぴくぴくさせて血でも吐くようにひと言、「生世話物があって今のおれがあるんだ。生世話物をやっちゃいけねえというのは、このおれに死ねというのとおんなじだ」……。そして間もなくこの世から立ち去ってしまったんだそうですがねえ。

五郎蔵　新ちゃんは釣竿を奪いとられた浦島太郎か。

孝之進　そう、かもしれん。

五郎蔵　マサカリを取り上げられた金太郎か。

円八　エヽまあね……。

五郎蔵　日本一の鉢巻をふんだくられた桃太郎か。

久次　あのね、兄ィ……。

五郎蔵　つまりは、わさび抜きのトロの握りで、ぴりっとしたところがねえってわけだ。

とら　（黙殺して、一同へ）どうしてあげたもんだろうねえ。

一同　……。

五郎蔵　決まってるじゃねえか。新ちゃんに高島屋のことをさっぱりと忘れさせてやることよ、せめておいらたち株仲間とここにいる間だけでもな。

一同　（感心する）……。

とら　珍しくなるほどなことを云ったね。少しは人間界の水にも馴染《なじ》んできたんだ。

五郎蔵　矢継ぎ早におもしろい話を繰り出して、新ちゃんの気分を盛り上げてやろうぜ。

とら　いい知恵をつけてもらったよ。あたしはおみつのことで日本橋へ呼ばれているから途中ちょっと抜けなきゃならないが、一つみんなで新七さんの気持をほかへ逸《そ》らしてあげようじゃないか。いいかい、高島屋の「た」の字も云っちゃだめだよ。

五郎蔵　（大きく頷いて）高島屋の「た」の字も云わないこと、それでこそ株仲間ってものだぜ。

　一同が頷き交わしたところへ、新七が渋団扇《しぶうちわ》三本に火箸を持って裏からゆっくり入ってくる。

新七　七輪のおきは火消壺に移しおきました。

五郎蔵　（妙に元気よく）いよッ、一別《いちべつ》以来だね。

新七　やあ。このあいだ、番頭さんが猿若町へ芝居見物にみえて、五郎蔵さんをうんと褒《ほ》めていましたよ。とにかくよく働きますよって。
五郎蔵 （思わず）それで桝目のことは？
新七 桝目……？
五郎蔵 なにも云ってなきゃァ別にいいんだ。
新七 桝目がどうしたんです。
五郎蔵 だから桝目をつい……（困って）このたびは高島屋があんなことになってさぞや（口に蓋《ふた》）……。
新七 （一挙に思いが噴き出して）聞いてくれますか！
五郎蔵 （仕方なしに）云うにゃ及ぶだ。ちきしょう、おたがいに株仲間じゃねえか。
新七 高島屋とわたしは、
とら （介入して）その株仲間が元気に顔を揃えたところで景気よく盃合《さかずきあ》わせをしようね。（おせんのお酌で各自の盃が満たされる間に）五郎蔵さんは今のところ大きな綻《ほころ》び目を拵《こしら》えることもなくお店《たな》をつとめているようだし、久次円八さんの噺は通のあいだではなかなかの評判だ。久次さんは英学塾というのに住み込んで横に這《は》う蟹文字《かにもじ》のお勉強。もとより新七さんは天下第一の狂言作者、
新七 （なにか云おうとして身体《からだ》を乗り出す）……、
とら まだつづくんですよ。孝之進先生は足掛け十三年目で、このあいだみごと当たりくじを引き当てて、晴れて天下の御直参、三十俵二人扶持《さんじっぴょうににんぶち》の御家人におなりになった。株仲間で出世と縁がないのはあたしだけだけど、年に免じて勘弁しとくれ。みんな、よかったねえ。

一同、不自然に顔を輝かせながら盃を掲げ合い、互いに祝福し合って呑み干す。新七はすぐ盃を置いて、

新七 高島屋とわたしは、
五郎蔵 （失地回復のすごい意気込みで）ありがとうよ。
新七 ……エ？
五郎蔵 （懐中から手紙の束を取り出して）これよ、この十二本の手紙。毎年、年の暮れになると島出入りの商人《あきんど》がこっそり手渡してくれた株仲間からの寄書き。あんまりありがてえから宝物にして、こうして肌身につけているけど、これを案じてくれたのが新ちゃんなんだよねえ。
新七 わたし一人の手柄じゃありませんよ。それはみんなが、
五郎蔵 涙に交じる水洟《みずっぱな》も氷柱《つらら》になるよな石川島の寒い夜、はばかりに入って月明かり星明かりをたよりに……、（鼻の頭を拳《こぶし》でツンと擦《こす》り上げて）何度、励まされたかしれやしねえ。
新七 この春の、五郎蔵さんの島帰りを祝う集まりでも云いましたが、それぞれの消息、おせんちゃんがすくすく育って行く様子、そういったことを五郎蔵さんに伝えてあげたい、みんながそう願って、だれが云い出すともなく島へ寄書きを届けようということになったのです。手

柄を独り占めするわけには行かない。

円八　さあ、それはどうでしょうか。当時、そういうすてきなことを案じ出せた作者は、新七さんしかいなかったはずですが、ね。

久次　（頷いて）言い出したのは新七さんさ。（大黒柱の帳面を指して）たしかその帳面をつけながらだったよ、ね、先生。

孝之進　（頷いて）筆を、こう宙に浮かせて、ポツリ、「五郎蔵さんにこの報告と励ましの手紙を届けてはどうだろう」……。

とら　そうだったよねえ。

新七　（首を捻《ひね》って）そうだったかなあ。

五郎蔵　ありがとうよ。（中の一枚を示して）最初のを見てくんねえ。真ん中にでっかく「へのへのもへじ」と書いてある。当時、四つのおせんの筆の跡だ。

そこへおせんが丼鉢を運んできて、

おせん　おからの油煎《あぶらい》りよ。

五郎蔵　それがこんなに大きくなっちまってよ。（涙声で）わかるかい。

新七　わかります、わかります。（懐中紙を一枚出してやって）さあ、食べましょう。（自分も一口）……ン、これはうまい！

おせん　（にっこり）蒸籠《せいろ》ができるまで、こんなところでつないでいてね。

五郎蔵　おッ、おせんちゃんの蒸籠はいいよ。

新七　（頷いて）とらさんのよりおいしいときがあるぐらいです。

とら　蒸籠の名人の前で豪気《ごうぎ》にいや味を云ってくれるね。

新七　あ、失言でした。

これで座が和らぎ、おせんは賄い場に入る。一同、ほっとして食べ始める。新七、また箸をつけようとして手をのばすが、その手が止まって表情が歪《ゆが》み、

新七　高島屋とわたしは、

久次　（すかさず）一冊二十両！

新七　……なにがです。

久次　（開成所辞書を見せて）四年前に幕府が出したこの英和辞典を写すと、二十両で売れるんだ。

新七　それはすごい。

久次　こないだ死んだ親父の遺品。いい飯の種を遺してくれた。（辞書を片手拝みして）なんまみだぶ。

五郎蔵　でもよ、その木枕《きまくら》みたいな書物を丸ごと写すのはよっぽどホネだな。

久次　ふつうに励んで一箇月。いまは十日で一冊の割りで

仕上げている。
新七　いくらなんでもそれは……。
久次　こつがあるんです。（パッと開いて）たとえば、ここに「コムュニチー」、「コンパニヨン」、「カンパニー」と三つ、メリケン蟹文字が並んでいる。
一同　（わからないなりに感心する）……！
久次　三つとも「仲間」というような意味です。同じ意味の言葉が三つ並んでいても仕様がないではないですか。そこで、たとえば、「コムュニチー」一つだけ写して、あとの二つは省略します。そうやって写本のスピードを上げるわけです。
新七　スピ……？
久次　速さ。
一同　（わからないなりに感心する）……！
五郎蔵　うめえことを考えやがったな。おいらもやろうかしらん。
久次　むり、むり、とてもむり。
五郎蔵　なんだと！
新七　（仲裁して）まあまあ。せっかくこうやって、その「コムュニチー」という仲間の寄り合いをやっているのですから、なごやかに。さ、いただきましょうか。（迷い箸）どれにしようかな……、
一同、ほっとして飲み食いを始めるが、新七、箸をぴたりと止めてすっくと頭を上げて、
新七　高島屋とわたしは、
円八　（反射的に介入して）高田の馬場は蛍の名所。
新七　高田の馬場とわたしは、エ？
円八　その高田の馬場へこのあいだ、五郎蔵さんの島帰りのお祝いと孝之進先生のご仕官のお祝いをかねて蛍狩りに浮かれ出たんですよ。
新七　そうだった。新作の手直しでごいっしょできなかったんだ。（低頭）その節はごめんなさい。
円八　それがあいにく途中で土砂降りの雨。高田の馬場へ着いてみると、雨こそ上がっていたものの、犬の子一匹見当たりません。ただ淋しい夕景色がひろがっているばかり。みんなでぼーっと入り日を眺めているうちに、五郎蔵さんが一工夫を思いつきましてね。
新七　（思わず引き込まれて）工夫……？
五郎蔵　まず神楽坂《かぐらざか》まで引っ返し、古着屋で狐《きつね》の尻尾五本を二百五十文に値切った。
孝之進　その尻尾をうまく夏羽織の下に隠す。
久次　もう一度、高田の馬場へ戻って、さる料理茶屋へ繰り込んだ。
とら　ひまで弱り切っているところへ五人の客だよ。
円八　ご亭主がえびす顔で「よくお越しを」、女中さんが愛敬声《あいきょうごえ》で「そのうち蛍も出てきます」、見世《みせ》の者が総出

でお愛想箸皿茶碗を並べます。「お酒はなにを召し上がりますか。剣菱と正宗がございます」、そこで、

孝之進　「極上の胡麻《ごま》油を冷《ひ》やで頼むぞ」

円八　羽織の下から尻尾をちら。

とら　「肴《さかな》には油揚げのごく新しいところを二三十枚」

円八　ちら。

久次　「それも生《なま》のままがいい」

円八　ちら。

とら　「めしはてんこ盛りの小豆飯《あずきめし》にしてくりゃれ」

円八　ちら。

五郎蔵　「さよう取り計らうならば、われらが通力《つうりき》をもってたちどころに百万の蛍を呼び寄せてつかわすぞ」

五人　ちらっちら。

円八　お見世のみなさんは座敷の隅に肩を寄せ合ってがたがたがた。どの顔も真っ青。失神寸前の女中さんもいる。ご亭主などはガチガチガチと歯を鳴らしながら、「お稲荷《いなり》さまのお使いだ」……。ここらが潮時、あたしら五人、気をそろえて「バア！」、尻尾を出して見せて上げました。

新七、初めて笑う。一同、ほっとする。

とら　お見世の連中、狐につままれたような顔でしばらくポカンさ。新七さんに見せて上げたかったねえ。

五郎蔵　ちかごろおもしろい客だてえんで、それからは大もてだ。夏座布団を二枚ずつ敷かされてよ。

久次　それでお勘定の方は半分でいいというんだ。

孝之進　帰りには稲荷ずしのお土産までついたぞ。

円八　お土産のついたところで、蛍狩りのお噺はおしまい。

新七　（笑いながら半分泣いている）……ありがとう。

円八　どうかなさいましたか。

新七　（懐中紙を目に押し当てながら）いいお噺だなあ。

五郎蔵　泣くほどの噺かね。

とら　（首を横に振って）正直いえば月並みな茶番だよ。

新七　出だしがとくにすばらしかった！

五人　……出だし？

新七　「高田の馬場とわたしは、エ？」と、そう言い損なってしまったところ、あそこが大事な肝所でした。と云いますのは、そのときまで「高島屋とわたし」は、それ自体で一個の頑丈な言葉、神仏の力でもこれを切り離すことはできまいと思い込んでいたからです。

五人、話の中身より、「高島屋とわたし」に、狼《ろう》狽《ばい》している。

新七　（制して）さっきの言い損ないで「高島屋」から「わたし」を切り離すことができた。ですからもう大丈夫です。

五人　……？
新七　たしかにこの十二年間、二人は一心同体、共に筋書きを案じ、共に座元とかけあい、共に科白《せりふ》を工夫し、共につくりだした生世話物という新しい芝居のために身を粉に砕いてきました。ところがやがて、それが高じて、「高島屋とわたし」がそのまま一個の言葉に固まってしまい、いまでは、その高島屋が亡くなったのだから、わたしもお仕舞いだと思い込んでいた。けれどもさっきの言い損ないが計らずも天下の名医になってくれたのです。
とら　どうも話の筋がうまく辿《たど》れないんだがね。
新七　高島屋を高田の馬場と言い損なったおかげで、わたしは自分を高島屋から切り離すことができたのです。わたしは、高島屋のほかにも、たとえば高田の馬場とでも、高島田とでも、宝の山とでも、どんなものとでも結びつくことができるのだ。言い損なった途端、そう悟ったわけです。
とら　……すると、「た」の字のつく役者が話に出てきても、もう落ち込むことはない？
新七　（頷いて手を合わせ）いまはただ高島屋の後生よかれと願うばかりです。

四人、試しに様ざまな言い方で、「高島屋ッ」「高島屋とわたしッ」やってみる。

新七　（反応せずに）なによりも、そのたびに話をほかへ逸らそうとしてくださった株仲間の気持、それが一番の薬だったかもしれない。（懐中紙を目に押し当て）これからは、ひとりで道を探さねばなりますまいが、……この仁八そばに仲間がいてくださる。なんとかなりましょう。
とら　たしかに治ったみたいだよ。

一同、ほっとなって、卓へ落ち着き、久次は畳敷きで写本を始める。そこへおせんが汁徳利と茶碗を運んできて、

おせん　蒸籠は間もなく上がります。これはおつゆ。
とら　（おせんに）ちょいと行ってくるよ。
おせん　おみつねえちゃんによく云っといてね。
とら　おまえもみなさんによくお願いするんだよ。
おせん　ええ。（表から外を見て）たいそう人が出ている。駕籠《かご》で行く方がいいわよ。
とら　あいよ。（一同に）すぐ戻ってくるからね。

とら、表から出て行く。おせんはそれを見送ってから賄い場へ。

孝之進　（新七に）こうなれば安心して聞くが、あの高島

屋に、なぜあれほどの人気があったのか。姿顔かたち、どこをとっても格別に美しいとは思えんが。
久次　（新七に）科白回しがうまいんだよ、ね。
円八　芸のウデがあったんですよ、ね。
五郎蔵　まぐれ当たりってこともあらア、な。
新七　（ちょっと考えて）この世は切ない世話場。エイこんなところはもうまっぴら、チャラチャラと小判の音もにぎやかなところで太く短く生きてやれと一気に別世界へ跳ぶ。これがわたしの筆の先から躍り出た、いわゆる小悪党たちでした。しかし、いくら高く跳んでみても、その別世界もまた切ないことばかり。つまり、人の世はいたるところが世話場なんです。それが人生の真実ならば、この世の世話場という世話場をありのまま生々しく写し出すしかない。こうして生世話物ができました。ご存じのように、これは見物衆からよろこばれました。どこへ跳んでもおなじなら、いまのまま辛抱することにも意味がある、見物衆はそう思って安心するわけです。
五郎蔵　おいらはおめえさんが大好きだよ。だが、一つだけ気に入らねえところがある。話の筋がいつも江戸から函館《はこだて》を通って長崎へ行くようで回りくどくてかなわねえんだ。高島屋はなんで人気があったのよ。
新七　ですから、そういう世話場をありのまま生々しく写すとなれば、美しい役者はかえって不都合。美しくない役者が演じてこそ、舞台がこの世の写し絵になる。高島屋はまさにそれに打ってつけでした。ウデがある、科白回しのよさは抜群、仕草は自由自在。けれども風采《ふうさい》はずんぐりむっくりのぶおとこ。だからこそかえって真に迫っていて、すごみがあった。見物衆は自滅覚悟で高く跳ぶ高島屋の小悪党の勇気を称え、束の間の、その輝くような生き方に喝采を送ったわけです。
五郎蔵　なげえ枕言葉から、ひょっこりすてきな答えが出てきたな。ずんぐりむっくりでいいんなら、おいらだって役者になれたんだ。
久次　兄ィのずんぐりむっくりは度がすぎてるよ。
五郎蔵　てやんでえ。これでもなかなかうま味《み》のある顔だぜ。それにこう見えても、石川島にいたころは、炭団組茶番芝居の名題役者、科白回しもたっぷり鍛えてある。「ゴーン」（時の鐘）「はて、臆病《おくびょう》な奴等《やつら》だな」（取箸を短刀に見立てて）「むゝ、道の用心丁度幸ひ」（箸を腰にさし、月を見る心）「月も朧《おぼろ》に白魚の篝《かがり》も霞《かす》む春の空」……。なんと恐ろしい役者ぶりだろうが。よし、新ちゃんの案じたお嬢吉三《きちさ》の名科白、本式にやらかしてみよう。「ゴーン」……、
久次　（盗《と》って）「月も朧に白魚の篝も霞む春の空」、おいらも相当なもんでしょう。
五郎蔵　……泥坊ッ。
孝之進　「つめたい風もほろ酔ひに心持好《よ》く浮か浮かと」
円八　「浮かれ烏《からす》の只《ただ》一羽、塒《ねぐら》に帰る川端で」

五郎蔵　科白の追剝《おいは》ぎ野郎ばっかりいやがる。
円八　みんなで一つに気を寄せてやりましょうよ。新七さんもどうぞ。
五人　「棹《さお》の雫《しずく》か濡手《ぬれて》で粟《あわ》、思ひがけなく手に入る百両」
（ト盛り上がって行く）
おせん　（そこへ蒸籠を運んできて、すらりと）こんどフランスへまいります。

五人、頷いて、「行っといで」「駕籠で行った方がいいよ」「早く帰ってくるんですよ」などと声をかけておいて、そのままつづけるが、ハッと気づいて次々にやめて、最後は五郎蔵が一人になる。

ほんに今夜は節分か（久次、ハッ）
西の海より川の中（円八、ハッ）
落ちた夜鷹《よたか》は厄落し（孝之進、ハッ）
豆沢山に一文の銭と違って金包み（新七、ハッ）
五郎蔵　こいつあ春から縁起が（ハッ）エ、、？
久次　おせんちゃん、いま、なんて云った？
おせん　手前勝手を申しますが、こんどフランスへまいります。

五人、わけがわからず、ただ呆然。

おせん　十日前に亀清《かめせい》のおかみさんからお話をいただいて、それからは夜も昼もなく一所懸命考えました。横浜からフランス行きの黒船が出るのは来年の正月、まだ先のことだけど、あたしその黒船に乗ろうと思います。
久次　……ひょっとしたら、フランスへ身請《みう》けされるんだ！
五郎蔵　こんなちっちゃな蕾《つぼみ》をか？　おいらは納まらねえぞ。だれだ、その色男は。
円八　横浜フランス商館の商人《あきんど》でしょうかねえ。
孝之進　あるいはフランスの歩兵旗本。お上の横浜歩兵教習所へフランスの旗本が大勢教えにきているのだ。
おせん　いいえ、万国博覧会です。
五郎蔵　ひっぱたいてやる。そのバンコクなんとかてえ色男はどこにいるんだ。
おせん　（首を横に振って）ほら、柳橋の料亭でよく物産会という催しがあるでしょう、万国博覧会はその物産会とおんなじ仕組み。パリといって、日本ならこのお江戸に当たるような大きな町に、世界の国ぐにから、お国自慢の名産物を集めるの。三代目ナポレオンて方が、お上に、日本からもなにか出すように云ってこられたんだそうよ。
新七　三代目のナポ……？
おせん　フランスの、日本でいえば京の天子様かお江戸の将軍様のようなお方よ。日本からは、鎧《よろい》に兜《かぶと》、浮世絵に絹織物、米にそばといった穀物、野菜に餅菓子《もちがし》、それから野菜の煮物なんかを出すんですって。

久次　そうか、おせんちゃんはその日本の名産の目玉なんだ。

五郎蔵　（ちんまりと坐ってみせて）こんなして野菜の煮物の隣りに並ぶのか。それじゃ見世物じゃねえか。おいらは納まらねえね。

おせん　（首を横に振って）日本の名産物を収めたお館《やかた》の前に茶見世ができて、その茶見世で、御見物のみなさまに、お三味線やお唄をお聞かせしたり、踊りをお見せしたり、お茶やおそばや野菜の煮物を振舞ったりするの。

円八　おせんちゃんが？

おせん　（頷いて）柳橋からおねえさんが三人、お出かけになるの。そのおねえさん方と御一緒して、帰ってくるのは再来年の春。

一同　……。

おせん　お三味線が弾けてお唄が歌えておそばが打てて煮物ができる者はほかにいないから、どうしても行ってくれって。「お上にはもうおまえのことを、申し上げてある。どうかわたしの顔を立てておくれ」、亀清のおかみさんがそう仰《おっ》しゃって（拝む真似をして）こんなことをなさるから、もったいなくて。

五郎蔵　体《てい》のいい脅しだよ。

円八　そのフランスとやらは、唐天竺の、そのまた向こうにあるんでしょう？

おせん　（頷いて）エウローパ。

久次　エウローパは海上はるか一万三千里の彼方《かなた》。こないだ塾でそう教わったぜ。

円八　そんな遠くまでおそばを打ちに行くなんて。第一、水が変わりますな。

五郎蔵　顔にブツブツができたらどうするんだ。

新七　言葉も変わる。

五郎蔵　蟹文字に舌を嚙まれちまうぞ。

孝之進　向こうでは万民みなキリシタンだというぞ。

五郎蔵　（背丈を示して）こんなガキまで怪しげな術を使うんだ。ひき蛙《がえる》にされちまうぞ。

久次　いくら大きな黒船でも途中は揺れるよ。

五郎蔵　猪牙舟《ちょきぶね》で柳橋から深川へ行くのでさえ、波の立つ日はみんなゲロゲロよ。一万三千里ともなりゃゲロゲロゲロゲロゲロ（自分でも気持が悪くなり、ふらついている）……。おいらは納まらねえぞ。

新七　そうだ、おばあちゃんはなんといっていた？

おせん　箱根の山から先のことはわからないから、株仲間のおじさん方によくお聞きって。

五郎蔵　箱根から西には化け物しかいねえのだ。

大黒柱から帳面を取って、表紙を叩き、

五郎蔵　おせんちゃんをお化けの棲《す》み家《か》へ送り込むために株仲間ができたわけじゃねえ。

帳面をポンと卓の上に投げ出す。気まずい、小さな沈黙。……おせん、大黒柱へ戻そうとして帳面を取るが、そのうちに頁《ページ》をめくり始めて、

おせん　……「おせん株仲間総株数、一分《いちぶ》株で三百二十株。総額、金八十両」……。「河竹新七、百七十五株。三遊亭円八、七十三株。身投げ小僧久次、三十四株。及川孝之進、二十三株。笊売りの五郎蔵、五株。仁八そばのとら、十株」。……この八十両に利息を付けてお返しすれば、それで話がすむのかしら。この十日間、そのことばかり考えていた……。

新七　（帳面を取り上げて）こんなものを重荷に思っちゃいけない。（大黒柱に戻して）おじさんたちは、自分たちのたのしみでやっているだけなんだからね。

おせん　考えているうちに、あの雪の朝の光景が心にくっきり浮かび上がってきたんです。

新七　雪の朝の光景……？

おせん　（頷いて、じつに明るく）ここで初めて目を覚ました朝、おばあちゃんが「株仲間のお金で綿入れでも買ってあげようね」と云って、古着屋さんへ連れて行ってくれました。神田川の土手に沿ってずらりと並んだ古着の屋台見世、前の晩からの大雪で、お客はあたしたちだけ。そのうちの一軒で花模様の綿入れを買ってもらい、さっそく着込んでそのへんを走り回っていると、古着屋の男の子の弾んだ声が耳に飛び込んできたんです。「チャン、お米が買えるね」古着屋のおじさんも明るい声で、「おうよ、三升ばかり買ってきな。帰りに漬物屋の屋台で沢庵の浅漬を二本。こんな雪の日だ、客があればあすこもよろこぶ」……。

四人も身を入れて聞き始めている。

おせん　おじさん方のあったかい気持が綿入れに姿をかえて、あたしをあっためてくれている、でも、それだけじゃない、古着屋さんの子もおマンマがたべられるし、漬物屋さんもよろこぶ。そう、こうやっておじさん方の気持が世間を回りだしたんだ。……まぶしいほど明るい朝でした。

五人、心を動かされている。

おせん　ずっとあとになって、こう気がついたんです。そうか、あの朝の光景を言葉にするとおばあちゃんがよく云う御恩送りになるんだわって。

新七　（噛みしめる）御恩送り。

おせん （頷いて）お三味線にお唄にそば打ちに煮物、みんなおじさん方やおばあちゃんがあたしに仕込んでくださったもの。そのあたしが生まれて初めてなにかのお役に立つことになった。相手がたとえどこのお人であれ、これまで仕込んでいただいたことを一所懸命にやって、たのしんでもらうのがいい。そうすればおじさん方から受けた御恩が広い世間を回り出す……。

五人、唸っている。このとき花火が一発。

おせん あ、合図の花火があがった！

おせん、表から乗り出して空を見る。いつの間にか、外はとっぷりと暮れている。

新七 （自分に言い聞かせて）高島屋から仕込んでもらった御恩を若い役者に回し、役者はまたそれを見物衆に回し……。なるほど、教わりましたなあ。

孝之進 性根のすわった子だ。（円八へ）あれならどう水が変わろうと大丈夫だろう。

円八 （頷いて、久次へ）船酔いなんぞにへこたれはしませんよ。

久次 （頷いて、五郎蔵へ）どんな化け物もあれには降参だね。

五郎蔵 おいらはどうあっても、ちくしょう、納まってやらァ。どこへでも花火みてえに勢いよく飛び出していくさ。

新七 いまから餞別《せんべつ》を心掛けておきましょう。（帳面を外して、矢立ての筆を構え）河竹新七、とりあえず四株。

四人もいくらにしようかと考えている。

おせん おみつねえちゃん……！

おみつ ……おせんちゃん。

風呂敷包《ふろしき》を抱いたおみつ（とらと二役）が入ってくる。まるで魂を抜かれたよう。

おせん おばあちゃんが、……そうか、行きちがいか。

おみつ 去り状をもらってきたのよ。

おせん 去り状？

おみつ 七年たっても子宝を授からないようでは、やはり縁がなかったんだろうって。大川に沈むしかないと覚悟を決めたんだけど、今夜はどこの橋も、どこの河岸《かし》も人でいっぱいで……。

ふらっと崩れ落ちそうになるのを、おせんが支えて、

おせん　おねえちゃん！

五人、呆然。そこへ景気よく花火がつづけざまに上がり、幕がすばやく下りてくる。

第二幕

四　オルゴール

ランプが輝き出して、それからゆっくり明るくなると、前場から六年たった明治五年（一八七二）師走二日の夜。四ツ（午後十時）には、まだ、だいぶ時間がある。

幕が下りている間に御一新があり、江戸は東京になったが、仁八そばの店内は、ランプのほかに目立った変化はない。出し台も、大黒柱に下がった帳面も、内に引き込まれた縄暖簾も以前のままである。もっとも、下手の板壁の品書きは、「もりかけ五厘《りん》」「大蒸籠一銭五厘」「天ぷら一銭」「花巻八厘」と書き替えてある。

卓の上にオルゴールが二個。包紙や紐。

……だれもいない。が、すぐにガラッと腰高障子が開いて、官員姿（フロックコート）の孝之進。なまず髭《ひげ》に散切《ざんぎ》り頭。

孝之進　おみつさん、わたしがじかに迎えに上がったよ。おせんちゃんの支度はできたかな。
おみつ　（奥から）はーい。
孝之進　せっかく休みを取っているところをすまんな。亀《かめ》清《せい》の座敷で一等書記官どのが「おせんはまだか」と何度も仰《おっ》しゃるのだ。部下としては知らぬ振りもできんではないか。察してくれ。（出し台の煮物を一口）いつもながら、おみつさんの蛸《たこ》の足の煮つけは天下一品だな。

　卓上の箱に気づき、そのうちの一つを開ける。箱の中から、『乾杯の歌』（ヴェルディ「椿姫」）が飛び出してくる。

孝之進　（びっくりして）なんだ、これは。
おみつ　オルゴーロ。

　おみつが出てきて、蓋を閉じる。着替えを手伝っているので、手に帯止めを持っている。

孝之進　オルゴロ……？
おみつ　音の玉手箱だそうですよ。（蓋を開け閉めしてみせて）……ね、煙の代わりに音が出る。
孝之進　舶来物か。
おみつ　横浜の、そう、丸善とかいう唐物屋《からものや》で見つけたと云ってました。あの子、御座敷をお休みして、鉄道で横浜へ行ってたんですよ。（包紙や紐を片づけながら）今日は師走の二日で年に一度の株仲間の寄り合い日。この五年間、向こうに行ったきりで、帰ってきたのはひと月前。今夜の寄り合いをうんとたのしみにしてました。これもありそれもありで、あの子は丸一日、休むことにしたようですよ。
孝之進　……そうなるか。おせんちゃんの出る寄り合いは六年ぶり、あの川開きの夜以来か。
おみつ　（一瞬の感慨）エ、……。では、もうちょいとお待ちを。

　おみつ、奥へ戻る。孝之進が蓋を開け閉めしてオルゴールの様子を窺っているところへ、新七が入ってくる。和服に髷《まげ》と以前のまま。

新七　見世《みせ》を間違えた。（回れ右）失礼……。
孝之進　わたしだよ、新七さん。（髭を毟《むし》り取りながら）大蔵省に出るようになってまだ半月、髭が間に合わん。
新七　（目を擦《こす》って）……官員さん？　先生がですか。
孝之進　（髭をつけて）これもおせんちゃんのおかげだ。
新七　と、おっしゃると？
孝之進　御直参になった途端に御瓦解《ごがかい》でまたも元の浪人暮し、つまり貧乏士族に逆戻りとなったのは知ってのとおり。それからは大川の鮒を釣って命をつないでおった。

新七　エ、襟のあたりを鮒の鱗《うろこ》でいつも銀色に光らせておいででしたが。

孝之進　ところが聞きたまえ、この間の夜、矢ノ倉河岸《がし》のよどみに釣糸を垂れていると、いつのまにか隣りになまず髭の男がいて、浮きが引くたびに、「芸者もこううまく釣れればいいのだが」と切なそうなため息をついている。聞くともなく聞くうちに、これが大蔵省の一等書記官どのとわかった。浄明寺三郎《じょうみょうじ》といって肥前《ひぜん》佐賀の出身。そこの亀清に泊まり込んで、日本の行く先を思案しているところだという。

新七　（微《かす》かな反感）酒と芸者の助けをかりて日本の行く先を、ですか。御一新からこっち、それが柳橋や新橋のはやりですな。

孝之進　とにかく、その一等書記官どのの前にとつぜんフランス帰りのおせんちゃんが現れたのだ。一目で熱くなって、明くる日さっそく、一千円で身請けを申し出た。

新七　……一千両！

孝之進　これまで最高の身請け金は八百円というから、一等書記官どのもずいぶん奮発したものだ。

新七　それで？

孝之進　軽く断られてしまった。

新七　お金で動くような子じゃありませんからな。

孝之進　だからこそ、一等書記官どのは夜風に吹かれながら、ぼうっとしていたわけだよ。見かねて忠告した、「おせんの育ての親の一人として申し上げるが、あの子は芸は売っても身は売らんでしょう。身請けは諦めて、あの子の芸をおたのしみになるがいい」とな。するとそのうちに、いきなり大蔵省へこないかとおっしゃる。それで今では大手町のお役所へ通っておる。

新七　そうでしたか。じつに思いがけない御出世をなさいましたな。

孝之進　（大きく頷いて）まさにそれさ。侍はもういらぬ、刀を差す差さぬはそれぞれの勝手、髷を結おうが散切りにしようがそれも自由と、思いがけないことばかりで、正直のところ憤慨しておったが、その双六《すごろく》の上がりが思いがけなく髭もりっぱな新政府の官員、こういう思いがけなさならば大歓迎だ。新七さん、どうやら大きな魚を釣り上げたようだよ。

新七　今夜はうんと祝いましょう。

孝之進　かたじけない。（奥へ）支度はまだかな。

おみつ　（奥から）はーい、ただいま。

新七　……支度？

孝之進　その浄明寺一等書記官どのが、ぜひおせんをとおっしゃるので、むりを聞いてもらったところだ。

新七　間もなく寄り合いが始まりますよ。

孝之進　今夜の主賓はイギリス大蔵省の高級官員。税金をいかに徴収するか、その指導にきておいでなのだ。いわば日本にとって大事な賓客。そのおもてなしに、いま柳橋でぴか一の「フランスおせん」が抜けていては礼を欠く。下手をすると外交問題にまで発展するおそれなきにしもあらずだ。

新七 なるほど。そのおっしゃり方は、もうりっぱな官員さまですな。

奥からオルゴールの『清らかな女神よ』(ベルリーニ「ノルマ」第一幕)が聞こえてきて、御座敷着のおせんが、オルゴールの蓋の裏の鏡で化粧を点検しながら出てくる。そのあとからおみつ。二人、新七に会釈《えしやく》。

おせん 孝之進のおじさん、三十分間だけというお約束でしたね。

孝之進 (頷いて)イギリスからの主賓に酒をすすめながらペラペラペラと蟹文字で愛敬を振りまいて、その美しいのどを聞かせてあげてくれ。それだけで我が国と大英帝国との間は、当分うまく行くのだ。

新七 その音だが……。

おせん いい曲でしょう。

新七 芝居で使うオランダ囃子《ばやし》とよく似ている。舞台に蝶々《ちようちよう》を飛ばすときにお囃子さんが鳴らす音とおなじだ。

孝之進 (新七に教えてやる)舶来物。

おみつ オルゴーロ。

おせん オペラです。

新七と孝之進はポカンとなり、おみつはハッとする。

おせん オペラは向こうのお芝居、のようなもので科白《せりふ》をうたいます。

新七 科白をうたう……?

おせん (頷いて)男と女の歌い手、みなさんが科白をうたって筋を進めて行きます。

新七 (断定)芝居とはまるでちがうものだ。

おせん (ちょっと考えて)新七おじさんのお仕事は、主役がどれだけ美しく死ぬか、どれだけ悲しく死ぬかを書くことでしょう。

新七 (強く頷いて)それが狂言作者が守るべきただ一つの決まり。そう云い切ってもいい。

おせん オペラもそう。

新七 エ?

おせん 主役はたいてい女、その主役がどれだけ美しく死ぬか、どれだけ悲しく死ぬか、それがオペラの筋書き、似てるでしょう。だから、新七おじさんが書きなさる狂言も向こうの人たちにわかるかもしれない。

新七 まさか。

おせん　おなじように、オペラも日本の人たちにわかるはず。

おせん、蓋をして、出し台に置く。おみつも卓上のオルゴールを出し台に移す。

おせん　いつかオペラの筋書きをお話しするわ。たくさん観てきましたし、それにオペラのお稽古もしてきましたから。なんとかしてオペラの舞台に立ってみたい。そればかり思いつめていた五年間でした。（おみつに）行ってまいります。

おみつ　あ、ご無事でお帰り。

おみつ、慌てておせんを切り火で送り出す。孝之進も我に返って、おせんのあとを追う。見送ったおみつ、くすくす笑いながら賄い場から湯桶《ゆとう》と茶碗を運んでくる。

おみつ　みごとに外れました。

新七　（ボーッとしていたが）……エ？

おみつ　あの子、寝言でよく、「オペラ、オペラ」って云うんです。それでオペラというのはてっきり殿方の名前だと思ってました。そば湯をどうぞ。万国博覧会から戻った柳橋の芸者衆が、あの子の「あたしはパリにのこります」という言伝《ことづ》てを持ってきてくださったことがあって、ええと、あれは、

新七　四年前、御一新の年でしたな。（一口、飲んで）それで？

おみつ　そのときの芸者衆の話では、博覧会であの子の唄を聞いた向こうの座元の旦那が、うちの出し物の中で一場面、受け持って歌ってみないかと声をかけてきた。フォリー、なんでしたっけ。

新七　ベルジェール座でしたか。

おみつ　そう、そこの座元の旦那に気に入られたということでした。

新七　そのうちに、評判がよくて半年間もつづけて出たという噂が入ってきましたな。

おみつ　エヽ向こうから帰っておいでの新政府のお役人にそう言伝てきたんです。それを思い出したものだから、寝言を聞いたとき、その座元の旦那の名前がオペラさんだと思ったんです。オペラさんと恋仲になってそれで五年も帰ってこなかったんだなって。

新七　（明るい表情になっている）しかし、オペラは男の名前ではなかった。

大黒柱の帳面を卓へ持ってきて、紐蔓《ひもづる》の眼鏡をかけて点検を始める。

おみつ　向こうの政府のお役人の名前かしらんと思ったこともあったんですよ。帰ってきたときの土産話に、フランス政府の親切なお役人から、翻訳っていうんですか、そんなようなお仕事をいただいて、暮しを立てていたと云ってましたからね。それで、そのお役人となにかあったんだろうなとも思った。ところがどっちも外れ。当たらないもんですねえ。

　おみつ、賄い場へ行こうとする。

新七　（唸るように）おかしい。
おみつ　はあ？
新七　持ち株内訳表がなくなっている。
おみつ　（見て）ほんとだ。きれいに切り取ってある。
新七　剃刀《かみそり》でも使ったんでしょうな。
おみつ　こわいですねえ。
新七　もっとも株の内訳は仲間のみなさんの頭にしっかり入っている。それに内訳などは簡単な足し算ですぐ出ますからなんの障《さわ》りもありませんが、どうも奇体な話です。
おみつ　（小声でおまじない）鶴亀《つるかめ》、鶴亀……。

　新七、矢立てから筆を抜き出して、穂先を嚙みながら、

新七　たしか総株数は、以前の一分株、つまりいまの二十五銭株で六百十株。その内訳は、（すらすらと）河竹新七が二百二十株、三遊亭円八が百四十株、湯島《ゆしま》久次が八十五株、及川孝之進が七十株、源五郎蔵が十五株、そして大川みつが、
おみつ　八十株です。
新七　（いまのをさらさら書きながら）頑張りましたな、おみつさんも。
おみつ　おばあちゃんのを引き継いだだけですよ。
新七　十株でしたよ、おとらさんのは。おみつさんになってから、いっぺんに八十株にふえた。
おみつ　それもおばあちゃんのお手柄。おせんちゃんの送別会の晩、おばあちゃんが蛸《たこ》の足をのどに詰まらせて、アアという間もなくはかなくなり、みなさんからどっさりお香典をいただきました。そのお香典を株に回しただけです。それがそっくりあの子のお餞別《せんべつ》に……、（ひらめく）蛸の足ですよ。
新七　……エ？
おみつ　こないだ、蛸の足を一鉢、ぺろりと平らげて帰った男がいたんです。（大黒柱によりかかって）ここで、こんな風にして、むしゃむしゃ。
新七　ほう。
おみつ　これならどんな細工でもできますよ。
新七　いつのことです。

おみつ　……十日ばかり前。
新七　風体は？
おみつ　……股引《ももひき》に腹掛け。その上から綿入れ半天。
新七　職人の拵えですな。それからなにか？
おみつ　……頭は散切り。顔は、目がこのへんに二つ、鼻がこのへんで……、
新七　（笑い出す）案外、鼻紙代わりに破いて行ったのかもしれませんね。おせん株の内訳を知ったところで、なんの得にもなりませんからな。
おみつ　そりゃそうですがねえ。口がこのへんで……、

おみつがぶつぶつ云いながら賄い場へ入ろうとしたところへ、散切り頭の五郎蔵。人力車夫の拵えに新しい半天。半天の襟に「俥宿《くるまやど》五郎蔵」という染め抜きの文字。

五郎蔵　（大元気で）いよッ、一別以来だね。
新七　やあ。（ト見て）頭が……。
おみつ　……散切りだ。
五郎蔵　そうよ。神田錦丁《にしきちょう》の西洋髪床《かみどこ》でバッサリやってもらったのよ。髪床の親父が、「女の子の惚れるように刈っておきました」なんて云ってたが、どう？

大黒柱によりかかり、半天をやや強調してポーズする。

五郎蔵　まるで一幅《いっぷく》の錦絵よ。
新七　そこまで云っては嘘になりますが……。
おみつ　（賄い場に入りながら）とにかくヒトには見えますよ。
五郎蔵　なにを云ってやがる。おいらは、おせんちゃんの亀清に入る図を錦絵にたとえているんだ。間口五間の大玄関にランプがずらり、昼を欺く明るさ。そこへフランスとエゲレスの蟹文字がペラペラの、三味線と唄は柳橋一の、という売れっ子芸者が、おかみさんやお酌に迎えられてご到着だ。おりから二階の座敷で三味線が四、五挺《ちょう》、ベンベコジャンジャラベンベンコと鳴っていて、その景気のいいことったらねえのよ。表は遠巻きに人の山、おせんちゃんに見とれて、気がふれたり目をまわしたりする者が五、六人も出る騒ぎでね。やっぱりうめえや、ここの蛸の足は。
おみつ　（賄い場から）あの子に会いなすった？
五郎蔵　（半天をさらに強調して、そのへんを歩き回りながら）神田錦丁から斎藤という官員さんを亀清までお運びしてきたのよ。大蔵省一等書記官だから相当えらい。割れ物を運ぶみてえに丁寧にひいてきたぜ。
新七　（ハッとなって襟を指し）……「俥宿五郎蔵」！
五郎蔵　デヘ、、。

おみつ　（賄い場から出て来て）独り立ちなすったんだ。

五郎蔵　おいらの上にもどうやらお天道様《てんとさま》が照りだしたらしいや。

おみつの入れてくれたそば湯を、五郎蔵、おいしそうに一口。

五郎蔵　ちょうど七日前の、みぞれ降る寒い晩方《ばんがた》、おいら、麹町《こうじまち》は平河天神《ひらかわてんじん》の俥宿で、仲間と餅を焼いていた。そこへ、黒い立派な西洋鞄を下げた五十凸凹《でこぼこ》の、泥鰌髭《どじょうひげ》のお客が入ってきて、「この宿に五郎蔵という威勢のいい車引きがいるそうだな」、「おいらがその五郎蔵で」、「青山の権田原《ごんだわら》までやってくれ。酒手は弾むぞ」、「へーい」。平河天神から青山権田原となりゃ、紀尾井坂を抜けるのが道順だが、あのへんは、昼なお暗《くれー》い深《ふけー》い森、道はその森の中を蛇の胴体みてえに曲がりくねって、なんだかいやなところなのよ。

新七　（頷いて）こんな川柳があるぐらいですからな。「紀尾井坂臆病者は廻り道」

五郎蔵　ましてやみぞれの降る夜だ、ぞくっと背筋が凍ったような気がしたが、名指しの仕事だから、ひるむわけには行かねえや。「行きやすぜ」と景気のいい声をかけて走り出した。そしたら案の定、出たね。

おみつ　……お化けだ。

五郎蔵　みぞれが降ってるんだぞ。

新七　紀尾井坂名物は辻斬りに辻強盗なんですが。

五郎蔵　そう、それ。その辻強盗！　近ごろ流行らねえ刀をぶらさげて、生意気に覆面なんかしやがったのが四匹、杉の大木のかげからヌーッ。

おみつ　逃げた……？

五郎蔵　逃げようがねえ、四方から取り囲まれたんだからな。しまった、こんな仕事は引き受けるんじゃなかったと思ったときにはもう、真ッ向梨割り車斬りで、おいらは頭を切られ、腕を切られたが、されども怪我はなかりけりてんだからすげえだろう。それどころか、おいらがめっちゃくちゃに振り回した半天に目を打たれ、頬を打たれして、刀担《かつ》いで逃げちまった。

おみつ　……強い！

五郎蔵　それとも向こうが弱いんだかいまだによくわからねえが、そのお客がすっかり喜んで、「わしは麹町三丁目で高利貸をしているものだが、おかげで鞄の中の書付けが助かった。ぜひ、このお礼がしたい」という。それで一百円を拝借、一昨日《おととい》から神田錦丁で俥宿を始めたのよ。どうだい、近ごろ豪気《ごうぎ》な話だろう。

新七　おめでとう。

おみつ　よかったねえ。

五郎蔵　おまけがついてらァ。その借金も、催促なしのあるとき払いってんだから、その一百円、ただで頂戴したようなものよ。それでその担保は……（口に蓋）。
おみつ　五郎蔵さんに担保があったなんて初耳だ。
五郎蔵　（ぐっと詰まって目を白黒させるが）とにかく、これでも車夫を二人も召し抱えた俥宿の御主人さまだが、帳場に主人然と納まったりせずに、おんみずからも俥をひいて、車夫を二人を四人に、四人を八人にと、ふやして行く決心よ。
新七　五郎蔵さんは俥宿の持主、孝之進先生は大蔵省の官員、株仲間はおめでたつづきだ。今夜は盛大に祝わなければなりませんな。
おみつ　（頷いて）剣菱が一升、買ってあります。
五郎蔵　ちょっと待った。あの鮒釣りの名人が大蔵省の官員さんだと？
おみつ　（頷いて）先生も釣り上げたんですよ、大きな運をね。
五郎蔵　おいらんところも大蔵省の御用宿の一つなんだぞ。今のところは一番ちっちゃいけどな。お役所とは目と鼻の先の神田錦丁に宿を構えたのもそれがためよ。
新七　どちらも大蔵省。……おもしろい暗合ですな。

新七が軽く首を傾げたところへ、散切り頭に洋服の久次が顔を出す。

久次　おせんちゃんの英語はすごいね。

三人、呆然。

久次　先方さまとの話を終えて廊下に出ると、ちょうど隣りの大座敷におせんちゃんが入って行くところだった。おせんちゃんは真っ直ぐに、床の間を背にした外国人の前に行って挨拶をはじめた。それが全部、英語。その上、立て板に水、ペラペラなんだよ。
おみつ　……久次さんも亀清さんに？
久次　（頷いて）得意先から呼び出されてね。
おみつ　ヘエ、今夜はみなさんが亀清さんに御用がおありなんだ。

おみつ、賄い場へ引っ込みながら、久次に、五郎蔵の半天を指して見せる。

久次　……俥宿、五郎蔵！
五郎蔵　元手を貸そうという奇特《きとく》なお方が現れたのよ。
久次　やったね。兄貴、おめでとう。
五郎蔵　ありがとうよ。（久次と抱き合うが、洋服では勝手がちがう）なんだよ、この開け切った格好は、なんだかいつものおめえじゃねえみてえだな。
久次　天子様は洋服姿で西洋椅子に腰を下ろして牛肉を召し上がっている。奥方様にしてもお歯黒を落としてお八つはアンパンだ。それにならってお役所の官員さん方も洋服でお仕事をなさっている。そこでお出入りの印刷所もこういう開化した格好をしないと仕事がやりにくいというわけ。じつは大蔵省で使う封筒や便箋の印刷をうけたまわることになったんだ。

おみつ　(皿鉢《さはち》を運んできていて)今夜は大蔵省もはやるんですね。はい、棒鱈《ぼうだら》の煮つけ。

久次　大蔵省がはやる?

五郎蔵　(頷いて)おいらんとこが大蔵省の御用宿の一つなら、孝之進先生もめでたく大蔵省の官員さまに御出世。そこへこんどはおめえが大蔵省御用達《ごようたし》ときた。ここまで大蔵省ずくめってのはめずらしいぜ。

久次　なるほど、気が寄るときは寄るものだ。

新七　(久次に)一つお尋ねしてもよろしいかな。

久次　……あ、どうぞ。

新七　このあいだ、おせんちゃんの帰国を祝いに集まったとき、築地《つきじ》居留地の教会の印刷所で、印刷工の見習をしていると云っておられた。そうでしたな。

久次　(頷いて)いつまでも写本や木版《もくはん》では仕方がない、一度に千部も万部も写本ができるようなことを考えないと、とても西洋に追いつくことはできない。そう思い立って、西洋式の印刷術の勉強を志したわけです。

新七　このあいだもそれを伺って感心しました。それでこのたびは大蔵省御用の印刷所に移られたんですな。

久次　ちがいますよ、新七さん。ぼくが、印刷所を始めたんです。

新七　……久次さんが御主人ですか。

久次　(頷いて)職工はまだ二人しかいませんが。

五郎蔵　やったね、おめえも。(ト抱き合うが、すぐ突き放して)どうも勝手がちがうな。

おみつ　(皿鉢を運んできていて)独り立ちもはやる晩だ。お酒、一升じゃ足りませんね。鶏卵焼《たまごやき》ですよ。

新七　それで、印刷の器械はどうしました。

久次　宣教師の先生が、この洋服と一緒に譲ってくれました。旧式で、鉛活字の数も二千と少ないんですが、とにかく西洋式の器械にはちがいない。足りないところは木の活字で補います。それにしてもついていたな。教会に新しい器械が届いた日に、一百円、借りることができたんだから。

三人　(口々に)……一百円!

久次　(頷いて)六日前の昼休み、前の晩からのみぞれが嘘のように止んで肌も汗ばむぽかぽか陽気、そこでいま評判の銀座の煉瓦道《れんがみち》を歩きに出かけた。四丁目の角を新橋の方へ曲がったときのことです。前を歩いていた紳士のお尻《けつ》のポケツから財布が煉瓦石の上にぽろり。以前のぼくなら黙ってネコババしてたろうが、今は教会の雇い人です。石橋で転ぶと、石橋の方が「痛い」というぐらい堅い人間になっている。さっそく追いかけて返してあ

げると、
五郎蔵　お礼に金を貸してくれたんだろ。
久次　（びっくりして）見てたの。
五郎蔵　ちょいと推量してみただけだよ。それでどうした。
久次　「新橋で高利貸をしているものだが、中に入れておいた大事な書付けが無事でよかった」と、たいそうよろこんで、兄貴の推量通り、一百円、用立ててくれた。で、その金を印刷機の頭金にしたわけです。
五郎蔵　その高利貸は大蔵省にも口をきいてくれたんだろう。
久次　やっぱり見てたんだ。
五郎蔵　おいらのときと話がそっくりなんだよ。辻強盗を追っ払ったお礼に、おいらも一百円、借りたんだ。その人の年の頃《ころ》だが、五十凸凹だな。
久次　どうみてもまだ四十前だった。
五郎蔵　泥鰌髭だったろうが。
久次　天神髭だったよ。
五郎蔵　担保になにを入れたんだ。
久次　担保は（云いかけて、口を閉ざす）……。
五郎蔵　見当はついてるぜ。担保は（口に蓋）……。

　新七とおみつ、顔を見合わせたところへ、散切り頭に燕尾服《えんびふく》の円八が入ってくる。

円八　いまさらながらおせんちゃんの座持ちのうまさにはおどろきます。叫ぶ者があれば怒鳴る者もあって荒れに荒れていた二階の御座敷が、おせんちゃんがきてからはぴたり、なごやかに鎮《しず》まりました。

　四人、呆然。

円八　亀清の一階で、このへんの旦那衆に税金のお話をしていたんですが、お二階がうるさくて閉口しておりました。けれどもおせんちゃんのおかげで、噺のおしまいがうまくまとまりましたよ。
新七　……税金の話ですか。
円八　（頷いて）お上のお声がかりなんです。それでこういうハイカラな格好をしております。じつはこのたび大蔵省の嘱託を仰せつかりましてね。

　四人、また仰天。

円八　エ、この太助《たすけ》、盤台《ばんだい》担いで魚を売り歩くのがなりわい。生まれつき情け深い性質《たち》で、腹が切れて売れ残った鰯などを近所の猫たちに与えております。ところがある冬、ふとした風邪がもとでどっと病いの床についてしまいました。商いに出ることができませんから、薬代はもとより、いまでは三度の食事もままならぬ有様でございます。
五郎蔵　なにをわけのわからねえことを云ってるんだよ。
円八　これが、いま演《や》ってまいりました税金講話。題して「猫の小判」、まだ噺の半ばでございます。
五郎蔵　それを云うなら、猫に、だろうが。
円八　猫の、でよろしいので。……ある夜のこと、この太助、天井をぼんやりと眺めながら、「おいらの命も、もう長いことはねえのかな」と心細い思いをしておりますと、チャリン、枕もとで、ふしぎな音がいたします。チャリン、チャリン。ハテ、と思って起き上がりまするど、近所の猫たちが小判をくわえてやってきては、その小判を太助の枕もとに置くと、静かに出て行く。
久次　どこが税金講話なんです。
五郎蔵　ばかに出世したみてえだから、それで頭がどうかなっちまったんじゃねえか。
円八　おかげで太助は天下の名医の診断を仰ぐことができましてな、間もなく元の丈夫な身体《からだ》になりました。税金とは、この売れ残った鰯のようなものなんでございますな。ふだんから猫すなわち政府に、鰯つまりお足を収めておきますと、困ったときに猫、政府が助けてくれるわけでございます。
久次　……あれ、なんだか、つながっちまったな。
円八　税金とは、わたしどもがその日の稼ぎの中から余ったお足を政府に収めておいて、まさかの時のために備える仕組み。西洋ではどこのお国でもこれを採用している。我が国もこの仕組みを取り入れて早いところ開化しませんと、いつまでたっても西洋に追い付くことができません。

おみつと二人でじっと様子を窺っていた新七、ずばりと切り出す。

新七　円八さん、大蔵省嘱託の一件のほかにも、近ごろ身辺に、なにか変わったことが起こったはずですよ。
円八　……この間のことですが、あたしが持っておりますか陽気とは打ってかわったみぞれの吹き降り、夜席のお客はこのお二人だけでした。
四ツ谷の若葉亭に二人の客がありました。前日のぽかぽ
新七　いつのことです？
円八　五日前、でしたかな。
新七　（五郎蔵を指して）七日前。（久次を指して）六日前。そして円八さんが五日前。それで？
円八　追い返すわけにも行きませんので、あたしが長いものを一席うかがいました。お二人が出て行かれたあとで、ふと気がつくと、
新七　財布が落ちていた。
円八　（びっくりして）来てたんですか。
新七　（淋しそうな微笑を浮かべながら）それで？

円八　……追いかけてお返しいたしますと、
新七　二人は円八さんにこう云った。お金はとにかく中に大事な書付けが入っていたのです、助かりました、ついてはぜひお礼がしたい。
円八　その通りで。
新七　そして、一百円、貸してくれた。
円八　（こわごわ頷いて）若葉亭の屋根を木《こ》ッ端《ぱ》葺《ぶ》きから瓦に直しました。雨もりがひどいんですよ。それから両側からつっかい棒を五六本、支《か》いました。放っておくと倒れかねないもんですからね。でも、なぜ、そこまでご存じなんです？
おみつ　五郎蔵さんや久次さんの身の上にもそっくり似たようなことが持ち上がっているんですよ。
新七　そして、大蔵省の嘱託にならないかと誘われたわけですな。
円八　（頷いて）嘱託料が月十円、その上、一席、演《や》るごとに五円。両頬を牡丹餅と安倍川餅で叩かれたようなうれしさに二つ返事で……。
新七　その二人の風体も当ててみましょう。一人は五十凸凹の泥鰌髭。
円八　（頷いて）……！
おみつ　もう一人は四十前の天神髭。
円八　（頷いて）……それで二人とも、
新七・おみつ　（異口同音）高利貸。

円八　（恐怖）……うわあ。
新七　担保は？
円八　担保は（口に蓋、しかし）それもお見通しなんでしょうね。すみません、担保は……、

五郎蔵と久次、慌てて円八の口を塞《ふさ》ぎ、畳敷きのあたりまで連れて行って、両側から小声の早口で、これまでのことを説明する。

円八　……辻強盗？　……銀座で財布？　……孝之進先生も？　……みんな大蔵省？　……担保は（二人によって両側から口に蓋をされてしまう）、……自分ひとりぐらいならどうってこたあないと思った？　……ぼくだってそう？　そりゃあたしにしてもおんなじですよ。

三人、正面へ後退して逃げ出そうとする。おみつ、「乾杯の歌」のオルゴールを開ける。三人、足が止まる。

五郎蔵　（つい戻ってきて）そりゃなんだい。
おみつ　開けてびっくり玉手箱。
三人　エ？
おみつ　（蓋を閉めて）担保は、株なんでしょう。
三人　……。

新七　孝之進先生を入れて四人の株仲間が、おせん株を担保に入れたのです。ちがいますか。
四人　（徴かに頷く）……。
新七　四人の株が一つにまとまれば大きな力になる。
おみつ　（帳面をめくって）円八さん百四十、久次さん八十五、五郎蔵さん十五、そして孝之進先生七十、……しめて三百十株。
新七　総株数六百十株のうちの三百十株。大蔵省のだれかさんはすでに半分以上の株を手中に収めたことになる。
五郎蔵　大蔵省のだれかさんとは、だれのことだ。
新七　浄明寺三郎。
五郎蔵　聞いたことがねえぞ、そんな名前は。
新七　おせんちゃんを一目見て思案の外《ほか》の恋の暗闇道《くらやみみち》へ迷い込んだ一等書記官のことですよ。
久次　一等書記官といったら、たいへんなお偉方だぜ。
円八　しかし、そんなお偉方が、どうして……。
新七　これは五幕物の新作狂言、その筋書きはこうです。序幕、柳橋亀清の場、彼《か》の一等書記官はおせんちゃんを千円で身請けしようとして断られた。二幕目、矢ノ倉河岸の場、孝之進先生から株仲間のことを聞き出した彼は、おせんちゃんをモノにするには、株を半分以上買い占めればいいと気がついた。三幕目、仁八そば屋の場、子飼いの部下をやって株の内訳表を切り取らせた。
おみつ　（示して）ここを剃刀でばっさり。
新七　四幕目、紀尾井坂の場、銀座煉瓦道の場、そして四ツ谷若葉亭の場、彼はあなた方のところへ部下を送った。
円八　それで大詰めは？
新七　柳橋亀清の場。株券とお金にものをいわせて、おせんちゃんに身請けを迫る。
五郎蔵　えらい！
新七　これでも狂言作者です。こういう筋書きには慣れております。
五郎蔵　おいらはその一等書記官さまがえらいと云っているんだ。女ひとりのためにそこまで七面倒な筋書きを企むなんぞ、えらいじゃねえか。
円八　お金もずいぶんつかっていますよ。
久次　現金だけでも三百円以上だ。
五郎蔵　当節は色男より稼ぎ男よ。偉い官員さまに、そこまで想《おも》われて、おせんちゃんも仕合せものだぜ。
新七　すると、担保を取り戻す気はない……？
五郎蔵　ございませんな。（二人に）そうだよな。
二人　（徴かに頷いたような気配）……。
新七　……！
五郎蔵　孝之進先生にしてもおんなじだろうよ。
おみつ　せっかく持った俥宿、それを捨てたくないものだから、そんなよこしま根性を云うんだ。
五郎蔵　よこしまか縦縞かは知らねえが、沢庵の二切れ三切れが醍醐味《だいごみ》なんて暮しとここいらでおさらばしてえのさ。せめて晩飯には一切れと一切れとの間がたとえ三寸ずつ離れていてもいいから刺身の皿を前にしてえのさ。決まってるじゃねえか。
おみつ　いやだ、居直ってるよ。
五郎蔵　おせんちゃんのためにもなる話なんだぜ。この玉の輿に乗ってみろ、生涯、喰《く》いっぱぐれしねえですむのだ。
円八　そこが大事中の大事ですな。そもそもがこの株仲間、おせんちゃんを玉の輿に乗せてやろうというところから始まったんですよ。その悲願がいま成就しようとしているんです。
久次　そのお返しに、あの子はぼくたちにすてきな配当を当てがってくれたんだ。勘定はぴったり合っている。
新七　いいや、なにより大事なのはおせんちゃんの気持だ。あの子は一等書記官の身請け話をきっぱり断っているんです。
おみつ　このごろ、あの子は、あたしが切り火を切るたびにため息をつくんです。金にものを云わせる身請け話、それが辛いんじゃないんですか。
五郎蔵　譬えにも云う習うより馴れろだ。そのうち好きにもなりますよって。
円八　それに相手はあの子恋しさにこれだけの筋書きを書くお方です。きっと大事にしてくれますよ。
久次　もっと大所高所から考えようじゃないですか。一等書記官どのはこれからの日本の経営に日夜、身も細るような苦労をしている。しかるにあの子はその一等書記官を慰める。ゆえにこの話はこれからの日本のためでもある。
五郎蔵　ちかごろ流行の演説ってやつだな。いいぞ、弁士。
久次　俥宿にせよ印刷所にせよ税金にせよ、これからの日本にとってなくてはならぬものだ。そういうやりがいのある仕事を与えてくれたおせんちゃんに乾杯しようじゃないですか。そして各人がその持ち場でよくはたらくと、それがこれからの日本を大きく変える。
新七　変わりますか。
久次　エ？
新七　今年、わたしは二度も三度も新政府のお諭しを受けた。たしかに新政府のお偉方もこうおっしゃる、「これからは高貴なお方や外国のお方も見物なさる。それだから国の恥にならぬような狂言を仕組むように。芝居も変わらねばならんぞ」……。しかし、そうたやすく変わりますか。
久次　印刷所に洋服、変わったじゃないですか。
円八　税金に皮靴、ずいぶん開化いたしましたよ。
五郎蔵　人力車に散切り頭、たいそうな変わりようだぜ。だいたいが、お国の頭目も日本一の将軍から日本一の神主に変わったじゃねえか。
久次　ほんとうにしっかりしてくださいよ、師匠。徳川の古いやり方では国を一つにまとめることができなかったんです。国の中がばらばらでは西洋列強の草刈り場になりかねない。そこで、五郎蔵兄ィの云うように、神主さまが新たに登場して国論を統一したわけです。

新七　人の心は、そしてわたしたちの言葉はどうなんです。

久次　エ？

新七　人の心と言葉、これはそうやすやすとは変わりませんよ。そしてその二つで芝居はできているんです。芝居がそうたやすく変わってたまるものですか。

五郎蔵　新ちゃんも開けねえやつだなあ。

新七、むっとなって三人と向かい合ったとき、吹雪の気配。その吹雪の中から孝之進が雪花もろとも飛び込んでくる。

孝之進　おせんちゃんはいるか。

おみつ　ご一緒に御座敷へ伺ったはずですよ。

孝之進　その座敷から消えたのだ。

五人、エッとなる。

孝之進　前書き抜きに云うと、この国に議会を設けるべきかどうかで、浄明寺さんが斎藤さんと議論を始められたのが発端でな。

五郎蔵　斎藤さま？

孝之進　浄明寺さんと同じ一等書記官、お二人はたがいに出世を競っておいでなのだ。

五郎蔵　その官員さまをお連れしたのはおいらだぜ。

久次　それで？

孝之進　浄明寺さんが議会はいらない派の旗頭なら、斎藤さんは西洋諸国と同じように議会は必要だという一派の総大将だ。議論はきわめて激烈、座が白けた。そのときおせんちゃんが浄明寺さんをこうたしなめたのだ。「アメリカも共和制でうまく行っておりますよ。この御座敷も共和の美で、共に和やかにありたいもの。それにお客様を置き去りにしての議論は失礼ではありませんか」斎藤さんは、すまんと云ってすぐ鉾《ほこ》を収めたが、浄明寺さんがおさまらない。

おみつ　おさまらない？

孝之進　「女だてらにいらざる差し出口を叩いたな」と、おせんちゃんの襟髪を摑んで引き寄せておいて、腰のあたりを力まかせに蹴る。おせんちゃんは襖もろとも廊下へ飛んで行った。

おみつ、その場にしゃがみ込んでしまう。

孝之進　「満座の中でよくも恥をかかせてくれた。さあ、殺してやる」と、なおも追わんとしたところを、わしが羽交い締めにして押しとどめ、その間に、おせんちゃんはどこかへ消えてしまった。「放せ、及川。放さなければ貴様はくびだぞ」と叫んでいた浄明寺さんの声が、いまも耳の中で鳴っているわ。

円八　……それで？

孝之進　どうしたと思う。

五郎蔵　当て物ごっこやっている場合じゃねえや。それでどうしたてんですよ。

孝之進　気がつくと、わしは浄明寺さんを払い腰で畳にたたきつけ、その上、しっかり組み敷いていた。……くびはまちがいないな。みんなの出世もふいだ。知ってかどうか、みんなの出世もすべて浄明寺さんが引いた図面で決まったのだからな。

円八　それはいまし方、知ったところですが。

五郎蔵　なにも投げ飛ばすことはねえじゃねえか。

久次　止めるだけでいいのにな。

孝之進　道場をやっていたときの癖がつい出てしまったのだ。すまん。

新七　……大川、そして両国橋、

一同　……？

新七　それから神田川、

円八　（ハッとして）御蔵前ノ堀、

久次　（ハッとして）三味線堀、

孝之進　（ハッとして）矢ノ倉河岸、

五郎蔵　ちくしょう、なんでこのへんには飛び込みたくなるところが多いんだ。

五人、弾《はじ》かれたように吹雪の中へ飛び出して行く。しゃがみ込んでいたおみつ、それを追うようにしてのろのろと立って正面へ行き、吹雪く闇を眺めている。

裏からおせんが入ってくる。左の袖が千切り取られ、足は、白足袋はだし。

おせん　……化粧は薄く、意気は盛んで、客に媚《こ》びない。パリへ発《た》つまでは、この三つが柳橋芸者の看板だったわ。

おみつ　……おせんちゃん。

おせん　でも、いまはちがう。化粧は濃く、意気を低くして、客に媚びなきゃならない、それがいまの柳橋よ。おねえちゃん、ここはもう芸だけでは生きられないところになっちゃった。

おみつ　……とにかく無事でよかった。さ、早く着替えて。

おせん　あたし、これから横浜へ行こうと思うんです。

おみつ　……横浜？

おせんは頷いて、出し台の上のオルゴールの蓋を開ける。『今の歌声は』（ロッシーニ「セヴィリアの理髪師」）

おせん 居留地にゲイテイ座というオペラハウスがあってね、居留地の外国人のみなさんがそこでオペラを演《や》っておいでなの。今日、そこでお稽古を見てきたわ。

おみつ ……!

おせん もう一度、オペラをやり直してみたいんだけど、おねえちゃんはどう思う?

短い間。

おみつ 大川に沈まれちまうよりは、ずっとましね。

おせん ……ありがとう。

おせん、足袋を脱ぎ始める。おみつがもう一方の足袋を脱がせてやるうちに、吹雪とオルゴールの音が高くなり、ゆっくりと暗くなって行く。

五 ピアノ

さらに七年の歳月が流れて——

明治十二(一八七九)年夏、七月十八日午後二時。戸外は灼《や》けつくような暑さだが、仁八そばは縄暖簾を引き入れた上、腰高障子を閉めきっている。

店内は以前と変わっていない。ただし、下手の手前に、唐草模様の大きな風呂敷をかぶせた竪型ピアノが運び込まれており、入口の横に、真ッ新《まっさら》な看板用の板が一枚、縄暖簾と並べて立てかけてある。

卓の上では、新七、五郎蔵、円八、久次、孝之進の五人が、銚子第百四十二国立銀行が発行する銀行券(五円券)に、頭取(花香恭法《はなかやすのり》)、副頭取(源五郎蔵)、支配人(及川孝之進)、副支配人(湯島久次)の氏名印と印鑑とを朱肉で捺《お》し、それを数えて百枚ごとに細紙で束ね、ピアノの上の西洋鞄に入れるという作業を行っている。作業は終わりに近いが、いずれも極度に緊張した様子。なお、和服に髷の新七のほかは、西洋頭で銀行家の拵《こしら》え。上着は脱いで白シャツとズボン吊り姿。五郎蔵は向鉢巻、ほかの三人は山高帽を被っている。

おみつが暗い場から、西瓜と包丁を載せた広蓋《ひろぶた》を運んでくる。

おみつ そんなに根を詰めちゃ毒ですよ。いまに頭がどうかなっちまう。窓を開けて風を入れて、(包丁を構えながら)冷やし西瓜でひと息入れて。

五郎蔵 (きびしく)おいらたちは、いま、天下に通用するお札を拵《こさ》えてるところなんだぜ。

おみつ　（包丁を持ち直して）わかってますよ。

五郎蔵　（銀行券を一枚、かざして見せて）こいつを四五枚持って亀清へ行けば、芸者侍《はべ》らせてドンチャン騒ぎができるという本物の五円札だ。その五円札がここに四千枚！

　　円八、久次、孝之進の三人、あたりを憚《はばか》って、シーッと制する。

五郎蔵　（声を落として）……金額にして二万円。

おみつ　芸者なら五六十人、まとめて身請けができるというんでしょう。（包丁を持ち直して）さっきも聞きましたよ。

五郎蔵　（おごそかに）ここにデーンと鎮座ましますは畏《おそ》れおおくも菊の御紋章だ。その下には「大日本帝國國立銀行」と印刷してある。とりわけここんところをよッく見な。おいらたちの銀行、「銚子第百四十二国立銀行」の紋所が、バーンと刷ってあるんだぜ。ついさっき大蔵省印刷局から下しおかれたばかりのパリパリ新品のお札よ。そうして、ここんところに、頭取花香恭法、副頭取源五郎蔵、こっちに支配人及川孝之進、副支配人湯島久次と、四人の役員の名前判子と印鑑を朱肉で捺せば、日本国中どこででも通用するお札に仕立て上がるんだ。そのお札に西瓜の種でもくっついていてみろ、銚子第百四十二国立銀行の名前にキズがつく。

おみつ　（こつこつと西瓜を叩いて）おいしそうなんだけどな、この西瓜。

孝之進　（改まった口調）おみつさん、資本金五万円の、その銚子第百四十二国立銀行の正支配人としておねがいする。残りはあとわずかだ。最後までしずかに業務を行わせていただきたい。

久次　副支配人からも切望する。気が散ってかなわないよ。

円八　総株数五百株のうち、その一割に当たる五十株を持つ大株主からもひと言。どうぞおしずかに。

おみつ　せっかくおいしい西瓜を食べさせて上げようと思ったのに……。

円八　（頷きながらも）おみつさんにしても、五十株のあたしや二十株の新七さんと同様、銚子第百四十二国立銀行の株主なんですよ。あなたはたったの一株、一百円しか資本金を出していらっしゃらないが、それでもとにかく株主にはちがいない、そのあなたが会社の業務の邪魔をしちゃいけませんな。

五郎蔵　西瓜はあとで！　これは副頭取の業務命令だ。

おみつ　わかりました。もう一度、井戸へ落としときますよ。

　　おみつが裏へ引っ込もうとしたとき、腰高障子が開き、陳青年が入ってくる。西洋頭に洋服。日よけ代わりの白ハンカチの上から山高帽。口にも埃《ほこり》よけの白ハンカチ。

陳　（ほとんど日本語が喋れない）コンニチワ。

すぐにピアノを見つけて走り寄り、西洋鞄に手をかけようとする。

五郎蔵　押し込み強盗だ！

銀行家たちが一気に動く。孝之進が羽交い締め、五郎蔵と久次が両手を押さえて口の中へハンカチを押し込み、円八が裏から縄を持ってきて、あっという間に縛り上げる。この間、おみつは震えながらも包丁を突きつけてい、新七は、卓の上に身体《からだ》を投げ出して銀行券を守っている。

五郎蔵　油断も隙《すき》もねえ世の中だな。
孝之進　ウム白昼堂々、大胆不敵なやつ。
五郎蔵　やい、貴様はいったいなにものだ。

またも腰高障子が開き、洋装のおせんが美しい日傘を畳みながら入ってきて、お辞儀をする。

おせん　このあいだはお揃いでゲイテイ座へきてくださってありがとう。あの時はあいにく公演中、ゆっくりお話しする時間もとれずじまいで、ごめんなさい。
おみつ　おせんちゃん、今朝がた、横浜からあれ（ピアノ）が届いたわよ。
おせん　（頷いてから）陳さんは？
おみつ　……陳さんて？
おせん　柳橋の袂《たもと》で人力車を下りたら亀清のおかみさんとばったり、立ち話につきあわせちゃ悪いと思ってここを教えといたんだけど。

一同、思い当たって、陳青年の包囲陣を解く。

おせん　陳さん！
五郎蔵　……おせんちゃんの知り合いか。
おせん　（頷いて）縄を解いて上げて。
円八　どのような間柄で？
おせん　清国のお方よ。わたしたちヴァーノン一座のピアニスト。
円八　……ピア、ニスト？
おせん　（その仕草をしながら）ピアノを弾く方。
五郎蔵　その箱は蓋を開けるとひとりでに鳴るんじゃねえのか。

おせん　それはオルゴール。ピアノは弾く人がいないと鳴りません。

五郎蔵　そうか、ピアノの部品だったのかよ。

おせん　部品じゃなくて……、もう。こないだ、ゲイテイ座をごらんになったとき、初中終《しょっちゅう》、ピアノというものが鳴っていたでしょう。

五郎蔵　あんまり妙テケレンにうるせえんで、おいら耳の穴に紙を詰め込んで、両手で目隠ししてたんだ。

おせん　それじゃなにか弾いてもらいましょうか。

おせん、陳青年に英語でなにか云う。陳青年、頷いてピアノに向かい、ジャーンと両手を下ろすが、その音の大きさに仰天した五郎蔵、両手に抱えていた鞄を落とす。札束、ぞろぞろ。陳青年も札束に仰天。演奏、めろめろになる。一同、陳青年をピアノから引きはがして、

五郎蔵　ばかな音をたてやがって、この。人が寄ってきたらどうするんだ。

おせん　（札束を見て震えて）おじさんたち、まさか、にせ札を……！

よろよろとなるところを、おみつが支えて床几に坐らせる。

おみつ　心配ないの。あたしも仲間なんだから。

おせん　……おねえちゃんも仲間？

新七　落ち着いて、おせんちゃん。わたしたちは決してにせ札をつくっているわけではないんです。

おせん　だって……、

新七　支配人、説明を。

孝之進　（頷いて）ひと月前に横浜で、わしたちが銀行を始めたという話はしたね。

おせん　……エヽ。

孝之進　この話には長い前書きがあったのだよ。おせんちゃんは、横浜のゲイテイ座からすぐさまオーストラリアのオペラ一座に引き抜かれ、この七年間、そのヴァーノン一座の唄うたいとして、太平洋の各地を巡業していたのだから知るはずもないが、わしたちがこうして押しも押されもせぬ銀行家になれたのは、じつはおせんちゃんのおかげだといってもいいのだ。

おせん　……？

孝之進　七年前、おせんちゃんが亀清の御座敷で浄明寺という一等書記官をたしなめたことがあった。

おせん　……芸者の分を弁《わきま》えないことをしたと、いまは後悔しています。

五郎蔵　いや、あれが大当たりだったのよ。

孝之進　恋しい人から満座の中でぐさり、正論という名の

釘を刺されて、浄明寺さんは狂いに狂って暴れ回った。
円八　あちこちの御座敷の、襖という襖を三十八枚も蹴破って歩いた。
久次　床の間の雪舟の山水画をびりびり、
五郎蔵　とどめに二階から大川へ立ちションベン、
孝之進　イギリスの賓客の前でこの乱暴狼藉。ほどなく北海道の開拓使事務所へ飛ばされてしまった。
五郎蔵　そいで、いまだに北海道で鮭《しゃけ》を捕っているらしいぜ。
孝之進　とにかく浄明寺さんは出世競争から落伍した。これで得をしたのが斎藤一等書記官、競争相手の自滅で、そのあとの出世ぶりには目覚ましいものがあった。おかげでわしたちの首も繋がった。
円八　あたしたちも斎藤さんの御出世のおこぼれを頂戴してそれぞれ出世街道をまっしぐら。
五郎蔵　おいらんとこには三十人からの車夫がいる。
久次　ぼくの印刷所にはドイツ製の器械が入った。
円八　あたしは盛り場に寄席を五軒、持ってますよ。
新七　(頷いて) それはもうたいしたものです。
おせん　(すこし安心して) ……それならいいんだけど。
孝之進　そしてこれもみんな、おせんちゃんが浄明寺さんを振ってくれたおかげなのだよ。

四人、おせんにうやうやしく低頭する。

孝之進　さて、去年の夏、わしは斎藤さんのお供で銚子へ魚釣りに出かけた。肩を並べて糸を垂れていると、斎藤さんがぽつりとこうおっしゃった。「君も来年で五十五、ぼつぼつ退官後のことを考えておくべき時期だが、わしだったら国立銀行に狙いをつけるがね」
五郎蔵　国立銀行、これがでっかい魚だったのよ。
孝之進　さて、ここからは、いったん別の話になる。おせんちゃんは金禄《きんろく》公債証書というものを知っているかな。

おせん、首を傾げる。これを機に四人は——ときおり話に口を挿みはするが——本来の捺印業務に戻り、おみつは陳青年に冷たい麦茶を供してねぎらい、それからは賄い場で料理の下拵え。陳青年はピアノの部品と化する。

孝之進　御一新以前に武士であった者の数はざっと三十万。そのほとんどがいまは士族と呼ばれて国家から給金をいただいている。
おせん　それは知ってます。
孝之進　ところが、これらの士族に対する給金の総額は、なんと国家の予算の三分の一にも達するのだ。一方、国家のやるべきことは山のようにあって、たとえば、西洋にならって工場や鉱山を興すことにもっとお金を、

五郎蔵　西洋にならって軍隊にもっとお金を、
久次　西洋にならって道路にもっとお金を、
円八　西洋にならって教育にもっとお金を、
孝之進　という次第で、お金はいくらあっても足らんのだ。そこで新政府のお歴々は、国家の将来のために、それこそ我が身に刃《やいば》を突き立てるようなつらい思いで、士族への給金をきっぱり切り捨てようと決断なさった。その御決断の一つが、じつにこの金禄公債証書なのだよ。
新七　いささか異議がありますな。新政府のお歴々も、十二年前までは武士だったはず。にもかかわらずお歴々はかつてのお仲間を無情にも見捨ててしまった、いやですね、そんなやり方は。
五郎蔵　芝居者お得意のお涙頂戴よ。
新七　……なんですと？
五郎蔵　芝居者お得意の判官贔屓《ほうがんびいき》ってやつよ。
新七　嫌味や当てこすりはいやですよ。
円八　（割って入りながらもきっぱりと）とにかく、日本のようなアジアの小国が、西洋諸国と肩を並べる大国になるためには、この程度の犠牲は仕方がないんじゃありませんか。
五郎蔵　（頷いて）困っちまうんだよな、いつまでも開化しねえ人ってえのはよ。
久次　（これまた頷いて）そんなことを云っているから、師匠たちは世間から陰口を叩かれるんだ、「わが国の文明は日進月歩、目覚ましい勢いでドシドシ進んでいるというのに芝居ばかりが昔のままだ」って。
新七　（必死で怺《こら》えている）……！
おせん　ふしぎな光景だわ。……おじさんたちがそうやって睨み合うのを、生まれて初めて見た。

短い間。

五郎蔵　……本気じゃねえんだ。仲よし仲間の睨めっこみてえなもんよ。
おせん　……そう祈っていますけど。
孝之進　話を金禄公債証書に戻そう。たとえばここに一人の貧乏侍、つまり貧乏士族がいるとしようか。まず、この士族に給金を払わないことにして、そのかわりに、六年分の給金に当たる金額を書き記した金禄公債証書を渡す。これはいわば国家がその士族から、六年分の給金を借りましたよ、という借用証書のようなものだ。そして三十年後、国家はその証書と引き換えに、額面通りのお金を支払う。
おせん　それじゃ今日明日のごはんが食べられない。
孝之進　もとより、毎年、利子がつく。
新七　その利子が安い。
孝之進　（さえぎって）ほかの職について働きながら、この利子を暮しの足しにすればよろしい。また、この証書

は売り買い自由だ。だから証書を売り払って元手を拵えてなにか新しく商売を始めてもいい。さらに、

五郎蔵　ここからが馬鹿にいいところなんだ。嘘と思うだろうが実録だぜ。聞きのがすんじゃねえよ。

孝之進　この証書を資本金にして国立銀行を興《おこ》すことができるのだ。しかもこの証書で銀行を興す場合は、資本金は八割でよろしい。わかるかな。わが銚子第百四十二国立銀行の資本金は五万円である。しかし証書を集めてつくったので、じつは四万円ですんだのだ。

おせん　……新政府は、士族のみなさんに銀行づくりをお薦めになっているんですね。

五郎蔵　ム、、さすがに鋭い御眼力。

円八　御鑑定通りです。

孝之進　（頷いて）おせんちゃんの方がよく知っているとは思うが、西洋では銀行を中心に世の中が成り立っている。世の中を身体にたとえれば、お金が血液で銀行が血管だ。そこでこれからの日本もそうならねばならぬというのが、大蔵省当局のお考えなのだ。

新七　いささか異議がありますな、

久次　（その話頭を露骨に叩いて）その四万円の証書を買い揃えるにはずいぶん苦労したんだぜ。清水《きよみず》の舞台から飛び降りるような思いで印刷所を抵当に入れて九千円、九十株、引き受けた。

五郎蔵　走ってる機関車に飛び乗る思いで俥宿を抵当にして、七十株。

円八　火事で焼けたつもりで寄席五軒を抵当にして、五十株。

孝之進　官員時代に買い集めた家作を売りはたいて、二十株。

新七　新富座の座元から前借して、二十株。

　四人、一瞬、冷たい目で新七を見る。

おみつ　（賄い場から）無尽仲間を拝み倒して、一株。

久次　全部合わせて、二百五十一株！

五郎蔵　総株数五百株のうちの二百五十一株なんだぜ。

孝之進　つまり、わしらおせん株仲間が、銚子第百四十二国立銀行の株の半数以上を押さえたわけだ。

久次　だからぼくらは銀行家。資本金の範囲内で、こうやってお札が発行できるわけだよ。

おせん　それならよかった……。

　おせん、安心して、以下、お札づくり作業を手伝う。

五郎蔵　太閤秀吉も真っ青な出世ぶりだろう、え、おせんちゃん。煎り豆に花ってやつ、炭団にポッカリ大きな花が咲いたのよ。

おせん　……なんだか夢を見ているみたいね。
五郎蔵　見ててくんな。果報負けせずに、陰日向《かげひなた》、裏表、寒い暑いなくうんと働いて、おいらたちの銀行にすてきな金箔《きんぱく》をつけ、そこいら中をキラキラ光らせて見せるからな。
おせん　エヽ、たのしみにしてるわ。
五郎蔵　（力強く）おいらたちはどこまでも高く跳ぶぜ。
おせん　でも、どうして銚子なの。
孝之進　銚子の大地主で花香《はなか》さんというお方が一人で百株、引き受けてくれたということが一つある……。
五郎蔵　そこでその筆頭株主の花香さんを頭取に祭り上げたわけだが、これが無類飛び切りの善人でさ。ヘボのくせにもう馬鹿な将棋好き、王手飛車取りをかけて「待った」をきいてやると書類にすぐ判子をくれるんだな。
円八　でも、あすこの奥方は、おっしゃることがなかなか鋭いですよ。
五郎蔵　（頷いて）面《つら》が南瓜《かぼちゃ》で胴体が芋で手足が大根で、八百屋の店先みてえなくせして、のべつ嫌味を並べやがるから、かなわねえよな。久次、これから業務命令を発令するから言葉を改めるぜ。「副支配人、花香夫人にすこし親切にしてあげなさい。すこしムラムラとさせてさしあげろ」
久次　（しぶしぶ頷いて）……はあ。
五郎蔵　な、副頭取ってのも、いろいろとこう気を使うもんだろう。
おせん　（微かに呆れているが）……エ、。
孝之進　しかしなによりも、千葉県最大の都市である銚子に国立銀行を、という大蔵省の意向が大きかった。そこでわしが省内でいささか暗躍したわけだ。
おせん　銀行としては大きな方なの？
五郎蔵　大きな声で、大きい、とは云えねえけどね。
久次　はっきり云えば、資本金五万円以下では、国立銀行の開業許可は下りない。つまり最少の資本金で発足したんだ。
五郎蔵　そのうちに百万にふやすから見てろ。
おせん　お金を預けたいという人はいて？
五郎蔵　……いねえってことはねえさ。
久次　この五月三日に開業してから昨日までの七十日間で五十三人。
おせん　（ため息）……。
円八　「あたしゃ無尽《むじん》の方がいい」なんておっしゃる野蛮人がまだ多うございましてねえ。
おせん　それで、借り手はどうなんですか。
五郎蔵　これまた頭痛八百だったのよ。
円八　高利貸から、三割、四割の高い利子で借りた方が早いという野蛮社会の住人がまだ大勢いらっしゃるんですね。国立銀行の借り出し利子はたったの一割、ずんとお安いですから、わが方から借りればよほどお得なんですがねえ。

新七　いささか異議が、

久次　（またも話頭を叩いて）ところが、二週間前、大口の借り手が現れた。

五郎蔵　デへ、、、。

円八　三年返済で三万円借りたいとおっしゃる方が銚子本店へお見えになったんですよ。

久次　三年でざっと九千円の利益さ。

おせん　借り手というのはどんな方なの？

孝之進　福島中央水利組合の面々。

おせん　……水利組合？

孝之進　組合員は四十七人の士族、いずれもかつての御家人だ。

円八　ところは福島県中央部の荒れ野。その荒れ野に三里離れた猪苗代湖から水を引き、その水を阿武隈川へ流そうという、それはもう壮大な開墾事業です。

久次　猪苗代湖の水の恵みによって、ススキの荒野が来年から八百町歩の美田にかわるんだ。

おせん　すてきなお話を聞いたわ。横浜から出てきたかいがありました。

五郎蔵　どう落ちぶれようとさすがは天下の御直参、ススキの原っぱに米という名の金《きん》を成らせようたあ近ごろ豪気な話じゃねえか。こりゃぱりぱりの新狂言だ。これこそ開化だ。おまけに四十七人でやることで成功しなかった試しはねえ。そこで副頭取の鶴の一声、「国家のためにも、また当銀行のためにもなるすばらしい事業である。長い短い云わずにポンと貸してあげなさい」

おせん　ますます見直しちゃった。たしかにもうりっぱな銀行だわ。

五郎蔵　（最後の一枚なので丁寧に捺印）さあ、できた。それでは役員諸君、お手を拝借、よーッ。

五郎蔵、円八、久次、孝之進の四人による景気のいい手締め。ここまでピアノの一部と化していた陳青年、なぜだかすっと立って手締めに加わっている。全員、一瞬、呆然。が、すぐに孝之進が最後の百枚に手早く細紙を巻き、一束にして西洋鞄に入れながら、

孝之進　今夜の夜行馬車で郡山へ発つ。郡山からは人力を雇って、そうさな、明日の夕方までには組合事務所に着けるだろう。

五郎蔵　支配人にはこのくそ暑いなかを御苦労さまなこった。よろしくな。

孝之進　（鞄を抱き締めて）たしかに引き受けた。

五郎蔵　（打って変わった猫撫声で）新ちゃん。

新七　（うれしくなって）なんです。

五郎蔵　お得意の勘亭流で、看板に一筆ふるってくんな。

新七　……看板？

卓へ寄ってきた新七の前に、久次が板を、円八が筆と墨汁を置く。

五郎蔵　こう書いてもらいてえ。「銚子第百四十二国立銀行東京柳橋支店」ってな。

新七　（頷いて筆を執り）下の方は、東京柳橋支店、ですな。

五郎蔵　看板を見た通行人がどうしても金を預けたくなるような字で書いてくんな。

新七　ウーン（唸りながら筆を構える）……。

おみつ　（不吉な予感が走る）それ、どこへかけようっていうんです？

五郎蔵　家ン中へかけてもしょうがねえだろ。表へぶら下げるのよ。

おみつ　……うちの？

五郎蔵　まさか亀清さんの玄関に下げるわけには行かねえだろう。

おみつ　……そんな！　初耳ですよ。

五郎蔵　（構わず）ここから話がいきなり高級になるから、たとえばなしをしてやろうな。銀行を人力車にたとえれば、左の車が借り手で、右の車が預金者よ。銀行てえやつは、この左右二つの車がくるくると塩梅よく回っていねえと、火の車になっちまうんだ。なんと恐ろしい話じゃねえか。

おみつ　（爆発する）これでも三代つづいたそば屋なんです。

五郎蔵　（抑えつけて）ところがだ、ありがてえことに大口の借り手が見つかって、左の車が景気よく回り出した。

おみつ　（負けずに）勝手に銀行にされたりしてたまるもんですか。

五郎蔵　のこる仕事は右の車を回すこと、てえことは、どうやったら預金を集められるかだが、

おみつ　小さいながらもうちは御近所の方がたの兵糧方をつとめているんですからね。

五郎蔵　それには、金の唸っている場所へ支店を出すのが一番なんだよ。

おみつ　おじいちゃんとおとっつぁんの、二人の底抜け呑兵衛を抱えてお見世を守り通したおばあちゃんのことを思うと……、（涙声になる）あたしの代でお見世をつぶすようなことになったら、おばあちゃんに申し訳がない……。

おせん　（駆け寄ってハンカチを差し出しながら）おねえちゃん……！

新七も筆を墨壺へ投げ込んで、

新七　看板は、話がついてからですな。
五郎蔵　（困って）……支配人！
孝之進　……業務連絡上、いささか手ちがいがあったことを、つつしんでお詫びいたしたい。
五郎蔵　副支配人。
久次　魚河岸、吉原、新富座と並んで、この柳橋は、一晩で数万のお金の動くところ。そのお金の万分の一でも当銀行で扱うことができればと思いまして、このたび、この地に支店開設を思い立ったわけです。
五郎蔵　株主代表。
円八　ちょいと耳ざわりの悪いことを申し上げるやもしれませんが、おみつさん、あなたも創立株主のお一人なんですから、出資先の発展に協力なさいましよ。それに、おとらさんなら、こんなとき、どうなさったでしょうか。
おみつ　……おばあちゃんだったら？
円八　（頷いて）あの方は東京がまだ江戸と呼ばれていた時分からすでに文明開化をなさっていて新しいことが大好き。ですから、即座にこうおっしゃったにちがいありません。（とらの声色で）「銀行の支店だなんておもしろいじゃないか」……、
おみつ　（祖母を懐かしみ、祖母の口調で）……「おめえさんたちにばかり、いい思いをさせてたまるもんか」
五郎蔵　そっくりそっくり。やっぱり血というものは争えないというわけで、こちらに当銀行の支店を置かせていただきてえんだよ。
おみつ　……おせんちゃん、どうしよう？
　　おせん、銀行家たちと正対して、
おせん　ここを支店にしたとして、それで預金が集まるという目算はおありなの。
五郎蔵　ここは断然、地の利がいい。おまけにおせんちゃんのそのすてき声が景品とくらァ。大繁盛、疑いなしだぜ。
おせん　あたしの声が景品？
五郎蔵　（頷いて）だからこそ、そのでっけえ箱を、横浜のゲイテイ座とかいう唄芝居の小屋からわざわざ運んできたんじゃねえか。持ってくる持って帰るで十円も運び賃がかかるんだぜ。
円八　当銀行はむだな投資はいたしません。
おせん　待って。一昨日《おととい》の夕方、五郎蔵おじさんがゲイテイ座の楽屋に見えましたね。そのときのお話では、「新ちゃんの狂言の中の名科白がオペラってやつで歌えないもんかね」……。
五郎蔵　（頷いて）たしかそんなことを云ったっけね。
おせん　あたしが、「新七おじさんの科白はオペラにとても合うんですよ」と答えると、五郎蔵おじさんは途端ににっこり。「新ちゃんの前でそいつをやってくんねえか。

そしたら新ちゃんの落ち込みが治ること請け合いだ」
新七　（微かにギクリ）……わたしが落ち込んでいる？
おせん　（新七に頷いて）いつかの高島屋に先立たれて以来の落ち込みようなんですって。今日のゲイテイ座は演説会、あたしたちのヴァーノン一座はお休み。それでさっそく駆けつけてきたんです。でも、あたしの声が景品だなんてことは聞いてないわ。
新七　わたしにしても、おせんちゃんの唄が聞けるよと云われて、ただそれだけのことでやってきたのです。フーム、判子捺しの手伝いのほかにもう一つ、なにかふしぎな曰くがありそうですな。
五郎蔵　さすがに鋭い御眼力。
円八　御鑑定通りです。
新七　（いままでになく強く）どんな曰くですか。
五郎蔵　……支配人。
孝之進　じつはあなた方お二人の肩に、わが日本国とわが銀行の運命がかかっているのだ。
新七　（言下に）大げさな。
五郎蔵　せっかくのいいことも悪く聞くんだからかなわねえな。副支配人。
久次　新富座の守田《もりた》勘彌《かんや》旦那は、この秋の興行に、河竹新七の新作オペラ狂言をかけようとしています。
新七　……どこから、そんなことを。
久次　お金もろともいろんな噂《うわさ》が飛び込んでくる、それが銀行というものなんです。お札には手垢《てあか》といっしょに噂の種がこびりついているんですよ。さて、守田勘彌としては、どうしても九月一日までには幕をあけたい。というのは、わが国が初めて迎えた国賓のアメリカ前大統領グラント将軍閣下にオペラ狂言を観てもらいたいからです。将軍閣下の横浜出帆は九月三日。一日に幕が開けばなんとか間に合う。ちがいますか。
新七　（図星）……。
五郎蔵　株主代表。
円八　新七さんもうすうす勘づいておいででしょうが、守田の旦那の後ろからこの話を強力に推し進めているのは新政府のお歴々です。ガス灯の輝きもみごと、椅子席も豪華な新富座でオペラが上演される。それをごらんになったグラント将軍閣下はこんな感慨を抱かれるのではないか。「おお、日本の文明開化もついにここまできたか。もう十二分に国際化している。この国はもうわれわれ西洋の仲間だ。かくなる上は一刻も早くあの不平等条約を改めて、対等の付き合いをしてやらねばなるまい」……。そうなんですよ、お歴々はどうあっても将軍閣下に〈文明開化を果たしつつある日本〉というお土産を持たせて帰したいんですよ。ところが、当の作者先生は、日本人にオペラなぞできるわけがないと悩んで、落ち込んでいる……。
新七　……。

五郎蔵　河竹新七君。
新七　たしかに悩んではいる。しかし……、
五郎蔵　副頭取。はい。そこでこう考えたのよ。おせんちゃんに頼んで新ちゃんの前で、河竹新七の名科白をオペラってやつでやってもらおうじゃないか。そしたら新ちゃんも自信をもつ。
おせん　わたしもそのつもりできました。でも……、
五郎蔵　まだつづきがあって、こうも考えたのよ。いっそ、新ちゃんのオペラ狂言に、おせんちゃんにも出てもらっちゃえ、そのヴァーノンとかいう一座と一緒にってさ。
おせん　……！
孝之進　日本一の狂言作者が、日本一の小屋新富座に、日本で初めてオペラ狂言を書き下ろす。その主役は柳橋で令名をうたわれたあのフランスおせん。
久次　だれもが観たがる。大評判になる。
円八　毎日、盛りこぼれるような大入りです。
五郎蔵　とりわけ三百人の柳橋芸者衆は大騒ぎだ。
孝之進　そこで当銀行柳橋支店に預金をしてくださる芸者衆に新富座のオペラ狂言の切符を景品に進呈しようというわけだ。
五郎蔵　な、これでおいらたちの銀行の支店が、ここになきゃならねえわけがわかったろう。
おみつ　（おせんにすがりつき）たいへんなことになっちゃったねえ。
おせん　（おみつを抱き止めて）エ、……。
新七　守田の旦那もこの話に絡んでいるんですか。
五郎蔵　さすがに鋭い御眼力。
円八　御鑑定通りです。
孝之進　そして新政府のお歴々にも話はしっかり通っている。
五郎蔵　日本のためなんだよ、新ちゃん。一味連判に加わってお味方してくれよ。一幕物でいいんだ。さらさらっと書いてくんな。
新七　……わたしは、江戸の芝居に伝わるあの手この手の手練手管を寄せ集めて、毎度、頼りなく筋書きをつくるしか能のない人間だが、しかしそれでも江戸の言葉だけは大事にしているつもりです。その江戸の言葉が西洋の節《ふし》にのるとは思えない。
五郎蔵　そう六ケ敷《むつかし》く出ねえで、うまくごちゃまかしてくれりゃいいの。節付けの方はヴァーノン一座の親方に相談して、なんとかうまくでっちあげるからさ。みじかくていいんだぜ。新ちゃんの技量《うで》をもってすりゃ棚に置いたものを取るよりたやすい仕事だろ。
新七　そんな手軽に行きますか。
おせん　新七おじさん。
新七　エ？
おせん　その新作に出る出ないは別にして、おじさんの科白はオペラにのります。どんなオペラでもいいんだけど

……、

陳青年がピアノでおせんを誘い始める（ビゼー『カルメン』第一幕「ハバネラ」の前奏）

おせん　いま世界中で大当たりしている『カルメン』というオペラの中の唄に、おじさんの「三人吉三《きちさ》」の科白をのせてみるわね。シドニーで、ホンコンで、サンフランシスコで、そして巡業地への行き帰りの船の上で、大川が恋しくなるたびに、おじさんの科白を口遊《くちずさ》んで、なつかしがっていたのよ。

前奏音がはっきり浮かび上がってきて、

おせん　つきもおぼろに　しらうおの
かがりもかすむ　はるのそら
つめたいかぜも　ほろよいに
こころもちよく　うかうかと

（五）オッいいねえ。

はる——

（円）エ、合ってますねえ。

はる——

（久）みごとぴったり。

はる——

（孝）まるで誂《あつら》えたようだの。

のよ
うかれからすが　いちわ
ねぐらにかえる　かわべで
さおのしずくか　ぬれてであわの

四人　百両！

おせん　ほんにこんやは　せつぶんかしら

四人　百両！

おせん　はるからえんぎが　いいわえ

（以下、おせんのハミングの上に）

（五）新ちゃん、いい気分だぜ。

（円）おみっちゃんもいかがですか。

（久）ほんと、簡単なんだよ。

（孝）ただ、百両、と云えばいいのだ。

（五）ほら、くるぜ、くるぜ、くるぜ。

五人　百両！（おみつが入る）

おせん　ほんにこんやは　せつぶんかしら

五人　百両！

おせん　はるからえんぎが　いいわえ

五人　百両！

おせん　にしのうみより　かわのなか
おちたよたかは　やくおとし
まめたくさんに　いちもんの
ぜにとちがって　かねづつみ

（五）おい、心づけ
はる——
（円）私からも心づけ
はる——
（久）ほら、僕からも心づけ
はる——
（孝）私もここで、心づけ
のよ
うかれからすが　いちわ
ねぐらにかえる　かわべで
さおのしずくか　ぬれてであわの

五人　百両！

おせん　ほんにこんやは　せつぶんかしら

五人　百両！

おせん　はるからえんぎが　いいわえ
（以下、おせんのハミングの上に）
（五）新ちゃん、いい気分だぜ。
（円）おみっちゃんも唄ってますよ。
（久）ほんと、簡単なんだよ。
（孝）ただ、百両、と云えばいいのだ。
（五）ほら、くるぜ、くるぜ、くるぜ。

五人　百両！

おせん　ほんにこんやは　せつぶんかしら

六人　百両！（新七、つい加わってしまう）

おせん　はるからえんぎが　いいわえ

六人　百両！

一同、自分たちがやってしまったことに呆然、しばらく立ち尽くしているうちに後奏が終わる。新七を除く全員、我に返って互いに拍手。五郎蔵は陳青年に握手を求めて、

五郎蔵　イヤー、慣れちまえばピアノの音ってのも悪くねえや。（がま口から一円札を一枚出して）ハイご苦労さん。

みんなも陳青年に拍手を送る。

おせん　（新七に）いかがでした。

新七　（呆然から覚めて断乎）たまたま合っただけだともう。

おせん　そのたまたまがしばしばあるのよ。

五郎蔵　（唄って囃して）河竹新ちゃんの負け戦さ、と。いさぎよく軍門にくだりよ。

新七　（口を「へ」の字に固く結んでいる）……。

孝之進　嵩《かさ》にかかって攻めたてるようだが、新七さん、この計画にもっとも熱心なお方というのはじつは、

新七　（珍しく毒のある言葉）もちろん新富座の座元、守

田勘彌の旦那でしょうよ。「畳は古風だ、醤油は開けない」と云って、畳の上で靴を履いて、鮪《まぐろ》の刺身に塩を付けて食べるような文明開化人ですからな。

五郎蔵　ちっともわかってねえ。雲の上が動いているって、さっきから云ってるじゃねえか。

新七　……雲の上？

孝之進　（重々しく頷いて）伊藤博文内務卿。

久次　（重々しく）大隈重信大蔵卿。

円八　（重々しく）寺島宗則外務卿。

五郎蔵　綺羅《きら》、星のようだろ。おまけに、新富座の、グラント将軍閣下のお隣りの椅子席に、天子様がおでましになるかもしれねえんだぜ。

孝之進　壮大な国家的事業、そう言い切ってもいい。

久次　もし、ウンと云わなければ、新七さんはむろんのこと、新富座の狂言作者部屋全員が、助手に格下げ、になるんだよ。

円八　（頷いて）お歴々にそう進言なさる学者の先生方が大勢いらっしゃるんですよ。

　思わず卓を摑んで体を支える新七。

おせん　（おみつにすがりつき）……どうしよう。横浜から、ただ呼ばれたんじゃなかったんだわ。

おみつ　（おせんを抱き止めながらも）……それじゃ、この先、どなたが狂言を書くんですか。

孝之進　学者の先生方だよ。新七さんたちはそのお手伝いということになる。

五郎蔵　二十五年間も日本一を通してきた新ちゃんほどの作者が、なにもここでお手伝いさんに成り下がることはねえじゃねえか。

新七　（口は固くへの字結び）……。

孝之進　国家のためだよ、新七さん。

久次　文明開化のため、

円八　狂言作者部屋のみなさんのため、

五郎蔵　ひいては、おいらたちの銀行のため。

　新七の固く閉じた口がゆっくりと開かれる。

新七　少なくとも見物衆のためではないですな。

四人　……？

新七　そのオペラというものを、どんなことをしてでも観たいと願っている御見物衆はどこにいるんです。

五郎蔵　待った。この期《ご》に及んで、そんな水離《みずばな》れの悪いことは云いっこなし……、

新七　（その話頭を烈しく叩いて）年に一度の芝居見物のために、あとの三百六十四日、ダシジャコの振りかけだけでおまんまを食べて木戸銭を貯める方がいる。板の間にこぼれた酒をそっと手拭いで拭き取り、その手拭いを

土瓶に入れて煎《せん》じ出して酒代を節約し木戸銭を貯める方もある。上っ面を西洋風に取り繕った小刀細工のオペラが観たくて、そんな苦心をなさるのではない。

四人　（口を揃えて）待った……。

新七　（構わずに）生きているからには心に様ざまな屈託が溜まる。その屈託の大きな塊《かたまり》を、いい話、おもしろい話、悲しい話で、笑いや涙といっしょに西の海へさらりと捨ててしまいたい、御見物衆のそういう思いで芝居小屋はいつもはちきれそうです。そしてどなたも、いい科白が聞きたいんだ、耳にこころよい言葉で心の按摩にかかりたいんです。

四人　（口を揃えて）待った。

新七　（きっぱり）へぼ将棋じゃァあるまいし、待った待ったとはなんです。

五郎蔵　（お株を奪われてびっくり）……オ、ッ。

新七　そういう御見物衆が身銭を切って観てくださるからこそ、どこの芝居小屋の桟敷にも大きな力が宿るんです。すべての拠り所になるような力、その力がすべてを裁くんです、作者を、役者を、座元を、そしてひょっとしたら御見物衆そのものをもね。わたしに引き付けて云えば、桟敷に宿るその力、すべての拠り所になるその力を砥石《といし》にしなければ、一言半句も書けやしません。

五郎蔵　へへん、うまく云うぜ。

新七　云う筋があるから云うんです。

おせん　（切実）……じゃ、オペラはまだ早い？

新七　早い遅いより、オペラを上演するさいの新富座に、いい唄が聞けたら死んでもいい、すてきな話を観ることができたらなにもいらないという御見物衆の熱い思いが、つまり、おせんちゃんの拠り所になるような力がこもっているかどうかでしょう。

おせん　（微かに否定）……。

新七　とすれば滑稽な茶番になるしかないでしょうな。西洋のオペラ小屋には、そういう見物衆の力が宿っているんでしょうがね。

おせん　（ゆっくりと、深く頷く）……。

新七　事情は銀行の場合も同じでしょう。五郎蔵さんたちはお金を預けにくる人がいない、借り手も見つけにくいと嘆いておいでだが、だれも脳味噌を使っていないのだから、それも当然……。

五郎蔵　使ってら。もうくたくたよ。

新七　お金をもうけるためには使っている。しかし西洋にどうして銀行というものができたのか、それを考えるためには、それこそ一匁《もんめ》の脳味噌も使っていない。

四人　（ポカンとしている）……。

新七　お金のやりとりをうまくやる仕組みがどうでも必要だという、世間という名の大桟敷の思いをがっしり受け止めて、その思いを拠り所に、それこそ脳味噌がなくなるまで考えてやっと仕出かしたものが、西洋の銀行なんじゃありませんか。それをこっちは一匁の脳味噌も使おうとせずに、できあがった形だけを取り込む。それじゃまるで声色屋ですよ。

五郎蔵　声色屋だと？

新七　ああ、開化にのぼせ上がった西洋の声色屋。

五郎蔵　ちくしょう。たとえ儲かっても新ちゃんの株には配当なしだからな。

新七　西洋の声色を使うことにかけては新政府のお歴々のほうが役者が二枚も三枚も上手ですから、あなた方ばかり責めるわけには行きませんがね。

孝之進　ム？　それはどういう意味だ？

新七　お歴々も、日本という大桟敷を、その大桟敷にいる御見物衆を拠り所にしていない。……もっとも、それぞれの思いのたけや願いのたけを大桟敷いっぱいにふくらまして、お歴々の拠り所になる力にしようとしない御見物衆、つまりわたしたちも怠け者ではありますが、……それはとにかく、お歴々には大桟敷という、すべての拠り所になる力がない。そこで拠り所を大桟敷以外のところに求める。それが西洋なのか、日本一の大神主かは知りませんが。

五郎蔵　ちくしょう、新政府のお歴々までボンクラにしちまいやがった。

新七　芝居小屋の狂言作者部屋からはそう見えるということですよ。御一新は大がかりな御家騒動、それもてんでなってない御家騒動。なにしろ大桟敷の御見物衆は置いてきぼりですから。そうも見えますな。

五郎蔵　ちくしょう……！　支配人。

孝之進　電信機、鉄道汽車、そして蒸気船と、人間業では出来ないようなものが次々に入ってくる。これらの文明を取り入れちゃいかんというのか。新七さん、この国は、世界から取りのこされたままでいいというのかね。

新七　つまらない語尾咎《とが》めはしたくありませんが、電信機もなにもかもすべて人間業でしょう。西洋の人間がそれを仕出かすのに、どう脳味噌を使ったのか、そこから始めないと、なにも始まらないと云っているんです。小器用に西洋の上っ面の上前ばかりはねていていいのか……。

孝之進　……。

五郎蔵　副支配人。

久次　始めから始めるなんて、そんな悠長なことは云っていられないんだ。おくれているんだから、日本は。

新七　急げばきっと薄いところが出来てくる。そしてかならずやその薄いところから破れがくる。芝居の筋書きだってそうですからな。急いで、いい加減に始めると、きっとあとで痛みがくるんです。

久次　……。

五郎蔵　株主代表。

円八　それで、オペラ狂言は書かないとおっしゃる……？

新七　いずれ春永《はるなが》にゆっくり考えましょう。

円八　いずれ春永に……？
五郎蔵　いずれ、なんて云ってたんじゃ間に合いやしねえ。この秋に初日をあけるんだぜ。
新七　……豪勢にやかましいことを云いました。

新七、一同に叩頭《こうとう》。それから、おみつやおせんに笑いかけるが、それも一瞬、くるっと身を翻して出て行ってしまう。四人、その背中へ、

五郎蔵　そんな分からず屋がこの日本にあるもんか。わからず屋の本家本元め！
久次　師匠は古い。因循姑息《いんじゅんこそく》の塊！
円八　……開化知らずの頑固者！
孝之進　自由民権論者の回し者！

おみつ、大きなため息を一つ、ついて、裏へ入りながら、

おみつ　そんなに叫んじゃのどが渇くでしょう。西瓜を切りましょうね。
五郎蔵　……ちくしょう。西瓜でも食って縁起なおしをするか。

陳青年、なぜか心得て、「乾杯の歌」の前奏を始める。

円八　これはお陽気な音曲《おんぎょく》ですね。
久次　またいっしょにやろうか。
孝之進　……やれるかしらん。

陳青年がしきりにおせんを誘っているが、おせんは身じろぎ一つしない。卓に両手をついたまま。……泣いているようにも見える。四人、それを見て動かなくなる。西瓜を持って出てきたおみつが、おせんの様子に気づいて駆け寄る。

おみつ　おせんちゃん、どうしたの？

転がる西瓜のほかは、なにも動かない。

六　ボンボン時計

暗い中からボンボン時計の音（午後十時）が聞こえてくる。じつに変な音で、割れ鐘のようでもあれば、老人の咳払いのようにも聞こえる。
……その音の中から、板壁に掛けられたボンボン時計、つづいて、正面の、二枚の腰高障子が浮かび上がってくる。障子には、「銚子第百四十二国

立銀行東京柳橋支店」という鏡文字。
時計が鳴り終わるのと入れ替わって、雪交じりの烈《はげ》しい風。そして犬の遠吠えが千切れ千切れに飛んでくる。

またもや二年たって、現在は、明治十四（一八八一）年の初冬、十二月二日の夜。

店内の様子が少し変わった。たとえば、入口近くに立て掛けられているのは銀行名の入った紺暖簾だし、掛け時計のほかにも板壁には、品書きの代わりに、「安全確実」「高利息」などと書かれた大きな紙が貼ってあるし、出し台の上には皿鉢《さはち》の代わりに厚くて大きな帳面が五六冊、積み上げられてもいる。なお、紺暖簾と並んで長い掛け看板が見えているが、それにも、「銚子第百四十二国立銀行東京柳橋支店」と、勘亭流で書いてある。
もとより、変わることのない、懐かしいものの方が多い。たとえば、貸し布団を積み上げた畳敷き、おせん株仲間帳をぶら下げた大黒柱、そして、床几と卓。卓上は皿、小鉢、丼、猪口《ちょく》、林立するお銚子などで賑やか。大火鉢では鉄瓶が鳴っている。
襷《たすき》がけのおみつが、賄い場から出てきて、卓上のものを手早く広蓋に移し始めるが、そのうちにハッとなって動きを止め、思わず胸を押さえる。

おみつ　……まさか。

雪交じりの風の烈しい一ト吹き。近くで犬がけたたましく吠える。

おみつ　（頭を振って、自分に言い聞かせるように）考えすぎ、考えすぎ。鶴亀、鶴亀……。

正面の障子が開いて、ドッと吹き込む風花《かざはな》の中に、新七（十日ほど前から黙阿彌と号している）が立っている。

おみつ　……まア、お師匠さん。
新七　また、お造作をかけます。
おみつ　さ、どうぞ。（障子を閉めてやって）とうとう本式の吹き降りになっちまいましたねえ。お忘れ物でもなさいました？
新七　表の広小路でみなさんと別れて人力を浅草へ走らせていたのですが、蔵前にかかったあたりで、ふと胸騒ぎがしましてな。こちらの思いすごしでしょうが、ちょっと気になることがある……。
おみつ　（冒頭と同じ仕草で、胸に手を当てて）……胸騒ぎとおっしゃいますと？

新七　別れ際《ぎわ》の五郎蔵さんのことばを、ひょいと思い出したのです。

おみつ　（ますます思い当たって）なんて云ってました？

新七　「思えば、新ちゃんに無理を押しつづけの二十八年だったなア。（片手拝みをして見せて）勘弁してくんな」

おみつ　あたしにはこう云って帰ったんですよ。「来年の秋、おせんちゃんが、例のアメリカ留学っていう代物《しろもの》から帰《けえ》ったら（やはり片手拝みをして見せて）くれぐれもよろしく云ってくんな」

新七　永《なが》の別れでも云っているようですな。

おみつ　（同感、手早くお茶を入れながら）それに、今夜のおせん株仲間年次総会ときたら、ひっそり閑《かん》としていて、まるでお通夜のよう。それも気になっていました。

新七　アヽ、四人が四人とも、初めから仕舞いまで、妙に沈み込んでいました……。

おみつ　（畳敷きの貸し布団の山を目で指して）明け方までばか陽気に騒ぎまくるのがいつものお定まり。そうして五人、頭を並べて貸し布団にくるまって高鼾《たかいびき》と鼻《はな》提灯《ちょうちん》の大博覧会……。

新七　その雑魚寝《ざこね》がたのしみで集まっているようなものなんですよ。

おみつ　それが今夜はどうでした？　十時前に、そそくさと引き揚げてしまった。こんなの初めて。……どうぞ。

新七　（お茶を拝むように受け取って）……ありがたい。（一口、啜《すす》って）この話を持ち出すたびに、だれかがさっと明後日《あさって》の方へ舳《へさき》を変えてしまうので、とうとう聞けず仕舞いでしたが、（決心して、ズバリと）銀行はうまく行っていますか？

おみつ　（こちらも決心して）……いけません。すくなくとも、この柳橋支店は。

新七　……やはりそうでしたか。

おみつ　料亭のおかみさんにしても芸者衆にしても、高利貸と無尽のほかは眼中にないんですもの。……そうそう、一昨年《おととし》の夏、お師匠さんが新富座にオペラ狂言を書く書かないというごたごたがありましたね。

新七　エヽ、結局、書かずにすませてしまいましたが。

おみつ　たとえあのとき、オペラ狂言をお書きになって、その切符を景品につけたとしても、やはり預金は集まらなかったんじゃないかしら。なにしろ、このへんには銀行なんていらないんですからね。中には、わざわざうちの前までやってきて聞こえよがしの高声《たかごえ》で、こうおっしゃるおかみさんもおいでです、「いくら世の中が変わったからって、大事なお足を、おそば屋さんに預けられるもんですか」って。

新七　ばかにしてますな。

おみつ　そんなわけですから、この支店の最大のお得意様はお師匠さん。

新七　まさか。百円を、二年物の定期預けに入れているだけですよ。

おみつ　そんな大胆不敵なお方はお師匠さんお一人なんですよ。

新七　……銚子の、本店の方はいかがですか？

おみつ　ここの支店長、円八さんは、銚子の役員会議から戻ってくると決まって、そこのお帳場（賄い場）に沈み込むように坐って、深い、それこそ命を削るような溜息をついています。

新七　（溜息）……。

おみつ　（頷いた途端、パッと表情が輝いて）でも、今年の春は、ばかにうれしそうでしたよ。

新七　ほう。

おみつ　お師匠さんの新作狂言、『河内《こうち》山《やま》と直侍《なおざむらい》』が、御一新以来、という大当たりを出したでしょう。あのときだけは、百円の定期預りを三口も四口も取ったみたいによろこんで、一日中、お帳場で市川團《だん》右《え》衛門《もん》の北村大膳《きたむらだいぜん》を気取って声色を使ってました。「やあ、いか様《よう》にしらを切らるゝとも、脱《の》がれぬ証拠《しょうこ》は覚《おぼ》えある、左の高頰《たかほ》に一つの黒子《ほくろ》」……、

新七　（うれしそうではあるが）いつもの講談種《だね》です。元の話の手柄ですよ。

おみつ　そこであたしが支店長の科白を受けて、市川團十郎の声色、「ヤ、大膳殿には知つてゐたか、はゝゝゝゝ」

新七　お上の十八番《おはこ》の、「開けた芝居を書け」というお言いつけに、生まれて初めて、真っ向から逆らいました。はっきり云えばあたしはあたしのやり方でやろうと居直った。下種《げす》な言い方をすれば演劇改良なぞクソくらえと尻《けつ》を捲《まく》った。そうして、桟敷の御見物衆の力を信じ、それだけを拠り所に書きました。

おみつ　（熱中しつつある）「えゝ、仰々《ぎょうぎょう》しい、静かにしろ」

新七　……エ？

おみつ　「悪に強きは善にもと、世の譬《たとえ》にも言ふ如《ごと》く、親の嘆きが不憫《ふびん》さに、娘の命を助けるため、腹に巧《たく》みの魂《こん》胆《たん》を、練塀小路《ねりべいこうじ》に隠《かく》れなきお数寄屋坊主《すきやぼうず》の宗俊《そうしゅん》が」……、いい科白ですねえ。

新七　御見物衆にあれだけよろこんでいただければ、もうなにも思い残すことはない、このへんでお上のお小言とは、きっぱり縁を切らせていただこう。そう思い立って、このたび、黙阿彌と号して隠退を決めましたが、今夜は、その隠退話にも乗ってこない……。

おみつ　「邪魔なところへ北村大膳」

新七　「新ちゃんももう六十六だもんな」と、五郎蔵さんがお義理の合いの手を一つ、打ってくれただけです。

おみつ　「抜きさしならねえ高頰の黒子、星をさゝれて見《み》出《だ》されたら、そつちで帰《けえ》れと言はうとも、こつちで此儘《このまま》

帰《けえ》られねえ」

新七　やはり血ですな。

おみつ　エ？

新七　おとらさんも声色が好きでしたが。

おみつ　なんの話をしてましたっけ？

新七　……ア、五郎蔵さんたちの様子が変だったという話でしたな。

おみつ　（途端にハッとして）そういえば、うちの役員たち、しつっこくオルゴールを聞いてませんでした？

新七　たしかに。……もっとも、それは当然ですよ。一昨年《おととし》の秋、アメリカの音楽学校へ出かけて行ったときのおせんちゃんの言葉を、おみつさんも覚えておいでのはず。「三年間、日本を留守にいたします。そのあいだは、この曲をあたしと思ってください」……。いわばあのオルゴールはおせんちゃんの形見。わたしにしてもそうですが、みなさんはあの曲を聞きながら、おせんちゃんを懐かしんでいるんですよ。

おみつ　でも、今夜は、うちの役員お得意の「貸してという顔」が出なかった。

新七　……貸してという顔？

おみつ　円八支店長のつくった都々逸《どどいつ》なんですよ。「貸してという顔写真に撮って、返さぬときに見せてやる」……。このところ、うちの役員はお酒が入るとかならず、「貸してという顔写真に撮って」って唄い出すんです。「返さぬときに見せてやる」というところなぞは思わず涙声になったりして、それはもう気に入ってるんです。なのに今夜は、貸しての「か」の字も出なかった。おかしいでしょう？

新七　（すこし思案してから）あの曲を聞きながら、五郎蔵さんたちはなにを考えていたんでしょうな。……オルゴールはどこです。

おみつ　さっきどっかで見かけたんですが。どこだったかな。

　二人でそのへんを探し始めるが、新七、ふと棒立ちになり、

新七　やはり、わたしがいけなかったのかもしれない。

おみつ　エ？

新七　以前から胸の内に燻《くす》ぶっていた考えですが、おせんちゃんの心にアメリカ行きの種子《たね》を蒔《ま》いたのは、このわたしではないか。……例のオペラ騒ぎのときに、おせんちゃんに、こんなことを云ったんですよ、「そのオペラなるものを、どんなことをしてでも観たい、聴きたいと願っている御見物衆がこの日本のどこにいるんですか」……。

おみつ　（頷いて）お師匠さんは珍しく高い声を出しておいででしたね。

新七　その種子はすぐに芽を吹いた、日本の小学生たちに西洋の音楽に親しんでもらおう、そうすればいつかこの日本にも、本気でオペラが聴きたいと思う御見物衆が大勢出てくるだろう、それがあたしにできる御恩送りなのだというふうにね。そして、全国の小学校で西洋の歌を教えるべきだという具合に育って行った。

おみつ　文部省に駆け込んでそう直訴しろとそそのかしたのは、お師匠さんじゃありません。あの子が自分で思いついて、そうしたんですよ。

新七　たいていなら門前払いになるところだが、あの熱意にあの器量です、一等書記官が会ってくれた。

おみつ　どちらの省の一等書記官も、女にゃ甘いようですね。

新七　おせんちゃんの話を聞き終えた一等書記官は、おみつさんも先刻御存知のことだが、感動のあまりぶるぶる震えながらこう云ったそうですな。「肉親の情愛の美しさや、友人同士が互いに抱く気持の尊さ、こういったものは説明せずともだれにでもすぐにわかる。しかし世の中には、いくら説明してもわからぬものがあって、その筆頭が国家という存在じゃ。国家をなによりも大事に思えといくら諭したところで、それは目に見えず、耳にも聞こえず、これまでにない新しいなにものかであるから説明することは不可能じゃ。その他、忠君愛国、富国強兵、これからの我が国にとって大切な観念はすべて説明がむずかしい」……、

おみつは話を聞きながら、オルゴール探しもかねて卓上のものを賄い場へ下げている。

新七　……「しかるに、君の御高説を拝聴しているうちに、歌によってじかに感情に訴えるならば、目にも見えず耳にも聞こえぬものを国民の心に染《し》み込ませることが、さらに国民の意思をも一つにまとめることができるのではないかと思いついた。啓発されましたよ、おせんさん。よろしい、君をこのたび新設される音楽取調掛《とりしらべがかり》の掛員に任命する。じつは西洋音楽の素養のある掛員が少なくて困っていたところなのじゃ。もう一度、海外に出て、学校における唱歌教育はいかにあるべきかを勉強してきていただきたい。帰るときには西洋の楽器を一揃い、買い付けてきてもらいましょう」……。わかりますか、おみつさん。わたしの蒔いた種子は、（複雑な心境）……お上の手によって思いがけない大木に育ってしまったのです。こんなときにおせんちゃんがいてくれれば、五郎蔵さんたちも元気が出せるはず。しかしその元気の素《もと》を、このわたしが海外へ、アメリカへ送り出してしまった。こんな皮肉な話がありますか。

おみつ　（賄い場から）ありました。

新七　……エ？

おみつがオルゴールを持って出てくる。

おみつ 洗い物とまちがえて、もうちょっとで水に浸《つ》けてしまうところでした。

新七、受け取って蓋を開くと、『清らかな女神よ』(ベルリーニ「ノルマ」第一幕)の旋律が立ち上る。以下は、その旋律の中で、

新七 ……なにか入っていますな。

オルゴールの中から小さく畳んだ半紙が四枚。

新七 (一枚目の半紙を読む)「おみつさんの前では、口で云う勇気が出ないだろうと思い、すべてを筆に託すことにした。われわれの銚子第百四十二国立銀行は、二日前の十一月末日をもって、大坂の三井組の経営する浪速《なにわ》銀行に吸収された。旧銚子銀行の役員は全員、追放処分、また柳橋支店も閉鎖された。おみつさんを引きずり込んですまない。新七さんとおせんちゃんによろしく。蛸《たこ》の足の煮つけともこれでお別れだな。及川孝之進」……!

おみつ (二枚目を読む)「福島中央水利組合の四十七人の組合員全員が煙のように消えてしまった。荒れ野を拓く辛さに音を上げたんだと、ふもとの村人が云っていたが、いずれにもせよ、これがぼくたちの銀行のつまずきの石になった。なんとか銀行を保《も》たせようとぼくなりに頑張ったけれど、もう手立ては尽くし果たした。仁八そばの味、新七師匠の名科白、おせんちゃんが歌う声、この三つをいつまでも覚えておくよ。湯島久次」……!

新七 (三枚目を読む)「新七さん、おせんちゃん、そしておみっちゃん。あたしは少し背のびをしすぎたのかもしれません。そこで辞世の一句。催促はせねどたしかにツケはくる也。三遊亭円八」……!

おみつ (四枚目を読む)「こんな幕切れになるんなら、己《おの》が踵《かかと》の上げる土ぼこりをお客に浴びせかけながら人力を引いていた方がまだましだったかもしれねえ。けどよ、株仲間の一人として、おせんちゃんを育て上げたことだけは誇りに思っているぜ。源五郎蔵」……!

二人、茫然としている。だが、それも一瞬のこと、新七はオルゴールの蓋をバタンと閉めると、正面の障子の方へ駆け出しながら、

新七 大川、神田川、三味線堀、御蔵前ノ堀、そして矢ノ倉河岸《がし》……。このうちのどこかだ。

新七、力まかせに障子を開閉、吹雪の中へ飛び出

して行く。
おみつはしばらく動かない。やがて、四人の遺書を雑巾をでも絞るようにギリギリギリと捻じり上げ、

おみつ　銀行の一つや二つなくなったぐらいで、こんな嫌なもの、書かなくたっていいじゃないか。

思い切り土間へ叩きつける。

おみつ　夏は枝豆売り、秋は柿売り、冬は蜜柑売り、その間に茹玉子売り、でなければ荷車の後押し、町小使《まちこづかい》、なにをやったって生きて行けるんだ。銀行だけが生業《たつき》の道じゃないんだからね。

板壁の貼紙を力まかせに引きはがす。そのとき手がふれてボンボン時計が動いて傾き、例の変な音を早い間合いで、十一時、十二時、一時、二時……と、つづけざまに打ち鳴らす。

おみつ　こんな吹雪の晩に川に嵌《はま》って、なにも寒鮒だの白魚だのを太らせることはないんだよ。

出し台の帳簿を土間に払い落とし、紺暖簾を叩きつけ踏みつけて、肩で息をしながら、「銚子第百四十二国立銀行東京柳橋支店」という鏡文字を睨みつけている。そこへ、あの世へ片足を突っ込んだような心細い声、

四人　……おみっちゃーん。

裏から、五郎蔵、円八、久次、孝之進の四人が腑《ふ》抜《ぬ》けのような足取りで入ってくる。散切り頭や洋服の肩に雪。

おみつ　(さすがにゾッとして)もう出てきた。……気の早いお化けだ。そんなに気が早くて、よく十月《とつき》もおっかさんのお腹《なか》に留まっていられたものだ。

五郎蔵　……もしかしたら、おとらばあさん?

おみつ　アレ足があるよ。……そりゃそうだよねえ、吹雪の晩にウラメシヤと出たって景気が引き立たないもんねえ。

五郎蔵　……おみっちゃんか。

おみつ　はい、おみつですよ。……どんなめでたさも無事にはかなわない。よかったねえ。

五郎蔵　物の言い方がいやに鋭いから、おいらてっきりおとらばあさんかと思っちまったよ。……心配かけてすまなかったな。

三人 （低頭）……。
五郎蔵 と清く謝ったところで、おみっちゃん、いつもの剣菱。燗さえしてくれりゃア殿様御満足だ。
久次 それに湯豆腐かなんかで助けてもらいたいな。
円八 その前に、火鉢に当たらしてくださいまし。
孝之進 着物を借りるよ。

孝之進、服を脱ぎ捨てると、貸し布団の山に載っていた掻巻《かいまき》（大型どてら）を着込み、服の水を絞る。なお、孝之進は平たい風呂敷包（中身は立札）を持って入ってきており、久次は包帯を巻いた左腕を白布で首から吊《つ》っている。おみつ、大火鉢の炭火を掻き立てながら、

おみつ それで、どこに嵌ろうとしたの？
五郎蔵 唐天竺まで聞こえた身投げの名所、両国橋、その橋の上から四人一緒に勢いつけてドボーンてえ筋書きだったんだが、あいにく橋の上下《かみしも》には雪見舟が何十となく出ていやがって、その上、橋番《はしばん》巡査の目が光っている。そこで嵌り場所の張り合いが始まったわけよ。
おみつ 嵌り場所の張り合い？
五郎蔵 常日頃《つねひごろ》からこう水っぱたを歩いていて、「あ、いい景色だな」って、なんとなく足が止まってしまう場所ってあるじゃねえか。
久次 ぼくなら三味線堀、
円八 あたしなら御蔵前ノ堀、
孝之進 わしなら矢ノ倉河岸、
五郎蔵 てんでんが自分の好きな場所の水へ嵌ろうって言い張って口争いになったのよ。
おみつ 結句、どこに嵌ることになったの？
五郎蔵 これまでの付き合いを大事にしよう、最後に至って付き合いの上に妙な曇りはのこしたくねえ、ここは恨みっこなしのジャンケンで決めようってことになって支配人が、……いや、先生が勝った。
孝之進 それで、両国橋から矢ノ倉河岸へ回ったわけだな。
おみつ （大きく、深く、頷いて）これじゃ銀行が潰れない方がおかしいね。

正面の障子が勢いよく開いて、新七が戻ってくる。

新七 おみつさん、両国橋たもとの橋番巡査に聞いたところ、その四人組なら広小路を横切って柳橋へ、こっちへ……、

四人の姿が目に入って絶句、棒立ち。四人、微かに、にっこりしながら、なんとなく、

四人 ……ヤァどうも。

新七　（立腹）水くさい！
孝之進　そのへんで洋服の水を絞ったからかな。
新七　冗談は結構。なぜ仲間に入れてくれなかったんですか。
五郎蔵　そういわれても、花見に行こう蛍狩りに行こうってんじゃないんだからさ……。
新七　広小路で別れるときは、表は笑顔で、裏は死ぬ覚悟、口と心が裏表。裏切りですよ、これは。みなさん気を揃えて、薄情な人たちばかりだ。
五郎蔵　また野暮堅いことを云い出したよ。……もう、謝るって。ごめんよ。
三人　（低頭）……。

おみつ、風花の舞い込む表を閉めながら、新七に、

おみつ　矢ノ倉河岸から水に嵌ろうとしたんだそうですよ。
新七　そうでしたか。とにかく無事でよかった。……それで、だれが止めたんです。
孝之進　ウム止め手といえば、やはりこいつだろうな。

孝之進、風呂敷包を解きながら、

孝之進　例の福島の水利組合と話を進めたのはわしだ。その責任というものがあるから、わしが先頭になって水に入って行った。ところがこいつが浮木《うき》になって、どうしても軀《からだ》が沈まぬのよ。

「すまぬ」と大書した立札が出てくる。少し小さな字で「福島中央水利組合組合員一同」

孝之進　われわれの銀行の、最大の借り手は、事務所の前にこいつを立てて、いずこへともなく逃散《ちょうさん》してしまったのだよ。
五郎蔵　三万も借りといてたった三文字のお返し、一字一万よ。そういう金ならこっちが借りてえや。
おみつ　なんでまたそんなものと一緒に水に嵌ろうとしたんです？
孝之進　恨み骨髄というやつだ。
円八　こんなもの一枚で三万も踏み倒した連中を放っておけるか、死んでからかならず祟《たた》ってやろう。あの世に行ってもこの決心を忘れないように、蟹文字でいうとメモてんですか、心覚えの帳面がわりに持って入ろうということになったわけですね。
おみつ　……やっぱりいずれは潰れてましたね。
久次　二番目はぼく、というのも銀行を潰す直接の引き金を引いたからですが。（左腕をちょっと見てから）……とにかく後につづいて水に入ろうとしたら、先生が派手に水しぶきをあげながら立札と格闘しているじゃないで

すか。水に入りにきたのか、立札を沈めにきたのか、わけがわからない。思わず吹き出してしまった。毎年、夏に流行《はや》るコレラじゃないけど、ぼくの笑いが後ろで順番を待っていた円八さんや五郎蔵さんに伝染して、もう三人で大笑いです。

五郎蔵　腹ァ抱えて笑いながら死ねるやつがいたら、こりゃよほどの達人だぜ。

円八　笑っているうちにスーッと死ぬ気が失《う》せてしまいましてね、三人で先生を水から引き上げたわけですよ。

新七　久次さんはいま、直接の引き金を引いたのはこの自分だと云われましたな。……それはどういうことです。

久次　この左腕、さっきは、転んで骨折と説明してましたが、じつは……、

五郎蔵　心中を迫られたのよ。

おみつ　まさか。

円八　無理心中を持ち掛けられたんですよ、かわいそうに。

新七　だれに？

孝之進　頭取の花香夫人が彼の喉を剃刀で掻き切ろうとした。

久次　その剃刀を（その仕草をして見せて）こう受けたわけです。

五郎蔵　つらつら考えてみるにだ、おいらの業務命令がちょいとあこぎだったかもしんねえな。副支配人だった久次に、「頭取夫人にすこし親切にしてあげなさい。すこしムラムラとさせてさしあげろ」と云いつけたんだが、こいつは仕事熱心だから、うんとムラムラさせちまった。そうなると中年の御婦人は怖いぜ。

円八　それでも、始めのうちは、うまく行ってたんですがねえ。

新七　……というと？

久次　つまりぼくが夫人から金を引き出して、

孝之進　その金を銀行の経営資金にしていた。

円八　おみつさんのお給金も、その金から出ていたんです。

おみつ　（すっかり呆れて）よくこれまで銀行が保《も》ったわねえ。

久次　そのうちに夫人は頭取と別れて、ぼくの妻になると言い出した。きっぱり断ったものだから、剃刀を持ち出したんです。それが頭取に知れて、さらに三井が嗅《か》ぎつけて、銀行吸収に動き出した……。

五郎蔵　こいつは根が正直だからな。夫人に対しては、近づくが如く遠ざかるが如く、或いは急に或いは緩く、痒《かゆ》いところへ手が届かざるが如く、また届きすぎるが如く、要するに、なにがなんだかよくわからない呼吸で、答を引き延ばせばよかったんだよ。

久次　……今度のことで、もっとも痛手を被ったのは、あの花香夫人だったかもしれないな。

新七　その方は、いま、どうしているんです？

久次　噂では、実家へ帰されて、臥《ふせ》っているとか……。

新七　哀れなひとですなあ。
五郎蔵　哀れといえば、みんな哀れよ。おいらにしてからが、もう横浜仕立ての洋服とはおさらばだ。
円八　それどころか、いま着ているものを着潰したら、米俵でも被《かぶ》って歩くしかありませんよ。
孝之進　牛鍋とも当分、お別れだな。
円八　明日からはヒジキと油揚げの惣菜さえ覚束ない身の上になっちまいましたよ。
孝之進　……住む家もない。
円八　場末の裏長屋を探すしかありませんな。
五郎蔵　まったくの話が、二年前までは、人生ってやつがおいらたちに向かって、毎日のように、「いらっしゃい、いらっしゃい、いらっしゃい」って云ってたんだよな。それが今はこのざまだ。どうにもならない平家《へいけ》の壇の浦ってやつよ。
孝之進　むかしが夢か、今が真《まこと》か、
円八　今が夢か、むかしが真か、
五郎蔵　とんだ世話場に嵌っちまったなあ。

三人、しばらくボーッとしている。そのうち久次がポツンと、

久次　……やはりぼくらはどこかの水に嵌るべきだったんじゃないのかな。
三人　（考え込む）……。

このとき、おみつがパンと手を打ち鳴らす。

おみつ　さあ、これからおそばを打つよ。
五郎蔵　いま、お悩み中なんだぞ。身体《からだ》中が悩みごとでいっぱいで、そばの入る隙間なぞねえや。
おみつ　（完全に、とらばあさん風）だれがおそばをお食べと云った？
全員　……？
おみつ　あんたがたがおそばを打つんだよ。
全員　（呆然としている）……。
おみつ　よくお聞き。一に鉢《はち》、二に延《の》し、三に包丁といってね、一等むずかしいのが木鉢での粉の揉《も》み方なんだ。それをこれからやってみせてやるから、よく見てるんだよ。一人前になるにはざっと一年、そう、おせんちゃんが帰ってくるころまではかかるだろうけど、今夜がその修業の始まりだよ。
五郎蔵　ちょっと待てや。だれがそば屋になるって云った。
おみつ　行くところがないんだろう？
五郎蔵　けどさ、不意打ちがすぎるぜ。
円八　あの早呑込《はやのみこ》みは、おとらさんとおんなじですよ。
おみつ　明日食べる算段もつかないんだろう？　だったら主人の云うことを聞くしかないじゃないか。五郎蔵さん、

物置に一斗樽《だる》と大きな木鉢があるから、それ、持っといで。

五郎蔵　あの押しつけがましさってのはざらにはねえな。

孝之進　たしかにおとらさん譲りだの。

おみつ　少し尻が温《あった》まってくればもう勝手な熱を吹いて。ちゃっちゃっちゃっとおし。

五郎蔵　あのな、ちょっと気を付けて口を利いてくんねえか。これでも銀行の元副頭取なんだからよ。

おみつ　いまは宿なしだろ。

五郎蔵　……ちくしょう、手負いながらも抜からぬ五郎蔵、万事心得ております、とくらァ。（裏へ行く）

おみつ　先生はあたしの六帖の押入れからそば粉と小麦粉を持ってくる。ぐずぐずしていると夜が明けるよ。

孝之進　（裏へ入りながら）わかった、わかった。

おみつ　二つ返事はいけないよ。

孝之進　……あいわかった。

おみつ　久次さんは賄い場から麺棒を持ってきて。

久次　（頷いて）叱《しか》られまいと急ぎ足。（賄い場へ行く）

円八　あたしはなにを持ってまいりましょうかね。

おみつ　そこ（板壁）の天井から、こま板を下ろして。

円八　……こま板と云いますと？

おみつ　延《の》したおそばを切るときに定規みたいなものを当てがうだろう。その定規みたようなのがこま板だよ。

円八　へい。

おみつ　片手桶もあるはず。賄い場の流しでよく洗って、水を入れて持ってくる。

円八　へい。

おみつは土間に仁王立ちになって、きりりと襷をかけ、腰に挟んでいた手拭いで卓をキュッキュッと磨き出す。

おみつ　（独語に近い）今夜の延し台はここ。ここなら四方八方から見えて都合がいい。

新七　なるほど。おせん株仲間がおそば屋ですか。

おみつ　（頷いて）なんとかみなさんで食べて行けるんじゃないかしら。

新七　（頷いて破顔一笑したとき、パッと閃いて、頭に浮かんだ文句を唱える）……「そばは安いというけれど、味悪ければ値打なし、そこらは云わずと白魚《しらうお》の、篝《かがり》も霞《かす》む春先から、花火に舟の出る夏も……」

おみつ　なんですか、それ。

新七　新しい仁八そばのチラシの文句を考えているところです。わたしの隠退は、案外、世間の噂になっているようですから、チラシに惹《ひ》かれて一人や二人、客が迷い込んでくるかもしれません。

おみつ　ありがとう、お師匠さん。

おみつの前に、木鉢に一斗樽（五郎蔵）、布袋二つ（孝之進）、麺棒（久次）、こま板と水の入った片手桶（円八）が集まってくる。

おみつ、一斗樽の上に木鉢を置いて、そこへ布袋の粉をあけながら、

おみつ　粉の割合は、それぞれそのおそば屋さんの秘密。うちではそば粉が八、小麦粉が二。おばあちゃんときからそうなんだよ。

おみつ、粉を混ぜてみせ、それを手本に一人ずつやらせる。

新七　（右の動きを目に入れながら、チラシの文案を練る）「味がよいのと御主人の、煮物のうまさが評判の、葉陰も茂る柳橋、仁八のそばへこうもりの、傘をたゝんで御《ご》来駕《らいが》あるよう、この口上を頼まれし河竹新七こと黙阿彌が、まわらぬ筆の先々《さきざき》へ、おとりはやしを願うらん」

雪交じりの烈しい一ト吹き。それに交じって、正面障子の向こうで、元気のいい赤ん坊の泣き声。

一同、一瞬、動かなくなる。

円八　あの声、捨て子じゃないでしょうか。

五郎蔵　また振り出しに戻るのかよ。

久次　捨て子だったら育てようか。

孝之進　おお、株仲間をつくろうか。

円八　けっこうですな。

久次　二代目のおせんちゃんにしようや。

五郎蔵　男かもしれねえじゃねえか。おいらみてえになったらどうするんだ。

孝之進　その子もきっとだれかとなにかの株仲間をつくるのではないのか。

円八　けっこうたのしい思いをしますよ、その子も。

五郎蔵　フーン、なるほどなことを云ったね。

言い交わしながら、四人は正面障子に近づいて行く。その後から新七とおみつも近づいて行く。四人が二手に別れ、左右から、そっと障子を開け切ると、風花の中、地面の上に、筵《むしろ》で包んだ赤ん坊が置いてある。おみつが筵ごと抱き上げ、五人がそっと覗き込んだとき、泣き声が、いきなり笑い声に変わる。そこへ音楽とともに幕が下りてくる。

主要参考文献

補修　河竹糸女　校訂編纂　河竹繁俊『默阿彌全集』春陽堂
河竹繁俊『默阿彌襍記』岡倉書房
河竹繁俊『默阿弥の手紙日記報條など』演劇出版社
河竹登志夫『默阿弥』文藝春秋
三枝成彰『大作曲家たちの履歴書』中央公論社
『河竹默阿弥　人と作品　没後百年』早稲田大学坪内博士記念演劇博物館

紙屋町さくらホテル

■登場人物

神宮《じんぐう》淳子（37）
熊田《くまた》正子（29）
浦沢玲子（18）
大島輝彦（43）
丸山定夫（45）
園井恵子（33）
戸倉八郎（27）
針生《はりゅう》武夫（37）
長谷川清（62）

■時そして場所

昭和二十年（一九四五）十二月十九日(水)の午後。
東京・巣鴨拘置所。

その七ヶ月前、同年五月十五日(火)午後六時から、
二日後の十七日(木)午後九時まで。
広島市紙屋町の「紙屋町さくらホテル」。

第一幕

プロローグ

音楽が客席を深い闇の底に沈めて行く。

……やがて、下手の高みから差しはじめた光が数条、ゆっくりと闇の中へ滲《にじ》み出して、木の丸椅子に腰を下ろした初老の男、国民服の長谷川清を浮かび上がらせる。古びた小型革トランク（中味は数枚の肌着と歯ブラシと何冊かの書物）を足下に置き、思い詰めた表情で身じろぎ一つせず正面を睨み据えている。

周囲がかすかに見え出す。暗く深い、ほとんどなにもない空間。見えているのは、長谷川の下手寄りの、黒くてどっしりした事務机と背付き椅子ぐらいなものだ。

音楽がすっかり立ち去ったころ、上手奥にドアの音。闇の中から壮年の男、やはり国民服を着て、黒表紙の書類綴を手にした針生武夫が現れ、きびしい目付きで長谷川を見ながら事務机までやってくるが、そのうちに、ふと表情を崩して、懐かしそうな目になり、書類綴を机上に落とすと、ポケットから取り出した煙草を袋ごと長谷川の顔の前に差し出す。

針生　……こんな煙草一つ取ってみても、結局のところ、日本はアメリカの敵ではなかったのですな。口惜《くや》しいことに、腹が立つほどうまい。……長谷川さん（煙草を袋ごと押し付けて）おとなしくお引き取りくださいませんか。

長谷川　（強く払いのける）海軍大将、長谷川清である。今日こそ、ここ巣鴨拘置所に拘留してもらいたい。覚悟はとうにできておる。支度もしてきておる。

針生　（煙草に火を点けて一服）……。

長谷川　聞いておるのか。わたくしは海軍大将、長谷川清である。正三位勲一等瑞宝章功一級金鵄《きんし》勲章……、

針生　（遮って）帰りにすぐそこの池袋の闇市にでも寄られたらいい、その金鵄勲章が三十円で売りに出ています。勲章や肩書にビタ一文の値打ちもない時代になったんで

すよ。
長谷川　海軍大将なのだよ、わたくしは。したがって、どこからどう見ても戦争犯罪人なのだ。それもB級やC級ではなく、飛び切りの、A級の、な。
針生　（煙草をギュッと灰皿に押し付けて）いいでしょう。ずいぶん肩書にこだわっておいでのようですから、かつての肩書でお呼びしましょう。（書類綴を開いて）もとアメリカ合衆国駐在日本大使館付き海軍武官、
長谷川　（針生の唱える肩書に、透かさず装飾《オブリガード》する言い方で）ワシントンに五年もいてあの国の底力をよく知っていたにもかかわらず、戦《いくさ》を始めてしまった責任が、このわたくしにもある……、
針生　（構わず先へ）もと呉海軍工廠《こうしょう》長官、
長谷川　潜水艦を数多く作ればアメリカ太平洋艦隊に十分に対抗できると唱えた責任が、このわたくしにも……、
針生　もとジュネーヴ軍縮会議日本全権、
長谷川　国際連盟から脱退すべしと叫んだ責任が、この……、
針生　もと海軍次官、
長谷川　いつかはアメリカと戦わねばならぬと主張して莫大な軍事予算を海軍のために分捕ってきた責任が……、
針生　もと横須賀鎮守府司令長官、
長谷川　アメリカに勝つために月月火水木金金と休日返上の猛訓練を採り入れた責任が……、
針生　もと台湾総督、
長谷川　台湾を島ぐるみ航空母艦にすべしと唱えた責任が……、
針生　もと軍事参議官、
長谷川　（硬直）陛下の、軍事面の相談役としての責任が……、
針生　しかしながら、閣下はA級どころか、C級戦犯にさえ指定されておりません。
長谷川　ほかにも重大な責任が……、
針生　（キッパリと）ございませんな。……わたしは、GHQのGⅡ《ジーツー》の、すなわち連合国総司令部の参謀第二部の人間です。もっと詳しく申し上げれば、その参謀第二部の中に設けられた「日本人戦争犯罪人審査委員会」で、日本側スタッフの一人として戦争犯罪人の摘発という仕事に取り組んでいる。そこで素っ頓狂な飛び入りのお相手をするのも仕事のうちでして……。
長谷川　（キッとなり）なに？
針生　善意の人と言い直しましょう。取らなくてもよい責任を取ろうというのだから善意にはちがいないが、しかし傍《はた》迷惑です。いずれにもせよ、そういう立場にある人間として、それこそ責任をもって申し上げますが、閣下はこれからあとも、そしていかなる形であっても、戦争犯罪人に指定されることはないでしょう。お分かりになりましたか。

長谷川　いや、責任はある。だからこそ、こうして四日もつづけてここへ出頭しておる。わたくしを拘留しなさい。

針生　（ピシャリと）わたしたちが決めることです。

長谷川　とにかく今日は帰らん。

針生　（ジッと長谷川を見ていたが、やがて柔らかな言い方で）四年前の昭和十六年、申すまでもなく米英との開戦の年ですが、あの年、閣下はどこにおられましたか。

長谷川　台湾総督を拝命したのが前年、昭和十五年の末である。したがって開戦の年は台北《タイペイ》におった。

針生　そう。開戦の年に、閣下は国内を留守にしておられた。すなわち、米英との開戦は、閣下のまったく与《あずか》り知らぬところで決定したのです。

長谷川　……待て。

針生　だいたい閣下は、あの年、前後四回にわたって開かれた御前会議に、ただの一度も出席なさっていない。これではA級戦犯になりようがないでしょうが。

長谷川　（必死）……今日こそはと、家の者にも遺書をのこして出てきたのだ。どんな顔で「いま戻ったよ」と言えばよいのだ。わたくしを拘留しなさい。取り調べなさい。

針生　（その圧力を外してポツンと）……長谷川さん、あなたは天皇陛下の密使でしたね。

　長谷川、「天皇陛下」で直立不動の姿勢をとる。が、すぐに全身でギクッとなり、ここで初めて針生の顔をまじまじと見る。

針生　陛下じきじきの仰せを賢んで承ったあなたは、その赫赫《かくかく》たる経歴をかくし、その名も偽って、この四月から五月にかけて、日本全土をお歩きになっていた。九十九里浜では気つけ薬万金丹の売人佐々木喜平、茅ヶ崎では乾燥芋の行商人土屋文太郎、そして広島では腹痛《はらいた》の妙薬反魂丹《はんごんたん》の売人古橋健吉と、肩書と名前はさまざまに変わったが、あなたの目的は常にただ一つ、陸軍側の本土決戦の備えを探ることにあった。ひそかに陸軍の本土決戦の進捗状況を探れ、これが陛下の御密命だったんですね。

　針生の周りを回って人相や体つきを矯《た》めつ眇《すが》めつして見ていた長谷川、アッとなる。

長谷川　……！

針生　（構わずに）九十九里浜、相模湾、広島、南九州、各地の陸軍陣地をひそかに探ったあなたは、陛下にこう報告なさった。「陸軍指導部は、来るべき本土決戦において、帝国臣民の五分の一、二千万人の犠牲を覚悟せよと唱えております。そこまで戦うならば、アメリカ軍の損害もまた莫大、彼等はかならず戦にあきてくるはず。その機を捉えて和平交渉を行えば、我が方に有利な条件で戦を終えることができると、そうも言っております。しかしながら、陛下、まことに遺憾ながら、その本土決戦のための備えはまったくできておりません。本土決戦は不可能でございます」……。

長谷川　（深々と頷いて）陛下はこう仰せられたよ、「そんなことであろうかと想像はしていたが、お前の説明でよく分かった。本当に御苦労であった」と、な。（針生を見据えて）……針生くんだな。

針生　（構わずに）その日と次の日、陛下は、政務をお休みあそばした。お休みをとられたのは開戦以来、初めてのことでした。この二日間で陛下のお考えは、本土決戦案から和平案へと百八十度、大転回いたします。お分かりですか、長谷川さん。あなたは戦争犯罪人どころか、陛下を和平の道に導いた功労者のお一人なんですよ。

長谷川　その頭を坊主に刈れば……、やっぱり針生くんだ。

針生　（依然として構わずに）もう二度と自首をなさってはいけません。こっちもそう暇たっぷりじゃない。

長谷川　（鋭く、烈しく）針生くんだろう。

針生　（初めてニッコリする）もと陸軍省軍事資料課主任、もと陸軍中佐、針生武夫であります。

長谷川　（懐かしさが噴出）やはりそうだったか。

針生　御無沙汰いたしました。（こちらも懐かしさが溢れ出て、右手を差し出しながら）……広島の、あの紙屋町さくらホテルでお別れして以来ですな。

長谷川　（差し出しかけた右手を、ふと引っ込めて）……しかし、こんなところでいったいなにをしておる。

針生　ですから、マッカーサー総司令部のお手伝いで。

長谷川　（嘆息）……！

針生　このところ毎日のように長谷川清と名乗って自首してくるもとの海軍提督がいると聞いて、もしやと思って駆けつけてきたんですがね、長谷川さん、今日かぎり、いたずらはやめましょうよ。日本人戦争犯罪人審査委員会でも、あなたのことはまったく話題にもなっていないんですからね。なによりも、いたずらのお相手をしなきゃならないここの看守たちがかわいそうじゃないですか。

長谷川　あのときは、本土決戦あらばマッカーサーと刺し違えて死ぬ覚悟と、そう語っていなかったか。そのきみがマッカーサーの雇人か。

針生　陸軍省留学生として二年間、イギリスに派遣されていたことがあります。そのとき身につけた英語がまさか今頃になって生きるとは……。人生って分からぬもんですな。

長谷川　広島では、ドレミファソラシドなどと敵の言葉で歌ってはいかん、ハニホヘトイロハと国語で歌えと怒鳴っていたはずだが、そのきみが敵に雇われているのか。

針生　給料は安い。日本の役人並みです。（煙草を差し出しながら）もっとも煙草に不自由しないところが取り柄でしょうか。

長谷川　（払い除《の》けて）今日は帰る。同じ空気を吸っていたくはない。

針生　（呼び止めるための大声）だれにも分かる理屈だと思いますよ。われわれ軍事資料課の任務は、あなたがたのような戦争指導者のお考えとその行動とを監視することにあったんですからね。

長谷川　ほう。（戻って）それは初耳だな。

針生　極秘の、覆面機関でしたからね。陸軍省の内部でさえ、知る者は少なかった。

長谷川　陸軍は、やることが陰険で困るのう。

針生　とにかく、われわれは大日本帝国の指導者たちのことを克明に調べ上げていた。逆に言えばこうです。われわれに聞けば、だれに戦争責任があるかが分かる。連合国側にとっては、軍事資料課員一人一人がそれぞれじつに貴重な存在なんです。とりわけ、その課の主任であり、英語も使えるわたしを、彼等が逃《のが》すはずがない。……お分かりくださいましたか。

長谷川　（たっぷり頷いてから）きみが裏切り者だということは、分かった。

針生　今は、そう見えるでしょうね。

長谷川　一つ聞こう。広島で、きみはわたしをしつこく追い回していたが、あれもその「監視」というやつだったのか。

針生　（ゆっくり頷いてから）事と次第では、閣下を刺す決心でおりました。

長谷川　刺す？

針生　そうしてもよいという権限を与えられていました。もちろん、それが陸軍のため、ひいては大日本帝国のためになるならば、という条件が付きますが。

長谷川　わたしを刺そうとしたのは、わたしが陛下の密使だったからか。

針生　（頷く）……。

長谷川　本土決戦の準備などなに一つできていないことを、陛下に報告されては困る。それでは陸軍の立場がないと考えたからか。

針生　（頷く）……。

長谷川　しかし、きみは、わたしを刺さなかった。なぜだ？

針生　たぶん、あの三日間のせいでしょうね。

長谷川　……あの三日間？

どこからか、風に流されでもしたように、千切れ千切れに、『すみれの花咲く頃』が聞こえてくる。

園井　（ヴァース）
春　すみれ咲き　春を告げる
春　なに故に　人は汝《なれ》を待つ……

奥の闇の中に、紙屋町さくらホテルの全景が、滲むように浮き上がってくる。

楽しく悩ましき　春の夢
甘き恋　人の心　酔わす
そは汝　すみれ咲く春

針生　（右の上に）閣下は浮かれておいででした。
長谷川　浮かれていた？
針生　まるで別人でしたよ。海軍大将にはとても見えない。薬売り古橋健吉になりきっておいでだった。
長谷川　（思わず込み上げてくる笑み）……。
針生　古橋健吉、そんなどこの馬の骨かしれない男が刺せますか。
長谷川　きみも浮かれていたろうが。
針生　（苦笑して頷く）昭和二十年五月、大日本帝国存亡の危機に、二人そろって白粉《おしろい》塗って……。わたしたちは役者をやっていたんですよ。
長谷川　俳優、だよ。
針生　それも新劇の、ですよ。
長谷川　……たのしかった。
針生　それはたしかに。

どこか遠くを懐かしく見つめるような表情の二人。

歌が「すみれの花咲く頃」と、さびに入ると、ホテル全体が動き出す。
そして、紙屋町さくらホテルの人たち（園井恵子の独唱。神宮淳子、熊田正子、丸山定夫、大島輝彦、浦沢玲子のハミングコーラス）の歌声に乗って、ゆっくりと舞台前面にせり出してくる。

すみれの花咲く頃
初めて君を知りぬ
君を想い日毎夜毎
悩みしあの日の頃

すみれの花咲く頃
今も心ふるう
忘れな君吾等の恋
すみれの花咲く頃

ホテルが舞台前面で止まる寸前、長谷川は小型革トランクを摑み上げるや否や、まるで歌声に吸い込まれでもしたようにホテルの玄関へ入って行く。

長谷川　ごめんください。

「あっ」となって見送る針生。

そのまま、「一　発声練習」へ繋がる。

一　発声練習

前場からホテルの玄関口へ飛び込んできた長谷川は、園井恵子と「さくら合唱隊」の真剣さに気圧《けお》されて、国民帽で汗を拭《ぬぐ》ったりしながら歌の終わるのを待つことになる。

すみれの花咲く頃
人の心甘く薫り
胸はおどり君とともに
恋を歌いしあの頃

歌のあいだに装置を説明しておくと、中央やや下手寄りに裏口へ至る広い廊下がある。もっとも途中で下手側へ折れているので突き当たりは壁。以前は、この壁に電話機が架けられていたが、接収されて、現在はなにもない。

廊下の下手側は、狭いロビー、そして長谷川が園井たちを佇見《ちょけん》している玄関口。ロビーに小さな卓子一つと粗末な低い椅子が二脚。ロビーと向い合って帳場があり、その壁に、

「貯蓄戰／此の一戰に／この一錢／大藏省」

という粗末な印刷のポスターが貼ってある。その隣に、次のような、手書きの断り書き。

「お米持参の方に限り、食事をお出しいたします」

帳場の奥は神宮淳子と熊田正子の居室だが、もちろん帳場や居室から直《じか》に廊下へ出ることもできる。

玄関口の奥は二階へ昇る階段で、二階には客室が六室ある。

なお、玄関口に、立看板が仕舞い込んであるが、これも手書きで、

「移動演劇隊さくら隊隊員選抜試験會場／廣島縣商工經濟部・日本移動演劇聯盟中國地方支部共催」

と書いてある。

さらに、玄関口と客席際とのあいだに一坪ほどの空きがあって、そこには地下の防空壕へ出入りするための穴が切ってあるが、普段は板で閉ざされている。

一方、中央廊下の上手側はすべて食堂である。その食堂で、いま、園井たちが歌っている。四人掛けの食卓二卓は、椅子八脚ともども上手の窓戸へ押しやられている。

食堂の上手奥に竪型ピアノ。浦沢玲子がこちら向

きになってピアノを弾きながらハミングしている。窓戸の外は、客席からは見えないが、葡萄棚のあるヴェランダ。つまり、窓戸から外へ出ることもできるわけ。いうまでもなく、窓戸のガラスには空襲に備えて、細紙が☒型に貼られている。ヴェランダの先は狭い庭（現在は南瓜畑）のはずである。

食堂の正面は、配膳口の付いた板壁で、配膳口の下手に奥の厨房と繋がる出入口がある。出入口の下手側は食堂と廊下とを隔てる壁である。

なお、食堂の手前上手寄りに、地下防空壕に出入りするための穴があるが、下手の穴同様、普段は板で閉ざされている。

ちなみに、ホテル内のあらゆる電灯には、紙製の黒い蛇腹式防空笠が取り付けられている。

ここまでを要約すると、劇はほとんど、上下《かみしも》に、二つの防空壕の出入口を持つ、ホテルとは名ばかりの木造宿泊施設の、玄関口、ロビー、中央廊下、そして食堂で展開される。

さて、歌の終わり近くに、前に出て指揮をとり始めた男がいて、これが丸山定夫。

されど短きは春よ
恋はしぼむ花よ
春とともに去りにし恋
すみれの花咲く頃

歌い終わった一同、しばらく我を忘れて呆《ぼーっ》としている。それほど気魂を込めて歌っていたのだろう。

なお、園井は白ブラウスに紺の上下、丸山は白の開襟シャツに紺の背広上下、大島は白の開襟シャツに茶色の背広上下、淳子は簡単服、正子と玲子は、上は白ブラウス、下はモンペを基本とする。

聞き惚れていた玄関口の長谷川、ハッと我に返って拍手をしようとするが、そのとき、市役所（上手奥の見当）の方角で、空気を切り裂くように鋭く空襲警報のサイレン（四秒で高くなり四秒で低くなり、また四秒で高くなり……の繰り返しを十回）が鳴る。つづいて近く（ホリゾント上手の見当）から、空襲警報の板木（○　○―○―○―○の、一点と四点班打）の音。一同、サイレンと板木の鳴る方角を向き、自然に寄り添い合って、一つの大きな塊になる。長谷川もその場に片膝をつき、いつでも伏臥できる姿勢をとる。

正子　（突然、大声の広島弁で）なしてじゃ。なして警戒警報ば抜かしよって、ひょっくり空襲警報が鳴るんじゃ。
淳子　（広島弁で）正《まさ》ちゃん、そがあド拍子もなあ声、上《いがめ》げちゃいけめん。みなさん、えっと魂消《たまげ》んなさっとるやないの。
正子　ほいじゃが、淳子ねえやん、まず警戒警報、ほてから空襲警報いうのが順序じゃないん？　うち、ひょっくり鳴る空襲警報はよう好かんど。
淳子　そら、どなたも好かんけえ、正ちゃんばっかりがあんまり仰山な声、出しちゃいけんのんよ。正ちゃんの叫《おら》び声で、うちまで心臓、ドキドキしてしもた。
正子　仰山な声は地声じゃが。
淳子　ほいでも、程度いうもんがあるわいね。
　この間に、大島は上手の防空壕入口へ行き、板蓋を上げている。壕の蓋は一方に蝶番《ちょうつがい》を付けた上げ蓋式。
大島　（淳子と正子に）そのつづきは、この下で！　丸山さん、ここの防空壕は立派ですよ。
丸山　（中を覗き込みながら）これが噂の地下壕ですか。
大島　以前は葡萄酒や家具の置き場だったらしい。出入口は三ヶ所。まさかの時は、どこへでも逃げられます。庭のを出れば、二百歩で元安川《もとやすがわ》（上手袖）です。どうぞ。（入りながら）玲子さんも、いらっしゃい。園井さん、
　以下、大島が下から、丸山が上から女性たちを介添えする形。
　園井はたいへんな近眼。ブラウスのポケットから眼鏡を出してかけようとするが、手が震えてうまく行かない。
園井　先生、きっと落ちますよ。
丸山　落ち着いて足下をたしかめる。そうすれば、落ちたりすることはない。
園井　爆弾です、B二九の。
丸山　……それは敵さんに聞かなきゃなあ。
玲子　（広島訛《なま》りの共通語。眼鏡をかけるのを助けてやりながら）落ちません。たとえB二九が来ても、爆弾はよう落とさんのです。いつんもそうですけえ、広島はいつんまでも無傷です。
園井　（怯えて入りながら）無傷ってことは、いつかはかならずやられるってことだわ。
玲子　広島からアメリカへ何万と移民さんが行っとってです。（穴の中へ）その移民さんのお子さんは、みなさんアメリカ市民……。（丸山に急《せ》かされて入りながら）つ

づまり、広島にはアメリカ市民の親類縁者が大勢、おられます。（さらに力説して）へてから、広島にはこちらの淳子さんのように、まだアメリカの市民権をお持ちの方もおいでじゃけえ、B二九も爆弾をよう落とせんのです。

大島　（玲子と入れ違いに顔を出して）その声ですよ、玲子さん。あなたはピアノも弾かなきゃならないからたいへんでしょうが、今みたいな大きい声を出してください。（丸山に手を差し出して）もっと発声や音程の練習が要りますな。もっとも、だれよりなってないのは、どうもこのぼくらしいのですが。

丸山　（入りながら）大島さんの御専門の言語学や音声学に、なにかいい練習法はありませんか。

大島　（瞬時、考えて）ぼくのためにも、頭の中を復習《さらっ》してみましょう。なにかあるはずです。

　正子と淳子は、大島にたしなめられたあと、真っ直ぐ厨房へ駆け込んでいたが、ここで飯櫃と大鍋を持って走り出る。正子は鍋、淳子は飯櫃。

正子　夕飯の御菜《おさい》のナンキンじゃ。

大島　（受け取って下へ送りながら）またカボチャですか。

正子　（入りながら）そいじゃが、今夜のナンキンにはショーヅがこだくさんに入っちょっと。

大島　ナンキンショーズ……。あ、アズキカボチャか。たのしみにしてますよ。

　淳子から飯櫃を受け取るうちにパッと閃き、いきなりマヌエル・ガルシアの練習曲十三番の一の旋律で、

大島　「ドミレファミソファラソー、ソラファソミファレミドー」……。丸山さん、いいのがありましたよ。日本でいえば明治維新前後、パリ音楽院にマヌエル・ガルシアという有名な声楽教師がいた。この先生の練習曲がいい。歌いやすくて効果は絶大。それはパリ音楽院で実証ずみです。（飯櫃を持って入りながら）「ドミレファミソファラソー、ソラファソミファレミドー」……。

淳子　（下へ）先生、しっかりお持ちくださいまし！　混ぜものなしの白米御飯なんですから。（大島の与えていった旋律を、ラララララララーとなぞって、入りながら）なんだかとても歌いやすいですわね。「今夜の御馳走は、ギンシャリゴハンです」……、

ドミレファミソファラソー
こんやの こちそうはー
ソラファソ ミファレミドー
ギンシャリ ゴハンですー

　淳子、板蓋に手をかけようとして、ふと、人の気

配を感じる。

ぐるっと見回しているうちに、さっきからじっと見ている長谷川と目が合う。二人、一瞬、見合っているが、すぐたがいに会釈。

長谷川　純毛《じゅんもう》の御飯か、豪勢ですな。

淳子　（穴から出て）思いがけなくお米の特別配給がございましてね。……神宮淳子でございます。

長谷川　古橋健吉です。（トランクから小さな紙箱を出して）腹痛《はらいた》の妙薬、越中富山の反魂丹。これを売っております。それにしても、米の特配とはばかに景気のいい話じゃないですか。

淳子　中国総督府からのお指図で、今日から移動演劇隊のお宿をすることになりましたの。お米は、その移動演劇隊のための特配品ですわ。

長谷川　……移動演劇隊のお宿？

淳子　役者さんはどなたであれ、かならずどこかの移動演劇隊にお入りになって、軍需工場や陸海軍の病院や農村を回っていらっしゃいます。ところが、このところの空襲でしょう、列車の本数が減ったでしょう。それに今は物資を運ぶ方が先ですわ。とても予定通りには動けませんね。

長谷川　なるほど、石油を切らした軍艦のようなものですな。

淳子　……はい？

長谷川　空襲警報でお取り込みのところに下らぬことを言いました。あやまります。

淳子　……それで、来月、六月一日から、移動演劇隊は地方に根を下ろすことになりました。この広島には「さくら隊」のみなさんがお引っ越しなさいます。

長谷川　……その宿舎がこちらになった？

淳子　（頷いて）隊長は丸山定夫さんです。

長谷川　東宝映画によく出ておいでですな。台北で五、六本は観たでしょう。

淳子　……台北？

長谷川　（一瞬、ドキッ）昨年暮れまで、反魂丹の台北出張所長をしていたもので。反魂丹は台湾でもたいへんな人気でしてな……（思い当たって）待ってくださいよ。さきほどの丸山さんが、その丸山さん？

淳子　（頷いて）宝塚出身の大スターも、さくら隊に加わっておいでなんですよ。『無法松の一生』で阪妻《ばんつま》と共演なさった園井恵子さん。

長谷川　すると、さっき、園井さんと呼ばれていた方が、その……？

淳子　（大きく頷いて）その園井恵子さん。

長谷川　道理でどこかでお見かけしたようなお顔だと思いました。そうか、映画館でお目にかかっていたんですな。

淳子　東京をお発《た》ちになったのが十日の夜だったんですっ

て。翌日の午後には着くはずだが、途中で空襲が三度、実際にお着きになったのは今朝ですわ。東京から六日がかり。それもずっと立ち通し。

長谷川　それじゃ疲れるばかりで芝居なぞとてもできるわけがない。たしかに移動演劇隊は成り立ちませんな。

淳子　でも、丸山さんは不死身ですわ。園井さんは休ませて、御自分は一日中、隊員試験の（玄関口の立看板を示して）試験官としてここにお座りになっておられましたもの。

長谷川　役者さんは現地採用ですか。

淳子　（頷いて）これからB二九にやられるのは広島にちがいないと言って、こちらへ来たがらない役者さんが多いんだそうです。

長谷川　その隊員試験、何人ぐらい来るものですかな。

淳子　今日のところは、ピアノのお上手なお嬢さんがお一人。

　　上手の穴から正子が顔を出す。

正子　B二九が来よるいうのにどしたんな？

淳子　こちら様にわたしどもの事情を申し上げているところですよ。

正子　へたら下で説明したらええやないの。うち、丸焼けの黒焦げになりよった淳子ねえやんなんぞ見とうないで。早く降りて来んさいや。

淳子　（正子の方へ頷いて）ほうやね、正ちゃんの言う通りやね。

　　正子が引っ込むのをきっかけに、穴から、防空壕に退避した人たちによるガルシアの練習曲十三の一、二。

淳子　（長谷川に）……どうぞこちらへ。靴はそのままで。いざというときに、裸足《はだし》で火の海を逃げるわけにはまいりませんから。空襲警報が解除になり次第、近くの旅館を御紹介いたしますわ。ここを出てすぐ左手の、いろは屋さんはとくに懇意にしております。

長谷川　そこなら、たったいま断られてきたところで。今夜は陸軍の将校さんの集まりがあるそうです。

淳子　それじゃ表の電車通りの今川旅館……。

長谷川　護国神社の鳥居の横の……？

淳子　あすこもだめでした？

長谷川　やはり、陸軍さんの集まりがあるとか。駅からこちらまで十四、五軒は当たってきましたが、どこも陸軍さんの集まりで部屋がない。さすがは広島、陸軍の軍都ですな。
淳子　（なにか考えている）……。
長谷川　ほとほと疲れ果てました。
淳子　（パッと目を輝かせて）いっそ、さくら隊にお入りになればいいんだわ。
長谷川　（穴に入るのをやめて）……は？

この前後、玄関口に、長谷川を尾行《つけ》てきた針生武夫陸軍中佐（国民服、国民帽、ゲートル、布製の小型ボストンバッグ）がそっと姿を現わし、立看板のかげに隠れる。

淳子　明後日《あさって》の夜、ここの第五師団と広島県の主催で、「必勝祈願！　傷痍《しょうい》軍人と産業戦士のための慰問の夕べ」という催しがありますの。会場は中国地方最大の実演劇場、広島宝塚劇場。さくら隊が出演するんですよ。
長谷川　冗談はいけません。素人をつかまえてなんという恐ろしいことを仰《おつしや》る。
淳子　合唱隊員の数が足りないんです。
長谷川　純毛の音痴ですよ、わたしは。
淳子　隊員におなりになれば、大威張りでお泊まりになれますわ。なにしろここはさくら隊の宿舎なんですもの。
長谷川　それはそうでしょうが、四、五日したら、よそへ行かなくてはならない体ですからな。
淳子　明後日の広島宝塚公演、それにさえ出てくだされば……。一人でも人数が多ければその分だけ合唱隊は見栄えがしますから。
長谷川　まるで無茶です。
淳子　隊員にはズック靴が特配されますわ。
長谷川　やはり無茶です。
淳子　お風呂が沸いているんですよ。
長谷川　それでも無茶です。
淳子　糊の利いた浴衣もご用意できます。
長谷川　……無茶ですよ。
淳子　今夜は純毛の御飯なんですよ。
長谷川　（ほとんど承諾）……無茶ですなあ。
淳子　それも食べ放題なんです。
長谷川　（決心して）「ラララララララー……」
淳子　（にっこりして）「……ララララララララー」

長谷川、淳子の順で穴に入り、淳子が板蓋を閉め、練習曲は聞こえなくなる。

ここから二人の人物の無言の動き。

まず、立看板のかげから出てきた針生、黒短靴の紐を結んで首にかけ、あたりを素早く点検しながら、ロビー、食堂を横切り、上手の戸窓から庭へ姿を消す。

針生と入れ替わるように、中央廊下の突き当たりの壁を背に人影が浮かび上がる。広島県特別高等警察部（特高）の戸倉八郎刑事（白の開襟シャツに黒っぽい背広上下）。黒短靴の紐を結んで首にかけ、懐中電灯（箱型）を持っている。戸倉は、まずロビーに出て、それから食堂へ行き、厨房を覗き、ロビーに戻って、今度は玄関口から階段を見上げる。針生同様、鋭い目付き、しなやかな身のこなし。

戸倉が階段を二、三段、登ったとき、空襲警報解除のサイレン（三分間連続吹鳴）が鳴り、数秒遅れて板木（◯　◯―◯）の音。

戸倉　空襲警報解除か。（サイレンの鳴る方角をキッと見て）Ｂ二九の奴め、今夜もまた他所《よそ》へ行ったな。

途端に、パッと上下の穴の板蓋が勢いよく開いて、練習曲一、二を歌う声が吹き上がり、合唱隊が上がってくる。

（サッと階段を駆け上がる戸倉）

上手の穴からは、玲子、園井、淳子、正子の順。

下手の穴からは、大島、長谷川、丸山、針生の順。

ピアノで音を出している玲子を除く七名、一列になって発声練習をつづけているが、そのうちに六人は、見かけない男（もちろん針生）が際立って大きな声で歌っているのに気づき、次次に練習をやめる。

針生　（一人になってもつづけている）「ララララララララー、……ラララ、ラララ、……ラー」
正子　（電灯の蛇腹を短くし、光を当てて）えろう気持よさそうに歌うとってじゃが、あんたはどこのだれじゃ。
針生　「林と申します、仙台生まれです」
淳子　どうして、わたしたちと歌っていらっしゃるんです？
針生　「なにとぞ隊員に、お加えねがいます」

つづけざまの入隊志願者に、一同、色めき立つ。丸山、園井や大島となにごとか頷き合って、

丸山　たしかに声はよく出ていましたな。異動証明書はお持ちですか。
針生　（大きく頷き、胸のポケットから紙片を一枚取り出し、丸山に渡しながら）「生まれは大正の１……」
正子　いつまでも歌わんといてよ。手間ひま喰ってかなわんけえね。

針生　失敬いたしました。……そこにも書いてありますが、自分は傷痍軍人であります。北支戦線で砲弾の破片を体中に浴びました。（左の太腿、左腰、左肩をパッパッと指して）ここと、ここと、ここであります。

正子　へえ、北支戦線のう。うちの連れ合いも、六年前に、北支戦線で戦死しちゃってです。うちが嫁入りしてひと月もせんうちに赤紙が来ちゃってでした。

針生　（挙手の礼で敬意を表す）……そうでありましたか。自分が負傷しましたのは二年前であります。

正子　へてから、いま、どちらに住んどりやすのん？

針生　小倉の陸軍病院を退院してからは、こちらで農業をやっている戦友の家を手伝っておりました。ところが、今日、人伝てに、丸山定夫先生と園井恵子先生が劇団員を募集しておいでと聞き、たまらず駆けつけてきたわけであります。ところがどなたもいらっしゃらないし、空襲警報も出ておりましたので、庭の防空壕に入らせていただいたところ、思いがけず壕の中で両先生にお目にかかることができて、感激しております。……去年、小倉で、両先生の『無法松の一生』を拝見いたしました。

丸山　そのときの感想をお聞かせいただこう。

針生　丸山定夫の無法松は舞台の当たり役、園井恵子の吉岡大尉未亡人は映画の当たり役、お二人ともすばらしかった。

園井　それだけではわかりませんわ。もっとくわしく……！

針生　笑って、唸って、泣きました。……陸軍病院時代の自分も演芸会の花形で、戦友たちを笑わせ、唸らせ、泣かせたことが何回もありました。

園井　そうとうな自信家ですね。

丸山　その自信を買おうじゃないか。

針生　（朗々と）「うれしいかぎりです」……、

丸山　その熱心さも買いだ。

針生　「よろしくねがいます」

丸山　（一同に）広島宝塚劇場定員千二百名！　この大観衆を組み伏せるには、この林さんのように熱心に練習を重ねるしかないんです。そして、自信は猛練習からしか生まれない。では（厳しく指揮の構えを取る）……、

正子　その前に夕飯じゃ。

淳子　御飯が冷めてしまいますよ。

丸山　（瞬時、考えてから）それじゃ食事にしましょうか。

男たちは窓際に寄せた食卓と椅子を食堂中央に戻し、園井と玲子は布巾で食卓を拭きなどし始め、淳子と正子は厨房から食器を運び込む。

正子　（思いついて）淳子ねえやん、庭から紫蘇《ちそ》っ葉四枚……（長谷川と針生を見て）五枚、摘んできてくれんさい。うちは《アー》キャベツ刻んどくけえの。

淳子が頷いて庭へ飛び出そうとしたとき、

戸倉　神宮淳子！　一歩も外へ出てはいかん。

階段から食堂へ走り込んだ戸倉、驚いて棒のように突っ立っている一同を突き飛ばして淳子の前に立つと、振りかざしていた二枚の紙片のうちの一枚を突きつける。

戸倉　これは内務省および広島県特別高等警察部からの命令書だ。（読み上げる）「禁足命令書／アメリカ市民神宮淳子ニ対シ本五月十五日午後六時ヨリ当分ノ間禁足ヲ命ズ」（紙片をふたたび突き付けて）違反した場合は、広島刑務所内にある敵性外国人強制収容所に収容する。いいな。

淳子　（呆然）……。

戸倉　いいな！

淳子　（圧されて引攣《ひきつ》ったように頷く）……。

戸倉　（ニヤリ）スパイが何度、ウンと頷いたところで信用できるもんか。（もう一枚の紙片を突きつけて）そこで、この、広島県特別高等警察部長発行の監視命令書だ。読んでみろ。

淳子　（読む）「監視命令書／広島県特別高等警察部刑事戸倉八郎／右ノ者ハ」……。（納得がいって）特高の刑事さんでしたの。

戸倉　（黒表紙の手帳を出して開きながら）周りじゃ「腕利きの戸倉」と呼んでいるらしいがね、フフフ。……神宮淳子。アメリカ合衆国ミネソタ州に移民せる神宮多吉の長女。アメリカ生まれの二世。少女時代に一時来日して広島県立第一高等女学校に学ぶ。同校卒業後アメリカへ帰り、三年前の昭和十七年八月、第一次人質交換船でふたたび来日。「紙屋町ホテル」の実質的な経営者。目下、内務省に日本国籍申請中。……これに相違ないな。

淳子　ええ、だいたいのところは。

戸倉　特高の調査にだいたいということはない。われわれはつねに正確だ。

淳子　今日から、ホテルの名前が「紙屋町さくらホテル」と変わりました。このホテル、わたしたちと一緒にさくら隊に入隊したんですの。それであいだに「さくら」を入れました。

戸倉　勝手に名前変えたりしちゃ、特高の調査に瑕《きず》がつくじゃないか。困るな。

淳子　……はい。

正子　（淳子から紙片を引ったくるようにとって、読む）……「右ノ者ハ神宮淳子アメリカ名ジョアンナ・ジングーヲ二十四時間中ソノ監視ノ下ニ置クベシ」……。これァ、なんない？

戸倉　（紙片を取り上げて）命令書に対して「これァ、なんない」とはなんだ。（手帳を見て）熊田正子だな。神宮淳子の従姉妹《いとこ》。紙屋町ホテルの名義上の経営者。新婚間もない夫を御国に捧げし……あっぱれ靖国の妻？

正子　ほーじゃが。

戸倉　（やや軟化）今後は、あっぱれ靖国の妻にふさわしい口の利き方をするように。

正子　口の悪いのは《ナー》生まれつきじゃけえ、それァちいとばかり難問じゃね。

戸倉　とにかく黙っていなさい。ただいまの監視命令書の意味はこうだ。今夜からわたしがここへ住み込んで神宮淳子を監視する、これが第一。神宮淳子は常にわたしの見える範囲内、数メートル以内で生活行動を行なうこと、これが第二。ただしお上にも慈悲はある。手洗いと風呂場ではその監視外に置く。以上だ。

丸山　それは困りますな。

戸倉　（ジロッ）なんだァ。

丸山　明後日の晩、われわれさくら隊は広島宝塚劇場に出演しなければならないのです。淳子さんはさくら隊の隊員、禁足では出演できなくなる。

園井　歌がお上手なんですよ、淳子さんは。さくら隊の大切な戦力なんです。

戸倉　丸山定夫さんに、園井恵子さんかね。

二人　（頷く）……。

戸倉　（手帳を見ながら）丸山定夫。築地小劇場出身。「新劇の団十郎」と異名をとる有名俳優。……園井恵子。宝塚少女歌劇で絶大な人気を得る。のち新劇に転身して丸山定夫に師事。（園井の顔をジロジロと見て）ふうーん、映画で観たのとだいぶちがうぞ。

園井　入場料をお払いにならない方にはこんな顔、

戸倉　なに？

園井　入場料をいただければものすごい美人になってさしあげますよ。

一同、思わずクスクス。

戸倉　笑っちゃいかん。時節柄をなんと心得ている。いまは非常時なんだぞ。

丸山　その非常時だからこそ、わたしたちも、お国の方針に従って、この広島を本拠地に公演活動を展開することになったわけです。つまり、明後日の公演はお国の行事でもある。ですから、淳子さんが禁足になっては困ります。

戸倉　なにが、お国の行事だ。たかが河原乞食どもの演芸会じゃないか。新劇の団十郎だかなんだか知らないが、あんまり大口を叩くなよ。いいか、敵性外国人への二十四時間密着監視は内務省の方針なんだ。ということは、気を付けーッ、畏れ多くも天皇陛下の御方針である。

針生と二人、静かに茶碗や箸を並べていた長谷川が思わず、

長谷川　陛下とお国とは別々のものですか？

戸倉　（おうむ返しに）陛下とはお国のことであり、お国とは陛下のことである。……なにッ？

長谷川　とすれば、さくら隊の公演より淳子さんを監視することの方が大切だという理屈は成り立たないのではないか。どちらも同じように大切なのだから、うまく融通をつけてあげるのが、それこそ腕利き特高刑事の腕というものでしょう。

戸倉　屁理屈こねやがって、この……！

長谷川の前に素ッ飛んで行って、ビンタを張ろうとする戸倉の右手を横から針生が、素早くガチッと受け止める。

針生　「林と申します、名前は康夫です」

戸倉　おれを舐《な》めてるのか。

針生　舐めてません。もしも、この方が（長谷川を観察しながら）海軍大将か、陸軍大将だったら大変だ……、

戸倉　なんだと。

長谷川　（チラッと針生を見る）……！

針生　もしもそうだったら刑事さんが困ると、そう思ったんです。

戸倉　どういうことだ。

長谷川　いや、わたしは古橋健吉、富山の薬品会社の地方巡回販売人です。差し出がましいことを言いました。

戸倉　まったく無駄口を叩くやつばかりだ。この次は許さんぞ。（針生に）林とか言ったな。陸軍大将だ海軍大将だのが、どうしてこんな安宿でうろうろしてなきゃならんのだ。

針生　ものの弾みで、つい……。

戸倉　口が軽いぞ、貴様は。職業は？

針生　お国から傷痍軍人手当を頂戴しております。北支戦線で体の三ヶ所に敵の砲弾の破片を浴び、あとにのこる戦友たちに後ろ髪を引かれる思いで帰国いたしました。

戸倉　（少し態度が改まって、軽く挙手）ご苦労さんでした。（手帳を覗き込んでから）大島輝彦はいるか。

大島　……はあ。

戸倉　明治大学助教授。言語学専攻。一九三八年、すなわち昭和十三年、スイス・ジュネーヴ大学から文学博士号を与えられる。博士論文の題名は『オペラのテノール歌手はなぜ給料が高いか』……。……大学教師がこんなところでなにをしている。

はやしと もうしますー
なまえは やすおですー

大島　だれもかれもみんな戦場に出かけて行って教室には学生がいない。文科系教師はすっかり暇になりました。そこで、全国の方言調査を思い立って、こちらに泊めていただいています。

戸倉　この非常時に方言なぞ調べてなんになるんだ。

大島　本土決戦、一億玉砕が、大日本帝国の基本方針です。

戸倉　だからこそ、非常時なんじゃないか。

大島　大和民族は最後の一人まで戦うことになる。そして最後の一人の息が絶えたとき、まさにその瞬間に、日本語もこの地上から消えてなくなります。言葉を背負うことができるのは人間しかいないからです。そこで、この可憐な島国に、かつてこんな言葉を使う人間が生きていたということを後世に遺しておきたい……。

戸倉　（本能的に）アカだな。

大島　無色透明です。

戸倉　国防色以外の色はすべてアカなんだよ。だいたいだな、方言調査がそんなに大事ならどうして調査に出かけない？　今日のあんたは、日がな一日、歌をうたっていた。ちゃんと調べはついているんだぞ。

大島　……理由はあります。

戸倉　そりゃあるでしょう。たしかに女の子と歌をうたっていた方が楽しいわな。

大島　ちがいます。

戸倉　分かってますって。（手帳を見て）浦沢玲子。どうして砲弾工場の女子挺身隊員をやめたんだ。

玲子　同じお国に尽くすなら大好きなピアノでと、そう思ったからです。

戸倉　一発の砲弾はよく数人のアメリカ兵を倒す。しかしピアノの音じゃ蚤一匹殺せない。そこんところがまるで分かってないな。

玲子　……。

戸倉　ま、いいだろう。

戸倉は一同に訓示する。

戸倉　神宮淳子の監視かたがた、おまえたちのそのたるみ切った根性を、このわたしが真っ直ぐに鍛え直してやる。覚悟しろよ。いいな！

一同　……。

戸倉　返事はどうした！

針生　「よろしくねがいます」……、

一同　「腕利き刑事どの」

歌い終わったあとに「フーム」などという美しいハミングのコーダが結構、長々とつく。

戸倉　貴様ら……！

怒りのあまり両手を拳骨にして震えている戸倉。

正子　さァ、夕飯じゃ。

淳子　御飯が冷めてしまいますよ。

一同、パッと散って夕飯の支度を始めたところで、照明が素早く落ちる。

二　本読み

闇の中で丸山の声。

丸山　「奥さん。吉岡の奥さん！」

丸山の声をきっかけに、照明がゆっくりと入ってきて、食堂の食卓で懸命に筆耕（カーボン複写）をしている大島と、そのへんを熊のようにのそのそと歩き回りながら口述している丸山を浮かび上がらせる。他に蛇腹式防空笠の点いているのは中央廊下の灯《あかり》だけである。

五時間後の午後十一時半近く。

丸山　ト書き。「良子は動かない。こらえ切れぬ涙、頬を伝い、やがて貯金通帳に顔を押しあてて啜《すす》り泣く」

大島、丸山の言ったことを小声で呟きながら必死に複写ペンを振るう。

帳場の後ろの部屋（淳子と正子の居室）から中央廊下へ、浴衣姿の正子が出てくる。

正子　まだ《まだに》起きとってですか。とうのむかしに十一時を《じょー》回っとるで。

丸山　（口に指を当てて正子を制して）「そこへ幕が降りてくる」

書く大島。その間、正子は卓上の空コップ（二個）を持って厨房へ。

大島　「……幕が降りてくる。マル」（ぽんと複写ペンを放り出して）できた。

丸山　いやあ、おつかれさまでした。

さっそく二人は製本（四枚の薄葉紙それぞれ二つ折りにして重ね、錐を通して紙撚《こより》で綴じる）にかかる。その間に次の対話。

大島　『無法松の一生』の台詞《せりふ》とト書きが、丸ごとその頭の中に入っていたんだ。さすがだなあ。敬服しました。
丸山　七十回も演《や》ればたいてい頭に入りますよ。
大島　七十回！
丸山　（頷いて）初演で杉村春子さんを相手に三十回、それから去年、園井くんを相手に四十回。
大島　それにしたって普通じゃない。俳優の記憶力には恐るべきものがありますな。

正子がお盆（その上に水入りのコップ二個と小壺）を捧げるように持って来て食卓に置くと、小壺の中味を竹の小匙で掬い上げ、サラサラと落として見せる。

正子　これをよう見てつかあさい。
二人　（横目で見てフンという感じ）……塩。
正子　いんにゃーの。こりゃー砂糖じゃ。
二人　（食いつくように見る）……砂糖？
正子　（コップにほんの少し入れて）お仕事がなんやらええ具合《えーがい》に行ったようじゃけえの、お祝いに冷《ひ》やい砂糖水こしらえたげよう思うたんよ。
大島　……眩しいなあ。
丸山　いいんですか。
正子　気がねァしんさんな。グッとやってくれんさい。
二人　いただきます。

二人、竹のスプーンでかき回してから一気呑み。
正子、台本を一部、手に取って、

正子　（表題を読む）『無法松の一生。大詰め貯金通帳の場』……。なんじゃ、こりゃ。
丸山　明後日の晩の上演台本。
正子　だれが演《や》りよるの。
大島　われわれが、さくら隊が演るんです。
正子　あっちゃー……！　うちらァ芝居もやるちゅうのん？
丸山　（頷いて）……たぶんね。
正子　うちの役ァなんじゃろな。吉岡大尉未亡人！　ちゅうこたァないか。あの役ァ園井先生で決まりじゃけえね。
丸山　詳しい説明はあとで。特高刑事どのは？
正子　うちらの部屋でいかい鼻提灯《ちょうちん》、ぶらぶらさせとる。
大島　寝ているあいだも監視を忘れまいというわけですな。なるほど、あっぱれな刑事魂だ。
正子　うちらとしちゃァやれんです。同じ部屋に刑事さんがおる思うと気になって、ちいとも眠れんけえ、たまらんです。へてから、いびきがまたいかい。まるでドンドロさんと添い寝しとるようじゃ。
丸山　……ドンドロさん？
大島　（注釈をつける）雷さんのこと。

丸山　そのドンドロさんをここへ。お願いします。

正子　（頷いて）そりゃええ具合《えーがい》じゃ。刑事さんのおらん間《ま》に寝てしまおう。

二人　（コップをお盆に戻して）ごちそうさま。

正子　……じゃけんど、こんどは芝居が気になるけえ、やっぱあ今晩は眠れんかもしれんの。

　　　正子、お盆と小壺を厨房へ下げ、そこから中央廊下を通って帳場のうしろの部屋へ。二人は製本をつづける。

大島　（錐で指を刺したらしい）……チッ。

丸山　だいじょうぶですか。

大島　不器用なことでは、子どものときから折紙付きです。なにしろこの四十三年間に、針に一回で糸を通したことがただの一度もないんですからね。

丸山　こんなことにまで付き合っていただいて……。感謝します。

大島　わたしも隊員なんですよ。

丸山　しかし、お仕事の邪魔をしているのはたしかだ。

大島　（強く）ちがう。ここで歌や芝居の稽古をするのも、外へ方言調査に出るのも、同じように大事なことなんだ。そのどちらも、わたしには重い意味がある。

丸山　……重い意味？

　　　丸山が体を乗り出したとき、帳場のうしろの部屋から、淳子を前に押し立てながら戸倉が出てくる。

淳子　（抗議。ただし淳子らしく冷静に）どんなときでも刑事さんの見えるところにいなきゃならないなんて、こんな尾行は初めてです。

戸倉　なにごとにも初めはあるぞ。それに、これは尾行ではない。二十四時間の密着監視なんだよ。それから、抗議は一切、「丸山先生」に対して行うように。おれを呼び出したのは、この人なんだからな。（丸山の前で嫌味な大あくび）……夜も夜中の十一時半なんだがね。

丸山　お呼び立てして恐縮です。（椅子をすすめて）ながーい話です。

淳子　（厨房へ行きながら）麦茶でも入れましょうね。

戸倉　（鋭く）見えるところにいなさい。

淳子　逃げたりいたしません。

戸倉　戻ってきなさい。（まさかの場合を想定して、あちこちに椅子を動かしてから）ここに座る。

淳子　（座る）……。

丸山　……わたしが広島に来たのは、六月からの活動に備えて宿舎や稽古場の見当をつけるためでした。汽車から降りたその足で真っすぐ文理科大学のなかにある中国地方総督府に挨拶に行ったんですが……、

戸倉　（嫌味なあくび）知ってるよ。まったく特高をなんだと思っているんだ。
丸山　とたんに大騒ぎになりました。丸山定夫が来た、園井恵子が来たというので、第五師団から、県庁から、お偉い方たちが駈け付ける。ものの五分もしないうちに、二人をただ帰すことはない、せっかくだから広島宝塚でなにかやってもらおうじゃないかと決まる。
戸倉　自慢話がしたくておれを叩き起こしたってわけか。（あくび）……。
丸山　わたしも園井も真っ青になりましてねえ。「お二人が顔を見せてくだされはそれで十分。だれもが娯楽に飢えておりますから、実物のお二人を見るだけで、みんな大喜びしますよ」と、そう県庁の偉い人が言ってくださったが、あの広い舞台に二人っ切りじゃ、どんな俳優でもさっそくお客にあきられてしまう。さあ、どうしよう……。
戸倉　（あくびと一緒に、てんでいい加減に）どうしよう、どうしようって、こんどは泣き言かね。
丸山　さいわい、一日のうちに、稽古熱心な新人諸君が六名、わたしたちのもとに結集してくださった。
戸倉　（いい加減に）よかった、よかった。
丸山　さあ、ここまで粒が揃い数が揃うと欲が出る。もう一人、男子隊員がいれば、たとえば、『無法松の一生』の中の名場面の「貯金通帳の場」が上演できるのにってね。
戸倉　ざんねん、ざんねん。
丸山　ところが、辺りをよく見回せば、ここに戸倉さんがいる。
戸倉　いる、いる……なに？
丸山　舞台に立ちませんか。
戸倉　なにを言っているんだ。特高刑事が舞台に立ってどうする。
丸山　淳子さんを常にその監視下に置くことができる。（台本を手渡して）戸倉さん、淳子さんが外出できないと、明後日の公演は潰れてしまうんですよ。
戸倉　……それほどの大物なのか。
丸山　（頷いて）貴重な戦力です。もしも、公演が潰れたりしてごらんなさい。第五師団と広島県が黙っちゃいませんよ。
戸倉　しかし……、
丸山　上司の命令に背くことはできない？
戸倉　決まってるだろうが。
丸山　臨時の、客員の隊員でもいいじゃないですか。舞台を務めながら、淳子さんを見張るんです。そうすれば、第五師団が喜び、県庁が喜ぶ。千二百の観客が喜び、あなたの上司も喜ぶ。そしてさくら隊の名も上がる。四方八方、いいことづくめです。
戸倉　できんな！

丸山　県のお偉方を通して特高部長にお願いしてみましょう。
戸倉　許可はおりない。
丸山　なぜです。
戸倉　前例がないからだ！
丸山　なにごとにも初めはありますよ。
戸倉　これだけは別だ。刑事が舞台に立っていいはずがない。
大島　あれはたしか五年前、昭和十五年の春でした。

　丸山、戸倉、そして淳子の三人、「ン？」となって大島を見る。

大島　神宮外苑の日本青年館での朝鮮舞踊団の公演。前売券は半日もしないうちに一枚のこらず売り切れました。人気の中心は崔承喜《さいしょうき》、世界的なバレリーナです。彼女には朝鮮独立運動の一味ではないかという疑いがかけられていた。そこで宿舎であれ楽屋であれどこであれ刑事がべったり貼りついて監視している。ところがここに一つの問題がある。ひとたび彼女が舞台に出てしまえば、もうだれにも手が届かない。もしも彼女が舞台から直に客席に逃げて地下へ潜ったりしたら、それこそ大事件だ。さあ、どうすればいいか。
戸倉　（確信をもって）客席の、通路という通路に多数の刑事を配置すればよろしい！
大島　（首を横に振って）警視庁特高部は、腕利きの刑事に、男性舞踊手になるよう命じました。そして刑事は、丸一日、バレエの特訓を受けた。
戸倉　……そういう手があったか！
大島　公演当日、舞台衣裳を付けた刑事は、彼女の出番のたびに自分も舞台に登場し、うしろの方で踊りながら監視をつづけた。
戸倉　すごい刑事だ！　……それが事実とすればの話だがね。
大島　わたしはこの公演を観ている。警視庁にもそのときの記録がのこっているはずですよ。取り寄せて研究なさればいい。刑事は、間もなく警部補に昇進したそうです。これは前例になりませんか。
戸倉　（考えている）……。
淳子　その刑事さん、上手に踊れたんでしょうか？
大島　それはもう、素人にしては上出来でした。なにしろ三回しか尻餅をつきませんでしたからね。
淳子
丸山　（必死で笑いをこらえている）
大島　ただし彼の退場は悲劇でした。
戸倉　……悲劇？
大島　旋回しているうちにすっかり目が回って、本人は上手の袖へ跳んで入ったつもりだが、じつは客席に向かって勢いよく跳んでいた……。

淳子と丸山、ついに吹き出す。

丸山　そりゃあ喜劇だ。

大島　肋骨を三本折って、全治二週間の怪我ですよ。

淳子　やはり悲劇ですわ。

戸倉　（口惜しがって）もっとうまくやれなかったのかね。おれなら……、

丸山　そう！　戸倉さんなら、きっとうまくやれた。別に根拠はないが、そんな気がしてしかたがない。（もう一度、台本を押し付けて）ここに戸倉さんにぴったりの役があるんですがね。

戸倉　（迷っている）……！

丸山　このたび文部大臣閣下が日本全国の移動演劇隊に与えた標語はこうです。「演劇も弾丸だ！」。芝居もりっぱにお国のお役に立つ。

戸倉　（唸っている）……！

丸山　なによりも、芝居では、そうむやみに怪我人が出ない。いかがですか。

戸倉の迷いと唸りが相当に高まったとき、警戒警報のサイレンと板木（空襲警報解除と同じ）。四人、瞬間、凍りつく。が、それもまた一瞬、

淳子　警戒警報です！

食堂の電灯の蛇腹を伸ばし、廊下へ走り出て、そこの電灯の蛇腹も引き下ろす。淳子のあとを追いながら、戸倉は台本を持ったまま監視を続行。丸山と大島は机上を整理する。

淳子　みなさん、警戒警報ですよ。

前後して、帳場のうしろの部屋から園井、玲子、正子。二階から針生。
そして中央廊下の奥から長谷川が出てくる。丸山は、出てくる一人一人に台本を手渡す。たいていが「ハテ？」といった表情で受け取るが、そのうちに、次の動き。正子を中心に、針生、長谷川、玲子、そして淳子と戸倉。正子が小声で、「これをわたしたちが演じるらしいんだよ」といったような説明をしている。それに淳子と戸倉が補足する。大島は一人、全体の様子を見ている。
右の動きを背景に、

園井　……先生。「貯金通帳の場」も、お稽古できることになったんですね。

丸山　（頷いてから）数は揃ったが、舞台の未経験者ばかり。これからは修羅場になりますよ。よろしいですな。

園井　はい。

丸山　小山内薫《おさないかおる》先生のお気持ち、いまならよく分かる。築地小劇場の開場のとき、わたしは下手の袖で銅鑼《どら》を構えながら小山内先生からの合図を待っていた。わたしのゴーンで日本で最初の新劇常設劇場の幕が開く。研究生にとっては大役です。体が震えてしかたがない。ところが隣の先生もブルブルブル……。こっちはただの胴震いだが、先生のはちがう。素人の集まりを引っぱって、いったいどこまで新しい運動をつづけて行くことができるか。それが恐くて震えていらっしゃったんだ。それがいま、分かった。……園井くん、正直なところ、わたしも恐い。

園井　なんでも仰ってください。（強く）お芝居の苦労ならどんなことでもいたします。

丸山　……ありがとう。

園井　だってその苦労が買いたくてさくら隊に入ったんですもの。ただ……（急に弱くなる）わたしはB二九が恐い。

丸山　……占いがまだ気になるんですな。「広島は方角が悪い。広島へ行ったらきっと死にます」でしたか。

園井　（頷いて）占いの先生が三人とも、揃いも揃って、同じことを仰いました。

丸山　迷信ですよ。

園井　でも、あんまり気になるものですから、自分でも占いを始めました。

丸山　どんな占いです？

園井　（真剣）さっきは、下駄占い。

丸山　……下駄？

園井　ここのご不浄では下駄をはきますね。それでさっき、「裏が出たら空襲で死ぬ」と決めて、ぽんと蹴り上げました。そしたら、やっぱり裏が出たんです。

丸山　……。

園井　……。お夕食のときは茶の葉で占いました。そのときもやっぱり「凶」……。（切実）先生、「宝塚のスター」のままで死ぬのはいやです。先生が築地で会得なさった新しい演技術をなにもかも吸い取って一人の新劇俳優になるまでは……。それまでは死にたくありません。

丸山　この広島は小山内薫の生まれ故郷、その広島で築地の芝居をうんと磨き上げようという決心で、わたしは、いや、きみもだが、ここを本拠地に選んだんじゃないか。きっと小山内先生が守ってくださるはずだ。

園井　……はい。

みんなが寄ってくる。

正子　（代表して）あんねえ、丸山先生。表紙のここんとこ（台本表紙の左肩を示して）、ここい鉛筆でなんどかんど書かれちょるが、こりァなんな？
丸山　よろしい。いつ空襲警報が出るか分からないが、それまでにざっと説明しておきましょう。（みんなを集めながら）その前に、まず、明後日の公演の進め方ですが、最初に国民儀礼があります。
園井　（助手役）陛下のおわします宮城に対し奉り角度四十五度の最敬礼、戦地の兵隊さんのご苦労をしのんで一分間の黙禱、そして国歌『君が代』斉唱。
丸山　つづいて主催者挨拶。
園井　第五師団から師団長閣下、あるいはその代理の方。二人目が広島県から知事閣下、あるいはその代理の方。三人目がさくら隊隊長。
正子　（半畳を入れて）先生、上がっちゃいけんで。
丸山　（手を上げて応えて）三分間の休憩ののち、第一部「園井恵子とさくら合唱隊、大いに歌う」

一同、ざわざわ。玲子はピアノで前奏を弾いたりする。

園井　『すみれの花咲く頃』で始まって、あいだにわたしの歌を三曲はさんで、もう一度、『すみれの花咲く頃』で終わり。
丸山　ここで五分間の休憩。
園井　はい、五分たちました。
丸山　第二部「無法松の一生・名場面集」は三つの場面からできています。
園井　「第一　祇園太鼓」
丸山　無法松こと富島松五郎が祭の屋台で太鼓を打つ。松五郎、一世一代の晴れ姿。
園井　「第二　恋」
丸山　ついに松五郎は吉岡陸軍大尉未亡人良子に永年の想いを打ち明ける。
園井　「第三　貯金通帳」
丸山　松五郎の臨終の場。それがこの台本です。この場面で松五郎の物語をぐいと引き締めて幕、おつかれさま！ということになる。
正子　引き締まらんかったら、どげーなるんじゃ？
丸山　公演は大失敗でしたということになる。そうならないためには稽古を重ねるしかない。
正子　へえ。
丸山　一に稽古、二に稽古、三、四がなくて五に稽古です。いいですか、この三日間、わたしはだれもほめませんよ。もう、ほめたり、すかしたり、おだてたりしている時ではありませんからね。ここはたぶん兵営よりきびしい場所になります。
一同　……。
丸山　さっきの正子さんの質問の、表紙の鉛筆文字ですが、それは役の名前です。お一人ずつ読み上げてくださいますか。
正子　山形看護婦。
園井　近くの医院から松五郎の看病に来ています。
淳子　木賃宿「宇和島屋」女主人とよ。
園井　松五郎は、とよの木賃宿を住まいにしています。
玲子　擬音係。
丸山　松五郎の死を天も悲しんでいるのか、そのときの宇和島屋には雨が降っている。劇場の袖で雨の音を出してください。
大島　尾形重蔵。
園井　小倉の、その筋の大立物で、松五郎の身辺になにくれとなく目を配っています。
針生　熊吉。
園井　車引きです。
長谷川　虎吉。
園井　車引きです。

戸倉はなにか考えている。

丸山　戸倉さんは？
戸倉　……福島巡査。
園井　近くの交番巡査です。
丸山　ね、あなたにぴったりの役でしょう。（一同に）では、台本を読んでみましょうか。そのへんに適当に腰を下ろしてください。

一同、緊張。

丸山　これは最初の本読みです。ですからどんな読み方をしてもいい。ただし、これは築地小劇場のやりかたですが、声を大きく出してください。声を出すことは気持をさわやかにしますからね。では、まいります。（ぱんと手を打つ）
園井　（卜書を読む）『無法松の一生』第五幕第二場。……小倉、古船場町《こせんばちょう》三丁目の木賃宿宇和島屋の階下。下手入口。外は通り。入ると土間。大正八年四月末。外では雨が降っている。尾形重蔵、とよ、虎吉、熊吉、福島巡査が沈痛な表情でじっと座っている。（戸倉へ目を送りながら）雨足がふっと遠のくのをきっかけに、」

一同、一斉に戸倉を見る。

戸倉　（震えている）……。
丸山　気をらくに。だれもあなたを取って食おうと言っているわけじゃないんですからな。では。（手を打つ）
園井　「雨足がふっと遠のくのをきっかけに、」
戸倉　……。
丸山　戸倉さん、あなたの台詞を皮切りに、すべてが始ま

るんですよ。（手を打つ）

園井　「雨足がふっと遠のくのをきっかけに、」

戸倉　（一気に）だれが役者なんてものになると言ったんだ？

一同、混乱する。

正子　刑事さん。そげーなこた、どこにも書かれとらんがの。

戸倉　やかましい。いまのは自前の台詞だ。（パチンと右頰を打って）畜生！　蚊の野郎までおれをばかにしおって。いいか、もういっぺん言ってやるから、よく聞けよ。だれが役者なんてものになると言ったんだ？

丸山　……役者なんてもの？

戸倉　役者なんてものに米がつくれるか、魚が捕れるか、服がつくれるか。おう、貴様に山から木が伐りだせるか、その木で家が建てられるか。なにが新劇の団十郎だ。役者なんてものは、世の中の役に立つモノをなに一つつくり出せない怠け者じゃないか。

園井　……ひどい！

丸山　（制して）それから？

戸倉　それから……、

針生　（様子見の援軍）モノを運ぶ、モノを売る、役者はそんなこともしませんな。

戸倉　その通り！

針生　世の乱れを防ぐ、国を守る。そういうこともしない。

戸倉　そう！　役者なんてものはね、真っ当に働いている世間様のお情けにすがって生きている屑、人間の屑だ。なにが悲しくてそんなものにまで成り下がれるというんだよ。

丸山　（強く）そのかわりに！　俳優は、そのかわりに、戸倉さんがいま言ったもの全部になることができる。

戸倉　（虚を衝《つ》かれて）なに？

丸山　俳優は百姓になる、大工になる、漁師になる、仕立て屋になる、キコリになる、大工になる。鉄道員にも商人にも軍人にも巡査にもなる。俳優はこの世に生をうけたありとあらゆる人間を創り出すことができるんです。

長谷川　（膝を叩いて思わず大声）なるほどな。

園井は丸山の言ったことを懸命に書き取っている。

丸山　お客さまの目の前にありとあらゆる人間を創り出してみせる、人間の屑にそんな神様のようなことができますか。これは、小山内薫先生と土方与志《ひじかたよし》先生、お二人の持論ですが、人間の中でも宝石のような人たちが俳優になるんです。なぜならこころが宝石のようにきれいで、ピカピカに輝いている者でないかぎり、すなおに人のこころの中に入って行って、その人そのものになりきることができないからです。

　　みんな、感動して聞いている。

丸山　では、その宝石になりましょう。（手を打つ）

園井　「雨足がふっと遠のくのをきっかけに、」

　　一同、戸倉に注目。

戸倉　……分かったよ。やればいいんだろ、やれば。

丸山　そんなことは書いてない。（手を打つ）

園井　「……きっかけに、」

戸倉　（尋問口調）……「それにしても、あげー元気にしちょった松五郎が倒れるとはのう。」

針生　（棒読み）「松やんを魚釣りに誘おうち思うて、この虎やんとやってきたんじゃが、松やん、『おう』ちゅうて立ち上がったとたんに、目え回してひっくり返っちしもうて……」

長谷川　（訓話口調）「熊やん、おれの親父《おやじ》が卒中で逝《い》ったときもやっぱり同じあんばいじゃったが。」

針生　「うちの親父のときは、朝、顔を洗うとってひっくり返ってそのままじゃったな。」

戸倉　（少し乗ってきている）「ふうん。それにしても、あの松五郎が倒れるとはのう。」

淳子　（じつにちゃんとしている）「この五、六年、酒はふっつりやめちょりましたんですがのう。正月ごろまでは、酒も呑まんと博打《ばくち》もやめて、せっせと働いちょったんじゃ。それがこの二月ごろからまるで元に戻ってしもうてなあ。朝起きるとコップに二、三杯やらんとおられんのです。」

戸倉　「ふうん、無法者の松五郎ちゅうて、この小倉じゃ一人一家で暴れ回った男が、ある朝コロリか。いや、分からんもんじゃのう。」

園井　（ト書）「奥から良子が出てきて、尾形にちょっと挨拶して傍《そば》に座る。」

大島　（教室講座口調）「どうでした。」

園井　（これはもう日本一の吉岡未亡人）「高い鼾をかいてよくねむっていらっしゃるようです。でも……あの……右の眼が開きっきりなんですけれど……」

大島　「先刻診て行った医者が言うにゃァ相当激しい眼底出血があるとか……。」

園井　「まあ……。」（ト書に戻って冷静に）「そのとき、強い雨足が通りすぎて行く。」

大島　「奥さん、さぞかしびっくり……」

　　空襲警報サイレンと板木。一同、塑像のように動かなくなる。

園井　先生、空襲警報です。どうしましょう。
丸山　大丈夫。わたしについていなさい。

一同、ぱっと動き出し、「一　発声練習」のときとはちがって、下手の防空壕入口からあっという間に姿を消す。ただし、針生は長谷川の手を捉えて放さない。

長谷川　なにをなさる。
針生　ちょっとお話ができればと思いましてね。B二九の爆音が聞こえるまで。いいでしょう。
長谷川　お話とは？
針生　ばかばかしいとはお思いになりませんか。
長谷川　なにがですか？
針生　（下を指して）連中のお芝居ごっこが、ですよ。だいたい海軍大将に、人力車夫の役をふるとはなんですか。腹が立ちませんか。
長谷川　なにを仰っているのか、わたしにはさっぱり分かりませんが。
針生　（鋭く）長谷川閣下でいらっしゃいますな。
長谷川　（無表情）知りませんねえ。
針生　……ま、いいでしょう。それから隊長の長談義、あれもずいぶんいい気なものでしたな。
長谷川　いや、あれには目から鱗《うろこ》が落ちる思いがしました。これまで、なぜ、役者というものの存在が許されているのか分からなかったが、あの説明で判然としました。役者はじつに人間を創造するんですな。
針生　役者というと隊長に叱られますよ。
長谷川　（頷いて）宝石のような人間でなければ俳優にはなれない。その真偽はともあれ、あの人はものごとをしっかりと考えている。惜しいな。海軍に入っていれば少将までは行っていたろうに。（しまった）……。
針生　（ニヤリとして）閣下。

B二九の爆音。（大編隊）

長谷川　失礼して壕に入らせていただく。

長谷川、上手の壕に入る。

針生　（追って入りながら）閣下には、ここの連中につきあって、くだらない芝居にうつつを抜かしている時間はないはずです。

針生と入れ違いに、下手の壕の出入り口から園井が飛び出してくる。園井に追いすがる丸山。

丸山　園井くん、壕に戻りたまえ。

園井　B二九の爆音で頭が割れそうです！
丸山　壕の中の方が安全なんだよ。
園井　ここにいたら死ぬしかないんです。東京へ帰りたい。東京に帰って映画に出たい。
丸山　……映画？　さくら隊を抜けるのか。
園井　先生のそばで演技の勉強がしたい。
丸山　それなら、きみ……、
園井　でも、そうするとわたしは死ぬんです。東京へ帰れたら助かります。やぶ蚊占いでも死ぬという卦《け》が出ました。
丸山　やぶ蚊占い？
園井　さっき、刑事さんの頬っぺたにやぶ蚊が止まった。「刑事さんが刺されたら、わたしは助かる。刺されなかったら、わたしは死ぬ」と占ったんです。そうしたらやぶ蚊は刑事さんを、刺さなかった。……こわい、まだ死にたくない。
丸山　……五分後に死ぬと決まっているなら、いま、この瞬間になにをすればいいか。
園井　……もっと勉強がしたい。
丸山　それだよ、園井くん。俳優は稽古と舞台をしていればいいんだよ。俳優はほかのことは考えちゃいけない。占いのことなど、忘れてしまいなさい。わたしたちは稽古場か舞台で死ねばそれでいい。
園井　（錯乱がすこし鎮まる）……。
丸山　防空壕が棺桶になるというなら、それでもいい。しかし死ぬ瞬間までは、防空壕はわたしたちの稽古場だ。下で稽古をしよう。
園井　……はい。

心配そうに顔を出して見ていた淳子や正子や玲子に迎えられて、園井は壕の中へ入る。B二九爆音が近づいてくる。暗然とした表情をしていた丸山、はっと気づいて、壕に入る。

ゆっくりと暗くなる。

三　立ち稽古

まだ暗い中から、音楽を縫うようにして、さくら隊の隊員たちの声。

隊員たち　「鬼は外！　福は内！」

つづいて、『無法松の一生』第四幕の幕切れを演じている丸山と園井の声。丸山の無法松、園井の吉岡大尉未亡人良子。

園井　「今夜は節分、松《まつ》あん、もうすこし、お酒を召し上がれ。」

丸山「へえーっ……。」

明るくなると、第二日（五月十六日水曜日）の午後一時すぎ。食堂に古畳を積み上げた仮設の座敷。その周囲で隊員たちが魂を抜かれた体《てい》で、丸山と園井の芝居に見入っている。

ただし、戸倉は特高部に出掛けていていない。当然、淳子もいない。（もっとも、二人は、ほどなく帰ってくる）

ロビーのあたりで、擬音係の玲子が、大きな渋《しぶ》団扇《うちわ》に豆を糸で付けて「雨団扇」をつくっているが、これも仮設座敷の芝居に夢中でとかく手元は留守になり勝ち。

園井「注《つ》がせて。」

丸山「もったいないこって。」

酒を注いでもらいながら、丸山は見物している隊員たちに合図する。

隊員たち（慌てて）「鬼は外！　福は内！」

園井「……あなたは、とうとう奥さんをもたなかったのね。……虎吉さんでも熊吉さんでもみんなもう子どもさんがあるのに。私達親子が頼りすぎたのかしら……。」

隊員たち（丸山の合図で）「鬼は外！　福は内！」

戸倉が帰ってくる。当然、淳子も帰ってくる。二人、「おおっ、師匠の模範演技がもう始まっている」と思い入れながら隊員たちと合流。

丸山「（きちんと改まり、膳をわきに除けて）奥さん、俺やずうっと世の中の女ちゅうもんが好きになれんじゃった。俺や女ぎらいで通っておった。……ところがそこへ奥さんが現れたんじゃ。」

針生が間違えて「鬼は……」と声をかけ、周りからひどく睨まれる。

丸山「俺や吉岡の旦那に世話になったけん……旦那に頼まれたけん、あんた方の世話をやいた。俺や子どもが好きじゃけん、坊《ぼ》ん坊《ぼ》んと遊ぶのをたのしみにしとった。これはうそじゃなか。……ばって、俺や、奥さんの前へ出っと、いつでん、空の雲が破れて星が落ちてきたごと気のしていたこともほんとばい。」

園井「……。」

丸山「この家へきて、井戸替えをしたり垣根の壊れを繕うたりするのは、俺にとっちゃ一番のたのしみじゃった……。」

園井「……。」

丸山「ばって、俺や、たった一つだけ、どうしても俺を許しとくことのできん悪いことを奥さんにしてしもうた。」

園井「なんなの、そんな改まって……。」

丸山「もうずっと昔になってしもうたが、お里から、奥さんの妹さんが見えたことがあった。ちょうど祇園まつりの日で、妹さんは奥さんに、お里に帰るようにすすめに来られたとじゃった。」

園井「ああ、そんなこともあったわねえ。」

丸山「あんとき、俺や奥さんにお里に戻らんで此処《ここ》におんなさるように勧めたじゃろうが……、」

園井「そうだったかしら。」

丸山「そうじゃ、そうじゃとも。俺や、あんとき、坊ん坊んが可哀相のごというて止めたばって……じつを言やあ、俺や、奥さんが此処からおらんようになんなさるのが辛抱できんじゃったばい。」

園井「でも、そのおかげで私達は、今こうして親子水入らずで……、」

丸山「奥さん！　ちがう！　そげなこっちゃなか。奥さん、俺や……！」

丸山（無法松）、園井（吉岡良子）の手をとる。

園井「まあ、松やん、お前……！」

身を引こうとするが、すでにおそく、その手は丸山（無法松）に握られている。身じろぎ一つせずに二人の芝居に魅入られている隊員たち。丸山が合図を出すが、だれも反応しない。

丸山……鬼は外、鬼は外。

隊員たち、ハッと我に返って、

隊員たち「鬼は外！……」

だれかが間違えて、「鬼が島！」と言ったが、だれも咎めない。それぐらい芝居に夢中になっている。

丸山「……奥さん、すまん。」

ひと言、血を吐くようにそう言うと丸山（無法松）はゆっくりと立ち上がり、そのまま畳の下に降りる。

園井　「……松あん。」

園井（良子）は、丸山（無法松）の握った手を胸のあたりに当てて、

園井　「……松あん！」

丸山、隊員に合図をする。みんなボーッとしているばかりで反応しない。しかたがないので、

丸山　「鬼は外！　福は内！　鬼は外！　福は内！」

隊員たち、まだ茫然としている。

丸山　……これっきり松五郎は吉岡大尉未亡人良子の前に姿を現さなくなりました。そればかりか、宇和島屋の女主人とよの台詞にもあったように永い間、断っていた酒を飲み始めたのです。それも朝から二、三杯引っかけないとやって行けないようになる。完全なアルコール中毒ですね。そして、三ヶ月後、卒中でバッタリ倒れてしまった。こうして、みなさんが演ずる松五郎の臨終の場へつながるわけです。分かりますね。

隊員たち、ようやく人心地がついたと見えて、大きく頷く。

丸山　……あ、刑事さん、（言い直して）戸倉さん、首尾はいかがでした。

戸倉　（指を輪にして）上々、上々。特高課長から出演許可をいただいてきたぞ。それも、「これまでにない意欲的かつ実験的な密着監視である。今後のためにも、ぜひともうまくやるように」という激励のお言葉付きの許可だ。コーヒーまでいれてくださって、課長は本心から喜んでおられたよ。

淳子　わたしまでコーヒーのお相伴にあずかってしまって、初めて監視されていてよかったと思いましたわ。

正子　マガイモンのコーヒーとちがうか。焦がした百合の根とか、黒焼きにした薩摩芋の葉とか。

淳子　それがホンモノじゃったんよ。

正子　あるところにはあるもんじゃの。

淳子　ほんと。

戸倉　あーこれ、淳子さん、広島県特高課の内証事を公にしてはいかんな。

淳子　ごめんなさい。

戸倉　それで、隊長、みんなの技芸鑑札をもらってきましたぞ。

ポケットから紙切れを八枚、取り出して丸山に渡

す。

丸山　（推し戴いて）これはありがたい。

戸倉　隊長も知ってのように、鑑札を受けるには、身分のたしかな身元引受人というものが要る。ところが課長はそれも一括して引き受けてやろうと仰ったのだ。

丸山　至れり尽くせりですな。（最敬礼してから、隊員に一枚一枚、丁寧に手渡しながら）どれほどすぐれた俳優であっても、東京であれば警視総監閣下が、地方であれば県の警察部長さんが発行する、この技芸鑑札がなければ、舞台に立つことはできません。もしも鑑札なしで舞台に立ったことが分かると、即座に留置場に叩き込まれてしまいます。この一枚の薄紙が俳優にとってなくてはならぬ命綱、大事な米櫃、命の次に大事にしてください。

正子　（文面を読む）「演劇技芸者之証　さくら隊　熊田正子　右ノ者ニ演劇ヲ業トスルコトヲ許ス」……、

玲子　……「常ニ之ヲ携帯シ臨検警察官吏ノ求メアルトキハ直《すぐ》ニ之ヲ提示スベシ　昭和二十年五月十六日　広島県警察部長」

正子　へたら、うちらァ、いまから役者になっちゃったとですか。

戸倉　（頷いて）鑑札の手続きには最低三ヶ月が常識だが、今回は一時間とかからなかった。特高の後ろだてがあれば、あっというまに役者ができあがっちまうわけだね。

隊員たち、戸倉を中心にたがいに鑑札を見せ合って、嬉しがっている。
それを見ているうちに丸山の表情がみるみる変わってくる。

丸山　……築地の一期後輩に瀧澤修《たきざわおさむ》という新劇俳優がいる。彼の演劇を愛する覚悟の強さ、役に対する理解の深さ、そして理解したことを表現する技術のたしかさ、そのどれ一つとっても、わたしなぞはとうてい彼の敵ではない。おそらく築地小劇場が生んだ最高の俳優でしょう。ところがその瀧澤くんに、いつまでもこの技芸鑑札が下りない。

針生　……たぶん、不穏当な思想の持ち主だからじゃないですか。

戸倉　（自分の本来の仕事を思い出し）そう、不穏当な思想の持ち主には鑑札は下りませんよ。

丸山　彼の思想は健全です。

針生　はっきり言えばアカなんじゃないんですか。

戸倉　そう、アカはだめ。

丸山　ちがう。瀧澤くんはわたしたちと同様に、人間にとってもっとも大切なものはなにか、それを俳優という職業を通して考えようとしているだけです。

針生　……。

戸倉

丸山　そこで、彼は今、なにをもって口に糊をしているか。じつは映画スター長谷川一夫の演技指導で食べている。おかげで長谷川一夫は、ちかごろめきめきとうまくなったという評判です。長谷川一夫の例の言い方（真似をして）「おの、おの、方」、あれを伝授したのも瀧澤くんなんですからね。

針生　長谷川一夫の芝居がよくなり、そのことによって瀧澤修は生活の糧を得ている。それはそれでいいことなんじゃないですか。

戸倉　おの、おの、方、そういうことです。

丸山　ちがう！　瀧澤修くんの舞台が観られないということは、その分、日本人が損をしているということなんですよ。『坊っちゃん』『暗夜行路』『夜明け前』、現に本はあるのにそういった名作を読んじゃいけないと言っているのと同じことなんだ。

針生

戸倉　……。

丸山　富士山があり、法隆寺の五重塔があり、安芸の宮島の大鳥居があるのに、それらを見てはいけないと言っているのと同じ愚行です。

針生　ふうん、隊長は特高のやり方にだいぶ不満をお持ちのようですな。

戸倉　そう、そのようだな。

針生　その特高は帝国の方針に従っている。となると、隊長は大日本帝国の国家方針に不満があると見られてしまいますが。隊長がそうでは、わたしたち隊員もまた色眼鏡で見られることになる。困りますな。

丸山　すぐれた俳優でさえ手に入れることのできない鑑札を、あなた方は、いま、簡単に手に入れた。だからといって、もしその鑑札を粗末にするようなことがあったら、黙っちゃいませんよ。わたしはそう言っているだけです。

サッと話頭を転じて、

丸山　節分の夜、少し酒が入っていたせいもあったでしょうが、松五郎はついに良子未亡人の手をとって、十六年間ひたすら、こころの底に秘めつづけてきた想いを打ち明けた。そしてそれっきり良子の前に姿を現さなくなり、木賃宿に垂れ込めて酒びたりになっている。どうしてでしょう。

隊員たち　……。

丸山　松五郎が変わった。この芝居の核心はここにあるのじゃないか。さっきのわたしの言い方でいえば、人間にとってもっとも大切なこと、それが松五郎の変わり方に現れているのではないか。いったいなぜ、松五郎はこんなふうになってしまったのでしょうか。

正子　……松五郎も年をとったんじゃけえのう、出無精になったんとちがう？

丸山　素直な解釈ですな。
戸倉　（自信をもって）一時の気の迷いです。
丸山　安直な見方ですな。
針生　劇はいつかは終わらねばならない。そこで作者は、このへんで松五郎を死なせることにした。つまりすべては作者の作戦です。
丸山　ちょっとひねくれてませんか。
正子　松やんが良子さんという未亡人に、げっそり失望しよって、へーで付き合いを断ちよったんじゃ。
丸山　ほう。新しい見方だな。
園井　その理由は？
正子　普通のおなごの神経持っとりゃ、三年、いんにゃ、二年もせんうちに、松やんの気持ちが分かるはずじゃ。そいが十六年も分からずにおるというところがごついボケタレじゃゃ。
園井　……ボケタレ？
大島　（注釈して）馬鹿者。
園井　お嬢さん育ちで世間知らずなんです、この良子さんは、男女のあいだのことには疎いのね。わたしはそう理解して演じていますけど。
正子　それにしてもあんまり鈍すぎるけえの。もう一つ気に入らんのは、良子という後家さんが松やんにお酒を勧めよったでひょ。
園井　ええ、節分ですから。
正子　自分も呑んどる。
園井　やはり節分ですから。
正子　へてから、二人切り。
園井　間もなく敏雄が、坊ん坊んが帰ってくることになっていますけど。
正子　とにかく、いまは家ん中ィ、二人しかおらん。おたがい酒が入れば、どげーなことが起こるか分かっとってえーはずじゃ。そいがなんじゃ、お嬢様ぶって、「まあ、松やん、お前」じゃと。ふん、なんも驚くことなどありゃせんが。うちはこげーなしょうもなーボケタレはよう好かん。
園井　（ふと丸山に）……わたしの演じ方に問題があるんでしょうか。
丸山　いや、今のは演技批判というよりむしろ作品批判でしょう。（正子に）あなたは文芸評論家になれたかもしれない。
正子　なんじゃ、そりゃ？
丸山　分からなければ分からないでよろしい。忘れてください。松五郎がなぜ酒びたりになってしまったか、これについて他に意見をお持ちの方は？
大島　人間としての美学の問題……、
長谷川　（まったく同時に）人間としての信条の問題……、
大島　（ニッコリと譲る）どうぞ。
長谷川　（大島に軽い会釈）……亡き吉岡大尉から松五郎

くんは後事を託された。そこで松五郎くんは、こころの中に一つ規則を打ち立てた、「どんなことがあろうと、この信頼を裏切ってはいけない」という規則をね。こうして彼は自分で自分の中に打ち立てたこの規則をただ一つの、こころの心張棒にして生きてきた。ところが十六年目に、自分で打ち立てた心張棒を自分で外してしまった。自分の中に芯になるべきものがなくなったわけですね。当然、松五郎くんは、この先どう生きて行っていいか、分からなくなった。こうして彼は酒びたりになって死ぬしかないと思い定めたのです。つまりこれは自分でこうと決めた生き方を自分で破ってしまった男の悲劇だと思うのですが。

大島　（大きく頷く）まったく同感です。

丸山　（これも頷いて）わたしも同じ気持ちで演っています。では、実際に立ってみましょうか。

戸倉　立つ……？

（このあたりで、ロビーで作業中の玲子が入口に人が来るのを見たらしく、下手へ退場）

園井　いよいよ立ってそれぞれ動きの段取りを工夫する稽古のことですよ。板つきの方は、集まってください。

針生　板つき、というと？

園井　劇の始まりのときにすでに舞台に出ている役のこと。

園井は、古畳の二重を宇和島屋の階下に見立てて、戸倉（福島巡査）、針生（熊吉）、長谷川（虎吉）、淳子（とよ）、大島（尾形重蔵）の五人に板つきの位置を指示しているところへ、石油箱を抱えた玲子が走り込んでくる。

玲子　広島県から差し入れです！　県庁のお使いの方が置いて行かれてです。お稽古の邪魔しちゃ悪いいうて、そのまま帰られちょってです。

隊員たち、石油箱の周りに集まる。
丸山、箱の中の書付けを読む。

丸山　「楽屋用の洗顔石鹼。一興行につき一人一個。都合九個」

それぞれ、石鹼を頬に当てたり、匂いをかいだりして無邪気に嬉しがっている。

丸山　「ライオン歯磨粉九個。ただし舞台化粧用の白粉として」

紙製の缶に入っている。

丸山　「醤油壜用コルク栓二十個。ただし舞台化粧用眉墨として」

細紐で通した二十のコルク栓。

園井　これを燃やせば黒い灰になります。その灰をゴマ油で練り合わせると、いい眉墨ができます。

丸山　「楽屋用浴衣と帯。九組」

いち早く浴衣を着込んだ者もある。

丸山　「色紙二十枚」

初めは色紙をかざして見えない筆であれこれと勝手な文字を書いているが、ふと、一同の間に厳粛な電気が走る。とたんに、濃淡の差はあるが、それぞれの表情、体つきに、「俳優の精神」のようなものがみるみる現れてくる。
その様子をじっと見ている丸山と園井。

丸山　では、板についてください。

板つきの五人、それぞれ位置につきはしたが、そのあと、どう居ていいのか分からず、うろうろしている。

丸山　みなさんにとって、松五郎はどんな男なんでしょうな。

戸倉　祇園太鼓と喧嘩の名人です。

針生　大酒呑みの車引きです。

淳子　不幸な生い立ちのひとです。

大島　自分にきびしすぎた男です。

長谷川　生涯のマドンナを見つけた男です。

丸山　ちがう！　他人《ひと》事《ごと》のように言わないでくださいませんか。（戸倉に）松五郎の突然の酒びたりをもっとも気にしているのはじつはあなた、福島巡査なんですよ。（大島に）尾形の親分は松五郎の身元引受人のような存在です。（長谷川に）虎吉と松あんはじつの兄弟よりも親しい間柄にある。（淳子に）とよの木賃宿に松あんは十六年以上も住んでいるんですよ。（針生に）熊吉の兄貴分でしょう、松あんは。

針生　頭じゃ分かってるんですがね。

丸山　じゃあ、やってください。

針生　……体がそうは動いてくれんのです。

丸山　（一瞬、考えて）よろしい。いま、林さんにとってかけがえのない、この世で一番大切な人が、隣の部屋で臨終の床についているとしましょう。その人のことをこころの底から懐かしく想ってみてください。

　それぞれ、頭の中で、「かけがえのない人」を探している様子。

針生　……それで？

丸山　想い溢れてこころがはち切れそうになる瞬間、その人の名をふっと口にしてみる。いいですか、その瞬間のあなたのこころの、顔の、からだのありようをしっかり記憶する。こうして俳優林康夫の財産ができるわけです。そしてそれを必要に応じて再現する。……これはモスクワ芸術座から小山内先生が築地に直輸入なさった役づくりのやり方です。林さんのかけがえのない人はだれですか。

　針生は想う。すると不思議に「隣の部屋で瀕死の床にある兄貴分を命がけで心配している舎弟分」という姿になる（以下各人同じ伝）。その瞬間、

針生　……にいさん。

丸山　いい！

針生　両親なきあと、兄が納豆や豆腐を売りながら、わたしを小学校に通わせてくれましてねえ。

丸山　いまのその姿と気持ち、それがあなたの財産なんですよ。次、戸倉さん。

戸倉　……おじさん。

丸山　悪くない！

戸倉　両親を亡くしてから、おじさんの家で育った……。（不意に）隊長のかけがえのない人ってだれですか。

丸山　（職業的にパッとその形になって）小山内薫、土方与志、青山杉作の、築地の三先生。

　隊員たち、感心する。

戸倉　園井先生は？

園井　（その形になって）……小林一三《いちぞう》先生。

　隊員たち、やはり感心する。

園井　（直りながら）小林先生は宝塚少女歌劇団をおつくりになった方です。……じつは女学校一年の夏、急に一家の生活を背負わなければならなくなりましてね。それなら月給をいただきながらお芝居の勉強ができる宝塚に入ろうと決めました。試験はとうに終わっていたけれど、どうしても入りたい一念で事務所の前に座り込んだ。……三日目に小林先生がお通りになった。わけをお話しすると、先生はこう仰ったんです。「これからの宝塚に必要なのは、あなたのような命がけの子です。わたしが

特別に入学を許可しましょう」……あのひと言で救われました。さもなければ、一家の暮らしを支えるために、たぶん女給さんかお女郎さんになっていたでしょうから。（ふたたびその形になって）……先生！

隊員たち、唸っている。

丸山　大島さん。

大島　……津田克太郎、後藤春夫、山崎和夫。いずれもわたしの大切な教え子たちです。三人とも戦地に出ていますが、津田克太郎くんは、去年の秋、マニラ沖でアメリカ軍の空母に体当り……もうこの世の人ではありません。

一同、反射的に黙禱。

丸山　……では次に淳子さん。

淳子　（その形になって）……ダッド。

正子と大島の他は、やや混乱。

正子　（制して）そがあほたほた、ほたえんさってどひたんな。ダッドいうのはおとんのこと、おとったんのことじゃがの。

長谷川　……するといまのは、アメリカの家庭などで父親を親しんで呼ぶときの、あのダッドのことですか。

大島　（頷いて）そのダッドでしょうね。

淳子　娘がアメリカ市民として生きて行くにはなにより英語が大事、父はそう考えて、家の中でもできるだけ英語を使うようにしていました。それで父をダッド、母をマムと呼んで育ったんです。

長谷川　なるほど。

針生　（長谷川を横へ引っ張って行き）さすがはワシントン駐在海軍武官。何年、ワシントンでお暮らしでしたっけ？

長谷川　地方回りの薬売りのたのしみは旅先で観る映画。開戦前はアメリカ映画もよく観た。いまのはそのころ得た知識です。

針生　ワシントンは五年でしたな？

長谷川　ワシントンは（……）アメリカ初代大統領でしたかな。

針生　（ムッとなって）冗談もときによりけりですぞ。

長谷川　（躱《かわ》して淳子に）一つお伺いしたい。アメリカ市民がなぜ広島に……いや、やはり無用な詮索はいけませんな。

淳子　くたばれ、ワシントン！

これまで聞いたことのないような淳子の声に一同、ぎょっとする。

淳子　くたばれ、ルーズベルト……。（気を鎮めて）四年前の十二月、父は兄二人を連れてカリフォルニアの農場へ初生雛《しょせいびな》の鑑別にでかけて行きました。
長谷川　……ショセイビナ？
正子　ひよ子のことじゃけえ。
淳子　父も兄たちも揃って腕のいい鑑別師なんです。三人がカリフォルニアに着いて間もなく、日本とアメリカのあいだで戦が始まった。大統領はすぐさま、西海岸の日系人十二万人を強制収容所へ押し込めるよう命令を下しました。その十二万人の中に父と兄二人も入っていたんです。
長谷川　いったいどうしてそんな……？
淳子　日系人は敵性外国人なんだそうです。
正子　スパイちゅうこと。
淳子　ワシントン周辺には、西海岸の日系人を野放しにするなという声が高かった。新聞も、さかんにこう書き立てていました。「真珠湾の次に日本軍が目指すのはカリフォルニアだ。そのときは、カリフォルニアの日系人十二万人はスパイとなって内側から日本軍を迎え入れるつもりにちがいない」って。
戸倉　その作戦はいける！
淳子　その前からもカリフォルニアの日系人は警戒されていて、たとえば夫の持っていた漁船は、三隻とも州政府に没収されてしまいました。機雷敷設用の装置を備えているのではないか、まさかのときには機雷をまいて日本軍の作戦に協力するのではないか、そう難癖をつけられたんです。これもひどい話だけれど、問答無用の強制収容はもっとひどい。
長谷川　それで、いまご主人は？
淳子　海へ出たっきりでした。
長谷川　……？
正子　ちさい舟で漁に出て遭難しちゃったけな。そいで、淳子ねえやん、ミネソタのお里へ戻ったいうわけじゃ。
淳子　……父は日本国籍の日本人移民。ですから、そんな扱いをされてもしかたがないかもしれない。でも、兄たちはアメリカ生まれのアメリカ市民なんです。そのアメリカ市民に対して裁判一つするでもなく強制収容所に閉じ込めてしまうなんて、ルーズベルトはひどい……。合衆国憲法が高だかと掲げている自由と平等、それはこの程度のものだったのか。わたしは日本人であることを選びました。
戸倉　えらい。
針生　賢明な選択でした。
淳子　いまは後悔しています。

一同、一瞬、ポカンとなる。

淳子　たとえば、わたしにはどんな事業も許されていないんです。
正子　そいじゃけえ、うちがここの経営者いうことになっちょる。
淳子　ほかの旅館のように陸軍さんの将校連絡所に指定してもらえれば、ここもなんとか生き延びていけるでしょう。でも、わたしがいてはその指定がうけられない。
正子　そいじゃけえ、よろこんでさくら隊の話を受けたんじゃ。そがーせんと、ここは潰されてしまいよるけんね。
淳子　女学校のときの親友が隣の岡山へお嫁に行っています。逢って話がしたい。
正子　そいじゃが、だれかさんが広島県から一歩も出てはならんいうんじゃね。
丸山　手紙を書くしかないわけですな。
正子　手紙はよう出せんのじゃ。
淳子　どうしても出したいときは、特高部へ出頭して、便箋を見せて、刑事さんの目の前で封をします。
丸山　徹底してますなあ。
淳子　郵便物を受け取るときも同じですわ。特高刑事の立ち合いの下に開封します。一度、立ち合いなしで封を切って……その先は言えません。
大島　学生時代、発禁本を持っていて、留置場でお仕置を受けたことがある。机に仰向きに縛りつけられて、鼻の穴へ唐辛子入りの焼酎を注ぎ込まれて……。たぶん、そんなことだったんでしょうね。
正子　爪のあいだに錐。わりーやつがおるのう。
丸山　戸倉さん、あなたがた特高はいったいなにを考えているんですか。
戸倉　隊長……丸山くん。スパイの肩を持っちゃいかん。
淳子　お役所からは「神宮」という名字を変えろと矢の催促です。伊勢神宮や明治神宮は文字通り神の宮、中に神がおわす。だがおまえの中に神がいるわけはないだろう、したがって神宮を名乗るのは、はなはだ不遜であると叱られてばかりいます。
大島　そんなふうに言葉に力が宿っているなら、「神風を」と祈ったとたん、神の風が吹いて、B二九でもなんでも吹き落としてくれそうなものですがね。
戸倉　こらこら、大島先生も調子に乗っちゃいかんよ。
淳子　尾行がつくのは毎度のことですし、
正子　こんどは住み込みの尾行までつきよった。
戸倉　おまえたちに警告する。これ以上の特高批判は、逮捕の対象になるぞ。
淳子　七つの川にまたがる水の都、広島。その広島を一目で見おろせる比治山へ、まだ一度も登ったことがないんです。
戸倉　あの山は海抜五十メートルもある。てっぺんからは市内の軍事施設が見渡せるし、宇品《うじな》港の輸送船の出入りも、それから瀬戸内を往来する軍艦も見える。そんなところへアメリカ人に登られてたまるか。こっちの事情がワシントンに筒抜けになってしまうだろうが。

正子　軍艦なんてまだおったんかいね。

針生　そういうことを口にしていいと思っているのか。

正子　世間《しょけん》ではそげー噂しちょってですよ。残った軍艦も甲板に木を植えて瀬戸内の島の陰に隠れとるそうじゃ。たとい軍艦があっても石油がなあ、いう人もおる。石油がのうては船は動かん、ただで動くなあ、地震だけじゃいうちょるけえの。

針生　それでも靖国の妻か。

正子　じゃけん、余計気《ようけ》になるんやないか。

針生　（手を上げそうな勢い）貴様……！

丸山　よしなさい。

大島　反対者を説得できない場合の幼稚な雄弁術、それが暴力です。

戸倉　あんたもまた中立国みたいなことを言いおって、この……。

園井がピアノを叩く。

園井　（ガルシアの練習曲十三の一を必死で歌う）ラララララララー。せっかく大声を出すんでしたら、歌のお稽古でもしましょうか……。このままでは、さくら隊が……、

長谷川、手を上げて園井を制して、

長谷川　淳子さん、それであなたはいまは日本を愛しておらんのですか。

淳子　……両親の国ですから……好きです。

戸倉　うそをつけ。日本の悪口をさんざん並べていたろうが。

長谷川　（戸倉には目で制して）日本が好きで、芯から日本人になろうとなさるなら、日本の国籍を申請するのがよいと思うのですが……。

正子　（わきで）なんちゅうボケタレじゃ。

長谷川　……？

正子　淳子ねえやん、ちゃんと説明してあげんさいや。

淳子　国籍申請は提出しました。二年半前、県を通して内務省に宛てて。

長谷川　それで？

淳子　いつまでも音沙汰がない。それで交換船で知り合った日本の外交官に、正子さんの名前を借りて手紙を出しました。その方の調べでは、この十六年間に日本国籍を申請した外国人は約二十万人で、そのうち国籍を取得した人は百五十四名。

正子　千三百人に一人の割合。いうたら、らくだが針の穴を潜るようなものじゃ。

淳子　さらにアメリカ市民で日本国籍を取得した人は、この十六年間に二十一名。
正子　こっちは九千五百人に一人じゃけえ、象が針の穴を潜るようなものじゃ。
長谷川　……。
淳子　たとえわたしがどんなに日本を愛していても、日本の方はわたしを日本人にはしてくれないのです。
長谷川　（深々と頭をたれて）そうでしたか。
大島　（気分を変えてあげるつもりで）古橋さんの場合は、どなたなんでしょうね。
長谷川　……はあ？
丸山　（あっと思い出して）稽古をしてたんでしたな。かけがえのない大切な人を想って、というやつです。
長谷川　（頷いて想う。そして）……陛下！

一同、エッ？　となる。

長谷川　（しまった）……！
針生　（ニヤリ）……。

そのとき、玄関の外を見ていた玲子が叫ぶ。

玲子　看板です！　大きな看板です！

一同、どっと玄関から外へ。（すぐ大看板を運び込む）

針生　とうとう正体を顕してしまいましたね、閣下。
長谷川　……。
針生　なるほど。たしかに稽古は役に立つ。

看板には、ひときわ大きく丸山と園井の名が書いてあり、その下に、七名の隊員の連名。

丸山　こうやって、表の看板に名前の出る俳優のことを、普通、「幹部俳優」というんですよ。

隊員たち、看板をほれぼれと眺めている。淳子と正子は、看板を運んできた人たちに、「お入りになってお茶でも」と誘っている。
この間、長谷川だけは直立不動の姿勢でいる。

第二幕

四　返し

花やかなピアノ曲が聞こえてくる。

ショパンかだれかのピアノ曲のようだが、よく聞くと、それは灰田勝彦が歌って流行《はや》っている『新雪』である。

やがて、明るくなると、第二日（五月十六日水曜日）の午後五時半。一心にピアノを弾いている玲子。他はだれもいない。

ほどなく、園井が帰ってくる。雑嚢《ざつのう》と防空頭巾を肩から交差させて下げ、その上に『移動演劇隊さくら隊』の白襷をかけている。どこか控え目ながら宝塚のスターらしい男装。

園井　お留守番、ごくろうさま。

玲子は、弾き方を本来の前奏に変えて、その前奏で園井を誘いながら、

玲子　どうでした、宝塚劇場は？

園井　明日の公演の問合せが殺到して、たいへんなんですって。がんばらなくちゃね。

玲子　（頷いて）それで、装置の方は？

園井　陸軍の工兵隊が作ってくださってた。いま、丸山先生が注文をつけていらっしゃるところ。きっと頑丈で、すてきな装置ができるはずよ。

玲子は頷いてピアノでさらに誘い、園井は誘われて歌う。

紫けむる新雪の
峰ふり仰ぐこのこころ
ふもとの丘の小草をしけば
草の青さが身にしみる

途中で淳子と正子が帰ってくる。

園井と同じく、この時期に許される範囲で精一杯の盛装。その上に雑嚢、防空頭巾、白襷。淳子のそばには例によって戸倉が貼りついている。なお、正子は風呂敷包を背負っている。戸倉も雑嚢、防空頭巾、白襷。間奏のあいだに、次の対話。

正子　うちらのごっつう好きな歌じゃ。ねえやんも歌いんさいや。
淳子　めっそうもなあ。おっとろしいこと言いなんな。
園井　（淳子にニッコリと笑いかけて）どうぞ。
戸倉　灰田勝彦なんてのはハワイ生まれの二世だぜ。スパイかもしれんやつの歌がどうしてこう流行るんだ？
淳子　この人は首尾よく日本国籍をとって、本当の日本人になったんですよ。

一瞬、ピアノが誘い、淳子が歌う。

けがれを知らぬ新雪の
素肌の匂う朝の陽よ
わかい人生に幸あれかしと
いのる瞼に湧くなみだ

間奏のつづくあいだに、次の対話。

正子　うちもちょんぼり歌いとうなった。
園井　どうぞ。
戸倉　おれもやろうっと。
園井　……。
正子　あんたはいけん。灰田さんの悪口ぎょうさん言うとったけえの。

間奏がまたも誘って、園井、淳子、正子の三重唱になる。

大地を踏んでがっちりと
未来へ続く尾根づたい
新雪光るあの峰こえて
ゆこうよ元気で若人よ

三重唱の初めのあたりで、大島、長谷川、針生の三人が帰ってきている。長谷川には針生を避けている気配がある。
歌い終わった三人に男性隊員が拍手する。

園井　（淳子と正子に拍手を送って）いっそ三人でやりましょうよ。わたしが一人で三曲つづけるよりもあいだに三重唱が入る方が変化がついておもしろいと思うわ。丸山先生にそうお願いしてみましょうね。

淳子は正子の手を取ってよろこび、正子は園井に抱きついてよろこぶ。

園井　お夕食まで、まだ間がありそうですね。

淳子　（頷いて）あと三十分したら、竈に火をいれますわ。
（一同に）今夜も真っ白の御飯ですよ。

　一同がどよめく中、正子は風呂敷包をほどく。中は宝の山。

正子　（鮭缶）今夜の御菜は鮭缶じゃ。
淳子　（牛缶）牛缶も開けましょうよ。
正子　（酒壜）お酒もあっとじゃ、四合壜一本じゃけえど。
淳子　みんな、第五師団と広島県からの差し入れです。

　一同、てんでに宝を取り出して、

園井　（小壜）梅干し。
玲子　（煙草五個）金鵄。
戸倉　（薄い袋数種）大根のタネ。それからニンジン、ほうれん草、朝顔のタネ。
長谷川　（大袋）乾パン。
大島　（壜）てんぷら油。
針生　（紙袋）動物ビスケット。

　一同、いちいちどよめき、拍手をする。

正子　さくら隊さまさまじゃ。うちらまっこと芝居の神様によう礼をいわにゃいけんど。
園井　では、お夕食の前に、もう一回、お芝居をさらってみましょうか。
正子　隊長さんがおらんでしょう。
園井　（頷いて）丸山先生が劇場からお帰りになるまで、わたしが代役を務めます。それでは、五分後に稽古開始！

　淳子と正子は宝の山を厨房に運んでから、そして園井と玲子は真っ直ぐに、帳場のうしろの部屋へ入る。戸倉は帳場で彼女たちの許しを待ち、少し遅れて入る。大島は階段を駆け上がる。長谷川も中央廊下へ入ろうとするが、針生が止める。

針生　（食堂の隅へ誘って小声で）どうしてもお話ししなければならないことがあります。
長谷川　稽古の支度があるのだが。
針生　（真剣）これからの話は我が帝国の運命を決めると思います。今度こそお逃げにならないでいただきたい。
長谷川　（覚悟を決める）……手みじかに。
針生　今日の午後の稽古で、閣下は、御自分が軍事参議官の長谷川清海軍大将その御本人であることをお認めになりました。例の「陛下……！」というやつです。

長谷川　……。
針生　もちろん、そんなことは最初から分かっていた。われわれは一ヶ月前から、閣下に尾行をつけておりましたからな。われわれに必要だったのは、閣下が自ら長谷川清本人であるとお認めになること。そうでないと、話は先へ進みません。
長谷川　われわれとは……陸軍のことか。
針生　ご明察通りです。
長谷川　それできみは参謀本部か。それとも陸軍省か。
針生　……針生武夫、陸軍中佐。陸軍省の、とある部門の主任を務めております。部下からの報告によれば、閣下がこの一ヶ月間にお立ち寄りになった場所は以下の通りであります。宮城県の船岡、房総の九十九里浜、神奈川の茅ヶ崎、愛知の知多半島。そして昨日の朝、広島にお着きになった。
長谷川　優秀な部下を持っているらしいな。
針生　船岡には陸軍最大の火薬庫がある。九十九里浜、茅ヶ崎、知多半島など、いずれにおいても陸軍は本土決戦用陣地を構築中である。そこでわれわれは、閣下が陸軍の本土決戦の準備の進み具合をひそかに探っているという結論を得ました。
長谷川　……。

真っ先に玲子が、つづいて淳子、正子、大島、戸倉が、「二二」で差し入れられた浴衣を着て集まってくる。
長谷川と針生の只事《ただごと》でない様子に、なんとなく聞き耳を立てながら、軽くダルクローズ体操などをしている。そこで二人はこのへんから隠語を使って討論を進める。

針生　さて、この番頭さんのお目当てはなんでしょうね。
長谷川　……番頭？
針生　（小声で）閣下のことですよ。（直る）この三月、御大の言いつけで番頭さんは海の一座の実力を当たっておいででしたね。
長谷川　（小声）御大とは……陛下のことか。
針生　（頷いて）今度の場合も、御大の密命を受けて番頭さんが陸の一座の実力に探りを入れておいでなんじゃないかと、ま、そう勘ぐったわけで。
長谷川　なるほどね。
針生　それで、陸の方の興行の準備ですが、どう御覧になりましたか。
長谷川　船岡の消え物倉庫は空っぽだった。
針生　（小声）消え物？
長谷川　（小声）頭を働かせなさい。
針生　（小声）火薬、爆薬？
長谷川　（頷いて）九十九里浜、茅ヶ崎、知多半島、どこの小屋も、まだ土台石さえできてない。だから大道具に至っては、まだ影も形もないという体たらくだ。

針生　（小声）大道具というと……大砲？

長谷川　（小声）戦車、航空機その他。（直る）さらに座員の半分が小道具を持っていない。（小声）小道具とは小銃のことだ。

針生　……。

長谷川　そんな有様じゃあ本土水際かぶりつき立ち回りなんて大芝居の打てるわけがない。

針生　海の一座の方はどうなんです。

長谷川　御大にも申し上げたんだが、事情はこっちも同じこと。大道具はあらかた海の藻屑になってしまったから、今や陸に上がった河童同然ですよ。

針生　やはり山本五十六という大看板の抜けた穴が大きかったようですな。

長谷川　それもあるが、とにかく昨日の午前などは、呉へ様子を見に行って驚いた。呉の鎮守府の座員諸君、稽古はそっちのけで畑にさつま芋や南瓜を作っているんですからな。陸も海も上がったりですよ。

この前後、白ブラウスに黒ズボンの園井が勢い込んで出てくるが、やはり二人の議論に気持ちが行き、一同にならって聞き耳を立てる。長谷川と針生は議論に熱中している。

針生　たとえ役者や大道具や小道具が上がったりになっていても、ガヤだけは無尽蔵におりますよ。

長谷川　（小声）……ガヤ？

針生　（小声）帝国臣民のことです。（直って）二千万のガヤに犠牲になってもらうなら、敵の損害もまた莫大なものになる、そうすれば連中は、必ず戦にあきてくるはず、その機を捉えて手打ちをすれば、二千六百年の伝統を誇る名門劇団の金看板を下ろさずともすむ。これがうちの方の番頭さんたちの書いている段取りです。

長谷川　しくじりますな、その筋書。

針生　なぜ？

長谷川　ガヤのみなさん、近ごろ、だいぶろれってきているからですよ。みんな、れろれろです。

針生　御大にはそう報告なさるんですか。

長谷川　（頷いて）このへんで今度の興行からお下《お》りくださるよう申し上げるつもりだ。一座の保持、一座の安泰にこだわることなく、一日も早く相手方とシャンシャン手打ちをなさるようお勧めしたい。

針生　おやめいただきたい。そんなことを報告されては、御大の御決心がアレアレアレになってしまいます。

長谷川　見たまま聞いたままを御大に報告するのが、わたしの仕事なんですよ。

針生　そのお仕事、命にかけてもおじゃんにします。

長谷川　それはきつい洒落《しゃれ》ですな。

睨み合う二人。

淳子　いったいどうなさったんです？

長谷川　（我に返って）……。

針生

大島　なんとなく、楽屋言葉で時局を語っておいでのように聞こえましたよ。

針生　ちがいます！

長谷川　楽屋言葉の練習です。

針生　そう、その練習です。

弁解しながら、長谷川は中央廊下の奥へ入り、針生は階段を駆け上がる。

園井　では、律動体操で体をほぐしましょう。

玲子のピアノが『轟沈《ごうちん》』の前奏を始める。一番を戸倉が、二番を大島が、そして三番を全員が歌う。園井は隊員の間を巡回して、各員の体の動きを点検、是正する。三番で長谷川と針生が戻ってくる。

可愛い魚雷と　一緒に積んだ
青いバナナも　黄色く熟れた
男世帯は　気ままなものよ
髭も生えます　髭も生えます
不精髭

針路西へと　波また波の
飛沫《しぶき》厳しい　見張りは続く
初の獲物に　いつの日会える
今日も暮れるか　今日も暮れるか
腕が鳴る

轟沈　轟沈　凱歌が挙がりゃ
つもる苦労も　苦労にゃならぬ
嬉し涙に　潜望鏡も
曇る夕陽の　曇る夕陽の
印度洋

園井　はい、ずいぶん体が動くようになりましたね。結構ですよ。それでは、貯金通帳の場を始めます。

板つきの尾形重蔵、とよ、虎吉、熊吉、そして福島巡査が位置についたところで、園井、手をパンと打って、

園井　大正八年四月下旬です、小倉の街の瓦の屋根を雨が哀しく濡らしています……。

玲子、雨団扇で雨をおこす。以下、園井は鉛筆を指揮棒のように振りながら「青山杉作式指揮演出」。

園井　……木賃宿宇和島屋に明かりが入ってきます。板つきのみなさんはそれぞれ、この世で一番大切な人が隣の部屋で臨終の床についているという想いで体を熱くして座っています……（鉛筆の先が玲子から戸倉へ動いて）雨が遠ざかります、福島巡査です……。

戸倉　「それにしても、あげー元気にしちょった松五郎が倒れるとはのう。」

園井　そこで目をつむって……そのままの気持ちで……すっと立ってみんなを一わたり見回して……（指示のし直し）立つ前に目を開いて……土間を一回り……熊吉がそれをふっと見あげて、

針生　「松やんを魚釣りに誘おうち思うて、」

園井　虎吉を見ながら右手で遠くを示して、

針生　「この虎やんとやってきたんじゃが、松やん、」

園井　膝で立つ……松やんになって、くるくるっと目を回して、

針生　「……松やん、『おう』ちゅうて立ち上がったとたんに、目え回してひっくり返っちしもうて……」

園井　虎はハッと顔を上げて熊を見て、兄貴分らしい貫禄で、

長谷川　「熊やん、おれの親父が卒中で逝ったときもやっぱり同じあんばいじゃったが。」

園井　（次の針生の台詞を縫いながら同時進行で）熊、昔を思い出す目です、一瞬、お父さんになります……顔を洗います……目を回します……ひっくり返ります。

針生　「うちの親父のときは、朝、顔を洗うとってひっくり返ってそのままじゃったな。」（ひっくり返る）

園井　（次の戸倉の台詞を縫いながら同時進行で）頷きながら腕を組み、さらに何度も頷きながら……ひっくり返ります。

戸倉　「ふうん。それにしてもあの松五郎が倒れるとはのう。」

戸倉、園井の指示に合わせて、床にひっくり返る。

淳子　「この五、六年、酒はふっつりやめちょりましたんですがのう。……」

戸倉　ちょっと待ってください。なんで巡査のわたしがひっくり返らにゃならんのですか。それも畳の上ならとにかく、土間にいるんですよ。

園井　あら、勘ちがい。ごめんなさい。

針生　それに先生、鉛筆でいちいち動きを付けるの、やめていただけませんか。気が散ってかないません。
長谷川　（頷いて）なんだかオーケストラの一員になって楽器をやっているような気がしてしかたがないんですが。
園井　（心外）丸山先生から教わった青山杉作先生の演出法なんですけどねえ。築地の始まりの頃は、俳優さんのほとんどが素人でしょう。そこで青山杉作という演出家は、鉛筆でオーケストラの指揮者のようにタクトをとって、俳優の手の上げ方、目のやりどころ、そして呼吸《いき》の接《つ》ぎ方まで指示なさった。そのおかげで、丸山定夫、瀧澤修、山本安英、杉村春子といった名優がぞくぞくと育っていったんですよ。
戸倉　園井先生。
園井　はい？
戸倉　築地の始まりのころの俳優は、つまるところ、少年少女に毛の生えた程度の、二十歳《はたち》前後の若い人たちだったんでしょう？
園井　（大きく頷いて）その素人同然の若い人たちが汗と涙で稽古場の床を黒く濡らしながら、歌舞伎でもなければ新派でもない、ましてや宝塚でもない、まったく新しい演技術を創り出したんです。すごいことね。
戸倉　わたしたちはヒゲの生えた大人ですよ。
針生　そう。ですから、むやみに鉛筆を振るのはやめていただけませんか。

園井　……分かりました。では、小山内薫式の演出に切り替えます。
淳子　小山内薫式……？
園井　ええ。愛の目で祈るように稽古を見ているだけだったそうです。では、あたまからまいります。（パンと手を打って）どうぞ。

あたまからもう一度、今度はとても具合よく進行する。

戸倉　「それにしても、あげー元気にしちょった松五郎が倒れるとはのう。」
針生　「松やんを魚釣りに誘おう思うて、この虎やんとやってきたんじゃが、松やん、『おう』ちゅうて立ち上がったとたんに、目え回してひっくり返っちしもうて……」
長谷川　「熊やん、おれの親父が卒中で逝ったときもやっぱり同じあんばいじゃったが。」
針生　「うちの親父のときは、朝、顔を洗うとってひっくり返ってそのままじゃったな。」（ひっくり返る）
戸倉　「ふうん。それにしても、あの松五郎が倒れるとはのう。」
針生　「松やんを魚釣りに誘おう思うて、この虎やんとやってきたんじゃが、松やん、『おう』ちゅうて立ち上がったとたんに、目ぇ回してひっくり返っちしもうて……」

具合がよすぎて、いつの間にかあたまに戻ってしまっている。いったいどうしてしまったのか。全員、異常なほどの注意力をもって台詞の進行を見守る。

長谷川 「熊やん、おれの親父が卒中で逝ったときもやっぱり同じあんばいじゃったが。」

針生 「うちの親父のときは、朝、顔を洗うとってひっくり返ってそのままじゃったな。」(ひっくり返る)

戸倉 「ふうん。それにしても、あの松五郎が倒れるとはのう。」

針生 「松やんを魚釣りに誘おうち思うて、この虎やんとやってきたんじゃが、松やん、『おう』ちゅうて立ち上がったとたんに」……おかしいな。

突然、恐怖にかられて、園井に泣きつく。

針生 先生、この芝居、ちっとも先に進みません!

正子 (針生に)おかしいなー、あんたじゃ。あんたがよくにゃあ!

針生 (まだよく分からない)……?

淳子 ですから、刑事さんの、福島巡査の最初の台詞が「それにしても、あげー元気にしちょった松五郎が倒れるとはのう」でしょう。

針生 わたしがつづけて、「松やんを魚釣りに誘おうち思うて、この虎やんとやってきたんじゃが」……。

淳子 それで、福島巡査の二度目の台詞は、「ふうん、それにしても、あの松五郎が倒れるとはのう」……。

針生 そこで、わたしが「松やんを魚釣りに……」(気づいて)……アッ!

淳子 だから、またあたまに戻ってしまうんです。福島巡査の二度目の台詞の次は、わたしの番、宇和島屋のとよの番なんですよ。とよの「この五、六年、酒はふっつりやめちょりましたんですがのう」という台詞になるんです。

針生 そうか。戸倉さんの台詞が、最初のも二度目のも、同じことを言っているのがいけないんだ。

園井 (非常に厳しく)他人のせいにしてはなりません。

針生 ……はい?

園井 台詞をただ暗記して、自分の番がきたら言えばいい。そういう安易な態度から、まちがいが起こるんです。台詞は頭の中にあるものではなくて、そのときそのとき、相手役の台詞や仕草に反応して生まれてくるもの。そういう決心で、台詞を言うこと。……これが土方与志先生の口癖だったそうです。すてきな教えですね。では、も

ういちど、あたまから……、

このとき、戸倉が園井の前に出て、膝まづかんばかりの姿勢になって、

戸倉 先生っ！

園井 ……どうしました？

戸倉 わたしは……福島巡査は、どうしても板つきでなければならんのですか。

園井 ……。

戸倉 松五郎危篤という噂が交番まで聞こえてきた。福島巡査は心配で心配で、もう居ても立ってもいられない。そこで雨の中を傘もささずに飛んできて、「あげー元気にしちょった松五郎が倒れるとはのう」……。

園井 あなた、たいへんなことを言っているのよ。演出を変えろと要求しているんですよ。

戸倉 でも、お客さんはいったいなにが始まるんだろうと思ってドキドキするでしょうし、林さんも、台詞をまちがえずにすむんじゃないでしょうか。

園井 ……！

戸倉 やっぱり勝手に変えたりしちゃ、いけないんだ。

園井 いけない……わけがないでしょう。すばらしい着眼です。

園井、感動して、戸倉をほとんど抱擁せんばかり。

園井 （一同に）いい俳優は、同時にいい演出家でもなければならない。これが小山内先生の口癖だったそうです。（戸倉に）えらいわね、あなた。とっても有望よ。丸山先生もきっとよろこんでくださいますよ。

戸倉 ありがとうございます。

ひしと手を取り合う即席師弟。一同もちょっと感動。

淳子 （ハッと気づいて）すると、刑事さんは、芝居が始まるときは舞台にいらっしゃらない……？

戸倉 （頷いて）どっちかの袖で出を待ちます。

園井 上手が松五郎の臥《ふせ》っている部屋で、下手が通りだから、下手の袖できっかけを待つことになるわね。

戸倉 はい、そうします。

淳子 そのあいだ、わたしから離れているとおっしゃるのね？

戸倉 はい、離れています。

淳子 （こころからホッとして）たすかりますわ、刑事さん。

正子 じゃきんど、あんたの口癖じゃった密着監視、ありゃあ、どげーなことになるんじゃ。

戸倉　（「刑事」を取り戻して）只今から二十四時間密着監視を解除する。
正子　ごっつ偉気《えらげ》に言いよって。上司にどげーな言い訳をしよるつもりなんじゃ。部長さんにひどー叱られるで。
戸倉　部長には事情を説明してきちんと許可をもらうつもりだ。
正子　ものごと、そげーたやすくは行かんで。
戸倉　一座の中に、「監視する・される」という関係を持ち込んでいるうちは、どうしても福島巡査になりきることができないんだよ。芝居の中では、福島巡査はだれも監視していないんだからな。（「刑事」から「俳優」へ移行しながら）わたしは、同じ一座の俳優である神宮淳子さんを信じる。なによりも一座のみなさんを信じる。そうでないと、芝居なんて、できないような気がするんです。
淳子　わたしだって客席へ飛び降りて逃げ出したりしません。それは信じてくださっていいんですよ。
戸倉　（何度も頷いてから）あなたは、俳優であるこのわたしにとって、アメリカ生まれの二世でもない、スパイでもない、宇和島屋の女主人、男まさりのとよさんなんです。
淳子　ありがとう、刑事さん……いえ、戸倉さん……いえ。福島巡査。
戸倉　こちらこそ、よろしくお願いします。

またしてもひしと淳子の手を取る戸倉。一同は感動する。やがて二人の手の上に、園井、長谷川、玲子、正子、大島、針生の順で、手が重ねられて行く。

園井　ほんとうにあなたは有望よ。
戸倉　……先生！
園井　刑事さんにしておくのは惜しい……。

このとき、いきなり上空で、B二九の爆音が轟き渡る。

大島　……B二九だ。
針生　一機だな。
大島　いや、二機です。
正子　警戒警報も空襲警報も鳴りよらんが。
長谷川　友軍機かもしれんぞ。
大島　仕事柄、わたしの耳はたしかです。これはまちがいなくB二九です。

ガタガタと震えている園井。その園井の手を握ったまま動かないでいる一同。……爆音、不意に消える。ほっとして輪がほどける。

園井　……わたし、なにを言おうとしていたのかしら。
戸倉　たしか、刑事さんにしておくのは惜しい、と仰ってましたが。
園井　そう、刑事さんにしておくのは惜しい。これで本気に勉強する気になったら、きっと末始終《すえしじゅう》のある俳優になれるんですけれどね。
戸倉　（さすがに即答はできない）……！
園井　では、松五郎危篤の知らせを聞いて福島巡査が宇和島屋へ飛び込んでくると、そう演出を変えましょう。丸山先生、たぶんびっくりなさるわ。でも、きっとよろこんでくださいます。さあ、新しい演出でやってみましょう。

大島、淳子、長谷川、針生の四人、板つき。戸倉、ロビーあたりで待機。

園井、パンと手を打つ。

玲子の雨音。

戸倉、さっと食堂に駆け込み、ぱっと立ち止まって、四人をたっぷり時間をかけて見回してから、ポーズをつけて、

戸倉　「それにしても、あげ一元気にしちょった松五郎が倒れるとはのう。」

園井、手にしていた台本を思い切り床に叩きつける。
園井　それじゃまるっきりタカラヅカじゃありませんか！
その気合いの烈しさに、一同、動けなくなってしまう。
園井　出来合いの芝居は願い下げです！
戸倉　（わけも分からず）……はい。
園井　小手先の芝居をしちゃいけません。だれです、あなたを有望だなんて言ったのは。
戸倉　それは先生……。
園井　取り消します。
戸倉　（追い縋《すが》って）……先生。
園井　タカラヅカの芝居を一切、この体から追い出そうとして、わたしはこの四年間、丸山定夫を師と仰いで、死ぬよりつらい苦しみを耐えてきたんです。タカラヅカはもう、うんざり！
戸倉　……分かります。
園井　分かっていて、あんな芝居をしたわけ？
戸倉　……いや、その、いまのはほんの合いの手で。
園井　（顔を覆って）もう……！

大島　……ちょっと伺いますが、戸倉さんのどういうところが、その「タカラヅカ」だったんでしょうか。
園井　このひとのこころの中から、体の中から自然に生まれ出た演技じゃなかったってこと。どこか外から借りてきたやり方だったってこと。
大島　もっと具体的に言っていただけると、助かるんですが。
園井　ものを言うときはいちいち相手を指す、「わたし」と言うときは必ず胸に手を当てる、台詞を言うときは一歩前に出て、言い終わると元の位置に戻る。そういった約束ごとの小手先演技を丸ごと集めて大全集にしたのがタカラヅカの芝居。このひとの演技も、どこからか集めてきた小手先演技でした。つまり、よそからの借り物で外側をつくっていただけ。
針生　しかし、そのどこが悪いんです。
園井　たしかに、そういう演技でも、お芝居の筋は分かるでしょう。その人間がなぜそこにいて、なぜ泣いたり笑ったりしているかは分かるでしょう。でも、その人間のこころの中までは分からない。
長谷川　こころの中……？
園井　そう、人間のこころの中をどうにかして外に取り出そうとしているのが新劇なんです。ひとのこころを表現してこそ真の俳優なんですよ。
正子　雪隠《せっちん》に落ちよった猫で、どうも捕まえどころのない話じゃ。
園井　（やや憤然）よろしい。それならタカラヅカ芝居の実物をお目にかけましょう。（ロビーに移動しながら）正子さん、宝塚の娘役をやってください。名前は、そう、シュゼットなんてどうかしら。
正子　うちがシュゼット？　うわー、なに恥じいかかされるか分からん。
園井　ただ、椅子に座っていてくだされぱいいんです。……さて、わたしは男役でした。その男役が恋人のもとへ登場するやり方は、宝塚には三つしかありません。まず、普通の恋人役。

玲子、軽快に『すみれの花咲く頃』を弾く。園井はその音楽に乗って、

園井　（解説しながら動く）まず、両方の扉を力いっぱい開けます。すぐ部屋へ入ってはいけません。お客様に感心してもらうために、しばらく戸口に立ち止まって、「おお！」と大きく手を上げます。それからできるだけ印象的な足取りで娘に近づいて行って、「シュゼット！」
正子　（とにかく受け止めて）おお……。

一同、感心して拍手。

園井　さっきの戸倉さんの演技は、この形でした。それでついかっとなって……。ごめんなさい。

戸倉　……はあ。

園井　（ロビーに戻って）第二は内気な恋人。（玲子のピアノ）娘に求婚しにやってくる内気な彼。彼は贈物にする草花の鉢を抱えて、もじもじしながら登場いたします。そして敷居があろうがなかろうが、とにかく敷居のようなものに躓《つまず》いて、その拍子に鉢を取り落とすことになっています。そして床の上に散らばった鉢の破片や土をせわしくポケットに入れながら「……シュゼット、ぼく、ぼく、あのう、ぼくは……」

正子　（受けて）ぼくぼくぼくいうて、木魚でも叩きよるんか。

園井　「ぼく、ぼく、ぼく……」

正子　ぐずぐずせんと、はよ言わんかい。

一同、感心。

園井　第三は、うれしい知らせを持って娘のもとに飛ぶようにやってくる陽気な恋人。

玲子のピアノ。園井は解説しながら第三の恋人を演じてみせるが、ちょうどそこへ手にビラを持った丸山が帰ってきて、彼もなぜか園井の解説通りに動く。

園井　この陽気な恋人役は、胸を反らせてステップ踏んで、踊るような歩き方をしながら入ってくるのがきまりです。そして、いい知らせを口にする前は、必ず上着の裾を引っ張ったり、襟を撫でたりして口笛をひとくさり。たっぷり気を持たせておいてから、

園井　「シュゼット！　ぼくはきみにすてきな知らせを持ってきたんだ！」

丸山　今夜はスキ焼きですぞ。

一同、感心して、それから、「エッ？」となり、園井は非難を宿した目で丸山を見る。

丸山　じつはだね、園井くん……。

園井　（制して）いま講義中なんです。……たしかに、シヨーの中のお芝居なら、こんな紋切り型の演技で充分かもしれない。でも、わたしたちが目指そうとしている新劇はちがいます。わたしたちは詩人の言葉、つまり劇作家の言葉を借りて、それぞれ自分のこころを表現するのですから、それぞれ演技がちがってきて当然ですね。そしてそれを俳優の個性と呼ぶのです。

丸山　そう。それが築地の根本精神ですな。

正子　丸山先生、いんまさき、なんて言うとってですか。

丸山　（頷いて）詩人の言葉を借りて自分のこころを表現するのが新しい時代の俳優の仕事である。これは小山内先生の……、

正子　いんにゃのー。スキ焼きがどげーしたこげーしたいうておらんかったですか。

丸山　（思い出して）第五師団と広島県と広島宝塚劇場、この三者が共同で、われわれさくら隊をスキ焼き大会に招待してくださるそうだ。

　　一同、思いがけない知らせに口が利けなくなる。

丸山　声、この声こそは俳優の命です。そして牛肉はのどによろしい。したがって俳優はこの招待を受けるべきである。わたしはそう思いますが。

正子　格好つけちゃいけん。俳優であろうがなかろうが、スキ焼きのご招待いうもんは受けるべきもんじゃ。

丸山　そりゃ、ま、そうですな。

　　玲子、戸倉、正子などは、抱き合ってよろこんでいる。

丸山　場所は、表の電車通りの今川旅館だそうですよ。時刻は午後六時からです。

正子　こりゃコトじゃ。急がんと間に合わんけえの。

園井　では、お稽古はひとまずここで終《と》ります。支度をしてください。

　　玲子、戸倉、正子などはもういなくなっている。

園井　（ビラに目を止めて）先生、それ、スキ焼き会場の地図……？

丸山　……いや、さっきいきなり現れたＢ二九が撒いて行ったビラ。このへんにも撒かれたはずだが……。そうか、きみは読まない方がいいな。どうせろくでもないことが書いてあるだけだからね。

　　ポケットにしまおうとするのを、針生が「ちょっと、拝借」と借りる。ビラを読んだ針生は、さらに長谷川、大島に渡す。覗き込む淳子。この間、

園井　なにが書いてあっても平気です。

丸山　いや、きみはきっと震え出す。

園井　たとえ震えても、そのときはみなさんが震えを止めてくれます。

丸山　みなさん……？

園井　みなさんとお芝居をしていれば、もうなにも怖くありませんわ。そう、こころが決まったんです。……占い

もやめました。

　こころ強くなった園井を、丸山が驚いて見ている。
　大島と長谷川がビラを読む。

大島「日本よい国、カミの国、カミはカミでも燃える紙、この夏ごろは灰の国」
長谷川「広島見たけりゃ今見ておきゃれ、ぢきに広島灰になる」
針生　典型的な謀略ビラですな。
大島　下手な語呂合わせ、覚束ない七五調、いろいろ文句をつけたいところはありますが、それでもなんとかさまになっている。敵もやりますな。
針生　こういう謀略をやっているのが、つまり日系二世、日系アメリカ市民なんですな。

　針生、言い捨てて階段を登る。長谷川、途中まで追って、

長谷川　当てつけがましいことを言い給《たも》うな。こちらの淳子さんが書いたわけじゃあるまい。
針生　（階段の上から、気楽に）お気にさわったらごめんなさい。
長谷川　まったく陸軍のやつらは礼儀というものを……支度をしてまいります。

　長谷川、中央廊下の奥へ。淳子、その長谷川にお辞儀をして、帳場のうしろの部屋へ入る。
　いつの間にかガタガタ震え出している園井。

園井　ぢきに広島灰になる……。

　丸山と大島、園井の手を取って落ち着かせようとしている。

園井　……大丈夫です、強くなります、だからなんとかなります。

　言いながらなお、園井は震えている。……ゆっくりと暗くなる。

五　駄目出し

　玲子の雨の音。
　明るくなると、第三日（五月十七日木曜日）の午後一時すぎ。ちょうど、「貯金通帳の場」が始まったところ。それぞれ役柄に適《かな》った衣装を付けた、この稽古場では最後の通し稽古である。隊員たち、

長足の進歩、しばらくは、すばらしい舞台が進行して行く。

戸倉　（入ってきて）「それにしても、あげー元気にしちょった松五郎が倒れるとはのう。」

針生　「松やんを魚釣りに誘おうち思うて、この虎やんとやってきたんじゃが、松やん、『おう』ちゅうて立ち上がったとたんに、目え回してひっくり返っちしもうて……。」

長谷川　「熊やん、おれの親父が卒中で逝ったときもやっぱり同じあんばいじゃったが。」

針生　「うちの親父のときは、朝、顔を洗うとってひっくり返ってそのままじゃったな。」

戸倉　「ふうん。それにしても、あの松五郎が倒れるとはのう。」

針生　……。（一瞬、踏みとどまる）

淳子　「この五、六年、酒はふっつりやめちょりましたんですがのう。正月ごろまでは、酒も呑まんと博打もやめて、せっせと働いちょったんじゃが、それがこの二月ごろからまるで元に戻ってしもうてなあ。朝起きるとコップに二、三杯やらんとおられんのです。」

戸倉、淳子の台詞の中ほどから、なにか胸に迫ってくるものがある様子。だが、そこはどうにか耐えて、

戸倉　「ふうん、無法者の松五郎ちゅうて、小倉じゃ一人一家で暴れ回った男が、ある朝コロリか。いや、分からんもんじゃのう。」

奥から園井が出てきて、大島にちょっと挨拶して、傍に座る。

大島　「どうでした。」

園井　「高い鼾をかいてよくねむっていらっしゃるようです。でも……あの……右の眼が開きっきりなんですけれど……。」

大島　「先刻診て行った医者が言うにゃ、相当激しい眼底出血があるとか……。」

園井　「まあ……。」

通り過ぎて行く雨足。

大島　「……奥さん、さぞかしびっくりなすったことでしょうな。」

園井　「はあ……しばらくお見えにならないものですから、どうなすったかと思っていましたら、いきなりこんなことに……。」

大島　「そういえば、わたしのところへもこのところ顔を出さなかったな。車宿へはどうだったかな。」

長谷川　「このごろは車宿へも、顔を見せるようなこた、なかったですよ。ただ、まあ、こっちがときどき思い出しちゃ呼び出したりしちょりましたがね。今日も仕事が暇なもんで、久し振りに釣りでもしょうかちゅうて、熊と二人ぶらっと来てみるとこの始末で……。」

大島　「あの男、釣りの方は？」

針生　「へえ、そりゃ玄人ですよ。あの男が此所《ここ》ちゅうて針を下ろすと外れたこたァありません。かちゅうて道具なんか……、なんでもええ、ごく有りふれたものを使うちょったんですが。」

淳子　「（頷いて）なにごとでん、好きになると一生懸命の男じゃけえな。」

淳子のこの台詞で、戸倉はついに顔を覆ってしゃがんでしまう。古畳の二重の上の長谷川たちは立ち往生、奥から大正期看護婦の拵《こしら》えの正子が顔を出す。

横で見ていた丸山が戸倉に寄って、

丸山　どうしましたか。

戸倉　（肩を震わせている）……。

丸山　これがここでの最後の通し稽古なんですよ。そして間もなく大舞台に立とうというんですよ。しっかりしてください。

戸倉　（頷きはするものの、まだしゃがみ込んでいる）……。

正子　（覗き込んで）戸倉さん、上《のぼ》せちょるんじゃないん？

丸山　上《あ》がるのは四時間早い！　さあ、奮い立つんです。

正子　この人、刑事さんにしちゃー神経の拵《こしれー》えがごっつこみゃーようじゃけえ、そげーがみがみ言いなさんな。余計、上《のぼ》せて上《あ》がりよるわいね。

丸山、そのへんを一回り歩いて、気持ちを鎮めて、

丸山　……冬はいつも舞台から客席へゴーッと風が吹いておりましたな。築地小劇場の舞台はバラック建て、冬は風が吹き込んできて、そりゃ寒いんです。その風が、幕の開いた途端に、客席へ勢いよく流れ込む。お客さんはこれを「築地下ろし」と呼んでいましたっけ。この築地下ろしが吹き出すと、お客さんは練炭火鉢の置いてある通路へぞろぞろ移動する。そうして、火鉢で手を焙《あぶ》りながら芝居を観るんです。雨の日の通路はお客さんの干した傘でまるで傘屋の店先のようだった。……なにしろ定員五百に百も入れば「大入り」だったんですから、そうやって勝手に移動もできるし、場内に傘も干せたわけで

す。そこでいつもこう思っていました、「あ、せめて三百のお客さんの前で芝居ができたらなあ」ってね。ところが今夜は……いいですか、戸倉さん、最初から千二百の客が約束されているんです。すごい話じゃないですか。舞台俳優にとってこんな幸せなことはないじゃないですか。そう思えば、上がっている暇なぞないはずですよ。

戸倉　（何度も頷いて）ですから、そう思うと余計……。

丸山　よろしい。上がらないおまじないをお教えしよう。これは取って置きです。みなさんも大いに活用してください。こう唱えるんです。「どんな晩でも少なくとも一人、生まれて初めて芝居というものを観て、そのために人生に対して新しい考え方を持つようになる人が劇場のどこかに座っている。その人のために全力を尽くせ。上がってなどいられない」……さ、唱えてごらんなさい。そして大いに奮い立つんです。

正子　そげー長いもん、よう覚えられんけえ、もうちょっとみやすいまじないを、教えてくれんさいな。戸倉さん見てるうちに、うちもガタガタになってもうた。

園井　宝塚のおまじないは簡単ですよ。「上がりそうだな」と思ったら、指を筆にして手の平に「人」という字を書いて舐める。

一同　（やってみる）……。

園井　「客」という字でもいいんです。中には「虎」の字の方が効くという人もいましたけど。

一同　（また、やってみる）……。

戸倉　わたしら特高刑事も、捕物にかかる前は気が昂《たか》ぶります。そのときはやはり手の平に「アカ」と書いて、そいつをぺろっと舐めてから、敵の隠れ家に踏み込んですね。（やってみせて）これ、効きますよ。

一同、やってみようとして、「エッ？」となる。

正子　鈍くさいことすなー、この横着もん。あんたのためにおまじないを考えちょるんじゃないか。そのあんたから、どひておまじないを教えてもらわにゃいけんのじゃ。

戸倉　（神妙になっていたが）ちょっと待った。上がってるなんて、そんなこと、わたしはひとことも言ってませんよ。

正子　ほいじゃなんじゃったいうんじゃ。

戸倉　淳子さんを見ているのが辛かった。

淳子　……わたしがどうかしたんでしょうか？

戸倉　（改まって）……淳子さん。本日五時までに、つまり三時間以内に、あなたを広島捕虜収容所へ連行せねばならんのです。

一同、わけが分からずシーンとなる。

淳子　捕虜収容所……？

戸倉　（頷いてから）正しくは、第一級敵性外国人広島強制収容所、市内吉島本町の広島刑務所の中に設けられておるんですが。

淳子　……第一級敵性外国人？

戸倉　はい。……せめて、この通し稽古のあいだだけでも淳子さんに気持ちよく芝居をしていただこうと思い、口に蓋をしておったんですが、お顔を見ているうちに、どうにもたまらなくなりまして……申しわけありません。

淳子　（こころのどこかで、このことをずっと恐れていたような気もする）……そうでしたか。

長谷川　話がよく分からんのだが。

戸倉　昼休みに部長のところへ許可を貰いに行ったんです、「宝塚劇場出演中は、神宮淳子に対する密着監視をゆるめたい」って。ところが部長は、わたしの顔を見るなり、「いいところへきた。いま、さくらホテルへ連絡を出そうと思っていたところだ」と言って、（上着の隠しから紙片を一枚、取り出して）この命令書を……、

長谷川　（ひったくるようにして取って読む）「第一級敵性外国人強制収容執行命令書」……。

淳子と戸倉を除く全員が、長谷川の周りに集まって、命令書を覗き込む。

長谷川　……「神宮淳子コト、ジョアンナ・ジングー　アメリカ合衆国ミネソタ州ローズモント生マレ　アメリカ国籍　満三十七歳」

大島　「近ク公布サレル国民義勇兵役法ノヨリ高度ナ運用ヲ計ランガ為右ノ者ヲ強制収容処分ニ付ス」

針生　「昭和二十年五月十七日　内務大臣　安倍源基《げんき》」

シーンとした間。やがて、

丸山　国民義勇兵役法のより高度な運用を計らんがため……。これはどういう意味なんでしょうな。

戸倉　近く国民義勇戦闘隊が発足します。

丸山　国民の……戦闘隊？

戸倉　（頷いて）男子であれば十五歳から六十歳まで、女子であれば十七歳から四十歳まで、いうならば子どもと老人を除く日本人は一人のこらず兵隊になる。それが国民義勇戦闘隊です。

丸山　すると、いよいよ、ということですか。

戸倉　（強く大きく頷いて）本土決戦の秋《とき》近し。

丸山はもちろん、園井、大島、正子、玲子などが、ばらばらに、しかし厳粛に、あるいはおそるおそる「本土決戦」という言葉を「音」にする。

丸山　……その本土決戦のとき、さくら隊はどうなるんで

しょうな。

戸倉　紙屋町の一分隊ということになりますな。そして町内の分隊が四つ五つ集まって、紙屋町小隊を結成して、中国地方総監府の指揮のもと、アメリカ軍と闘うことになる。

針生　（鈍く）口が軽い！（「林」に戻って）国家機密なんじゃないんですか、そういったことは。

戸倉　ここを説明しないと、淳子さんがなぜ強制収容所に送られるのか、分かってもらえないんだよ。

針生　しかし……。

戸倉　それに、いまわたしが言っているようなことは、ここ数日のうちにも公表されるはずだ。機密でもなんでもないじゃないか。

針生　……。

戸倉　国民は挙げて兵士となり、本土はすべて戦場になる。そこで友好国の外国人でさえ、深い山の中に移されている。たとえば、ソ連人は箱根の強羅《ごうら》、ドイツ人は同じく箱根の仙石原《せんごくばら》という具合です。……友好国の人間でさえこうだから、ましてや敵性外国人は、

丸山　本土決戦のさまたげになる……。

戸倉　なるどころの騒ぎじゃない。上陸作戦を仕掛けてくるアメリカ軍と呼応して、内部から混乱を引き起こそうとするにちがいない。そこで神宮淳子さんは強制収容所に送り込まれることになった。国民義勇兵役法のより高度な運用を計らんがためにね。本土の決戦場をアメリカのスパイに動き回られちゃ困るわけです。

一同　……。

戸倉　稽古をつづけましょうや。

　一同、動けないでいる。

戸倉　お客はおらんが、とにかくこれが淳子さんの最後の舞台なんだ。気張ってやりましょう。

正子　あんたー周りから腕っこき刑事いう評判をとっとられるそうじゃげな。

戸倉　（頷いて）下宿のおばちゃんをはじめ二、三の人がそう言ってくれていますよ。

正子　ほんなら、その腕をみせてちょんだいよ。淳子ねえやんを今夜の舞台に出させてやってちょんだい。

戸倉　……順序としては、まず、部長に強制収容執行の半日間の延期を進言する……。

正子　さすが偉物《えらもん》じゃの。

戸倉　そうすると……（大きく頷いて）その場でクビです。

正子　（少しよろけて）……そんときは正式にさくら隊に入ったらええ。

戸倉　それ、いいですなあ。

正子　ほいで、それからどげーなるんじゃ。

戸倉　別の刑事が淳子さんを連れて行く。で……それだけ。

正子　ほいじゃ、ねえやんの運命、ちびっとも変わらん。いたらぬおとこじゃのう。

戸倉　これは内務省からのお達し、いってみれば国家の方針なんだ。わたしがいくらああだこうだと言ってみたところで、やっぱりだれ一人びくともしませんね。

正子　ふん、なにが腕ききじゃ。

　　間。

丸山　（みんなを励まそうとして）明日は初日、なにもかもうまく行っている。ところがそういうときにかぎって、特高警察が演目《だしもの》を別のものに差し替えろといってくる。よくあるんです、こういうことが。

戸倉　（微かに恐縮）……。

丸山　それで挫けたことがあったか。一度もない。

戸倉　（微かにホッとする）……。

丸山　冗談じゃない。いちいち恐れ入っていたら、そこらじゅう役者の干物だらけになっちまう。そのつど、わたしたちは知恵のありったけを振り絞り、みんなで急場をしのいできた。そう、この二十年間の新劇を一口でいえば、この積み重ねの歴史だったと言っていい。（淳子に）だいじょうぶですよ。この急場をしのぐ手はきっとある（ふっと弱気に襲われて）……はずです。

淳子　（いきなり）ほんの数分間のうちに、突然、「ああ、いま、わたしは自分の人生の本当の意味を知っている」と、そう思い当たるときって、ありますね。

丸山　……は？

大島　（強く）あります。たしかに、仰るような瞬間があります。（少し出しゃばったかもしれないと感じて、小声になるが、それでもなお、はっきりと）……それはもう、絶対に、ある。

淳子　……さくら隊にここをお貸しする、ついでに正子さんとさくら隊に入る、どちらも、初めのうちは、生き延びるための方便でした。でも、『すみれの花咲く頃』のコーラスをしたとき、突然、世界がちがって見えたんです。……なんていい気分なんだろう、わたしはいま、一人ではできないことをしている、一人の人間の力をはるかに超えたなにか大きなもの、なにか豊かなもの、なにかたのしいもの、それを望んで、それをたしかに手に入れている。わたしの探していたものはこれ、ここにわたしの人生の本当の意味がある。……そう思い当たって体中に震えがきました。

一同　……！

淳子　お芝居をするようになって、この思いはますます強くなって行きました。

園井　わたしも同じですよ！　宝塚のころから、淳子さんと同じことを感じていたんです。

淳子　……。

園井　それをどう言葉にしていいのか分からない。……もどかしかった！　でも、いま、それが言葉になったんですね。……わたしは一人ではできないことをしている、一人の人間の力をはるかに超えたなにか大きなものを望んで、それをたしかに手に入れようとしている。すてきな言葉にしてくださって……ありがとう。

丸山　しかも、そこにお客さんが加わるんですな。何百人ものお客さんの力、その力も合わせて、とてつもなく大きなものを望んで、それを手に入れるんですよ、われわれは。

淳子　（頷いて）それをお客さまと一緒にたしかめたかった。そして、できればお芝居を一生の仕事にしたいと思った。……遅すぎますね。

丸山　東山千栄子さんが築地の研究所に入ってきたときは三十六歳でしたよ。三年後、彼女は『桜の園』のラネフスカヤ夫人を演じて、一躍、新劇女優の最前線に立った。人生は、いつもその瞬間、瞬間に、いろはのいの字から始まるんですからな、遅すぎるということはない。

長谷川　（思わず）六十歳を超えてなお、俳優を志願した人はおりましたか。

丸山　……は？（一瞬、考えてから）園井くん、だれか思い出せないか。

園井　（必死で考える）……ええと。

長谷川　いなければいないでいいんですよ。いまのは、ま、冗談のようなものですからな。

針生　じつに国家がそうではないですか。

長谷川　ほう、国家は冗談か。

針生　ちがう。ちがいますよ。国家こそ、個の力をはるかに超えることを夢見て、その夢を現実のものにするんです。その代表的な手段がオリンピック大会であり、戦争であり……、

淳子　林さん、なにが仰りたいんです。

針生　コーラスも結構、芝居もおもしろい。わたしも楽しくやらせていただいてますよ。しかし、結局のところ、国家の壮大な夢の前では、そんなものはゴミのようなお遊びごとにすぎない。

淳子　ゴミ？

針生　しかも淳子さんには、もはやゴミ遊びをする資格さえない。それが言いたかったんです。すみやかに国家の方針にしたがうべきでしょうな。

淳子　父や兄を強制収容所に送り込み、そして今度はわたしを同じ目に遭わせようとしているものの方が、わたしにはゴミですわ。

針生　危険ですな、そういうお考えは。

淳子　今夜の舞台に出る。わたしにはその方が大事です。

針生　（戸倉に）いますぐ連行すべきだな。

戸倉　偉そうな口を利くじゃないか。

針生　反逆思想の持主がここにいる。それが分からんのか。

戸倉　貴様、本当に傷痍軍人なのか。
針生　（ぐっと詰まって）……芝居の毒が回ったな。
戸倉　芝居の毒だ？
針生　宝石のようにこころがきれいだとうぬぼれて、相手側に立ってものを見たりすること。特高刑事には無用の長物だね。あんたは問答無用で彼女を引っ立てればいい。
戸倉　指図をするなと言ったろうが！

針生に詰め寄ったとき、大島が普段の、冷静な口調で、

大島　津田克太郎くんの「N音《エヌおん》の法則」という論文を読んだときは驚きました。

一同、一瞬、エッとなる。

大島　例の、マニラ沖でアメリカ空母と体当りした学生ですが、その津田くんがこう書いていたんです。否定の音にはN音が使われることが多い、しかもそれは世界的な傾向である。すごいでしょう。これがまだ二十歳《はたち》の学生の発見なんですよ。
丸山　……N音と言いますと？
大島　英語で否定にノーを使うでしょう。そのノーのN音のことです。
針生　（戸倉に）英語は敵性語だ。敵性語を使わせておいていいのかね。
戸倉　指図をするなって。
大島　否定のN音を使う例はほかにもたくさんあります。ノット、ネバー、
戸倉　ナッシング、
淳子　ネガティヴ、
長谷川　ネイ。
大島　反対投票のことですね。さて、フランス語の否定も、
長谷川　ノン、
大島　（頷いて）やはりN音です。こんどはドイツ語。否定は、
長谷川　ナイン、
大島　スペイン語、
長谷川　ナダ、
大島　イタリア語、
長谷川　ノー。
大島　ロシア語、
長谷川　ニエット。
戸倉　（正子に）薬売りのおじさんが、どうしてあんなに外国語を知っているんだろ？
正子　うちに聞いてもアイドントノじゃけえの。
大島　沖縄ことばでネーン、インドのゲタ語でナン……例を挙げればきりがありませんが、とにかく津田くんは、

否定にN音を使うのは世界的な傾向であると、そう気づいたのです。

針生　国語はちがうぞ。国語では、イヤ、イイエ、チガイマスだ。その御大層なN音とやらは、いったいどこに隠れているんですかね。

大島　標準語は最近になってつくりあげられた人工語です。いまは考えなくてもよろしい。

針生　逃げちゃいかんな。

大島　むしろ昔からの方言に注目すべきだ。そして方言には津田くんの法則がみごとに当てはまる。たとえば、広島では、「無い」という意味を「ニャー」、N音で表しますが、

正子　お米がニャー、

玲子　お金もニャー、

淳子　なんもニャー。

大島　(三人に軽く謝意を表してから) また、禁止の「するな」は「ナンナ」、N音が三つ連続して現れます。

正子　見ナンナ、

玲子　聞きナンナ、

淳子　言いナンナ、

長谷川　これしナンナ、

戸倉　あれしナンナ。

大島　もっと単純なのは、否定の「ン」、

正子　見ン、

玲子　聞かン、

淳子　言わン、

長谷川　飲まン、

戸倉　喰わン、

丸山　好かン、

園井　つまらン……、

一同の視線が針生に集中。しかし、針生は口を横一文字に閉ざしている。

大島　なぜでしょう。なぜ、人間は否定や拒否の気持ちをN音で表すのでしょうか。それはN音を発音するときの口の中を観察すればよく分かる。津田くんはそう書いています。Nを出すために、ひとは、舌の先を、歯茎、あるいは歯の裏に当てて、口の中と外とを一瞬、断ち切ってしまうのです。自分の内側と外部とのつながりを断つことで、否定と拒否の態度を表すのです。これが津田くんの結論でした。

正子、玲子、戸倉など、おたがいに口の中を見せ合って、津田説を確認し合っている。

大島　ひとはそれぞれちがった言葉を話しています。しかし、否定や拒否の態度を表そうとするとき、そのときに

限って、奇妙なことに一致してN音を使う。逆に言うと、否定と拒否の態度を忘れたとき、人間は人間でなくなるのではないか……。

針生　（鋭く）こじつけだな。

大島　（キッと見る）……！

針生　こじつけもそこまで行くと立派な芸術だよ。

大島　（キッパリ）津田くんの論文および彼の愛した学問を侮辱する者は許しません。

針生　許さん？　それはおもしろい。それで自分をどうしょうというのか？

大島　はだかに引ン剝いてさしあげる。

針生　はだかに引ン剝くだと？

大島　（いきなり歌う）「林と申します、仙台生まれです」……。ウソでしょう。ここ二、三日、君の話すのを聞いてきましたが、奥羽方言などかけらもありませんよ。

針生　なにを言ってるんだか。

大島　（きびしく）林くん！

針生　（思わず）おい。

大島　やはり千葉県の出身ですね。

針生　……！

大島　房総では「はい」という代わりに「おい」と返事するんですよ。君は少年のころから陸軍の学校ですごした。……たぶん幼年学校、それから士官学校。君の基本語彙はそこでつくられた。

針生　（少し怖くなってくる）……見てきたように言うな。

大島　外国留学の経験がある。留学先はイギリス、そしてドイツ。

針生　……ウソだ。

大島　地方へは一度も出ていない。北支戦線、小倉の陸軍病院、広島の作男。すべてその場の思いつき。小倉にいたことがあれば、熊吉の台詞回しに少しはそれが表れていいはずだし、広島言葉に疎いところをみると、広島も初めてでしょう。

針生　なぜだ。なぜそこまで分かるんだ。

大島　そのひとの言葉はそのひとの経歴書だからですよ。おまけをつければ、言語学が学問だからです。

針生　……。

戸倉が針生に近づいて行く。

戸倉　おい、名誉の傷痕《きずあと》を見せてもらいたいもんだね。……こら、貴様はいったい何者なんだ？

針生　貴様ごときに貴様呼ばわりされてたまるか。（直立不動の姿勢をとって）自分は（言いかけてハッとなり、チラと長谷川を見る）……、

長谷川　（針生をジッと見る）……。

戸倉　だから、自分は、なんだというんだ？

針生　……自分は、じつに複雑な経歴を持つ陸軍の傷痍軍

人なのであります。

戸倉　（少しよろけて）……なに？

長谷川にとって、針生を庇《かば》うことは、自分を庇うことでもあり、さらに「津田くん」に興味も湧いてきたので、

長谷川　「N音の法則」を書き上げて、それから津田くんはどうしたのですか。

大島　出征の前日、津田くんは、わたしのところへなにか急いだふうにやってきて、「これでもうなにも思い残すことはありません」……震える手で原稿用紙の束を差し出したのです。

長谷川　……遺書？

大島　そのつもりだったのでしょう。ですから彼に言いました。このまま、ここから逃げるんだ……。

一同、衝撃を受ける。

大島　二年もすれば戦は終わる。それまで、ぼくの田舎に隠れているんだ。

戸倉　いくらなんでも、それはいかん！

大島　（目が異様に輝いてくる）ぼくの兄貴が山形の、小さな町で酒屋を継いでいる。そこなら多少の無理はきく。蔵の二階に隠れていなさい。生きながらえてこの論文を完璧に仕上げなさい。恥だと思うことは少しもない。逃げることが日本の未来になにか贈物をすることになるんだ。さあ、いますぐ出かけよう。

戸倉　先生……！

正子　（凄い勢いで）黙っちょりんさい。

大島　（いったんは気を鎮めて）津田くんは断った。

一同　……。

大島　ぼくが逃げたとなれば、広島の府中町にいる両親は、「非国民を生んだ親」と、町中から責め立てられるにちがいありません。ぼくは逃げるわけには行かないのです。そう言って津田くんは静かに出て行った……。

戸倉　みごとな覚悟ですな。

針生　あっぱれな日本男子だ。

大島　いや、殴り倒してでも、拝み倒してでも、引き止めるべきだった。

一同　……！

大島　この四月、津田くんの御両親から、見てもらいたいものがあるという手紙を頂戴した。……（懐中から黒表紙の手帳を取り出して）御両親からお預かりした津田くんの手帳。出撃の直前、基地を訪れていた新聞記者に彼がこっそり託したものです。……。（読み始める）「十月二十九日午前一時半出撃命令。出撃は四時間後。御両親様。決して卑怯な死に方はしませんから御安心ください。

この基地へ来てからも、学問がしたいという夢と、祖国のために死なねばならぬという現実とのあいだを、何万回も振り子のように揺れて、それは苦しゅうございました。しかし、この苦しみが、お父さん、お母さんのしあわせに、たとえわずかでも役に立つなら、それだけでぼくは満足です。死ぬときまった人間がその死の瞬間までどうすごすべきか、それを考えると気が狂いそうですが、ぼくは、このわずかな生の時間を、自分がいま一番したいことをしてすごすことにしました。それは、お父さん、お母さんのお顔を思い浮かべることです。……」（読めなくなる）……。

長谷川が大島の手から手帳をそっと取り上げて、その先を読む。

長谷川　……「お父さん、お母さん！　なにか言ってください。ひと言で充分です。いかに冷静になっても、いつもいつも浮かんでくるのは御両親様のお顔です。おとん、おかん！　なにか言うてくれんさい。おとん、おかん！なひて黙っちょるんじゃ。おとん、おかん！　なにか言うてちょんだい。おとん、おかん！……」（暗然として）……手帳のおしまいまで、おとん、おかんと、びっしり書き込まれております。

大島　……初めは御両親様、ついでお父さん、お母さんと、よそ行きの言葉を使っている。だがそのうちに、思わずふだんのように、おとん、おかんと叫んでしまった。そのときの津田くんの胸中を思うと、ふびんです……。（ついになにかが爆発する）これは殺される寸前、両親に向かって助けを求める子どもの叫びです。（思わず長谷川に取りすがるようにして）子どもたちをこんな目に合わせてまで、守らねばならぬ大義が、国家にあるのですか。

長谷川　（その言葉の重さを満身の力で支えているが）……分かりません。

針生　（押し殺した声で）……閣下！

長谷川　分からなくなりました。

このとき、いきなり、空襲警報のサイレンと板木が鳴り響く。しばらくだれも動こうとしない。

大島　（冷静さを取り戻して行きながら）……ああ、いま、わたしは自分の人生の本当の意味を知っていると、そう思い当たる瞬間というものがある。……さっき淳子さんはそう言われてましたね。

淳子　（頷く）……。

大島　この手帳を読んだときのわたしもそう感じたのです。明日にも命を失うことになるかもしれないという点では、津田くんもわたしも同じだ、それなら、津田くんにならって、今すべきことを、今、全力で行え、それが明日終わるかもしれない自分の人生の本当の意味だ、と。

淳子 （嚙みしめるように）今すべきことを、今、全力で行え……。

大島 そんなの当たり前じゃないかと言われれば、話はそれでおしまいですが、父親からゆずられた処世訓、「思案がつきたら寝るのが一番、明日は明日の風が吹く」をうけついで、のんきにやってましたから、そのときは愕然としました。今すべきこと、したいことはなんだろう。……津田くんの仕事を一歩でも完成へと近付けることだ。それで広島方言のN音と否定の関係を調べていたのです。広島方言を調べつくしてもまだ明日があるようなら、また別の地方に移り住む、そういうやり方で……。

丸山 そんな先生を芝居に引きずり込んでしまって……、申し訳がない。

大島 いや、わたしたちは同志みたいなものかもしれませんよ。

丸山 ……同志？

園井 分かります。丸山隊長の口癖、「明日の命は分からない。だから今日、いい芝居をしてお客さんを楽しませるしかない」というのと似てますものね。

丸山 （ニッコリ）同志というよりは、双子だな。

大島 さくら隊に入隊した理由がもう一つある。汽車の切符一枚、買うのに三日も行列しなければならない時代に、自由に中国地方全域を歩くことができる。方言調査に打ってつけなんですよ。

丸山 なるほど。

園井 先生、強気で出ましょうね。

丸山 ……？

園井 淳子さんの出演を認めないなら、公演は中止。軍にも県にも劇場にも、そう強く出てください。

正子 拒否するいうもなー、人間の本来の性格じゃ、大島先生もそげー言うとられてです。

丸山 うん、その手はある。

戸倉 過激な発言は困るな。

正子 （ピシャリ）黙りんさい。

戸倉 それはおれが言うことだろ。

正子 あんたも隊員のはしくれじゃけえの、ここで覚悟、決めんといけんよ。

戸倉 ……分かってますよ。

戸倉が頷いたとき、B二九の爆音が湧き上がる。園井が先頭に立って、退避の世話を焼く。

丸山 （穴に入りながら）強くなりましたな。

園井 ……？

丸山 みなさん、じつに強くなった。

園井 （きっぱりと）芝居の力。

丸山　なるほど。
園井　（穴に入りながら）……古橋さん、林さん、ぐずぐずしてちゃいけませんよ。
長谷川　分かっております。
園井　早くですよ。

残った長谷川と針生の頭上に爆音が近づいてくる。

針生　……お出かけですか。
長谷川　（間をおいて、ゆっくり頷く）……。
針生　こんな中をどちらへ。
長谷川　せっかくの機会です。今夜、ぜひとも舞台に立とうと思うのです。
針生　それで？
長谷川　しかるべき手をいくつか打ってきましょう。
針生　どちらで御身分をお名乗りになろうというんですか。
長谷川　五時までには戻ります。
針生　県知事ですか。
長谷川　……。
針生　第五師団の師団長ですか。
長谷川　……。
針生　呉鎮守府の司令長官ですか。
長谷川　（歩き出す）……。
針生　不忠者ッ！
長谷川　（止まって）なに？
針生　陛下の密使でいらっしゃるのですぞ、閣下は。御身分をお顕わしになっては、密使が密使でなくなりましょう。それでは陛下の賢き思し召しに背くことになりますぞ。

長谷川、ほんの一瞬、躊躇するが、スタスタと玄関口の方へ。

針生　陛下の思し召しと、芝居とを天秤にかけるおつもりか。そして芝居を選ぶと仰るのか。

長谷川、微かに笑って、足早に去る。爆音が頭上を通り過ぎる。

針生　（ほとんど天を仰いで）閣下もまた芝居の毒に当てられてしまいましたな。

近くで、爆弾の炸裂音。それもつづけざまに三発。

エピローグ　一

針生　こう熱湯を注ぐだけで、たちまちコーヒーができあがるんですな。

右の台詞の半ばで、さっと明かりが入ってくると、ふたたび昭和二十年十二月中旬の、巣鴨拘置所内の広い一室。
針生が事務机の上の茶碗二個に、煤で黒ずんだ薬罐から湯を注ぎ、一つを長谷川にすすめて、

針生　癪なことに、これがなかなかいけるんです。（一口、啜って）こんなものを飲みながら鉄砲を撃ってくるんだから、アメリカ兵はずるいや。わが方にも粉末味噌汁をたっぷり持たせてやりたかったですな。
長谷川　（律儀に低頭して）……頂戴する。
針生　どうぞ。（長谷川が飲むのをじっと見ていたが）あのあと、閣下は……あなたは、県庁に直行なさったんでしたね。そして、知事室の電話で呉鎮守府の司令長官を呼び出した。
長谷川　半年前、横須賀鎮守府がアメリカ二世を二十人、暗号係に採用している。あのとき、それがピカッと閃いたのだ。（勢い込んで）暗号係はラジオにしがみついてひたすら英語放送を聞くのが仕事だから、淳子さんに打ってつけだ。彼女を強制収容所から救う手はこれだ、これしかない。……（急に勢いをなくして）そう思ったのだがね。
針生　ホテルは、あの日のうちに呉鎮守府の暗号室に接収と決まり、同時に、神宮淳子と熊田正子はその暗号室に室員として徴用されることになった。……みごとな早業でしたな。
長谷川　呉鎮には兵学校や大学校の後輩が大勢おってくれた。わたし一人の力でやれたわけではない。（おいしそうに飲み干して、ハッとする）……わたしを刺そうとしたのは、あのときか。
針生　今夜はぜひとも舞台に立とうと仰った、あの瞬間です。（思わず右手を懐中に滑らせる）こんな有様では、陛下にろくな報告は届かないだろうと、そう思いましたからね。
長谷川　お前の見たまま、聞いたまま、そして感じたままを報告せよ。そう仰せられたのは陛下なのだよ。
針生　本土決戦に不利な報告を、陛下のお耳に入れようとする者は刺す。それがわたしの任務でした。

一瞬、睨み合う二人。

長谷川　きみにわたしを刺すことはできない。
針生　（今でも自信がある）できました。
長谷川　わたしは陛下の名代だったのだよ。
針生　……名代？
長谷川　したがって、この目は陛下の御目、この耳は陛下の御耳、そしてこの鼻は陛下の御鼻、つまりわたしは、

ほとんど陛下そのものだった。きみに陛下が刺せますか。
針生　（愕然）……。
長谷川　刺せるわけがあるまい。
針生　……海軍次官時代に「カミソリ次官」とあだ名された理由が分かりましたよ。

長谷川、そのへんを歩き回って、体をほぐし始める。その動作の端々に、さくら隊で習った律動体操の記憶が微かにこびりついているようだ。

長谷川　わたしの報告を境に、わが国の基本方針が百八十度の大転換を始めた。（直立して）陛下は、それまでの本土決戦策をお捨てあそばして、ソ連を仲立ちにした和平策を御採用になった。……だが、その和平工作がまるで前へ進まない。
針生　大日本帝国憲法第一条。どのような和平を結ぶのであれ、これだけは死守しなければなりませんからね。
長谷川　皇室の安泰と、その皇室による国体の護持だな。
針生　（頷いて）それだけはどうでも連合国側に認めさせなければならない。時間がかかって当然でしょう。
長谷川　大日本帝国憲法第一条にこだわっているあいだに、なにが起こったか。
針生　……？
長谷川　沖縄の守備軍が全滅した。連日の空襲と艦砲射撃によって、わが国の都会の三分の一が壊滅した。そして、広島があった……。

長い間。

長谷川　さらに長崎があった。その上、ソ連が攻めてきた。そのあいだに、いったい何百万の同胞の生が断ち切られたと思うのか。
針生　……。
長谷川　戦の本質は喧嘩である。喧嘩であるから、わが国にも、アメリカ、イギリスにも、それぞれ理があり、非がある。立場がちがうのだから、どちらが良くて、どちらが悪いということはできない。したがって、陛下は連合国にたいしてどんな責任もお持ちになる必要はない。
針生　全面的に賛成いたします。
長谷川　（手を突き出して遮って）しかし、和平を結ぶという基本方針をお決めになってからの陛下には、国民にたいして責任がある。御決断の、あのはなはだしい遅れはなにか。あれほど遅れて、なにが御聖断か。
針生　……閣下！
長谷川　（また遮って）……その点では、わたしもまた同罪である。軍事参議官であるにもかかわらず、「すみやかな御決断を」と、しつこくお迫りするのを怠っていたのだからな。針生くん、わたしを拘留しなさい。

針生、にっこりする。

長谷川 なにがおかしい。
針生 天皇家に名字がないのはなぜでしょうか。
長谷川 ……なに？
針生 天皇は名前しかお持ちにならない。それはなぜかとおたずねしております。
長谷川 ……考えたことがないが。
針生 ただの一度も王朝が変わっていないからです。
長谷川 ……。
針生 同じ王朝だから、名字をつける必要がない。つまり、天皇家はこれまで一度も国民から否定されたことがない。
長谷川 ……。
針生 では、なぜ国民は天皇家を否定しないのか。
長谷川 なぜだ？
針生 宗教だからです。
長谷川 ……宗教？
針生 （大きく頷いて）天皇教。この天皇教なしにこの先、日本人が生きて行けるとお思いですか。宗教はものごとを考えるさい、基本となる基準です。その基準なしに、どうやって善悪の判断をつけよと仰るのですか。それこそ日本人は善悪の判断をつけることのできない、情けのない国民になってしまいますぞ。だからこそ、こうやってかつての敵の真只中に飛び込んで、内側から天皇免責を勝ち取ろうとしているんじゃないですか。
長谷川 ちがう。
針生 どこが。なにが？
長谷川 陛下が……あの戦争を指導した者たちが、国民にたいして責任をとる。それだけがこれからの国民のものを考える判断の基準になるのだ。
針生 そうやって騒がんでください。
長谷川 わたしは筋目を正したいのだ。ただそれだけなのだよ、針生くん。
針生 そんなことを言い出すと、天皇に内外の耳目が集まるではないですか。それが困ると申し上げている。おとなしくお引き取りください。
長谷川 断ります。

睨み合う二人。……と、針生の右手が内隠しに滑り込む。

長谷川 また、わたしを消したくなったのかね。
針生 （取り出した煙草をくわえて）さあ、どうしましょうかな。
長谷川 わたしは名代ですよ。
針生 ……名代？

どこからか、風に流されでもしたように、千切れ千切れに、『すみれの花咲く頃』のヴァースが聞こえて来、奥の闇の中に、紙屋町さくらホテルの全景がにじむように浮き上がり、舞台前面へ近づいてくる。

長谷川　わたしは、……わたし自身も含めた、戦争の指導者たちの決断力のなさによって生を断ち切られたひとたちの、名代に選ばれたような気がします。このごろは余計、そう思えてしかたがない。……（右手の指を、親指から一本一本、左手で包み込むように握って行きながら）これは丸山定夫さん、園井恵子さん、戸倉刑事、大島輝彦先生、神宮淳子さん、（左手の親指に移る）熊田正子さん、浦沢玲子さん……そして、この体全体が、指導者たちの決断力のなさによって生を断たれたすべての日本人……。そんな気がしてしかたがない。そういうわたしが消せますか。

針生　……。

長谷川　また、たとえ、わたしを消せたとしても、亡くなったひとたちは、もう消えませんよ。死者はもう二度と死ぬことはないんですからな。

針生　分かりました。手続きは、お取りしましょう。

長谷川　そうお願いする。

針生、吸う余裕もなく持っていたままだった煙草を思い切り投げ捨てる。

針生　このわたしにも芝居の毒が利いていたとはな。

ホテルが舞台前面で止まる寸前、長谷川は小型革トランクを摑み上げるや否や、まるで歌声に吸い込まれでもしたようにホテルの玄関へ入って行き、全員に別れを告げる。

長谷川　それでは、これで失礼いたします。

針生はしばらく黙って見ているが、やがて、食堂で歌っている一同と合流して、さくら合唱隊の一員になる。

そのまま、「エピローグ　二」へ繫がる。

エピローグ　二

合唱隊が長谷川への御餞別のつもりで一所懸命に歌い、ハミングしている。その中から淳子が抜けて、長谷川のいる玄関の方へやってくる。それを長谷川が押し止めて、

長谷川　あ、そのまま歌っていてください。この歌で送り出していただくのが一番いいのです。わたしがそうお願いしたんですから、どうか、そのまま。

淳子　（それでもやってきて）やはり、今夜、お発ちにならないといけないんですのね。

長谷川　（頷いて）今回の集金旅行は、予想外の大成果を上げましてな。それを一刻も早く届けたい。主人のよろこぶ顔が見たい。

淳子　第五師団から、師団長の呑み料のお裾分けだといって、特級酒が一本、届いたんです。打ち上げっていうんでしたっけ、これからみなさんで、その飛び切り上等のお酒で祝杯をあげるんですよ。

長谷川　拍手があんなに、そう、たっぷり五分間はつづいたというのに、ご褒美が一升壜一本ですか。師団長、ずいぶんけちったな。

淳子　……足の裏に、まだ舞台の畳の感触が残っていますわ。畳といっても薄べりでしたけれど、震えているわたしをしっかり支えてくれていた畳……。その上に立つときの誇らしさ、その上を歩くときのうれしさ。劇場を出るとき、もう一度、舞台に引き返して、あの薄べりをなんどもなでてきました。なんだかいとおしくてたまらなくなったんです。それから、火鉢をなで、簞笥をなで……。お酒を呑みながら、みんなでそんな話をし合ったら、とてもたのしいはずですわ。

長谷川　たしかにたのしいでしょうなあ。

淳子　（かなりの決意で）せめて今夜一晩、出発をおのばしください。

この間、針生が合唱隊と二人の中間ぐらいのところまできていて、鬼のような表情で、長谷川を睨みつけるようにして、見ている。

長谷川　（迷いを断ち切って）さっき、劇場にきていた県のお役人が上りの長距離切符を世話してくれたんですよ。

淳子　（むしろ自分に納得させて）そうですわねえ。動けるうちに動いておかないと、つぎ、いつ汽車に乗れるかわかりませんものね。

長谷川　……明日からは、呉鎮守府の雇員になるんだそうですね。……よかった。元気で働いてくださいよ。そのうちに、また、芝居のできるときがきます。

淳子　そんな夢のようなときがくるでしょうか。

長谷川　（大きく頷いて）この戦はきっと終わらせてみせますよ。

淳子　……？

長谷川　いや、終わると思います。永久につづくことなど、この世ではなに一つないんですからな。では……。

長谷川、淳子と合唱隊に頭を下げて歩き出す。淳子がさらに追って、

淳子　あの……、

長谷川　（止まる）……。

淳子　なにか気になるんです。

長谷川　……気になる？

淳子　古橋さんには、なにかたいへんお世話になっているような気がしてしかたがないんです。でも、それがなんだか分からない……。

長谷川　わたしの方ですよ、お世話になったのは。（淳子を見、合唱隊を見、そしてホテルのあちこちを見て）ここでたくさんのお土産をいただきました。ありがとう。

淳子　またお会いできますわね。

長谷川　それはもう、きっと会いにまいります。そのときはかならず長谷川と……。

淳子　……え？

長谷川　ですから、長谷川一夫に芝居を教えているのは、新劇俳優のあの瀧澤修さんでしたね。いい土産話ができました。……さようなら。

長谷川、合唱隊に一度、大きく手を振ると、勢いをつけてホテルから出て行く。二、三歩、あとを追う淳子。

針生の方も少し動くが、追跡を断念し、その場に立ち尽くす。そして、合唱隊は、長谷川が去る一瞬、少し動き、少し乱れはするが、それでもやはりこの世の人とは思えないような、明るい、透明な笑顔で歌いつづけている。

そこへ幕が静かに降りてくる。

貧乏物語

■登場人物

河上ひで（49）
　　ヨシ（22）
加藤初江（17）
田中美代（32）
竹内早苗（28）
金澤クニ（27）

■時

昭和九年（一九三四）の春。

■場所

東京市中野区相生《あいおい》町十番地の借家。
拘留中のマルクス経済学者・河上肇《はじめ》博士の留守宅。

音楽の中からやがて、棟割り二軒長屋の西側の半分を占める河上家がゆっくりと現れてくる。

ここは中野区相生町十番地の借家。

ときは昭和九年（一九三四）の春。

上手は座敷。

奥から順に和簞笥と本棚が並べて置いてある。隅に寄せて文机ひとつ。

長押《なげし》の上に、河上肇博士の大きな肖像写真。正面の紙障子を開けると、せまい板の間。そこからも玄関や台所に出ることができる。

下手は茶の間。

茶簞笥と火鉢（鉄瓶が載っている）とちゃぶ台。

正面奥は、柱を中央に挿んだ四枚の紙障子。柱から上手側の障子を開けると玄関へ、下手側の障子を開けると台所へ出る。

二軒まとめて同一の店子《たなこ》に貸す場合もあるので、茶の間から座敷へ、そしてさらに上手袖の中まで、縁側が一本通っている。縁側を下りると、せまい庭。

同じ理由で、座敷の、縁側寄りに二枚の襖が立っていて、その襖の開閉によって東西に行き来できるようになっている。もっとも、今は、東側が新宿の大きなカフェ「タイガー」の女給さんたちの女子寮になっているので、二枚のうち、縁側に近い方の襖に心張棒が支《か》ってある。つまり、心張棒を外せばこちら側の襖が開き、東側の座敷が見えることになる。その際は、向こう側の、二枚目の襖に支った心張棒も斜めに見えるはず。

音楽の終わり近くに、春の暖かな陽射しが縁側から茶の間や座敷の中ほどまで差し込みはじめる。音楽がやむと間もなく、玄関（正面奥）の開く音。

美代（声） ごめんくださいまーし。……お美代でございます。（玄関の閉まる音）……奥様、ヨシお嬢さま、以前、ご奉公させていただいておりました、あのお美代が参りましたよ。

いつでも畳に手をついて挨拶できるように中腰になった田中美代が茶の間に入ってくる。和服。小さな風呂敷包みと小さなお土産。

……永いあいだごぶさたいたしておりまして申しわけございません。今日はじつはお願いが……。奥さま？

呼ばわりながら座敷へにじり出て、

……お嬢さま？

長押の肖像写真が目に入って、思わず平伏して、
それから写真に、

……先生、女中のお美代でございますよ。このたびは小《こ》菅《すげ》で懲役五年のお勤め、まことにご苦労さまでございます。先生はむかしから胃腸がお弱かった。お食事にはどうぞお気をつけてくださいまし。

話しかけて気がすんだのか、縁側まで出て庭を見わたす。

……奥さま？

やがて留守らしいと見当がついて、あらためて家の中を見回して、つくづくと、

……これがもと京都帝国大学教授の留守宅でございますか……ああ、情けない。

と、上手の襖の心張棒に目が行く。

……なんだろ、これ。

無造作に心張棒を外して襖を開けて、一瞬、その場に凍りつき、それからたじたじとなって二三歩下がる。
パジャマ姿の金澤クニが（向こうで支った）心張棒越しに顔を出して、

クニ　……あの、なにか。

美代　なんで、みんな、パジャマなんだろ。

クニ　……まだ夜明け前ですから。

美代　（一瞬、絶句するが）なに云ってんですか。真っ昼間だよ。間もなくお昼ですよ。

クニ　明け方に寝て午後起き出すんです、わたしたち女給は……。

美代　……女給？
クニ　(背後を示して)こっちはカフェの女子寮なんですけど。……新宿タイガー第三女子寮っていうんです。
美代　それじゃ、あたしが起こしちまったんだ。

クニは背後をおもんぱかって、タイガー側の心張棒を外し、からだ一つ、こちら側に出てくる。

クニ　いいえ、ずっと目をあけていました。
美代　心配ごと？
クニ　わかりますか。
美代　亭主のやつが千葉で占い師をやっているから。門前の小僧ってやつ。
クニ　昨日、女給になったばかりなんです。はじめてこんなところで眠るわけですし、先行きを思うと目が冴えて……それにああやって一つ部屋に二十人も寝てますし、なかには寝相のわるいかたもいて、背中をドシンと蹴飛ばしますし……あれやこれやで……。
美代　とっときのおまじないを教えてあげようか。
クニ　(目を輝かせて)はい。
美代　これも亭主のやつの受け売りなんだけどね、「思案がつきたら寝るのが一番」、こいつを十回も唱えると、たいていパタンですよ。
クニ　思案がつきたら、寝るのが一番、ですか。
美代　やってみたらいいですよ。
クニ　試してみます。ありがとうございました。
美代　はい、おやすみ。
クニ　おやすみなさい。

クニ、お辞儀をしながら寮側へ戻って向こう側の心張棒を支う。
美代も襖を閉めて心張棒を支う。そのとき、玄関の開く音。

早苗(声)　ごめんくださいませ。(閉まる)早苗でございますが。
美代　……？
早苗(声)　京都では、たいへんお世話になりました。
美代　……！
早苗(声)　吉田二本松のお家から嫁がせていただきました、竹内早苗でございます。
美代　……早苗ちゃーん！

玄関へ飛び出して行く美代。ほんのちょっと見合う間……すぐに交歓の声が上がり、たがいに手を取り合った二人、ぐるぐる回りをしながら茶の間に入ってくる。さらに座敷まではみ出し、そろって肖像写真に頭を下げたりしながら、

早苗　十年ぶりね。
美代　(腕などを改めてさわって) 年月《ねんげつ》ってひとのからだも変えるんだねえ。
早苗　むかしはやせっぽちだった。
美代　元気にしてた？
早苗　まあまあってとこ。お美代さんは？
美代　あたしも因果と丈夫でさ。

ぐるぐる回りは、茶の間へ戻ってちゃぶ台に向って坐ったところで止まるが、しばらく目が回っている様子。早苗は洋装。一日旅行用の小型トランクにハンドバッグ。それからお土産。美代、早苗の上着の襟飾りを見て、

美代　……お、あの鼈甲《べっこう》の蝶蝶だね。
早苗　みなさんからの結婚祝いよ。
美代　いい細工だねえ。大丸で八十円だったかな。
早苗　わたしの宝物よ。大事に使ってます。
美代　わたしも三円出したっけ。
早苗　ありがとうございました。
美代　それには曰《いわ》くがあってね。
早苗　……いわく？
美代　修学旅行で京都にきていた早苗ちゃんと、先生の教室の竹内一夫くんが五条大橋の上で恋に落ちた。これがその曰くのはじまり。
早苗　鼻緒を切らして困っていた一夫さんにハンカチを割いてすげてあげたのよ。それがきっかけで、写真交換、一年半の文通……。
美代　ところがこれが許されぬ恋でねえ。
早苗　浅草の鼻緒問屋の養女でしたからね。女学校を終えたらそこの跡取りと一緒になる約束だった。そろそろ祝言をと養い親に責められ、家を飛び出して……どうしてあんな勇気があったのかしら。
美代　恋の翼に乗ってきました。河上家の玄関口で、たしかにそう云ってたよ。
早苗　……はずかしい。
美代　一夫くんが卒業するまで、奥さまが早苗ちゃんをお預かりになる、先生が東京の養い親と話をおまとめになる……。
早苗　(座敷へからだをのばし手をついて礼) ありがとうございました。
美代　話がまとまったときだよ、先生がこうおっしゃったのは。「自由恋愛という大事業を成し遂げた二人に、現金でお祝いを上げようではないか。わたしの専門のマルクス経済学の立場から言っても、やはり先立つものはお金だからね。ふところとよく相談して、みんな無理のない範囲でカンパするように」……。ところが、

鉄瓶に湯があるのをさいわいに、美代は茶簞笥をあけて茶の支度。

早苗　……ところが？

美代　奥さまが反対なさった。「新婚旅行では二人とも気が浮き立っているから、あればあるだけ遣ってしまいますよ。それより、あとでりっぱな質草になるような、ちゃんとした細工物などがおよろしい。所帯を持つと急にお金が入り用になるときがある。そのときにきっと役に立ちますからね」……。

早苗　さすがねえ、奥さまって。

美代　どんな敵がこようとも一歩もあとへ引かない豪傑、それが先生だけど、奥さまのおっしゃることはよくお聞きになる。早苗ちゃんもあのとき三月《みつき》も、河上家にいたんだから、そのへんはよく知ってるだろうけど、先生はその場で、「ひでが正しい。細工物にしよう」とおっしゃって、それでその蝶蝶になったってわけだよ。

早苗　（なにかしらジーンときて）……この蝶蝶、もっとうんと大切にしなくちゃね。

美代、早苗にお茶を出す。

早苗　ありがとう。

美代　その蝶蝶、質屋の質蔵に入ったことはあるの。

早苗　まだ、一度も。

美代　聞くだけ野暮だったか。帝大出のお役人の奥さんが質屋と仲よしだなんて、あんまり聞いたことがないもんね。内務省だったっけ、一夫くんが入ったのは。

早苗　（頷いて）最初が本省でしょう、それから秋田県へ部長で出て、去年、また本省へ戻ってきたところ。しょっちゅう動いてばかり。

美代　いいじゃないの、動くたんびに出世するんだから。こっちは、動くたんびに電車賃がかかって損ばっかり。

早苗、まじまじと美代を見る。

美代　……老《ふ》けたでしょう。

早苗　がんばり屋さん。

美代　それしか能がないもの。

早苗　それに、りっぱよ。

美代　おごらせようたって乗りませんよ。

早苗　十九年間も一つ家に奉公しつづけるなんて、お美代さんのほかに、だれにでもできなくてよ。

美代　……十九年間だって？

早苗　（思わず声を低めて）だってほら、河上肇先生は赤い思想をひろめたという重罪で小菅にいらっしゃるでしょう。お嬢さまのヨシさんは、一昨年の赤いギャング事件の犯人の一人でしょう。

美代　（宙を睨んで指折り数えている）……。

早苗　大森の銀行に三人組のアカが押し入って現金三万円を奪って逃げた事件で、そのお金をアカの地下の秘密本部まで運んだのがヨシお嬢さま。しかもよ、その赤いギャング団のキャプテンが、奥さまのじつの弟さんで、いまは市ヶ谷刑務所にいらっしゃるわけでしょう。さいわいヨシお嬢さまは帰っておいでのようだけれど、いわば河上家は、いまがどん底、アカもアカのまっかっか。……あ、これは世間で云っていることばなの。でも、お美代さんはその河上家に踏みとどまっている。だから、がんばり屋さんで、りっぱ……。

美代　どう数えても十六年間だよ。

早苗　……なにが？

美代　ご奉公していた年数のことよ。

早苗　いいえ、十九年間よ。

美代　どうして三年も差が出るのよ。孤児院から河上家へ上がったのは大正四年の春、先生がヨーロッパ留学から帰ってこられた年だよ。

早苗　ですから、十九年間でしょう。

美代　三年前に後妻に入ったのよ。

早苗　……だれが。

美代　あたしが所帯持つとへん？

早苗　……！

美代　結婚はあんたの専売特許？

早苗　どこへ入ったの？　ねえ、聞かせて。

美代　三年前に、河上家にもちょっと落ち着いた半年間があったのよ。

早苗　ちょうど秋田にいたころだわ。

美代　先生は政治道楽から足をお洗いになったように見えた、ヨシお嬢さまも津田塾という学校に一番でお入りになった、やはりほっとなさったんだろうね、ご一家で房総へお遊びにお出かけになったんだよ。御宿《おんじゅく》で降りると、駅前で網をはっていた占い師がいきなり声をかけてきた、「おねえさん、あなたのお顔に吉相が出ておりますよ」

早苗　お美代さんもほっとしてたのよ、それでいいお顔になってたのよ。

美代　いい男前でねえ。ふらっとなって寄って行くと、いきなりあたしの手をとって、「いい手だなあ。これこそ働き者の手だ。うーむ、ちかぢかおめでたいことがおきますな」……男からまともに手を握られたのは初めてだから、ポーッとなっちまって……夕方、夜、次の朝と、つづけて三度通ったのよ。

早苗　一目で恋に落ちたんだ。わかるわ。

美代　三度目は、こっちから手を握って云ってやったんだ、「やや、あんたは、いま目の前にいる女から好かれておりますよ」って。

早苗　やったわねえ。
美代　そのあとは、いろいろとおどろくことばっかり。
早苗　それはいろいろあるでしょうね。
美代　いちばんおどろいたのは、奥さんがいるとわかったとき。
早苗　……！
美代　女にはめっぽう手の早い男だったんだよ、その高嶋秋山《しゅうざん》てやつは。「乙女の操をよくもふみにじってくれたね」って、高嶋の家に怒鳴り込んで、秋山のおっかさんを入れて四人で揉めているうちに、奥さんの方が出てってしまったから、そのまま後妻に入ったってわけ。
早苗　お美代さんの愛情が強かったのね。
美代　あたしの声も大きかったんだろうけどね。
早苗　それでいまは、おしあわせ？
美代　手相見で女の手を握るたびに客にほれるような男なんですよ。そんな色魔を相手にどうしたら「おしあわせ」になれるの。
早苗　（きっぱりと）なれませんね。
美代　秋山のおっかさんてひとがまたすごい。毎日、新品のごはん茶碗を一個、おろすのよ。
早苗　かわった趣味だわね。
美代　ごはんがかたいの汁の実が少ないのと、いちいち文句をつけて投げつけてくる。だから、お茶碗が一日と保《も》たないわけ。
早苗　……物入りよねえ。
美代　おそろいのエプロンを着せられて、孤児院から毎日、物売りに行かされてたって話、したかしら。
早苗　ゴム紐や歯ブラシの入った箱を首から下げて、裏小路を売り歩いたんでしょう。養女に貰われる前、病身の母親に手をひかれて似たようなことをしてたから、とてもひとごととは思えなくて……。
美代　親子連れに出会いそうになると、きまって手近なお寺の境内に逃げ込んだって話は？
早苗　それは聞いてない。
美代　なにかの拍子に子どもが「ねえ、かあさん」と甘えた声を出すでしょう。あの声を聞くのがつらくて逃げるのよ。
早苗　……。
美代　だからそれが義理の母であれ姑であれ何であれ、とにかく「おっかさん」と呼べるひとができたのがうれしくて、「おっかさん、その無理ごもっとも」「おっかさん、その無理強いがうれしいわ」「おっかさん、いまの平手打ちにはしびれました」と、おっかさんということばを大切に、どんな仕打ちにもたえてきたつもりよ。
早苗　喧嘩っ早いあなたが、よくぞそこまで……。
美代　けれども今朝は我慢がならなかった。三杯目のごはんをたべようとしたら、お茶碗といやみが飛んできたんだ。「孤児院育ちはいやしくていけないよッ」……。

早苗　ひどい云われようね。
美代　だから、お茶碗をおひつの蓋でバシッと受け止め、おひつをごはんごと、ズボッとあの白髪頭におっかぶせてやった、「全国の孤児にかわってお仕置をしてやる」と云ってさ。
早苗　（思わず拍手）えらい。
美代　胸がすーっとした。
早苗　……もう戻らないつもりね。
美代　戻る気はない。それに、もう戻れやしませんよ。なにしろ、おひつには炊き立てのあつあつごはんが湯気を上げていたんだよ。……あの色魔占い師と、そいつを生みっぱなしにしておいたあの因業婆ァとは縁が切れましたよ。
早苗　……よかった。
美代　（さすがに驚き）ええ？
早苗　助かったわ。
美代　なにが。
早苗　お美代さんといっしょなら心強いもの。
美代　まさか。
早苗　お美代さん、一夫さんには女がいるんです。
美代　……！
早苗　本省の役人には宴会が仕事。秋田県に刑事部長で出たときもそう、毎晩が仕事をかねた宴会で、そのまま料亭で寝てしまうような毎日、そのうちに……。
美代　芸者だね。
早苗　大きな料亭の娘さんなの。
美代　秋田美人か……。
早苗　くやしいけど、活動写真に出てくるような、きれいなひとなのよ。一夫さんが本省に戻ってくると、そのひとも子どもをつれて……。
美代　子どもがいるの？
早苗　これまたくやしいことに利発そうな男の子。親のお金で官舎の近くに家を買って住んでいる。一夫さんは、週末にはきまってそっちへ帰るのよ。
美代　うちの秋山よりあこぎだね。
早苗　わたしには子どもができないのだし、ここまでは怺《こら》えてみせます。でもつらいのは、そのひとが坊やを抱いて官舎の前に現れることなの。昨日の夕方、そのひと、うちの前に立ってこう云うのよ。「坊や、ここがお父さんのおうちですよ。なかにはこわーいおばさんが住んでいるのよ」って。
美代　……うん、つらかったろうねえ。
早苗　今朝、新聞を読んでいる一夫さんに思い切って云いました。「わたし、どんなことにもたえてみせますわ。でもたったひとつ、あのひとが坊やを見せびらかしにくるのだけは……それだけは、やめさせてくださいませんか。このままでは、わたしの神経がもちません」
美代　そしたらなんて？

早苗　ふふふと笑っただけだった、空模様でも聞くみたいに平然としたままで……。
美代　（長嘆息）学生さんのころはやさしそうに見えたけど……なんておそろしい男になったものだろうねえ。
早苗　（ハンカチを持った手をぶるぶるふるえさせて）その顔を見ているうちに、もうなんにもわからなくなって……。

　例の襖がガタガタと鳴っている。

美代　しーっ。
早苗　……あれは、わたしのせい？

　美代、襖の前に行き、心張棒を外して、そーっと開ける。クニが襖に耳を押し当てる格好で声もなく泣いている。

美代　寝てたんじゃなかった？
クニ　……おまじない、よく利きました。五回目ぐらいでもうとろとろとなって……。
美代　すると、ふだんもそういう姿で眠るわけね。器用だこと。
クニ　ですから、とろとろっとしたときにお二人のお声がして……そのうちにお話を聞くともなく聞くうちに、もうびっくりして、そしてなんども泣かされました。（美代に）おっかさんということばのありがたさ、身にしみましたわ。（早苗に）男女の愛なんてはかないものなんですねえ。（パジャマの袖で目のあたりを拭いながら）ごめんくださいませ。

　クニ、タイガーの心張棒を越えて河上家へ入り、襖を閉めて、こちら側の心張棒をしっかりと支う。
　その間、

美代　……ぜんぶ聞いてたんだ。
早苗　どなたなの？
美代　向こう側半分がカフェの女子寮になっていて、そこの新入りの女給さんよ。
クニ　女優です。
美代
早苗　}（異口同音）……女優さん？
クニ　ひかり座の金澤クニです。

　クニ、二人の前に手をついて、きちんとお辞儀する。ふたり少しうろたえながらも礼を返す。

クニ　ひもじさのあまり女給になりました。でも、ゆうべひと晩で、わたしには向いてないとわかりましたわ。手にぎり五十銭サワリ七十銭キス一円、それは覚悟の上でした。でも、その場になるとやはりだめ、手をにぎろうとしたお客のほっぺたを思いっ切りピシャリと叩いてしまいました。それもつづけて五人……。

美代　ひと晩で二円五十銭も取り損なったんだ。

クニ　そうなります。

早苗　十日で二十五円！　背広なら上等のが買えるお金よ。

クニ　それでもピシャリとやったんです。

美代　女優さんだったんじゃないの。お芝居の中で手をにぎったりするのはしょっちゅうのことで、ときには抱き合ったりもするんでしょう。

早苗　そうよ。手をにぎられるぐらいお芝居で切り抜けたらいかが。

クニ　カフェは現実ですわ。ひきかえお芝居は虚構です。現実と虚構とはちがいますもの。

美代　(早苗に)なんだかむずかしいひとみたいだよ。

クニ　支配人から五回、お説教がありました。六回目があるとすれば、それはクビを宣告するときなんだそうです。

美代　手相をみてもらうようなつもりで、手を出せばなんてことはありませんよ。

早苗　六人目は、あなたのお眼鏡にかなうすてきなひとかもしれない。

クニ　わたしにはわかります。六人目もピシャリとやるにちがいありません。

美代　本人が保証してどうするのよ。やってみなきゃわからないでしょう。

クニ　でも、前科がありますから。

二人　……前科？

クニ　去年の秋、わたしたちの芝居にお金を出そうじゃないかというひとが現れた。芝白金の実業家で堀田という若い男爵です。みんな狂ったようによろこんで、この機会に新橋の飛行会館ホールに進出しようときめました。これがどんな意味を持つか、おわかりになります？

二人　(ぜんぜんわからない)……。

クニ　飛行会館ホールは、築地小劇場とならぶ新劇の檜舞台なんです。ひかり座の歴史に金箔がつくんです。ひとっとびに一流の劇団になれるんです。

早苗　かぶき役者にとっての歌舞伎座みたいなもの？

クニ　わかっていらっしゃるわ！

美代　それでその檜舞台と前科とが、どう結びつくんですか。

クニ　わたしにもいい役がつきました。お稽古は快調に進んでいます。やがて劇場の借り賃を前払いする日がやってきました。堀田男爵の名ざしで、わたしが赤坂の事務所にお金をいただきにあがることになって……はじめのうちは、ふしぎなところを事務所にしていらっしゃるんだなとおもった。

美代　……ふしぎ？

クニ　黒板塀に見越しの松、門から玄関へ敷かれたきれいな石だたみ、玄関に吊されたすりガラスのいきな灯籠、右に曲がり左に折れる磨き抜かれた廊下……。
美代　待合かなんかじゃないの、それ。
クニ　（つらそうに頷いてから）案内されたお座敷は、お庭の見える八畳間、花をかざった床の間に、十円札の札束が、ポンと無造作に置いてある。男爵はもう酔っていて、「ぼくはこれでも実業家、お金を貸すには証文をとる。この札束と引き換えに愛の証文をいただこう」……。
美代　愛の証文……？
クニ　逃げようとして立ったとき、金屛風の端から次の間の、真っ赤な友禅縮緬《ちりめん》の布団がちらっと見えました。
美代　とんだ証文だねえ。
早苗　卑劣ですよねえ。
クニ　左手で札束をさし出しながら右手でわたしの手を取ろうとするところを、おもい切りピシャリとやったら、男爵は障子ごと庭へ転がり落ちて……。
美代　よし！
早苗　やったわね！
クニ　公演は取りやめになりました。
美代｝
早苗｝……。

クニ、座敷の肖像写真の前に行き、きちんと正座。両手をついて、

クニ　河上先生、お会いしとうございました。金澤クニでございます。ひかり座のみんなと、先生のご本を、いったい何冊、読ませていただいたことでしょう。五冊や六冊ではきかないとおもいます……ですから、さきほど襖ごしにこちらが先生の留守宅だと聞き知ったときのおどろきとよろこび、どうぞお察しくださいませ。それにいたしましても……（家の中を見回して）この二十年間、何百万ものひとたちが奪い合うようにして先生のご本を買い求めたというのに留守宅がこんなにも粗末だったとは……！

あっけにとられていた二人、ようやくついて行けるようになって、

美代　先生の口ぐせは「質素節約」なんですよ。そうやって余らせたお金は、みんなアカに……（あわてて云い直して）あっちに寄付しておしまいになっていましたね。だから、奥さまだってそうたくさんお蓄えになっているわけじゃない。でも……（見回して）たしかに粗末すぎるわねえ。
早苗　（見回して）質素節約だらけですよ。
クニ　粗末だからこそすばらしい、そう申しあげようとし

ていたところなんですの。

美代・早苗　……？

クニ　（写真に）いかにも先生にふさわしい、粗末でりっぱな留守宅ですわ。先生のお考えをよく理解なさっておいでの奥さまも、ごりっぱだとおもいます。

美代　粗末はりっぱかね。

早苗　りっぱは粗末ですか。

クニ　だって、それこそが河上肇の利他主義ですもの。

美代　リタ……シュギ？

早苗　……？

クニ　（写真に）わが身はかわいい、しかし、他人のことも気にかかって仕方がない。これが先生の利他主義の根本ですわね。（二人に）先生のご本のなかでも特別によく読まれた『貧乏物語』に、たえず流れている考え方です。

美代　（早苗に）読んだ？

早苗　（答えず）お美代さんは？

クニ　（写真に）他人のことが気になるから、他人の貧乏も気になる。では、世の中から貧乏をなくすにはどうしたらいい？　みんなでなるべく贅沢をつつしみながら、国の骨組みを変えて行けばいい。先生はそうお考えなんですね。

美代　……あんたは読んでいるんだ。

クニ　（写真に向かったまま、二人に「五回」の意味で片手をぱっとひろげてみせて）……そこで先生は、同じような考えをもって、世の中にたいして懸命にはたらきかけているひとたちの活動のために、質素節約で余らしたお金をお差し出しになった。それればかりか、カンパだけでよしとはなさらずに、ご自分からその活動にお加わりになった。書斎から世の中へお出になり、そして最後は地下に潜って活動をおつづけになった。（二人に）これが『貧乏物語』からあとの先生のお考えと行動なんですわ。（写真に）なによりもわたしたちのこころを打つのは、先生の言行一致のお覚悟。考えっぱなしではない、云いっぱなし書きっぱなしでもない、ご自分のお考えに誠実に行動なさいました。これはすごいことですわ。

美代　やはりむずかしいひとだったんだよ。

クニ　（写真に）先生はひとをあやめたり、ひとのものを盗ったりなさったわけではない、ただ、ご自分のお考え、利他主義をひっこめようとなさらないだけですわ。そして、その態度がけしからんといっていま、罰をうけていらっしゃる……。

美代　泣いているみたいだよ。

早苗　あっちの方の人よ、きっと。

クニ　（写真に）……先生の奥さまにお目にかかりとうございます。ごいっしょに住まわせていただきながら、奥さまをとおして、先生のお考えをもっと深く学ばせてい

ただこうとおもいます。すばらしい機会をお与えくださいましてほんとうにありがとうござ……、

美代 ちょっと。

クニ はい?

美代 いま、居候のおねがいしてなかった?

クニ それは……見方によるとおもいますけど。

早苗 どこから見ても居候のおねがいでしたよ。

クニ ……女給に向いてないんです。六人目もピシャリとやるにちがいないんです。

美代 聞きあきましたよ、それは。いい? あたしたちの方が先口なんですよ。

早苗 わたしたちは河上家ゆかりのものなんですよ。

美代 お土産も持ってきました。(見せて)千葉駅名物の蒸し饅頭。

早苗 (見せて)森永のシュークリーム。

クニ わたしは……(いきなり胸をはって)先生のご本をよく読んでいます。

美代
早苗 (一瞬、シュンとなる)……。

クニ 縁先でも庭先でも、どこでもいいんです。玄関先でもいい。

美代 それは、あたしたちもおなじことですよ。

クニ それじゃいっそ三人でおねがいしましょうか。

早苗 そうねえ。(美代に)そうしましょうか。

美代 どこから三人にふえちまったのかしらねえ。

クニ わたし、着替えてまいりますわ。

立ち上がろうとしたとき玄関が勢いよく開く。三人。はっとなって、縁先まで下がり玄関に向かって正座。

いつでもお辞儀のできる体勢をとる。

初江 (声)(やや遠くへかけて)……お嬢さま、新記録が生まれそうですよ。そのままいらっしゃれば、四十五分の壁をお破りになれます。……あれ、どうしたの、この靴と下駄……?

三人が「……?」となって、首をのばしたところへ、初江がそうっと顔を出す。左手に腕時計。和服のふところに小型ノートと黒軸の万年筆。

初江 空き巣……じゃありませんよね。よくいらっしゃいました。

三人が会釈しようとしたところへ、

初江 そのまま。そのままお待ちくださいね。

茶の間の端に立って、玄関口と左手の腕時計を半々に見る。

ヨシ（声）　……ただいま。

初江　四十五分と十五秒。……惜しい。

ノートと万年筆を出し（玄関の閉まる音）数字を書き付けて、それから正面切って読み上げる。

初江　「三月九日金曜日。快晴。午前、新宿駅から歩行練習。記録四十五分十五秒」……お家の前まできて、どうして急にゆっくりになってしまったんですか。（ト玄関を見て）あれ、お嬢さまがいない。

下手奥から茶の間の横を通って庭先へゆっくりと歩いてくるヨシ。和服。左足を引いている。

ヨシ　角《かど》の梅の湯さんのところから子猫が前後《あとさき》になってついてきたのよ。玄関の前でこっちへ駆け込んだとおもったけど、初江さん、見なかった……？

美代たちを見て足が止まる。

美代　……お嬢さま。

ヨシ　まあ、お美代さん。いらっしゃい。

美代　おひさしぶりでございます。

早苗　あれっきりごぶさたを重ねておりました……おゆるしくださいまし。

ヨシ　……早苗さん、でしょ？

早苗　（大きく頷いてから）小学五年の小さなお子が、すっかりお美しくなられて。

クニ　お隣からまいりました金澤クニでございます。

ヨシ　……？

ハテとなって縁側の踏石につまずきよろけるところへ、もっとも近くにいたクニが思わず手をさしのべるが、それより速く初江が飛んで行き、ヨシのからだを支えて押し上げるように家の中に入れる。

ヨシ　……ありがとう、初江さん。

初江　縁側からお上がりになるときは、よほど足もとに注意なさらないと。

初江、ヨシを茶の間に坐らせると、また、ノートになにか書き込んでいる。三人、我に返って、

美代　……お嬢さま、いったいどうなすったんです？

早苗　もしかしたら、おけが？
クニ　それとも、ご病気かなにか？
ヨシ　（平静に）新聞にも大きく載りましたからもうご存じでしょうけれど、おととしの秋のあの銀行ギャン……（一瞬、云いよどむが、すぐ戻って）ギャング事件のあと、わたしは、佐藤綾子と名前を変えて、浅草橋駅近くのゼネラル石油のスタンドではたらいておりました。日給八十五銭のガソリンガールです。
クニ　（尊敬の念を込めて）……地下活動？
美代／早苗　（制して）しっ。
ヨシ　（クニの「地下活動」を引きついで）……その最中に、大崎警察署の特高さんたちにつかまったのが去年の十月。それから八十日間、大崎署に留置されていたでしょう。……足を悪くしたのは、そのときなの。

三人がシーンとなったとき、初江がまた、正面切ってノートを読み上げる。

初江　「午前十時五十分ごろ、お庭の踏石につまずく。十五センチ以上の段差のあるところでは、いましばらく、足の運びに全神経を集中すること」
ヨシ　（大きく頷いて）ありがとう。
美代　……いちいち大声を出して。なにをやっているんですか、このひとは？
ヨシ　わたしに付き添って足のぐあいを観察してくださっているの。それでそのつど、ああやって観察ノートを大きな声で読み上げては、注意してくださるのよ。
早苗　（頷いて）看護婦さんなんですね。
美代／クニ　（口ぐちに）ご苦労さまでございます。
初江　女中の加藤初江です。よろしくおねがいします。
美代　女中さん？（すっかり感心して）へえ、りっぱな万年筆でお帳面をつけて……このせつは女中さんも変わりましたねえ。
初江　こんな万年筆をもっている女中は、わたしだけです。
美代　……？
初江　父の形見なんです。（キャップを外して三人に見せて）十八金のペン先。とっても書きやすいんです。
ヨシ　それはわたしが保証してよ。小菅の父にお手紙を書くというような大事なときには、その万年筆をお借りするの。ペン先から文字がひとりでに流れ出して、それにつれてこころのもつれまでもすらすらとほどけて行くようで、あっという間に、いいお手紙が書けるわ。……そう、魔法のペン先ね。

三人、いたく感心して、いっそう熱心にペン先を見つめる。

初江　父はペン先研ぎの職人で、柳橋で一番と云われていました。
美代　柳橋の一番は、東京で何番ぐらいになります？
初江　研ぎ職人はみんな柳橋に集まっていますから、日本一ということになります。

　三人、ますます感心して寄り目になったりしながら、ペン先を見つめている。

初江　女学校に上がるとき、わたしのセーラー服の胸ポケットにこれを挿しながら、父がこう云ったんです。「おまえが望みどおりに雑誌の婦人記者とやらになったとすらあな。そいで五十六十まで字を書きつづけたとすらあな。それでもちゃんの研いだこのペン先はびくともするもんじゃねえよ」
美代　あんたまさかその婦人記者かなんかじゃないよね。
初江　え？
美代　こちらで見聞きしたことをその万年筆で記事にしようというんじゃないよね。
ヨシ　お美代さん、初江さんはまだ十七なのよ。
美代　ですがね、お嬢さま……。
初江　婦人記者に、なれそうにないんです。
早苗　どうしてなの？
初江　去年の夏、父の亡くなるのを待っていたように、母がこう云って責めるようになったから。「柳橋の貧乏長屋の女の子は昔から芸者になるのが相場、女学校なぞさっさとよして芸者になって稼いでおくれ」……それで母とあらそって、女学校をやめて、家を飛び出して……。
ヨシ　（柔らかく制して）初江さん。
初江　……。
ヨシ　（柔らかく睨んで）お美代さんたちったら、もう……。
美代　（早苗に）ああいうときに「どうして」なんて突っ込むものじゃありませんよ。
早苗　（クニに）着替えていらっしゃいしたらいかが。
クニ　（気づいて）あ、ごめんなさい。

　ヨシに一礼、心張棒を外してタイガー寮に入り、襖を閉めながら、

クニ　心張棒を、おねがいいたします。
早苗　（ヨシに）新劇の女優さんなんですってよ。
ヨシ　それでからだの動きがどことなく垢抜けていらっしゃったのね。
美代　あとでまた顔を出すとおもいますよ。
ヨシ　……あとでまた？

美代
早苗 ……ええ。
初江 （心張棒を支いに行っている）やっぱり不用心だ。
（二人に）こないだも白く脂《あぶら》ぶとりした女給さんが、息が詰まって寝苦しいといって、ここへ転がり出して大いびきをかいていたんです。（ヨシに）あとで大家さんを急《せ》かしてきます。
ヨシ ええ、おねがいね。
美代 大家が怠けているんだな。
初江 （頷いて）返事はいつも同じなんですよ。「家賃は日割り一日六十三銭、これでもうんと勉強しているんですよ。そのうちにいいようにいたしますから」……大家さんは、板代、釘代が惜しいんです。
美代 大家なんて貧乏人がいるから成り立っているんじゃないか。あたしが掛け合ってあげてもいいけど、こんどこう云って脅かしてやりなさい。「空き巣でも入ったら責任もってもらいますからね」って。
初江 もう云いました。返事はこうでした。「失礼だが、空き巣が当てにするような品物がおありでしたかな」
美代 ……やるわねえ。

初江、ヨシの前に膝をついて、二人を見、それからタイガー寮へも気を配りながら、

初江 お嬢さま、お昼には、おうどん、煮ましょうか、それともおそばを茹でましょうか。
ヨシ ……お母さまにもなにかお考えがあるとおもうけど……むかしなら、こんな日はきっと牛鍋ね。
初江 お昼からですか。
ヨシ そうよ。
美代 なにかいいことがあるとすぐ牛鍋。それが河上家のしきたりなんですよ。
初江 （感心）……！
美代 とりわけ先生は牛鍋教の教祖さま。大きなお仕事が片づくと、お二階の書斎から「牛鍋ッ！」ってお叫びになる。
ヨシ 大学でお講義がうまく行ったときもそう。門を入るより先に「牛鍋ッ！」
初江 （写真を見上げながら）よほどお好きなんだ。
ヨシ （大きく頷いて）父には牛鍋がこの世で最高の御馳走なの。
早苗 でも、問題は最後の一切れね。
ヨシ
美代 （異口同音）そう、そう。
初江 最後の一切れって？
ヨシ みんなでお鍋を囲んで一所懸命お肉をいただくでしょう。食べて食べてお腹《なか》がいっぱいになって、ふっと気がつくと、どういうわけか、お肉が一切れ、お鍋の底に

のこっている。

美代　煮えすぎて（その形容）こんなになっちゃってね。

早苗　一瞬、みんなが箸を止めて、そのお肉を見つめる。

初江　うちの方では「残り物に福」と叫んだものが勝ちですけど。

ヨシ　うちでは、お父さまがこうおっしゃるのよ。「この肉の形、格好、イングランドとよーく似ていると思わんか」

美代　（引き取って）「そしてよくごらん、この糸コンニャクがテームズ川だ。となれば糸コンニャクにくっついているこの焼豆腐のかけらはロンドンである」

早苗　（引き取って）「ロンドンといえば、彼《か》のマルクスが資本論を書いたところだということはみんなもよく知っとるだろう。したがってマルクス経済学者の一人として、このような形の肉を見逃すことは、とうてい忍びえない」

　三人三様に、おいしそうに食べる仕草をして笑い合う。初江、笑いながら肖像写真を見上げている。

ヨシ　そうだわ。やはりお肉が、いまにも三つか四つに千切れそうになって、つながってのこったことがあった。

早苗　ええ、おぼえておりますとも。わたしのためのお別れ会の牛鍋でしたから。「ごらん、これが北海道、それから本州、四国、九州……この肉は大日本帝国地図とそっくりではないか」

美代　（引き取って）「本州の上に糸コンニャクが二本のっているね。これは東海道本線じゃ。となると糸コンニャクの横にある、この椎茸は富士山にほかならない」

早苗　（引き取って）「全体にぐずぐずとふるえているのは、われらが同胞の暮らしがいまだに安定していないことをものがたるものであって、この国からどうしたら貧乏をなくすことができるかを、日夜、研究しているマルクス経済学者の一人としては、どうしてもこの肉を黙過しえないのじゃ」

ヨシ　長ながとおっしゃっている間に、せっかくのお肉が焦げついてしまったのね。

美代　そこで先生がおっしゃった。「これはいかん。大日本帝国が悪くかたまってしまっておるぞ」

　三者三様、さもまずそうに食べる仕草をして笑い合っている中に、玄関の開閉。小さな風呂敷包み（ハンドバッグの代わり）を腕に抱えた和服のひでが入ってくる。

ひで　……まあまあ、なつかしいお顔が二つも揃って。

美代
早苗　（口ぐちに）……奥さま。

ヨシ　市ヶ谷の叔父さまのご様子、いかがでした。
ひで　裁判が近いからさすがに緊張してましたよ。でも、毎日、鰻重を差し入れてくれと云っているところをみると、気力はあるようですね。
初江　すぐお茶をお入れいたします。
ひで　（頷いて）ちょうどのどがかわいていたところ……（美代と早苗に改めて）表まで笑い声が咲きこぼれて……にぎやかで、春らしくて、よろしいですね。
美代　（低頭して）すっかりごぶさたをいたしました。
ひで　こちらこそ。お美代さんもよほど占いにくわしくなったでしょうね。
美代　はい。手相見に八卦見《はっけみ》、姓名判断に夢占い、あの秋山も真っ青でございます。
ひで　それはたのもしいことね。
早苗　（低頭して）あれほどお世話をいただきながら、この十年、年賀状一枚さしあげず、申しわけございません。
ひで　それでよろしいのですよ、早苗さん。一夫さんは内務省でご出世中のお役人、うちの先生は、いわば一夫さんの敵、たとえれば平家と源氏ではありませんか。音信《たより》が行き来していたら、かえっておかしいでしょう。
早苗　家にいるときの主人は、仕事のことは一切、口にいたしません。ですから、ただいまの奥さまのおことばにびっくりいたしました。……（ひどく改まって）竹内一夫が河上肇先生の敵だというのは、ほんとうでございますか。
ひで　（柔らかく）一夫さんは内務省の警察保安局におつとめのはずね。
早苗　……はい。なにか、そのようなところだとは聞いておりますが。
ひで　警察保安局、ふつうは警保局というらしいのですがね、そこは、特別高等警察をはじめ、あらゆる警察の総元締のようなところなのだそうですよ。
美代　（単純にびっくりして）へーえ。それで、早苗さん、これもうちの先生が教えてくれたことですが、一夫さんは、そこの切れ者でいらっしゃるとか。
早苗　……切れ者？
ひで　ですから、先生とは敵と味方。
早苗　……恥ずかしい。いっしょに暮らしていながら、なにも知りませんでした。
ひで　早苗さん、あなたは河上家から嫁いで行っただいじなひと、なにがどうなろうと、これだけはかわりませんよ。
早苗　……奥さま。
ヨシ　早苗さん、お父さまのおはこを思い出さない？
早苗　……先生のおはこ？
ヨシ　「太郎はどうしても次郎になれず」、
美代　（頷いて、引き取って）……「権兵衛の呑んだ酒では田吾作は酔わない」（早苗に）ね、このあとは？

早苗　「春子はどうしても夏子になれず、秋子のたべた汁粉では冬子のお腹はくちくならない」……。

ヨシ　だから、早苗さんと一夫さんとはべつべつ。べつのひとよ。気になさってはいけないわ。

早苗　ありがとう、お嬢さま。

ひでは二人の荷物を見ていたが、にっこりして、

ひで　お二人とも、泊まって行けるんですね。

美代　それはもう……！

早苗　あの、じつは……、

ひで　さぞつらいお話なのでしょうね。つらい話はしっかりお腹をつくってからにしましょう。さもなければ、枕をくっつけ合って、電気を消して、涙の見えないときに。

美代
早苗｝（頷く）……。

ひで　（初江に）あとで貸布団屋さんへ。

初江　はい。三組ですね。

ひで　三組？

美代　それがね、奥さま。女給に向かない女優というふしぎなひとがいるんでございますよ。

ひで　……？

早苗　でも、先生のご本はよく読んでいるんですよ。

ヨシ　お美代さんや早苗さんのお友だちよ。

美代　（頷いて）いま来ていま出来たような友だちですけど、それでも、襖を開けて顔を合わせれば挨拶ぐらいはする仲でございます。

ひで　ざこ寝なんて何年ぶりでしょうね。先生が雑誌をおつくりになっていたころは、廊下にまで編集の方が寝ていたものですが。……このところ用が多いせいか日が短い。みなさんで、てんでに話に花を咲かせて、のんびりするのも悪くありませんね。（初江に）三組にしましょう。

初江　（頷いて）お昼はなににいたしましょう。

ひで　御馳走をどっさりつくるんです。

初江は台所に飛び込んで報告する。

玄関の開く音。

初江　あじの開き三枚、玉葱三個、人参一本、おじゃが……五個、シャケ缶カニ缶一個ずつ……。

クニ　（声）　ごめんくださいませ。

初江　（台所から）　はーい。

クニ　（声）　（玄関を閉めながら）　金澤クニでございます。（初江に）これをどうぞ。

クニが入ってくる。パジャマ姿とは見違えるようなモガの洋装。髪にぴったり貼り付いた羽根付き帽子。小型のスーツケースを下げている。そのうしろに新聞紙の包みを持った初江。

クニ　（坐って叩頭《こうとう》）お世話になります。

美代　（ひでに目くばせしながら）新劇でも早変わりがあるんだ。

早苗　（クニに「こちらさまが奥さまよ」と目くばせしながら）そこに剣でも持てば西洋の女剣士ね。

クニ　（ひでに）よろしくおねがいいたします。

ひで　よくいらっしゃいました。

クニ　そこの漬物屋さんで特売していた福神漬にラッキョ漬です。

初江　（包みを顔に近づけて）……うわァ。

ひで　……福神漬にラッキョ漬。

美代　……玉葱。

早苗　……人参。

初江　おじゃが。

ヨシ　ライスカレー。お昼はこれで決まりね。

めったにない御馳走に一同どよめき、クニなどは卒倒しそうになっている。ひで、帯の間から取り出したガマ口を初江に渡しながら、

ひで　豚肉を、……今日はおごって二百匁《もんめ》。それからカレー粉とうどん粉ね。お肉は電車通りの上州屋さんへいらっしゃい。あすこはいつもまけてくださるでしょ。

初江　はい。（ヨシに）お嬢さま、わたしのいないあいだ、足もとに気をつけて。

ヨシ　（頷いて）ありがとう。

初江　速達郵便で行ってきます。

美代　急ぐと転ぶよ。

初江　陸上の選手でした。

美代　選手だろうが配達のおじさんだろうが、転ぶときは転ぶ。

初江　縁起の悪いこと云わないで。

美代　占い師には先が見えるんだ。お客さんがどこからきて、なにを見てもらいたいか、目の前にそのお客が坐ったとたん、ぴたりとわかる。

初江　……信じられない。

すでに、ひで、早苗、クニの三人、台所で馬鈴薯や人参を洗ったり、お米を研いだりしているが、それとなく二人の対話を聞く。次の対話の間に、洗った野菜を茶の間へ持ち出して皮を剝く。ヨシも加わる。

美代　あたしも初めのうちは信じられなかったね。この高嶋秋山という占い師は、もしかしたら神さまの生まれ変わりではないか、とおもったぐらいさ。秋山て、あたしの亭主だった男だけどね。

ひで　（一瞬のうちに理解する）……！

美代　そのうちすぐに仕掛けがわかって、「けっ、なーんだ」だよ。

初江　……仕掛けって？

美代　（大きく頷いて）とんでもないカラクリ。まず、お客を待たせておく待合所がある。それとはべつに、そこから四、五軒はなれたところに秋山のいる家がある。これがカラクリの始まり。

初江　（もう坐り込んでしまって）待合所と、秋山先生のいるところは、はなれている。そういうこと？

美代　（大きく頷いて）お客さまがおみえになる。そのまま、秋山のところへ案内してはいけない。

初江　どうして？

美代　どうしてって、それじゃあ、秋山がただのバカだってことがばれちまうじゃないか。秋山がひまでひまで、鼻毛を抜いていようが、よだれをたらして居眠りしていようが、「いま、先生は、ほかのお客さまをみてらっしゃいます」と申しあげて、あたしが待合所でおもてなしをする。お茶をすすめる、お菓子を出す、おそばをお取りする、肩をお揉みする……

ヨシ　（思わず）情報を取るのね。

美代　（膝を叩いて）鋭い。さすがでございますね、お嬢さま。

ヨシ　それで？

美代　そうやっておもてなしをしながら、お天気がどうの、景気がどうの、東京音頭は踊りやすいの、忠犬ハチ公はえらいの、それにひきかえアメリカのキングコングはただ暴れるだけだそうじゃないですかだの、いろいろと世間話でにぎやかにしておいて、その隙を狙って、お客さまがどこからきたか、そして悩みの種はだいたいなんなのか、この二つをそれとなく聞き出すんですよ。

クニ　まるで特高の刑事さんみたいですわね。

美代　刑事さんなんてチョロイもんですよ。こっちはお客さまを脅しちゃいけないんだよ。木刀も竹刀も御法度なんだよ。

クニ　あ、そうか。

早苗　でも、悩みの種を聞き出すといっても、そういうものってたくさんありすぎて、聞き出しようがないでしょう。

初江　ひとの数だけ悩みがある。お空のお星さまじゃないけど、そんなの数え切れないはずだわ。

美代　そこがこっちの、つけ目。（妙に切り口上で）初江さん、あなたの悩みはなんですか。

初江　（ちょっと周りを気にするが）……母とのいさかい、

です。
美代　（ズバッと）家庭。（早苗に）あなたはいかがでしょう。
早苗　ですから、一夫さんがよそに子どもを儲けたこと……。
ひで　（一瞬の理解）……！
美代　やはり家庭の問題ですね。（クニに）あなたは？
クニ　舞台に立ちたい！
美代　仕事。（ひでに）奥さまはいかがでございますか。
ひで　やはり、小菅の先生と市ヶ谷の弟の健康でしょうか。
美代　家庭と健康の、二つの問題にまたがっております。（ヨシに）お嬢さまはいかがですか。

ヨシ、なにかじっと考えながら、黙って左足をさすっている。

美代　……お嬢さま、さくらのころには、きっとよくおなりですよ。（一座を見回して指を折りながら）家庭。健康。仕事。恋愛。縁談。お金。そして失せ物。この七つしかないんですよ、お客さまの悩みごとって。云ってみりゃ、世の中は、この七つの悩みごとで、できてるんですよ。
ひで　（さすがに驚いて）世の中って、そんなに簡単なものなんでしょうかねえ。
美代　そりゃ河上先生のようなお方は特別で、ずうっと込み入っていらっしゃいますよ。先生には「天下国家」というお悩みが加わって、八つということになります。
ひで　（苦笑）占いの方《ほう》からみれば、たぶんそうなるんでしょうが……。
美代　そうなっているんでございますよ、ええ。さて、ほどのいいところで、秋山のおっかさんが、「前のお客さまが終わりましたよ」と知らせにくる。そこで、お客さまをお連れして、床の間を背に偉そうに坐っている秋山の前に出ます。すぐお客さまに座布団をおすすめする。お茶をお出しする。あたしの仕事はここまで。あとは別の部屋でお八つかなんかたべている。秋山の方はといえば、顎かなんか撫でながらしばらく黙っていますがね、いきなり、「あなたは、どうやら北の方からいらっしゃったようですな。うむ、縁談でお悩みらしい」……。お客さまはもうびっくりして腰を抜かす。
初江　当たってたんだ！
美代　当たらなきゃどうかしてますよ。そのお客さまが北からきたひとで縁談で悩んでいるってことを、あたしゃ、ちゃーんと秋山に伝えているんだからね。
初江　でも、どうやって？
美代　そこが第二のカラクリ。
早苗　目くばせして知らせる？
美代　（黙殺）……。

クニ　わかりましたわ。
美代　どうぞ。
クニ　秋山先生の前へお客さまを案内するときに、お美代さんは、表情や仕草や歩き方で信号を送った。
美代　女優さんて、おもしろいことを考えるんだねえ。でも、顔をどう動かせば「北からきた」って伝えられるんだろうね。新劇ではどうやるの。
クニ　（やってみる）……。
美代　「縁談」の歩き方はどうやるの。
クニ　（やれなくなっている）……。
美代　どれも大外れ。みんな占い師になるのは諦めた方がいいよ。
ヨシ　お座布団が怪しいわね。
美代　鋭い。
ひで　（間髪を入れずに）お茶碗ですね。
美代　さすが。
ヨシ　（考えながら）……それぞれ柄模様のちがうお座布団が四枚、用意してあって、お美代さんが、お客さまに、或る柄のお座布団をお出ししたときは北で、べつの柄をお出しすると南で……、
美代　惜しい。お座布団はどれも同じ柄模様なんですよ。
ヨシ　すると、四すみのふさかしら。
美代　当たり。四つのふさふさのうち、ひとつだけ、ちょいと長くなっているんです。その長いふさふさが前の右か左か、後ろの右か左か、どこにきているかで東西南北を区別するんですね。
ヨシ　考えたものね。
美代　そりゃ餅は餅屋ですよ。
ひで　お茶碗の方が柄模様なんでしょうね。柄模様のちがうお茶碗が七つある、お客さまに、このお茶碗をお出しすれば縁談の悩みごと、このお茶碗なら家庭の悩みごと……そういう塩梅にして、秋山先生に悩みごとを知らせる。
美代　（たいへん感心して）奥さまならすぐにでも日本一の占い師におなりになれます。
ひで　（たのしそうに）ありがとう。
美代　じつは、秋山を日本一の占い師に仕立て上げてやろうとおもって、お茶碗七つと茶托七枚を組み合せてみようと勧めてみたんですがね。
ヨシ　七七四十九、四十九通りの情報が送れるわね。
美代　（頷いて）その上に、煎茶に番茶、昆布茶に梅昆布茶、玄米茶に椎茸茶の六つを組み合せる。
初江　（宙で算盤を弾いて）二百九十四通り。
美代　それだけあれば、お客さまがお坐りになったとたん、所番地まで云い当てて、度肝を抜くことができる。たちまち日本一の占い師ですよ。
早苗　それで秋山さんのご意見は？
美代　「めんどくせえ」だって。向上心てものがない人間

はいやだね。

初江　……でも、わたし、ぜんたいに、なんとなく、インチキくさいとおもいます。

五人、その度合いはさまざまだが、初江の意見に頷く。

初江　ほとんどインチキだと云っていいわ。

美代　はい。インチキです。

五人、度合いに応じて「アレ」となる。

美代　けれどね、これは人助けのインチキなんですからね。

初江　……人助けの？

美代　お客さまってのは、悩みごとがお団子になってかたまったところへ服をお着せしたようなものなんだよ。悩んで、悩んで、悩み抜いたが、どうしていいかわからない。世の中でなにがつらいって、これよりつらいことはないんだ。

初江　……それは、わかりますけど。

美代　だれかにこの気持を聞いてもらいたい。でも、いい加減な相手じゃいやだ。信用できるひとに、このつらい胸の内を洗いざらいぶちまけたい。そうしてすっきりしたい。そうおもいなのがお客さまなのよ。

ヨシ　そうか。なにもかも、お客さまから信用されるための仕掛けだったんだわ。

美代　（頷いて）自分がどこからきてなにを悩んでいるか、この二つを坐ったとたんズバッと云い当てられてごらんなさい、おお、このひとならばと信用する。いちど信用したら、もうそのあとのお客さまは一途です。堰を切ったように胸の内を外へお吐き出しになる。そうやってご自分をさらけ出しているうちに、みなさんかならず悩みごとの大もとに突き当たるんです。上手に相づちを打ってあげていれば、お客さまは、ひとりで喋って、ひとりで方策を見つけ出して、さっぱりしたお顔でお帰りになる。ですから、占い師なんてものは、そのお手伝い、お産婆さんなんですよ。

云い切って美代、自分でもびっくりし、五人は感動している。

ひで　（みんなの感動をまとめて）ふかーいお話でしたねえ。

美代　（まだ呆然）……！

ひで　ほんとうに大きくおなりですよ。

美代　お狐さんのようなの、ついてました？

ひで　（首を横に振って）苦労が薬って、きっとお美代さんのためにあることばですよ。

美代　……あたしってすごいんですね。
ひで　（頷いて）先生はいま、胃腸を害されて小菅の病舎で寝ておいでですが、面会のお許しが出たら、いまのお話をしてさしあげたい。「お美代がそこまで成長したか」、そうおっしゃるお顔が目に見えるようですよ。

まだぼーっとしている美代に、

早苗　どうして占い師にならないの。
クニ　お話だけでもお金が取れるのに。
初江　きっと、はやる。賭けてもいい。
ヨシ　それともなにか資格試験でもあるの。
ひで　お美代さん、どうしました？

美代、いきなり早苗を指さして、

美代　あんたの亭主が悪い。
早苗　え？
美代　この占い師いじめ。
早苗　お美代さん……。
美代　一夫くんは内務省の役人だね。
早苗　（頷いて）でも、それがなにか……。
美代　それも警保局におつとめだ。
早苗　奥さまからそう伺ったわ。
美代　警察の総元締だってね。
早苗　奥さまのお話ではそう……、
美代　しかも切れ者だっていうじゃないか。
早苗　それも奥さまが……、
美代　亭主が役所でなにをしているかぐらい、もうちょっと知っといたらどうなのよ。
早苗　（ついに絶句）……。
ひで　お美代さん、どうしました？
美代　はい。自分が占い師になるべきだとわかったとたん、どうしてもこのひと（早苗）に云っておきたいことができたんです。
ひで　いさかいならおことわりですよ。
美代　（頷いてから、早苗に）このごろ、へんなお客がくるんだよ。一円札をちらつかせながら、「世の中の先行きはどうなるかね。当たらなくてもいい、あんたの考えが聞きたいね」ってさ。
早苗　当たらなくてもいいと云っているんだから……わたしならやりますけど。
美代　あたしもお札に釣られてやるだろうね。それにさっきの七つの悩みのうちの、仕事とお金は世の中と絡み合っているから、どうしても時局のことをなにか云ってしまうね。
早苗　それならそれでいいんじゃないかしら。
美代　ところが、世の中のことを、ひとことでも口にしたら最後、すぐその場から警察のブタ箱行きだよ。

早苗　どうして。

美代　特高の刑事さんなんだよ、そいつは。お客に化けて一円札を見せびらかしていたわけだ。なんでも、占い師のような、無用な人間が時局を語ったりしちゃいけないんだそうだよ。

早苗　……。

美代　今年になってから、千葉市内だけでも五人、この手で御用になっているんだよ。みんなびくびくものさ、やめて行くひとも多いんだ。警察はそうやって世の中から占い師を追っ払おうとしているようだけどね、それじゃあたしが困るんだよ。

早苗　だからそのことと一夫さんとは……。

美代　関係あるでしょうが。大ありだよ。一夫くんは警察の総元締じゃないか。

ひで　（取りなして）でも、一夫さんが一人で内務省を、警保局をやっているわけではありませんからねえ。

美代　でも、切れ者だと、奥さまはおっしゃいました。

ひで　そうは申しましたけれどね……。

美代　奥さま、あたし、このひとに、ひとこと云えば気がすむんです。（早苗に指を突きつけて）一夫くんに云っとけよ、「一夫のおかげで、お美代が困っている」って。いいわね。

その剣幕に押されて、早苗は、ひでのうしろへ逃げ込む。ひで、庇いはするものの、困ったような、悲しげな表情。このとき、

クニ　わたくしも一口、のせていただきますわ。

五人、おどろいてクニを見る。

クニ　女学校のときの、今日が初日で千稚楽という素人舞台はべつにして、わたし、これまで、ほんとうの舞台に立ったことがないんです。

五人、さらに仰天。

クニ　一度でいい、ちゃんとした舞台に立って、たとえ、「大根！」でもいいですわ、「郵便ポスト！」でもいいわ、お客さまから声をかけてもらえたら、もう死んでもいいのだけれど。

ひで　……でも、あなたは、たしか舞台の女優さんでしたね。

クニ　（頷いて）父から、「こんないい縁談をことわってまで河原乞食になりたいというのなら、もう家においておくわけにはいかない」とひどく叱られて家を出されたのが十年前の夏でした。それからは、臨時の店員さんやビ

ルヂングのエレベーターガールや大売出しのチラシ配りをしてなんとか食べながら、演劇をたった一つの灯火《ともしび》と仰いで、精いっぱいがんばってきたつもりですけれど、どうしても舞台に立つことができないのです。
ひで　……いったい、どうしたというんでしょうね。
クニ　一度だけ、資金を出してくださる方が初日直前に都合がつかなくなったということがありましたが、その外はみんな、警察と、そこの（早苗をさして）内務省警保局のせいなんです。
美代　（大きく頷いて）やっぱりねえ。
クニ　ですから、一夫さんにおっしゃっていただけますか、「きみのために新劇界は公演中止の御難つづきだよ」って。
早苗　（ほとんど泣きそうで）どうして、主人ひとりだけを目の仇《かたき》になさるの。
クニ　だって事実なんですもの。
ひで　みなさん、先生の口ぐせの、あのおことばを忘れないでくださいよ。「太郎はどうしても次郎になれず……」
早苗　（この助け舟を引き取って）「権兵衛の呑んだ酒では田吾作は酔わない」
ひで　「春子はどうしても夏子になれず」……。
ヨシ　お母さま、クニさんのお話をもうちょっと聞きましょうよ。（クニに）検閲のことをおっしゃっていたのね。
検閲がクニさんを舞台に立たせてくれなかった。そういうことなのね。
クニ　（頷いて）新劇のお稽古場にはかならず特高の刑事さんが立ち会っています。ですから、許可できないところがあるなら、その場その場に云ってくださればいいのに、舞台稽古の日までにやにやしながら見ていて、初日の朝、いきなり、「全体の五分の四を削除せよ」ですもの。三時間のお芝居がたったの三十分にちぢんでしまう。演出の菊池先生を中心に、あそこの台詞をこう云って、ここの身振りはこう付けてと、徹夜を重ねたお稽古も水の泡、公演を取りやめるしかありませんわ。あとにのこるのは、くやし涙と借金の山ばかり……。
美代　文句を云ったところで、聞いてくれるような相手じゃないしねえ。
クニ　「この非国民め」と、逆に怒鳴られてしまいます。特高お得意のこの初日潰しで、たいていの劇団がおそろしいほどの借金を抱えているんですわ。そのうちに新劇の劇団はどこも潰れてしまいます。
美代　女優さん総出で色っぽく拝んでみたりしてもだめかね。
クニ　（首を横に振りながら）刑事さんたちはニターッと笑って、こうおっしゃるだけですわ。「上の方（早苗をさして）内務省の警保局のお偉方の御意向なんでね、わしら現場ではどうにもならんのよ」
初江　（いきなり）お嬢さまの足をこんなにしたのもきっ

とその（早苗をさして）警保局なんだわ。

ヨシ　……初江さん！

初江　（構わず）大崎警察署の婦人留置室に入れられていたあの八十日の間、わたしは一度も横になって休むことがなかった。お嬢さまがそう教えてくださったことがある。そうですよね。

ヨシ　（頷くが）その話は、よして。

初江　でも……（あとは一気に）でも、お嬢さまと初めてお目にかかったときのことを、わたしは生涯、忘れません。お顔は疥癬《かいせん》とお出来《でき》で崩れて踏みつけたシュークリームのよう、恐ろしいほど痩せていてちょっとの風でも鉋屑《かんなくず》のようにどこかへ飛んでいってしまいそう、おからだの動きはギクシャクしてこわれたゼンマイ人形のよう、ひとりでお歩きになることもできなかった。お母さまのお肩にすがって、ゆらり、そろりと、そこの玄関から入ってこられるお姿を見たとき、いったいどこのだれがこのひとにこんな、とてつもないことをしたんだ、これは、ひとがひとにすることじゃない、たとえどんなわけがあったにしろ、若い娘にこんなひどいことをするやつは許せない（云えなくなりつつある）……でも、いまのわたしにできることがあるとするなら、それは……。

みんな動けないでいる中、しばらく前から、ひでとヨシ、食いつくようにして初江を見ている。

初江　……それは、このひとを、全身で受け止めてさしあげることだわ……あのときそう心を決めて……。

ヨシ　……そのお気持ち、わたしも生涯、忘れません。ありがとう、初江さん。

ひで　（初江に）ヨシとしばらく休んでいなさい。上州屋さんへは、わたしが行きますからね。わたしが行くと、よけいまけてくださるのよ。

初江　はい。……でも、婦人留置室は二畳半なんですよね……。

ヨシ　（素直に）そこにいつも七、八人の婦人留置人が詰め込まれていました。だから横になるのはとてもむり、たとえ夜でもね。そして留置人のみなさんはひと晩でそっくり入れかわってしまうの……。

初江　そのひとたちは、お嬢さまを寝かさないために、どこかから集められてきていたんですね。

ヨシ　（頷いて）……ええ。

初江　（早苗を睨みつけて）こんなひどいことを、いったいだれがおもいついたの。

早苗、その視線を、そしてすべてを受け止めて、

早苗　……竹内一夫がひとりで、なにもかもやったとはおもえません。けれども、みなさまのお気持ちは痛すぎる

ぐらい、よくわかりました。……そのお気持ちは、わたしには針のむしろですわ。同じむしろに坐らなければならないなら、むしろ、坐りなれた古いむしろの方が、まだ少しはつらさをしのげるだろうとおもいます。……奥さま、お許しくださいまし。

頭を下げて、立ち上がろうとした早苗に、

ひで　ひとが不意に出て行ったあとは、家の中がひと一人分だけ、すっと冷たくなるのですよ。

早苗　……はい？

ひで　ヨシがふっといなくなったときも、夏の初めだというのに家の中が急に冷え込んで、「ヨシや、ヨシや」とこの娘《こ》の名を呼びながら、家中を夜通し歩き回って温《あたた》まろうとしました。先生が地下へ消えられたときは、家が氷室よりも冷えて、とても中にはいられない、「先生、先生」と呼ぶうちに、気がつくと駿河台の岩国屋敷の門の前に立っていた。岩国から出てきてすぐ、先生と初めて一緒に暮らしたところがそこの御長屋、思い出深い場所にすがりついて、温まろうとしていたのですね。……たった一人で越してきたときの、この家の冷たさといったらもう……でも、そこへ初江さんがきてくれ、ヨシも帰ってきて、よほど暖かくなりました。そこへ今日は、なつかしいお顔が二つも揃い、新しいお顔も一つふえて、この家は満開の桜の山のようにぽかぽかしています。この温かさが、わたしにはなによりうれしい、心強い。ですからね、早苗さん。

早苗　（断ち切って）奥さま、もう、なにもおっしゃらないでくださいませ。

ひで　……。

早苗　考えてみれば、やはり竹内一夫も内務省の役人のひとり、何万分の一かは知りませんが、奥さまをはじめみなさまにせつない思いをおさせした責めを負わなければ……。

ひで　……早苗さん。

早苗　そうおもうと（顔を覆って）……ごめんくださいませ。

早苗、一気に玄関へ走り去る。がっくりと頭を垂れるひで。美代とクニ、弾かれたように立って、

美代　早苗ちゃん、待ちなさいよ。太郎はどうしても次郎にはなれない、だよ。

クニ　権兵衛の呑んだ酒は田吾作、ですよ。

途中から「声」だけになって早苗のあとを追いかけて去る。しばらく。……やがて初江がそのへんを片づけ始める。ヨシが少し持ってやり、二人は

台所に入る。

ひでが、気を取り直してゆっくりと立ちあがる。そして、初江とヨシが片づけ残したものを持って、台所へ入る。

三日後の午後五時ごろ。

照明《あかり》が、夕暮れどきに近い光で、河上家を柔らかく照らし始める。

家のすぐ前を豆腐屋のラッパが通って行く。

台所から庖丁の音。美代が大根を千六本に切っている。玄関の開閉。


初江（声）　ただいま。

美代（声）　おかえりなさいまし。


初江が茶の間に入ってきて、二枚の手ぬぐいを茶の間下手側の窓の物干竿（短い）に干す。庖丁を手にした美代が顔を出して、

美代　……あれ、お嬢さまは？
初江　そこの本屋さんにちょっと寄り道、あたしはお台所が気になって……。
美代　今夜は大根の千六本のお味噌汁。おいしいよ。
初江　またやっていただいてたんだ。すみません。
美代　ここしばらくは、お勝手はあたしの受持ち、あんたはお嬢さま御用達だよ。
初江　はい。
美代　梅の湯、混んでた。
初江　月曜でガラガラ。
美代　そりゃよかった。
初江　お美代さんも湯屋へいらっしゃったら。あとはわたしがやっときます。
美代　晩ごはんのあとにする。奥さまと背中の流しっこ。そうお約束してあるんだよ。

美代が台所に引っ込んで、またしばらく庖丁の音。初江は、茶簞笥の引き出しから例のノートを取り出すと、ちゃぶ台の上にひろげ、例の万年筆で書き付けて、インキに息を吹きかけてから、大声で読み上げる。

初江　「午後四時、梅の湯。湯から上がって三十分間、お嬢さまの足のマッサージ。三日前、早苗さんがあんなふうに帰ってしまってから、お嬢さまはどことなく気の浮かないご様子。」……。

玄関の開閉。

ヨシ（声） ただいま。

美代（声） おかえりなさいまし。

岩波文庫を一冊、持ったヨシが茶の間に入ってくる。美代、茶の間に顔を出して、

美代 （足の）お具合はいかがです。

ヨシ だいぶいいのよ。

美代 それはなにより。

ヨシ （初江に感謝）マッサージが効いたのね。

初江 お茶になさいますか。それとも、お水？

ヨシ お茶が、ありがたいわ。

初江 （頷いて、支度）お美代さんも召し上がれ。

美代 はい、招《よ》ばれます。……（ヨシに）奥さまがまだ中野の警察署からお帰りじゃないんですがねえ。一時に中野署の巡査が呼び出しにきて、二時にお出かけになって……もうかれこれ三時間ですよ。

ヨシ 生活調査だと云ってたでしょう。もっとくわしく云うと、身元引受人の生活調査。だから時間がかかるのよ。

美代 （なにか思案している）……。

ヨシ もう一度云いますね。身元引受人というのは、お母さま、河上ひでのこと。その河上ひでが、いま、どんな家に住んでいるのか、暮らしに困ってやしないか、どんな人間が出入りしているのか。お母さまは、そういったことを聞かれているのよ。

美代 そこなんですよ、お嬢さま。……さっきからずうっと考えていたんですがね、そういうお調べがあるということは、先生のお帰りになる日が近い。そういうことじゃないんですかね。

ヨシ （そうは思わないが、聞いている）……。

美代 お国の、特別のお計らいで、先生が間もなく小菅からお帰りになる。せっかくお帰りになっても、身元引受人の事情次第では、またグレてしまうかもしれない。そこで、今日のお調べ……、

初江 （抗議して）グレる？

美代 だから、またアカくなるといけない。

初江 （抗議して）アカくなる？

美代 （癇癪をおこして）……とにかく！ 先生のお帰りが近いからこそ、今日のお調べにちがいないと睨んだわけよ。

ヨシ わたしは、そうはおもわない。

美代 ……？

ヨシ というのも、この前の、二月半ばの面会で、お父さまがおっしゃっていたことをおもい出したからなの。去年の暮れ……、天皇……さまにお世継ぎがお生まれになったでしょう。

美代 （頷いて）千葉じゃ市役所からは振舞い酒が出て、

これが呑み放題、みんな呑みすぎて、めでたい、めでたいと叫びながら青くなって吐いてましたよ。

ヨシ　だから、こんなめでたいことはない、めでたいついでに、河上肇も許されることになった。そういう噂が刑務所内にぱっとひろまったんだって。

初江　それ、恩赦というんですよね。

ヨシ　（頷いて）その恩赦の発表は、毎年、二月十一日の紀元節の日になるらしいの。所内ですれちがう看守さんも、囚人のお仲間も、それとなく小声で、お父さまに「おめでとう。紀元節がたのしみですな」と云う。お父さまはすっかりそのおつもりになって、紀元節のくるのをたのしみに、身の回りの整理をお始めになっていた。いよいよ紀元節の当日、

美代　なんの音沙汰もなかった？

ヨシ　紀元節のお祝いの大福が配られただけ。

美代　応《こた》えますよ、そりゃ。

ヨシ　お父さま、がっくり。

美代　大福の一つや二つじゃ埋め合わせがつきませんよ。

ヨシ　そのせいか、面会のときもお元気じゃなかった。そしてそのあとすぐ、刑務所内の病舎にお入りになった。
　希望を与えておいて、がっかりさせる、これが手なのね。

美代　ずいぶんと込み入ったことをするもんですね。

ヨシ　ゆさぶりをかけているのよ。

美代　ゆさぶり？

ヨシ　（頷いてから、考え考え）お父さまは、よくも悪くも社会主義陣営の総大将。その総大将が、「社会主義はまちがいです、このまちがった考えを書いたり唱えたりしたわたくしもまた、まちがっておりました」と云って、はっきりと前非を悔いないかぎり、刑務所から出してやらないぞ。……そう謎をかけているわけね。その謎かけが、つまりゆさぶりなのよ。今日の調査もそのゆさぶりの一種じゃないかしら。こんどはお母さまの方へゆさぶりをかけてきたんだわ。

美代　あたしには、よくわからないところもありますが、でも、これだけは、はっきりしてますね。敵方にも軍師がおりますよ。

ヨシ　……軍師？

美代　知恵者がおります。だってそうじゃありませんか。昔から、先生は、奥さまのおっしゃることなら、よーくお聞きになります。ましてやいまは牢屋の中、敵はたくさん味方はひとり、奥さまだけが頼みの綱でしょう。その奥さまをゆさぶるというのは、敵ながらあっぱれですよ。

ヨシ　（考え込んで）うーん。

　クニの歌う声が、ぐんぐん近づいてくる。『どん底』の唄（訳詩・中村白葉）

クニ　「明けても暮れても　牢屋は暗い　よるひる牢番
えい、やれ！　わが窓みはる」……、

ヨシたち、聞き耳を立て、クニが玄関を入るのを待っている。クニは家の横を通り抜けて、下手から庭に入ってくる。例の洋装に中ヒールの靴。ハンドバッグ。

クニ　……「見張ろとままよ　おいらは逃げぬ。逃げはしたいが、えい、やれ！　鎖が切れぬ」

三人を見て、クニ、うれしそうに、

クニ　『どん底』の公演が決まりましたの！
ヨシ　（ぱっと表情を輝かせて）ゴリキイの作ね、ロシアの作家の。
クニ　ごらんになりました？
ヨシ　父にすすめられて読みました。よかったわ。
クニ　舞台でみると、もっといいんですよ。
初江　どんなお話？
クニ　……一口じゃ云えませんけど。
ヨシ　わたしはこう読みました。貧しい人たちがたむろする木賃宿に、ルカという巡礼のおじいさんがやってきて、ひとは希望を持つことが大事だと説く。でも、希望を持つことで、かえってみんなが不幸になってしまう。
初江　すると、ひとは希望を持たない方がいいんですか。
ヨシ　いいえ。希望ということばを作り出してしまった以上、たとえ不幸になろうが、希望を持つことがひとのつとめなの。その希望のなかには、ひとはだれも同じなんだという考え方もある……。
初江　……ふーん。
クニ　そう、そういうお話で、わたしの役はアンナ。地上の地獄のようなその木賃宿の、ほら穴のように暗い地下室で弱って死んで行く哀れな錠前屋の妻。いい台詞がたくさんあるんですよ。（身振り入りの台詞）「あたしゃ一度だって、腹いっぱい食べたという覚えがない……パンを一きれたべるにも、いつもびくびくものでね」……、
美代　ちょっと。
クニ　「あたしゃ一生、ふるえてばかりいたんですよ」……え？　なにか、おっしゃった？
美代　頭のどっか、悪くでもしたの。
クニ　頭はとっても冴えていましてよ。アンナの台詞が次から次へと湧いてくるんです。ほら、わたしがピシャリと平手打ちを食わせたために潰れたお芝居があったでしょう。あのお芝居が『どん底』でしたの。あのときもアンナの役。ですから台詞も身振りも、頭とからだに、ちゃんと染み込んでおりますの。
美代　じゃ、その冴えた頭で事情をきちんと話しなさいよ。

どうしちゃったのかと、心配になるじゃないの。

クニ　小さな黒板がありますわ。

美代　（びっくりして）どこに？

クニ　喫茶店ミモザの入口に。

美代　どこの？

クニ　追分横町ですわ。

美代　だから、どこの？

クニ　新宿ですのよ。

クニ、うれしさのあまり、ずいぶん混乱している。

美代　（大急ぎでまとめて）新宿の、追分横町の、喫茶店ミモザの入口に、小さな黒板があるんだね。それで、その黒板がどうしたの。

クニ　伝言板なんですよ。

美代　だれの。

クニ　ひかり座、みんなのですわ。

美代　なにが書いてあるんだね。

クニ　白雪姫になりたいひとはいませんか。

美代　なんだって。

クニ　わたし、なりました。

美代　どうしてそんなものになれるのよ。

クニ　伊勢丹の大売出しのおひろめガールで、日当は八十銭でした。

初江　その黒板には、仕事口なんかも書いてあるんだ。職業紹介所の黒板みたいなものよ。

クニ　竜宮城の乙姫さまにもなりました。

美代　お姫さまなんかどうでもいいんだよ。あたしゃそのかわいそうなアンナのことが聞きたいんだ。アンナはどうした。

クニ　（落ち着こうとつとめながら）おととい、ミモザをのぞくと、その黒板に、菊池先生の字で、「あさって午後一時に集合」と書いてありました。それで、おとといのあさってに、みんなで集まりましたの。

美代　おとといのあさって？……今日ってことじゃないか。

クニ　ごめん遊ばせ。

クニ、大きく口を開けて、三人に、奥歯を見せる。三人、また、びっくりする。

クニ　父の怒りを買って家を出なければならなくなったとき、母が、「まさかのときのために、奥歯四本に金《きん》を冠せておきなさい」といって、純金を入れてくれたんです。

クニ、また、口を開く。美代と初江、おそるおそる覗き込んで、

美代　……三本しかないけど。

クニ　ミモザを出てから歯医者さんへ寄って、一本、剝がしていただきましたの。二匁ありました。そこからこんどは古道具屋さんへまいりました。金の買取り相場はいま一匁十円五十銭、

初江　二匁で二十一円。

クニ　(頷いて)これで汽車賃が出ましたわ。

三人　(口ぐちに)……汽車賃?

ヨシ　どっかへいらっしゃるの。

クニ　小樽ですの。

三人　(口ぐちに)……小樽!

クニ　お話があんまり急だったので、小樽までの切符代十二円三十銭は、各自立て替えですの。小樽で返していただきますから、そのときにまた金を入れ直しますわ。

美代　そんな遠い、寒そうなところで……いったいなにをしようっていうのよ。

クニ　ですから、アンナを演《や》るんですのよ。二週間後に、小樽の港湾労働者会館で、『どん底』の初日を出すんです。そのあと、北海道と東北の港みなとを二ヶ月間かけて回ります。計三十回の一大公演旅行ですわ。

三人、感嘆、拍手さえ湧く。

クニ　菊池先生が半年かけて、まとめてくださったお仕事なんですって。なによりうれしいのは、出演料がいただけること。一公演につき八十五銭ですから、

初江　(立ちどころに)二十五円五十銭。

クニ　その上、食事も宿賃も向こう様持ち。五月のわたしは、ちょっとした小金持ちですわ。(アンナの台詞)「生涯、あたしは、ぼろばっかり着てとおって来た……不仕合わせな一生……いったいなんの因果でしょうね」……。

美代　ちょっと。

クニ　……え?

美代　またたれかが札束をさし出しながら、「これと引き換えに愛の証文をいただこう」って、悪く迫ってくるような、怪しい話じゃないんだろうね。

クニ　貞操の危機は、こんどはありません。

美代　ほんと?

クニ　だって、北海道と東北の港湾荷揚げ労働者組合のみなさんがお芝居を買ってくださるんですよ。

美代　そうか。それなら安心だねえ。

初江　いつ出発なさるんですか。

クニ　あさっての午後九時に、上野駅に集合します。

初江　ずいぶん急なんだ。

クニ　ええ。十時半の夜行で出発。三十二時間かけて小樽についたら、すぐ港湾労働者会館でお稽古開始。……『どん底』なら検閲にも引っ掛からない、金主《きんしゅ》はしっかりしている。こんどこそ、アンナが演れるんです。ついに舞台に立てるんですわ。

美代　よかった。
初江　おめでとう。
ヨシ　がんばってくださいね。

玄関の開閉。

ひで　（声。とても明るい）ただいま。
四人　（こちらも明るい）おかえりなさい。

ひで、沢山のものを持っている。まず右手に新聞紙で包んで紐でくるんだ牛肉。左手に買物籠と粗末な風呂敷で包んだ色紙二枚。籠からはネギの葉先が見えている。
ひで、牛肉の包みを掲げて見せて、

ひで　ご面会のお許しが出たんです。お祝いに上州屋さんで牛肉を三百匁、買いました。今夜は牛鍋にしましょうね。

みんな、大よろこび。ただし、ヨシは「はてな？」という表情。美代が牛肉と買物籠を受け取って、台所に入りながら、

美代　さっそく下ごしらえを。……でも、牛鍋に大根の味噌汁なんて合うかしら。
ひで　（台所を見て、頷いて）お美代さんの千六本なら、なんにでも合いますよ。
初江　（ひでのために茶を入れながら）奥さま、クニさんにも、いいことがおきたんです。お芝居にお出になるんですって。
クニ　二週間後に小樽で初日が開きますの。
ひで　小樽でねえ。それはごくろうさま。
初江　あさっての夜行でお発ちになるんだそうです。
クニ　いろいろとありがとうございました。
ひで　……すこし淋しくなりますねえ。でも、クニさんのためにも牛鍋をおもいついてよかった。一人あたり六十匁の見当でお肉を買いました。うんとたべて力をおつけなさい。
クニ　（感動と感謝）……奥さま！

ヨシ、ひでに、にじり寄って、

ヨシ　お母さま、面会日はいつなの？
ひで　それが明日なのよ。時間は午後一時から。面会時間はいつものように三十分間。
ヨシ　ずいぶん急な話ね。
ひで　ひと月近くも面会が止まっていたので、小菅の所長さんも気を揉まれたのでしょう。そこで、お父さまの胃

腸のお具合がよくなった、それ面会だ、ということになったのだとおもいますよ。

ヨシ　ふーん。

ヨシが考え込んだとき、クニが進み出て、

クニ　たいへん不躾なおねがいでございますが……。

ひで　はい？

クニ　明日、小菅に、わたしをお連れいただくわけにはまいりませんでしょうか。奥さまのうしろから、一目、先生のお顔を拝見すればそれでよろしいのでございます。ひかり座には、いまでもこっそり先生のご本を読んでいる者が多うございます。そういうひとたちに、先生とお目にかかったと報告できたら……みんな、どれだけよろこぶかしれませんわ。

ひで　……ありがとう。でもねえ、クニさん。明日のは面会人指定なんですよ。

クニ　……面会人指定？

ひで　妻にだけ面会を許すと決められているの。

クニ　……そうでしたか。

ひで　お気持ちはありがたくいただきましたよ。クニさんはじめ、ひかり座のみなさんのことはきっとお話ししておきますからね。

クニ　はい。余計なことを申し上げてすみませんでした。

（台所で汲み上げポンプの音）……あ、お美代さん、わたしが水を汲み上げますわ。（身振りをしながら）それ、とてもいい身体訓練になるんです。

クニ、台所へ立つ。初江も茶道具の始末で台所へ入る。以下、汲み上げポンプの音をしばらく。

ヨシ　……裁判中ならとにかく、刑務所の面会にわざわざ指定をつけるのはへんだわ。なんだかものものしい気がする。

ひで　わたしもそうおもいますよ。

ヨシ　生活調査で、どんなことを聞かれたの。

ひで　特高課の刑事さんが、まず、こう切り出しました。……「河上肇先生が仮釈放で小菅から出所ということになれば、これまで停止していた恩給の支給が再開されます。支給額は、以前と同じ、月額百六十五円ですな」……ここで刑事さんはおかしなことを云いましたよ。

ヨシ　おかしなことって？

ひで　刑事さんのことばをそのまま云いますよ。「月額百六十五円というのはね、奥さん、われわれ現役刑事の月給のなんと二倍ですよ。勅任教授で高等官一等ともなると、さすがに大したものですな」

ヨシ　それで？

ひで　「それだけの収入があれば、雑誌などに論文をお書きにならなくても、りっぱにお暮らしは立つはずだ。このことは、明日の面会の際にも、奥さんから先生に強く念を押しておいていただきたいものですな」
ヨシ 生活調査というよりは生活指導ね。
ひで （頷いて）わたしもこう申しあげました。去年の七月、河上は獄中から検事局を通して新聞に手記を発表いたしましたが、刑事さんは、あの手記をお読みじゃなかったんですかって。
ヨシ わたしはくりかえし読んだ。あれは、浅草橋でガソリンガールをしているとき。たしかこうだった。「わたくし河上肇は、これから先、前衛党の活動とは一切関係を断ち、もとの書斎に隠居する」……。
ひで 隠居するのですから、雑誌に論文を書いたり、本を出すなんてことはいたしません。そう申しあげると、刑事さんがハハハと笑って、「奥さん、先生のあの手記は、これからの予定表みたいなものでしたな。先生は先の予定ばかりお書きになっておる。国民が読みたいのは、先生がご自分の過去にどうけじめをつけるかなんですよ」……。
ヨシ 前非を悔いてないからだめだってわけね。
ひで （頷いて）もっとおかしなことがありましたよ。

ひでは風呂敷を解き、色紙を二枚、取り出す。

ひで 「河上先生がお帰りになったら、ちょいと暇をみて、なにか一筆《いっぴつ》さらっとお書きいただけませんでしょうかな」ですって。
ヨシ その刑事さん、一から十まで、まるで明日にでもお父さまがお帰りになりそうなことを云っていたわけね。
ひで （ちょっと考え、冷静に）さそっているんでしょうね。
ヨシ さそっている？
ひで お父さまが獄中手記でおっしゃらなかったこと、ヨシさんのことばで云えば、前非を悔いること、それをもう一度、手記に書くよう、明日の面会で先生におすすめしなさい。そうさそっている。そしたら出所は近いが、さあ、どうだと、さそっているんですよ。
ヨシ （頷いて）ゆさぶりをかけてきているんだ。
ひで ゆさぶりねえ。そのことばの方が正確かもしれませんね。

「ゆさぶり」のあたりで、台所から白菜が丸ごと転がり出して美代が取りに出、玄関前の板の間の雑巾掛けをしていた初江が顔を出す。さらに少し遅れて、クニがバケツと雑巾を持って家の横手（下手）から出てくると、さっさと縁側を拭く。

ヨシ ゆさぶりなんかに負けないで、しっかりお父さまを励ましてきてね。

ひで　（頷いてから、ふと）……ただ、色紙を出されたとき、百のうち、三つか四つは、ほんとうかもしれないとおもいましたよ。

ヨシ　ほんとうって、なにが？

ひで　お父さまの出所が近いってこと。

ヨシ　（じっと見ている）……。

ひで　刑事さんが、お父さまのことを「先生」と呼んでいました。これはほかの刑事さんもそう、検事さんも小菅の所長さんもみんなそう。

ヨシ　それで？

ひで　お父さまは、もとはといえばお役人です。それもお役人を育てる帝国大学の先生。云ってしまえば、お役人の中のお役人で高等官一等、これより偉いお役人はいないんですよ。小菅の所長さんもお父さまの前では直立不動ですし、面会のときにも所長室をお貸しくださいますしね。

ヨシ　お母さまって、案外な俗物ね。

ひで　（強く）そうじゃなくて……罰を与えているお役人たちの方が、お父さまに敬意を持っている。河上肇と聞くと、飼い主を見た犬のようにとっさにへへーッとなってしまうようなんです。……そういう方がたが、そういつまでも、お父さまを閉じ込めたままにしておけるでしょうか。

ヨシ　あまい。

ひで　……でも、わたしも妻ですから、いっときも早く小菅からお帰りいただいて、夫のお好きなことをなんでもやってさしあげたいとおもうときがあるのよ。……お勉強にさわらぬよう、静かに、おいしいお茶を入れてあげたい、お湯のたっぷり入ったお風呂を立ててあげたい、大きなお座布団がお好きだから敷布団ぐらいなものを縫ってあげたい、その上にお坐りいただいて牛鍋をたべさせてあげたい……。

ヨシ　気持ちはわかる。でも、やっぱりあまい。

玄関の開く音。訪《おとな》う声はない。代わりに初江の驚く声。

初江（声）　……早苗さん。

美代（声）　早苗ちゃんてばかに足が早いんだね。すぐ追いかけたんだけど……（立ち消えになる）追いつけなかったんだ……

早苗、ひどく思い詰めた様子で茶の間に入ってくる。美代、初江、そして、すでに縁側を拭き終えて台所に戻っていたクニ、茶の間に顔を出す。

ひで　いらっしゃい。

早苗　（ふるえている）……。
ひで　よくきてくださったわね。
早苗　（ことばが出ない）……。
ひで　どうなさったの。
早苗　（切って落とすように）奥さまがあぶない。
五人　（よくわからない）……？
早苗　（こころを静めてもう一度）奥さまがあぶないのです。
ひで　わたしが、あぶない？
早苗　はい。
ひで　でも、どうして、わたしが……。
早苗　特高の刑事が、奥さまを逮捕します。奥さまは起訴され、裁判にかけられ、刑務所に入れられておしまいになる。ですからあぶないと申し上げました。

早苗、一気に云って、力が抜けてしまう。

ひで　（毅然と）わたしがなにをしました？
早苗　アカの……国の法律にそむいてつくられた前衛党の、その党員とひそかに連絡を取って、党に大金をカンパなさいました。金額までわかっているそうです。……二万円。これは国禁の大罪です。
ひで　でも、その党員というのは……（四人をひとわたり見回して）わたしの夫なんですよ。
早苗　たとえ夫であろうと、わが子であろうと、お国が許していない徒党の党員と連絡をとったりしては、法にふれるのだそうです。ましてその徒党にお金をお出しになったのですから、国法から逃れようがありませんわ。
ひで　いったいだれが、そんなことを云っているんですか。
早苗　警保局が……いいえ、内務省全体にそういう意見がおこっているんですって。
ヨシ　内務省はお国の総務課みたいなもの、つまり、お国がそう云っているということね。
早苗　でも、一夫さんが、いま命がけで押し止めています。
ひで　……一夫さんが？
早苗　ええ。でも、一局員がどうがんばっても、それは、はかない抵抗、この数日のうちに押し切られてしまうだろうと云っていました。
ひで　夫が自分のはたらきで得たお金、それを夫の意向で夫に手渡す。それがお国の法にふれるというなら仕方がない。けれども、（すこし取り乱してくる）……けれども、わたしが捕まってしまったら、この家はどうなります？　先生はわたしとの面会をなによりのたのしみに生きておいでだし……弟の弁護士さんとの打合せはどうなります……あと三年三ヶ月、先生のお帰りまで、のこされたわずかな貯金で生きて行かなければならないのに、そのやりくりをだれがつけろとおっしゃるんです。そしてヨシがいる……。

ひで、膝で立ってすこしうろうろする。ヨシ、にじり寄って母の肩に手をやって落ち着かせて、

ヨシ　早苗さん、いまのお話はたしかなことなのね。

早苗　（頷いて）一夫さんから聞いた話ですから、たしかです。

美代　（おそるおそる、そっと）どう、たしかなんだね？

早苗　ゆうべ、一夫さんが、秋田のひとのところから二日ぶりに官舎へ帰ってきました。……わたし、思い切って云ったんです。「おととい、河上先生の留守宅にお邪魔して、少しは利口になりました。ですから、お伺いしますが、どうして河上家のみなさんはあんなにひどい目に遭わなければなりませんの、お気の毒ではありませんか」……。

美代　それで？

早苗　そのときはなんにも。でも、今朝になって、めずらしく、いえ、結婚して初めて、仕事の話をしてくれました。……奥さま、一夫さんは、こう云っておりました。「先生のお家がもとのようになるのは、ごく簡単なことなんだよ。先生は奥さまのご意見をよくお用いになる。だから、奥さまから先生に、転向声明をお書きになるよう、お勧めになれば、それで万事解決なんだ」……、

ひでとヨシ、顔を見合せて、

ひで｝ヨシ　（口ぐちに）転向声明……。

早苗　ええ。そのあと、一夫さんは押し殺した声で、「これは……（一瞬云い淀む）これは、国家的な機密だ。だれにも云ってはいけない」

「国家」という耳にそぐわないことばに、場はシーンとなる。

早苗　奥さま、ほんの一行でいいんですって。たったの一行、「わたしの考えはまちがっていた」とお書きになれば、先生は明日にでも仮釈放、まったく自由な身の上になられて、小菅から大手をふってお出になれるんです。

ひで　でもそれは、むごい一行ですよ。

早苗　けれど、その一行で、市ヶ谷刑務所においでの奥さまの弟さんの判決も軽くなるだろうと、内務省のお偉い方がおっしゃっているそうですわ。奥さま、たったの一行ですよ。

ひで　……それが、酷な一行なのですよ。

早苗　でも、その一行で、恩給も、正四位勲三等瑞宝章の勲位も元通りになるんですわ。それから、ほとぼりのさめたころに、先生を京都の第三高等学校の校長先生にお

迎えするというお話もあって、これは内務省の大臣閣下のご提案ですって。

ひで それでも、夫の六十年を、たったの一行と引き換えろとは……残酷です。

早苗 それに、お嬢さまのこともあります。

ひで ヨシが……この子が、どうしたというのですか。

一座、また一段と緊張する。

早苗 お嬢さまは、起訴留保という扱いになっているそうですけど。

ヨシ (頷いて)六ヶ月間はおまえの様子を見ているぞ、なにかけしからぬ気色があれば、すぐ起訴して裁判にかけるぞ。これが起訴留保。それが、どうかして？

早苗 先生が一行お書きになれば、お嬢さまはすぐに不起訴になるとのことでした。けれど、もしもその一行がないと……、

ひで どうなるとおっしゃるのです。

早苗 ……お嬢さまもあぶない。

ひで そんな無体な。

早苗 次官閣下が、お嬢さまを改めて起訴して裁判にかけろとおっしゃったとか。

ひで なぜ、この子までが……。

早苗 たった一行のせいですわ。それを先生がお書きにならないのは、うしろに奥さまと、そのほかにお嬢さまが控えているからだと、次官閣下がおっしゃったそうです。

ひで (声も低くなって)無茶な云いがかり……。

早苗 でも、内務省はそう見ているんですよ。奥さま。こんどのご面会では、どうぞそのへんを、先生とよくご相談なさってくださいまし。たったの一行で、河上のお家が天国にもなれば、地獄にもなるのでございます。

ひで ……あなた、

ひで、思わず肖像写真の前へ駆け込むように坐って、

ひで 明日の面会がおそろしくなりました。

ヨシ、にじり寄って、沈痛な思いで母を見ている。この様子を目に入れていた初江、早苗の前に硬く坐って、

初江 (真正面から糾弾)早苗さん。ご主人に云いつかって、ここへきたんですか。

早苗 (きっぱりと)ちがう。……ちがいます。……気が狂うほど悩みながら、ようやっとここへ辿り着いたのよ。だって、ことは国家的機密よ。奥さまに申しあげれば主

人を、いいえ、お国そのものを裏切ってしまう。でも、申しあげなければ河上のお家がなくなってしまう。お国が大事か、河上のお家が大切か、迷いに迷って歩くうちに、上野で西郷さんの銅像を見上げていたような気もすれば、湯島天神でおみくじを引いていた気もするし、武蔵野館に入ったけれど、どんな映画だったのか筋書きさえ、おぼろ……。

美代　上野、湯島、新宿と、少しずつこっちへ近づいてきたってわけだね。

早苗　(頷いて)半日がかりで、申しあげた方がいいという方へ近づいて行ったの。

初江　……ごめんなさい。

早苗　(受けて)それはいいけれど、……どうしてなの。どうしてお国は、そこまで先生を目の仇にするんでしょう。

クニ　ご主人、それはおっしゃらなかったようね。お国の方から見れば、河上先生は大きくて邪魔っけな広告塔ですわ。

早苗　……広告塔?

クニ　主義者を一人一人捕まえていては、きりがない。捕まえているそばから、広告塔に引き寄せられてつぎつぎに新しい主義者がふえて行く。ひかり座にも、その予備軍が大勢おりますわ。

早苗　……そこで、広告塔そのものを引き倒そうとしている?

クニ　お国にとっては、その方がうんと能率がいいんでしょう。広告塔が消えてなくなれば、そういう考え方がこの世にあったかどうかさえ、わからなくなりますものね。

早苗　(得心の頷き)そういうことだったの。

玄関が乱暴に開く音。

初江　……はーい。

ゴトンとなにかが投げ込まれる音。

初江が立ち上がったときには、ガラガラピシャンと戸が閉まる。出て行った初江、すぐ、なにか細長い包みを持って戻ってくる。

初江　こんなものが……。

美代　ちょいと庖丁。

初江　はい。

初江が台所から出刃庖丁を持ってくる。美代、紐を切り、包みをほどく。桐箱と書状。

美代、蓋を開けて、

美代　……わっ。

びっくりして投げ出す。
中身は、白木づくりの小刀。
初江、こわごわ拾い上げて、鞘《さや》を抜く。出刃とは数段立ち勝って光っている氷の刃。初江、持ったままふるえ出す。クニが書状を読む。

クニ　（ふるえ声で）……「河上ひでに関の孫六の名刀を贈呈する。面会時に、汝《なんじ》の夫を刺せ。しかるのちに、汝も自害せよ。非国民絶滅愛国青年団本部」……。

しばらくシーンとしている。
やがて、美代が爆弾でも処理するような手つきで小刀を鞘に収め、箱に入れて、

美代　（初江に）こんなことが、しょっちゅう起こっているの。
初江　お嬢さまの記事が新聞に載ったころは、ちょくちょくへんなものが投げ込まれていました。「そんなに日本がいやなら外国へ行っちまえ」と書いた投げ文や犬の糞、それから大きな石。いま、白菜漬の重しにしているのが、その石よ。でも、今年になってからは、ぱったりと止んでいた。今年はそれ（小刀）が初めて。
美代　……ばかに符丁が合いすぎるんじゃないのかね。

クニ　（頷いて）たしかにうまくできすぎていますわ。一つ、中野署の刑事さんが、奥さまに、明日にでも先生はお帰りになれますよと謎をかけた。
初江　二つ、急に決まった明日の面会。
美代　三つ、一夫くんがめったにないことに早苗ちゃんに仕事の話をした。
早苗　（必死で考えている）……。
クニ　四つ、早苗さんがこのお家に入るのを、だれかが見張っていて、頃合いを謀《はか》って、それ（小刀）を投げ込んだ。これだけ符丁が合うってことは……、
美代　仕掛けだからだよ。これはカラクリだよ。
クニ　ということは、うしろにそれを仕掛けている人の意志があるわけですわね。
美代　むずかしく云えばそういうことだ。
クニ　だれかがこのお家に圧力をかけてきているんですわ。
美代　一夫だよ。
クニ　警保局ですわ。
初江　内務省なんだ。
クニ　つまりはお国ですわ。
美代　（早苗に）暗示にかけられたわね。
早苗　……！
美代　この話をこうしておけば、女房は必ず河上家へご注進に及ぶ。一夫はちゃんとそう計算していたんだよ。
早苗　京の五条の橋の上……。

三人　……？

早苗　下駄の鼻緒が切れて、途方に暮れた表情でわたしの方を見たときのあの目つき、あの目に惹かれてわたしは鼻緒をすえてあげた。いいえ、すえさせられたんだわ。

美代　そんな昔にまでさかのぼらなくってもいいんだよ。

早苗　（制して）わたしは、あのときから今朝まで、一夫さんから暗示にかけられっぱなしだったのね。

　早苗、手にしていたハンカチをピーッと引き裂くと、真っ青になって立ちあがる。

早苗　……もう我慢がならない。

美代　どこへ行こうというの。

早苗　四時には役所が退《ひ》けるから、いまはちょうど秋田の女のところでお酒を呑みはじめているころ。今日こそ、一夫に云ってやります。よくも汚いカラクリの片棒を担がせてくれたわねと云って、盃に唾を吐きかけてやる。

美代　できる？

早苗　（一瞬、ギクッとなるが）できますとも。

美代　あんただけじゃ心細い。加勢してあげるよ。

クニ　わたしも助太刀いたしますわ。

　三人、勢いつけて立とうとしたとき、

ヨシ　……ずっと悩んできたんです。お母さまにさえ云えない……いやなことを抱えて。

　これまでにないヨシの様子に、三人は勢いを削《そ》がれる。ヨシ、ふらりと立ちあがり、

ヨシ　墓場まで持って行くしかない、いやなことを、二つも……。どうしたらいいの。

　よろりとよろける。

ひで　……ヨシや？

初江　……大丈夫？

ひで　ヨシや、悩みってなんですか。（やさしく）おっしゃい、ヨシや。

　ヨシ、二人を、それから三人を、夢の中に生きているような仕草でじっと見て、たしかめて、

ヨシ　……前衛党の中央本部に、党員たちからM《エム》と呼ばれている最高指導者がいました。大森の銀行ギャング事件を計画して、いま市ヶ谷刑務所にいる叔父さまに実行させたのはこのM……でも、Mは、内務省と警察が党に送り込んでいたスパイでした。

ひで　すると……、するとあのギャング事件を仕組んだのはお国なの？
ヨシ　そう。そして、Mが命令したのよ。われわれの党は、貧しいひとたちのためにはたらいているのだ、その党の活動資金をブルジョアの銀行から奪うのは正しい。その命令を実行したのが叔父さまとわたしたちだった。……わたしたち、漫画の世界に、生かされていたのよ。

一瞬、シーン。その中から、

ひで　でも、お国がなんのために……。
ヨシ　貧しいひとたちのための前衛党とは名前ばかり、その正体はギャング団。世間にそう印象づけるためよ。
ひで　（ハッとなって）まさか、お父さまも……。
ヨシ　Mの命令で地下に潜入なさったのよ。
ひで　そんな。……そんなめちゃくちゃな話ってあるものですか。
ヨシ　前衛の旗印、河上肇を手もとに引き寄せておきたかったんだわ、いちばん効果の上がるときに利用しようとしてね。ギャング事件で党は評判を落とした。いまがそのとき。旗印が「わたしの考えはまちがっていた」と書いて倒れてしまえば、すべて片がつく。世の中の仕組みを変えないかぎり貧乏はなくならぬと云い立てるものはいなくなる。
美代　（思わず）お国のやることって、さすがに大仕掛けだねえ。
初江　（制して）お美代さん……。
ヨシ　ギャング事件のあと、叔父さまが捕まってからも、わたしはMがスパイではないかと気づいた。叔父さまはMの正体を突き止めたくて、党にとどまりました。でも、松村という名字がわかっただけ。いつの間にかMは中央本部から姿を消していた。それから……それから大崎署では、わたしが負けました。
ひで　……大崎署で負けた？　それはどういう意味なの。
ヨシ　（絞り出すように）拷問に負けたんです。すし詰めの女子留置室も地獄だった。でも、もっと恐ろしかったのは……机の上に横にされ……両足に竹竿を結わえつけられ……左右に立った刑事さんが……その竹竿をゆっくり開いて行き……そして、
ひで　（烈しく切る）もう、よろしい。
ヨシ　……それがこわくて、とうとう書いてしまいました。「わたしの考えはまちがっていました」という一行を。……その一行のせいで、あの地獄から出てくることができたのです。

云い切って息が切れている。しかし、なにか憑き物が落ちたよう。
初江が水を取りに行く。ひでは、ハンカチでヨシ

の額の汗を叩きながら、

ひで　まだ二十二年しか生きていないのに、負けたも勝ったもない。なにもかもこれからじゃありませんか。
ヨシ　でも、じつをいうと、警察署の外にはもっとおそろしいものが待っていた。
ひで　なにが待っていたの。
ヨシ　自分。
ひで　自分？

四人の間にも「自分？」と呟く声がおこる。

ヨシ　わたしは、自分がこわいし……自分はわたしが憎い。
ひで　……よくわからないけれど。
ヨシ　わたしには、二十年かかってできた河上ヨシというものがあって、それは幼稚かもしれないけれど、世に二つとない、かけがえのないもの……。
ひで　それはよくわかりますよ。
ヨシ　お父さまのお話を聞き、お母さまのお弁当を食べ、本を読んだり音楽を聞いたり、お友だちとおしゃべりをしたり喧嘩をしたり、花を見たり星を眺めたりしながらできた、人と人との関係はこうでなくてはいけないという考え。お父さまなら、きっと「世界観」とおっしゃるだろうけど。

ひで　なつかしいことばねえ。お父さまは日に何回となくお使いになっていたけれど、でも……、
ヨシ　わたしが二十年かけてつくってきたその考えを一口でいうとこうなります。世の中には貧乏という厄介なものがある、その厄介なものをなくすには、世の中の仕組みを変えなくてはならない。そのときに大切なのは、人間みんな同じだという真理と、それでもやはり努力したものは報われるという真理と、この二つの真理をどう結びつけるか……。
ひで　お答えは？
ヨシ　この先、考える、大難問だもの。……とにかくわたしは、大崎署で、「わたしの考えはまちがっていました」と書いた。
ひで　（少しわかってくる）それで？
ヨシ　（云っている中味と反して、云い方は明るくなっている）ということは、世の中には貧乏なんてものはないと宣言したことになる。ここからわたしは真っ二つに分かれてしまった。「あの地獄から脱け出すためには仕方がなかったのよ」とわたしが云う。すると自分の方は「お前はかけがえのないものを捨ててしまったのだからもう河上ヨシではない」と云い張る。わたしと自分とが日に何百回となく云い争いをして、夜中などは気が狂いそうになるわ。
ひで　同じおもいをお父さまにさせてはいけないのね。

ヨシ　そう。
ひで　お父さまが「わし」と「自分」とに分かれたら、そりゃたしかにむずかしいことになりますね。
ヨシ　（頷いて）まだ二十年ちょっとしか生きていないわたしでさえこうなのだから、六十年のお父さまなら、完全に気が狂ってしまうわ。
ひで　……そして、永くは生きていらっしゃらないだろう。
ヨシ　（何度も頷く）……！
ひで　（何度も頷き返して）明日、お父さまにこう申しあげます。「牢屋はお寺ですよ」ってね。
ヨシ　牢屋がお寺？
ひで　外出はできない、規則はきびしい。
美代　……食事はまずい。
クニ　着たきり雀。
初江　おしゃべり禁止。
早苗　……。
ひで　でも、あそこには、考える時間だけはたっぷりある。これは先生にとって一番大切なもの。
美代　ないのは牛鍋ぐらいなものですね。

場に和やかな空気が戻ってくる。

ひで　（ヨシに）どうぞ牢屋をお寺とおおもいになりますように。お情けの仮保釈や脅しすかしの仮出所はお望みにならずに、お時間をたっぷりとお使いになって、生涯のお考えをおまとめくださいと、そう申しあげましょうね。そして満期までおつとめになって、堂々と出ていらっしゃいますようにと。
ヨシ　（励まされて）わたしを起訴したいんなら、すればいいんだわ。
五人　……！
ヨシ　胸の内を洗いざらい吐き出したら、なんだか元気が出てきた。（五人の顔を見て行きながら）わたしはもう一度、やり直します。こんどこそ、どんな拷問にも耐えて、河上ヨシを取り返してきます。
ひで　元気がよくてよろしいわ。でも、元気よくそう云えるのは、あなたがもう自分を取り戻しているからではないかしら。
ヨシ　……え？
ひで　その元気をわたしにも分けてもらいますよ。わたしもあなたのあとにつづかなくてはなりませんからね。
ヨシ　お母さま……！

四人、緊張する。

ひで　なに、尼寺に行くのだとおもえば、どうにか耐えられるとおもいますけれどね。
美代　お留守のあいだのことでしたら、このお美代におまかせくださいまし。

ひで　そのときはおねがいしますよ。

美代　はい。

ひで　(ヨシに) あなたはさっき、こう云ってましたね、それぞれが、人と人との関係はこうだという考えを持っているって。それでは河上肇と河上ひでの関係はどうか。

美代　(わきからおそるおそる) 仲のいいご夫婦と拝見しておりましたけど、ほかにもなにか特別のご関係がおありだったのでしょうか。

ひで　もしもこの世に神様がおいでになるとしたら、その神様とは、じつはほんとうのお友だちのことを云うのではないか。

ヨシ　神様とは、ほんとうのお友だち？

ひで　ええ。河上肇は大切な夫です。でも、それよりなにより、あの人はわたしのほんとうのお友だちなんです。ですから、河上肇はわたしの神様。向こうでもきっとそうおもってくださっている。その神様に向かって、「これまでのお考えはまちがっていたとお書きなさい」とは、とても云えませんね。

　場がしっとりとシーンとなる。その中から、早苗がすっくと立ち上がる。

早苗　……やっぱり行ってくる。(ひでに) こっちからきっぱり離縁状を叩きつけてまいります。

ひで　(励まして) ええ、いってらっしゃい。

　早苗、玄関へ走り去る。美代とクニも立って、

美代　お待ちなさいよ。

クニ　応援団を忘れてはいけなくてよ。

　二人も玄関へ走り出る。ひでも立って、台所に入る手前のところで、

ひで　今夜は牛鍋なんですからね。行き帰りに円タクを使って、早く帰ってくるのですよ。

美代
クニ　(声。口ぐちに) はーい。

　玄関の開閉。ひで、台所に入る。

ヨシ　(初江に) そのへんを一回りしない？　急に歩きたくなったの。

初江　……大丈夫ですか。

ヨシ　いまのうちに足を鍛えておかないと。なにしろもう一度やり直さなくちゃならないんだものね。

初江　やり直しか。わかりました。

ヨシ　（台所へ）ちょっと歩いてきます。
ひで　（顔を出して）なにか羽織っていらっしゃいよ。
ヨシ　はい。

ヨシ、座敷の衣桁《いこう》にかけられた羽織を取りに行くが、足がずいぶんよくなっている。ほんの少し引くだけ。
ひでと初江、そのヨシをびっくりして見ている。
ヨシ、初江の羽織をぽんと放って渡し、自分でも肩に引っ掛けて、

ヨシ　行きましょうよ。
初江　（うれしくて声がふるえている）お嬢さま、新宿往復ですよ。
ヨシ　望むところよ。

ヨシ出て行く。そのあとを初江がうれしそうについて行く。

初江　行ってまいります。
ひで　ありがとう、初江さん。
初江　……はい？
ひで　（にっこりして）行ってらっしゃい。

ひでが見送るうちに玄関の開閉。ひで、うれしそうに台所に入る。

やがて、照明が静かに変化して、よく晴れた春の正午すぎの温かな陽光を、だれもいない舞台に注ぎ始める。

さらに三日後の正午すぎ。

角の梅の湯を回って、この路地に入ってきた、うなぎ屋開店おひろめのチンドン屋の、太鼓、三味線、ラッパなどの音が急に大きくなり、こっちへ近づいて来、家の前を通りすぎて行く。
チンドン屋がこの家の前を通りすぎて二、三軒先に行ったころ、玄関が開いて、まず、美代と早苗が茶の間に入ってくる。二人ともチンドン屋音楽に浮かれている様子。早苗は、うなぎめしの折詰を下げている。

つづいてヨシとひで。
ヨシの足はほとんど完治、歩くのになんのさわりもない。歩きながら参考書のようなものを読み、赤鉛筆で印をつけたりしている。

玄関の閉まる音がして、初江が入ってくる。若い娘らしい、少し派手目な柄と色の、新品の羽織を着ている。

ヨシは茶の間の下手縁先で、参考書に集中。初江は座敷の文机をヨシの前に運んで、お茶の支度。ひでは、ちゃぶ台で家計簿になにか書き込んでは、お金の計算。

右の動きの上に、美代と早苗が、上手の襖の前で、

早苗（襖の向こうへ）……ねえ、そっちへも、このいい匂いが行っていない？

美代 うなぎの折詰、誂《あつら》え立てだよ。

早苗 あったかなうちに召し上がれ。いまのチンドン屋さんがおひろめしているのがこのうなぎ屋さんなのよ。

美代 タイガー寮が引っ越していくら空き家になったからって、あの大家に見っかると面倒だよ。日割り家賃をよこせだなんて言うに決まってる。だから早く出ておいでよ。

早苗 そのうなぎ屋さん、今日が開店日なのね。それで、店先に「先着三十名様に限り五十銭のところを半額にいたします」って紙が貼ってあったの。それをあたしが見つけて、お美代さんが走り込んで、めでたくその三十名様以内に間に合ったわけ。二十五銭にしては結構おいしいのよ。

美代 こっちからも心張棒を支《か》えだなんて、まったくなにを考えているんだろ。それとも世捨て人にでもなる気なの。

美代、こちら側の心張棒を外す。ひで、帳面から目を上げて、

ひで もうしばらく一人にしておいてあげなさい。上野駅に張り込んでいた特高の刑事さんに、演出家の先生が捕まって、公演のお話がお流れになってしまったんですよ。これはもう、クニさんには大打撃ですからね。

美代 それはよく承知しているんでございますがね、なんと云っても、うなぎはあったかいうちが命ですし、それに初江ちゃんが柳橋へ帰るんですし、そうなると、ひょっとしたらこの世の見納めということになるかもしれませんし、あれやこれやでなんとかクニさんを世間に引っ張り出そうとしているんでございますよ。

ひで でしたら、もうそっとおだやかに。

美代 はい。では、おだやかに。

初江 ……お美代さん、見納めということはありません。

美代 いまのは、ことばの勢いだよ。

初江　母を説得したら、改めてご挨拶にあがりますし、ちょくちょく遊びにも上がらせていただきますから。

美代　（頷いて、襖の前に戻りながら）お土産は、あのへんの船宿の佃煮で決まりだよ。

このあたり、ヨシは参考書から目を上げて、初江を見ている。

ひで　初江さん。もしもよ、もしも、お母さまとどうしても折り合いがつかないようなら、かならずここへ戻ってくるんですよ。

初江　（深々とお辞儀）……はい。

ヨシ　（右の小指を上げて、にっこり）お約束よ。

初江　（右の小指を上げて、にっこり）お約束。

襖の前では、

早苗　……クニさん、聞こえていますか。あのね、うなぎを食べている最中に、お美代さんが、すごいことを思いついたの。

美代　脂っこいものをたべると、あたまがよく回るみたいなんだよ。

早苗　わたしたち三人の暮らしが立つのよ。それも、毎日、うなぎが食べられるぐらいの実入りになりそうなの。事務所に、そっちを一軒借りようかという話まで出ているのよ。

すでに美代が、そろそろと襖を開けている。向こう側の心張棒のすぐそばで、洋装に羽根付き帽子のクニが膝小僧を抱え込んで、小さくなっている。

早苗　小さいころのお美代さんが、孤児院の仲間と、ものを売って歩いていたってことは知ってるでしょう。途中、神社の境内や盛り場でよく道草していたらしいけれど、そのころ好きだったのが、ガマの膏《あぶら》売りの口上なんだって。

クニ　（わずかに興味を示す）……。

美代　膏売りのおじさんが、この薬はよく効きますよという証《あかし》に、刀で腕をすらっと切って、そのあと薬を塗って血止めをして見せるでしょ。あそこで刀の切れ味を説明するときの口上が好きなの。「手前、持ち出したる刀で、お目の前でいま白紙を細かに刻んでご覧に入れる。一枚が二枚、二枚が四枚、四枚が八枚、八枚が十六枚」……、

早苗　十六枚が三十と二枚、三十二枚が六十四枚……、

美代　お金も、あんなふうに、倍倍でふえるといいな。そうおもいながら聞き惚れていたわけよ。

クニ　（ばかばかしくてそっぽを向く）……。

美代　ところが、さっき、うなぎを食べているとき、いき

なり頭の中がパッと白くなって、どっかから、「あの口上を逆にやればお金が稼げるぞよ」と言う声がしたんだよ。

早苗　逆にやるのよ。ここがすごいところなのよ。

美代　どこの株でもいい。たとえば、ただいま大人気のダットサン自動車の株。これが一週間後に上がるか、下がるか。六十四人に葉書を出す。半分の三十二人に「上がる」と書いてやる。のこりの三十二人に「下がる」と書いてやる。

早苗　どっちかが当たる。

美代　当たった方の三十二人に葉書を書く。半分に「上がる」と書き、半分に「下がる」と書く。

早苗　どっちかが当たる。

美代　当たった方の十六人に葉書を書く。半分に「上がる」と書き、半分に「下がる」と書く。

早苗　どっちかが当たる。

あまりの熱中ぶりに釣られて、クニ、座敷へ出てくる。

ひでは、時折、三人を見て苦笑しながら家計簿の整理。ヨシは参考書に集中。

初江は、三人の様子や、ひでやヨシの姿や、家の中のあちこちを感慨深げに見ていたが、やがて庭へ降りて、家全体を眺める。

美代　当たった方の八人に葉書を書く。半分に「上がる」と書き、半分に「下がる」と書く。

早苗　どっちかが当たる。

美代　四人、のこりました。その四人の身になってごらんよ。

クニ　四回連続して予言が当たったのね。

美代　びっくりするね。

クニ　します、します。四枚の葉書を神棚に供えて、これを書いたひとは神様だと信じます。

美代　信じてもらえばこっちのものだよ。

クニ　いろんなことを聞きにやってきますわ。

早苗　だからお隣を事務所に借りようというのよ。

美代　あとは、うまく相づちを打って、聞き上手になればいい。そうして、お金をいただく。

クニ　(感嘆して) すごい。

早苗　ね、すごいでしょう。

クニ　天才ですわ。

美代　いや、それは、ほめすぎ。

声が、ふっと聞こえなくなり、仕草だけになるが、その少し前から、初江が襟の間から例の小型ノートを取り出して開き、ページをめくっている。声が消えると、ノートを閉じて胸に抱き締め、客席

に、

初江　……ヨシお嬢さまの観察記録はもう採らなくていいんです。お具合がとてもよくなられましたから。

……わたしは、最初からやり直すことにしました。三日がかりで母を説き伏せて女学校に戻り、卒業してからは、柳橋の人形問屋さんの倉庫ではたらきながら、夜は神田の速記学校で速記を習っています。速記は雑誌記者になったときに役に立つはず。

……お嬢さまは、慶応医学部の助産婦養成所に一番で合格なさいました。いまは二年目、午前中は学課、午後からは救貧病室で、これはお金のない産婦さんのための病室だそうですけれど、若いお母さんや赤ちゃんたちのために、はたらいておられます。

……美代さんたちは、詐欺の疑いで中野署につかまりました。でも、さいわいなことに不起訴になり、美代さんは河上家で女中をしています。早苗さんはクローバーという銀座の洋装店のお針子さん。クニさんは新宿の紀伊國屋書店で臨時の店員さんをしながら、あいかわらずお芝居の勉強をしています。

……それから、奥さまの凜《りん》とした態度のせいでしょうか、お国の方は、いままでのところ、鳴りをひそめています。でも、これからどうなるのかは、わかりません……。

どっとあがった笑い声から、声が戻ってくる。

美代　だからさ、三人で手分けして、麴町《こうじまち》とか麻布《あざぶ》とか、そういうお屋敷町の表札を六十四人分、写してくるんだよ。

クニ　なるほどね。そういうところに刑事さんは住んでいませんものね。

美代　（頷いて）安全第一。

早苗　でも、麴町を回るのはいやよ。あそこには内務省の官舎がありますからね。あたしは麻布を回る。

美代　じゃあ、麴町はあたしの受持ちだ。

クニ　わたしは横浜の屋敷町へ行ってみますわ。横浜生まれの横浜育ち、あのへんは詳しいんですよ。

美代　クニさんは口をあいていればいい。

クニ　どういうこと？

美代　このお仕事には葉書代がかかるからね。あんたの口の中の金山だけが頼りなんですよ。

クニ、おもわず口を手でふさぐが、そのうちに、手を放して、にっこり笑う。

クニ　いいですわ。そのかわりお二人と、うんとはたらいて、いまに全部、金歯にしてしまいますわ。

早苗　そんなことをしたら、役がつかなくなるわよ。

クニ　いまのは冗談ですよ。
早苗　びっくりさせないでよ。
美代　いや、その冗談がピカピカの実話になるよう、がんばろうね。
早苗
クニ　（真剣に頷く）ええ。

たのしそうに見ていた初江、ノートを胸にしまって、茶の間に上がり、きちんと坐ると、ひでとヨシに挨拶。

初江　奥さま、お嬢さま、行ってまいります。

三人にも、お辞儀をして、茶の間の隅に置いてあった風呂敷包みを抱いて、玄関へ出て行く。五人、口ぐちに挨拶のことばを云いながら、見送りに立つ。

ひで　お母さまによろしくね。
ヨシ　お約束、忘れちゃだめよ。
美代　船宿の佃煮だからね。
早苗　改めて見ると、きれいなのね。
クニ　お世話さまでした。

舞台は空。そして玄関の開く音。
声だけになる。

クニ（声）　お元気でね。
早苗（声）　遊びに行きますからね。
美代（声）　転ばないでお行き。
ヨシ（声）　（大きく）ありがとう、初江さん。
ひで（声）　ごきげんよう。

玄関の閉まる音。
だれもいない舞台に、音楽を連れて幕が下りてくる。

主要参考文献

『河上肇全集』岩波書店
河上秀『新版留守日記』岩波書店
草川八重子『奔馬河上肇の妻』角川書店
一海知義『河上肇詩注』岩波新書
『慶應義塾大學醫學部六十周年記念誌』慶應義塾大學醫學部
住谷悦治『河上肇』吉川弘文館
塩田庄兵衛『河上肇』新日本新書
寿岳文章『河上肇博士のこと』弘文堂アテネ文庫
大塚有章『新版未完の旅路』（全六巻）三一新書
ゴーリキイ　中村白葉訳『どん底』岩波文庫

連鎖街のひとびと

登場人物（登場順）

塩見利英《としひで》（41）新劇の劇作家
片倉研介（39）大衆演劇の劇作家
陳鎮中《ちんちんちゅう》（44、5、6？）ボーイ長
今西練吉（45）ホテルの所有者
石谷《いしたに》一彦（25）作曲家・大連中央放送局管弦楽団副楽長
崔明林《さいめいりん》（29）ピアノ奏者・大連中央放送局管弦楽団員
市川新太郎（45）満洲国政府文化担当官・元俳優
ハルビン・ジェニィ（35）ハルビン喜歌劇団のスター

時

昭和二十年（一九四五）八月末の二日間。

場所

満洲国の南の関門である大連《だいれん》市。

もっとくわしくは、市内でも音に聞こえた繁華街「連鎖街《れんさがい》」の、今西ホテルの地下室。

ちなみに大連市はすでにソ連軍の軍政下におかれており、ほかの繁華街と同じく、連鎖街のすべての商店も営業停止を命じられている。

一

今西ホテルの地下室。三方とも壁。

正面に一坪弱の長方形のへっこみがあり、そのへっこみの上手と下手とに、おのおのドアが付いている。出入りはすべて、この二つのドアを使って行なわれる。

なお、上手のドアは従業員控室や厨房など主にホテルのスタッフのためのもの。下手のドアはフロントやロビーや連鎖街の街路に面した出入口などに通じている。

左右の壁に、人間が一人、辛うじて抜けられるぐらいの大きさの高窓が一つずつ、付いている。上手の高窓は裏庭に、下手のは街路に面しており、つまりこの地下室はほんのちょっと地面に出ていることになる。

上手の隅に黒塗の竪型ピアノ。

下手の奥には椅子やテーブルや仕切り用の衝立などが積み上げてあり、ささやかな物置になっている。

なお、正面のへっこみの上手側に衝立が立っていて、なんとなく上手と下手とを区切るような格好になっているが、そのことで、地下室が「二つに仕切られた」というわけではない。ただ、上手からは、へっこみのあたりが見えないだけのことである。

下手と上手に一個ずつ、天井から電気笠がぶらさがっている。ただし、いまのところ電球が入っているのは上手の笠だけ。

音楽が終わって明るくなると、現在の時刻は夕方の六時。

上手の電球が点《つ》いていて、その下にテーブル（方形）が二つ列《つら》ねてあり、二人の男、塩見利英と片倉研介が夕食を前にしている。塩見はくたびれた夏物の背広。片倉は夏用の協和服（内地の国民服と同じ）。二人とも古革靴。

なお、机の上には紙と鉛筆と消しゴムなどが散らばっていて、それからボロボロの小型国語辞典が一冊、おいてある。

夕飯は、平皿に焼飯《チャーハン》、小碗にスープ。そのほかに、ツアホウ（茶瓶）一つとツアチュン（湯呑茶碗）二個。

湯匙（ちりれんげ）で、ゾゾーッとスープを啜《すす》っていた片倉、フッと顔を上げて、塩見を見る。それまで、腕組をして、置物のようにじっとしていた塩見、片倉の視線をがちっと受け止めて。

塩見 すまん。
片倉 ……？
塩見 （うなずいて）わたしは逃げる。ごめん。
背広のポケットに国語辞典を捩《ね》じ込みながら立つと、塩見は椅子を引きずって、上手の高窓の下に置く。
片倉 待ってください。
塩見 止めるな。片倉くん。きみが止めれば、揉み合うことになる。たとえ三日の間でも、あの陳という見張りのつくったまずい焼飯を分け合って食べた二人ではないか。汚れた夏がけ布団を引っぱり合いながら浅い眠りを眠り、見る夢さえもともに分け合ったわたしたちではないか。わたしにそのきみを殴らせてくれるな。
片倉 またシェイクスピア劇みたいに盛り上げる。だから新劇のひとって苦手なんだ。
塩見 まるで盛り上がらない三日間だったからさ、せめて別れぎわぐらいは盛大に盛り上げようとおもってね。（高窓を開けて）この大連のどこかでまた会おう。
片倉 ぼくも逃げます。
塩見 再会のその日まで、おたがい必死に生きのびよう、さらば……いま、なんて云った？
片倉 逃げる前に、この焼飯をいただいてしまいます。
塩見 きみもくるか。ウム、そうこなくっちゃな。
片倉 この焼豚《チャーシュー》ですが、日ごとに量が少なくなって行き、それにつれてネギがふえて行く。今夜のなんかネギばかりだ。ぼくらは日ごとに厄介者扱いされつつあるってことでしょうか。
塩見 時間がない！　いまにも見張りが食器を下げにくるぞ。
片倉 （下手の高窓を湯匙で示して）二手に分かれましょう。向こうは一人だ。どっちを追っ掛けたらいいか分からなくなる。そのすきに逃げればいい。
塩見 また、おめでたい筋書を書く。
片倉 大連三越裏の菊千代をごぞんじですか。うまい肴をくわせてくれる小料理屋です。

塩見　おう、二三度、行ったことがあるぞ。

片倉　あそこで落ち合いましょう。ソ連軍司令部の第一号指令で、大連の料理屋はどこも表戸を閉めていますが、あそこの親父なら、こっそり、なにかうまいものをつくってくれるはずです。いまは八月の末、大連はイカ刺しがうまい。酒もあるにちがいない。……ごちそうさまでした。

食事をすませた片倉は、鉛筆をまとめて胸のポケットに突っ込むと、下手の壁へ跳んで行き、そのへんにあった椅子を高窓の下に据える。

片倉　菊千代ですよ。

高窓を開けて、外へ体を乗り出す。

塩見　……つくってくれるはず？　酒もあるにちがいない？　大衆演劇の作者が考えることって、いちいちおめでたいんだからかなわん。なんでも「めでたし、めでたし」でまとめてしまうドラマツルギーは、やはり問題だぞ。

椅子の上で大衆演劇の作劇法を批判しているところへ、へっこみの上手側のドアが開いて、お盆を持った陳鎮中が身のこなしも軽く入ってくる。今西ホテルのボーイの制服に緞子《どんす》の鞋《シェ》（短靴）。

陳　不行《プーシン》！　いけません！　不行、不行。お芝居を書き上げないうちは、お帰りになれません！

塩見　……見てたの？

陳　先生のお顔の色を、ね。

塩見　（椅子から下りながら）わたしの顔の色だと。

陳　（うなずいて）大連の中国人はみな、日本人の顔色を読むのが上手ですよ。そうしないと生きてこれなかったからね。さっきの先生のお顔は、三日前の餃子《ギョーザ》の皮より固かった。あれでは、「これから逃げますよ」と云っているのと同じです。そこでドアの向こうで立ち聞きしていたんですよ。

塩見　（下手の高窓へ）片倉くん、筋書が読まれていたよ。

陳、高窓から下りる片倉に手を貸しながら、

陳　片倉先生、二手に分かれて逃げても、だめなときはだめなんですからね。

片倉　この鉛筆さえ、窓枠に引っ掛からなければな。惜しかった。

陳　それはどうでしょうか。こちらにも、二人、いるんで

すよ。

片倉　……二人？

陳　あたしと今西社長！

作者たち　（恐怖する）……！

陳　どうぞ。

今西練吉が、へっこみの正面に立っている。上等の夏物の協和服。胸に大連市会議員の金バッジが光っている。

今西　今夜は悪い知らせばかり、いい知らせは一つもありません。（大喝して）いったい、何日かかれば気がすむんですか！

作者たち　（おもわず小さくなる）……。

今西　たった三十分の芝居じゃないですか。

作者たち　（ますます小さくなる）……。

今西　しかも、一人ならとにかく、二人がかりで、三日もかけて、日に四回も五回も食事をとって、一行も書いていない。そればかりか、たえず逃げ出す機会を窺っていて、たしかこれで六回目だ。

陳　（訂正）七回目です。

今西　日給一円の臨時雇いの会計係でも、二日もあれば、厚い帳簿を三冊は、きれいに仕上げてしまうというのに、まったく情けないひとたちだ。

塩見　（たまりかねて）劇作というものは、帳簿をつけるのとは、わけがちがう（今西の眼光に圧《お》されて）……とおもうが（片倉に）きみはどうおもう。

片倉　どっちもたいへんだとおもう。

塩見　じつはわたしもそうおもう。

今西　（怒鳴る）いいわけはもうたくさんだ！

シーン。

片倉　（おそるおそる）……いくらなんでも、いまのおっしゃり方は、塩見さんに気の毒だ。仮にも、この方は「満洲のシェイクスピア」と呼ばれておいでなんですからね。

塩見　いや、わたしのことはとにかく、片倉くんにもうすこし敬意を払っていただきたい。かれは「満洲のモリエール」と評判の、満洲大衆演劇界の明星なんです。

今西　シェイクスピアにモリエール？

塩見　二人とも、たいへんにえらい、劇作家ですが。

片倉　世界史の年表にも、名前がこんなに大きく印刷されているんですがね。

今西　つまり、あなた方のお師匠さんてことですか。

作者たち　（うれしそうに）そうです。

今西　お弟子がこんなじゃ、そのお師匠さんも、そうたいしたものじゃありませんな。

シーン、とはなるが、作者たちは、かなりむくれている。

今西　……ああ、わたしは悪い夢の続きものを見ている。市議会の会議場に、ソ連軍司令部の文化担当官ソロビヨフ中佐が視察にやってきたとき、中佐の前に進み出て親しく挨拶するか、遠くから頭をさげて適当にやりすごすか、それが問題だった。だが、わたしはかれに寄って行き、それればかりか握手までしてしまい、それが長い悪夢の始まりとなった。通訳を介して中佐は云った。ウラジオストックの国立極東大学日本語科の学生八十名が、日本語通訳将校に任命されて大連にやってきた、かれらのために歓迎会を開く、と。それは結構ですなと、話を合わせたのが第二の悪夢の始まり。歓迎会の余興に、三十分程度の日本語の芝居をやるようにいい付かってしまったのだ。このような重荷を、一介の市会議員にすぎぬこのわたしがなぜ負わねばならぬのか。

片倉　(塩見に、小声で) すっかり新劇調ですよ。

塩見　(うなずいて) ほとんどシェイクスピア劇だ。

今西　市議会の、事情通の友人に相談すると、芝居には戯曲というものが必要だという。戯曲とはなんだと聞くと、脚本のことだという。脚本とはなんだと、さらに聞くと、台本のことだという。その台本というものをどうやって手に入れるのかと、かさねて聞くと、作者なるものがそれを書くのだという。

塩見　積み重ねのレトリックだ。悪くない。

片倉　ほとんどモリエールのやり方です。

今西　そして、友人は二人の作者の名をあげた。塩見利英と片倉研介。この二人こそが、わたしの最悪の悪夢となった。

シーン。

今西　よろしいですか、先生方。わたしは日に二度も三度もヤマトホテルのソ連軍司令部に呼び付けられ、そのたびにアブラ汗をタラタラたらしているんですよ。ソロビヨフ中佐を鏡とするなら、わたしはその前のガマだ。その上、中佐から、煙草のヤニくさいツバキといっしょに、ブィーストラ、ブィーストラということばを、百回も二百回もあびせかけられている。これはいったい、だれのせいですか。

作者たち　(小さくなっている) ……。

今西　みんな、そのシェイクスピアだかモリエールだかのお弟子さんのせいです。

この間、陳は、今西の頭髪のある部分に、ある事実を発見して、少なからぬ衝撃を受け、そこをじ

っと観察していたが、

陳　そのブィーストラ、ブィーストラって、どんな意味なんですか。

今西　その意味は、だね、（一気に）「早くしろ、早くしろ。検閲する必要がある。早く脚本を持ってこい、ブィーストラ。歓迎会は五日後に迫っている。二十四時間以内に脚本を提出しないようなら、占領軍指令違反の重罪になるぞ。ブィーストラ、早くしろ」といったところだ。たったひとことに、これだけの意味がこめられているのだから、支配者の使うことばというものは、じつに雄弁だね。

陳　（ふかぶかとうなずいて）それで、これなんですね。

陳、今西の頭のある部分を右の人さし指でおさえる。今西も、そこを指で探し当て、

今西　……アッ。

片倉　（心配そうに）頭が痛むんですか。

塩見　そりゃいかん。いい医者を知っている。お連れしよう。

片倉　お供します。

陳　（腹を立てている）社長の神経はね、胃ではなくて、髪の毛とつながっているんですよ！

塩見　神経が髪の毛と……？

陳　なにか心配ごとがおきるたびに、かならず、髪の毛が円く抜け落ちるんですよ！

片倉　ということは、つまり……？

陳　先生方が、お芝居を書いてくださらないから、社長の髪がこんなになってしまったんです！　我生気了《ウオ・ジョン・チイ・レ》、もう頭にきた！

作者たち　（シュンとなる）……。

陳　お書きください。（テーブルの上の原稿用紙を二人に突きつけて）ここに、紙、たくさんあります。

その気合いに圧されて、作者たちは、テーブルの前に腰を下ろす。

陳　（二人をピッと指さして）ここに、頭、二つもあります。

作者たち、原稿用紙の枚数を数えたり、国語辞典をめくったりする。陳、制服のポケットから、折畳みナイフを取り出して、

陳　ナイフもあります。

作者たち　（ギョッとする）……！

陳　鉛筆、削ります。どんどん書いてください。

陳は、必死で鉛筆を削る。

今西、頭のそのへんをしきりに撫でながら、地下室下手の煉瓦壁を見ていたが、

今西「フクシキボキなんか死んじまえ」

陳　社長が六つのときのいたずら書きです。

今西、うなずいて、次のいたずら書きを読む。

今西「とうちゃんは内地にかえれ」

陳　それは七つのときのものですよ。

今西「くたばれ、とうちゃん」

陳　あたしは大社長が大好きでした。おなかを空かせてフラフラと、このホテルのフロントに迷い込んできた中国人のみなし子を、大社長は、「おお、よしよし」といって抱き上げてくださった。あのときのうれしさはいまでもはっきりと……生涯の大恩人です。

今西　あのころは高窓に鉄の格子がはまっていて、放り込まれたら最後、どこへも出られない。こわかったなあ。……ベソをかいていると、きまって陳くんが、フロントから持ち出した鍵で開けてくれた。

陳「兄弟を助けなくちゃ」とおもったんですね。なにしろ、大社長は、あたしたちを、じつの兄弟のように育ててくださっていましたからね。

今西、作者たちに、

今西　小さなわたしに、おやじは複式簿記を教え込もうとして躍起になっていたんですよ。イヤダなんて云ったらたいへんだ。この地下室に閉じ込めて、何時間でも放っておく。いたずら書きはすべてそのころのものです。……そうだ。今夜はひとつ、おやじ譲りの複式簿記で、今回の一件の損得を勘定してみよう。

塩見　数字は、どうも苦手でしてねえ。

片倉　だからこそ、せっせと文字を書いているわけです。

陳　（聞きつけてキッパリ）書いていません。

今西　原理はいたって簡単です。わたしの両手をよく見て。

今西、左手（借り方）と右手（貸し方）を使って説明を始める。作者たちも、今西の両手の動きを真似ながら説明を聞くが、そのうちに手がもつれて苦労する。

今西　右が貸し方である。そうだな、これを、利益、とでも考えてもらおうか。左は借り方である。これは、不利益、と解釈してくださってけっこうだ。いま、わたしが、

陳くんから、一円、借りる。

陳は、あちこちのポケットを探って、今西に一円、貸そうとする。

今西　一円借りたことで、利益が生じたわけだから、貸し方に一円、入れる。しかし、同時に、借金という不利益も発生した。そこで借り方にも一円、入れる。こうして右と左に一円ずつ入って、左右がみごとに釣り合う。これが複式簿記の基本原理です。

作者たちと陳は、両手をもつれさせ、ポケットをすべて裏返しにして、なにかヘンなことになっている。

今西　この原理で、われわれの損得を勘定してみよう。いいですか。脚本が書き上がれば、すてきな利益が生まれる。文化戦犯にならずにすむという利益が、ね。だが、もしも書けなければ、ソ連軍に対する反逆罪に問われて文化戦犯に指名され、シベリア送りになるという恐ろしい不利益が発生する。もちろん、わたしと陳くんもシベリア送りになる。

「シベリア送り」あたりから、三人、動かなくなる。

今西　シベリアが、その奥地が、いったいどんなところか、考えたことがおありか。

陳　（震えながら）寒いところと聞きましたが。

今西　オシッコなどは瞬時に凍りつき、たちまち自分と雪の上をつないで氷の架け橋ができてしまう。このあたたかな大連からいきなりそんなところへ送られたら、まずこの冬は越せませんな。

陳　（作者たちへ）書いてください。

今西　しかも、丸太小屋の収容所に叩き込まれて重労働を強いられる。たとえば、第二シベリア鉄道敷設工事現場。シベリアの大地はコチンコチンに凍りついてダイヤモンドよりも堅い。ツルハシを握る手のひらに、血豆が十も二十もできて、その日のうちに潰れてしまう。ソロビヨフ中佐がこう恫喝していましたよ、「寒いところをとくに念入りに選んで、関係者全員をまとめて放り込んでやるからな」って。

陳　どうか、書いてください。

今西　それも、一日三百グラムの黒パンとお湯同然のうすいお粥しか与えられないという。それで体がもちますか。

陳　とても、もちません。（作者たちに）なにがなんでも書いてください。

今西　（頭をさげて）このとおりです。

塩見　（血を吐くような声で）この「二十日間」がいかんのです。

片倉　（強くうなずき）この二十日間が、満洲のシェイクスピアとモリエールを、ただのボンクラにしてしまったんです。

塩見　この二十日間に、いったいどんなことがおこったか……。

今西　信じがたいことがいっぺんにおこって天地が逆さまになった。ただし、あなた方の上にだけおこったのではない。

陳　（うなずきながら今西に）まったくなにを云ってるんでしょうね。

今西　大連二十万の日本人、いや、全満洲二百万の日本人の上にひとしくおこったことなのです。

塩見　聞いてください！　まず、百万を超えるソ連の大軍が、いきなり満洲帝国に攻め入ってきた。

片倉　日ソ中立条約をふみにじる国際的犯罪だ。「おのれ、ロスケめ」と怒り狂い、頭の中が煮えくり返って、それで脳ミソの半分が蒸発してしまったんです。

塩見　つづいて、大日本帝国がポツダム宣言を受諾した。

片倉　神の国だから敗ける理由がないと聞かされていたその神国が敗けた。中華鍋で頭をガーンと殴られたような気がして、のこった脳ミソの半分がまたどっかへ吹っ飛んでしまったんです。

塩見　呆然としているところへ、ソ連軍が進駐してきた。

片倉　女と見れば暴行する、男と見れば腕時計を取り上げる。やつらは人間じゃない、軍服をきたケダモノだと、頭にカッと血が上って、のこり少ない脳ミソの半分が焼き焦げてしまったんです。

塩見　（うなずいて）四年前だったか、日ソ中立条約の締結を記念して、ハバロフスクから大連へ極東赤軍合唱団がやってきた。すばらしかったなあ。でも、あんなすばらしい声で美しい曲を歌う国民が、どうして軍服を着ると、ケダモノになってしまうのか。ひょっとしたら日本もそうだったのか。

片倉　そう考え出すと、頭がガンガンして、のこった脳ミソがまた半分、傷んでしまうんですよ。

今西　いちいち脳ののこりを報告しなくともけっこうです。

塩見　まだある。ソ連軍は、新聞を停《と》め、電話を停め、市街電車を停め、電気もときどき停め、ラジオを没収し、大連中央放送局を接収し、大連の商店街や飲食街の営業も停めている。

片倉　新聞に電話に電気スタンドにラジオに郊外へのちょっとした旅行に本屋に喫茶店に呑み屋……これらはみんな劇作家のからだの一部、というよりは劇作家の脳そのものです。それがいっぺんになくなってしまったのだから、これで芝居が書けたら、かえっておかしいとおもいます。

塩見　なによりも役者がいない。
片倉　塩見さんの大連地球座は奉天《ほうてん》へ巡業に出ている。ぼくの羽衣座も吉林《きつりん》に出かけている。ところがソ連軍が大連への出入りをピシャリと封鎖してしまったから、役者さんはいまだに戻ってこれずにいるんです。
塩見　（片倉に）ひょっとしたら、俳優が一人も出ない芝居を書けとおっしゃっているんじゃないのか。
片倉　塩見さんがシェイクスピアその人であり、ぼくがモリエール本人だとしても、それはできない相談でしょう。
今西　ハルビン・ジェニィがいる、とそう云っているじゃないですか。
塩見　しかし、その頼みの綱のジェニィは、白系ロシア人ではないか、スパイではないかと疑われて、ソ連軍司令部の取り調べをうけている。
片倉　つまり、ハルビン・ジェニィという大きな魚はまだソ連軍司令部という名の大海原にいる。ぼくらの俎板《まないた》の上にのっているわけじゃありません。
塩見　そういうことだ。わたしたちとしては包丁のふるいようがない、料理のしようがない。

シーン。

今西　よくわかりました。午後八時にもう一回、ヤマトホテルのソロビヨフ中佐のもとへ出頭して経過報告をすることになっている。中佐には先生方の事情をよく説明いたします。そして、四人仲よく、シベリアへ行きましょう。
陳　……社長！
今西　ほんとうに氷の架け橋ができるものかどうか、四人ならんでオシッコしましょう。シベリアへ、シベリアの強制収容所へ……。これもなにかの運命でしょう。
陳　（泣きながら）お供いたします。
塩見　ちょっと待った。
片倉　書かないと決めたわけじゃありません。ただ、ジェニィが出られればなんとかなるのになあと、その……、
塩見　そう、芝居でいえば、脇台詞というやつです。これはほかの人物には聞こえない約束になっている。
片倉　脳ミソにしても、まだ耳掻き一杯分ぐらいは、のこっているとおもいます。
塩見　命がけでやりますとも。
片倉　俳優が一人も出ない芝居でも書いてみせます。
塩見　ソロビヨフ中佐には、作者たちがよろしく云っていたと伝えてください。

今西、作者たちをじっと見ていたが、やがてニッコリと微笑んで、ふかぶかと頭を垂れる。

今西　ありがとう。わたしもジェニィが芝居に出られるよ

う、中佐に命がけでくいさがってきますよ。

陳　ご馳走つくって待ってます。ネギの赤煮などはいかがで。

今西　大連醤油をたっぷり使って煮込んだやつだね。

陳　醤油ことで。

今西　日本語でシャレをいうんだから、たいしたものだなあ。（閃いて）ご馳走をつくるよりも、いっそ、手伝ってあげたらどうかな。

陳　……はい？

今西　ステキな話を考えてあげなさい。陳くんならやすやすとおもいつきそうだ。

陳　先生方の脳ミソの足りなくなった分をおぎなえとおっしゃるんですか。

今西　（退場しながら）そういうことです。

陳　はいッ。いってらっしゃい。

出て行く今西。作者たちは呆然としている。陳、テーブルのそばへ戻ってきて一呼吸。それから、作者然として、

陳　俳優は一人。これは一人芝居で行くしかありませんね。どうおもいます？

頭を抱え込む作者たち。

そのとき、電球が点滅する。三人、見上げるうちに、ついに芯がきれてしまったらしく、ポヤポヤと消えてしまう。

二

さっと明るくなったのは、椅子にのった陳が、上手の電気笠に電球を捩じ込み終えたからである。「一」から二時間あと。午後八時三十分ごろ。

椅子から床におりた陳が鞋《シエ》をはいているところへ、片倉が、手拭《てぬぐい》で顔を拭きながら上手側のドアから、へっこみにあらわれるが、階段の方を仰ぐように見あげて、

片倉　少しは眠れましたか。

塩見が、やはり手拭で顔を拭きながらあらわれて、二人、しばらく、へっこみで立ち話。

塩見　一時間ぐらいはな。きみは？

片倉　ぼくも、そんなところでしょうか。

塩見　……うなされつづけていたよ。シベリアの大地の恐ろしいまでのひろさ、そこでの友情のとうとさ、夫婦愛

のありがたさ……つぎつぎにすばらしいテーマをおもいついて、「これでいけるぞ」と叫ぶ。すると、白い亡霊が、吹雪の中から現われて、「それは俳優一人で表現できるものなのかい」……。そのたびに冷汗が滝のように流れて……陳さんに起こしてもらわなかったら、わたしは冷汗の海で溺れていたにちがいないんだ。

片倉　ぼくも夢の中で、シベリアの老人病院のドタバタをおもいついたんですよ。そこの職員たちは入院患者よりもはるかに年をとっている。おまる一つでさえ三人がかりでないと持ち上げられないぐらいヨタヨタしている。その病院で孤軍奮闘するのがモスクワから赴任した女医者のジェニィ博士。

塩見　おもしろい。しかし……

片倉　（うなずいて）そうなんですよ。

二人、ためいきをついて、地下室に足を踏み入れるが、そのとたん、電球がポヤポヤポヤと点滅を始める。

片倉　取りかえたんじゃなかったんですか。

陳　あたしの部屋の電球を外して持ってきました。

塩見　たよりない点き方だな。

陳　見かけによらず、頼もしいやつです。あたしの部屋をもう一年以上も明るくしてくれているんですよ。ただ、性格がちょっと変わってますかね。

塩見　電球に性格なんてありますか。

片倉　おもしろいことを云うひとだ。

陳　人見知りをするというか、恥ずかしがり屋というか、とにかくときどき、こんなふうになってしまうんです。どうしてなんでしょうね。

陳、電球を軽くメッと睨み、指をさすと同時に足を軽くトンと踏む。点滅が止む。

作者たち、ちょっと呆然。

陳は、いそいそとテーブルについて、作者然となり、

陳　そこは、シベリアの大きな農家の庭先である。真ん中にリンゴの木が一本立っている。

作者たち　……？

陳　天下晴れてお芝居の作者になったあたしです。この二時間、かたづけものやお掃除をしながら一心にプロット、でしたっけ、そのようなものを考えていました。

塩見　シベリアに、リンゴが育つだろうか。

陳　なにもないんじゃ淋しいでしょう。いろどりに大連名物のリンゴをあしらったわけです。

片倉　それで、その庭先でなにが始まるんです？

片倉、手元にあった原稿用紙の束の一枚目に、以下の陳の寸劇を鉛筆で書きつける。これがあとで、作者たちを救うことになる。

陳　ジェニィさんのシベリア娘が両腕に花をいっぱい抱えて、さっそうと退場します。

塩見　いきなり退場はできませんよ。退場するにはまず登場していなければならない。

陳　（うなずいてから）ジェニィさんは、もともと満洲を代表する歌手なんですから、やはり歌をうたいながら（慎重にいう）登場、させたいとおもいます。

片倉　（感心して）なかなかの着眼ですよ。

塩見　（うなずいて）しろうとばなれしている。

陳　白系ロシア人のお客さまから、あちらの民謡を二つ三つ教わったことがありましてね。これなんかいいとおもいます。（いきなり）カリンカ、カリンカ、カリンカ、マヤ、ホウ！

片倉　ブラボー！

塩見　すばらしい！

陳　歌の終わりごろで娘さんは、上着の破れに気づいて、その上着を脱ぎます。

片倉　健康なエロチシズムですよ。

塩見　（うなずいて）若い将校たちのよろこぶ顔が目に見えるようだね。

陳　娘さんはスカートのポケットからお針道具を取り出すと、リンゴの木の下に坐って、上着の破れをつくろいはじめます。

塩見　ジェニィにもう一曲、歌わせたいところだね。

片倉　（うなずいて）ただ針を動かしているだけでは、客席がだれてしまいますからね。

陳　あたしもそう考えました。「（糸通し）エイ、コーラ　エイ、コーラ。もひとつ　エイ、コーラ（三回目で糸が通って、以下運針）やぶけたところは縫おう、せっせ、せっせと縫おう（針で指を刺して）アイタタ、アイタ、アイタタ、アイタ……」

塩見と片倉、拍手。

片倉　すごいギャグです。

塩見　問題は、この先をどう発展させるかだ。

陳　（自信あり）縫い終わった娘さんは、ヤッタ！　と立ちあがる。すると、上着はスカートにしっかりと縫いつけられておりました。終わり。

作者たち、呆然となり、頭を抱える。

陳　将校さんたちの拍手の中を、ジェニィさんは投げキッスをしながら（慎重にいう）退場いたします。……（作者たちの様子に気づいて）さっき、お二人は、人間観察が劇作家をつくると教えてくださったではないですか。それで自分自身をよく観察することにしたんです。あたしも人間にはちがいありませんからね。この手のヘマは、よくやるんですよ。このあいだも、社長のパジャマを、このズボンに……あの、いけませんでしたか。

片倉　みごとな寸劇でした。でも、短すぎます。

塩見　三十分はとても、もたない。せいぜいもって五分、でしょうな。

陳　（しょげて）……シベリアへは行きたくない。

塩見　まだ時間は、ある。考えよう。

片倉　うんと考えて、なにかしらおもいつくしかないんです。

陳　（泣きそうになりながら）……まだなにもできていないと知ったら、社長の髪の毛はどうなります？

塩見　（ハッキリと）芝居はすでにできている。

陳　はい？

塩見　表向きはできたことにしておく。

片倉　裏では死にもの狂いで考える。

陳　……あたし、こわい。

塩見　そうやって時間を稼ぐしかない。

陳　は、はい。

このとき、下手のドアから、今西が現われ、へっこみにすっくと立つ。全身が喜びで弾けそう。

今西　いい知らせがある。

陳　うわァ、お帰りなさいまし。

今西　それも飛び切りのいい知らせが、二つもある。みなさん、よろこんで！

三人　……はあ？

今西　ソロビヨフ中佐の前で何回、頭をさげたことか。百回や二百回ではきかないでしょう。わたしはよくやった。さあ、よろこんで！

今西、弾んで地下室に足を踏み入れる。電球がポヤポヤとなる。三人、今西に合わせてよろこぶことにするが、陳はそのついでに例の身振りで点滅を止める。

今西　いい知らせ、その一。大連郊外の星が浦ホテルで取り調べ中だったハルビン・ジェニィ、彼女が明日の朝にもここへやってくる。一時間前の午後七時半、彼女の容疑がはれたんです。よろこんで！

三人　（よろこび方が少しうまくなる）……！

今西　（制して）ふた親とも、れっきとした日本人だとわかったんですな。よろこんで！

三人　（よろこび方がうまくなる）……！
今西　（制して）ジェニィの歌をうまく生かすには、石谷一彦という青年の助けがいるといってましたね。
塩見　片倉くんも賛成してくれました。
片倉　大連中央放送局の放送管弦楽団の指揮者で、作曲もする。編曲もうまい。ラジオでしょっちゅう聞いていましたよ。
塩見　かれの父親役を引き受けているからといってひいきにするわけではないが、すばらしい才能の持ち主ですよ。本さえあれば、一晩で音楽をつけてしまうでしょうな（おもわず口を抑える）……

片倉と陳も青くなる。

今西　いい知らせ、その二。放送局がソ連軍に接収されてから、楽団はヤマトホテルの大食堂で司令部高官のために食欲増進音楽をやっていた。そこで、わたしはまたもやソロビヨフ中佐を拝み倒したわけですな。そう、石谷くんを連れてきましたよ。友だちの楽士さんもいっしょだ。さあ、よろこん……（ふと）本さえあれば……？

今西の気をそらそうとして、三人、むやみによろこぶ。

今西　（いきなりソロビヨフ中佐の口調で）「ガトーヴァ・リ・ピェーサ？」

その語気の強さに、三人、凍りつく。

今西　ソロビヨフ中佐から何百回となく怒鳴られているうちに、これだけは通訳なしにわかるようになった。
陳　（こわごわ）なんて意味なんでしょう。
今西　意味は、「本はできているか？」
陳　……うわァ。
今西　挨拶がわりに、ガトーヴァ・リ・ピェーサと、怒鳴るんだよ、あの中佐は。それで、本はできているんだね。
陳　……はい、できて、できて（片倉に振ってしまう）できて……、
片倉　そんなにできたら、できすぎですよ（塩見に振る）ねえ？
塩見　この場合、どこから見るかによって答えはさまざまだが（陳に振る）陳さんはどう見る？
陳　あのう……（今西に振ってしまう）どう見ます？
今西　聞いているのはわたしだ。できて、いるの？　それとも、いないの？
陳　い、いい、知らせ、その三……（覚悟が定まって）本はここ、ここにあります。

陳、テーブルに走り寄ると、さっき片倉が一枚目に鉛筆でメモをとっていた原稿用紙の束を摑み上げて、今西に示す。

今西 それはご苦労さまでした。拝見しよう。

陳、やぶれかぶれで、しかしおずおずと、今西に近づき、ついに手渡して、目をふさぐ。塩見と片倉も目をふさいだり、指で耳に栓をしたり。

今西 (一枚目に記された文字を読む)「シベリアのリンゴの木」……。わたしは、こういう文化的なことには不調法な男だが、悪くありませんな。

今西が次をめくろうとしたとき、下手のドアから、石谷一彦(小型トランク)と、崔明林(風呂敷包み)が入ってくる。電球点滅。陳の身振り。

一彦 (今西に小銭を渡しながら)馬車賃のお釣りです。あの馬車の御者のおじいさんが、なかなかお釣りを渡そうとしないんです。

今西 釣りは駄賃にくれとナゾをかけたんだね。

崔 それでしばらく睨めっこをしてました。

今西 本ができているよ。

一彦 (受け取って)「シベリアのリンゴの木」……。すてきな題名だ。塩見のおじさん、たいへんでしたね。

一彦と塩見、たがいに手をさしのべあって、じつの父子よりも親しげに握手する。

塩見、一彦の手をはなさずに原稿用紙の束(以下、「束」)を狙いながら、

塩見 なあに、三人掛かりだから、とうの昔に、それもあっという間に、できてしまったのさ。

今西 (笑いながら)急に強気になりましたな。

塩見 作者のみなさんを紹介しよう。大連羽衣座の文芸部長、片倉研介さん。作風がまったくちがうから、仕事のときは真っ正面から対立する。しかし、ふだんの人柄にはすっかり惚れ込んでしまった。そういうひと。

片倉 (「束」狙いの握手)あなたのファンがここにも一人おりますよ。

一彦 ありがとうございます。ぼくも羽衣座にはよく通っていました。

塩見 ボーイ長の陳さん。ここのヌシだ。

陳 (「束」狙いつつ低頭)作者としてはまだ駆け出し者です。

一彦 よろしくおねがいいたします。……あ、崔くんです。

崔は入ってきたときから、ピアノに目をつけていて、このときは鍵盤を撫でたりしている。崔、ポツンと一つ、音を出す。

一彦　放送管弦楽団のピアノ奏者です。満洲医大オーケストラのときからのつきあいです。

崔　ぼく、崔明林は、朝鮮の平壌で生まれました。いいピアノがありますね。

今西　ソ連兵がなにからなにまで取って行ってしまうのでね、ここに隠してあるんだ。

陳　はい。ちょっと前まで、六人もボーイがおりましたから、みんなで運び込んだんですよ。さ、（手をぐんと前へ出して）お部屋へご案内いたします。

一彦　はい。でも（二枚目をめくろうとしながら）台本を読んでからにします。

陳　（困って）なんてまあ、仕事熱心な……。

片倉　顔を洗ってさっぱりとして、ひと眠りしたらどうです。

今西　そう、うちの自慢は清潔なシーツだ。ピーンと張ってあるから、一銭銅貨を落とすと、ポーンと天井まで跳ねる。陳くんの丹精のおかげだな。

陳　（今西に）おそれいります。（一彦に）あとはうちうちで稽古や、その他の段取りをやっておきます。ゆっくりいい夢をごらんください。

塩見　少しやせたようにおもうがね。ヤマトホテルの、例の食欲増進音楽のせいで疲れているんじゃないのか。

一彦　やせはしませんが、やせるような思いはしました。何十曲も、オーケストラの楽譜に、書きなおさなければなりませんでしたから。

陳　書きなおし……？

一彦　ロシア民謡はごぞんじでしょう。

陳　（歌いながらも「束」を狙う）カリンカ、カリンカ、カリンカ、マヤ、ホウ！　のようなものですね。

一彦　（うなずいて）そういったロシア民謡を、二十人編成のオーケストラ用につくりなおすんです。

崔　（ピアノをポンと打ち）それから、バラライカ！

一彦　うん、バラライカの練習もしなければならなかった。

陳　バラライカ……、

陳、下手奥の「ささやかな物置」を横目で見ながら、

陳　……それは、三角の箱のようなものに、長い棒がくっついていて、糸が三本、張ってあるやつでしょうか。

一彦　（うなずいて）ロシアのひとたちの大好きな楽器。文化担当官のソロビヨフ中佐が、どうしてもオーケストラにバラライカを入れろという。でないと、きみを文化戦犯として、シベリア送りにしてやるぞ……中佐は本気

なんですよ。
今西　（キッと宙を睨み）またしてもソロビヨフか。
一彦　ひと晩、徹夜で、なんとか弾けるようにしました。
陳　すごいですねえ。（「束」に手を出しながら）そのバラライカなんですが、どんなふうに持つんでしょうか。
一彦　三味線と同じ。中国の楽器なら、胴が満月のように真ん丸な月琴のように持ちます。（「束」が邪魔なので、陳に渡そうとしながら）こういうふうに……
今西　（横から「束」を取りあげて）質問はまたあした。早く休ませてあげなさい。
陳　（泣きそうな声で）どうぞ……。

今西、椅子に腰をおろして膝を組み、その上に「束」をのせ、一枚目をめくろうとする。そこで、塩見と片倉は、一彦についての話題をダシに使って、今西に「束」の中身を読ませまいとする。

塩見　（今西に）一彦くんは、蛙を見て、メスを片手に、病院に入院したことがある。そうだったな、一彦くん。
一彦　……はあ。
今西　蛙に、メスに、入院……どういうことですか。
塩見　築地小劇場の研究生だったころ、昼めしのコッペパンを二つに分け合うぐらい仲のいい作曲家のタマゴがいた。一彦くんは、その親友の忘れ形見でね。そこで、わたしが勝手に父親役を買って出ているわけだ。
一彦　ありがとう、おじさん。
今西　蛙とメスと入院は？
塩見　父親の血を引いたのか、小さいころから楽譜を見ながらレコードを聴くのが大好きだった。この子は兵隊さんには向かないなとみて、奉天の満洲医科大学をすすめた。満洲医大の学生オーケストラは、ハルビン交響楽団、上海交響楽団とならぶアジアの三大オーケストラだからね。あそこに入れば、音楽の勉強ができるし、軍医になればお国につくすこともできる……、
今西　蛙とメスと入院！
塩見　ところが、最初の解剖実習で、蛙の顔を見て失神してしまった。
一彦　蛙と目が合ったのです。
塩見　よほど恐ろしかったんでしょうな、メスをかたく握りしめたままで、大学の付属病院に運ばれた。

今西、椅子から立ち上がり、じっと一彦を見て、

今西　やさしいんですな。
一彦　気がよわいのかもしれません。
今西　陳くん、ご案内を。

今西がまた椅子に坐って「束」に目を落とそうと

するので、今度は、片倉がいきなり、『小さな公園』を歌いだす。

片倉　公園の銀色のアーチから（意図を察した塩見が加わる）ひろい、ひろい、ひろい、ひろい、歩道がある（陳も参加する）歩道にはプラタナス（なにも理解していないが、親友の作った名曲なので、崔がピアノで追う）ロータリーにはヒヤシンス（一彦も歌いながら指揮をする）二人は歩く、ひろいひろい歩道を、ほほえみながら……

初めは仰天して立ち上がった今西、やがて「束」を椅子におくと、不思議な生きものたちを見るように、五人のまわりを回る。

今西　いったい、なにごとですか！
片倉　『小さな公園』ですよ。
今西　小さな、公園？
片倉　一彦くんの大ヒット曲です。
今西　……ほう。
片倉　毎日、夕方の五分間、「満洲ラジオ歌謡」という歌番組が放送されていたのはごぞんじでしょうが、今月のものがいまの『小さな公園』だったんですよ。
今西　経済市況しか聞きませんよ、わたしは。文化には不調法な男だと、そう云ったはずですよ。

塩見と陳は、椅子の上の「束」を狙っている。何度かチャンスが到来する。だが、そのたびに、今西が何気なく二人の方を向いたり、ぐんと椅子に近よってきたり。
右の最中に、二人の様子を訝《いぶか》った崔が、椅子のところまでやってきて確かめる動きがあり、その動きがまた、二人の決定的なチャンスをつぶす。

片倉　とにかく、大連中央放送局は、満洲の二十三の放送局を通して、全満にこの歌を流した。地元の大連ではもちろん、奉天でも、首都の新京でも、そしてハルビンでも、たちまち火が点いた。たとえば、放送が始まって三日目の八月三日、これは羽衣座が吉林の軍需工場へ慰問巡業に出かけた日ですが、その夜、大連駅で発車を待ちながら、うちの座員はみんな、この歌を歌っていた。これはめずらしいことですよ。
陳　うちのボーイたちも、仕事をしながらよく歌っていました。
今西　それはボーイ長が悪い。
陳　すみません。
片倉　ソ連軍が攻めてこなければ、そして大日本帝国が戦さに敗けていなければ、一彦くんの仕事は内地でも大評判になっていたにちがいない。もちろんレコードにもなったでしょう。満映なども映画化を狙って飛んできたでしょうね。

今西　（一彦に）利益は？

一彦　はい？

今西　いくら、売り上げがありました？

一彦　……作詞料と作曲料を合わせて二十円でした。

今西　だから、「文化」は儲けにはならないと云っているでしょう。ま、子どもの遊びですな。

今西、椅子に坐るつもりで、「束」を手にとるが、ふとそれで前方（客席）を明示して、

今西　たとえば、隣の今西百貨店。やはりわたしの経営ですが、タワシの売り上げだけでも、一週間でそれぐらいにはなりますよ。

「束」を突きつけられた一彦、思わず受け取って、

一彦　あの歌で全宇宙を恵まれたんです。

今西　……全宇宙？

一彦　はい。愛に、恵まれました。

今西　愛、ねえ。そいつは出費がかさみますよ。

一彦、おだやかに笑みを返して、トランクを持とうとする。囮《おとり》は失敗。片倉、がっかり。陳、手を考えている。

塩見　（一彦の肩を抱いて、「束」を狙いながら）今西さんに、その全宇宙の大きさを説明してあげたらどんなものだろう。これからこちらのお世話になるんだからね。

一彦　……はい。

今西　お心遣いはご無用。文化の話と他人の恋物語、この二つは商売になりません。

塩見　この子にとっては初めての恋なんですよ。

今西　また市議会に行かねばならんし、これでも忙しい体なんですがね。

今西、渋面。以下、つまらなそうに聞く。

塩見　先月、七月中旬、ジェニィは、ハルビン喜歌劇団から休みをとって、大連郊外の星が浦ホテルへやってきた。それを知った満鉄は、社員慰安のために彼女の独唱会を計画する。いまさら云うまでもないが、満鉄株式会社は満洲の、いわば、陰の王様だ。断り切れずに、ジェニィは満鉄の協和会館に出演することになった。こうして運命の歯車が回り出す。

今西　なんのことだか、さっぱりわからん。

塩見　一彦くんのアパートは、その協和会館の裏門の真ん前にあった。
今西　（冷やかして）蛙の解剖のときのように、ジェニィと目が合ったとでも云うんですかな。
一彦　ええ。
今西　（よろけて）……まさか。
一彦　水をのもうとしてピアノの前を立ったとき、窓越しに、馬車から下りようとしていたあのひとと目が合いました。あのひとの目から、なにか光のようなものが一筋、走ってきたかとおもうと、いきなりぼくの胸をつらぬいたのです。
片倉　（今西に）恋は目から入るといいますよ。
塩見　一彦くんは、ラジオ歌謡の歌い手にぜひジェニィをと、局でいい張った。
一彦　楽譜を見たあのひとは、すぐ、ぼくの心を読み取ってくれました。
塩見　ジェニィもまた、きみからの目の光に、心を射抜かれていたんだな。
今西　儲け話もそんなふうにトントンとまとまってくれるといいんだがねえ。
塩見　そして三週間後に婚約。わたしが証人に立った。
崔　（ピアノをひとくさり）……！
塩見　（うなずいて）崔くんもいたね。ところが、まさにその日、ソ連軍が進駐してきて、きみたちは引き裂かれた。
今西　スパイの容疑は、はれましたよ。
一彦　ええ、全宇宙が戻ってくる。だから、ここへ飛んできたんです。

このとき、「ささやかな物置」を何度も見ていた陳が、ポンと手を叩く。

陳　わかりました。あの歌は、命がけの恋文だったんですね。
一彦　（大きく、うなずく）……！
陳　だからみんなの胸をつよく揺すぶったんですなあ。

崔、うれしそうにピアノを鳴らし、短い前奏を弾きはじめる。

陳　小さな公園がある。

塩見、片倉がすぐ加わる。

小さな公園には小さなベンチ
二人がやっと腰を下ろせる
小さなベンチで二人はかたる

一彦、しあわせそうな顔。
今西、また「文化」が始まったという表情で出て行く。「束」のことはもう念頭にない。

小さなベンチで
大きな夢を

公園の銀色のアーチから
ひろい、ひろい、ひろい、ひろい
歩道がある
歩道にはプラタナス
ロータリーにはヒヤシンス
二人は歩く
ひろい、ひろい歩道を
ほほえみながら

右のマーチに乗って、陳は、「ささやかな物置」からバラライカを探し出すと、一彦に弾くようにすすめる。
すすめられた一彦、「束」を陳に渡して、バラライカを受け取り、ちょっと調弦する。

歩道をこえるとアパートがある
そこは二人の小さなお城
夢のお城を二人で育てる
小さなお城で
大きな夢を

一彦のバラライカと崔のピアノ。
ようやく「束」を取り戻して、喜ぶ三人。

公園の芝生に寝ころんで
たかい、たかい、たかい、たかい
空を見ると
ハート型の雲が
ふわりふわりゆれて
二人を見ている
たかい、たかい空から
ほほえみながら

空の下にはアパートがある
そこは二人の小さなお城
愛のお城を二人で育てる
小さなお城で
大きな夢を

歌が収まった瞬間、

陳　ご案内いたします。

トランクと風呂敷包みをさげた陳に促されて、一彦と崔が出て行く。

塩見と片倉、顔を見合わせる。一瞬、おいて、塩見、パッと「東」の表紙をめくって、

塩見　奇跡は……やはりおこらないものだな。
片倉　塩見さん。
塩見　……？
片倉　菊千代、ですからね。
塩見　(反射的にうなずいて）大連三越裏だったな。

椅子を摑み、左右に分かれて高窓へ走る。片倉は椅子に乗って高窓を開ける。塩見の方は椅子の上で棒立ち。

塩見　……あの子がいる！

椅子から飛び下り、下手高窓の片倉に駆け寄って、

塩見　今回は一人で逃げたまえ。一彦くんをシベリアへ送るわけにはいかないんだ。

片倉　一人じゃ道行きになりませんよ。

がっかりして椅子に腰を下ろしたとき、レインコートを持った今西が入ってくる。

今西　ある噂があってね。おっと、その前に……。

協和服の内隠しから紙入を取り出し、

今西　原稿料……というよりは、ささやかなお礼です。さ、お二人で四百円。
塩見　そんな……いただけませんよ。
片倉　いただく理由がありません。
今西　もちろん。
塩見
片倉　……はい？
今西　わたしが自腹を切るわけではない。市議会に請求しますから、遠慮はご無用。

二人に百円札を二枚ずつ、押しつけるようにして渡し、

今西　満洲国政府のお役人が一人、ソ連軍の封鎖網をどう潜り抜けたのか、ここ大連に、もぐりこんできた。市川

新太郎という男だが、ひょっとしたらごぞんじかな。

塩見と片倉、思わず顔を見合わせる。
とくに片倉には衝撃。
このとき、陳が戻ってくるが、ちょっと様子がヘンなので、テーブルの「束」を点検するふりなどして、話を聞いている。

今西　今日の暮れ方、市川が、すぐそこの常磐橋《ときわばし》の下で顔を洗っているのを見たという人がいる。もっとも、ごぞんじなければ、それでいい。

塩見　待ってください。その市川というのは、満洲国政府の文化担当官だったあの市川新太郎のことですか？

今西　そう。なんだかえらそうにしているひとでしたな。三年前、その市川センセが、満洲國劇団とか称する一行を率いて大連にやってきたが、そのとき、宿をしたのが、じつはうちでね。五日間で六人のメイドを口説いて行った。

陳　（思い当たって）灰皿も一枚、やられました。

片倉　（めずらしく芝居がかって）こんどあったらタダじゃおかねえ。

三人、エッとなる。

片倉　いや、うちの芝居の台詞でいえば、そういうことになります。

塩見　きみも市川のイジメにあったのか。

片倉　うちの一座に、小衣京子《さごろもきょうこ》といって、姿もよければ声もよく、芸の素性もまっすぐで、先の楽しみな女優がいました。市川は、この子を引き抜きにかかった。芸を買ったわけではない、そばへ置いてちょっと手なずけてみたくなっただけでしょう。本人に、どうしたいか聞くと、あたしは羽衣座で育てられました、どこへも行きたくありませんと、キッパリ答えてくれました。ところが、そのときから、新京で芝居を打とうとすると、きっと邪魔が入って、かならず話がこわれてしまう……。

塩見　かげで糸引く新太郎、か。

片倉　（うなずいて）かわいそうなのは小衣京子です。羽衣座が満洲の都の新京でお芝居ができないのは、わたしのせいです。お許しくださいませと、書き置きをのこして消えてしまった……。

ちょっとシーンとなる。

片倉　ぼくは浅草の劇場から第二師団に入団しました。そして、十四年前、奉天作戦で左脇腹を銃弾でえぐられ、大連病院に運び込まれた。でも、そのときよりも、小衣くんの書き置きの方がずっと痛かった。

今西　（姿勢を正して）名誉の傷痍軍人でしたか。

片倉　アメ玉ひとつ分の肉を持って行かれただけです。たいしたことはありません。

塩見　（ポツンと）そのひとが好きだったんだな。

片倉　……。

塩見　きみの痛手とは比べようもないが、わたしのような左翼くずれは、よほどイジメがいがあるとみえて、なにか書くたびに、市川から検閲の赤鉛筆を入れられた。ジェニィのために書いた「女ハムレット」などは、真っ赤になって返ってきたよ。

片倉　（うなずいて）新京に呼び出されて、ジェニィ主演で満映のシナリオを書いたことがあります。そのときも市川は、赤鉛筆を片手にやかましいことを云ってました。

陳　その市川というひとの話にはいつもジェニィさんが出てくるんですね。

塩見　彼女の最初についた先生が、市川だったからかもしれないな。

陳　……最初についた先生？

塩見　若いころの市川は、映画の主役に起用されたこともある有望な俳優だった。ところがいつの間にか満洲に流れてきて、新京で俳優学校を始めた。その最初の生徒の一人がジェニィだったわけだ。彼女がまだ十七か、十八のころの古い話ですよ。

今西　市川センセはまた、ジェニィに男というものを教えた。

塩見と片倉、一瞬、息を吞む。

塩見　どうして、それを……。

片倉　ジェニィとお会いになったことはないはずですよ。

今西　もちろん、名前しか知らない。でも、よくある話じゃないですか。ましてや、あのセンセのことです。ネコにサンマ、目の前にいる女の子を放っておくわけがない。

塩見　いっしょに暮らしたのは一ヶ月だけ、あのころのわたしはほんとうにネンネでしたと、ジェニィも云っている。十五、六年前に終わってしまった話ですよ。

片倉　それも、ジェニィの方から飛び出して、ハルビンへ帰ったんですよ。

塩見　市川は、役者から役人に、それも文化担当の役人に化けたから、そのあとも何度か二人が会うような場面もあったでしょう。しかし、それはごく事務的なものだ。

今西　どうだっていいんです、そんなことは。他人の恋物語は商売にならないと云ったはずですがね。

塩見　（頭を下げて）一彦くんに知れたらおおごとだともって、ついくどくなりました。

陳　一彦さんは、いまの話を知らないんですか。

塩見　知らない。

陳　どうしてわかるんです？

塩見　ついこのあいだ、わたしからジェニィにこう頼んだ。すっかり過去のことになった話でも、あの子には、マドンナのその過去を一人で乗り切るだけの力はまだない、二人の愛の絆が鉄の鎖よりも太く強くなるまで、市川との昔のいきさつを云わないでくれとね。なにしろ、あの子には、初めての恋なのだ。

陳　そういうことでしたか。

塩見　（今西に）なにとぞよろしく。

今西　わたしたちはどうして女に恋してしまうのでしょうな。会うときは待たされる、贈物はさせられる、食事代と荷物は持たされる、機嫌はとらされる、気はもまされる……不利益ばかりだ。利益といえば、ときどきニッコリ笑ってもらうだけなのに。（陳に）今夜も市議会、遅くなりそうだよ。

陳　（発見）あ、べつのところでも髪の毛が抜けてますが。

陳、今西の頭のある部分を指でおさえる。今西、自分でもおさえて思案しているところへ、一彦と崔が入ってきて、軽く会釈する。

一彦　とても清潔なベッドでした。

崔　ありがとうございます。

今西、会釈を返しながら思い当って、

今西　日本政府のせいだよ。

陳　これ、日本政府がつくったんですか。

今西　ソ連軍が大連を占領したその十時間あと、アメリカの駆逐艦も大連港へ入ってきた。これは知ってるね。

陳　（うなずいて）たいへんな噂でした。

一彦と崔、首を傾げながら、テーブルへ行く。

片倉　（今西へ）大連のカトリック教会へ、食料や衣類を届けにきたんだそうですね。

今西　そのとおり。

塩見　ところがソ連軍は埠頭にズラリと御自慢の戦車を並べた。二日もしないうちに、駆逐艦は九州佐世保へ引き返して行ったという。アメリカは大連にくちばしを入れるな。戦車の列はソ連軍の意思表示だったんでしょうな。

今西　（やや得意）だが、駆逐艦艦長は、市長とわれわれ市議会からの密書を携えていた。

塩見　というと……？

今西　教会の神父さんを仲立ちに、密書はこっそり、そしてぶじに、艦長に渡っていた。

四人　（ほう）……！

今西　密書の宛先は日本政府。文面は、「大連在住二十万、ソ連軍の封鎖網をくぐって潜り込んだ難民六万、合わせて二十六万の日本人は、祖国への一刻も早い引き揚げを切に望んでいる。大連の同胞を救われたし。至急ヘンマツ」……

四人 ……

今西 ところが、一週間以上もたつのに、音沙汰なしの梨のツブテだ。その、返事を待ついらいらが、(そこを押さえて) ここに出たのだよ。

陳 (感心して) それで梨の形をしているんですね。

足早に出て行きながら、陳に、

今西 こんな目に遭うんなら、市議選に出るんじゃなかった。

陳 (今西を送って出ながら) みなさんに、お茶を入れてまいります。

塩見 それはありがたい。

主従を目で送ってから、一彦をジッと見て、

塩見 ……眠れないか。

一彦 (うなずいて) 星が浦ホテルのあのひとも、やはり眠れないでいるだろうとおもうと、脈を打つたびごとに心臓が飛び出してきそうで……

塩見 (うなずいて) ジェニィにしても、一分一秒でも早く、ここへ飛んできたいとおもっているさ。しかし、夜道は危ない。

片倉 ソ連軍司令部は、午後八時以降の一般市民の外出は禁止するという指令を出していますね。これを裏読みすると、八時すぎに外出した市民については、その身の上にどんなことが起ころうと、こっちの知ったこっちゃない……

塩見 (うなずいて) どうしても外出しなければならなくなった女性には、野獣どもが襲いかかってくる。夜の大連は、マンドリン銃という牙を生やした野獣でいっぱいなのだ。

片倉 これもみんな、ナポレオンの遺産なんですよ。

一彦 ……?

片倉 恨むとすれば、その相手はナポレオンですね。

塩見 どういうことだね、それは。

片倉 陸軍歩兵一等兵時代に仕入れた知識ですが、ナポレオンの軍隊は百戦して百勝、どうしてあんなに強かったか。……知ってました?

塩見 知らんな。軍隊の代わりに、治安維持法違反で市ケ谷刑務所に入っていたからね。

片倉 (うなずいて) 兵隊たちに向かって、ナポレオンは、こう激励したんです。「あの町を攻め落とせ。攻め落とせば、あの町にあるものはすべて、おまえたちのものになるぞ。カネも宝石も、パンもハムもソーセージも、オ

ボコ娘も着飾った女も憂い顔の未亡人も、みんな、おまえたちのものだ。突撃！」

塩見　軍隊というよりは、強盗団だな。

片倉　この戦法をソ連軍がそっくりそのまま採用している。いわばナポレオンの愛弟子なんです。新しさがあるとしたら、カネと宝石のあとに、ラジオと腕時計が加わったことかな。

崔　それで日本の軍隊は、どうだったのでしょうか？

片倉　（グッと詰まって、頭を抱えて）……日本軍もまた、ナポレオンの直弟子でした。日本軍の現地補給主義とは、つまりは、ナポレオン戦法のことでしたからね……。

　塩見は唸り、一彦はうなだれ、崔は宙（電球）を見つめている。

　そのとき、電球が点滅して消えたかと思うと、その「暗がりの中」で、下手の階段からドア、そしてへっこみにかけて、一彦にとっては「悪夢」のような場面が、一瞬のうちに展開する。

市川　（汚れてはいるが、もとは上等の協和服）ここなら人目に立たないだろう。こっちへきてくれ。

ジェニィ　（ステキな男装）いきなりなんてことをなさるの。

市川　あいかわらず、ツヤツヤとした肌だねえ。それになんという、いい匂いだろう。よだれが出そうだ。

ジェニィ　手を放して。汚れてしまいます。

市川　おお、やっぱり、世界一の匂いだ。一口でいい。嚙ませてくれ。

ジェニィ　（手を振り切って）いまのわたしには大きな、すばらしい夢があるの。

市川　それはたったいま聞いたよ。でも、わたしときみの仲じゃないか。ちょっと唇にふれるだけでいいんだ。それだけで元気がでる。

ジェニィ　（手を差し出して）では、ほんとうにちょっとふれるだけですよ。

市川　（その手を取って）飢えているんだ。なあ、助けてくれないか。

陳　いけません。（飛び込んできて、二人をドアから階段へ押し上げる）なにをなさっているんですか。

　去りぎわに、陳の身振り。電球、頼りなく点滅して、呆然としている四人を照らし出す。しばらくして、

一彦　……あのひとの声だった。

塩見　（とっさに）なんでもない。

一彦　……耳には自信があります。

塩見　たしかに作曲家だものな。
片倉　説明しましょう、いまのはですね。
一彦　……ああ、世界が消えてしまった。

一彦、床に崩れ落ちてしまう。崔が駆け寄って、抱きかかえる。
塩見と片倉、顔を見合わせて、

片倉　どうしましょう。
塩見　……わからん。が、しばらく、このまま、このまま。
片倉　（大きくうなずいて）とにかく、考えましょう。

電球が、一瞬、燃えるように輝いて、それからボッと芯が切れる。

三

上手の電球が、かなり大きい。陳がロビーから外して持ってきたものであることは、やがて判明する。
「二」から三十分ほどたった午後九時四十五分ごろ。
テーブルに、塩見と片倉が向かい合って坐っているが、とくに片倉はこれまでの様子とはちがって、目付きも鋭く鉛筆を構え、原稿用紙をぐいと手元に引き寄せて、塩見を見つめている。

片倉　塩見さん、ひとまず騒ぎは収まりました。仕事にかかりましょう。「シベリアのリンゴの木」という題名から、なにをおもいうかべますか。
塩見　（片倉を通して、どこか別のところを見ているので、生返事）……うん。
片倉　光景でもいい。ことばの切れっぱしでもいい。この題名から連想されるモノ、ヒト、コト、そいつを片っ端から並べて行きましょうよ。
塩見　……うん。
片倉　その中にきっと手がかりがひそんでいるはずなんです。
塩見　……うん。
片倉　原稿料を受け取ってしまったんですよ。
塩見　……うん。
片倉　シベリアへ行きたいんですか。
塩見　うん……（ハッとなって）あの子、そして台本……ああ、わが生涯の最大の危機だ。
片倉　その二つ、はっきり切り離して考えないと前へ進めませんてば。

塩見　困難は分割せよ、か。
片倉　……デカルトでしたっけ？
塩見　（うなずいて）よし、あの子のことから先に考えさせてくれ。でないと落ち着けないんだ。
片倉　（考えてから）十分間だけ。
塩見　ありがとう。……三十分前の、あの悪夢のような場面の、あの恐ろしい瞬間に、きみはなにを考えていたのかね。それを書いてくれないか。
片倉　いいですよ。
塩見　わたしも書く。
片倉　（うなずいて）では。

二人は同時に鉛筆を揮《ふる》って、原稿用紙に四文字のことばを書き付けて、たがいに交換する。

塩見　（読んで）「立ち聞き」……！
片倉　（読んで）「立ち聞き」。
塩見　きみもそうだったのか。
片倉　（大きくうなずいて）ぼくらの芝居は、立ち聞きから始まることが多いんです。主人公は、愛する者のことばを立ち聞きして絶望する。そして自分から進んで悲しい運命を選んでしまう。ですからあのときは、悲しいことが起こらなければいいがなあと、祈っていました。
塩見　わが方でも、これは重要な手法なんだ。チェホフなどはまさに全編これ立ち聞き大会でね、大小さまざまな立ち聞きだけで劇をつくったといってもいいぐらいだ。なによりも、これは、わがシェイクスピアが愛してやまなかった手法です。立ち聞きによって、愛するひとの貞潔に疑いを持った主人公が死を決意する、あるいは愛するものを殺害する、あるいは相手の男と決闘する……、
片倉　そして、大詰にくるのは、関係者全員の死……！
塩見　（うなずいて）だからこそとっさに、「このまま、このまま」と声をかけてしまったわけだ。
片倉　劇作家の直観、ですね。
塩見　かもしれん。さらに、悪夢のあとの数秒間に、なにを考えていたか。……この子は親友からの預かりものだ、いや、わが子も同然の宝ものだ、その子に、死神なぞ取り憑かせてはならぬ、現実の進行を止めろ、なにかスゴイ策をめぐらせて、この子を地獄の底から救いだせ……それがあの「このまま、このまま」ということばに結晶したわけだ。
片倉　ぼくも、場面を先へ進ませてはならないとはおもっていました。というのも、市川新太郎のことを考えていたからですが。
塩見　……ほう。
片倉　この場面を使って小衣京子の無念を晴らすことはできないか、ああ、考える時間がほしい……そこで、おもわず、「考えてみましょう」と云ってしまいました。

……（ふと）裁判劇という手があったかもしれないな。

塩見 ……裁判劇？

片倉 たとえばあのとき、ただちに、ジェニィと市川新太郎を呼び返して、関係者一同立ち合いの上、すべての事情を明らかにする……。

塩見 そのへんが大衆演劇の甘いところだな。

片倉 そうでしょうか。

塩見 そうさ。ジェニィはあの子を心から愛している。それはたしかなんだ。なんどもジェニィに会って、それはたしかめている。スターの夏休みの気まぐれに、あの子をつきあわせるわけにはいかないからね。さっきの、あの悪夢のような場面にしても、なにか事情があったのかもしれない。

片倉 ですから、その事情なるものを説明させる手があったのではないか。

塩見 しかし、ジェニィと市川新太郎が、あの場でどんなに丁寧に説明しても、あの子には、すべてが弁解に聞こえたにちがいない。

片倉 ……なるほどね。

塩見 さらに、どんなに余儀ない事情があったにせよ、ジェニィは、からだのどこかを、自分から新太郎にふれさせているんだよ。たとえ説明がついて、あの子がそれなりに納得したとしても、やがてそのうち、頭のすみに、「ほんとうはちがうのではないか」という疑いが、かならず芽をふく。そしてその芽は、たちまち大木に成長して、その結果は……、

片倉 オセローになりますね。

塩見 それをおそれたのだよ。だいたい、あんな場面では、みんなの気持がたかぶっている。いきおい説明は泣き声になり、追及は怒鳴り声になって、そうなるともう修羅場だからね。

片倉 （塩見をじっと見て）深い思いだなあ。

塩見 ……？

片倉 一彦くんへの思いのことですよ。だからこそ、一瞬のうちにあの場面をそこまで深く見抜くことができたんですね。

塩見 劇作家の直観というやつかね。

陳、ツアチュン（湯呑茶碗）三個とツアホウ（茶瓶）をのせたお盆を持って入ってきて、電球を見上げ、

陳 ロビーから持ってきた電球、いかがです。こんどは人見知りしないでやってますか。

塩見 （それどころではなく）あの子はどうしている？

陳 まるで孩子《ハイズ》（赤ちゃん）ですよ。

塩見
片倉 （口々に）……ハイズ？

陳　赤ちゃんのことで。それもお母さんのお腹の中にいる赤ちゃん。体を丸めて、壁紙をじっと見ているだけ、両の目から涙をポトポト、落としながらね。お友だちの楽士さんがつきっきりで、涙を拭いてあげていました。

塩見　なにか云ってますか。

陳　なんにも。ひとことも。

塩見は頭を抱えてしまう。

片倉　市川新太郎の方は、どんな様子です？

陳　とにかく、ジェニィさんから引き離しておくこと。いまはそれが大事中の大事だとあたしなりに判断しました。それで、まず、ジェニィさんをあたしの部屋へお入れして、次に市川さんを隣の、百貨店の宿直室にお連れしました。宿直員に見張らせております。

片倉　それはさっき、電球を替えにきたときに聞きましたよ。

陳　あ、そうでしたね。今夜はもう、頭が焼きそばみたいにこんがらかっちゃって……。

片倉　とっさの判断、よくやったと、さっき塩見さんがほめていたでしょう。

陳　（うなずいて）いましがたの市川さんは、残りものの焼飯《チャーハン》をきれいに平らげたところです。壱万円持って新京から逃げ出したが、途中、危ない目に遭うたびにお金を撒いて、いまは文なしの身の上だと、べそをかきかき食べていましたよ。それからお茶をがぶがぶ呑みながら、こう云ってました。前に、泊まったことを思い出して、助けてもらいに入ろうかどうしようか迷っているところへ、馬車がとまった。男装の麗人が降り立つとホテルに入って行く。見れば、むかしの教え子、愛人でもあったジェニィではないか、そこで、そのあとについて入って……そしてあの場面になったんですね。あたしがもう少し早く気がつけば、よかったんですが。

塩見　ジェニィは、どうしていますか。

陳　一分一秒でも早く一彦さんに会いたい。明日の朝まで待てない。そこで、用心のために男装して、馬車を仕立てて……あ、これもさっき申しましたね。ジェニィさんには極上の毛布と洗い立てのシーツをお出ししました。そのとき、市川さんとの揉め事について、なにかしきりに説明しようとなさっていましたが、耳が遠いふりをして通しました。いまごろは眠っていらっしゃるとおもいますよ。

塩見　一彦くんやわたしたちが、同じ建物の中にいることはまだ知らないんだね？

陳　電球を替えているとき、「このままだよ、陳さん。このまま、このまま」とおっしゃっていたでしょ。

塩見　そうでしたな。わたしの頭も焼きそばだ。

陳　あたしが付けくわえたのは、次のひとことだけ。「一彦さんも、先生方も、明日の朝、こちらにおいでになりますよ」……云いすぎでした？

塩見　いや、とりあえず完璧です。これでしばらくは仕事に集中できる。

片倉　（うなずいて）陳さん、鉛筆を持ってください。

陳　はい。

片倉　「シベリアのリンゴの木」という題名から、なにをおもいうかべますか。

陳　……はい？

片倉　シベリアとリンゴの木。この二つについておもいついたことを、かたっぱしから、ことばにしてみる。いま、頭の中にあることなら、なんでもいいんです。

陳　はい。

片倉　では、始めましょう。

塩見　空だな、とにかく高い空。

片倉　農場、ひろい農場。

陳　……抜け毛、社長の抜け毛。

塩見　（注意）……陳さん！

片倉　赤い実、リンゴの赤い実。

塩見　だれがたべるんだ、その実は。

片倉　娘、きれいな娘。

塩見　未亡人、美しい未亡人。

陳　……社長、青い頭の社長。

塩見と片倉、陳を睨みつける。

塩見　ふざけている場合ではない。

陳　お芝居ができてないとわかったら、社長の頭からドサッと毛が抜け落ちますよ。

片倉　だから、こうやって考えているんです。

陳　そうなると社長が風邪を引きます。

塩見　（片倉に）陳さん抜きでやろう。

片倉　娘はリンゴにキスをしながら歌う。

塩見　リンゴをパートナーにして踊る。

陳　隣の百貨店を買うとき、たくさんお金を借りたんですけどね。

片倉　やがてナイフでリンゴの皮をむく。

塩見　ていねいに、ていねいに皮をむく。

片倉　むきおえたら、実をポイと捨てて、おいしそうに皮をたべる。

塩見　悪くない――ギャグだ。

陳　返済のやりくりで、リンゴの大きさに、いくつもいくつも穴があきました。横浜正金銀行でしょ、満洲中央銀行でしょ、朝鮮中央銀行でしょ……。

塩見　（知らないうちに影響を受けて）リンゴをいくつもいくつも入れた籠を持って出る。

片倉　歌いながら、将校たちに手渡す。

塩見　いいぞ、いいぞ。

陳　みっともないので、頭をきれいさっぱり剃りあげました。ハゲはかくれてしまいましたが、そのせいで風邪を引いたんですね。

塩見　禿をかくす入道頭ってやつだ。

片倉　木をかくす森、ですか。

塩見　悪漢をかくす人ごみってやつさ。

片倉　黒い牛をかくす暗やみですか……？

塩見　（ハッとなる）山をかくす山並み。

片倉　（うなずいて）ウソをかくす大ウソ。

塩見と片倉、かたい握手。

塩見　ひらめいたぞ。

片倉　ひらめきましたね。

陳　……どうしたんですか。

塩見　陳さん、あなたはもうりっぱな作者だ。

片倉　それも一流の作者ですよ。

陳が「？」となったとき、電気が消えかかる。その中で、

陳　光をかくすソ連軍。停電ですよ。

四

いつものテーブルのうち、第一のテーブル（より上手側）では、原稿用紙、小型国語辞典、紙切れ、鉛筆、消しゴム、半紙、複写用カーボン紙、骨筆《こっぴつ》、ツアチュン（湯呑茶碗）、ツアホウ（茶瓶）などが散らばったなかに突っ伏して、塩見と片倉が、束の間の眠りを貪っている。

右から一メートルぐらい離して第二のテーブル。石油ランプの明かりのそばで、陳が、コヨリで台本（半紙三枚、六頁）の最後の一冊を綴じている。手拭で鉢巻き、とてもうれしそう。台本の数は六部。

「三」から十時間たって、いまは朝の八時。左右の高窓から微かな朝の光。

すぐに電球が光って電気がくる。陳、ランプを消しながら、

陳　暗いときに十時間も電気を止めて、明るくなると電気をよこす……ソ連軍の偉いひとの頭は、くさったリンゴ

ですね。

塩見がモゾモゾ動いて、肘で国語辞典を床に落とす。その気配で片倉が目を覚ます。

片倉　……よく寝たなあ。何時間、寝てたんだろう。
陳　三十分、でしょうか。
片倉　それっぽっち？
陳　（うなずいてから、大声で）台本六冊、ココヨリでしっかり綴じましたよ。
塩見　（目を覚まして）……どうした？
陳　はい。「シベリアのリンゴの木」の台本の完成です。

陳、塩見と片倉に台本を手渡す。三人、一瞬、感無量。たがいにうなずき合いながら、噛みしめるように云う。

陳　これで……シベリアがずっと遠くへとおのきましたね。
塩見　これで……あの子を救うことができるかもしれんな。
片倉　これで……小衣くんの仇《あだ》が討てそうですよ。
陳　ジェニィさんと市川さんに、こちらにくるよう伝えておきました。ジェニィさんは八時に、市川さんはその十五分あとに、ここへ見えます。
塩見　いよいよ仕上げだ。
片倉　これからが作者の腕の見せどころ。
陳　もうひとふんばり。
塩見　しかし、よく本ができたよなあ。
片倉　陳さん、あなたの手柄ですよ。
陳　ありがとうございます。
塩見　禿をかくす入道頭さまさまだ。
片倉　木をかくす森です。
陳　よごれた水をかくす川ですね。
塩見　悪漢をかくす人ごみ、
片倉　黒い牛をかくす暗やみ、
陳　美人をかくす美人大会、
塩見　山をかくす山並み、
片倉　ウソをかくす大ウソ、
陳　香りをかくす香水店の店先……

三人が盛り上がっている最中に、上手のドア（いわゆるスタッフ用）から、ジェニィが現われる。派手ではないが、美しい衣裳。長い黒髪。

ジェニィ　もういらっしゃっていたんですね。塩見先生、おはようございます。片倉先生、ごぶさたいたしました。先生方と、またお仕事ができるなんてうれしいわ。

三人の作者たち、緊張しながら、会釈を返す。地

下室のあちこちを見ながら、

ジェニィ　ひどい疑いをかけられていたんです。ハルビン・ジェニィという芸名のせいで、この十日間、ソ連軍司令部の鬼将校に責められて息もたえだえでしたわ……でも、わたしを支えてくれたものがありました。あのひとの笑顔、それから……（祈るように口ずさむ）二人は歩く、ひろい、ひろい歩道を、ほほえみながら……昨日、その鬼将校の机の上にハルビンから至急便で届いたわたしの納税調書になんて書いてあったとおおもいになります？「本名伊藤早苗。大阪府出身」……（歌う）小さなお城で、大きな夢を……税金も払っておくものね。

作者たち、じっと見ている。

ジェニィ　（陳のそばへ寄って、大声で）いろいろありがとう。お世話になりましたね。

陳　急に耳の調子がよくなりましてね、フッーのお声でけっこうですよ。

ジェニィ　それはよかった。それで、一彦さんはどこですの？

地下室を見回しながら、

ジェニィ　その鬼将校が、こんどの歓迎会のお芝居に、石谷という作曲家も参加するらしいよと教えてくれました。その連絡がいま司令部のソロビヨフ中佐から入ったところだ、集合場所は連鎖街の今西ホテル、明日の朝にも、そこへ行くようにって。……あのひとはまだなの？

なおもあたりを見回しているジェニィに、塩見が椅子を持って行く。

塩見　おかけなさい。

ジェニィ　……？

塩見　わたしたちの話を聞けば、かならず腰を抜かす。そしてあなたは椅子の上に崩れ落ちることになる。それなら、いまから坐っていた方がいい。

ジェニィ　（かすかな不安。腰を下ろして）……一彦さんに、なにかありましたの？

塩見　（いきなり）あなたは、あの子と、婚約している。そうでしたな。

ジェニィ　（あふれだすように）おもいがけない夏休みになりましたわ。ハルビンの家やたくさんのお友だちを失ったかとおもうと、これからの半生のよろこびを分け合うひとにめぐりあって、そして婚約……なぜ、わざわざそんなことをお聞きになりますの。……証人に立ってくださったのは先生じゃありませんか。……（立ってしまう）

一彦さんになにがあったんですか。

塩見　あの子になにがあったかではなく、あなたになにがあったか、それが問題なんですよ。

ジェニィ　おっしゃる意味が、よくわからない……。

塩見　あの子と婚約をしていながら、あなたは、市川新太郎という男とも切れていない。いかがですか。

ジェニィ　……あれはもう十何年も前にすんでしまったこと、もう思い出しもしませんわ。ただ……、

塩見　ただ……？

ジェニィ　すんだことに苦しめられるときもありますわ。すっかりすんだとおもっていた昔が、追いかけてきたりするんです。バカなネンネだったころの十七のわたしが、まっすぐ前を見てしあわせになろうとしている三十五のわたしの背中に、鋭く爪を立てようとする。過去ってなんておそろしい毒薬でしょう。あのころに帰れたら……あのころに帰れたら、この夏、一彦さんとめぐりあうまで、わたしは自分に、ひとを恋することを、かたくかたく禁じていたでしょうに。

片倉　（陳に）じつに堂々としている。

陳　（片倉に）やはり名女優なんですね。

塩見　（二人に）まるでラシーヌの芝居を聞いているようだ。

ジェニィ、激しく首を振って、

ジェニィ　でも、すんでしまったことはなにもかも、時間の中に埋めてしまいました。生まれかわって、生き直すんです。（ゆっくり、はっきりと）市川先生とは、なんでもありません。……一彦さんは、どこ？

塩見　「それはたったいま聞いたよ。」

ジェニィ　えっ？

塩見　「でも、わたしときみの仲じゃないか。ちょっと唇にふれるだけでいいんだ。それだけで元気が出る。」

片倉　「では、ほんとうにちょっとふれるだけですよ。」

塩見　「飢えているんだ。なあ、助けてくれないか。」

陳　（これは本人）「いけません。なにをなさっているんですか。」

呆然としていたジェニィ、ハッと気づいて、陳に、

ジェニィ　あなたなのね。あなたが、先生方に……。

陳　いいえ。

片倉　ぼくたちも、ゆうべ、ここにいたんですよ。

塩見　……そしてあの子も聞いていた。

ジェニィ、椅子どころか床にまで崩れ落ちて、

ジェニィ　……一彦さんは、だいじょうぶなの。

塩見　なによりも先に、あの子の安否を気遣ってくれたことには感謝する。しかし……、
ジェニィ　あのひと、どこにいるの？
塩見　このホテルの中のどこかで、赤ん坊になってしまっている。
ジェニィ　赤ん坊に？
陳　体を小さく丸めて、壁紙をじっと見ているだけなんですよ。両の目からは涙がポトポト……。
ジェニィ　わたしのことを、なんて云ってました？
陳　なんにも。ひとことも。
ジェニィ　会わせてください。
塩見　会ってどうするんです？
ジェニィ　わけをお話しします。一彦さんはゆうべのうちにここへきているかもしれない。そうおもったら、もうじっとしていられない。男の姿になって馬車を走らせました。うんと駄賃を弾んだので、まるで空を飛ぶ馬車。でも、ゆうべのわたしには、その馬車がカタツムリにでも引かせたようにのろのろしているようにおもわれて……そこからお話しするわ。そしてなによりも、ゆうべ、ホテルの暗がりの中で、自分の過去から、いきなり不意打ちにされたことを、それをお話しします。
塩見　いまとなっては、どんなりっぱな釈明も、あの子にはただの弁解としか聞こえないでしょう。
ジェニィ　……！
塩見　いまや、あの子は全宇宙のすべてを疑っているんですからな。
ジェニィ　でも信じてもらわなくては！　ふた親をつづけて亡くしたハルビンのバレエ学校の生徒が、父親の知り合いがやっていた新京の日本料理屋へ引き取られたことを。バレエをつづけたい、歌やお芝居の勉強もしたいとおもいながらお店の裏でネギや大根を洗っているところへ、声をかけてくださったのがお店の常連の市川先生だったということを……。

下手のドアが静かに開いて、市川新太郎が、へっこみへ入ってくる。しばらくのあいだ、四人は市川に気がつかない。

ジェニィ　……うちの学校においで、月謝はいらないよ、いっそ内弟子になるかい。上等の洋服の匂いや、ひげそりあとのローションの匂いといっしょになって、その先生のおっしゃることが、世間知らずのその女の子には、星が奏でる音楽よりも、やさしく聞こえたことを。でも、その男がただの女たらしだったことを。

へっこみの市川、かすかによろける。

ジェニィ　信じてもらわなくては。ひと月もしないうちに、

わたしの方から、男のもとを去ったことを。

市川に気づいた片倉、中央に椅子をポンと置く。

片倉 しばらくでしたね、市川さん。

市川 ヤ、これは一別以来ですな。

市川、精一杯の虚勢を張って一座に会釈。塩見と陳、会釈を返す。

市川 （ジェニィに）マ、ケッコーなお話だった。

ジェニィは、軽く頭を下げるが、市川はもはやそれに応えようとせず、堂々と椅子に坐る。

市川 まったくひどいものですわ。新京からこっち、開原《かいげん》、奉天、遼陽《りようよう》、どこもかしこも地獄絵さながらですよ。北から流れ込んできた日本人の難民で道路は真っ黒だ。着るものを食べものに換えたんでしょうな、どの日本人もみんな裸です。その上に辛うじて麻の袋を巻きつけて、ただ黙々と南をめざしてナメクジのように歩いている……。

じっと見られているので、さっと話題を変える。

市川 おどろきましたなあ。なにしろ皇帝が退位したとたん、満洲国そのものがパッと消えてしまったんですからな。満洲国には、憲法も、国籍法もなかった。だから、皇帝のほかにだれ一人、国民と名のつくものがいなかったんですなあ。たとえ戦《いくさ》に敗れて敗戦国となっても、そこに国民がいれば、いくらソ連軍でもそう勝手なマネはできないはずですわ。憲法と国籍法、これを早くつくっておくべきでしたね。

片倉 （ぴしゃりと）満洲国の国民になりたくなかったのは、じつは満洲の、わたしたち日本人だったのではないですか。

市川 （話題を変える）その点、コーリャンのお粥も空ッ腹にはご馳走ですな。（同情を引こうとして）新京からこの大連に辿りつくまで、あのコーリャン粥に何度、助けられたことか。

塩見 話を変えちゃいかん。

市川 アレ、そうですか。

塩見 たいていの日本人は満洲を出稼ぎ先の一つとおもっていたんだ。満洲で稼いだあとは日本に帰って楽隠居……それで、満洲の日本人は、憲法や国籍法をつくることに、常に、強く、反対した。いま、満洲の日本人は苦難の真っ只中にいる。しかし、そういう意味では自業自得だったかもしれない。そして満洲を出稼ぎ先と決め込んでいた張本人は、満洲国政府の日本人官僚だった。つまりあなたもその一人でしょう。

市川　だからといって、だれが関東軍を許すものですか。なんですか、あのザマは。帝国陸軍の中でも最強の精鋭七十万の関東軍、満洲にこれあるかぎり守りは鉄壁。上はそうおもわせ、下はそう信じていた。ところがその実体ときたら、強い兵隊はみんなレイテや沖縄に出かけて行って、のこったのは鉄砲も持っていないオッサンたちばっかり。まったくおたがいに難渋しますな。

片倉　（めずらしい烈しさ）信じられない。

市川　そう、なにも信じちゃいけません。

片倉　よりによってあなたが関東軍の批判をしていること、それが信じられないと云っているんです。その関東軍と一心同体だった満洲国政府の文化担当官は、いったいどなたでしたか。

市川　そこがまた人生のおもしろいところで、だれかが文化担当官をやらなきゃいけないというときに、たまたま近くにわたしがいた。運がよかった、ともいえるし、いまとなれば、運が悪かったともいえる。とにかく、なにもかも終わったことですよ。

片倉　終わっていませんよ。

塩見　そう、なにも終わっていない。ソ連軍が満洲国政府の高級役人を探し回っているんだ。

市川　ナニ、わたしは中級役人ですよ。

塩見　満洲国政府文化担当官、りっぱな文化戦犯でしょう。

片倉　シベリア送りの貨物列車に乗れる資格は十分にお持ちです。

陳　じつは密告がさかんなんですよ。

市川　（これがこわい）……密告！

陳　いまの大連で一番の高給とりはロシア語のできる日本人で、月給は七百円です。ところが密告賞金は五千円なんですね。

塩見　大金だな。

片倉　大金ですとも。

陳　あたしのお給金の二年分ですよ。

市川、床に坐り込んでしまう。

市川　お二人もわたしと同じ、一日千秋の思いで祖国への引き揚げを待っている身ではないですか。おたがいに助け合っちゃどうだろうか。……たしかに、わたしはときどきよくない役人だったかもしれない。でも、そのよくなかったところは、新京から何百キロもトボトボ歩くことで罰したつもりなんだ。しばらくここへおいてもらっていいかな。

作者たち、ここまで追い詰めたことに、ひっそり顔を見合わせてニンマリ。そのとき、ジェニィが市川をひっぱり起こす。

ジェニィ そう、これが不意打ちでした。いつも仕立て下ろしの洋服に身をかためて、ローションのいい匂いをプンプンさせていたひとが、暗がりからいきなりボロボロの姿で現われて、助けを乞いました。ふっと哀れになって、そのとき、三十五のわたしを押しのけて、十七のわたしが一足、前へ出てしまいました。(唇を噛んで)なんて軽はずみなことを……でも、それだけのことでした。

市川 ……まさか、ソ連兵のいるところへ行きましょうよというんじゃあるまいな。

ジェニィ わたしの婚約者の前で、説明していただきたいの。

市川 ……婚約者？ まさか、ナントカノフとかダレソレスキイとかいうソ連軍の将校じゃないだろうな。

ジェニィ ゆうべ、市川先生は、わたしを、ここへ引っ張ってきなさいましたわね。あのとき、ここには、みなさんがおそろいだったんです。

市川 ……みなさんが？

市川がギクリとなったとき、作者たちは、ゆうべの場面を短く再現する。

片倉 「あいかわらず、ツヤツヤとした肌だねえ。それになんという、いい匂いだろう。よだれが出そうだ。」

ジェニィは耳をふさいで、しゃがみ込んでいる。

塩見 「手を放して。汚れてしまいます。」

片倉 「おお、やっぱり、世界一の匂いだ。一口でいい、噛ませてくれ。」

塩見 「いまのわたしには大きな、すばらしい夢があるの。」

片倉 「それはたったいま聞いたよ。……」

市川 もうケッコー。もう十分。

ジェニィ わたしの大切なひとも、みなさんといっしょだったんです！

市川 ……大きな、すばらしい夢とは、婚約者のことだったのか。なるほどね。

ジェニィ そのひとの前で、いま、市川先生とわたしとのあいだには、空気のほかにはなにもないと、そうおっしゃっていただきたいの。おねがいです。あのひとにたいするわたしの貞潔を、ごいっしょに証明してくださいませんか。

三人の作者たちを見据えて、

ジェニィ　あのひとは、どこにいますか。
塩見　そんなバカげた筋は、三文小説にもありませんよ。
ジェニィ　……？
塩見　むかしの恋人の手を引きながら、新しい恋人の前に出て行って、こう云うんですか、「わたしたちはなんでもありませんわ」
片倉　押しつけがましい釈明になりますよ。
陳　はい。かえって疑いが深まります。
市川　わたしもそうおもうな。わたしが、「なんでもない」と云うたびに、「なにかある」ということになりそうだ。勘弁してもらいたいね、そんな損な役どころは。
塩見　全宇宙を失ったあの子に、もはやことばは通じませんよ。

一々、胸に中《あた》ることばかり、ジェニィの顔が悲しく歪《ゆが》んでいたが、

ジェニィ　いったい、どうすればいいんですの。釈明すればするほど、わたしの貞潔が疑われるとおっしゃる。いやです。あのひとに疑われて生きるのはいや。一日、いえ、半日だって生きて行けません。……そうかといって、あのひとの心を傷つけたまま放っておくなんて、そんなことは、なおさらできない！……どちらの道を選んでも、血という血が血管の中で凍りつき、命の炎が消えてしまいそう……（急に静かな言い方になり、ペンダントをぐいと引き千切る）ハルビンの女たちは、この春ごろから、みんな青酸カリを身につけるようになりました。みなさんで、一彦さんへのわたしの気持の証人になってくださいまし……。

作者たち、飛びついてジェニィを止め、ペンダントを取り上げる。市川は、呆然として見ている。

塩見　よくお聞き。「あれか、これか」は、デンマークの王子さまがまだ生きていたころの話なんだ。いまは第三の道があります。
片倉　市川さんも聞いていてください。
陳　お二人のためになる話ですよ。
塩見　（ジェニィに）この第三の道を進むならば、一彦くんは、恋の物狂おしさから産み落とされた疑いを、自分の方から解くはずだ。
片倉　（市川に）この話に乗りませんか。五千円の賞金はあきらめますよ。
市川　乗る、乗せてください。

ジェニィ、少し、収まっている。

塩見　……さて、ゆうべ、このホテルで、もう一つ、別の

出来事が進行していた。

ジェニィ ……別の出来事？

塩見 （うなずいて）芝居の稽古ですよ。

市川 ……芝居の稽古だ？

塩見 ソ連軍の日本語通訳将校たちの歓迎会で上演する芝居の稽古です。本番は四日後に迫っている。

市川 ……ソ連兵の前でやるの？

塩見 そう。

市川 ……うわあ！

片倉 五千円はあきらめますって。

市川 ……わかっている。

塩見 その「もう一つの別の出来事」は、次のような順序で進められていた。よろしいか。ジェニィと市川さんは、ゆうべ午後八時には、ここに到着していた。そしてすぐ、作者の一人である陳さんから、台本を手渡された。

陳は、二人に台本を渡す。市川、職業的にテーブルの上の赤鉛筆をとり、それを武器のように構えている。

ジェニィ ……「シベリアのリンゴの木」。

市川 作、塩見利英、片倉研介、陳鎮中……（思わず赤鉛筆でチェックしながら）塩見、元社会主義者、要注意。片倉、笑いのかげに隠れて政府政策をからかうことあり、要注意。陳、新人、なにを書くかわからぬから要注意……（作者たちが見ているのに気づいて）その点、ゆうべの焼飯《チャーハン》はおいしかったが、ネギが多すぎたところは要注意……。

片倉 本番まで時間がない。

市川 ……はい。

片倉 なにしろ、本番まで時間がないので、陳さんの頼みで、お二人はその場ですぐ稽古に入った。

陳 つまり、ゆうべのあたしは、作者であり、演出っていうんですか、それでもあり、俳優でもあり、要注意人物でもあったということですね。

片倉 さらに、稽古に集中するために、お二人はだれにも会わず、だれとも挨拶しなかった。これも作者の陳さんの頼みだった。わかりますね。

ジェニィは必死で考えている。市川は話を聞きながら頁をめくっているが、赤鉛筆の誘惑と戦っている。

塩見 正式な顔あわせは、明日の午前十時、ということは、つまり今日の朝十時、それまでお二人と陳さんは、必死で稽古に取り組むことになった。

片倉 そのうちに、陳さんの熱意が、お二人にも燃え移って稽古は白熱した。ああもしよう、こうもしようと夢中で動いているうちに、つい、この地下室に踏み込んでしまっていた。わかりましたか。
塩見　そして、その「稽古」の一場面を、一彦くんが聞いてしまった。そういうわけです。
市川　つまり、砂金をかくすなら砂の中、というやつだな。

三人の作者たち、仰天。

片倉　……どうして、わかりました?
市川　だって、よくある手だもの。
片倉　そうでしょうかね。
市川　文化担当官というものはですな、赤鉛筆を片手に、満洲で上演される芝居を、一つのこらず、事前に読むのが、(たまたま開いた頁に赤鉛筆で大きくバツ印をつけたりして)仕事なんですよ。この手を使ったやつは年に二、三本は出てきますな。モリエールにもあればモルナールにもある。人気があるんですな、この手は。(気づいて)その点で、大連がリンゴの里といわれているのはむしろ当然でしょうな。

陳がサッと市川から赤鉛筆を取り上げる。市川、ごまかして、熱心に台本を読むふり。

ジェニィ　(考え考え、ゆっくりと)ゆうべの、市川先生とわたしの、あのやりとりは、芝居の中の台詞にすぎなかった……一彦さんにそう信じてもらうということですね。
塩見　(うなずいて)一彦くんの方から進んで、自分の力で、自分の疑いを解く。それしか方法はないとおもっている……やってみませんか。
ジェニィ　十七のわたしの犯した軽はずみを三十五のわたしが、ウソでかくすんですね。
塩見　(首を横に振って)必死の芝居によってすべてを清めるんです。
ジェニィ　あのひとの心の深手をなおす。それだけが、いまのわたしの願い。……血管の中で凍りついていた血が少しずつ、とけはじめたような気がする。やりますわ、命がけで。
塩見　(ペンダントを返して)ありがとう。

ジェニィの様子を見届けて、

片倉　では、一時間後に稽古を始めます。ジェニィと市川さんは、それぞれ部屋へ戻って、本をよく読んでおくこと、立ち稽古から入りますからね。
市川　それはむりだ。わたしには、(片手をひろげて)五年間の空白があるんですからな。

三人の作者もパッと片手をひろげて「五千円」。

市川 （ごまかして）その点、東洋のパリとうたわれた大連の美しさは、また格別ですわ。

塩見 お願いしたいことが、もう一つある。一時間あとに集まったとき、わたしと片倉くんには、「ここでは、初めて会った」というふうに接してください。これは大事中の大事、このような打ち合わせをしていたということが、一彦くんにわかってはなんにもなりませんからな。

片倉 では、一時間後に、「初めて」、あるいは「しばらくぶり」に、お目にかかりましょう。

市川はテーブルの上の赤鉛筆をサッと取って、足早に出て行く。ジェニィの方は何度も何度も作者たちを振り返りながら、静かに出て行く。

すべてをうまく為《な》し終えた作者たち、しっかりと握手を交わし合う。がしかしさすがに疲れ果てて、椅子に坐り込む。

陳、つと立って、

陳 少し休みましょうか。三十分ぐらいは、うたた寝ができますよ。スイッチ、切ります。

うなずいてテーブルに突っ伏す塩見と片倉。陳は、へっこみにあるスイッチを切る。

陳（声） スイッチをどうぞ。

五

上手の電球はもちろん、下手の電気笠に捩じ込まれた電球も点く。椅子にのって捩じ込んでいたのは陳。スイッチ元は塩見。

塩見 ……おお、明るくなったなあ。

陳 そのかわり、ロビーを歩くときはご用心を。あそこにはもう電球がついていませんからね。

「四」から一時間半たって、いまは午前十時ちょっと前。

テーブルが片付けられ、中央に広い場所ができている。左右の壁に衝立が立ち、この二枚の衝立が、劇中劇『シベリアのリンゴの木』のための両袖になるはず。

中央に切り抜きのリンゴの木。

リンゴの木の枝に、画用紙に描いた青いリンゴの実が一つ。
ピアノの上に果物籠（赤いリンゴが山盛り）。
片倉がリンゴの木を揺すって、立ち具合をたしかめている。

片倉　羽衣座の倉庫が、ソ連兵にめっちゃくちゃに荒らされましてね、無傷だったのはこれ（立ち木）ぐらいなものでした。わからないのは、連中が、時代劇の衣裳を一着のこらず持って行ってしまったこと。どういうつもりなんでしょうね。

塩見　わたしたちの方はベンチ一つでも芝居ができるが、羽衣座はそうもいかないからな。……災難でしたな。

片倉　蓄音機や照明器材を持って行くのはわかりますよ。すぐにも使えますからね。でも、お姫様や清水の次郎長の衣裳を持って帰ってどうするんですか。

陳　壁掛けになりますし、お姫様の着る綿入れなんか、寒いシベリアでは部屋着にもってこいでしょう。

片倉　あれは打掛けというんです。

陳　ですからその打掛け、奥さんへの土産にすれば、よろこばれますよ。

片倉　なるほど。

片倉、妙に感心しながら「立ち木」を揺すぶり、「これでよし」とうなずき、今度は、左右の衝立の微調整を始める。
陳は床のゴミを拾って、二人とも稽古場の整備。
そこへ、崔に支えられて一彦が入ってくる。一彦の打ちひしがれようを見て、塩見は深い衝撃をうけ、肩を抱くようにして一彦を迎えると、台本を渡す。

塩見　さあ、これが今回の台本だよ。ソ連軍の連中にすごい芝居を見せてやろうじゃないか。やつらにこの大連の文化の質の高さを教えてやろう。そのためには、きみの才能が必要だ。

一彦　……。

塩見　一つだけお説教をしていいかな。これまでのつきあいに免じて聞いてくれれば、うれしいが。

一彦　……どうぞ。

塩見　生きていればいろいろとつらいことがおきる。いや、つらいことの連続が人生だともいえる。だが、ひとはそれぞれ自分の仕事を通して一つ一つそのつらいことを乗り越えてほんものの人間に近づいて行くんだよ。一彦くん、いっしょに、いい仕事をしよう。

一彦　……はい。

塩見　（深い愛情から）やっぱり、ゆうべ、ここで聞いたジェニィのことが気になっているんだね。

云ってしまってアッとなる。それぞれ仕事をしながら、二人の対話に耳を澄ませていた片倉と陳もアッとなって硬直する。

塩見　(間髪を入れず) あんなの、気にしちゃいけないよ。
一彦　気にしますよ! (決然として)『小さな公園』のオリジナル楽譜は破りました。いま、捨てます。

ポケットから二つに裂けた楽譜を出して示し、捨てる。塩見、拾いあげて、

塩見　もったいない。
一彦　そしてぼくはこの街から出て行く。それが結論です。
塩見　ここはソ連軍に封鎖されているんだよ。うっかり出て行くと、マンドリン銃でダダダダダだ。蜂の巣にされちまうよ。
一彦　……だったら、その方がいい。
崔　……その方がいい。
塩見　仕事をしたまえ、一彦くん。とにかく、いまは、稽古を、よく見たまえ。仕事が終わったら、どこへでも行くさ。そのときはわたしもいっしょだ。(楽譜を一彦のポケットに捩じ込んでやりながら) 蜂の巣にでもクモの巣にでもなろうじゃないか。
一彦　(塩見の愛情を受けとめて) ……はい。
塩見　ジェニィにも、ほかのみなさんにも、いつもの通りに接しなさいよ。
一彦　……はい。
塩見　それも仕事のうちなんだ。わかってくれるね。
一彦　……はい。

そのとき、ジェニィが入ってくる。颯爽としているように見えるが、じつは緊張している。

ジェニィ　塩見先生、おはようございます。片倉先生、ごぶさたいたしました。先生方と、またお仕事ができるなんてうれしいわ。
塩見　スパイ容疑だったそうじゃないか。
ジェニィ　芸名がいけなかったんですわ。白色ロシア人とまちがえられたんです。
塩見　まったくどこもかしこも災難つづきだ。
片倉　あなたとは新京の満映撮影所以来、ということになりますか。
ジェニィ　先生はちっともお変わりにならない。
片倉　あなたは見ちがえるほどお若くなった。
ジェニィ　お世辞でもうれしいですわ。(陳に) 陳先生、いろいろお世話さま。
陳　こちらこそ。

ついにジェニィは一彦の前へくる。
じっと見てから、ひとこと。

ジェニィ　お会いしたかったわ。

一彦　（まず恋しさ）……ぼくも。

ジェニィ　（ゆっくりと手をさしのべて）一彦さん……。

一彦　（怒りが吹き出して）ここは仕事場です。

一彦、寸前で躱《かわ》すと崔とピアノのそばへ行く。さしのべられたジェニィの手はむなしく空を摑む。
市川新太郎が入ってきて、どんどん挨拶、どんどん握手。

市川　塩見先生、しばらくでした。片倉先生、おひさしぶりです。だれかと思えば、陳先生ではないですか。ジェニィさん、お手やわらかに。（一彦にも手を差し出して）はじめまして。

調子のいい市川の挨拶を聞くうちに一彦は、怒りのあまり台本を握りつぶしてしまっている。

塩見　紹介しましょう。音楽監督の石谷一彦くん。そして、ピアニストの崔くん。（一彦と崔に）こちらの市川新太郎さんが、われわれの芝居に出てくださることになったんだよ。

市川　よろしく。

一彦は握手をさけて、ちいさく会釈。
崔は譜面台を睨んだまま。

市川　……石谷というと（歌が飛び出してしまう）ひろい、ひろい、ひろい、ひろい、あの石谷さんでしたか。歩道にプラタナス、ロータリーにはヒヤシンス……

崔、不愉快になって、ガーンと不協和音を叩く。

市川　その点、この本にはいくつか直していただきたいところがありましてな、たとえば、ここなどはいささかやりにくい。

台本の、あるページに赤鉛筆でゴキゴキと線を引いて見せるので、三人の作者たち、たがいに目配せをしあって、

片倉　稽古を始めます。演出は、ぼくが担当いたします。

このとき、さっと、今西が入ってくる。「二」で

持って出たレインコートを着ていたが、それを脱ぎながら、

今西　悪い知らせだ。

七人、びっくりして、今西に注目。

今西　今朝の四時半ごろ、中国人の漁船が、大連の沖合の小島、マムシ島から、日本人の密航者を助け出した。密航者は三十名。うち五名は、マムシの毒が回って亡くなった。のこった二十五名も、いま、大連医院で手当て中。……いや、もう、市役所も市議会も、ソ連軍司令部から怒鳴られ通し、うたた寝するひまもなかった。たとえ命が助かったとしても、あの二十五名は、ソ連軍指令違反に問われてシベリアに送られることになるだろうな。それでも、密航者はますますふえる。日本政府が、大連の日本人を受け入れると云ってくれないかぎり、密航するしか日本へ帰る方法はないからだ。（ジェニィに気づいて）あなた、もしか、あのハルビン……、

ジェニィ　（前へ出て）……そのジェニィです。よろしく。

今西、商品でも値踏みするような目で、ジェニィの周りを一回りする。

陳　（その間に、ジェニィに）社長は、このホテルと隣の百貨店の持ち主で、市会議員をなさっておいでです。

今西　通訳将校たちの目つきが変わるぞ。……本はある、あなたもきた。これでもう、ソロビヨフのお小言とはおさらばだ。

陳　でも、どうしてマムシ島などに上陸したんでしょうね。あの島には漢方薬の先生しか近づきませんよ。

今西　日本恋しさのあまり、お一人様五千円で下関まで行きましょうという誘いに引っ掛かったんだよ。船を出してすぐ、「あすこの島でちょっと修理を」と口実をつけて、密航者たちをおろして、そのまま置き去りという手だ。

今西、話しているうちに、さっきからなんとなく顔を合わせまいとして動いている市川に気づきだす。

今西　この詐欺師たちは、どうも中国系だったようだ。つまりかれらは、おんぼろのポンポン蒸気船を使って、一晩で十五万円の利益をあげたことになるが……やはり、市川さんですな。

市川　そのせつはご迷惑をおかけしました。

今西　あなたのお子さんと思われるのが、この大連に、少なくとも二人、いる。二人とも四歳、市の養護院で丈夫

に育っている。

市川　その点では、大連市に感謝しております。

今西　しかし、あなたがなぜここに？

陳　……そのわけを、ちょっと。

陳、今西を上手前へ誘い出して、

陳　これも芝居のためなんですよ。一人の俳優でやるのもいいんですけど、三人なら、もっとおもしろくなりますからね。

今西　（びっくりして）……三人？

陳　あたしも入れて三人です。

今西　陳くんは、作者じゃなかった？

陳　役者にも挑戦するんです。ゆうべ、社長がお読みになった本は、書き直しました。

今西　……ゆうべ、わたしが読んだ本？

陳　すっかり書き直しましたから、お忘れください。

うなずいてから、首を傾げる今西に、陳がすばやく椅子をすすめて、

陳　ちょうど稽古が始まるところです。ごらんくださいまし。

今西　きっと途中で寝てしまうよ。

陳　それは社長のご自由に。（片倉に）どうぞ。

陳、ジェニィと市川のそばに立って、『シベリアのリンゴの木』の稽古が始まる。もちろん塩見も意見を出すが、片倉が演出を担当する。「あの場面」での、一彦の反応よかれと祈りながら、その一彦に音楽の注文を出したり、今西の質問に答えたりする。もっとも、いま、今西はさっそく船を漕ぎ始めているが。

片倉　ぼくら作者の断ってのお願いで、みなさんには、ゆうべから、それこそカンヅメにもひとしい状態で、きびしい自主稽古をしていただいております。ありがとう。さて、稽古に立ち合った陳さんの報告では……（なんとなく市川に向けて）みなさんの中に、自分の台詞を覚えることだけに熱心で、この『シベリアのリンゴの木』という劇が、いったいどんな設定なのか、また、どんな話なのか、よくおわかりになっていない方があるようです。それではいけない。

市川、「わたしはそんなバカではないぞ」と、ジェニィや陳に目顔で訴えるが、逆に、二人からけわしく見られるので、くさる。

片倉 そこで、ひと通り説明しておきますと、ときは十九世紀の終わりごろ。ところは西シベリアの、さる男爵の領地屋敷の庭先。登場するのは、まず男爵。

市川 （渋い顔で会釈）……。

片倉 この焼き餅やきの男爵の、二度目の夫人。

ジェニィ （祈るように会釈）……。

片倉 このかしこい夫人に仕える忠実な従僕。

陳 （緊張気味の会釈）……。

片倉 この男爵夫妻は、果物の開発家として、十キロ四方に、その名をとどろかせています。ここ五年間、この夫妻が精根こめて育てようとしているのは、リンゴです。シベリアには根付かないといわれているリンゴを、どうあっても育てたい。それが夫妻の願いでした。その涙ぐましい努力が、ことし、三個のリンゴの実となってみごとにみのりました。（リンゴの木を指して）ここになっている青リンゴは最後の一個。すでにもぎ取った二つの赤いリンゴは、仲よく一つずつ、分け合いました。さて、この劇の主題は、男爵夫妻が一つずつ手に入れた赤リンゴが、その後、どんな運命をたどったかというところにあります。では、幕開きからいきますよ。はい。（パンと手を打つ）

塩見が一彦に合図、一彦が崔になにか指示。崔がロシア民謡を幕開き音楽風に弾く。その音で、今西が、ハッとなって目をあける。

陳（従僕）の襟首を摑んだ市川（男爵）が上手側から中央へ登場。

市川 「おーい、（たどたどしくて棒読みもいいところ）アレキサーンドル・ドラフマーナヴィッチ・ウルヴィバクバノーフスキー男爵、すなわち、わしがいまもどったぞ」

ジェニィ（夫人）が下手から迎えに出て、

ジェニィ 「お帰りなさいませ、御前さま。今日はずいぶん遠乗りをなさってさぞお疲れでしょう。お湯が沸いております。熱いタオルでお体をお拭きあそばせ。きっとさっぱりなさいますよ」

市川 「だまれ、だまれ、だまれ。このわし、すなわち（まだ棒読み）アレキサーンドル・ドラフマーナヴィッチ・ウルヴィバクバノーフスキー男爵を、お人好しとあなどって、よくもだましたな。おまえが隣の（支離滅裂）バリシャーヤ・スチェパーナフカ・クリヴァノーガヤ・カザー村の領主（大混乱）ヴァチェスラーフ・カンドゥラーヴィチ・ペルペンヂクリャーリン伯爵に、この赤いリンゴを贈り物にしたことは、わかっているのだ。

おまえの下男の、この（絶望的）フセヴォロド・ヴィチェスラヴォヴィチが、なにもかも白状したわい」

市川、へとへとになって床にのびてしまう。今西、市川のしどろもどろ振りに、すっかり目が覚めて、さっきから大笑いしている。市川、これにも自尊心を傷つけられている。

市川　……いやだ、いやだ、もういやだ。……気がくるいそうだ。

片倉　どうしました。まだ、始まったばかりですよ。

市川　（息を切らせて）……なぜだ……なぜ、人の名前や……村の名前を……いちいち全部、云わなくちゃ……ならんのだ。（息を整えてから）いいかね、作者の先生方、（一息に）「いまもどったぞ。わしをお人好しとあなどって、よくもだましたな。おまえが隣村の領主の伯爵にこの赤いリンゴを贈り物にしたことはわかっているのだ。おまえの下男がなにもかも白状したわい」と、これでいいじゃないですか。ずっと云いやすいし、わかりやすい。

片倉　（ピシャリと）大事なことがわかっていない。

市川　……そうかな。

片倉　お客はロシア人なんですよ。ソ連軍の日本語通訳将校たちなんですよ。自分たちの国の人の名前や土地の名前が出てくるだけで、ワッとわく。一気に芝居に食いつく。ここには作者たちのしたたかな計算がはたらいているんです。

今西　片倉さんに賛成票を投じよう。じっさい、連中の名前ときたら、蛇のように長ったらしくて、この世でこれほど手に負えないものはない。やつらの長ったらしい名前で、市の職員や市会議員が、どれぐらい苦労しているか。こいつはその仕返しだ。胸がすかっとしたよ。おかげで眠気が吹っ飛んだ。

市川　……でも、わたしは、いまに、きっと死にます。

塩見　わたしも今西社長と同意見ですな。思えば、ドストエフスキイに何度、挑戦したことか。しかし、いつも途中でページを閉じてしまうのだよ。やはり、登場人物たちの名前が長くて複雑で、それで肝心の中身がわからなくなってしまうんだな。

片倉　したがって、固有名詞を丸ごと正確に云うことによって、逆にロシアらしい、シベリアらしい雰囲気が出るわけです。

市川　……そういうもんですかね。

片倉　そういうものなんです。では、いまの市川さんの台詞のおしまいから、どうぞ。

市川　……「おまえの下男の、この（まだたどたどしい）フセヴォロド・ヴィチェスラヴォヴィチが、なにもかも白状したわい」

陳　「奥様、おゆるしくださいまし。隣の村の伯爵さまへ、リンゴとお手紙を届けに行く途中で、御前さまに見つかってしまったんでございます」

一彦、崔へ指示。崔、すかさず、短く、アクセントを付ける。

ジェニィ「気にしなくていいのよ、じいや。御前さまのいつもの邪推ですからね」
陳「……はい」
市川（大喝）「邪推だと？」
ジェニィ「はい」

ジェニィの手を摑んで、リンゴの木のうしろへ引き立てようとする。

市川「ここなら人目に立たないだろう。こっちへきてくれ」
ジェニィ「いきなりなんてことをなさるの。……手を放して」

ジェニィ、市川を振り切って、元の位置に戻るが、それと同時進行で、一彦が「ウン？」となり、崔もヘンな音をポロン。

一彦　あ、いまのは、ゆうべの……？
崔　（立ち上がって）うん。
塩見　シーッ。
今西　……シーッ。
塩見　稽古中は静かに。
今西　（うなずいて）そういうこと。

市川、美しい封筒を取り出して、ジェニィに突きつける。

市川「それなら、それならもう、召使いたちにも聞こえるような大きな声で読むがいい。隣の……（恐怖に怯えながら）バリシャーヤ・スチェパーナフカ・クリヴァノーガヤ・カザー村の領主……（震え上がって）ヴァチェスラーフ・カンドゥラーヴィチ・ペルペンヂクリャーリン伯爵に宛てた、おまえ、すなわち……（もう死ぬ覚悟で）オーリガ・フェオフィラクトヴナ・ウルヴィバクバノーフスカヤが書いた恋文を、いますぐ、ここで読みなさい……」……もうだめだ。
片倉　どうしました？
市川　いまの件《くだり》なんですがね、「隣村の伯爵に宛てて、おまえが書いた、この恋文を、いますぐ、ここで読みなさい」というのじゃ、だめかね。口の中で、この舌が結び目をこしらえてしまいそうだよ。

片倉　かつての名優、市川新太郎。
市川　……は？
片倉　その市川さんが泣き言ならべてどうするんですか。それでは、たとえば小衣京子は浮かばれない。
市川　……小衣、京子？
片倉　無名でしたが、先のたのしみな女優でした。どんなきびしい稽古にも弱音一つ、吐こうとしなかった。
市川　（思い中《あた》って）……おお。
片倉　よんどころない事情から芝居をあきらめましたが、彼女が羽衣座の稽古場に別れを告げなければならなくなったときの切ない思い、その思いをあなたが拾ってやってくださいませんか。
市川　（唸っている）……！
塩見　（感心して）稽古そのものが大衆演劇になっている。みごとだ。
今西　大衆、演劇ってなんです。
塩見　しーっ。
今西　……しーっ。
片倉　では、いまの台詞のおしまいから、どうぞ。

片倉、手をうつ。

市川　「……おまえ、すなわち（必死に慎重に）オーリガ・フェオフィラクトヴナ・ウルヴィバクバノーフスカヤが書いた恋文を、いますぐ、ここで読みなさい」
ジェニィ　「中味はよく存じております。ですから、御前さまがお読みあそばせ」
市川　「おのれ！　エカテリノグラーツカヤのオポシュニヤンスカ街道の市場で赤カブを売っていた八百屋の小娘を、パリに送って磨きあげ、この領地の女主人にまで取り立ててやったのは、どこのだれだ。この、アレキサーンドル・ドラフマーナヴィッチ・ウルヴィバクバノーフスキーではないか」
ジェニィ　「はい」
市川　「その小娘の両親を、ヴォルガのツアリーツィンやドンのヴォチェルカッスクといった保養地で養生させてやったのは、どこのだれだ。やはり、この、アレキサーンドル・ドラフマーナヴィッチ・ウルヴィバクバノーフスキーではないか」
ジェニィ　「はい。では、お読みあそばせ」
市川　……「わたしの敬愛するヴァチェスラーフ・カンドゥラーヴィチ・ペルペンヂクリャーリン伯爵さまへ」……。でも、おかしいな。
片倉　また、なにかあるんですか。
市川　不平や泣き言じゃなくて、これは単なる疑問ですが、男爵の台詞だけがどうしてこう長ったらしいんですかね。それにひきかえ、夫人のはバカみたいに短い。不公平じゃないですか。

片倉　それがこの劇のリズムなんですよ。
塩見　そう。そのリズムこそが、われら三人の作者の持味でもある。
今西　（塩見に）芝居でも利益が上がりますか。
塩見　いい本、いい役者、いい演出家、この三つがそろえば、蔵が立ちますな。
今西　（目が光る）蔵が、ねえ。（気づいて、自分から）しーっ。

今西が手を打つ。全員、びっくり。

片倉　（うなずいて）どうぞ。
市川　「……いま、伯爵さまにお贈りするこのリンゴは、ここ西シベリアで初めてとれた、記念すべき三個のうちの一個でございます。赤い宝石のような輝き。この輝くような赤い実を、あなたさまにお捧げいたします。隣村の（次第にサマになってくる）……アレキサーンドル・ドラフマーナヴィッチ・ウルヴィバクバノーフスキー男爵夫人……（ここからは、みごとに）オーリガ・フェオフィラクトヴナ・ウルヴィバクバノーフスカヤより。愛をこめて」

みごとに云い切って、呆然としている市川。

市川　……云えた、云えたぞ。

市川の目が輝き出す。
片倉、暖かい声で、

片倉　よろしければ、先をどうぞ。

市川、さらに気力をみなぎらせて、

市川　（もはや堂々と）「オーリガ・フェオフィラクトヴナ・ウルヴィバクバノーフスカヤより、愛をこめて。……愛をこめてだと。ふん、これが恋文でなくて、いったいなんだというのだ」

グッと詰め寄る市川。
一彦の指示で、崔のピアノのアクセント。その中で、ジェニィが毅然として、

ジェニィ　「伯爵さまは、モスクワ政府の、果物栽培促進委員長でいらっしゃいますわ」

一彦の指示。崔のアクセント。

ジェニィ　「その果物栽培促進委員長の伯爵さまに、そし

てモスクワのお歴々の方がたに、この西シベリアでリンゴの栽培に成功したことを知っていただきたいのですわ。そうすれば、御前さまはきっと、男爵から子爵に出世なさいます。それで、伯爵さまにリンゴをお届けするのですわ」

市川「ウーン、それなら……でかした！」

ジェニィ「それで、御前さまはご自分のリンゴをどうなさいました」

市川、ハッとなる。一彦の指示。短いアクセント。

ジェニィ「息子の家庭教師の部屋から、こんなものが見つかったんですよ」

ジェニィはハンカチで包んだリンゴの芯と手紙を取り出す。

ジェニィ「口紅のついたリンゴの芯。そしてこれは、御前さまから家庭教師に宛てた恋文のようですわ。おたしかめくださいまし」

市川、ヤヤヤという思い入れ。

ジェニィ「家庭教師にはさっそく暇を出しましたが、御前さま、封筒の表になんと書いてございますか」

市川「……アヂェライーダ・ムスチスラーヴァナァ・クラスナバローダヴナちゃんへ」

ジェニィ「ついでに、中味もお読みくださいまし」

市川「……ウーン」

ジェニィ（足を踏みならし）「さあ、お読みあそばせ！」

市川……「いとしい、いとしいアヂェライーダ・ムスチスラーヴァナァちゃんが、このリンゴに歯を立てて皮を嚙むように、このわしアレキサーンドル・ドラフマーナヴィッチは、おまえを丸かじりにしたい。今夜十二時に、おまえの部屋のドアを十二回、叩く。お願いだから、このアレキサーンドル・ドラフマーナヴィッチ・ウルヴィバクバノーフスキーを部屋へ入れておくれ、おまえを嚙みたくて仕方がない男より」

読みすすむにつれて、小さくなる市川。

ジェニィ「わたしは自分の分のリンゴを、我が家の名誉のために使おうといたしました。でも、あなたは、ほかの女性を誘惑するためにお使いあそばした。もう、いや。……じいや、実家へ帰りましょう」

陳「はい」

一彦の指示。崔のアクセント。陳、下手の衝立に引っ込む。

市川「待て。待ってくれ。たしかにこのアレキサーンドル・ドラフマーナヴィッチ・ウルヴィバクバノーフスキー（もうすらすら）が悪かった。アレキサーンドル・ドラフマーナヴィッチ・ウルヴィバクバノーフスキーを許してくれ」

市川、片膝をついて謝る。一彦の指示。崔、改心のアクセント。

市川「なあ、オーリガ。仲直りのしるしにこのリンゴをいっしょにたべようではないか」

ジェニィ「いけませんわ。それは伯爵さまにさしあげるんです」

市川「この青い実が赤くなったら、それをお届けすればよいではないか」

ジェニィ「いまが大切なのです。ここにリンゴの実がなったことは、このあたりでは評判ですわ。噂の立っているいまこそ、贈り物の効き目があるんですからね」

市川、赤い実を手にとって、いとしそうに撫でながら、

市川「あいかわらず、ツヤツヤとした肌だねえ。それになんという、いい匂いだろう。よだれが出そうだ」

ジェニィ「手を放して、汚れてしまいます」

市川「おお、やっぱり、世界一の匂いだ。一口でいい、噛ませてくれ」

一彦、ハッとなり、崔はピアノでヘンな音を出してしまう。体を乗り出し、一彦と劇中劇を祈るような思いで見ている塩見。今西もちがう意味で体を乗り出している。

ジェニィ「いまのわたしには大きな、すばらしい夢があるの」

市川「それはたったいま聞いたよ。でもわたしときみの仲じゃないか。ちょっと唇にふれるだけでいいんだ。それだけで元気がでる」

ジェニィ「では、ほんとうにちょっとふれるだけですよ」

市川「飢えているんだ。なあ、助けてくれないか」

市川、実をかじろうとする。

一彦はもう、中央近くまで出て、稽古を見つめている。

奥様のカバンを下げて出てきた陳、

陳　「いけません。なにをなさっているんですか」
市川　「一口嚙ませてくれ」
ジェニィ　「それは伯爵家へお届けするんです」
市川　「一口でいいんだ」
陳　「なりませぬ、なりませぬ」

ジェニィ、市川、陳の三人、狂言の「やるまいぞ、やるまいぞ」式に決まる。
一瞬の間。

片倉　はい、ここで照明が落ちます。

市川は快く放心の体。
ジェニィは一彦を見る。一彦もジェニィを見つめている。少しずつ、歩み寄って行く二人。

片倉　（それを横目でたしかめながら、市川に）よかったですよ。
市川　（生まれ変わったように）よかった。
塩見　（あらゆる意味で）よかった。
陳　（俳優としても）よかった。
今西　（素朴に）よかった。

崔も明るい調子で「公園の銀色のアーチから……」を弾いて、「よかった。」

一彦、ふと思いついてポケットから二つに破いた楽譜を取り出すと、そのうちの一片をジェニィに差し出す。
ジェニィが受け取ると、一彦は自分の方の楽譜をジェニィのそれに合わせて行く。

一彦　いまの芝居全部に、音楽をつけます。
ジェニィ　……え？
一彦　オペレッタにするんですよ。
ジェニィ　あなたの歌がたくさん歌えるのね。ありがとう。

このとき、電圧が落ちて、電球がショボショボしはじめる。

陳　大連中のおうちが一斉にお昼の支度を始めました。それで電圧が落ちています。

しかし、だれも電球を気にしない。それぞれが、それぞれの思いを嚙みしめているうちに、完全に電圧が落ちて行く。

六

崔による『オペレッタ／シベリアのリンゴの木』のピアノ前奏で、二つの電球が明るくなる。

「五」から三時間ほどたった午後二時。

スイッチを入れたのは、ピアノとへっこみの間で、壁を背に立っていた一彦。一彦の前にはテーブルがあり、その上は五線紙で散らかっている。

一彦　はい。ここで出てください。

一彦が鉛筆を振って合図すると、へっこみで、緊張のうちに待機していた三人の作者たちの中から、楽譜を手にした塩見が前奏に乗ってリンゴの木の横まで進み出て、「序詞」の第一節を歌う。

塩見　日本語通訳将校のみなさま
ようこそ、うるわしき大連へ

つづいて、片倉が進み出て第二節。

片倉　これよりごらんに入れますは
三つのリンゴのものがたり

陳が進み出て第三節。

陳　赤いリンゴと青いリンゴ
その運命や、これいかに

三人で

三人　アレキサーンドル・ドラフマーナヴィッチ・ウルヴィバクバノーフスキー男爵と、その夫人オーリガ・フェオフィラクトヴナ・ウルヴィバクバノーフスカヤの愛のオペレッタ、
『シベリアのリンゴの木』

一彦、前に出て、鉛筆を振って指揮をしていたが、ちょっと首を傾げてから、崔に手をあげる。崔、ヴァンプしながら待っている。

一彦　だいぶよくなりましたが、あとで五、六回、練習しましょうね。

作者たち、ガックリとなり、よろけながら上手の

衝立前へ坐り込む。一彦、まるで気にせず、

一彦　先へ行きます、どうぞ。

崔、ヴァンプから市川の旋律の先導に移る。市川が上手の衝立から出て、陳の首を摑んでリンゴの木の前へ進みながら歌う。

市川　いま、もどったぞ
アレキサーンドル・ドラフマーナヴィッチ・ウルヴィバクバノーフスキー男爵！
すなわち、わたしが
いま、もどったぞ
もどったぞ

下手の衝立からジェニィが迎えて出ながら歌う。

ジェニィ　お帰りなさいませ、あなた
おつかれでしょう、あなた
熱いタオルで、汗を
お拭きあそばせ、あなた

市川　だまれ、だまれ、だまれ……

市川、ふっと止めてしまう。

一彦　どうしました。

市川　……これは、作者の先生方にお願いすべきことかもしれませんが、（まったくスラスラと）この、アレキサーンドル・ドラフマーナヴィッチ・ウルヴィバクバノーフスキーという男爵の名前、もうすこし長くならないものでしょうか。この二倍、いや、三倍はあってもいいな。どうせなら、徹底して長い方が、さらにもっとおもしろくなるとおもうんですよ。

一彦、ちょっと考えているが、やがて大きくうなずいて、

一彦　わかりました。

ひいひい云っている塩見と片倉や、そこへ戻ってきている陳のところへやってきて、

一彦　もっと長い名前を考えてくださいませんか。そのあいだ、ぼくの方は、のこりの半分に曲をつけています。おねがいしますね。……では、ちょっと休憩しましょう。

一彦、テーブルに引き返して、さっそく五線紙に向かう。崔、その五線紙を覗き込みながら、とき

どき、音を出してやったりしている。
ジェニィは、一彦の横で、リンゴの皮を剝き始める。もちろん、一彦や崔に食べさせるつもり。
上手の衝立前で、三人の作者たち、思わず顔を見合わせて、

塩見 本を書き上げてやれやれと思ったらコーラス隊にされて、そしてこんどはもう一度、作者に逆戻りだ。まさに、一寸先は闇、というやつだね。

片倉 （うなずいて）これほど、こき使われるとはおもってもいませんでした。

陳 でも、一彦さん、変わりましたよ。

塩見 （うれしそうに）変わった、変わった、変わりすぎ。ちょっと芝居が効きすぎたかな。

フッと顔を上げる一彦。ジェニィ、ハッとなって、リンゴを床に落とす。一彦、そのジェニィに笑いかけてから、また、作曲に没頭する。
作者たちのところへ市川がきて、

市川 いやあ、勝手な注文をつけてもうしわけない。ただ、わたしはね、先生方のご本のおもしろさを、役者の立場からもっと強調したいとおもいまして……（陳に）ア、さっきのお昼の焼飯《チャーハン》、おいしかったなあ。ゆうべのとはちがって、焼豚《チャーシュー》たっぷり。（作者たちがじっと見ているので）……わたし、どうかしました？

片倉 あなたも変わりましたね。

市川 ホ、そうでしょうか。

片倉 あれから三時間たちますが、芝居以外のことを口にしたのは、いまの焼飯が初めてです。

市川 ……そうでしたかねえ。

首をひねるが、それはほんの一瞬、もう歌の練習。

市川 いま、もどったぞ、もどったぞ……。

陳 （呼び戻して）市川さん。

市川 （歌いながら戻る）もどったぞ……

陳 じつは、あたしたち三人で、あなたの芸名を考えていたんですよ。

市川 ……芸名？

陳 いい芸名が見つかったんです。

市川 ……市川新太郎じゃいけませんか。

片倉 危険です。火の点いたダイナマイトの上で芝居をするようなものですよ。

塩見 当日の客席に日本人がいたらどうするんですか。それに、ソ連軍司令部はすでに、「満洲国政府の文化担当官は市川新太郎」という事実を摑んでいるかもしれませ

んからな。

市川　（目をつぶって考える風情）……。

陳　「原正」というのは、いかがです。

市川　……ハラタダシ？

片倉　原っぱの「原」に、正直の「正」の字。

陳　短いでしょ、サインをせがまれたとき楽でしょ。

片倉　音読みすれば「ハラショー」。

塩見　ロシア語で、「すばらしい」という意味だ。まさに、すばらしい芸名じゃないですか。ロシア人にはうける。これがうけないようなら、そいつはロシア人ではない。

市川　（歌って）だまれ、だまれ、だまれ、だまれ……、

三人の作者たち　……？

市川　そのときは堂々と捕まりましょう。

三人、啞然。

市川　シベリアへ送られたら、そこで劇団をつくりますよ。いまは、こうして芝居をすることがたのしくて仕方がない。そこが大連だろうが、シベリアだろうが、日本だろうが、わたしは芝居ができれば、それでいいんです。その点、わたしはバカでした。こんなたのしさを忘れるなんて、なにを考えていたのやら。だまれ、だまれ、だまれ……、

歌いながら中央へ戻って演技の工夫を始める。

片倉　（心から）あの人、ほんとうに変わりましたねえ。

塩見と陳、うなずいていると、テーブルからパッと立ち上がった一彦、リンゴをすすめるジェニィを、笑顔でさえぎって、

一彦　できた！

頭を抱える作者たち。

塩見　いくら天才だからって、早すぎるよ。

一彦　そちらはいかがですか。

塩見　とっておきのは、もう使ってしまったから、なかなかむずかしいんだよ。

陳　（思いついて）いつぞや、長い名前の白系ロシアの方が、こちらにお泊りになりましてね、えーと……（へどもどしながら）コンスタンチン・コンスタンチーノヴィチ・ドロズデーンコ……。

市川　（もうすらすら）コンスタンチン・コンスタンチーノヴィチ・ドロズデーンコ。短い。

片倉　この連鎖街にあった喫茶店「白バラ」のおやじさんが、（四苦八苦しながら）アンタナス・アレクサーンド

ルテレンティエヴィチ・ズロービン。

市川　(すらすら)アンタナス・アレクサーンドルテレンティエヴィチ・ズロービン。云いやすすぎる。

塩見　満鉄本社の前のケーキ屋のおにいちゃんが、(苦しみながら)ステバン・シャラフトゥディーノヴィチ・アヴラメンコ。

市川　(すらすら)ステバン・シャラフトゥディーノヴィチ・アヴラメンコ。(泣きそうになって)もっと長くて、もっと云いにくいのはありませんか。

作者たち、弱り切っているところへジェニィの助け舟。

ジェニィ　先生方の頭は、きっとカンヅメに慣れておいでなんだわ。大勢いるところでは働かないのよ。今夜、徹夜で考えていただいたらどうかしら。

一彦　(うなずいて)そうしましょうか。

三人の作者たち　……はあ。

一彦　では、いま作曲した分は夕方から練習することにして、前半をしっかり固めておきましょう。いいですか。幕開きから、はい。

作者たち、ジェニィ、市川、最初の位置へ移動。

一彦　コーラス隊のみなさん、口を大きくあけて、しっかり歌ってくださいね。みなさんが書いたことばなんですから、大事にしましょう。

一彦の鉛筆、一閃。崔の前奏。

塩見　日本語通訳将校のみなさま
ようこそ、うるわしき大連へ
これよりごらんに入れますは
三つのリンゴのものがたり

片倉　赤いリンゴと青いリンゴ

陳　その運命や、これいかに

そのとき、今西が、下手ドアから入ってくる。胸の奥に怒りの炎。しかしそれを必死で抑えている。

今西　腹の立つ知らせと、いいような悪いような口惜《くや》しいような、やっぱり腹が立つような知らせがある。

七人、一瞬、混乱。

今西　稽古を見物したあとのわたしは、いったいどうしたか。もちろんソ連軍司令部へ飛んで行って、文化担当官ソロビヨフ中佐に、台本をピシャリと叩きつけてやったさ。そのときのわたしの台詞、聞かせてやりたかったなあ。「すごい台本ができました。もうだれにも、文句は云わせませんよ。しかも、この台本をもとにオペレッタというすてきな出し物にしようと、いま、大連の芸術家たちが必死になっている。四日後をおたのしみに。笑い死にする将校が出ても知りませんぜ」……。

七人の拍手。今西、ちょっとつらそうな様子だが、気取られないようにしている。

塩見 それで、本の内容について、なにか云ってましたか。

今西 通訳がロシア語に直しながら読み聞かせると、ソロビヨフは何度もこう云っていた、「オーチン・ハラショー」、つまり、「たいへん、すばらしい」とね。

三人の作者たち、たがいに手を取り合ってよろこぶ。今西、それを見てつらくなり、先へ話を進めてしまう。

今西 ソロビヨフのところから大連市役所に回った。市議会では一時間半におよぶ大会議。……つまり、わたしは、ソ連軍司令部と大連市役所の、この二ヶ所で、たいへんな知らせを手に入れてきた。さあ、どっちから聞きますか。

陳 社長がお話しになりたい順番で、いいんじゃないでしょうか。

今西 ところが、これでなかなか自分では決めにくいところがあるんだな。

陳 (一座を見回しながら、代表して)長い方は、なんだかひどくこんがらかっていて、面倒くさそうですね。短い方の、「腹の立つ知らせ」から、うかがいましょうか。

今西 わたしも、その方が話しやすい。……十日前、市長とわれわれ市議会は、アメリカの駆逐艦艦長に、日本政府あての密書を託した。

塩見 ……その文面は、たしか、「大連の二十六万の日本人は、祖国への一刻も早い引き揚げを望んでいる。大連の同胞を救われたし」、でしたか。

今西 そう。それに対する日本政府からの正式回答書が、今日の正午、市議会に届いた……、

今西、ポケットから、ガリ版刷りの紙片を取り出す。その顔色、その動作から、香しくない回答だったことが、みんなにもわかるので、息を詰めて見ている。ただし、市川だけは別、なにか芝居の工夫をしている。

今西 ……今朝の十時、アメリカの駆逐艦が、カトリック教会への物資補給という名目で、佐世保からふたたび大

連にやってきた。そして乗組員が、日本政府の回答書を、教会のアメリカ人神父に手渡したというわけだ。これが、その回答書の写しです。

　みんなを見回して、

今西　覚悟はいいですか。

　それぞれうなずく。市川も、たまたま芝居の工夫で、うなずいているところ。

今西　（読む）「大連地区の事情がまったく分からないので、引き揚げ交渉を行なうにも方法がない。さらに、日本内地は米軍の空襲によって壊滅状態にあり、加えて、本年度の米作は六十年来の大凶作、その上、海外からの引揚げ者数は、満洲を除いても七百万人の多数にのぼる見込みで、日本政府には、あなた方を受け入れる能力がない。日本政府としては、あなた方が、大連地区でよろしく自活されることを望む。外務大臣重光葵《しげみつまもる》」……。

　今西、紙片を塩見に渡しながら、

今西　大連地区の事情が分からない？（ついに爆発）調べなさいって！

塩見　交渉を行なうにも方法がない？（怒る）それを考えるのがあんたたちの仕事でしょうが。

　以下、紙片は、片倉、ジェニィと一彦、陳、崔、そして市川の順に回される。

片倉　米軍の空襲によって壊滅状態？（怒る）そんなになる前に戦《いくさ》を収める努力をすべきじゃないですか。

　ジェニィと一彦、いっしょに紙片を覗き込んで、

一彦　六十年来の凶作……。

ジェニィ　農家から男手を、あんまりたくさん兵隊さんに引っ張りすぎたツケでしょうね。

崔　……朝鮮の平壌へ帰れるでしょうか。

陳　あそこもソ連兵でいっぱいらしいですよ。

　市川も受け取って、紙片を見てはいるが、

市川　（すらすら）イワン・イワンコッチャナイゼヴィチ・イクライッテモネンコロピャーン！

　七人、呆然。市川、紙片を今西に返しながら、

市川　いまのはたまたま思いついたデタラメですが、でもせめて、いまぐらい長いのがあるといいんだがな。
今西　なにを考えているんですか、あなたは。
市川　マリク・ステパノヴィチ・カチーン。（自分に怒って）あんまり短すぎる。
今西　もう役に立たないですよ、そんなものは。（ついに云ってしまう）マリクもイワンも、そしてあのソロビヨフも、みんな犬に食われて死んじまえなんです。
市川　（ぜんぜん聞いていない）グリゴリー・ハチャトゥーロヴィチ・ババジャニャーン。まだ短い。やはり先生方にお任せした方がいいのかなあ。

ほかの六人は聞いていた。

陳　社長！　いま、なんておっしゃいました？
塩見　あのソロビヨフが、どうして犬に食われて死んじまえなんです？
片倉　ソロビヨフは、「オーチン・ハラショー」と、ほめてくれたはずですよ。
陳　だいたい、ロシア人の長い名前が役に立たないってどういうことなんでしょうね。
今西　だから、オーチン・ハラショーの次に、ソロビヨフがこう云ったんだ。「大連には、いま、二万のソ連兵がいる」……、
塩見　そんなことは知ってます。
今西　その先がある。「その二万の名簿を整理しているうちに、第三十二軍の赤軍合唱団のメンバーが多数、この大連にきていることが分かった。その報告が上がってきたのが今朝のことでね。ちょうどいいところへきてくれたよ。そこで、わが司令部は、日本語通訳将校歓迎会の余興を、『第三十二軍赤軍合唱団の夕べ』に変更することに決定した。パカー」
陳　……パカー？
今西　「またね」という意味だそうだ。

六人、それぞれ息を呑む。そして次第に怒りがこみあげてくる。

今西　（やさしく）わたしとしても、残念です。そしてこれが、最初に云った「いいような悪いような口惜しいような、やっぱり腹が立つような知らせ」でした。
陳　いいような、って、いったいどこがいいんですか。
今西　じつは、陳くんのことが心配でね。初めての舞台だ、きっと上がるにちがいない、そしたら芝居がメチャクチャになる。ソロビヨフが怒って、「全員シベリア送り！」と叫んだらどうしよう……ソロビヨフならやりかねないからね。でも、これでシベリアへ送られる心配はなくなった。だから、いいような知らせでもあるわけさ。

陳　（感謝と怒りでわけがわからず）ありがたくてありがたくて、腹が立ちます。

塩見　われわれの苦心はどうなるのか。アレを思いつくまでの苦しみときたら、それこそ血を吐かんばかりだったんですからな。

今西　……アレ、というと？

塩見　禿をかくす入道頭ってやつですよ。

片倉　木をかくす森、

陳　よごれた水をかくす川、

片倉　ウソをかくす大ウソ、という発想のことです。それはもう、のた打ち回った末にやっとのことで思いついたんですよ。

塩見　そうとも。あの苦しみがすべてムダになったというんですか。

今西　よくわかりませんが（上手前の椅子にドサッと腰を下ろして）とにかく、なにもかも「苦しみ損」ということになりましたな。

　右の作者たちの台詞で、一彦は二回目の「ウン？」」。指揮棒がわりに持っていた鉛筆を取り落とす。ジェニィ、ハッとなって鉛筆を拾いあげて、

ジェニィ　（作者たちに）でも、『シベリアのリンゴの木』というご本は、りっぱにのこりますわ。（一彦に）そして、あなたの書いた曲は永久にのこります。

一彦　……ありがとう。

　一彦、鉛筆に手をのべる。ジェニィは鉛筆の端を持ったまま、一彦をピアノの方へ導いて行きながら、

ジェニィ　ソ連軍は、なにもかも片っぱしから営業停止に追い込んでいますわね。けれども、なぜか、劇場と映画館にだけは手をつけていないんですわ。午前十時から午後三時までだぞと、条件をつけているけれど、昼間は芝居もかけさせれば、映画も上映させています。ですから、この『シベリアのリンゴの木』も、いつかきっと上演できるときがきますわ。

一彦　（疑いの雲のようなものを抱えているが、うなずいて）そうなるといいな。このままじゃ、おじさんたちが気の毒すぎる。

ジェニィ　一彦さんのお仕事も埋もれさせてはいけない。わたし、大連中の劇場に売り歩くつもりよ。

一彦　……ありがとう。

　この間、なにかしきりに工夫していた市川、フッと思いあたって、その場を動かずに歩く動作。

市川　人間は、歩けば前へ進むわけですが、この場合は進まないんです。走っても前へ進まない。若いころ、お小遣い稼ぎに浅草に出たことがあって、そこでやっていたおもしろい工夫なんですが……これ、なんて云いましたっけ。
片倉　市川さん、稽古はもうおしまいです。
陳　なにもかもムダだったんですよ。
塩見　そう、われわれは、いま、ギリシャ悲劇的な状況におかれている。あなたには、そのことがおわかりになっていないようだ。
市川　……わたしたちが祖国日本からもソ連軍からも見放されて、風船のようにフワフワと頼りなく浮いているってことですか。
塩見　（びっくりして）おお、風船とは、またみごとなたとえだ。
市川　でも、この風船には、糸がついていますよ。
塩見　……糸？
市川　ココというありがたい場所があって、ココでみなさんと芝居の工夫ができる。
塩見　つまり、ココが、その糸、ですか。
市川　こんな丈夫な糸ってありませんよ。こっちにやる気があるかぎり、切れっこないんですからね。

作者たちはもちろん、ジェニィも一彦も崔も今西も、市川を見る。みんな感動したのだ。

市川　その点で、提案があるんですがね、ウルヴィバクバノーフスキー男爵が登場するときに、嫉妬に狂って、西シベリアの街道を屋敷に向かって、ひた走りに走っていたいんですよ。そのとき、コーラス隊、つまり先生方が、通行人になって男爵に追い越されたりするんですね。
片倉　（思わず手を打って）「高田の馬場」ですね。
市川　そう、それです。
塩見　……高田の馬場？
片倉　赤穂浪士の堀部安兵衛が、敵討ちの助太刀に（下手を指して）高田の馬場めざして、イダテン走りに走るんですが、じつは舞台のある一ヶ所で走る動作をしているだけで、実際に動いているのは、通行人や茶店の小旗やお地蔵さんなんです。
陳　そりゃおもしろそうですねえ。
塩見　（感心して）新劇にはない知恵だ。
片倉　新劇には新劇のよさがありますよ。さっきの「ギリシャ悲劇的状況」なんて、ぼくらの辞書にはありませんよ。
塩見　いやいやいや……。
片倉　そうか。こういう有様をギリシャ悲劇的というのかと、じつは感心していたんです。
塩見　……いやいやいや。

市川　（割って入って）やらせてください。
陳　やってみましょうよ。
片倉　（うなずいて）リンゴの木をどかしましょう。

四人、リンゴの木をパタパタと折り畳み、例の「ささやかな物置」に片付ける。

片倉、市川をやや上手寄りに立たせて、

片倉　市川さんは、ここでひたすら前へ歩く、前へ走る。ときどき汗を拭くために立ち止まってもいい。お金を拾ったり、石につまずいて転んだりもする。
市川　忘れものを思い出して、逆戻りしたりする……。
片倉　そこまで行くと、たいへん高級なギャグになります。もちろん練習をつめばできるようになりますが。

片倉、下手の衝立に入りながら、

片倉　ためしにぼくが通行人その一をやってみましょう。市川さんと同じ道を、同じ方角（下手）へ歩いている旅人といったところです。

片倉、衝立に入って、すぐ、

片倉　（手を打って）どうぞ。
市川　はいッ。

市川、その場で歩き、走る。

片倉、後向きに登場して、いかにも前へ歩いているように見せながら、上手へ後退して行き、市川に追い抜かれる。市川、急に立ち止まって、なにか拾うので、片倉はスーッと前へ歩く。市川が、また走り出すので、上手衝立のうしろへ前へ歩きながら後退する。そこで、二人は止まって、

片倉　いまのが基本です。

みんな、拍手。

陳、「物置」から、「氷水いろいろ今西ホテル食堂」と書いた小旗を取り出してきて、

陳　茶店をやります。
塩見　わたしは通行人その二をやってみよう。一彦くんもどうだい。おもしろそうだよ。

一彦、ニッコリと、ことわって、

一彦　ぼくはこの場面につける音のことを考えています。（ジェニィに）やってらっしゃい。

ジェニィ　（うなずいて）なんになろうかしら。
陳　門松の古いのがありますよ。
ジェニィ　じゃ、街道の松の木をやります。

それぞれ用意ができる。

片倉　では、まいります。（手を打って）はい。

高田の馬場の五人版が始まる。それがみごとでバカバカしいので、今西がクックッと笑う。そこへ市川に「追い越されて」上手の衝立に入った陳が、「氷水」の小旗を掲げてやってきて、

陳　社長、おもしろいですよ。なにかおやりなさいな。
今西　こっちはおもしろくないの最中でね。
陳　どうなさったんです。（すばやく今西のアタマをチェック）また抜け毛の穴がふえたかな。
今西　大連は封鎖中だ。モノが入ってこない。それがわかっていながら、百貨店の在庫を売りつくしてしまった。だからおもしろくないの最中なのさ。
陳　仕方がありませんよ。それソ連が攻めてきた、やれ日本が負けちゃったと、そのたびに、買い溜めのお客さんがドッと押し掛けてきたんですからね。お客の顔がお札に見えて、だれだって、あるだけ売り切ってしまいますよ。
今西　いずれまた商売ができるようになるだろうが、そのときは、どうすればいい？　モノさえあればいくらでも高く売れるのに、隣は空っぽなんだよ。
陳　ところが、お客さんでいっぱいにする手があるんですね。
今西　売るモノが、ないんだよ。
陳　それが、あるんですね。

陳、高田の馬場を稽古している四人、そしてピアノの二人を、両手で抱えるようにして示す。

今西　……まさか、きみ？
陳　（客席を指して）隣の地下室とココとは、ベニヤ板一枚で仕切られているだけですからね、ベニヤ板を引っぱがせば、百貨店の地下室は、お芝居見物のお客さまでギッシリですよ。
今西　このわたしに、劇場をやれというんですか。
陳　日銭が入るんだそうですよ。
今西　いい台本が必要なんですよ。
陳　（自分と塩見と片倉を示す）……。
今西　つぎに、いい役者。
陳　（自分とジェニィと市川を示す）……。

今西　さらに、いい演出家。
陳　（片倉と塩見を示す）……。
今西　（唸って考えている）……。
陳　おまけに、すばらしい作曲家がいて、オーケストラさえあるんですからね。
今西　それでも、お客のこない日はどうするんですか。
陳　連日大入りだったらどうしましょうか。

今西、さらに唸ってアタマをかきむしり、

今西　また悩みの種をふやしてくれましたな。……抜け毛の穴がふえるぞ。穴かくしに、またいつかのように、アタマを丸坊主にしなければならなくなりそうだな。
陳　社長は丸坊主の方が似合いますよ。
今西　そうかな。
一彦　そうなんだ。やっぱりそうだったんだ。

ついに一彦は発見する。大きな発見なので、思わずかたわらのピアノの鍵盤の低音部に片手を突いてしまう。ピアノ、ヘンな音でドガドガと鳴る。おくれて崔も気づいて、やはり片手で鍵盤の高い方をピチャンと押してしまう。
以下、一彦は、ピアノのところから、名探偵が最後の種明かしをするときのように、できるだけ大きく舞台を回りながら云う。崔はピアノの前から動けないでいる。

一彦　ゆうべ、ここ（へっこみ）で起きたことは、ほんとうのことだったんですね。芝居の稽古なんかじゃなかったんだ。

五人（ジェニィ、塩見、片倉、陳、市川）は極度の緊張、ほとんど硬直。今西は、なにが始まったのかと、しばらくポカンとして見ている。

一彦　（塩見に）「ちょっと芝居が効きすぎたかな」、そして「禿をかくす入道頭」。（陳に）「よごれた水をかくす川」。（片倉に）「木をかくす森」、そして「ウソをかくす大ウソ」……

一彦に手を差し出しながら、なにか訴えようとしているジェニィの前を素っ気なく通って、市川をジロリ。

一彦　いまの、今西さんの、「抜け毛の穴かくしに丸坊主にする」ということばで、全部が結びつきました。
今西　……これも芝居かね。
一彦　（唇に指を当てて、シーッと制して）ゆうべ、そこで起こったことを消すために、あの場面を、そっくりそのまま、『シベリアのリンゴの木』という芝居に溶かし込んだんですね。
ジェニィ　(もう名を呼ぶしかない) 一彦さん……！
塩見　それしか方法がなかったんだよ、一彦くん。わたしは全存在をかけて誓う、ジェニィは潔白だよ。
一彦　(ニヤリと笑う) ……。
市川　ここでわたしがしゃしゃり出るのもなんですが、ジェニィがこう云っているのを、わたしはたしかに聞きました。「いったいどうすればいいんですの。釈明すればするほど、わたしの貞潔が疑われるとおっしゃる。いやです。あのひとに疑われて生きるのはいや。一日、いえ、半日だって生きて行けません」……血を吐くような声でしたが。
一彦　(ジェニィを見る) ……。
ジェニィ　(祈るような視線を返す) ……。
塩見　わたしもいっしょに聞いた。「そうかといって、あのひとの心を傷つけたまま放っておくなんて、そんなことは、なおさらできない」
一彦　(ジェニィを見る) ……。
ジェニィ　(目をつむって祈っている) ……。
片倉　ぼくもいました。「どちらの道を選んでも、血という血が血管の中で凍りつき、命の炎が消えてしまいそう……」
陳　あたしもいました。「ハルビンの女たちは、この春ごろから、みんな青酸カリを身につけるようになりました」
ジェニィ　当然、わたしもいたんです。「みなさんで、一彦さんへのわたしの気持の証人になってくださいまし」……。

ジェニィ、ペンダントを握りながら床に崩れおちてしまう。

一彦　なんて面倒で込み入った手間をかけてくださったんだろう。ありがとう、みなさん。

五人、「エッ？」となる。
一彦、ジェニィの手を取って助け起こす。

ジェニィ　……一彦さん、ごめんなさい。十七のわたしが三十五のわたしに爪を立てて……。
一彦　(ジェニィの唇に指を当てて) 説明はいいんです。ぼくはとっくに、ぼくの全宇宙を取り戻していたんですから。

三人の作者たちに、

一彦　でも、あの場面を芝居の中に折り込むなんてすごいですよ。みなさん、天才です。
塩見　すると、きみは……。
一彦　大ウソつき。
塩見　……。
一彦　やさしいやさしい大ウソつき。
塩見　……おどかしちゃいかんよ。
一彦　高田の馬場にぼくも入れてください。音楽の寸法を計りましょう。
片倉　（うなずいて）通行人その三。
一彦　はい。
片倉　（崔に）通行人その四。
崔　はい。

一彦とジェニィ、手をつないで中央へ。崔もきて、片倉や市川から要領を教わり出す。

今西　結局、いまのはなんだったんだね。
塩見　（ちょっと考えてから）ある青年の成長物語。あるいは、ある俳優の再生物語。（今西を見て）さもなければ、ある実業家の文化事業への進出物語！
今西　……ン？

今西がギョッとなって塩見を見たとき、陳が「物置」から、壊れた床屋の渦巻看板を持ち出してきて、

陳　社長は床屋さんですよ。

こうして全員で高田の馬場の三回目。それがみごとに展開する。その様子の上に音楽（『小さな公園』を主題にしたもの）が起こり、やがて、ひとびとを大きく、やさしく包み込む。ゆっくりと照明が落ちて行く。

カーテン・コール（案）

俳優全員による『小さな公園』

今西は、鉢巻に鉛筆を挟み込み、ときどき算盤の玉を弾いたりしながら、みんなと歌っている。

化粧二題

その一

芝居小屋の楽屋。

舞台中央やや上手よりの最前部に、座長用の大きな鏡台。しかし、この鏡台は観客には見えない。

なお、この作品に必要なのは、女座長を演じる一人の女優と、彼女が『いさみの伊三郎』というやくざに変身するための化粧道具、衣裳、鬘《かつら》（銀杏本毛《いちょうほんけ》びんむしり）、それにちあきなおみの歌、そして、観客の活発な想像力と、これだけである。

音楽もなく何もなく明るくなると、鏡台の前で（客席から見れば「鏡台の向う側」）、仮眠をとっている女がいる。彼女は、大衆劇団「五《さ》月《つき》座」の女座長五月洋子、四十歳前後。

しばらくは、何も起らない。五月洋子がときおり寝返りを打つぐらいである。

何度目かの寝返りをきっかけに、遠くでちあきなおみがいきなり「つれて逃げてよ……」「ついておいでよ」（『矢切の渡し』前奏抜き）と歌い出す。その瞬間、女座長は天井から糸で吊りあげられたようにすっと起き上り、

いよいよ客入れがはじまったよ。

鏡台の斜め上方をちらと眺めて、

七月の午後六時前だというのに、ま、なんて暗い空なんだろ。土曜夜の部、書き入れどき。雨になっちゃかなわない。（手を合わせて軽く拝み）幕が開《あ》くまで、あと、四、五十分、それまで降らないでいておくれよ。

鏡台の斜め上方に窓があるらしい。女座長は煙草を咥《くわ》え、金張りのライターで火を点《つ》ける。鏡台の中の自分の顔を眺めながら深々と一息吸って、煙をぷーっと自分に吹きかける。そこへ透明な座員が透明茶を持ってくる。

ありがと。

口に含んで、ふと透明座員を見て、

お化粧が薄いんだよ、おまえさんは。たのむからべったりと壁のように塗っとくれよ。化粧のずぼらを覚えたら、大衆演劇の役者はおしまいだよ。

下手で顔をつくっている座員たちをゆっくり見て行きながら、

化粧代を吝嗇《けち》ったばっかりに素顔のボロがあらわれて、これまで大衆演劇の一座がいくつ潰れたか知れやしないんだからね。

女座長は次の原則にしたがって、空間を使っている。まず下手に十人前後の座員がいる。そこで座員に対するときはたいてい下手を向く。下手の舞台袖は、この芝居小屋の舞台の袖でもある。なお上手にやがて、テレビ局員が登場するが、このテレビ局員との会話では、顔あるいは心を上手へ向ける。

なお最後まで絶えずちあきなおみのレコードが「芝居小屋の表と場内」に流れているが、選曲には細心の注意が必要である。まちがっても陰にこもって気の塞がってくるものを流してはいけない。ちなみにこの客寄せメドレーの選曲は座長の重要な仕事の一つ。べつにいえば、自分の好きな唄ばかり聞えているわけである。そこで女座長はときどき乗って躰《からだ》をゆすりもする。もう一つ、このメドレーだけは、観客にも聞える。

くどいようだけど、今夜がここの初日、気合いを入れて、死物狂いの舞台をつとめておくれよ。とっぱじめの前狂言から、大喜利《おおぎり》の『歌と踊りのビッグゴールデンステージ』まで、このあたしが、出突張《でづっぱ》りに出まくってやろうという気になったのも、初日の今夜、迫力のあるところをたっぷり見せて、なんとか二日目以降につなごうという策略なんだからね。精一杯調子を合わせとくれ。ここは一番褌締め直し、一層励まなくちゃね。だれだい、今、馬鹿声あげて笑ったのは？　なにがおかしいんだ？　座長は女だから褌を締め直したりしたら切れ込んでかえってお困りでしょう、だって？　あたしはモノのたとえとして云ってるんだ。引っぱたくよ、ほんとうに。いいかい、みんなも頑張って、連日押すな押されるなの超満員にしておくれよ。そうすりゃ、あとはひとりでに運が開けてくる。篠原演芸場や木馬館が買いにくる。だからここを先途と頑張っとくれ。それからあたしの口上はいつものように切狂言が幕になってすぐだよ。（口上の稽古をやってみる）「いらっしゃいませ、いらっしゃいませ。ひさしぶりの御当地での興行にもかかわりませず、さっそくのお運び、まことになつかしく、うれしく存じます。一段高い舞台より不躾けとは存じますが、心はお客様の下座《しもざ》へくだりまして、厚く御礼申しあげます。本日お見立ての舞台半ばではございますが、幕間をおかりいたし、一言御挨拶申しあげます。今夜は大事な初日、前狂言『伊三郎別れ旅』、切狂言『人情話髪結新三《しんざ》』を無事おわらせていただき、……よかったですか？　ほんとうによかった？　ありがとうございます。いよいよ残すところは『歌と踊りのビッグゴールデンステージ』……。そのフィナーレには『深川』を予定いたしております。全劇団員がいなせな若衆と仇《あだ》な芸者に扮しまして、ぞくぞくするほどきれいなところをみていただきます。どうぞ最後までごゆるりとお遊びくださいませ。本日はまことにありがとうございました」……。

口上を言い立てながら煙草をふかしていたが、その煙草を灰皿にぎゅっと押しつける。気に入らないのである。

われながらカッタルイ口上だ。（ちょっと考えてから、にっこりと笑って）「いらっしゃいませ、いらっしゃいませ。今を去る二十年前、わたくしの夫二代目五月龍太郎は三十一歳の若さで、この世を去りました。お客様のなかに、ひょっとしたら、そのときのことを御記憶の方もございましょうが、夫は二十年前、じつはこの劇場の、この舞台の上で、お芝居を演じている最中、突然、息を引き取ったのでございます」。……覚えているよ、という客がいたら、そのお客は大嘘つきだね。たしかに二十年前、あたしの亭主は消え失せた。ただし落ち目の一座を見捨てて、贔屓客の、両国の鉄材問屋さんの二号さんと手に手をとってどこかへ逃げて行ってしまったのさ。「舞台の上での死。根っからの役者であった夫にはさぞや本望であったろうと存じます」。初代五月龍太郎、つまりあたしのおとっつあんの眼鏡にかなって婿養子になっただけあって、あん畜生は役者としては上《じよう》の部だった。ただし、性根のもろい、グズ男だったねえ。「当時《じようじ》は、石油ショックのあとの大不況、わたくしどもが常打ちをしておりました温泉センターでも、それまでの大入り超満員はまるで嘘のよう、どこにもかしこにも閑古鳥が住みつき、大衆演劇劇団は、昨日一つ、今日二つ、明日三つという具合に次から次へと潰れて行っておりました」……。（透明な鏡台を睨み据えて）なんだかよく見えない鏡ねえ。（ちり紙でちょっと拭いて）「もちろん、わたしどもの『五月座』もその例外ではございませんで、青息吐息のその日暮し。お客さまの数は多いときでも二、三十。お客さまのお残しくださいました煙草を拾って吸わせていただくというような毎日が続いておったのでございます。そこへ夫の突然の死、悪いときには悪いことが重なるもの、転べばバッタリ糞の上とはこういうときのことを申すのでございましょう」。十五人からいた座員が、あっという間にたったの三人になっちゃってね。それもただ逃げるのなら可愛いよ、まだ許せますよ。行き掛けの駄賃に、おとっつあんがせっせと揃えた衣裳や鬘をくすねて逃げるんだから、それまでのあたしときたら、まるで泥棒を相手に芝居をしていたようなものさ。おまけにあたしは生後三ヶ月の乳呑児抱えていた。あのときは赤ン坊と心中するしかないと思いつめた。「けれどもわたしどもにはお客様がついていてくださいました。その数はすくのうございましたが、熱心で心の温かい見巧者《みごうしゃ》のお客様がついていてくださいました」。いやらしいのもいやがった。切符五十枚ひとまとめに買ってやるから一晩おれのしたいことをさせてくれろだなんて言い寄ってきてさ。(すこし声を落して)こっちとしては断われないじゃないか。「そういうお客様方のご声援がこの『五月座』を支えてくださったのでございます……」。ここで泣くか。「一段高い舞台より不躾けとは存じますが、心は皆様の下座へくだりまして、あつく御礼申しあげます。本日お見立ての舞台の半ばではございますが、幕間をおかりいたし、一言御挨拶申し上げます。今夜は大事な初日、そこで前狂言にわたくし五月洋子の一代の当り狂言『伊三郎別れ旅』をごらんいただきました。これはわたくしの大好きな、大好きな芝居でございます。それこそ何百回となくやらせていただいておりますが、やるたびに泣けてまいります。今夜もまた泣いてしまいました。切狂言の『人情話髪結新三』は、夫の二代目五月龍太郎の当り狂言で、二十年前この舞台で倒れたときも夫は、この髪結新三を演じておりました。夫追善の思いをこめて、今夜はわたくし五月洋子が一所懸命演じさせていただきました。いよいよ残すところは『歌と踊りのビッグゴールデンステージ』……」

よし、よし、口上はこんなところでよしと。

下手の、ある所をはっきりと見て、

だれだい、こんなときに鼾《いびき》をかいているのは。中丸さん。市川中丸さん。中丸おじさん。(大喝して)中丸! いけないよ、出の前にそう堂々と船を漕いでちゃ。『伊三郎別れ旅』はあたしと中丸さんとで保《も》たせなきゃいけない芝居なんですよ。鼾をかく暇があったら、段取りのおさらいをしといてくださいよ。中丸さんは、伊三郎のおっかさん役やるのは、はじめてなんだから、すこしは気合いを入れてもらわないと……。涎《よだれ》を拭いて。もう一回、口のまわりの化粧、やり直してちょうだい。(小声で)大丈夫かね、ほんとうに。役者の手が足りないから、今日から助《す》けてもらうことにしたんだけど、心細い助ッ人だよ、まったく。「関東大衆演劇界切っての ふけ女形《おやま》といわれておりました」だって。ふん、触れ込みだけは凄いんだから。

このとき、上手が気になる。見て、それから下手に向い、敏《とし》ちゃん、奥になにかいるよ。だめだよ、開演直前の楽屋に人を入れちゃ。雑用という仕事のなかには楽屋番の仕事も入っているんだからね。横浜の三吉演芸場で衣裳を盗まれたばかりじゃないの。堂々としているから、どっかの週刊誌の記者かなと思っていたら衣裳カゴ担いで逃げちまって……え？　日本テレビの方？　閉場《はね》たあとでいいから一寸お話を伺いたいとおっしゃってる？　それでおあげしておいた？

　　上手を向き、

五月洋子でございます。

　　名刺を受け取り推し戴いて、

山田さんとおっしゃいますか。はじめまして。

　　下手へ、

敏ちゃん、お客様ならお客様と早くそう言ってくれなきゃ困りますよ。

　　上手へ、

ほんとうに閉場《はね》てからでよろしいんですか。こみ入った話だから後のほうがいい？　こみ入った話ねえ。年甲斐もなく胸がどきどきしてきましたよ。

　　下手へ、

敏ちゃん、お客様にビールを抜いてさしあげて。それから客席の隅の売店へちょこちょこ走りをしておでんを買ってきてちょうだい。おでんだけじゃ淋しいわね。イカの姿焼を一皿追加……。ちょっと、中丸のおじさん、あなたに頼んだわけじゃありませんよ。白塗のおばさんがイカの姿焼を捧げ持って客席を横切ったりしてごらんなさい、お客さんが肝を潰しますよ、ほんとに。おじさんに向って「そもそも役者というものは……」なんて講釈しては、それこそ釈迦に説法というものだろうけど、役者ってのは夢を売るのが商売でしょう、舞台へ出る扮装《つくり》で客席をのこのこ歩いちゃいけません。え？　舞台の袖で出を待つことにする？　それで楽屋から出ようとしたのだ？　中丸のおじさん、ちょっとこっちへいらっしゃい。

　　女座長の視線の移動。彼女の視線は自分のすぐ右隣まで来て、とまる。

中丸のおじさん、こんなこと言っちゃ何だけど、本当に女形を演《や》ったことがあるんですか。ここまで来る歩き方にしても、足を内輪にすることばかり気が行って、両膝がおろそかになってましたよ。膝の間に紙を挟んで、その紙を落さないように歩いてごらんなさいな。それが女形の歩き方の基本なんですから。ぽーっと突っ立っていないでさっそくやってごらんなさいよ。ほら、チリ紙あげますからさ。それでね、中丸のおじさん、そのへんを歩きながらよく聞いといて下さいよ。あたしたちはこれまで二回も『伊三郎別れ旅』の口立て稽古をしたはずです。二回も稽古をやって、それでも段取りがのみこめない役者は、もう新劇にでも行くしか道がないんじゃないかしら。いいこと、この『伊三郎別れ旅』という前狂言は三場《さんば》の仕立てなの。それで一場はほとんどあたしの一人芝居。銚子湊に山源《やまげん》というやくざの一家がある。親分の名は山本源五郎、略して山源。そしてあたしは、つまり伊三郎は、この山源の若親分なんです。山源一家はやくざはやくざでも良いやくざ、親分の山源さんは通りを通る犬にまでお辞儀をするようなお人柄、そこで三下奴《さんしたやっこ》まで聖人のような連中が揃っている。さて、ある日のこと伊三郎はおとっつあんの源五郎の言いつけで下総佐原村の香取神宮におまいりに出かけた。つまり親分の代参ですね。それを知った伊勢辰一家が山源一家に殴り込みをかけた。伊勢辰というのは同じ銚子湊の新興やくざ、当然、全員、悪玉です。不意を襲われ、しかも腕の立つ伊三郎はいない、山源一家は一人のこらずやられてしまった。そして山源親分は虫の息……。ここで幕が開くんです。幕が開くとすぐ、帰り道で急を知った伊三郎が、「おとっつあん」と呼びながら息せき切ってかけつけてくる。山源親分は伊三郎の腕の中、苦しい息もきれぎれに、

以下、『伊三郎別れ旅』の中の台詞《せりふ》が十数回出てくるが、それらは七五（五七、七七のときもあるが）調を基調としている。

「待ち兼ねていたぞ、伊三郎。おれの命は夏場の牡丹餅《ぼたもち》、どうにも夜まで保《も》ちそうもねえ。おれの手当はうっちゃって、よっく話を聞いてくれ。話というのは、おめえの素性。……おめえはおれの倅《せがれ》じゃねえ。指折りかぞえて二昔前《ふたむかしまえ》、人買い稼業の伝吉が、十両の金と引きかえに、預けて去った乳呑児が、他でもねえおめえだったのさ。つまりおめえは貰い子よ。なななんだと、知っていただと？　それじゃ本当《ほんと》の母親が、どこに居るかも知っているのか。それは知らねえ？……風の便りじゃ空ッ風嬶《かかあ》天下の上州の、沼田峠に茶屋を出し、お茶や草鞋《わらじ》を商って、ひとりほそぼそ生きておいでだ。おれの仇《あだ》など討たずともいい。伊勢辰一家に構わずに、いますぐここを発《た》つがいい。これこのお守《まもり》はそのときの、乳呑児の首にあったもの、おそれ入谷《いりや》は鬼《き》子母神《しもじん》のお守だ。それから小判で十五両、こいつはおれの

餞別だ。達者で暮せ、伊三郎。大事にしろよ、おふくろさんを。……ああ、やくざはいやな渡世だなあ」

なかばから女座長は山源になっていて、ここで事切れる。が、すぐ起き上って、

いまわのきわに不自然すぎる長台詞。こういう不自然な台詞のせいで、これまで大衆演劇の一座がいくつ潰れたか知れやしない。けれどそれはそれとして……。

上手を見て、

シェイクスピアにも今みたいな場面が多い？　そうですか。えーと、シェイクスピア、シェイクスピアと……。新劇のほうの総大将でしたわね。新劇のほうでは、今みたいな場面をやっても劇団が潰れたりしないんですか。しない？　いいですわね、新劇のお客様はおっとりしていて。……伊三郎は、しかし、育ての親、山源の恨みを晴らします。伊勢辰一家へたった一人で乗り込んで、皆殺しにしてしまう。そのときに、伊勢辰一家に肩入れしている悪い目明しも斬ってしまい、伊三郎は凶状持つ身になる。これが二場。二場は殺陣《たて》が主になります。そして三場が上州沼田宿峠の茶店の場。中丸おじさんはその茶店のおばさん、そう、伊三郎の生みの親。……それぐらい分ってる？　分っていて、なぜ、幕開きから舞台の袖に立っている必要があるんですか。あたし、それが言いたくて、中丸のおじさんを傍におよびしたんです。楽屋で、でんとしてらっしゃいな。だいたい舞台の袖は混み合います。用もないのにウロウロされちゃ困りますね。

このへんで鬘をかぶる。鬘をつけたことで、女座長はぐんと「見捨てられた息子」に近くなる。

三場では、中丸おじさんは板付きですよ。照明《あかり》が入ると、おじさんはもう茶店の前で水まきをしています。と、その水がちょうどそこを通りかかった伊三郎の足にひっかかる。おばさんは何度も詫びを言い、茶をすすめる。中丸のおじさん、そのときの台詞は、
「酒屋へ三里、豆腐屋へ二里、人里はなれた峠の茶店、番茶のほかに碌なものとてございません。出がらし番茶で、よろしかったら、のどをしめしてくださいまし」
ですよ。これ、ぴしっと極《き》めてちょうだい。お茶が出ないと、伊三郎はそのまま茶店の前を素通りしなきゃならなくなりますからね。いまの台詞をちょっとやってみてくださいな。

女座長は衣裳をつけながら（市川中丸が）いまの台詞を言うのを聞き、それを受けて、

「おばさんはおいらと同じ訛《なまり》だなあ。銚子の方《かた》じゃねえんですかい」

　相手の台詞を聞き、それを受けて、

「訛は国の手形というが、やはり銚子のお人でしたか。見知らぬ土地で銚子の訛、なつかしゅうござんす。ですが、海を眺めて育った人の、なぜか気になる山里ぐらし。これにはなにか深い事情《わけ》があるのでは……。ねえ、おばさん、袖ふり合うも他生《たしょう》の縁、ましてや同郷の者同士、なんだか無性におばさんの身の上話が聞きたくなりました。ごらんの通りの旅鴉《たびがらす》、明日はもう沼田宿には居ねえというあっしです。他言しようにも、その相手がいねえ。聞いたそばから忘れます。ねえ、おばさん、土蔵の白壁にでもものを言うつもりで……」

　突然、上手へ、

ねえ、こみ入った話というのはなんです？　伊三郎の台詞じゃないけれど「なんだか無性に聞きたくなりました」……。（輝くような表情になって）テレビに出ないかっていうんだ。あたったでしょ。出ますよ。それはもうたいへんな宣伝になりますから。「五月座」全員打ち揃ってどっと……、え？　あたし一人？　そうすると、まずあたしの顔の大写しがあって、その上に大きな字で「苦節二十年！女座長は静かに耐えた」とか何とか出て、音楽がジャーン……。ちがう？　午後のワイドショーでご対面？　ご対面て、一体だれと。田《た》上晴彦《がみはるひこ》？　知ってますよ。男の子六人で歌のグループをやっていて、そこから一人立ちして俳優になった子でしょう。これでも芸能週刊誌ぐらい読んでますから、名前と顔は知ってます。ゴールデンアワーのドラマ番組の主役に抜擢されることになった？　その景気づけに午後のワイドショーでご対面？　そりゃ田上晴彦くんにとっては結構なことでしょうよ。でもあたしは田上晴彦なんて子、知りませんよ、こっちが知らないんじゃご対面にも何にもなりゃしないんじゃないんですか。おかしな話。あんた、本当にテレビの人？

　下手へ、

ちょっと、おじさん、今の身の上ばなしの長台詞の中に大事なことがいくつか抜けてましたよ。おねがいだからきちんと順序よく言ってちょうだい。一つ、私は今から二十三年前に銚子で、ある漁師と世帯を持った。二つ、すぐ身籠って男の子を生んだ。三つ、その頃、どう魔がさしたのか、亭主が急にぐれだした。四つ、そして三年後、小博打《こばくち》のいざこざがもとでやくざに刺されて死んだ。五つ、しかも亭主は博打の借金を五両も残していた。六つ、その借金を払うために私は上州のさる宿場に女郎として売られた。七つ、子どもは人買いに渡さなければならなかった。人買いはきっと内証《ないしょう》のいい家に里子に出してやるからといっていた。そのときは人買いにまかせるほかに道はなかった。八つ、さらに二年たって、私は沼田宿の小間物屋に身請《みう》けされ、その後添《のちぞ》いにおさまった。九つ、さっそく例の人買いを探した。だが、その行方は知れなくなっていた。二度目の亭主に何度も銚子へ行って探してもらったが、子どもの行方も分らなかった。十《とお》、八年前、二度目の亭主も死んでしまった。自分はよくよく亭主運がないものとみえる。店をたたんでここに茶店を出した。故郷《くに》を出るときゃ涙で出たが、今じゃ故郷《こきょう》の夢も見ぬ……というもののやっぱり故郷《くに》がなつかしい。ここは眺めがよい。だからそのなつかしい銚子が見えそうな気がする。もちろん見えるわけはないのだけれど……。ね、十《とお》あるでしょ。この十《とお》を全部順序正しく言ってくれなきゃ芝居にはなりませんよ。

女座長の扮装《こしらえ》はもはや殆ど完璧である。あと残っているのは草鞋をはくぐらいなものだ。道中差しの中身を抜いたり、納めたり、また抜いて納めたりしながら、

身の上話の長台詞のしめくくり、これもひとことひとことと、粒立《つぶだ》ててちょうだい。「ほんにあなたは聞き上手、間《ま》のいい相槌についい乗せられて、身の赤恥を洗いざらい、さらけ出してしまいました。酒のかわりに甘酒を温めましょう。焼《やき》おにぎりもございます。山は冷えます、空《すき》ッ腹はお毒です、なにかお腹《なか》にお入れなさいまし。……おや、旅のお人、あなた、泣いておいでだねえ」

上手を向き、

子ども？　ひとり生みましたよ。ちゃんとしたお家へもらわれて行きましたよ。喰うや喰わずの毎日、おまけに心の患いが続いてお乳が出なくなっちまって、横浜のアーメンの方の乳児院に預かってもらいました。聖母の園《その》乳児院といってました。

下手に向い、

「じつはあっしも里子に売られ、親戚も兄弟もあるやらないやら音信不通《いんしんふつう》、おばさんの息子さんと似たような境遇、それで思わず貰い泣き。さいわいあっしの育ての親は、お釈迦様に刺青《いれずみ》彫ってドス持たせたようないいお人で、大事に育ててくれました。ですがねえ、おばさん、それでも憎い、自分を生み捨てた親が恨めしゅうござんす」

相手の台詞（たぶん非常に短い）を聞き、それを受けて、

「捨てるぐれえなら、なぜ生んだ。……おばさんの息子さんも、きっとこう言うにちがいございません」

相手の台詞を聞き、それを受けて、

「捨てるぐれえなら、なぜ殺しちゃくれなかったのだ。どうにも捨て切れねえから思い余って殺してしまう、それでこそ真実《まこと》の親の慈悲というものでござんしょう」

上手を向き、

お子さんの預け先は川崎の横山電気商会でしょうだって？　いつまでそういうトンチンカンを言ってりゃ気がすむんですか。ほんとうに呆れ返った暇人《ひまじん》だ。乳児院というところはね、あとで生みの親と育ての親との間でゴタゴタが起らぬよう、子どもの貰われ先を教えないんですよ。とにかくあたしは、院長先生から「お子さんは、ちゃんとした家に貰われて行くことになりましたから、安心なさい。ただ、今のうちならまだ間に合います。引き取りますか。それとも養子に出しますか」といわれ、ありがたいのが半分、悲しいのが半分で、半日間泣きっぱなしに泣いていた。たとえばもしもよ、仮にですよ、その横山電気商会にナントカさんの子どもが貰われて行ったとして、それがどうしたというんです。……横山夫妻に実の子が出来て、お定まりのまま子いじめ？　ふうん、それで、それからどうしたの？……十五歳で家出して、それ以来ずっと行方不明？……そう、他人事《ひとごと》ながら胸の痛むお話ね。でもその田上晴彦くんは結局は世に出て人気スターになったわけじゃない。そうでしょ。めでたし、めでたし。

下手へ、

「親のない子はどこみりゃわかる、という戯《ざ》れ唄を知っておいでてござんすか。指をくわえて門《かど》に立つ、とこう続く。仲間外れの日暮れどき、指を咥えてべそかいて、門口《かどぐち》にしゃがんで眺める遊びの輪。ありゃあ子ども心にも切ないもので……」

上手を振り返る。

写真？　都内の飲食店を店員として転々としながらも田上晴彦は一葉の写真だけは肌身はなさず持っていた？　母親が赤ちゃんを抱いている写真？　背景に衣裳行李のようなものがチラと写っている？　その母親の顔があたしに似ているとでもおっしゃるの。あたしの顔は鼻ぺ

チャ目細《めぼそ》、日本にはざらにある顔、あてになるものですか。写真の母親の顔は擦り切れて毛羽《けば》だっていてはっきりしない？　田上晴彦が毎日のように撫で擦《さす》っていたから？　泣かされますね、あなたのお話には。え？　その衣裳行李に「月」という字が見えている？　「月」という字が見えたからって、五月座とは限らない。月村もあれば、月形もある……。

下手を見る、それも遠くを。手をあげて応え、視線をいつもの、市川中丸のいる下手に戻す。

おじさん、今の敏ちゃんの言ったこと、聞えた？　あと五、六人突っかけてきてくれれば大入りが出るだろうってさ。よかった。うれしいねえ。
「たとえば親に死に別れ、泣いてべそかく子どもにも、母の着古《きふる》しボロ浴衣、鼻緒の切れた駒《こま》下駄と、偲《しの》ぶよすがは残される。ところがあっしら捨て子には、形見の影の露もなく、……ほんとうに辛《つろ》うござんした」

上手へ、

こわがってる？　なにを。捨てた子どもになじられるのをこわがってる？　あたしがこわいのは客入れどきの雨、それだけですよ。稽古の邪魔しないでくださいよ、ほんとうに。

下手へ、

「言えば立て立てば歩めと親の馬鹿。そういう無理を言う親と、どうかどこかで巡り逢いたい。霜《しも》ふる朝《あした》木枯《こがら》しの夜、明け暮れ神様仏様お天道様にお月様へ、紅葉《もみじ》のような手を合せ、……祈っていたものでござんす。そして願い事が叶わないと知るようになってからは、この世に神がいるものか、仏は無慈悲の頭目じゃ、お天道様は火事になれ、お月様は水に溺れて死ぬがよい、などと罰当りな悪態を吐《つ》くようになり……」。中丸のおじさん、峠の茶店のおばさんはここで泣くんですよ。よよと泣き崩れる。伊三郎はハッとして、「いやいや、口が過ぎました。おばさんの息子さんなら話は別、あっしみてえにガサツじゃねえ。聞くに耐えねえ悪態口、叩くはずなどございません。たとえ恨みをつらねても、そいつはほんの初手のうち、やがて悪口言うそばから、『おっかさん！』と叫ぶはず、それはたしかです。というのも、母が憎いはうわべだけ、胸の底にはぎっしりと、母が恋しという声や、母なつかしという声が、つまっているからでござんして、息子さんは心の底できっと、こう思っておいででしょう。『おれを捨てるについては、よくせきのわけがあったのだろう。世の中に思いはあれど子を思う思いにまさる思いなきかな、という歌があるが、その思いまで断ち切って、おれを捨てなければならなかったおふくろを責めちゃ、いかにも哀れだ。おふくろはおれの十層倍も辛かったにちがいない』……」

実の息子が、恨みつらみのありったけを言って、そのあと、自分に向って「おっかさん」と呼んでくれたとは露知らぬ茶店のおばさんは、

「それならうれしい、息子がそう思ってくれるのなら真実《しんじつ》うれしい。旅のお人、おかげさまでこの二十年、心に蓋をかけていた、重い重石《おもし》がとれました。すっかり気が晴れてうそのようにからだが軽くなりました。甘酒じゃ、甘酒じゃ。わたしが自慢の甘酒を、一口召し上っていただかなくては。待たせはしませぬ、すぐできます」

伊三郎ひとり残って思い入れて、

「目明し殺しの凶状に、明日は東、今日は西、居所定めぬ伊三郎、正面切って名乗っては、おっかさんに難儀がかかる、とばっちりが飛ぶ。許してくだせえ、おっかさん。伊三郎はこうしか名乗る手はなかったのだ。おっと、こいつは銭箱か。よし、この銭箱に十五両、それから大事なお守を入れてさよなら（自分で柝《き》を入れる。一ノ柝）するとしようか（二ノ柝）」

極まってみせる。が、すぐ上手をきっとなって睨む。

いい気なものだだって？　どこがどういい気なんですよ。え？　捨てられた息子の役を演じながら、捨てた母親を責めることで、自分自身を罰している？　なにを言おうとしているのか全然、わかんない。……息子を捨てた自分を、お芝居という安全な枠の中で罰している？　そしてお芝居の最後で、子を捨てた母親を、つまり自分を、子どもに許させている？　そこがいい気なものだ？　あんたがこのお芝居をしばしば上演するのは、子を捨てたうしろめたさを忘れたいがためだ？　お芝居に逃げ込まずに現実にぶつかって田上晴彦とご対面……？　余計なお世話だよ、もう大変だったんだ、お客は来てくれないし、座員にたべさせなきゃいけないし、借金は山のようにあったし、頼りにしていた亭主は逃げちまうし、どうにもならなかったんだよ。(図星をさされて半狂乱) 高利貸に喰いつくされ、男どもに刺し貫かれ、大粒の涙を流し、血を吐いて、その涙と血に流されながら生きてきたんだ。生きなきゃならないから這いずり回って生きてきたんだ。（ハッとなり、辛うじてもちこたえ）敏ちゃん、塩まいとくれ。みんな、お客様がお帰りだよ。表までお送りしてちょうだい。（視線の移動でテレビ局員の去るのを示しつつ）……物を捨てるのならともかく、自分のお腹《なか》を痛めた可愛い子どもを捨てるんだ、その母親にもそれなりの覚悟があってそうしたんでしょうよ。覚悟の上で捨てた子どもが出世したからってノコノコ御対面とやらに出かけてゆく母親なんているものか。どのつらさげておめおめと……。(突然、作り話) あたしの息

子はね。北海道の岩見沢に預けてあったんです。高校を出て、岩見沢駅につとめ、……事故で死にました。駆けつけたあたしを見て、「人生ってこうしたものなんだね、かあさん」と淋しく笑って死にました。そのとき病院の窓の外を走って消えた流れ星……。

悲しい見得《みえ》。そのとき、「たいへん長らくお待たせいたしました。劇団『五月座』の本日の前狂言『伊三郎別れ旅』、いよいよ開幕でございます」という男声によるアナウンス。つづいて大時代な『伊三郎別れ旅』の開幕音楽。

女座長は鏡台をのぞき込み、それから三度笠を手に下手へゆっくりと歩きながら、

中丸のおじさん、それからみんな、しっかり頼みますよ。迫力できめちまおうね。

下手袖に立ち止まり、音楽が終ったところで、三度笠かざして小走りに「舞台」へ駆け出す女座長。二、三秒後に、

「おとっつあん！」

ゆっくりと暗くなる。

（幕）

その二

芝居小屋の楽屋。

降誕祭も近いある夕暮れどき。夜の部開演の四十分前。

真ん中に、だれにも見えない鏡台。楽屋には座員が十数名いるが、これも透明な存在で、つまるところ、この作品に必要なのは、座長を演じる一人の男優と、彼が「番場《ばんば》山《やま》ノ忠太郎」（前狂言『瞼《まぶた》の土俵入』の主人公）という関取（十両）に変身するための化粧道具、たくさんの肉襦袢（フォルスタッフのように太って見せること）、紋付羽織に袴、鬘、それにちあきなおみの歌（しかし悲しくて陰気なものは避ける）、そして、観客の活発な想像力と、これだけである。

音楽も何もなく明るくなると、鏡台の前で、毛布をかぶって仮眠をとっている男がある。大衆劇団「市川辰三劇団」の座長、市川辰三、四十六歳。

一回だけ、なにかにうなされた座長がハッとなって起き上り、あたりを見回してからまたパタンと寝てしまうという小事件が発生するが、そのほか、なにも起らない。

……と、いきなり、歳末の街の雑音が飛び込んでき、近くの街頭スピーカーからクリスマスソング（ビング・クロスビーの「ホワイトクリスマス」）が途中から聞え出す。その上に大売出し宣伝の女声アナウンス。これも途中からで、

「……わたしども金森《かなもり》商店街では、日頃のご愛顧にお応えするため、特等現金十万円のクリスマスプレゼントを五本、用意いたしました。特等をお引き当てになったお客さまはまだお一人しかいらっしゃいません。これからがチャンス！　また、抽籤所においでくださったみなさまにはもれなく、金森演芸場で公演中の市川辰三劇団の割引券をさしあげております。御通行中のみなさま、金森商店街クリスマスセールは、いよいよ明後日《あさって》までございます……」

右の後半、「金森演芸場で公演中の市川辰三劇団……」のところで、座長は天井から糸で吊り上げら

れたように、すっと起き上り、下手奥を見て、

だれだい、窓を開けっ放しにしたやつは。関東旅役者一千のなかで一番いい声、声千両と奉られているこの市川辰三に風邪でも引かせてみな、一座はたちまちメシの食い上げだよ。俊夫、早く窓を閉めた。

街頭の雑音が聞えなくなる。かわりに薄くのこったのは、表（客席方向）から聞えてくるちあきなおみ。

たそがれの空に白い雪がチラホラ舞って、とても風流だと思いました？　風流とは、風が流れると書く。夏はよかろうが、冬のものじゃねえ。よく覚えておけ。

下手で顔をつくっている座員たちをゆっくり見て行きながら、

役者というものは、一声《いちこえ》、二《に》所作《しょさ》、三姿《さんすがた》といって、声がなによりも大事、だから役者はどうあっても風邪を引いちゃならねえのだ。役者殺すにゃ刃物はいらぬ、鼻風邪一つで即死するってやつよ。

ふっと、ちあきなおみの声が高くなる。

ちあきなおみで木戸が開いた。さあ、客入れがはじまったよ。

鏡台の前にどっかと坐って、自分の顔を覗き込み、ぱんぱんぱんと両手で両頬を打って気を引き締めているところへ、透明な座員が透明茶を持ってくる。

ありがとよ。

口に含んで、ふと透明座員を見てギクッとなる。

それじゃ日の丸だよ。コテコテと真ッ白けに塗り固めた頬ッペたへ、真ン丸、真ッ赤にべったり紅の厚塗り、どう見ても、りっぱな日の丸の旗だ。オリンピックに出なさいと云ってるんじゃないんだよ、おいらと中丸のおじさんがやりとりしているところへお茶を持って出る女中役なんだよ、おまえさんは。番場山ノ忠太郎とその母おはまの母子の名乗りがなるかならないか、前狂言『瞼の土俵入』の一番いいところ、お客さまがハンカチ握ってシーンと鎮まり返っているその真ッさなかへ、その日の丸顔か。（ぴしゃりと）化粧で笑いをとるのは邪道だよ。さっさと紅を落としな。

下手の座員たちへ、

うちの芝居は、いってみりゃ聖歌隊の合唱のようなものよ。へんに声を張り上げたり、わざと音を外したりしないで、それぞれ自分の分《ぶん》をわきまえながら、それでいて自分の受持ちは精一杯やる。それが一つにまとまって、はじめて芝居になる。受けを狙って自分だけ目立とうなんてさもしい根性はきっぱり捨てるんだな。受けを狙っていいのは、座長だけよ。いいな。

鏡台の前へ戻って、口上を案じる。

「いらっしゃいませ、いらっしゃいませ。クリスマスも目と鼻の先、年の瀬もあわただしいなかを、市川辰三劇団にようこそお運びくださいました。（客Aを想定）……こりゃ、どうも。（客Bに）ゆうべはご馳走さまで……。（客Cに）おっ、いつもたくさんのおひねりをありがとうございます。……どうも今夜はお馴染みのお客さまが大勢おいでのようでございますな。よろしゅうございます。今夜のフィナーレはそのお返しといっちゃなんですが、いつもの演歌踊りにかえて、座員一同でサイレントナイトからジングルベルまでクリスマスキャロルをみごとに歌って踊りましょう。このわたくし、四つの年から十二年間、川崎市のアーメンの方の養護施設で育ちましてね、サイレントナイトなどは大の得意なんでございます。教会の聖歌隊のボーイソプラノで大いに鳴らしました……」

手早く顔中に白粉を刷《は》いてから、座員を見てにやり。

マゲモノ芝居の一座がジングルベルなんか歌ってどうする。みんなで死んだ魚の目みてえに、やる気のねえ目ン玉をしてるから、気付薬を一服盛ってみたのよ。さあ、今夜も戦さだぜ。

化粧を進めながら、下手の端の透明鏡台へ、

中丸のおじさん、表の木戸のところに大きく書いて貼り出しましたよ、「お客さまの熱心なリクエストにより、今夜は市川辰三劇団十八番の内『瞼の土俵入』を再演いたします」ってね。筋も台詞もこのあいだの通りだ、今夜もひとつ大車輪で合わせてくださいよ。（返事がない）……中丸さん？

下手の端のあたりを睨むように見る。

客入れが始まっているんだぞ、中丸さんはどうしたんだ。やい、中丸、どこにいるんだ！

透明座員がおずおずと近づいてきて、結び文を手渡す（座長の手の中から結び文が出現する）。

中丸さんからお預かりしました？　（結び目をほどきながら）すぐに持ってきなさいよ、こういうものは。気持ちよさそうにお休みになっていたので遠慮いたしました？　そういうときは起しなさい。……（読む）「演芸場の社長さまのご親切でこの小屋に住みつき、ここ数ヶ月、各劇団のみなさまのお情けにすがって、わたくしのような老け女形にもできそうな役をおねだりしながら、なんとか生きてまいりました……」（ふと目を上げて）施設のカナダ人先生の世話で住み込んだペンキ屋を一年でやめて、ペンキ塗る刷毛を白粉を刷《は》く刷毛に持ちかえてから三十年、全国の小屋をのこらず回ったが、楽屋付きの老け女形がいる小屋なぞここが初めてよ。わたくしにできる役がありましたらぜひともぜひとも……三ツ指ついて挨拶されたときはびっくりしたな。技量《うで》のある役者ならどこかの一座が抱えたはず、そうでないところを見ると、これはよほどの能なし……そう思ってこわごわ使ってみると、台詞を云いながらだらだらとヨダレをたらす癖がある。衣裳が台なしだ。衣裳は旅の一座の宝物、それで嫌われたんだな。でも、芸は悪くはなかったがね。……（先を読む）「ところが昨夜《ゆうべ》、小屋がはねたあと、ウナギをご馳走してくださったお客さまが、都内に五軒もお店をもつラーメンチェーンのご主人で、なにかの端《はし》にふっと、このまま年をとって行くのがこわいと洩らしましたところ、こんど新しくできる出店《でみせ》で皿洗いをしないかと云ってくださいました。行く行くは出店の一軒もまかせようともおっしゃってくださった。座長さま、落ち行く先は壇ノ浦とならぬよう、わたくしもこのへんで遅蒔きながら人生を立てなおそうと思います。たった一月でもいいから平和に白いご飯がたべたいのです。社長さまや座長さまにまっさきに相談すべき筋ではございますが、生まれついてのこの気の弱さ、お二人に押し切られて、またぞろずるずると当てても先もない小屋暮しになりそうで、このままドロンをいたします。追っ手はかけてくださいますな。わたくしはもはやこの星の人ではございません」

手紙をぴっと引き裂いて、

わたくしはもはやこの星の人ではございませんだと？　なんだい、おいらたちを宇宙人みてえに云いやがって。ドロンを決めるなら、夜の部がはねてからでもいいじゃないか。

それでも足らずに、くしゃくしゃに丸めて叩きつけて、怒り狂う。

おたがい舞台が三度のメシより好きで、これしか生きる道をしらないから、役者になったんだろうが。家や女房を持たぬかわりに芸一本と羽二重一枚持って、たっぷり朝寝をして、あっちにもこっちにも女をつくって、食いたいときに食いたいものを食って、なんど斬られても生き返れるから、この道を選んだんじゃないか。いまさら年をとるのがこわいだなんて覚悟が足りねえの骨頂《こっちょう》だよ。平和に白いご飯がたべたいだと？　チクショウ、客席の拍手喝采がなによりのご馳走なんだ。やがて年をとったら、あんまりモノを云わないお殿様の役か、寝ているだけの年寄の役をやらせてもらって、その末は、旅先の街道で桜並木のコヤシ、泣いてくれるのは街道のカラスかキリギリス……とこう、覚悟の上のなりわいだったんじゃないか。

きっと下手を見て、

お腹立ちはごもっともですが、代わりの狂言はなんにいたしましょうか？　バカヤロ、母親役がドロンしました、演目を差し替えさせていただきますなんて、そんな情けのねえ口上が云えるか。市川辰三劇団の面目玉《めんもくだま》は丸つぶれになる。（下手奥へ）俊夫、今夜の前狂言のおまえは、番場山ノ忠太郎の母、おはま。いま来ていまのお話ではご即答できかねます？　さっそく芝居の台詞で切り返してきたか。なかなかやるね。まだ若いので老役《ふけやく》をつとめる自信はございません？　若いところは化粧でかくせ。あとのことは、おいらがいいように賄《まかな》ってやる。おまえはただデーンと坐って薄情な母親をやっていろ。ただし、気合いが大事だぞ。連日大入り満員にしてみせる、一度来た客は生涯はなさないという迫力でやってくんな。それから、決めの台詞だけは外すなよ。

丸めて捨てた手紙を拾い上げて、鏡台の上におく。

……中丸さんよ、その年で水仕事はこたえるぜ。せいぜいからだをいとえよ。

そばへやってくる透明な俊夫に、

『瞼の土俵入』の筋立ては知ってるな。ぞんじません？　このごろのおめえたちにはピッピッピーの、（操作する仕草）ゲームとかいう悪い虫がついているようだが、あれは芸のさまたげだ。（ほかの座員にもかけて）いいか、あの ピッピー虫をさっさと行李に放り込んで、これからはただ一途《いちず》においらの芝居を見ることだ。いい役者のいい芝居を見て、筋書きを覚え、台詞を覚える。芝居の勉強はこれしかない。お小言はあとでたっぷりうかがいますから、早く口立て稽古をおねがいいたします？　またも逆《さか》ねじか。うん、いい度胸だ。

このあたりで座長の化粧が、ほぼ出来上る。

長谷川伸先生のお作をもとに、おいらが一晩《ひとばん》徹夜でうまく案じ出した一幕芝居《ひとまくもの》の傑作が、この『瞼の土俵入』、話の筋を早回しでたどれば……指折り数えて二昔前、上州高崎の小間物屋番場屋の、おはまという若い嫁さんが、当時四歳の忠太郎をのこして家出した。姑《しゅうと》というのが意地くねわるいひとで、かつて、「いいところがあったら知らせてくれ」と飛脚で実家《さと》に問い合わせたがついに返事がこなかったというくらいの女、いいところは一つもない。おはまが百姓家《ひゃくしょうや》の出だというので、やれ、歩き方が鈍くさいの、それ、つくる味噌汁がコヤシくさいのと、いじめ放題にいじめた。それでおはまは家を出たわけだな。

　座長は、やがて鬘をかぶり、肉襦袢で太り出し、ゆっくりと番場山ノ忠太郎に近づいて行く。

「いつかかならずおっかさんが迎えに来てくれる」（かなり気持が入っている）「あのおっかさんが可愛いおいらを置いてきぼりになんかするもんか」と思いながら月日を重ねるうちに、忠太郎も袖で鼻汁《はな》拭く腕白盛り、母親がいないのに大きく育ち、気弱で病気勝ちの父親には似ずに喧嘩がばかに強い。忠太郎、九つの秋、父親が、「おまえのおっかさんはどうやら江戸というところにいるらしい。別の人と所帯をもって、おまえとはタネちがいの妹もいるようだ」と言い残してはかなくなった。それならば、とおいらは……いや、おいらの扮する忠太郎は、決心した。広い世間に名をあげて、おいらが元気でいるってことをおっかさんに知らせてやろう。こうして忠太郎は高崎に巡業にやってきていた江戸大相撲の親方に弟子入りする。そして汗と涙の十五年、忠太郎はあっぱれ関取に出世、四股名《しこな》も番場山と名乗る。こうして、今日という、めでたい日がやってきた。贔屓筋の肝煎りで、柳橋の水熊という料理茶屋で十両昇進を祝う会が開かれたが、その半ばで小用《こよう》に立った忠太郎、廊下ですれちがったおかみさんを見て、ハッとうれしい胸騒ぎ、このひとはおっかさんではないかと、どういうわけかピンときた。なんの証拠もないのに勝手にピンとくるのは不自然です？　うちの芝居の万能薬は、このどういうわけかってやつなの。理屈や理論で芝居ができるんなら、東大出の役者がもっとふえてら。そこで、背景幕は満開の桜を遠くにのぞむ隅田川、道具は料理茶屋水熊のおかみさん、おはまの居室、おはまが、つまりおまえが部屋へ入るところで幕が開く。と、すぐ、おはまを追って、番場山ノ忠太郎のおいらが登場する。そのときのおいらの台詞は、こうだ。「おっかさん、おっかさんじゃございませんか。おなつかしゅうございます」

　このとき、上手が気になって見て、

……ジュール先生！　聖ヨゼフホームのジュール先生じゃございませんか。これはこれはおなつかしい。いいやね、ここを打ち上げると一週間ばかり体が空くので、こっちからホームへ参上しようと思っていたところですよ。

　中央の奥を指す。

あすこに、ダンボールの箱が三つ、積みあげてありましょう。見えますか。目モ歯モマダマダ使エマス？　だったら大当たりだ、あの箱の中身、じつは、堅焼きのあられおかきと海苔巻きせんべいなんです。十日前まで芝居を打っていた埼玉では、差し入れときたら草加せんべいばっかり、それでホームへの土産にとっておいたんだ。

　下手の遠くへ、

先生に座布団。（ジュール先生に）おいくつになられましたっけ。六十六？　お若いなあ、じつにお若い。なんだか先生はあとへあとへと年をとっていなさるようだ。もっとも、先生方は天主さまにお仕えする修道士、早寝早起き、禁酒禁煙、女遊びはもちろん厳禁、生涯かけて摂生なさっているから、いつまでもそうやってお丈夫なんでしょうね。こっちは先生より二十も若いってのにもう、目ン玉の中では蚊が飛び回るやら、奥歯のやつらがガタガタと謀反をおこすやらで……忙シソウデ、ケッコウネ？　（うなずいて）今夜はちょいと取り込んでおりますがね。

　下手の遠くへ、

だれか手の空いているのいるかい。（うなずいて）客席の隅の売店でおでんを買っといで。ダイコンをどっさり入れてもらうんだ。おいらの先生はカナダのお生まれだが、四十年も川崎に住むうちに、日本人よりもおでんのダイコンが大好きになっちゃったというへんなお人でね。

　急にジュール先生を向いて、

ダイコンヨリ、大事ナ話アリマス？

　宙を睨んで考えて、

劇団を立ち上げるときに、日本銀行発行の福沢諭吉先生の絵葉書をお借りいたしました。そう、二百枚で二百萬。でも、先生、五年年賦できれいにお返ししましたよ。モット大事ナ、込ミ入ッタコトデス？

　下手の遠くへ、

ダイコンは取り消しだよ。向いの呑兵衛横丁のおでん屋のおやじに、席をとっとくよう云ってきな。（ジュール先生に）小屋がはねたら、おでんでいっぱい、どうです。四十年間、子どもたちの世話に明け暮れた先生だ、いっぱいぐらいなら、天にまします天主さまも大目に見てくださいますよ。

ぱっとジュール先生を見て、

別れを云いにきなさったんだ、はるかカナダにお帰りになるんだ。そうなんでしょう。

ジュール先生が首を横に振ったと見えて、ほっとして、俊夫へ、

「そばへ来るな。ずうずうしいやつだ。あたしの忠太郎は九つのとき、はやり病いで亡くなったと云ったはずだよ」と、ここもいっそう邪険に決めてくれよ。「あたしは、噂で、はっきりそう聞いた。死んだあの子が生きて帰るものなら、馬の足が二本になり、人間の足が四本になるさ。お帰り。こわい男衆が樫の棒を振りかぶって出てきても知らないよ」「待ってください、おっかさん。死んだというのはまちがいで、忠太郎はこの通り生きております」そこで、おはまが、つまりおまえが、飛んでもねえ、きつーい台詞を忠太郎のおいらにぶっつけてくるんだ。この芝居一番の決めどころだぞ。「そんな手で這い込みはしないがいい」云ってみな。

俊夫の云うのを聞いてから、

「這い込み？（血を吐くような声で）そうか、あっしを銭

おかみさんのおはまを追って、おいらが座敷に、「おなつかしゅうございます」と入って行ったら、うんと邪険に受けてくれよ。（ぞっとするほど冷たく）「藪から棒に、いったいどこのだれだい」「忠太郎でござんす」と、おいらはなおも迫って行くから、ぴしゃりとこう決めてくれ。「忠太郎だって？　あたしには生き別れをした忠太郎という子はあったが、九つのとき、はやり病いで亡くなったよ」「亡くなった？　もう亡くなったとおっしゃるんですか」と、ここからしばらく、おいらが賄うから、おまえは長煙管をくわえるなりなんなりして、あさっての方を向いてツンと冷たくしていろ。「四つのときに縁が切れて二十年、そのあいだ、音信不通でたがいに生き死にさえ知らずにいた仲だから、そんな子はねえという気になっているのでござんすか。縁は切れても血はつながっております。あっしは、（おはまの反応を探る目をして）上州高崎の、番場屋の忠太郎でござんす」

下手の俊夫に、ふたたび稽古をつける。

貰いだと思うんでござんすか」

また思いついてジュール先生へ、

年の暮れだ。救世軍とは宗派はちがうが、先生も寄付を集めておいでなんだ。そりゃ……日銀の絵葉書の三、四枚ぐらいならなんとかなります。

ジュール先生が否定したらしく、首をひねりながら、俊夫に、

「見れば立派な大所帯、使っている人もおびただしい、料理茶屋の女主人におっかさんはなっているのかと、さっきからあっしは安心していたが、金が溜まっているだけに、何かにつけて用心深く、それで疑っていなさるんだな。そりゃ怨みだ、おっかさん、あっしは怨みますよ」これを受けておまえもたたみかけてくる。「怨むのはこっちの方だ。一人娘をたよりに楽しみに、平和におもしろく暮らしているところへ飛んでもない男が飛び出して、死んだはずの忠太郎が生きています、わたしがその忠太郎ですと云う……おまえは、平和な家の中に波風を立てに来たんだ」さあ、いよいよ山場だ。このとき、

下手の、さっきの日の丸顔のいるあたりへ、お茶を持ったおまえさんの女中が登場する。おまえさんは異様な雰囲気に圧《お》されたという心ですぐ引っ込め。その引っ込みまで、じっと怨みつらみを抑えていたおいらが、ついに悲しく爆発する。「自分ばかりが勝手次第に、ああかこうかと夢をかいて、母や妹を恋しがっても、そっちとこっちは立つ瀬がべっこ。考えてみりゃあ俺も馬鹿よ、幼いときに別れた生みの親は、こう瞼の上下をぴッたり合わせ、思い出しゃあ絵でかくように見えてたものを、わざわざ骨折って消してしまった」

座長、きれいに決めようとするが、そこへジュール先生のひとこと。

アナタノ母サン、年トッタヨ？

ぐらりと一回、大きく揺れて、

……まさか。

タタタと数歩、よろけたところへ、

ユウベ、ホームニ、タドリ着イタトキ、母サン、カラダクタクタ、ココロボロボロ、デモ、ヨカッタヨ、ウレシイネ

……？

一瞬、座長の五体を半生の愛憎が駆けめぐって、そして、

うれしくなんかありませんや！　西も東もわからねえ、たった四つの子を見捨てたのはどこのだれだ。

両手を立てて、ジュール先生の口を封じて、

最初のうちは、年に一度か二度、厚塗り化粧でチラチラ顔を見せてくれていたが、そのあとはぷっつり音信不通、先生に葉書をねだって、「ぼくはこのごろあまり元気ではありません、どうか会いにきてください」と、なんど書いて送ったかしれないが、その葉書はいつも住所不明で返ってきた。そのたびにその子は鬼灯《ほおずき》ほどの涙をこぼし……それから急に元気になった。希望を捨ててしまえば、おどろくほど元気になれるものなんですよ、もちろん空《から》元気ってやつですがね。そんな思いをわが子にさせたのは、どこのだれなんですか。元気なうちは男だ酒だとおもしろおかしく騒いでおいて、さて、踊る元気は久しからずでぼろぼろになると、こんどは捨てた子どもにすがりつこうとする。なにをいまさら……。あたしゃ雑巾じゃないんだ、そう便利に使われてたまるもんか。会いたくねえの骨頂ですよ。

座長、すっきりと決まる。

デモ、アナタノ成功ヲ、ヨロコンデイタ、役者ガ座長ニナルノハ、最高ノ出世ダト、云ッテイタ？　そんなコトバはね、先生、癌《ガン》にバンドエイドを貼るようなもので、まるで役には立ちませんよ。

下手の俊夫へ、

山場の中の山場だぞ、俊ちゃん大明神、しっかり邪険に受けてくれよ。「……すると、おっかさん、いやさ、おかみさん、あっしはまちがってこの世に生まれてきたんですね。だったら、この世に親も妹もいねえわけだ。なくて仕合せよ、あって迷惑よ、これからはこの世全体を仇と思って、鬼になって励んで、かならずこんな土俵入をしてみせますよ」

雑念を鎮めて演じられる座長の羽織袴姿の土俵入へ、

ソノ化粧、イケマセンネ？

座長、キッとなって、

あたしは役者だ。そのあたしから化粧を抜いたら、ただの能なしの、不精ひげの、ガニ股の中年男しかのこりませんぜ。

改めて土俵入をしようとするところへ、

忠太郎サンデ、モノヲ考エル、ソレ、ダメネ、チョンマゲシャポー、トリナサイ。

どしんどしんと床を踏んで、

もう幕を開けなきゃならねえんです。先生、いい加減にしてくださいよ。

座長、ジュール先生を睨む。

甘エン坊？

意外に静かに、座員たちにも聞かせて、

このあたしが甘えん坊だって？　朝にお客の好みの渡り行きを探って狂言を案じ、夕べに算盤片手に一座の生きのびる軍略を案じて、このきびしい業界でりっぱにオマンマにありついているあたしの、いったいどこが甘エン坊なんです。こんな大仕事がそのへんの甘エン坊にできてたまりますか。だれか、先生を客席に案内してあげな。

ジュール先生を無視して鏡台の前に坐り、刷毛を手に化粧の手直しをはじめるところへ、

捨テラレタ、捨テラレタ、ソレバッカリ云ッテ、イツマデ人生ニ甘エテイルンデスカ、中年男ガ、ミットモナイヨ……？

刷毛を握り潰して、必死で抑えながら、

十二年間に一度だけ、ホームから脱走して、そのとき一度だけ、先生からぶたれたことがある。先生、覚えておいでですか。小学五年の夏の朝、川崎駅のベンチで寝ているところを、徹夜で探し回っていた先生に見つかって、ぶたれたんです。どうして脱走したのかそのわけを、あのときはどうしても云えなかったが、いま云いましょう。……炊事のおばさんがこんな話をしているのを聞いたんだ。「辰三くんの母さん、駅裏の飲み屋街で『とき子』ってバーをやっているんだって。今朝、駅でばったり会ったら、いつか呑みにいらっしゃい、安くしておきますからさと云ってたわよ」……。それを聞いて無性に会いたくなって、六キロの夜道をてくてく歩き、十一時ごろに、そのバーに着いた。

うすっぺらなドアを押して入って行くと、長細い店の奥に、お客の首ッ玉にしがみついている母の、白い横顔がぼうっと浮かび上がっている。「……母さん？」と声をかけると、「へーえ、ママにはあんなに大きな子どもがいたのかい」と、客の云うのが聞えた。「ばか云っちゃいやだよ。独身のあたしに子どもがいるわけないでしょ。あれは姉の子……」そう答えながら、母がこっちへやってきて、「お仕事の邪魔しちゃ困るねえ。だいたいおまえはキリストさんの子になったんじゃなかったのかい」。カウンターに千円札を一枚、投げ出すように置いて、酒くさい息をはきかけながら……「さあ早くキリストさんのところ帰った、帰った」……（怒りのあまり狂い出している）あたしは、あの晩、捨てられたんだ。捨てられたから、捨てられたと云っているんです、そのどこがいけないんだ。……チガウ？ちがうもんか。化粧落トシテ、一人ノ人間ニナッテ考エナサイ？　なんとおっしゃろうと、たとえキリストさんがホケキョウに改宗しようと、あたしは宗旨をかえません。あたしは捨てられた。あのときあたしははっきりと、自分はまちがってこの世に生まれてきたんだと見定めがついたんだ……イマノアナタハ、捨テル側ニ立ッテマス？

一瞬、ギクッとなるが、勢いがついているので、

それからは、それからのあたしは、「親がなくて仕合せ、あって迷惑」というお札をここんとこ、このオデコにぺったり貼って、芸の鬼になって励んできたんだ。でなけりゃ、小さいながらも一座を持って、こうやって一番大きな鏡台の前に坐ってなんかいられませんよ。

また、ギクッ。

母サンハイナイ、ソウ思ッタカラコソ、チカラガ出タンデショ？　母ガイナイカラコソ、母ノチカラガ現ワレタンデショ？　冗談じゃねえ、頑張ったのはあたしなんだ。バカ？　だれが。アナタ……って、あたし？　あたしのどこがバカなんですか。母サンヲ困ラセテ、自分モ困ッテイルトコロガ、バカ？

座長、ついに棒立ちになる。そして、ポツンと、

母ちゃんを困らせて、自分も困っているところがバカ……。

座長の五体から、すーっと力みが抜けて行くが、そのとき、男声のアナウンス。「たいへん長らくお待たせいたしました。市川辰三劇団の本日の前狂言『瞼の土俵入』、いよいよ開幕でございます」……アナウンスを聞くうちに、座長の表情に力がみなぎってきて、

チクショウ、幕を開けるぞ。俊夫、臆せずに行けよ。みんな、今夜も迫力で決めちまおうぜ。

下手へのっしのっしと歩み出した座長の足が、すぐピタリと止まる。

母サンガ客席ニキテマスヨ？

立ち尽くす座長を、座員たちがはらはらしながら見守っている気配。……と、座長、ガタッと崩れて、そのへんをうろうろしてから、

……ずいぶん手厚く企んで、先生、こいつはあんまり殺生だ。

座長、ジュール先生を睨みつけて決めると、下手袖の「舞台」へ駆け出しながら、

「おっかさん、おっかさんじゃございませんか。おなつかしゅうございます」

ゆっくりと暗くなる。

（幕）

太鼓たたいて笛ふいて

とき

昭和十（一九三五）年秋から、昭和二十六（一九五一）年夏までの十六年間。

ところ

東京新宿下落合の林芙美子の借邸および自邸、ＪＯＡＫのスタジオ、信州志賀高原の村役場宿直室など。

ひと

林　芙美子（三二）
林　キク（六七）
島崎こま子（四二）
加賀四郎（二三）
土沢時男（二二）
三木　孝（三四）
ピアニスト（年齢不詳）

年齢は、いずれも、劇が始まったときのものである。また、俳優は自分の扮《ふん》する人物の年齢に忠実である必要は、ほとんどない。

第一幕

まもなく開幕というころ、黒っぽい衣裳《いしよう》のピアニストがあらわれて、悪魔のささやきに似せたように甘く、静かに序曲（「ハレルヤ」）を弾きだし、それに誘われて、場内が闇《やみ》の底に沈みこむ。と……、

一　ドン！

「ドン！」の短い前奏。
できるだけすばやく明るくなり、六人の俳優が登場、そして歌う。

①（とき、ところ）

ドン　はるかかなたどこかで
ドン　かすかに地鳴りがする
ドン　あれは大砲のおと
ドン　火薬の匂《にお》いもする
ときは昭和の十年の秋
ドン　ある晴れた日
ところは東京　西の外れの
ドン　下落合
ドン　どんな物語なのか
ドン　見てのおたのしみ

②（ひと——自己紹介）

ピッ　いつのまにか近くで
ピッ　笛を吹くひとがいるよ
ピッ　あれは祭りの笛か
ピッ　いくさの合図なのか
（芙美子）笛の音など気にもとめない
ピッ　林芙美子
（キク）笛はとにかくホラなら吹きたい
ピッ　芙美子の母
（四郎）笛や太鼓を売り売りあるく
ピッ　行商人
（時男）笛のほかにもなんでも商う
ピッ　行商人
（こま子）笛におびえてビクビクくらす
ピッ　活動家

（三木）笛や太鼓でレコードつくる
ピッ　プロデューサー
ピッ　この六人の物語
ピッ　見てのおたのしみ

③（ふたたび①へ）

ドン　はるかかなたどこかで
ドン　かすかに地鳴りがする
ドン　あれは大砲のおと
ドン　火薬の匂いもする
ときは昭和の十年の秋
ドン　ある晴れた日
ところは東京　西の外れの
ドン　下落合
ドン　どんな物語なのか
ドン　見てのおたのしみ

二　女給の唄《うた》

朝の光が射し込むと、そこは昭和十（一九三五）年九月下旬の東京下落合、林芙美子の借邸の茶の間。正面に廊下へつながる出口。下手にお勝手がある。

遠くで目覚時計。すぐ止む。

芙美子の単行本が数冊のった卓袱台《ちゃぶだい》に突っ伏して眠っていた三木孝、浅い眠りから覚めてハンカチでしきりに顔を拭《ぬぐ》っているうちにハッと気づき、四つん這いのまま廊下へ体を乗り出させて奥の気配をうかがう。

キク　泥棒……！

小皿に梅干しを数粒のせて持って、お勝手から出てきたキク、棒立ちになるが、すぐ、泥棒の正体が三木とわかって、

キク　なにしとるんね？
三木　（奥をさして）原稿用紙をひっ剝《ぱ》がす音ぐらい、たのもしいものはありませんね。夜通し、ピッ、ピッ、ピーッ！　芙美子先生は何度も書きなおしをなさっている。ありがたいことです。おはようございます。
キク　（うなずいて）なんとかさん、お湯が沸くまで梅干しでもねぶっていたらどうじゃ。
三木　……なんとかさんじゃなくて、三木孝ですよ、ポリドールレコード文芸部の。
キク　（うなずいて）そうそう、そのなんとかさんじゃっ

た。朝の梅干しは体にいい。好きなだけたべんさいや。

三木　ポリドールレコードの三木孝です。

キク　この年になって、そんな面倒なことまでいちいち覚えておられん。大目にみてちょんだい。

三木　せめて名前だけでも……だってこちらにお邪魔するのはこれで四度目なんですよ。（手帖を取り出して）最初がひと月前の八月二十六日、（読む）「快晴。新宿下落合の林芙美子先生を訪ねて、先生の出世作『放浪記』を題材に流行歌の歌詞を書いていただけないかとお願いしたところ、『新しいことや目立つことなら大好きよ。作詞なんて、ほかの文士の先生方、どなたもやっていらっしゃらないわよね』と快諾を得る」……このとき、おかあさんにも名刺をお渡しいたしました。今月の二日、（読む）「晴れときどき曇り。歌詞を受け取りに上がったところ、『人気文士たちによる西日本リレー飛行競争大会に、東日本チームの一員として大阪広島間を飛ぶことになったのよ』と、興奮なさっている。歌詞は出来ておらず」……このときもおかあさんには名刺をさしあげました。そしてこの十六日、（読む）「雷雨の中、催促のために泊り込む。先生は、『心臓がドキドキして不整脈が出ているのよ』と書斎に引きこもったまま。歌詞は出来ず」……このときもおかあさんにはちゃんと名刺を……、

少し前からキクがなにかブツブツ呟いているので、

三木は「？」となる。

キク　……八月二十六日、にぎり寿司の出前をとる。今月の二日はテンプラそば、ウナ重の出前。十六日は親子丼、ザル大盛り、天丼、かつ丼の出前。昨日は上にぎり、ライスカレー、チャーシュー麺、鍋焼きの出前。今日はいったいどうなるんじゃろ。……これは年寄りのひとりごと。

三木　……先生のお相伴をしただけですが。

キク　ひとりごとはアゴは痛まんし、いうたらいうたで気分がすっきりする。これは年寄りのたった一つのたのしみなんじゃけえ、気にしちゃいけめん。おや、やかましゅう薬罐が鳴っとるわ。

キク、お勝手へ茶を入れに立つ。三木、すっぱい梅干しに顔しかめながら、ひとりごとで、

三木　……名前ぐらい覚えてくれたっていいじゃないですか。三本の木に孝行娘の孝で、三木孝。これほど簡単な名前は、そうざらにはありませんよ。

キク　（顔を出して）あしの名前は、林にカタカナのキクで、林キク。こっちの方がもっとずっと簡単じゃ。（顔を引っ込めながら）世の中いうものは、ひろいもんじゃねえ。

三木　お耳もお口同様お達者でケッコーですね。

正面から、分厚い封筒をいくつも持った芙美子が出てきて、お勝手へ、

芙美子　かあさん、ポストへ原稿を出しに行ってくる。けさはなんだか気分がいい。そのへんをちょっと歩いてくるからね。
三木　おはようございます。
芙美子　おや、いたの？
三木　いますよ、そりゃ。楽しみにお待ちしていたんですよ。
芙美子　作詞ってむずかしいわね。
三木　……そうでしょうか？
芙美子　それで流行歌の作詞はむずかしいというテーマで随筆を書いてみたのよ。そしたらこれがステキな出来栄えなの。気をよくしてたら急にペンが走りだして、たまっていた文章を一気に二本も書き上げちゃったわ。（封筒を掲げて見せて）三木さんのおかげね、ありがとう。
三木　それはようございました。それで、あの、歌詞の方は……？
芙美子　だから作詞はむずかしい。むずかしいことはあとまわし。そう決まったの。
三木　勝手に決まっちゃ困ります。作曲家の先生が体を空けて待ってくださっているんですよ。ゆうべもそう申しあげたはずです。しかもこれがエライ先生でしてね……、

キクが出てきて、二人に茶を供しながら、

キク　うちのムスメを苛めちゃいけめん。
三木　あべこべですよ。ぼくが苛められているんです。
キク　まあまあ、茶でものんで気ィしずめてつかあさい。おお、あんたのには茶柱が立っとる。今日はなんかいいことがあるかもしれんね。
三木　（キッパリと）歌詞さえいただければ、その日はすてきな日になるんです。
芙美子　なんだ、そうか、そんなに簡単なことだったのか。
三木　……はい？
芙美子　今日の午後は東京女子大で文芸講演会、明日は文藝春秋で座談会、明後日《あさって》は伊豆下田の黒船祭りで講演……だから、こうすればいいだけの話じゃないか。いい？　今日か明日、本屋さんで「作詞入門」といったような手引き書を何冊か買う、下田への行き帰りにそれを読む、下田から帰り次第すぐに歌詞を書く。それじゃ明後日の夜にきてちょうだい。こんどはゼッタイよ。
三木　先生のゼッタイはこれで三度目です。
キク　もしもこんど、ムスメが約束を破ったら、ムスメに代わってあしが首をくくってお詫《わ》びするちゅうのはどう

じゃろか。

三木　それもこないだ聞きましたよ。

キク　あ、そうじゃったっけね。

芙美子　じゃ、いっそこうしよう……、

三木　（パッと制して改まり）林先生は詩集を二冊もお持ちの詩人でもいらっしゃる。（卓袱台の本の山から一冊、手に取って）この『放浪記』にも、たくさんの詩が入っています。散文のなかに詩をちりばめた、それまでになかった新しい小説、しかもその詩がまた新鮮だった。（栞《しおり》をはさんでおいた頁を開いて読む）「私はお釈迦様に恋をしました。仄《ほの》かに冷たい唇に接吻すれば、おゝもったいないほどの、痺れ心になりまする」……これまでだれがお釈迦様に恋をする女を詩に書いたりしたでしょうか。

芙美子　……ま、わたしが初めてだったかもしれないわね。

三木　だからこの詩を読んだとき、この人に流行歌の作詞をお願いしようと思いついた。この人ならきっと新しい流行歌を書いてくださるはずだと、そう信じたのです。「お釈迦様！　心憎いまでに落ちつきはらったその男振りに、すっかり私の魂はつられてしまいました……」

キク　「お釈迦様！　その男振りで、炎のような私の胸に飛び込んで下さりませ。俗世に汚れたこの女の首を死ぬほど抱きしめて下さりませ」……

芙美子　あれ、かあさん、『放浪記』を読んだのね。でも、いつの間に字が読めるようになったのよ。

キク　魚清《うおせい》の御用聞きのお兄ちゃん、魚の注文を取りにくるたびに、こぎゃん唱えとるけえ、自然に覚えてしもうたんじゃ。

芙美子　あのニキビのお兄ちゃんがねえ。よし、それなら今夜は魚清からお刺身を取ろう。

キク　そりゃええのう。ほいでに、あしゃこの世においとまするときは、このお釈迦様の詩とかいうもんを唱えようと思うとる。お釈迦様をたらしこめば極楽に行けるはずじゃけえの。

芙美子　この世で四度も結婚して懲《こ》りたはずなのに、あの世でもお釈迦様と所帯をもつもりなの。まったく気が多いんだから、かあさんは。

三木　これもいい！

芙美子・キク　……？

三木　じつはこれが一番好きな詩なんです。（読む）「カフエでもらった御給金でインキを買って帰り候　そのインキで一筆したためまいらせ候　何とかしておめもじいたしたく候　お金がほしく候」……

キク　「たゞの十円でもよろしく候　浴衣《ゆかた》と下駄と買いたく候　シナそばが一杯たべたく候」

芙美子　それも魚清のお兄ちゃん？

キク　いんにゃ、八百屋のおかみさん。あのひとはこれが大好きなんじゃと。「いまの亭主は胸の病気にて候　病

気のせいで嫉妬深く候　カフエから帰りがおそくなると烈火の如く怒り候　すりこぎでわたしを十回も二十回も打ち候」……これ、実話かいのう。実録なのかいのう。

芙美子　（うなずいて）むかし本当にあったことよ。

キク　すりこぎでのう。かわいそうにのう。

芙美子　わたしも男を作って勝手をやっていたから、おあいこよ。

三木　……「朝鮮でも満洲へでも働きに行きたく候　たった一度おめもじいたしたく候　本当にお金がほしく候」……これでいいんです。これにほんのちょっと手を加えて、メロディに乗りやすいように、ことばの数を整えてくだされば、それでいいんです。

芙美子　だからそれがむずかしいのよ。わたしがやったのでは、どうしても七五調や五七調にならないの。じゃ、明後日の夜にね。

芙美子、庭に下りる。

三木　それじゃ、いっそこうしましょう。

芙美子　……？

三木　この詩を、ぼくが流行歌の歌詞に生まれ変わらせてみましょう。お任せくださいますか。

芙美子　そういう手があったのね。

三木　非常手段です。しかしぼくに任せていただければ、今朝のうちに作曲家の先生に歌詞をお届けできます。もちろん、あとで先生にしっかり手を入れていただきますが。

芙美子　任せる。好きにしてちょうだい。

芙美子は庭先から出て行く。三木、その後姿に、

三木　きっといい歌詞にいたします。どうぞごゆっくり散歩をなさってください。

三木は卓袱台の前に坐り直して顔をパンパンと手で叩いて気合いを入れ、キクは朝茶をたのしむ。

キク　ご苦労さまなこっちゃな。ほいじゃが、やるからには、ごっつええ歌詞を案じてくれんさいよ。

三木　案じます、案じます。

三木は、作詞に夢中で、キクの云うことをまったく聞いていない。

キク　散歩いうても、うちのムスメのは、ありゃ敵をあざむく計略での。ご近所の表札を見て回って、気に入った名前をおぼえといて小説に出てくる人に付けとるんじゃ。使用料を払えいわれたら、どげえする気なんじゃろな。

他人の名前を無断で使《つこ》うても、ええんじゃろか。

三木　ええんです、ええんです。

キク　ほんならええが、あしはいつもヒヤ汗かいとるんじゃ。ヒヤ汗いうたら、うちのムスメは、じつの母親のあしのことを、ようく小説に書くらしいんじゃが、どうもあしは悪いように悪いように書かれとる気がして、これもヒヤ汗ものじゃ。

三木　ヒヤ汗もの、ヒヤ汗もの。

キク　自分でたしかめるためにも、やっぱり漢字を習わにゃいけんの。

三木　習いましょう、習いましょう。

キク　漢字いうたら、あしのムスメの亭主のあの絵描き男、そのうち漢字を教えてあげますいうて、それっきりじゃ。ちっとも家に居着かん。ほいでに、年柄年中、絵の道具担いでスケッチ旅行とかいうもんに出かけとる。このまましゃ夫婦別れもしかねん。

三木　しかねん、しかねん。

キク　……あしの話、ちびっとも聞いとらんな。

三木　聞いとらん、聞いとらん。

キク　このバカがー、このアホ丸がー……

キク、ぶつくさ呟きながら茶道具を片付けて、お勝手に入ろうとしたとき、庭先から、古ぼけたトランクを大事そうに抱えた二人の青年、加賀四郎と土沢時男が入ってくる。二人、なつかしそうにキクを仰ぎ見て、

四郎　すっかりごぶさたしちゃってです。

時男　さっき尾道から東京へついちゃってです。

キク　……？

四郎　加賀四郎ですよ、お師匠さん。

時男　おばあちゃん、土沢時男です。

ピアノが刻みはじめたリズムとともにキクの記憶がよみがえり、キク、庭先へ下りて、

キク　おお、四郎坊《シロボー》に時坊《トキボー》かいね。

二人　おひさしぶりです。

キク　お師匠さんはとにかく、おばあちゃんとは、まだ呼ばれとうないわい。

四郎　（時男に）このアホ丸が。

時男　……すみません、おばちゃん。

キク　何年ぶりかいの。

時男　二年ぶりです。

キク　もう二年になっちゃったか。

四郎　はい。二年前の昭和八年の秋に、尾道の行商人宿でお別れして以来ですけえ、そうなります。

キク　……行商人宿！　なつかしいのう。

三人は「行商隊の唄」を歌う。

どうも　どうも　ご町内のみなさま
こんちわ　こんちわ　行商隊ですじゃ

靴のかわりに草履をはいて
帽子のかわりに手拭《てぬぐい》かぶり
稼ぎのないときゃ水のんで
夜ねるときは木賃宿
夜風が身にしみる
これが行商人の
毎日ですじゃ

どうも　どうも　ご町内のみなさま
こんちわ　こんちわ　行商隊ですじゃ

ピアノのリズムの上に以下の対話。

三木は作詞作業に没頭している。三人の唄に邪魔されて何度となく字数を数え直したりもする。

キク　なひて東京なんぞへ出てきよったんじゃ。
四郎　満洲の大連いう街へ行きとうなっちゃってです。えらいにぎやかなところじゃいうけえ、行商しながら大連見物をしよう思うとりますが……、
時男　あしは、松島を見物しとうてどもならんけえ、北の方へ行こう思うとります。
四郎　大連！
時男　松島！
四郎　こげん具合に話がもつれちゃってでちっともまとまりませんけえ、ここはお師匠さんのお考えを聞かないけんいうことになりまして、ほいで、東京へ出てきちゃったです。
時男　どっちゃがええんでしょうか。
キク　小さな《こまーい》ときからじつの兄弟みてーに一緒に泣き笑いしとったおまいたちなんじゃけえ、先を争うたりしちゃいけめん。
二人　じゃけんど……、
キク　松島見てから大連へ行きゃァええんじゃ。その逆でもええが。
二人　……はあ。
キク　それより商いの方は、うまいことやっとるんかいの。
四郎　はい。お師匠さんから三年がかりで教えてもろうた行商人の道、それをきっちり守っちょってです。
キク　（にこにこして）ほーが、ほーが。
時男　はい。うまいことやっちょってです。
キク　ほーが、ほーが。

三人は「行商隊の唄」の二番を歌う。

どうも　どうも　ご町内のみなさま
こんちわ　こんちわ　行商隊ですじゃ

お世辞　御愛敬　バラバラまいて
苦情もさらり聞き流し
泣きたいときは顔あげて
苦しいときも胸はって
しゃにむに売りつける
これぞあるべき
商いの道

どうも　どうも　ご町内のみなさま
こんちわ　こんちわ　行商隊ですじゃ

ピアノのリズムの上に以下の対話。

四郎　尾道あたりでは、お師匠さんはよう稼ぐえームスメを持ちなさったいうて、だれもが噂しちょってですよ。
時男　おばさんはすっかり楽隠居しちゃってですね。
キク　いんにゃー、毎日毎日、安心できん日がつづいとる。
二人　……はあ？
キク　考えてもみんさい。ムスメの売るものといやァ、アタマの中にある詩だのお話だの、目で見てもよう見れん、手でさわろういうてもようさわれん、なんかカスミみてーなもんじゃ。ほいでに、その詩とかお話とかいうやつは、いつムスメのアタマの中から出てくるかわからんのじゃ。出てこなきゃァどげんことになるか……、
四郎　どげんことになりますか。
キク　たちまちマンマの食い上げじゃ。
時男　そりゃー、オトロシーじゃァー！
キク　おまけに、ムスメのアタマの中から、なんかかんか絞り出そういうて、（三木を指して）あげえな借金取りまがいが、毎日、張り込んどる有様じゃ。

二人、こわごわ三木を見る。なぜだか三木もふッと顔をあげて、鉛筆を持った手をふって、

三木　どうも、どうも。

また歌詞づくりに没入する。

キク　あれはのう、なんとかいうレコード会社から来ちょるんじゃが、出前をよく取るんでかなわん。
二人　（感心）……はあ。
キク　そこへ行くと行商商売はええのう。糸に針、石鹼に

歯ブラシ、十銭均一の安化粧品、あんパン……なんもかも、目に見えて手でさわれるものを売るんじゃけえ、こげえたしかな商いはなあよ。

時男　ほいでに、あんパンはたとえ売れ残っても、自分で食べればええんじゃけえ、損にはならんです。

キク　（うなずいて）ほいじゃけえ、あしもいまこっそり行商しとるんじゃ。

四郎　なにを売りんさっておいでですか。

キク　いまはいえん。ほいでも、おまいたち二人にドーンとお餞別を弾んでやるぐらいは稼いどる。

二人　（感心）ふーん。

三人は「行商隊の唄」の三番を歌う。

どうも　どうも　ご町内のみなさま
こんちわ　こんちわ　行商隊ですじゃ

仕入れた品物　その日に売れれば
その日の苦労は　その日でおわる
いろんな人にも会えますし
いろんな景色も見られます
からだもつよくなる
これぞ行商の
すばらしさ

どうも　どうも　ご町内のみなさま
こんちわ　こんちわ　行商隊ですじゃ

唄の終わる少し前に、芙美子が庭へ入ってきていて、キクを睨みつけている。なお、芙美子は後ろ手に生原稿を数十枚、持っている。

芙美子　（ぶるぶる震えている）かあさん！

キク　おや、ずいぶん早く戻ってじゃの。

芙美子　散歩は中止よ。

キク　ほんなら大急ぎで朝飯《あさはん》の支度しような。ほいでにな、芙美子、この二人は、あしが尾道でなにかにと面倒を見てやっとった行商人じゃ。二、三日、うちに泊めてやろう思うとる。

二人　（アタマを下げて）よろしゅーに。

芙美子もわずかにアタマを下げる。

キク　（二人に）裏へ回って足でも洗うたらどうじゃ。

キクが茶の間に上がろうとしたとき、芙美子、生原稿を高く掲げて、

芙美子　かあさん、これはなんですか。

キク　（ギクッとするが）なんじゃろうのう。あし、年のせいですっかり目が弱くなっちゃってで……（急に目の悪いふりをしながら、お勝手に入ろうとする）こりゃいよいよ眼鏡を誂《あつら》えにゃいけんわ。四郎坊、あとで新宿の眼鏡屋まで手を引いて行ってくれんさい。

四郎　（どうしていいかわからずに）……はあ。

芙美子　ごまかしちゃいや！　これはかあさんがご近所に売り歩いたわたしの生原稿でしょう。それも『放浪記』の生原稿よ。

キク　耳も遠うなったみてーじゃ。補聴器も誂えにゃいけんな。時坊、あとで新宿の病院へお供してくれんさいよ。

時男　……はあ。

芙美子　（上にあがって生原稿をキクの目の前に突きつけて）魚清の御用聞きのお兄ちゃんに一枚、売りつけたわね。それから八百惣《やおそう》のおかみさんに二枚、お米屋の若旦那に二十枚……。みなさんから、お礼を云っていただいたわ、「先生のお母さまから、いい買物をさせていただきました。家の宝にします」ってね。……どうして、こんなことをするの。わたしの字が下手だってことが、世間に知れ渡ってしまうでしょう。かあさんは、ムスメの恥部を満天下に暴露するのが、そんなにうれしいんですか。

キク　（ごまかしが効かないので居直る）もうすぐこの世からいなくなる年寄りに、そう怒りんさるな。

芙美子　……！

キク　ほいでに、「ムスメの恥部」だの、「満天下に暴露」だのと、オットロシーことばをちっと使いすぎるんではないかの。

芙美子　とにかく、『放浪記』の生原稿はわたしの宝物なの。いつまでも大事にとっておきたいの。読み返すたびに、初心にかえってがんばりなさいと、励ましてくれるのよ、これ。つまり、わたしの大事な大事なお守りなのよ。

キク　（こんどは泣き落とし）あし、心細うてならんのじゃ。元手が紙と鉛筆だけなんていう、そげんなうまい商売はどこにもありゃせんのじゃけえ、いつ食っていけんようになるかわからん。ほいで、まさかのときのためにと思うて、それを行商して歩いて、銭《じぇに》をためとるんじゃ。

芙美子　よけいな心配はしなくていいの。わたしのアタマの中にあるいろんなもの、それが小説家の元手なんだから。それをうまく搾り出せば、ちゃんと食べて行けます。

キク　そがーにいろんなものが、おまいのアタマの中に詰まっているはずはなあです。

芙美子　……どういう意味？

キク　おまいはあしの子じゃけえの。

芙美子がグッと詰まったとき、三木がすーっと立

って、朗々と、

三木　「わたしは夜に咲く花よ。カフエの夜のかわいい壁の花よ」……、

芙美子　びっくりさせちゃいや。いったいどうしたの？

三木　先生の名作『放浪記』をもとにした流行歌の歌詞、たったいま完成しました。

三木が「女給の唄」を読み上げる。とても気に入っている様子。

『放浪記』から「女給の唄」

わたしは夜に咲く花よ
カフエの夜のかわいい壁の花よ
お土産ぶらさげて帰ると
やきもち亭主　待っていて
すりこぎで　からだ中　打《ぶ》ちますわ
ネエ　あなたに一目　会いたいわ
お金を十円いただいて
シナそばを三杯は　たべたいわ
わたしは夜に咲く花よ
カフエの夜のかわいい壁の花よ
できればもっといただいて
松島か　満洲大連へ　行きたいわ
お返事を待ってます

三木　さすがは林芙美子だ。先生、傑作ですよ。

四人、呆然となっている。とくに四郎と時男は、つづけざまに起こる小事件にすっかり呑まれて、抱き合わんばかり。

三木　作曲家の先生のところへ届けてきますからね。

三木が廊下の奥へ飛び出して行く。

ピアニストが後出の「ひとりじゃない」を軽快に、しかし良質の粘りを保ちながら弾いている。

三　椰子《やし》の実

「二」と同じ、林芙美子邸の茶の間。

四郎と時男が掛布団をかぶって、直《じか》に畳の上で眠っている。隅に寄せた卓袱台にはビールの空壜が二、三本、立っている。庭先から、右手に楽譜を高く掲げ、左手に朝刊を持った三木が飛び込んで

きて、

三木　林家のみなさん、おはようございます。芙美子先生、曲ができました！　先生のおかあさん、お茶をいただけませんか！

茶の間に上がって朝刊をポンと投げ出す。その気配で四郎と時男が目を覚ます。

三木　新橋の作曲家先生の仕事場から円タク飛ばしてきたもんですから、のどが渇いて死にかけているんです。

四郎　……はやーのう。

時男　ほんまじゃー。ゆんべから飲むわ語るわで、すっかり夜明ししちゃってで、寝たのは、ついいまさっきですけえのう。

四郎　来《こ》んのがごっつ早すぎちょってですよ。

三木　なにをいっているんですか。もう九時です。朝刊もとっくに届いているんですよ。そして、「女給の唄」ができたんです！

すかさずピアノが入ってきて、三木は「女給の唄」を歌う。

わたしは夜に咲く花よ
カフエの夜のかわいい壁の花よ
お土産ぶらさげて帰ると
やきもち亭主　待っていて
すりこぎで　からだ中　打《ぶ》ちますわ
ネエ　あなたに一目　会いたいわ
お金を十円いただいて
シナそばを三杯は　たべたいわ

正面の廊下から芙美子が、お勝手からキクが出てきている。

わたしは夜に咲く花よ
カフエの夜のかわいい壁の花よ
できればもっといただいて
松島か　満洲大連へ　行きたいわ
お返事を待ってます

四郎と時男は、「松島か　満洲大連へ　行きたいわ」のくだりで、身を揉《も》むようにしてうれしがる。

二人　（歌う）「松島か　満洲大連へ　行きたいわ……」
（抱き合って）えーのう、えーのう……！

三木　作曲家先生のところへ泊り込んで、ひと晩でやっていただきました。

キク　（三木に）よっぽどよそさんちへ泊り込むのが好きなんじゃの。もしや自分ちがなあじゃなあのか？　はっきりいうたら、宿なしいうやつじゃな。
三木　両親が神楽坂で文房具屋をやっています。そこから銀座のポリドール本社へ通っているんです。宿なしじゃありません。
キク　そりゃ悪いことというちゃったね。
芙美子　（冒頭をちょっとハミングでやってみて）どっかで聞いたような気がするけど。
三木　そのことですが、作曲家の先生が歌詞を一目睨んでこうおっしゃった、「このことばの並びは、このあいだ、レコードで聞いたチャイコフスキーのメロディとぴったり重なるぞ」って……。
芙美子　チャイコフスキーって、ロシアの作曲家の、あの……？
三木　（うなずいて）作曲家の先生はつづけてこうおっしゃった。「ぼくはいまたいへん忙しい。そこで貴重な提案をしよう。この歌詞をそっくりチャイコフスキーに乗っけてしまっちゃどうかね。あちらのメロディに日本語の歌詞を乗せるのが流行《はや》っているから、かえっていいんじゃないか。流行歌ではなく、洋楽盤レコードとして売り出せばもっといい」……。
芙美子　……洋楽盤？
三木　クラシックのレコードのことです。
芙美子　わたしの詩がクラシックとして扱われるわけね。
三木　そういうことになります。
芙美子　クラシックか。それはいいわね。

　芙美子が「女給の唄」を歌い出し、ほかの四人はハミングでコーラスする。

わたしは夜に咲く花よ
カフエの夜のかわいい壁の花よ
お土産ぶらさげて帰ると
やきもち亭主　待っていて
すりこぎで　からだ中　打《ぶ》ちますわ
ネエ　あなたに一目　会いたいわ
お金を十円いただいて
シナそばを三杯は　たべたいわ

　庭先から、粗末な手提げ袋をさげた島崎こま子がそっと顔をのぞかせる。

わたしは夜に咲く花よ
カフエの夜のかわいい壁の花よ
できればもっといただいて
松島か　満洲大連へ　行きたいわ
お返事を待ってます

　こま子が拍手。五人はびっくり。

キク　だれぞな、あんた？

こま子　林芙美子先生のお宅でございますね。呼び鈴をだいぶ鳴らしましたが、どなたもお出になりませんので、お庭へ回らせていただいております。

キク　（ひらめいて）あんた、物売りかいね。

こま子　……ちょっとちがいます。

キク　ちょっとはちがうが、だいたいのところは当たりいうことかいね。

芙美子　（キクを制して）わたしが林芙美子ですけど、なにか御用？

こま子　亀戸《かめいど》の無産者貧民連帯託児園からまいりました。

芙美子　……無産者、貧民、連帯、託児園？

こま子　はい。でも、地元では「ひとりじゃない園」と呼ばれています。無産者も貧民も連帯もなじみにくいことばですし、それに……、

芙美子　（ズバリ）アカの匂いがするわね。

こま子　（うなずいて）それでいつのまにか「ひとりじゃない園」の方が通りがよくなりました。

　こま子、手提げ袋からガリ版刷りの楽譜を数枚取り出して、芙美子に一枚、ほかの四人にも配りながら、

こま子　これ、「ひとりじゃない園」を支えてくださっていた学生さんたちのお作りになった園の唄です。子どもたちがたいへん気に入っていて、日に何回も歌うんですよ。

　ピアノの短い前奏（一小節）つきで、こま子はいきなり歌い出す。

ひとりじゃない
こころの声に耳をかたむけるなら
ひとりじゃない
自分のまわりを見渡してみるなら

真昼の木陰　真冬のストーヴ
春なく小鳥　秋の果物
みんなきみのため

雨が降っていても……

　呆然としていた五人の中から、三木が庭へ下りてきて、

三木　ちょっと、待ってくださいよ。
こま子　……はい？
三木　林先生は、唄を聞かせてくれとはおっしゃらなかったはずですよ。御用向きは、いったいなんなんです？
こま子　……支援者のみなさんがつぎつぎに警察につかまってしまいました。それでカンパ……（云いなおして）献金のお願いにまいったのです。その楽譜をお買いくださいませんでしょうか。

身を寄せ合ってこま子の様子を窺っていたキクと四郎と時男の三人、小声の早口で、

四郎　あしたちの仲間じゃなあでしょうか。
キク　よくある行商の手じゃ。
時男　泣き落とし、いうやつでしょうか。
キク　（うなずいて）ほんじゃけんど、唄を使うとるところが新手じゃ。おまいたち、先をこされちゃったの。
四郎・時男　（小さくなって）……はあ。
こま子　じつは、ひとりじゃない園の家賃の払いに困っております。今日のうちに、溜めている家賃六ヶ月分、九十円を払わないと、いまいるところから立ち退かなければなりません。（いきなり最敬礼）十銭でも二十銭でもけっこうです。楽譜を買っていただけませんか。……あの、切手や葉書でもよろしいんですが。

芙美子　アカはきらいよ。
こま子　……！
芙美子　だってあれ、お金持のお坊っちゃまお嬢ちゃまのお遊びでしょう。（庭に下りながら）世の中をつくり直すなんて勇ましく見得を切っているけど、捕まった途端に泣き言ならべて、すぐ改心してしまう。なんてなさけない、たよりない人たちなの。貧乏人はアカなんか信じていやしない。アカは最後に貧乏人を見捨てますからね。
こま子　（強く）それは人によります。地下に潜ってがんばっている同志も大勢います。
芙美子　あなたもその一人？
こま子　……。
キク　お客に議論を売るところも新手じゃの。
四郎・時男　（感心して）はい。
芙美子　それで、どうしてわたしのところへ楽譜を売りつけにきたの？
こま子　……じつは、党の機関紙「赤旗《せっき》」の購読者名簿を一時、預かったことがあって、その中に林先生のお名前をみつけました。それで、ワラをも摑む思いでお訪ねいたしました。子どもたちには、まだアカも黒もありません。まだ何の色もついていないんです。身寄りも頼りもなく、ただお腹を空かせているだけなんです……。
芙美子　あなたたちのその機関紙では、ひどい目にあったのよ。屑屋さんに出した古新聞に「赤旗」が一枚、まぎ

れこんでいたらしくて、すぐさま、そこの中野警察署の留置場に九日間も放り込まれて調べ上げられてしまった。帰りはシラミのお土産つき。下着を煮て干してパンパンと叩《たた》いたら、シラミがパラパラパラパラ、御飯茶碗にいっぱい……。

芙美子　そう、アミの佃煮とまぜてね。あ、この材料でまた随筆が一本書けてよ。

三木　『放浪記』時代の先生なら、醤油で煮付けて佃煮にして食べてましたね。

芙美子はスカートのポケットから小さな黒い手帖を取り出して書き込む。

こま子　……そこまでアカぎらいの先生が、なぜ、わたしたちの機関紙をとってくださっていたんでしょうか。

芙美子　第一に、世の中の動きを読むためよ。小説家は地上のことも地下のことも、なんでも知っておかなきゃならないの。そして世の中の動きを先取りしてものを書く。そうしなきゃ原稿は売れないもの。第二に、敵の動静を読むためね。

こま子　……敵？

芙美子　わたしはアナーキスト詩人として世に出た。そしてアナとアカは天敵同士です。

こま子　アナーキストのみなさんは幼稚でした。

芙美子　……幼稚？　……わたしが？

こま子　初対面の男女が会ったその日から同棲する、それで世の中の道徳を壊したつもりでいた。幼稚ですわ。市街電車に石を投げて停める。それで世の中がかわると思い込んでいた。ますます幼稚ですわ。わたしたちはちがいます。貧しい者でもきちんと生きて行くことのできる世の中を望んで……、

芙美子　とにかくアカはきらいなの！

茶の間へ上がって新聞をひろげながら、

芙美子　かあさん、十銭のニッケル玉を二つ三つあげて、帰ってもらってちょうだい。アカと口をきくのはもういや。

三木　だいたいアカはもう流行おくれです。先生のような流行作家が関心を持つ話題じゃありません。ひとりじゃない、こころの声に耳をかたむけるなら……、

軽く口ずさみながら、こま子に、

三木　しかし、この唄はすばらしい。ぼくからも十銭さしあげとこう。亀戸の無産者貧民連帯託児園でしたね。覚えておきます。

十銭玉を一つ渡し、こま子は最敬礼。キクは財布を出しながら四郎と時男に、

キク　ねちこい議論を吹っかけて閉口させて、厄介払いの銭をせしめる。元手いうたらワラ半紙がたったの五枚。……ええものを見せてもろうたのう。

四郎・時男　はい！

キクは庭へ下りて、こま子に一円札を一枚、渡しながら、

キク　あしは一円札を弾んじゃいましょう。えらい勉強をさせてもろたですけえの。

ありがたくお札を受け取ったこま子、キクのふくれ上がった財布から目が離せなくなる。

キク　……どひたんな？

こま子　こちらのご隠居さまですね。

キク　ほいじゃが。

こま子、地面にひざまずき、

こま子　お願いでございます。「ひとりじゃない園」の子どもたちをお助けくださいまし。九十円あれば、あの子たちは宿なしにならなくてもすむのです。

キク　限度いうものを知らにゃいけんの。一円以上も稼いだんじゃけえ、もう十分じゃろ。

こま子　いまいただいたありがたいお金は今日のお昼の食事代にいたします。三十四人の子どもたちも、三人の職員も、ゆうべから水しか飲んでおりませんので、とびあがってよろこびます。

手提げ袋から古びた封筒を一通、取り出して、

こま子　そのかわりにこれを……（別れを惜しみながら、そろそろと差し出して）これをお預けいたします。ほんとうは林先生にお買い上げいただこうと思ってお伺いしたのですけれど、わたしの至らなさから、あんなことになってしまいました。おすがりできるのはご隠居さまだけです。

キク　これも商っていなさるんか。

こま子　（血を吐くように）ちがいます。

縁先で目を皿にして様子を見ていた四郎と時男、

四郎　あの気合いじゃ。よう見とかないけん。

時男　（うなずいて）あれぐらいの気合いがのうてはモノ

は売れんね。

キク　しっ、これは行商じゃなあ。どーやら人生の真剣勝負のようじゃげな。

キクが封筒から取り出したのは、やはり古びた一枚の原稿用紙。

キク　……あし、字はよう読めんのじゃが。

三木　ぼくが読みましょう。

原稿用紙を受け取って、三木が読む。

三木　「名も知らぬ遠き島より　流れ寄る椰子《やし》の実《み》一つ
故郷《ふるさと》の岸を離れて　汝《なれ》はそも波に幾月《いくつき》」……、

新聞をひろげながら聞き耳を立てていた芙美子も唱え出す。

三木・芙美子　「旧《もと》の木は生《お》いや茂れる　枝はなお影をやなせる　われもまた渚《なぎさ》を枕《まくら》　孤身《ひとりみ》の浮寝の旅ぞ」……、

芙美子の声に気づいて三木は読むのをやめる。

芙美子　「実をとりて胸に当《あ》つれば　新《あら》たなり流離の憂《うれい》
海の日の沈むを見れば　激《たぎ》り落《お》つ異郷の涙　思いやる八重の汐々《しおじお》　いずれの日にか国に帰らん」。……島崎藤村の「椰子の実」ね。尾道の女学校では、みんなが競争で藤村の詩を暗誦したものよ。

三木　……あの、まだ先があるんですが。

芙美子　その先はなくてよ。

三木　それがあるんです。（読む）「春樹《はるき》より　こま子へ」

芙美子　春樹……？　藤村の本名じゃないの。それ、もしも生原稿ならたいへんなことよ。

芙美子、庭へ飛び下り、原稿用紙をひったくるようにして取ると、じっと見入って、

芙美子　……こんな、小学生みたいな字で、ほんとうに『若菜集』や『破戒』を書いたのかな。

こま子　叔父は、わたしの目の前で、涙をこぼしながら、それを書いていました。

芙美子　叔父？　藤村が叔父さん？

こま子　はい。

芙美子　それじゃ、このこま子というのは？

こま子　わたしです。

一同、仰天。

芙美子　するとあなたは……男盛りの体をもてあまして悶《もだ》えていた男に、つまりじつの叔父に襲いかかられたあの姪御さんなの？

こま子　（むしろさっぱりと）わたしが十九の初夏の夜、叔父が酔って帰ってそのへんにバタリと寝てしまいました。見ると、体中が汗でびっしょり。蒸しタオルで拭いてあげているうちに……それがいけなかったのです。

キク　子まで生《な》したいう話を噂に聞いて、あしらも、もらい泣きしちょったが、あんたがそのかわいそーな娘さんじゃったんかいの。

こま子　（さすがに声が落ちて）……あの子はそう永く生きていてはくれませんでした。

三木　結局、つまり、なんというか、その、あなたは……叔父と姪との間に起こった禁じられた恋と哀れな愛の日々を書いて世間に劇《はげ》しい衝撃を与えた、あの『新生』、藤村の小説のヒロインなんですね。

こま子　（立直って）亀戸の無産者貧民連帯託児園の島崎こま子です。叔父の、島崎藤村のその原稿、九十円でお買いいただけるでしょうか。

三人、知らず知らずのうちに退《しりぞ》いて、改めてこま子を見る。

キクは事情のよくわからないでいる四郎と時男のために素早い身振りで説明してやる。四郎と時男はあんまりかわいそうなので、手で目を拭《ぬぐ》う。

芙美子　でも、むかし書いた詩とはずいぶん手抜きね。あなたには新作を書いてあげるべきでした。

こま子　人間は一人一人が波間に浮び漂う椰子の実のようなもの、離れ離れになるのも人間の定め、それには「椰子の実」という詩がなによりもふさわしい……叔父はそう思ったのではないでしょうか。

芙美子　卑怯者よ。

こま子　……卑怯者？

芙美子　藤村が書いたたくさんの作品、それは尊敬に値いします。しかし、それを書いた藤村という男は卑怯者だわ。小説という、どのようにも書ける仕掛けを利用して、自分の罪をぼんやりぼかしながら神妙に世間に向けて懺悔する。そして、まんまと救われる。

三木　世間には「自分から懺悔する者をそうはきびしく追い詰めるな」という物語があります。さすがは大文豪です。物語をうまく使いますね。

芙美子　だいたい、男の都合に合わせて、いいように書かれてしまったあなたはどうなの。食事を抜かなければならないほど困っている。それなのに、三木さんのいう物語を器用に使って自分だけさっさと新生してしまうなんて卑怯よ。

こま子　……叔父には、たぶん、ほかにやりようがなかったんです。

芙美子　不公平よ。ぜったいに不公平。

こま子　……。

キク、四郎と時男に、

キク　さあ、朝飯じゃ。

四郎　ゆうべの御飯がぎょうさん残っとってですよ。

時男　すき焼きもごっつ煮残しとってですよ。

キク　牛丼にでもしようかいの。

四郎・時男　はい。

さっそく、四郎と時男がそのへんを片付けはじめる。

キク　(こま子に)朝飯たべて行きんさい。ほいでに、その手紙、あしが九十円で預かってもえぇですよ。

こま子　たすかります。

キク　なんとかさんも朝飯に招《よ》ばれんさい。

三木　はい。(こま子に)ぼくも林先生と同意見です。あなたも救われなければ、やはり不公平ですよ。

芙美子　どうなの、あなたは救われた?

こま子　(うなずいて)……でも、ずいぶん手間がかかりました。

芙美子　……手間?

こま子　叔父と一つ屋根の下に住んでいたころは、女がしあわせになるには男の力にすがるしかないと信じていました。

三木　女は、いや、男もたいていそう信じていますよ。「女のしあわせは男次第」これも世間の有力な物語ですからね。

こま子　叔父からその詩をもらって別れたとき、男にすがっていては、とてもしあわせにはなれないと分かった。それからは占いにすがったり、キリスト教の神様にすがったり、社会主義の旗にすがったり……、

芙美子　わたしも小説にすがりついている。いつか本式のいい小説を書いてやるんだという夢にすがっているわ。

三木　ぼくがすがっているのは、唄で当てようという夢です。

こま子　しあわせですか。

芙美子　……地獄よ。

三木　……たしかに。

こま子　わたしもなにかにすがろうとしているときは地獄にいました。でも、あるとき、いつもなにかにすがろうとするから、しあわせじゃないんだって気がついたんです。それでこう決めました、ひとにすがるんじゃなくて、ひとにすがられるようにならなくちゃって。

芙美子　……いまはしあわせなの。

こま子　三十四人の子どもたちにすがられ、頼りにされていますからね。

ピアノが軽くリズムを刻み始め、しきりに唄を催促している。

芙美子　……強いんだねえ。
こま子　自分の内側に強い味方を見つけたんです。

こま子は「ひとりじゃない」を歌う。
途中で、五人が一人ずつ、ハミングで加わってくる。三木、芙美子、四郎、時男、キクの順。

ひとりじゃない
こころの声に耳をかたむけるなら
ひとりじゃない
自分のまわりを見渡してみるなら

真昼の木陰　真冬のストーヴ
春なく小鳥　秋の果物
みんなきみのため

雨が降っていても
雲の向こうでは
お日さまやさしく
輝いてる
それもきみのため

六人で歌う。

ひとりじゃない
こころの声に耳をかたむけるなら
ひとりじゃない
自分のまわりを見渡してみるなら

真昼の水あび　真冬のスキー
春咲くさくら　秋のもみじ
みんなきみのため

くらい夜でも
さびしくはないさ
ごらんよ　お星さま
キラキラキラ
それもきみのため

ひとりじゃない
（こま子のソロ）ひとりじゃない
ひとりじゃない　ひとりじゃない園

朝飯の支度ができ上がり、芙美子とこま子と三木、茶の間に上がって三人と卓袱台を囲む。

四　物語にほまれあれ

暗い中で、芙美子の声が聞こえている。日本放送協会の東京中央放送局（愛宕山《あたごやま》公園）のスタジオで「ラジオ随筆」の時間に出演しているのだ。

芙美子の放送の終わり近くで明るくなると、そこは、「三」の翌年、昭和十一年の秋の日本放送協会東京中央放送局の応接室。

パリッとした服装の三木が、小卓の前に坐って、コーヒーを呑みながら、放送を聞いている。小卓には、ラジオ。それからカップ一つとポットが置いてある。椅子が、もう一脚。

芙美子　（ラジオからの声）「……小学校は十二も十三も渡り歩きましたし、尾道の女学校を卒業して東京へ飛び出してまいりましてからも、雑司が谷の銭湯の番台娘《ばんだいむすめ》がはじまりで、それから、根津の牛鍋屋さんの女中さん、神楽坂のすし屋の店員さん、日本橋の株屋の帳簿つけ、赤坂の毛糸屋の店員さん、向島のセルロイド工場の女工さん、新宿の女給さんと、もう一月《ひとつき》ごとに職を変え、住むところも変えておりました。ですから、わたしには故郷《ふるさと》と呼べるところはどこにもありません。それでもだれかに、故郷はどこかと問われたら、そうですね、やはり母のいるところが、そこがわたしの故郷でしょうか」

男子アナ　『ラジオ随筆・母を語る』、今日のご出演は小説家の林芙美子さんでした。つづいて、『国民歌謡』の時間です。今日もたいへんご好評をいただいております『椰子の実』をお送りいたします」

三木、ラジオをパチンと消す。ピアニストが前奏を始め、三木は、すっと立ち上がって歌う。

三木　名も知らぬ遠き島より
流れ寄る椰子の実一つ
故郷の岸を離れて
汝はそも波に幾月

歌詞がほんの少し崩れる

名も知らぬレコード会社の
文芸部員が思わぬ出世
この唄を局に売り込んで

流せば　国中で　大流行《おおはや》り
名を知られいやにほめられ
引き抜かれ　この秋からは
日本放送協会の
あっぱれ音楽部員

余りあるアイデアの数々
いずれの日にかまたヒットを出さん

汗を拭きながら芙美子が姿を現わし、三木は途中まで迎えに出る。

三木　おつかれさま。スタジオへ呼び出しをかけたりしてごめんなさい。おひさしぶりです。（コーヒーをすすめて）どうぞ。ひといきお入れになったら、局の車で下落合までお送りします。
芙美子　もういや。マイクロフォンに話すって、ほんとうにいや。あいづち一つ打ってくれないんだから。
三木　でも、いいお話でしたよ。
芙美子　いつまでも若いころの放浪と貧乏を売物にしている自分もいや。
三木　それが先生の財産でしょう。
芙美子　その財産もそろそろ底をついてきた。（コーヒーを一口）……いいお部屋ね。
三木　東京放送局では一番の応接室です。
芙美子　（うなずいて）そんな身分になったんだ。
三木　先生のおかげですよ。
芙美子　……まさか。
三木　いや、ほんとうですよ。一年前でしたか、先生が藤村先生の「椰子の実」を暗誦なさったことがあったでしょう。先生のお声を聞いているうちに震えがきました。あ、この詩は歌になる、そうぴんときたんですよ。ところが、会社は、藤村の詩はもう古いといって相手にしてくれない。もっとも、あのころのぼくは、上司にまるで信用がなかったから、仕方ありませんが。
芙美子　あの「女給の唄」、たった五百枚しか売れなかったものね。おかげで文壇中の物笑いよ。
三木　あれはいい唄です。ただ、その次の「ひとりじゃない」が致命的でした。歌詞がまるで時代に合わない。二百枚しか出ませんでした。
芙美子　こま子さんか。律儀なひとね。ときどき近況報告のはがきをくれるのよ。
三木　（うなずいて）ぼくにも、きれいな字で時候の挨拶を書いてきてくれています。ま、そういうわけで、会社が相手にしてくれないものですから、ここの友人に、「国民歌謡」の時間にぴったりのがあるぞと、売り込みました。それが正解でした。爆発的な大当たりになった。

楽譜をくれというはがきが日に何十枚も舞い込むんです。

芙美子　魚清《うおせい》のお兄ちゃんなんか、「まいどあーり　魚《さかな》の御用はございませんか　魚清ですが……」と歌いながら御用聞きにくるぐらいよ。

三木　ですから、「椰子の実」が世に出たのは先生のおかげ、ここに引き抜かれて音楽部員になれたのも先生のおかげ。

芙美子　わたしのおかげの大安売りはそれぐらいにして、わたしを呼び出したわけはなに？

三木　……先生の『泣虫小僧』が重版禁止だそうですね。昨日の新聞で読みました。

芙美子　……いくら売れても、刷り増しができない。男の子が親戚をたらい回しにされる話は陰気でよくないというのよ。自分で云《い》うのはへんだけど、あれは傑作。いい物語なのよ。

三木　失礼ですが、先生は物語というものがまだ分かっていらっしゃらない。

芙美子　わたしは小説家よ。物語とはなにかが分からないで、小説が書けるとおもっているの。

三木　ぼくが云っているのは、その物語じゃないんです。

芙美子　マイクロフォンを相手にしている方がまだいい。わたし、疲れてる。帰るわ。

三木はいきなり、「物語にほまれあれ」を歌う。

物語はこの世のすべて
物語にほまれあれ
物語をきめるのは
この国のお偉方
人気投票が行なわれる
国民は票を入れる
物語がここに成立
物語にほまれあれ
これぞ全国民の意志である

芙美子、しばらく呆然としているが、

芙美子　……だれかのつくった物語？　……それに国民が人気投票？

三木　（うなずいて）ぼくらは、毎日毎日、人気投票をやっているんですよ、世の中を底の方で動かしている物語に対してね。先生のお書きになるものは、その物語に合わない。だから重版禁止なんてものを食らうわけです。

芙美子　どんな代物《しろもの》なの、その、世の中を動かしている怪物って。

三木　唄は売れなければなりません。

芙美子　わたしの小説も売れてほしい。
三木　そのためには、その物語が世の中をどんな方向へどう動かそうとしているか、よく知っていなければならない。でないと、大勢の人たちに歌ってもらえませんからね。
芙美子　（乗ってきて）それで？
三木　ここの音楽部では、毎晩、その議論をやっているんですが、このごろ分かったことがある。まだぼくぐらいしか気がついていませんが、明治から昭和にかけて、この大日本帝国を底の底の方で動かしているのは……、
芙美子　なんなの。
三木　（声をひそめて）戦さは儲かるという物語。
芙美子　（思わず身を引いて）……そんな。
三木　そして、戦さはお祭りであり、またとない楽しみごとでもあるという物語です。儲かるばかりではない、戦さはわくわくしておもしろいんです。
芙美子　恥を知るべきよ、あなた。戦場で亡くなる兵隊さんもいる。そして遺された家族の嘆き、その悲しみ、その切なさ……、
三木　そのかわりに、戦死者は、神になることができる。
芙美子　……！
三木　日清戦争で清国から獲《と》った賠償金の額を調べておどろきました。当時の日本の国家予算の約四倍にあたる三億六千万円も分捕った。そのせいで暮らしがよくなりました。欧米の大国と肩を並べて金本位制を敷くことができたのも、夏目漱石がイギリスに留学できたのも、みんなこの賠償金のおかげ。そして日本いたるところで毎日つづくお祭り騒ぎ。提灯行列に旗行列、花火大会に民謡大会、剣術試合に長刀《なぎなた》試合……。おまけに、国民の間に「われわれは日本人である」という気持が生まれる。「おたがい日本人だものね」と云い交わすって気分がいいですからね。いかがですか。戦さほど、いいものがこの世にありますか。あったら教えてもらいたいぐらいなものですよ。
芙美子　日露戦争はどうだったの。
三木　旅順、大連、そして南樺太《カラフト》が儲かった。
芙美子　第一次世界大戦では……（自分で気がついて）景気がぐんとよくなった。
三木　（うなずいて）日本は、借金国から金貸し国へ、東洋の小さな島国から世界の五大強国へみごとに変身しました。
芙美子　満洲事変では、満洲国ができてたくさんの働き口が生まれた……。
三木　もちろん戦さは儲かる上にたのしいなどというと、すこぶる品位、品格に欠ける。そこで、「開化した日本が因循姑息《いんじゅんこそく》な清国に活を入れるのだ」とか、「国会も憲法もない野蛮国ロシアと文明日本の戦いだ」とか、「大恩あるイギリスに誘われたからドイツと戦うのだ」とか、

「軍閥の悪政から満洲民族の独立を救《たす》けるのだ」とか、いろいろと美しい飾りをつける。しかし、その底で動いているのは、戦さは儲かるという物語なんですよ。

芙美子　（深くため息をついて）……なるほどね。

三木　ぼくも、音楽も兵器なりという思想でやるつもりです。先生もこの物語をアタマのどこかにおいておかないといけませんね。

芙美子　たしかにね。

三木　そして、この物語に添ってお仕事をなさることです。この物語が許す範囲内で、良心的にお書きになればいい。世の中は上も下も、この物語で動いていますから、きっと小説が売れます。

芙美子　そうかもしれない。

三木　この物語を踏まえてさえいれば、せっかくの傑作が、重版禁止処分になるなんてことは決してない。

芙美子　分かった。

芙美子と三木は二重唱（上が芙美子、下から支えて三木）で「物語にほまれあれ」を美しく歌う。

物語はこの世のすべて
物語にほまれあれ
物語をきめるのは
この国のお偉方
人気投票が行なわれる
国民は票を入れる
物語がここに成立
物語にほまれあれ
これぞ全国民の意志である

五　花鯛

さらに一年たった昭和十二年の秋のある夕方。林芙美子借邸の茶の間。

キクが卓袱台でお茶の支度をしながら、外地憲兵上等兵の正式軍装（外套付き）で庭を歩き回る四郎を見ている。

なお、お勝手寄りに小ぶりなリュックサックと、やがてその中に入れられることになる細々《こまごま》した品物が置いてある。

四郎は、歩いては止まって直立不動の姿勢になったり、また歩いては止まって後ろ手になって偉そうに訊問の姿勢をとったりしながら、

四郎　自分らハルピン憲兵隊の隊員は、こういう粋な格好で外出するわけです。（もう瀬戸内訛りはない）どうですか。お師匠さん、どこからどう見ても関東軍憲兵上等兵でしょう。

キク　馬子にも衣裳とはよういうたものじゃの。

四郎　（めげずに）自分らがこうやってハルピンの目抜き通りを行くと、たちまち人波がサーッと二つに分かれる。それだけ外地憲兵は怖がられているんです。

キク　それじゃったら、行商人の方がもっとずっと上手《うわて》じゃ。あしらが「どうも、どうも、ご町内のみなさま……」と道を行くと、人波が二つに分かれるどころじゃなあ、あっという間に、町にだれもいのうなる。どなたさんも押し売りを怖がっておいでんさったけえの。それにしても、使《つこ》うとることばもほがーに変わってしまいよって、情けのうてやれんの。

四郎　柔《やわ》な瀬戸内訛りでは訊問ができませんからね。「どひたんな。なにしとるんね」……訊いているうちに逃げられてしまいます。大連の憲兵学校で、一年間、標準語を徹底的に叩き込まれました。いまでは放送局のアナウンサーがつとまるぐらいです。

キク　訊問いうとったが、いったいだれを訊問するいうんじゃ。

四郎　ハルピン市内とそのまわりをうろつく行商人たちです。

キク　行商人じゃと？

四郎　（うなずいて）蒋介石国民党の活動員だの中国共産党の地下工作者だのが、そのへんをうろうろしているんですが、やつらはきまって行商人に化ける。隊長からも、「貴様の行商人時代の経験を生かせ」と云われました。

キク　ほいで、ホンモノとニセモノと、どげえに見分けるんじゃ。

四郎　（明るく）わかりません。

キク　……！

四郎　憲兵になってまだ二週間です。これからその眼力を養います。

キク　（きびしく）なんでもええが、本物の行商人を苛めちゃってはいけんけえの。（茶をすすめて）ホイ、おあがり。

四郎　いただきます。

　茶の間にあがった四郎がお茶に口をつけたとき、奥の廊下から、一升瓶を下げた三木が入ってくる。

三木　ただいま鎌倉からもどりました。お邪魔しますよ。（キクに）お勝手口のあたりで魚清のお兄ちゃんがうろうろしてますよ。

キク　昨日も魚を買うてやったいうのに、なんと押しの強え御用聞きじゃ。甘い顔を見せると、すぐにつけあがりよる。お茶のんでおってくれんさい。

キクはお勝手へ立つ。三木、お茶を入れながら、

三木　……時男くんでしたか。
四郎　時坊は岩手県の遠野というところで、自作農家の作男をしています。二年前、東北の方へ稼ぎに行ったまま、向こうに居ついてしまいました。
三木　ごめんごめん。きみは大連に行った四郎さんでした。……でも、四郎さんが憲兵さん？
四郎　はい。ハルピン憲兵隊に配属されたばかりであります。
三木　それはご出世ですね。
四郎　大連での得意先の一つに憲兵隊本部の事務官宿舎があって、そこの奥さん方にやかましく云われたんです。「中学卒業の免状がもったいない、憲兵試験を受けなさい」……。
三木　満洲国はまだできたてのほやほやで、どこもかしこも人手がなくて困っています。大臣閣僚には満洲人の名前が並んでいますが、政府の実体はといえば、じつは日本人なんですからね。役人が足りない。もちろん憲兵も不足していますが……。
四郎　詳しい。さすがは放送局員ですね。
三木　いや、この九月から内閣情報局に出向しているんですよ。
四郎　……内閣情報局！　それこそ出世ですよ。
三木　ただの音楽担当官ですよ。しかし仕事そのものはじつにおもしろい。
四郎　ぼくにしても行商の方がずっとおもしろいから、憲兵になる気はなかった……。
三木　（ピシャリと）いまは蔣介石軍を相手に戦さの真っ最中なんですよ。
四郎　（手で制して）外地憲兵の待遇を聞いて気が変わりました。内地の憲兵とは段違いにいい。外地手当がつき、ソ連と近いハルピンでは臨時特別手当がつく。憲兵は普通、勤続十一年で恩給がつきますが、満洲の外地憲兵にはわずかの四年半で恩給がつく。しかも外地憲兵からは警視庁の刑事になる道も開けているんです。すごいでしょう。
三木　日本にとって、満洲が、そして外地が、それだけ重要だということですよ。どうぞ、お励みください。
四郎　はっ。

お勝手からキクが塩焼きの大鯛をのせた大皿を捧げ持つようにして入ってくる。

キク　魚清のお兄ちゃんが、芙美子先生ご出征のお祝いじ

ゃいうて、こげんみごとなもんを届けてくれちゃってですよ。えろう気が利くお兄ちゃんじゃのう。

みごとな鯛に見とれていた二人、ため息とともに、

四郎 鯛ですね。
三木 花鯛ですよ。
キク （大きくうなずいて）花鯛の姿焼きじゃ。

三人、「姿焼きの唄」へ跳ぶ。

花鯛　めでたい鯛よ
さかなの王様よ

おろして切り身　それがお刺身
わさびによく合うよ
お酒で蒸す手もある
かぶらと蒸す手もある
あたまだけ焼くと
かぶと焼きだよ
酢の物には皮がいい
お椀には肝と腹子
ぶどう酒で煮るのもいい
だれもが好きな潮汁

そう、どこからどこまで骨から皮まで
捨てるところがない
さかなの王様よ

そう、その中でも、めでたいのは
パラパラパラパラふり塩
鯛の姿焼き

キク、大事そうに鯛の大皿を卓袱台に置き、大きな布巾をかぶせる。三木も一升瓶をそのそばへ置き直して、

三木 おかあさん、このお酒ですが、鎌倉の八幡宮でお祓いしていただいた清いお酒です。先生にうんと召し上がっていただきましょう。
キク ありがとー。

さらに三木は上衣《うわぎ》の内隠しからお守りを出して、

三木 それからこれは、林先生になり代わっていただいてきた八幡宮のお守りです。（中から小さな剣をひっぱり出して）ほう、小さいながらもハガネでできている。鉛筆の芯を尖《と》んがらすぐらいはできそうですよ。

キク　わざわざ鎌倉までごついご苦労をかけたの。

三木　（お守りを大皿の横に置きながら）これあるかぎり、先生に敵の銃弾が中《あた》るようなことはありません。もちろん、わたしども内閣情報局も、先生の安全を第一に考えて、いろいろ手を打つつもりでおります。

キク　なんの心配もしとらんけえ、そがいに気にせんでもええがの……そうじゃ、ありゃ小学の一年生のときじゃったが、下関であしら親子いよいよ御飯がたべられんいうことなりましてな、あの子を鹿児島桜島のあしの実家に預かってもらおういうことになった。ほいで、あの子の首に荷札をこう、くくりつけて、下関駅から一人で送り出したところ、あくる日ちゃんと実家に着いちゃってでした。ありゃアほんまに運の強い子なんじゃ。

四郎　先生の運が強いというより、お師匠さんのやり方が乱暴なんですよ。

キク　ぐどりぐどりいうとるヒマがあっちょったら、卓袱台もう一つ広げておいてくれんさい。今夜は、御馳走《ごっつぉー》たくさんじゃげな。

四郎　はい。

キク　ほたら、御飯釜に火を焚きつけてこようかの。

キクはお勝手に入る。四郎は茶の間の隅に立て掛けてあった小ぶりな卓袱台を、大皿の載った卓袱台に付けて広げながら、

四郎　でもね、三木さん。今朝、汽車の中で読んだ新聞には、「林芙美子女史、従軍文士として南京《ナンキン》攻略戦の最前線へ」と書いてありましたよ。「敵の弾丸飛びくる中での決死の取材」という一行もあったな。最前線というのは、味方が全員うしろにいて、敵が目の前にいるってことでしょう。これはやはり……（お勝手を気にして声を低めて）相当危険な仕事なんじゃないでしょうか。

三木　読者をわくわくさせるのが新聞の務めなんですよ。

四郎　……たしかにわくわくはしましたよ。でも……、

三木　わくわくするうちに読者は最前線の兵隊さんと一緒に戦っているような気持になる。こうして読者は最前線と一体になるわけです。

四郎　なるほど、そういうことですか。

三木　しかしほんとうのところはこうです。最前線部隊の尻尾に、新聞社のトラックがくっついて行くんです。

四郎　……新聞社のトラックが？　軍がよく許可しましたね。

三木　新聞社のトラックは読者の、いや、国民の代表なんですよ。いくら軍といえども、国民代表を粗末にはできません。そして、このトラックがすごい。通信装置一式を積み込んだ頑丈なやつで、ひょっとしたら戦車よりもずっと丈夫かもしれません。先生にはこのトラックに乗っていただく。

四郎　それなら安心ですが。
三木　先生はトラックの中で、その日に前線で見聞きしたことを原稿に書く……（突然、戦場に身をおいて）雨と泥の中を黙々と行軍する先頭部隊の武骨な上等兵の無精髭の先でキラッと光るきれいな水玉、勇敢な小隊長がふと摘みとった道端の名もない小さな花のかれんな美しさ、いかなる敵が現われてもびくともしない豪傑部隊長がそっと抱き上げて頬摺《ほおず》りしたシナの少女の擽《くすぐ》ったそうな笑顔……（戻って）こういうことが書けるのは小説家だけでしょう。だから林先生に行っていただくんです。
四郎　（ますます安心して）つまり、先生は戦うわけじゃないんだ。
三木　中年の女流作家が一人、三八式《サンパチしき》小銃を担《かつ》いだところで戦力が向上するわけはないじゃないですか。しかし、先生のペン先からたくさんのスターたちが躍り出す。それがなによりも大切なんです。
四郎　……スター？
三木　（うなずいて）御国のために命がけで戦う戦場のスターたち、つまり兵隊さんや小隊長さんや部隊長さんをスターにするのが先生のなによりも大事な仕事なんですよ。スターというものは人をじつにわくわくさせますからな。
四郎　なるほどねえ。
三木　さて、書き上がった先生の原稿は、まず部隊参謀の検閲を受ける。そして通信トラックの通信係に渡され、そこから上海《シャンハイ》を中継して日本の本社へ送られ、翌朝、全国の新聞に一斉に掲載されるという仕組みです。先生はきっといい原稿を書いてくださるはず。そこで読者はますますわくわくするわけです。
四郎　（ただ感心）すごい仕組みなんですねえ。
三木　国家という物語の、その命運がかかっているのですから当然ですよ。
四郎　……ものがたり？

四郎が首を傾《かし》げたとき、廊下の奥から芙美子の声。

芙美子　ただいま。かあさん、こま子さんをお連れしたわよ。

入ってきた芙美子、べったり坐り込む。お勝手からキクが出て、

キク　ようお帰ったな。……ありゃ、こま子さんは？
芙美子　（振り返って見て）玄関あたりでまだもじもじしてるんだわ。遠慮のしすぎなんだから、こま子さんは。
キク　おまいの度胸、ちょっぽり分けてあげれたらええのにの。
芙美子　……え？

キク　分からんなら分からんでええよ。

キク、奥へこま子を迎えに行く。

三木　（お守りを手渡して）鎌倉八幡宮からお守りをいただいてきましたよ。

芙美子　ありがとう。

芙美子、推しいただいてスーツのポケットにおさめる。

三木　それにしても、ずいぶん、時間がかかりましたねえ。

芙美子　板橋の貧養院《ひんよういん》からはハイヤーを使ったのよ。ところがそのハイヤーが途中でパンク……往生しちゃったわ。

三木　……パンク？

芙美子　お祝い花火をいくつも踏んだの。高田馬場なぞはちょっとした花火大会よ。

三木　（何度もうなずいて）今日はどこでもそうですよ。昨日、わが皇軍が攻め落とした湖州城《こしゅうじょう》は、南京杭州《こうしゅう》街道では最大の敵の拠点です。ですから、だれもが景気よく祝いたいんですよ。

芙美子　わたし、間に合って？

三木　……はい？

芙美子　わたしが行くまで南京城が陥落したりしない？

三木　先生は運がお強い。先生が行くまで敵もきっと南京城を持ち堪《こた》えてくれますよ。

芙美子　だといいけど。

それまで支度をしていた四郎、挨拶をかねて芙美子にお茶を出す。

四郎　明日の朝、新聞社の飛行機でご出発だそうですね。ご苦労さまです。

芙美子　……あんた、ほんとうに憲兵さんになったのね。

四郎　はい。

芙美子　大連の憲兵学校に入ったという葉書をもらったとき、あんたには悪いけど、かあさんと二人で、どうせ長くはつづくまいと噂してたのよ。

四郎　自分もそう思っておりましたが、じつは学校宿舎の御飯がよかったのであります。丼に盛り切り一杯ではなく、お代わりの仕放題でした。

芙美子　お代わりにつられた憲兵さんか。

四郎　いや、そういうわけではありませんが。

キクが、風呂敷包を胸に抱いたこま子を連れて入ってくる。

キク　こま子さんは、今日から、あしのお習字のお師匠さんじゃ。いまさっき、玄関先でこま子さんに入門したところなんじゃけえの。お習字しながら日に三個ずつ、漢字を教えてもらうんじゃ。目当ての漢字の数は一千字じゃけえ、一年もかかろうかね。

こま子 (キクに)ありがとうございます。

きちんと坐って、それから三木や四郎に目を送って挨拶しながら、

こま子 おひさしぶりでございます。

芙美子 かあさん、ちょっと待ってよ。わたしもこま子さんに三つもお仕事おねがいしてあるのよ。ハイヤーの中で二人でちゃんと決めたの。

キク ありゃ、ほうじゃったの。

芙美子 そうよ。まず、かあさんのお相手。これだけでも相当に疲れるけど、ほかに、郵便物の整理、新聞や雑誌の切り抜き。

こま子 お炊事とお洗濯もさせてください。

芙美子 体力が戻ってから!

こま子 力は戻ってきていますわ。

芙美子 (怒鳴る)ほんの一ヶ月前のあなたは、行き倒れだったのよ。

こま子 ……。

こま子、うつむいて小さくなってしまう。

四郎 (キクに)行き倒れ? こま子さんがですか。

キク (うなずいて)栄養失調とかいう、むずかしゅうてあしにはようわからん病いじゃったんじゃと。ほいでにごつい疲れで、新宿駅の東口の広場に倒れておりんさったいうな。

四郎 それで?

キク ほいで、板橋のひんよういんいうところに運び込まれなさったんじゃと。

四郎 ひん、よう、いん? それ、どう書きます?

キク 漢字の勉強はこれからと、そげえいうたはずじゃがの。

四郎 すみません。

三木 貧しい者を養うと書いて貧養院です。じつは、今朝の新聞に、『「新生」のヒロインの悲劇。藤村の姪、島崎こま子さんが板橋貧養院に収容』という記事が出ましてね。先生は鎌倉行きをやめて、こま子さんを迎えに行かれたんですよ。

四郎 ……そうでしたか。

芙美子が立ってこま子のうしろに回り、卓袱台の方へ押すようにしながら、

芙美子　わたしが中国大陸の前線でペンを握っているあいだは、こま子さんがこの家のじつのむすめさん。さっきもそう決めたでしょう。ここはあなたの実家です。遠慮は禁物、家の真ん中にでんと坐って、のんきにしてらっしゃい。そして体にうんと力をつけてちょうだい。

こま子　……ありがとう。

芙美子、さっきのお守りをリュックの上に置いて、

芙美子　これでよし。持って行くものは全部そろったし、あと忘れ物は……（そのへんを見回していたが、いきなり）これ、なに？

パッと卓袱台の布巾をとる。

芙美子　おー！

キク　魚清のお兄ちゃんが、おまいにというて、届けてくれんさったんじゃよ。

芙美子　花鯛だわ！

キク　（大きくうなずいて）花鯛の姿焼きじゃ。

芙美子、「姿焼きの唄」へ跳ぶ。なお、九小節目あたりから、三木、四郎、キクがつづき、四人に励まされて、こま子も十九小節目あたりから唄に加わる。

花鯛　めでたい鯛よ
さかなの王様よ

おろして切り身　それがお刺身
わさびによく合うよ
お酒で蒸す手もある
かぶらと蒸す手もある
あたまだけ焼くと
かぶと焼きだよ
酢の物には皮がいい
お椀には肝と腹子
ぶどう酒で煮るのもいい
だれもが好きな潮汁

そう、どこからどこまで骨から皮まで
捨てるところがない
さかなの……

盛り上がりかけたとき、お勝手から《なにか》が転がってきて、ポンと破裂、さかんに煙を吹き上げる。悲鳴を上げる者（芙美子）があり、「爆弾だ」（四郎）「あぶない」（三木）と叫ぶ者があり、

五人、一瞬、混乱するが、次の瞬間、こま子が飛び込むようにして、その《なにか》を風呂敷包で押さえ込み、四郎はキクを、三木は芙美子を庇《かば》う形になる。

……数瞬後、こま子がそうっと風呂敷包を持ち上げて、

こま子 ……花火でした。

キク （キッとお勝手を見て）あ、魚清の御用聞きのあんにゃんがおってじゃ！　こらー、いつから花火がさかなの仲間になったいうんじゃい！

キク、お勝手へ飛んで行き……すぐ戻ってくる。

キク ……林先生ご出征のお祝い花火じゃいうとったわ。

ほっと胸を撫でおろした一座の中から、

芙美子 ……そうなのね、いまのが戦場なのね。戦場では、いまの花火のようなものが百も二百も、そこいら中でポンポン、ポンポン炸裂しているわけなのね。

こま子 音だけじゃなくて弾丸も飛んでくるんですよ。どうか気をつけて……、

芙美子 ありがとう。でも、心配しないで、こま子さん。わたしの体はこれまでにないぐらい気力でいっぱい、いまにもはち切れそうなんだから。いままでは、だれに向かってものを書いていいのか、よく分からなかった。でも、いまはこの体が分かっている。国の物語の運命を決めるのは一つ一つの戦場、だから読者は、国民はだれもが戦場へ行きたいのよ。わたしは国民の目になる。耳にも鼻にもなってみせる。いまのわたしは国民そのものよ……！

感動している三木と四郎、依然として心配そうなこま子。やがて、

三木 すばらしいお覚悟です。

四郎 身が引き締まる思いです。

三木 おかあさん、鎌倉の八幡様のお神酒《みき》で先生のご出発をお祝いしようじゃないですか。

キク ほーじゃな、そろそろ夕飯《ゆうはん》を始めようかの。

キクはお勝手から盃を持ってきて、みんなに配り始めるが、その間、

芙美子 （こま子に）あなた、見かけによらずすばやいのね。それに勇気がある。安心して留守をお任せできます。よろしくね。

こま子　はい。
四郎　それにしても、とっさに風呂敷包で押さえ込むなんて、男にだってできやしませんよ。
こま子　慣れていますから。地下活動をしていたころは、瓶爆弾《びんばくだん》ばかりつくっていました。

四人、ギョッとする。

こま子　でも、そういう活動に疑問を持つようになって、そこで、地下活動から抜けて、ひとりじゃない園を始めたんです。
三木　そのひとりじゃない園ですが、その後どうなりました。
こま子　この夏、蔣介石政府との戦さが始まってからは、地元のみなさんの目が一斉にそちらの方を向いてしまって、献金が集まらない。そのうちに……
芙美子　大黒柱が倒れた。そして、子どもたちは、あちこちの施設に散らばって行った。そういってたわね。
こま子　（かすかにうなずく）……。
三木　……なるほど。
キク　あの「ひとりじゃない」いうレコード、あれが売れなかったのがいけんのじゃ。（三木に）宣伝費とかいうのを出し惜しみしょっておったんとちがうか。
三木　……ですから、「椰子の実」の印税を受け取ってくだされればよかったんですよ。そしたら、御殿のような施設が建ちましたよ。
キク　女子《おなご》の面子《メンツ》いうもんがあっちょってよ。むかしの男いうか、叔父さんいうか、とにかく、そげえな男にすがって金はつくらんいうのが、こま子さんの誇りじゃったんよ。
こま子　おかあさん、わたしがまちがっていたんです。女の誇りなぞ振り回さずに、子どもたちのために印税を受け取るべきでした。……わたし、まだまだだめですわ。
芙美子　かあさん、へんなことを持ち出さないでよ。こま子さん、べそかいちゃったじゃないの。
キク　……すまんことでした。
三木　とにかく乾杯です。乾杯しましょう。林芙美子先生のご出発を祝して乾杯！

みんなも口々に「乾杯」を云い、盃を干す。

芙美子　（大きくうなずいて）いい文章をどしどし書くわよ。

それぞれが箸を鯛に向けたところで、三度「姿焼きの唄」へ跳ぶ。

花鯛　めでたい鯛よ

さかなの王様よ

おろして切り身　それがお刺身
わさびによく合うよ
お酒で蒸す手もある
かぶらと蒸す手もある
あたまだけ焼くと
かぶと焼きだよ
酢の物には皮がいい
お椀には肝と腹子
ぶどう酒で煮るのもいい
だれもが好きな潮汁

そう、どこからどこまで骨から皮まで
捨てるところがない
さかなの王様よ

お勝手から、そろそろと竹竿が出てくる。一同、気にしながら、それを手繰って歌いつづけると、それは「文運長久　林芙美子先生　魚清より」と記された長大な幟《のぼり》。

キクはお勝手を睨みつけながら歌う。

そう、その中でも　めでたいのは
パラパラパラパラふり塩
鯛の姿焼き
（くりかえし）
そう、その中でも　めでたいのは
パラパラパラパラふり塩
鯛の姿焼き

六　文字よ　飛べ飛べ

ピアニストが「文字よ　飛べ飛べ」を夜想曲風に弾いている。

やがて、下手なのか上手なのかよく分からない筆文字が浮かび上がる。

その筆文字は、「昭和十三年十二月九日金曜日」「東京市淀橋区下落合二一三三番地　林キク」、「芙美子は今夜もラジオで講演です」など。

明るくなると、また一年たって、昭和十三年初冬の夜。林芙美子借邸の茶の間。いま見えていた筆文字は、茶の間のあちこちに貼られたキクのお習字。

卓袱台でキクがお習字の稽古をしている。二人羽織でもしているように、こま子が真後ろからキクの筆に手を添えて、運筆を教えている。
なお、小さい方の卓袱台にはラジオが置いてある。

こま子 ……もう一度、「一」の字を書いてみましょうか。一は、お習字の基本ですからね。はい、筆を起こすときは、筆の穂先をしっかり入れて、筆の送りは筆にかける力を一定に保って、「止め」は、筆を止めてから、心持ち押し返すように……。よくできました。こんどは「はね」をやってみましょうか。穂先をしっかり入れて……そう、そう、そう、はい、強く止めて。止めたら、穂先を突き立てて、上の方へ抜きます。はい。では、もう一度……、

キク （筆を動かさない）……。

こま子 どうしました。（気づいて）まだ七時半です。先生のラジオ講演は八時から、まだだいぶ時間がありますよ。

キク ほーじゃのうて……、

こま子 はい？

キク ……やっぱり、信州のおばあちゃんところへお帰りんさるんかの。

こま子 （うなずいて）正月は信州の雪の中です。

キク こげんしたらどうじゃろか。ここでお正月を迎えてから信州へお帰りんさる。（ひとり決めして）うん、それでええ。

こま子 （思わず笑って）去年の秋からそればっかりですよ。最初は先生が南京攻略戦からお帰りになったら……、その次が陽気のいい春になったら……、三度目がお盆がすぎたら……、そしてこの間は、先生がこんどは漢口《かんこう》攻略戦に従軍するから、その先生が帰国なさったら……。でも、そうしているうちに、もう一年たってしまいましたわ。先生もごぶじにお帰りになりましたし……、

キク せめて、あしが死ぬまでいてくれんさい。それがええ、やれうれし。

こま子 （くびを横に振って）いつまでも先生やおかあさんのご好意に甘えていてはいけないんです。

キク （くびを横に振って）とんでもなあですよ。炊事に洗濯、買物にめんどい御用聞きとの応対、ほいでにムスメのお手伝い……あんたのこの一年間の働きいうたら、女中さん三人分、いんにゃー、それ以上じゃった。ムスメもそげえいうちょってですよ。

こま子 （あたまを下げてから）……でも、はやく一人で生きて行く努力をしないと、自分が情けない人間になってしまいそうで怖い。祖母の家の隣りで、子どもたちにお習字を教えて暮らしを立てるつもりです。

キク ……手習いのお師匠さん？

こま子 はい。

キク そりゃええが。あんたにごっつ向いとってですよ。

なんせ読まん書かんのあしに、たったの一年で、漢字が千字も書けるようにしてくれんさったんじゃけえの。

こま子　それはおかあさんのお手柄です。ほんとうに熱心な生徒さんでしたもの。

キク　おかげで、ムスメの小説が読めるようになっちゃったです。（宙を睨んで）あれは、あしのことをだいぶ悪う書いとる。

こま子　このごろはそんなでもないと思いますけど。

キク　このごろは戦さのことばかり書いとる。お話、書いとるいうより、演説、打《ぶ》っとる。

こま子　……。

キク　あんなもん買うて読んでくれんさる人がおってでしょうか。

こま子　（うなずいて）先生はいま一番、人気の高い小説家ですよ。

キク　じゃけんど、ちっともおもしろーない。あし、あんたと世間話する方がずっとえっとおもしろいんじゃ。魚清のあんにゃんが今日はこげえな悪さしおったとか、八百惣のおかみさんがまた男こしらえよったとか、米屋の若旦那が新宿のカフエから四日も帰ってこんとか……あんたがいのうなったら、あし、いったい、だれと世間話をしおったらええんじゃ。

こま子　文字がありますよ、おかあさん。

キク　……文字じゃ？

こま子　（うなずく）ええ。

ピアノが忍び込んでくる。

こま子　魚清のおにいちゃんの悪さを文字にして信州へ送ってくださいますか。

キク　あしに手紙を書けいうんじゃの。

こま子　おかあさんは、もうたいていのことはお書きになれます。わたしは信州の冬の寒さを文字にしてお送りします。

こま子、静かに「文字よ　飛べ飛べ」に入って行く。

たのしいしらせを
うれしいしらせを
文字はそのまま
乗せて飛ぶ

文字よ　飛べ飛べ
野をこえ山こえ
わたしのしらせを
つたえてくれ

四小節の間奏の上に、

キク ほいじゃ、あしも一奮発《ひとふんぱつ》して、どこかのだれかに、恋文でも書こうかいの。

こま子 (うなずいて)どんなことでも文字に乗りますよ。

キクが歌う。

恋するこころを
ときめくこころを
文字はそのまま
乗せて飛ぶ

文字よ　飛べ飛べ
どこかのだれかに
あしのこころを
つたえてくれんさい

間奏なしで、二重唱になる。

せつないねがいを
明日へのねがいを
文字はそのまま
乗せて飛ぶ

文字よ　飛べ飛べ
明日にむかって
わたしのねがいを
つたえてくれ

唄の終わりごろに庭先へ回ってきたのは時男、米一斗入りの布袋を下げていて、腰に握り飯を二つ包んだ風呂敷包を括りつけている。

時男 おばちゃ、この米はす、おらの拓《ひら》いだ時男新田《しんでん》で初めて穫《と》れたもんなんでがす。うめえかうめぐねえか、くってみてけらえん。

茶の間の端に米袋をドサッと置く。

時男 (こま子にも)おばんでがす。

こま子 ……時男さん? 土沢時男さんですね。

時男 島崎こま子、ちゃだったっけね?

こま子 (うなずいて)おひさしぶりですね。

時男 三年ぶりでがすと。あのし、表の戸ば、なんべん叩いてもネズミっこ一匹出てこねえがら、こっちさ回ってきたのっしゃ。

こま子 (注意深く聞いていたが)……表の戸が? ……

ああ、それは気がつきませんでした。いま、すすぎを持ってきますね。そこからおあがりになっていてください。(キクに) 遠野の時男さんですよ。

　　時男は茶の間に上がり、こま子はお勝手へ入る。

時男　おばちゃも、マメでえがったな。

キク　そりゃまことん日本のことばかいの。

時男　岩手の遠野の在《ざい》さ、青笹村《あおざさむら》つどごがあって、これ、そごのことば。

キク　けたいな訛りじゃの。

時男　この訛り青笹村の標準語《ひょーずんご》。

キク　……時男新田とかいうとったが、そりゃなんの話じゃ？

時男　なげー話で、あしたの朝方《あさがた》までかかっかもしんねえな。

キク　八時からムスメのラジオ講演があっとってじゃ。短こうつづめて話しんさい。

　　こま子が小さな盥《たらい》と雑巾を持って出てくる。

こま子　どうぞ。

時男　こりゃどうも。

　　つづいてこま子はお茶の支度。時男は足を洗いながら、

時男　あんどき、松島と平泉ば見物してから、釜石さ行ってみる気になったんでがすよ。

キク　……釜石じゃ？

時男　(うなずいて) 東洋一の製鉄所があるって聞いたもんで、そごさ、行けばうんと稼げると思ったわけでがす。ところが、途中の遠野つどごで、にっちもさっちも行かなくなってっしゃ。

キク　どげんしたいうんじゃ。

時男　東北飢饉がまだまだ後引《あとひ》いでで、さっぱ商いにならねがった。とうとう青笹村つどごで、行き倒れになっちまって、そごの自作農家さ厄介になるごどになったんでがす。

キク　おまいの葉書でそこまでは知っとる。作男を始めたいうとったの。

時男　んでがす。そのうちに、田圃《たんぼ》の稲コだの、畑の野菜コだのば世話すんのが、うんとおもしえぐなってっしゃ、おら、えっこらもっこら稼いだもんだ。

キク　……えっこらもっこら？

時男　(うなずいて) めっちゃらくっちゃら稼いだんでがす。

キク　……めっちゃらくっちゃら？

こま子　（お茶を出しながら）一所懸命？
時男　んでがす。
キク　（感心して）おー！
こま子　ひとりじゃない園に岩手出身の職員がおられて、それで岩手ことばに少しなじみがあるんです。（時男に）それで、えっこらもっこら働いて、どうなさったの。
時男　（うなずいて）裏の原っぱさ鍬《くわ》入れて、田圃にしたんだ。（米袋をさして）そいづはその時男新田で穫れだ米なんでがす。
こま子　（キクに）大切にいただかなくてはいけませんね。
キク　（うなずいて）日本の外れからわざわざ米を届けてくれちゃってですか。えらい！
時男　（突然、もじもじ始める）ほんだがら、そんだがら、なんだがら、その、めっちゃかりんに恥《おしょ》ずかしいす……、
キク　（こま子に）なんじゃちゅうんじゃろ？
こま子　（わからない）……さあ。
時男　（思い切って）村の姉ちゃさ惚れられだ！

キクとこま子、呆然としている。

時男　（ゆっくり）小作人どごの姉ちゃさ、青笹小町と評判の、その姉ちゃさ惚れられたんでがす。
キク　どこがよくて惚れられたんじゃ。
時男　えっこらもっこら稼ぐどごが好きなんだど。ほんだがら、そんだがら、なんだがら……、
こま子　……結婚なさる？
時男　（大きくうなずいて）姉ちゃの兄《あん》つぁん二人とも、満洲事変と上海事変で戦死して、跡取りがいねえもんで、おらが姉ちゃのどごさ婿さ入るごになってっしゃ。
キク　……お婿さん？
時男　んでがす。
キク　ほう。そりゃ、めでたー！
こま子　おめでとうございます。
時男　おれ、ふた親ねえもんで、おばちゃに後見人さなってもらいでえと思って、ほんで、出て来たんでがす。
キク　（なんどもうなずいて）おまいのうしろにゃ、あしもムスメもついとるけえの、なんも案じることはなあ。なんもかもあしに任しんさい。
時男　ありがともしゃげます。
キク　（しげしげと眺めて）じゃけんど、青笹小町がおまいにのう……！
時男　なじょすっぺあしたの米も銭《じえに》もねえ、づような小作人の婿でがすが、なに、めっちゃらくっちゃら稼げばなんとかなるはずっしゃ。
キク　（うなずいて）これからの日本の米は全部、おまいに任せる。
時男　おでんと様に誓って、ぎっつりど請け負うでば。

こま子 それで、おなかは？

時男 腹はいっぱいでがす。姉ちゃが握り飯いっぺえ持たせてけだんだ。

風呂敷包を解くと、竹の皮の上に、大きな白いお握りが二つ。二人にすすめて、

時男 おばちゃもこま子ちゃも、あがらえん。

キク 残念なこっちゃが、ついさっき夕飯をすませたところでの。

こま子 あすの朝、お茶漬けにでもしましょうか。

キク それはええの。

時男 んで、先生はお達者のようでえがったなす。毎日、新聞で先生のお写真さお目にかがってんでがすと。

こま子、時計を見て、ラジオのスイッチを入れながら、

こま子 先生は、ちょうどいま、放送局のスタジオにおいでなんですよ。

ラジオから音楽（ベートーベン交響曲第三番冒頭）——その上に、男声で紹介のアナウンス。

男子アナ 『ラジオ講演』、今夜のご出演は小説家の林芙美子さんです。林さんが、昨年十二月の南京攻略戦につづいて、今年も漢口攻略戦に従軍なさったことは、ラジオをお聞きのみなさまもよくご存じのところです。とくに今回は最前線部隊といっしょに漢口一番乗り。林さんが最前線の戦場で書き綴った従軍記は、わたくしたち銃後の国民に、戦場の崇高なまでの美しさを、手にとるようにお教えくださいました。では、林さん、どうぞ」

芙美子 「わたしは兵隊さんが好きです。国家の運命という大きな物語に、兵隊さんたちはお一人お一人の物語を捧げてくださっているからです。銃弾飛び交う最前線で、兵隊さんと寝食をともにしているうちに、いつも持ち歩いている手帖に、わたしはいつのまにかこんな詩を書きつけていました。まず、その詩を読みます」

ラジオの前で全身を耳にしている三人。そのうちに静かに身を寄せ合って行く。

私は兵隊が好きだ。
一つの運命が、
（芙美子）一瞬の早さで、
戦場の兵隊の上を、
ひゅうひゅうと飛び交い、
その生命、その生活、その生涯を、

さんらんと砕いてゆく。
兵隊はそんな運命を、
その運命の感傷を、
一日一日と乗り越えてゆき、
戦場の「美しさ」に、
絶対の自信を持つ。

暗くなってからも、芙美子の声はつづく。

私は兵隊が好きだ。
あらゆる夢を吹き飛ばし、
荒れた土にその血をさらし、
民族を愛する思いに吹きこぼれながら、
兵隊は、今日も、
旗を背負《せお》って黙々と、
進軍する……

第二幕

七　吹雪

ピアニストが後出の「滅びるにはこの日本、あまりにすばらしすぎる」を静かに弾き始める。照明が入ると、入れ代わりに止む。

昭和二十年三月中旬、ある吹雪の日の早い午後。長野県の県北、穂波村《ほなみむら》の役場宿直室。

板の間と畳敷き。
板の間の下手に小さな流し。上手に大きな木製火鉢。そこに薬罐、近くに木製の円椅子二脚。
出入りは上手からだけ。畳敷きには室内用の藁草履を脱いで上がる。

畳敷きにもたせかけて、横書きの表札が置いてある。幅は俎板と同じ、ただし長さは俎板の二倍。そこに横書きで「穂波村役場」。書体は楷書。

畳敷きには和服のこま子がいて、襷掛《たすきが》けで大筆を構え、広げた新聞紙の上に置いた板を睨みつけている。こんどは縦書きで「穂波村役場」と書くのだ。

こま子、「うっ」と低く唸って息を止め、一気に筆を下ろす。

そこへ国民服に国民帽の男が二人、外套を手にかけて入ってくる。三木（革鞄）と四郎（小さな布製のボストンバッグ）。

二人、こま子の気合いに呑まれて、外套や鞄を畳敷きの端にそっと置くと、火鉢に手をかざしたりしながら、表札やこま子の運筆を見ているが、そのうちに、「あっ！」となり、こま子が筆を擱《お》いたとたん、

三木　……こま子さんでしょう？　内閣情報局の三木ですよ。

四郎　（すっかり刑事口調になっている）警視庁特高課刑事の加賀四郎です。

こま子、書き上げた表札をきっと見つめてから、にこっと顔を崩し、その笑顔を二人に向けて、

こま子　ごぶさたいたしました。

三木　信州のこんな雪深い温泉村の役場でお会いするとは、じつに奇遇ですなあ。何年ぶりでしょうか。（指折り数えて）なんと七年ぶりだ。林先生の漢口からの凱旋祝賀会以来ですよ。

四郎　自分の場合は八年ぶりということになりますかな。魚清のあんちゃんの祝い花火事件でお目にかかったのが最後だ。お祝い花火のときは外地憲兵だったが、三年前から警視庁に勤めをかえましてな。

こま子　ぞんじております。

四郎　（警戒して）……ほう。

こま子　林先生のおかあさまからのお便りで、おおよそのところは知っておりました。そういえば、岩手の青笹村の時男さんは、一昨年《おととし》、兵隊に取られなさったとか。

四郎　（ひっかかって）……取られた？　あいかわらず危険なもの言いをなさっているようですな。

こま子　ご家族にしてみれば、「取られた」としか言いようがないと思いますよ。お茶をお入れしましょうね。

以下、こま子は、書き上げた縦書きの表札を横書きの隣りに立て掛けたり、新聞紙を片付けたり、筆や筆洗《ひっせん》や硯を流しに運んだり、お茶の支度をし

たり、しばらく忙しく動く。

こま子 それから、あの魚清のお兄さんはアッツ島で玉砕なさったと聞きました。

三木 （うなずいて）愉快な若者をなくしました……。それにしても、こんなところで、いったいなにをなさっているんです。

こま子 役場の表札を書いております。

四郎 見ればわかる！

こま子 ……。

四郎 林芙美子さんの疎開しているこの穂波村で、よりによってあんたがなぜ、役場の表札を書いているか。これは林さんの斡旋によるものですか。

こま子 林先生にはお会いになりました？

三木 もちろんですよ。ここへ着いてから、まずなによりも先に先生のお宅にお伺いしました。ところが借金取りでも追い払うように役場のこの宿直室で待っていろとおっしゃる。なんでもここは先生の応接間みたいなものなんだそうですが。……おかあさんにしても、木で鼻をくくったような冷たいあしらいです。どうしてしまったんでしょうな、あの母娘《おやこ》は。以前とはまるで別のお人のようだ。

四郎 （こま子に）これは林さんの斡旋による仕事か。そう訊いたはずだがね。

こま子 ここには四軒の温泉旅館があります。

四郎 調べはついていますよ。

こま子 四軒とも東京から疎開してきたお子さんたちの宿舎で……、

四郎 調べはついている。

こま子 お子さんたちにも食料の配給がある。

四郎 当然でしょう。

こま子 その配給が遅れに遅れて……、

四郎 ご時勢だから仕方がない。

こま子 遅れがちな、その乏しい食料を旅館側が掠《かす》め取る……、

四郎 手数料のつもりかもしれん。

こま子 あまりのひもじさに子どもたちが腹を立てて、これも役場のやり方が悪いからだと、役場の門（縦書き）と入り口（横書き）の表札を墨で真っ黒に塗り潰したのです。

四郎 ……調べがついてない。

こま子 一方、昨日まで長野県庁の大会議室で、「長野書道展」という展覧会が開かれていました。

四郎 話を逸《そ》らさんでいただきたい。

こま子 わたしがなぜここで役場の表札を書いているのか、それをお調べだったのではありませんか？

四郎 そうとも。

こま子 それならしばらく黙って聞いていただかなくては。

その書道展で、わたしの書をごらんになったこちらの村長さんが、「役場の表札を書いてくださらんだろうか」とおっしゃった。穂波に行けば、先生や、先生のおかあさまにお目にかかれる、それでよろこんでお引き受けしました。表札と先生とは、なんの関係もありません。

　　ちょうどお茶が入ったところ。こま子は二人にお茶を出す。

こま子　お分かりですか……どうぞ。

四郎　（茶を受けて）以上で取り調べを終わる。

三木　四郎さんの神経が立っているのにはわけがあるんですよ。悪く思わんでください。……それで、こま子さんは、いつ、この穂波に入られたんです？

こま子　昨日の夕方です。おかあさまと共同温泉にゆっくりつかって、そのあと、先生のお宅に泊めていただきました。

三木　先生の様子になにか変わったところはなかったですか。

こま子　べつに。ただ一昨年、先生はご養子さんをおもらいになった。……これも調べがついているんでしょうね。

四郎　三歳の男の子だということは分かっている。名前は泰《やすし》だ。

こま子　それはとても大切にしておいでです。……あなた方をお家《うち》に上げようとなさらなかったのは、ひょっとしたら、坊やに風邪でも引かれては困るとお考えだったからかもしれませんね。

四郎　自分たちはバイキンですか。

　　三木、火箸で灰を均《なら》しながら考えていたが、決心して、

三木　じつはね、こま子さん。……林芙美子という小説家が、たいへん危険な人物になってしまったんですよ。

こま子　（呆然）……！

四郎　瓶爆弾をつくっていたころのあんたより、もっとあぶない。だからもう、めちゃくちゃにあぶない。

こま子　（まだ口がきけない）……。

三木　一週間前、このあたり五ヶ町村の国防婦人会の集まりで、先生はとんでもない発言をしてしまったんです、「こうなったらキレイに敗けるしかないでしょう」とね。

こま子　キレイに敗けるしかない……？

四郎　（胸ポケットから手帖を出しながら）正確にはこうだな。（読む）……「一昨昨年《いっさくさくねん》から一昨年にかけての八ヶ月間、わたしは内閣情報局と陸軍省から派遣されて、シンガポールやジャワやボルネオなど、わが国が占領した大東亜の東南部一帯をくわしく見てまいりました。その目で見ると、もうどんなことをしても、こんどの戦さ

に勝つ見込みはありません。こうなったらキレイに敗けるしかないでしょう。しかし、この国を上から下まで見渡しても、キレイに敗けることができるだけの器量と度量を備えた人間はいないようです」……。

こま子　……なんてまあ、思い切ったことを。

四郎　感心しちゃいかん。非国民になってもいいんですか。

三木　聴衆の中に在郷軍人会の退役少将がおられて、彼女の講演をそこで止めさせた。しかしこの発言はその日のうちに、中央へ伝わってしまいました。なにしろ、あの林芙美子の発言ですからね。

四郎　だからこそ、自分などがこうして中央から出てきているわけですな。

こま子　先生はどうなりますか？

三木　道は二つ。一つは、できるだけ早く長野放送局に行っていただく。

こま子　……長野放送局へ？

三木　全国中継のラジオ講演をなさればいい。その手筈はもうつけてある。長野放送局が動いてくれました。

四郎　講演のどこかに次の文章をはさんでもらえれば、お咎めなし。そこまで話をまとめるのに自分ら二人で、どれほど苦労したか。(手帖を読む)「このたびの戦さは聖なる戦さ、一億一心、上から下まで心を一つにして、この聖戦を勝たねばならない。われら日本人たるものは、たとえ本土決戦となろうとも、それぞれふるさとの山河を死場所と決め、最後の一人になるまで戦わねばならない」……。

こま子　もう一つの道は？

四郎　まっすぐ刑務所へつながっている。

こま子　……！

三木　先生には、さっき玄関先で、おおよそのことは申しあげてある。こま子さん、あなたがこの穂波村に居合わせていたというのは、まさしく天の配剤です。あなたからも、先生を説得してくださいませんか。

四郎　三人がかりで説き伏せようじゃないですか。……まったく、この自分にしても、元のお師匠さんのお嬢さんと思えばこそ、こんな悠長なまねをしているわけでね、赤の他人なら、問答無用でしょっぴいて行くところだ。

三木　こま子さん、お願いしますよ。

　　こま子、なにか考えていたが、

こま子　やはり南方《なんぽう》でなにかあったのね。

二人　(口々に)……南方？

こま子　シンガポール。ジャワ。ボルネオ。そのどこかで、いいえ、ひょっとしたらそのすべての土地で、先生になにかが起こった。

三木　……なにかが起こった？

こま子　先生のお心をまるごと揺すぶるような、たいへんな出来事。

四郎　どうもよくわからんな。

こま子　この信州の西の外れの木曾路の小さな村に住んで、わたしは、先生の文章やラジオ放送を楽しみに生きてきました。でも、南方からお帰りになってからの先生は、小説を一切発表なさらなくなった。短い随筆さえもお書きになっていない。……よほどのことが起こったんです。

三木　（うなずいて）紙事情もあって雑誌の数が少なくなっているが、しかし、先生が書くとおっしゃれば、いくらでもその舞台は提供できるんだ。先生には手紙で何度もそうお伝えしてあるんですがね。

こま子　ラジオにもお出にならない。

三木　話を持ち込むたびに断られていますよ。

こま子　そしていまは、売り食いのタケノコ生活をなさっている。下落合の留守宅から送らせた衣類を長野市で売り歩いているんだよと、ゆうべもおかあさまから、そううかがったばかりです。

四郎　お師匠さんの売り歩きは名人芸ですぞ。しかし、闇はいかんな。

芙美子　闇がいけないというなら、配給制度をきちんと立て直してちょうだい。

芙美子が入ってくる。着古してはいるが上等な冬のスーツに綿入れのねんねこ半纏《ばんてん》を羽織り、紺足袋をはいている。

芙美子　（こま子に）階上《うえ》の会議室で書いていると思ってたのに。

こま子　階上は村の寄り合いで急に使うことになったんですって。

芙美子　（三木と四郎を見て）それでこちらのお相手か。災難だったわね。

芙美子は二枚の表札に見入る。こま子はお茶を入れる。

芙美子　……なんて気分のひろい、おおらかな字なんだろう。ああ、今日はいいものを見せていただいた。

こま子　ありがとう。

芙美子　（三木と四郎に）ところで、さっきの長野放送局のラジオ講演のお話、とても気分がよくなったから、お引き受けしてもいいですよ。

話を切り出す機を謀《はか》っていた二人、「わっ」とよろこぶ。

芙美子　決死の覚悟でやりましょう。

三木　なに、軽い気持でやってくださっていいんですよ。

四郎　（手帖を示して）講演のあいだに、ちょこっと、こんなことを喋ってもらえれば、八方円満ですわ。（手帖のそのページを破いて）これ、虎の巻ですよ。

芙美子　（押し返して）「キレイに敗けるしかない」という持論を話すんですから、虎の巻はいりませんよ。

　　二人、一瞬、石になるが、

四郎　……わっ、非国民！

三木　（四郎を制して）先生のためなんです。それがおわかりにならないのですか。

芙美子　（三木に）わかっていないのはあなたよ、三木さん。あなたの、そしてわたしのでもあったあの物語、日本人みんながとても気に入っていたあの物語、あれはもともとウソッパチだった。それが分からないの。

三木　……あの物語？

芙美子　例の、戦さはもうかるという物語ですよ。

三木　……！

芙美子　都会から疎開してきた子どもたちは休み時間に田んぼや原っぱに行って蛙や蛇をつかまえて食べている。その親たちは空襲で一晩に十万人も焼け死んで行く。前線には餓死した兵隊さんたちの死体が山積みになっている。恋することも知らずに少年たちが爆弾抱えて敵艦にぶつかって行く……どこにもうかっている日本人がいるの。苦しんでいる人たちばかりじゃないの。

三木　待ってください！　もうけはどれぐらいか、それは戦さが終わってみなければわからんでしょう！

芙美子　では、亡くなってしまった人たちにどうやって、そのもうけを分けてさしあげるつもり？　神様にしてあげて、りっぱな社《やしろ》を建ててあげればそれですむの。それに、あの方たちがほんとうに神様になっているかどうか、だれがたしかめるの。

三木　……先生！

芙美子　三木さん、あの物語は妄想だったのよ。

三木　……妄想？

芙美子　こんどの戦さは総力戦、それが分かっていなかったあなた、そしてわたし、無知でしたね。無知な人間の妄想ほどおそろしいものはないわ。

三木　……林さん！

四郎　もういいかげんにしろ！

芙美子　（気力で押さえ込み）こうなったのは軍部が悪い。天皇さまに責任がある。戦さを煽った新聞とラジオがいけない。……責任をほかへなすりつけようとする人たちが、この村にも大勢いるわ。ここの共同温泉に五分も入っていてごらんなさい。白い湯気に交じってそういう責任のがれの言葉のかけらがいっぱい立ちこめていて、息がつまりそうになるから。でも、ウソッパチな物語を信じ込んでいたことではみんな同じ愚か者よ。そんな物語をつくりだしたやつ、そんな物語を読みたがったやつ、だれもかれもみんな救いようもない愚か者だったのよ。
四郎 （三木に）これがあの林芙美子か。
三木 わからない。（こま子に）……あなたからもなにか云ってください。
こま子 先生も、その物語をつくっていたお一人でしたね。
三木 そう、それが云いたかったんですよ。
四郎 もっと云ってやってくださいよ。
こま子 （二人を制して）いかがですか。
芙美子 （絞り出すような声で）……太鼓たたいて笛ふいてお広目屋《ひろめや》よろしくふれてまわっていた物語が、はっきりウソとわかったとき、……命を断つしかないと思った。わたしの笛や太鼓で踊らされた読者に申しわけがなくてね。……ボルネオからの帰りの飛行機の中では、なんども、このままアメリカの戦闘機に撃ち落とされたいと祈った……。

芙美子、全力を出し切って、床に崩れ落ちる。

芙美子 ……けれど死ぬのはやっぱり怖い。飛行機よ落ちろと祈るそばから、無事に帰れたら塩を断ちます砂糖も断ちますと神仏《かみほとけ》に手を合わせていた。帰ってすぐ池袋の産院へかけこんで、生後四日目の赤ちゃんを養子にもらったのも、この子のために死ぬのだけはよそうという

……そう、子どもの命で自分の命に歯止めをかけたのよ。……わたし、卑怯ですね？
こま子 ……わかりません。

こま子、芙美子を円椅子に坐らせて、お茶を持たせる。

こま子 お茶をあがって、気を落ち着けて。
芙美子 （三木と四郎に）さっきはあなた方をからかったわけじゃない。マイクロフォンに「キレイに敗けるしかない」と叫べば、かならず罰を受けるはず。自分で自分が罰せないなら、国家に罰してもらうしかない。
四郎 自分らも罰を受けてしまいます。いっそ病気にでもなってくれた方がまだいいな。
三木 それだ。ノドを痛めてラジオ出演不能、これでひとまずしのぐしかないでしょうな。

二人、畳敷きに腰を下ろして頭を抱え込む。

こま子 南方でなにがあったのかしら。なにをごらんになったの。
芙美子 たとえば、南ボルネオの、見渡すかぎりのみどりの大地……。
四郎 このへんだって雪が消えれば見渡すかぎりのみどり

だけどね。

芙美子　そのみどりの大地を、碁盤の目のように縦横に走っている銀色に輝く運河。

こま子　……運河？

芙美子　たっぷりと水を湛えた水路なの。飛行機でジャワ島から南ボルネオに飛んだとき、そのみどりの大地を銀の糸で縫い上げている壮大な運河模様を見たのよ。

こま子　……あふれるみどりとあふれる水！

芙美子　全身にふるえがきたわ。そこはジャワ島からの開拓民の入植地だった。開拓民を迎え入れる前に、まず道をつける、次に運河をめぐらす、そして宿舎を建てる。これがオランダ人のやり方なのね。……四郎さんは満洲に詳しいわね。

四郎　満洲の憲兵でしたからな。

芙美子　満洲移民はどうでした？

四郎　日本人は勇ましいから、鉄砲と鍬を担いでどんどん奥地へ入って行きますな。

芙美子　そう。道なし、水なし、住むところなし、なにもないところへ裸同然のまま人間を放り込むのが日本のやり方よ。なんて人でなしのやり方なんだろう。……あのときよ、自分の物語のウソに気づいたのは。

三木　しかし、そのしあわせな開拓民たちは、じつはオランダから搾り取られていたんですよ。

芙美子　それはそのとおりね。

三木　ヨーロッパの強国から踏みつけられて苦しむアジアの人びと、彼らを日本が解放し、彼らの独り立ちを助けるのが、大東亜戦争の聖なる目的です。

芙美子　美しい物語ね。でも、日本はヨーロッパの強国に代わって占領しただけで、どの国にもまだ独立を許していない。

三木　それは、いろいろ事情というものがありますよ。

芙美子　アジアにおける日本語教育の現状の視察……これも仕事の一つだったわ。占領地に日本語を押しつける。これは、独立させてやろうなんてちっとも考えていないなによりの証拠よ。オランダ人でさえ、オランダ語を押しつけたりしていなかった。

四郎　（叫ぶ）わかった。先生は、日本が嫌いなんだ。日本のやることなすこと、なにもかも気に入らないんだ。そういう日本人ているんだよな。……非国民。

三木　なるほどね。そう考えれば、話の辻褄は合いますね。

こま子　そうじゃなくて、逆に、先生は日本がお好きなんですよ。このままでは、大好きな日本が滅んでしまうと、そうおっしゃっているんじゃないかしら。

四郎　とてもそうは見えないがね。

こま子　わたしにも、疑問があります。さきほどの、本土決戦で最後の一人まで戦うというお考え、とてもおかしいですよ。

四郎　どこがおかしい！

こま子　日本人が一人もいなくなったら、日本という国も
なくなってしまいますよ。
四郎　……あんたも日本が嫌いな口なんだな。
こま子　いいえ、日本が好きです。
芙美子　そう、滅びるにはこの日本、あまりに美しすぎる
わ。

アタックしてくるピアノ。

芙美子　これがわたしの新しい物語。

芙美子、「滅びるにはこの日本、あまりにすばら
しすぎる」を歌う。

わたしは日本を愛してる
わたしは日本をはなれられない
滅びるにはこの国が
あまりにすばらしすぎるから

たとえば
めぐりめぐる四季の美しさ
春　氷がとけて　野原も花でいっぱい
夏　青空にわきあがる入道雲
雨あがりの　あの虹の美しさ

こま子を誘って二重唱になる。

そしてまた
黄金色《こがね》のみのりの秋
夜ふけの月の冴えた美しさ

「これなら宗旨に合う」というので、三木と四郎
が加わる。

それから冬
雪がしんしん銀世界
なにもかも白く生まれかわる冬

芙美子が三木と四郎を制して、こま子との二重唱。

そしてどこかで　そっと生きてる
平凡だけど　こころやさしい人びと
まずしくとも　こころゆたかなひと

わたしは日本を愛してる
わたしは日本をはなれられない
滅びるにはこの国が
あまりにすばらしすぎるから

歌い終わってきりりと唇を結ぶ、どこか冒《おか》しがたい二人に、

四郎　……非国民の愛国心か。へえ、これはとんだ判じ物だ。

三木　たしかにむずかしい謎なぞですな。宿を見つけてから、また話しにうかがうことにしますか。

三木と四郎が外套や鞄を持って出ようとしたとき、キクが右手で葉書を前に突き出すようにして入ってくる。

背中に背負った幼児に大きなねんねこ半纏をかぶせ（幼児は見えない）、左手にガラガラを持っている。足もとは紺足袋。

四郎　またあとで出直しますからな、お師匠さん。さっきのような門前払いはごめんですよ……。

キク、葉書をかざしたまま二人の横を通り抜け、芙美子とこま子のところへ寄って行く。

キク　……岩手の青笹村から、こげん葉書が届いちゃったですよ。あし、文字を習ろうたことを初めて後悔しとってです。

こま子　どうなさいました？

キク　……なひて、こげん葉書、この目で読まなならんのかいの。

芙美子、キクから葉書を取って読む。

芙美子　「夫、時男、昨年十月二十日、フィリピンのレイテ島で戦死、靖国の神になりました」……

全員、動かなくなる。

ピアニストが「滅びるにはこの日本……」を心を込めて弾き始める。

八　安全ピン

昭和二十一年十二月末のある夜、午後八時。東京下落合の林芙美子の自邸茶の間。

だれもいない。

……やがて呼鈴が鳴って、そのうちに、だれかが応対に出る気配。

ほどなく、正面廊下から、三木が茶色の紙包を大事そうに抱えて入ってきて正座、廊下に向かって平伏する。

その廊下から、芙美子があくびを噛み殺しながら入ってくる。「七」までの芙美子とはまるで別人、多少疲れてはいるものの、しかしひたむきな気合いにあふれてもいる。

三木　ごぶさたいたしました。信州穂波村から（猛スピードで指折り数えて）、ちょうど一年九ヶ月ぶりですね。

芙美子　（あくびを手で押さえながら、会釈して）あのあとがたいへんよ。八月十五日までの五ヶ月間、長野署から、月二回、定期的に特高刑事が見回りにくるようになって、それは仕方がないとして、その刑事というのが、意地汚い呑み助でね、煮干しをサカナに四合瓶を空《から》にしないうちは断じて帰ろうとしない（また、あくび）……。

三木　……お休みでしたか。

芙美子　ついさっき、年内の締切を一つのこらず仕上げて、そのまま机を枕にバタリ……。

三木　申しわけありません。思いついたとたん、もう矢も盾もたまらず、そのまま放送局を飛び出してきてしまいまして……、

芙美子　放送局、というと古巣へ戻ったのね。

三木　内閣情報局は、アメリカさんの命令で、去年いっぱいで廃止になってしまいまして。

芙美子、うなずきながら茶を入れる。

三木　……いまは、アメリカさんの便利屋さん、家へ帰るひまもないぐらいこき使われていますよ。なにしろ放送会館の半分をアメリカさんが占領していますからね、箸の上げ下ろしにまで口を突っ込んできて、ノーノーノーと、いやもう、そのうるさいこと。

芙美子　（茶を出す）うれしそうに見えるけど。

三木　家は空襲で丸焼けで、みんなで庭の鶏小屋に板を貼って住んでいますから、局の宿直室の方がよほど天国で、それがうれしいのかもしれませんね。（見回して）……しかし、先生のお宅が焼けなくてよかった。

芙美子　やはり音楽班なの。

三木　（うなずいて）音楽民主化主任を仰せつかって、この半年間に三つも音楽番組をプロデュースしました。

芙美子　……プロデュース？

三木　アメリカさんの腹の中を読む仕事、といったところでしょうか。その三つというのは、まず、『世界の名曲』。

クラシックな前奏（二小節）のあと、クラシックに歌う。

これまでこの国のクラシック
イタリア　ドイツばっかり
はなはだかたよりすぎて
これは非民主的だ

唄の終わりと次の台詞は地続き。なお、ピアノは薄く、しかし行儀正しくつづいている。

三木　（唄につづけて）といわれてつくったんですが、お聞きになったことは？
芙美子　（くびを傾げている）……。
三木　（めげずに）次に手がけたのが、『ハリウッドからの音楽』。

ピアノはポピュラー音楽に急変。

光の都それはハリウッド
山もりのロマンスとキス
加えてアメリカの正義
これを手本にしなさい

三木　といわれてつくったんですが……、
芙美子　（くびを横にふっている）……。
三木　（もちろん、めげずに）その次が、『ジャズのお家《うち》』。
芙美子　『ジャズのお家』……？
三木　（うなずいて）人気番組です。

ピアノがスイングする。

スイングするアメリカンジャズ
シンコペイテッドするジャズ
今世紀の音楽はみな
ジャズが基本になる
（スキャットが四小節）

三木　といわれてつくったんですが、これはお聞きになっているでしょう。
芙美子　（くびを横にふって）仕事中はラジオは聞かない。気が散るからね。そして、起きている間は仕事をしているから、つまり、この一年、ラジオを聞いたことがない。
三木　こんどお聞きになってみてくださいよ、ぐんと筆がはかどりますから。
芙美子　ベートーベンとかヴェルディ以外は音楽じゃないといっていたあなたが、いったいぜんたい気はたしかなの。
三木　たしかですとも。今までがヘンだったんですよ。
芙美子　（ため息）あんたがたの息の吹き返し方というも

のは大したものねえ。

三木、ほんの一瞬、家の中の気配に耳を澄ませて、

三木　お静かですね。

芙美子　さっきまではもっと静かだったけどね。

三木　みなさん、お留守ですか。

芙美子　坊やは床屋さんに行ってる。こま子さんに、「あと三つ寝るとお正月よ、だからきれいにならなくちゃね」と云われて、しぶしぶ出かけた。かあさんもいっしょ。

三木　へえ、こま子さんがおいでなんですか。

芙美子　（うなずいて）「ひとりじゃない園」を再建しようと、がんばってる。

三木　（口ずさんで）ひとりじゃない……いい唄でしたなあ。

芙美子　この秋、三越の書道展に出品するために信州から上京したこま子さんは、新宿の駅前で野宿している戦災孤児を見て、バラックでもいいから屋根のある建物をつくろうと心を決めた。そしてそのまま東京に踏み止まっている。すごい人だねえ。

三木　（思い当たって）そうか、藤村先生が亡くなられて三年、遺産分けに与《あずか》って、それで……、

芙美子　（腹が立ってくる）あの人はりっぱな書家です。自分の作品を売り歩いて、資金を集めているんですよ。

三木　こんな時代に、書なんてものが売れますかね。防空壕や鶏小屋暮らしでは邪魔になるだけですよ。

芙美子　小学校や病院は焼けたまま放ったらかしなのに、待合いや料理屋だけはニョキニョキ建って行く。そしてそういうところが床の間にこま子さんの書をかけたがるんだから……こま子さんとしては切ない……

（ついに怒鳴る）用件は？

三木、茶色の紙包を畳に滑らせて、

三木　バターです。アメリカさんからせしめました。どうぞ。

芙美子　条件は？

三木　は？

芙美子　バターはエサ、なんでしょ。

三木　ラジオドラマをお書きくださいませんか。水曜夜九時からの『ラジオドラマ実験室』、三十分間の放送劇です。今夜はその使者として参上いたしました。

芙美子　いまは小説で手がいっぱいね。

三木　聴取者の数をお考えください。何百万何千万ですよ。雑誌はもちろん、新聞の読者よりも多いんです。桁《けた》ちがいに多い。

芙美子　（興味が湧く）……。

三木　林芙美子作の放送劇となれば、国民の半分がラジオの前に坐ります。

芙美子　露骨はいやだ、下品だからね。

三木　いや、事実を申しあげているつもりです。今年の先生は、連載七本に短編が十二、荒武者のような活躍ぶり、しかもそのことごとくが評判になりました。このぼくにしたって、このあいだの「中央公論」の夜の女ものには唸りましたね。「気の強い女は〈お仕事〉に取りかかる前に金を取り、気の弱い女は〈お仕事〉が終わったあと、恥ずかしそうに金を貰う。そして、気の弱い女のほとんどが戦争未亡人である」……！　すごい観察です。こんなこと、先生にしか書けませんよ。あ、ラジオでは、そこまでお書きくださらなくても……、

芙美子　いまのは四郎さんから仕込んだの。

三木　……四郎さん？　なつかしいなあ。それで彼、こちらに出入りしてるんですか。

芙美子　（うなずいて）警視庁から新宿署に格下げになって、夜の女の狩り込み係をやっている。

三木　すると、あの「クリームのいいのがないので、食用油を背中や脚に塗る者が多く、ちかごろの夜の女はてんぷら臭い」という名文句も彼の提供ですか。

芙美子　わたしの取材です。

三木　病気の父親を抱えた戦争未亡人が体を売るところまで追い込まれて、そして最初の稼ぎを、夫の遺骨箱にしまうという小説がありましたね。あれは自分でもよく書けた方です。

芙美子　（うなずいて）

三木　夫の遺骨と妻の体の代金が一つの箱の中におさまる……鳥肌が立つような設定です。あんな女性に会ってみたいものですな。いや、なにするというわけではなく、ひとこと励ましてあげたい。

芙美子　じゃ、あたしを励ますことね。

三木　……は？

芙美子　うんうん唸って、たらたら脂汗《あぶらあせ》をたらして、わたしがこの体から絞り出した女だからよ。

三木　すごい！　ただ、ラジオでは、そこまでは……、

芙美子　ただ持ち上げているんじゃないね。なにか云いたいことがありそうね。

三木　……はあ。

芙美子　（ピシッと）云ってごらんなさい。

三木　（おどろいてスラスラと）戦争未亡人に夜の女、復員兵に戦災孤児、特攻隊くずれの強盗に満洲帰りの芸者のなれのはて……先生のお作の登場人物は、みんな暗い……。

芙美子　（ギュッと見据えている）……。

三木　いえ、小説は暗くていいんです。どうせ近ごろの弱い電力では暗い電灯の下で読むわけですから……ラジオでは、だれが聞いているかわかりませんので……お子さまなども聞いているわけですから、なにか明るいお話を

……（芙美子の目に追い詰められて）先に希望のもてるような……明日への勇気がわくような……（思いついて）そうだ、先生がおっしゃっていた新しい物語がいい！　戦さはもうからないという物語、いまの時代にぴったりなんですよ。

芙美子　（地の底から涌くような声で）物語はもういらない。物語をつくる、探す、先取りする、それに合わせる……もういやだ。

三木　物語なしで人間が生きて行けるでしょうか。このごろのぼくらは、「もう、もうけようとしない新生民主日本」という物語を信じてやっと生きているんです。

芙美子　もはや草か木になるしかない。

三木　（思わずゆれて）ぼくが草ですか。先生が木ですか。そんなばかな……！

芙美子　お日さまを信じ、お月さまを、地球を、カビを発酵させる大地の営みを信じて、一人で立っているしかないのよ。……わたし一人で、かなわぬまでも責任を取ろうとしているだけよ。

三木　……！

芙美子　……責任なんか取れやしないと分かっているけど、他人の家へ上がり込んで自分の我ままを押し通そうとするのを太鼓でたたえたわたし、自分たちだけで世界の地図を勝手に塗り替えようとするのを笛で囃《はや》した林芙美子……、その笛と太鼓で戦争未亡人が出た、復員兵が出た、戦災孤児が出た。だから書かなきゃならないの、この腕が折れるまで、この心臓が裂け切れるまで。その人たちの悔しさを、その人たちにせめてものお詫びをするために……。

　三木がぞっとしていると、キクたちの帰ってくる気配。芙美子、グニャッと笑って、バターを取り上げて、

芙美子　引き受けましょう。これいただく。

三木　……いや、むりにとは云いませんが。

芙美子　できるだけ大勢の人たちに、わたしの太鼓と笛のでたらめさ加減をばらしちゃおう。さっそくなんか考える、飛び切り明るいお話をね。

　三木、ありがたいような怖いような気分で、ヘンにうなずいたとき、キクが入ってくる。

キク　玄関のドタ靴は、そこにいる戦争犯罪人のものじゃったか。

三木　ごぶさたいたしました。

キク　しばらくじゃったの。

芙美子　（キクにバターを渡しながら）三木さんが放送局に戻ったんだって。これ、そこのアメリカさんから手に

入れた純毛のバターだそうよ。それで、三木さんのところに放送劇を書くことになったわ。

キク　(思わず)仕事の取りすぎじゃ。しまいには死んでしまいよるで。

芙美子　……。

キク　じゃけんど、止めても止まるようなおまいでもないしの。(三木にバターを掲げて見せて)いまさっきの戦争犯罪人いうんは取り消しじゃ。

三木　ありがとうございます。

芙美子　坊やは?

キク　帰る途中で、こま子さんの背中で眠ってしまってじゃ。いま、こま子さんが布団、敷いてくださっとる。

芙美子　見てこよう。

芙美子、廊下から出て行く。キク、新しくお茶を入れる。

キク　うちの坊やは、こま子さんの「ひとりじゃない」大好きでの、あの唄聞くと、すぐ泣き止むんじゃ。

三木　(うなずいて)あのレコードが二百枚しか売れなかったなんて、どう考えてもおかしい。

キク　あんたが宣伝費いうのを出し惜しみしょったのがいけんかったんじゃ。

三木　また、それですか。

二人、ゆっくりしたテンポで「ひとりじゃない」を歌いはじめる。

ひとりじゃない
こころの声に耳をかたむけるなら
ひとりじゃない
自分のまわりを見渡してみるなら

真昼の木陰　真冬のストーヴ
春なく小鳥　秋の果物
みんなきみのため

雨が降っていても
雲の向こうでは
お日さまやさしく
輝いてる
それもきみのため……

唇に指を当てて、こま子が入ってくる。

こま子　しーっ!……あの、坊やが寝入ったばかりのところなんです。いったん寝入ってしまえば、あとは雷様が落ちても大丈夫ですけど。

キク　ほーじゃったね。（三木に）あんたがいけん。その顔を見ると、なんか知らん、急に唄がうたいとうなるんじゃ。どげんわけかの。
三木　知りませんよ、そんなこと。（こま子に）ごぶさたしております。
こま子　こちらこそ。放送局にお戻りになったそうですね。いま、先生からそう、うかがいました。
三木　山ほど番組を持たされてひいひい云ってますよ。それでこちらにも自然に足が遠のいてしまっておりまして……そうか。日曜午前十一時からの『子ども音楽会』だ。その中で、「ひとりじゃない」を取り上げましょう。東京放送児童合唱団に歌わせますよ。
こま子　（乗り気ではない）……はあ。
三木　評判になるかもしれませんよ。そしたら、お金が集まります。
こま子　資金の見通しはつきました。年が明けたら小さなバラックを建てます。
三木　資金は多いにこしたことはない。庭に鐘を吊って、朝晩鳴らせば、ますます評判になり、ますますお金が集まる。
こま子　評判になっては困ります。
三木　どうしてですか。
こま子　物見高い人たちが集まってきます。
三木　その連中からも金を取る。
こま子　子どもたちが見世物になってしまう。それが困るんです。
三木　……。
キク　俗物には分からんじゃろうの。
三木　……俗物？

三木がギョッとしているところへ、芙美子が駆け込むように入ってくる。

芙美子　三木さん、『安全ピン』です。
三木　あ、持ってますけど。……Yシャツの脇の下の破れを止めていますが、いま、入り用ですか。
芙美子　放送劇の題名。
三木　待ってくださいよ。安全ピンですね……（考える）安全……危険はない……大丈夫……先行きは明るい……明るい！　いい題です。
芙美子　初之輔にもとうとう赤紙がきた。
三木　……はい？
芙美子　『安全ピン』のストーリー。初之輔にもとうとう赤紙がきた。

キクとこま子が聞き入るなか、芙美子は憑かれたように『安全ピン』の粗筋を語り下ろし、それを三木が手帖に書き留めて行く。

芙美子　出征の前の晩、美しい月が空にかかった。初之輔は青年学校の補助教員をしているので町に知り合いが多かった。その知り合いのだれかれのもとへ挨拶に回っていた初之輔だが、月の光を踏みしめながら歩いているうちに、いつのまにか、町外れの里子の家の前にきていた。里子は町役場の助役の長女である。母亡きあと、体の弱い父を支えながら、弟や妹の世話に明け暮れている。門の外から、里子を一目、見ることができればそれでいい、その面影を胸に抱いて戦地へ行くのだ。ところが、思いがけなく、門には里子がいた。門をしめるところだったのだ。

これまで一度も里子と言葉を交わしたことのない初之輔であったが、思い切って云った。

「明日、出征いたします」

すると里子はまるで音楽のような声で、こう答えた。

「あなたが出征なさることは人づてに聞いて知っておりました。でも、かならずお帰りになってくださいね。それまで、わたし、どなたであれ好きになろうとは思いません。なにもさしあげるものはありませんが……そうだわ、この安全ピンをお持ちになって。お役に立つときがあるかも知れませんから」

里子は、あねさんかぶりにしていた手拭《てぬぐい》をほどき、それを止めていた安全ピンを初之輔に手渡してくれた。

三木は忙しいが、キクとこま子は聞き惚れている。

一年後、敵の銃弾で左腕を失った初之輔は、内地の陸軍病院へ帰ってきた。さらに半年後、ぶじに退院して町に戻った初之輔は、まっすぐ里子の家に走り出した。だが、どうしても上着の左袖がぶらぶらと風に浮く。走りにくかった。初之輔は、はやるこころを抑えて立ち止まると、ぶらぶらする袖を肩のところまで折って、肌身はなさず持っていたあの安全ピンでしっかりと止めた。こんどはうまく走ることができた。

「里子さん、安全ピンが役に立ちましたよォ」

里子の家まではもう一息である。

　語り終えた芙美子、そのへんにあったキクのお茶をガブと呑んで、

芙美子　（ほとんど一人ごと）兵隊さんがまた一人、しあわせになってくれたわ……ことばの上でだけだけど。

　キクとこま子、手を取り合って明るく涙ぐんでいる。三木の方は、途中から筆を止めている。

芙美子　（三人に）いかが。

キク　その後ふたりはいつまでもしあわせに暮らしました、そげえいうんじゃの。
芙美子　（うなずいて）特別製の明るい結末よ。
キク　ええお話じゃった。
こま子　アメリカ映画に負けないぐらいすばらしいハッピーエンドでした。
芙美子　（三木に）作者として、次の配役を希望します。初之輔に森雅之《まさゆき》、里子に高峰秀子。そして語り手は徳川夢声《むせい》。

キクとこま子は大よろこび。三木は手荒に手帖を閉じる。

芙美子　いまの配役、気に入らなかった？
三木　暗いです。
芙美子　……暗い？
三木　どうして先生は、いつも話をそんなふうに仕立ててしまうんでしょうねえ。戦さの影が強すぎます。
芙美子　戦さの影だって？
三木　片腕をなくした初之輔のことですよ。傷痍《しょうい》軍人の扱いはとくに慎重に。これが局の方針です。
芙美子　なぜ？
三木　なぜって、先生、お気の毒じゃないですか。そっとしといてあげましょう。
芙美子　どこでもいいから盛り場へ行ってごらん。三十秒に一人の割合で傷痍軍人と出会うのよ。現実を見なさい。
三木　別の現実もあります。みんなで民主日本をつくって行こうじゃないかという新しい現実が……、
芙美子　（爆発する）そのみんながこの間まで寄って集《たか》って、傷痍軍人や戦死者や戦争未亡人や戦災孤児……そういった「お気の毒」の塊《かたまり》を拵《こしら》え上げたんじゃないか。それから目を離さないで生きるのが、わたしたち無事だった人間のせめてもの務めじゃないか。
三木　それは、わかっておりますが……、
芙美子　わかってない。いま目の前にある気の毒の塊を見ずに、どうして新しい日本なんて結構な未来が見えるのよ。
三木　……わかりました。只今の御作《おさく》は持ち帰らせていただいて、局内で慎重に検討いたします。
芙美子　持って帰らなくていい。
三木　先生……、
芙美子　小説にする。「お魚が煙草《たばこ》を拾って吸っている。あぶないあぶないと思う間に、こんがり色に焼けちゃった。煙草臭いがうまかった」……この程度のお話が、あんたたちの放送にはぴったりなんでしょう。これ、使っていいからね。
三木　先生、お待ちを！
芙美子　おやすみ。

言い捨てて廊下に入るが、すぐ、奥になにかを見て立ちすくみ、後退し、そのなにかの気配に茶の間へ圧《お》し出されてしまう。芙美子、心臓を両手で押さえている。

こま子　どうなさったの。

こま子が駆け寄って助け起こすが、廊下の奥に芙美子と同じなにかを見て、動けなくなる。キクと三木も廊下から出てきたなにかを見て石になる。四郎に背中を押されるようにして時男が入ってくる。

四郎　玄関の鍵、掛け忘れですよ。あちこちにピストル強盗が徘徊《はいかい》している昨今、不用心すぎますな。

時男、ぼろぼろになったアメリカ軍支給の暗緑色捕虜服に素足。縄で縛った汚い毛布が唯一の荷物。全体に真っ白。四郎、四人を見て、

四郎　足がありますよ、ちゃんと。

雑巾で時男の足を拭いてやり、

四郎　（キクに）お師匠さん、玄関の足拭き雑巾、お借りしてますよ。（時男に）あとは自分で拭けよ。こきこきと音がするまでよく拭くんだぞ。

時男が動くたびに白い粉が散る。

四郎　この白い煙はシラミ退治のＤＤＴ、心配いりませんからね。……（三木を認めて）これは三木さん、一別以来ですな。わたしはいま新宿署におりましてね。

三木　（もちろん石になったまま）……。

四郎　アメリカ兵に性病をうつしちゃいけないというので、このところ連日連夜、パンパン狩りですよ。

キク　（やっとのことで）おまい一人が承知して勝手にぺらぺら喋っとるとじゃが、あしらには、なにがなんだか、ちびっとも分からん。きれいに説明せんか。（ついにふだんの一喝）こら、はよ、せんかい！

四郎　ですから、今夜も新宿駅の代々木寄りのバラックのどや街で狩り込みをやっていたわけですよ。あのへんは日本一の巣窟ですからな。そしたら、そのへんのごみ箱を、へんなやつが漁《あさ》っている。あやしい奴め、なにをしておるのかと誰何《すいか》したところ、なんとそいつはこいつだった。お化け！　と叫んで腰を抜かしました。しかし、そこは警察官ですから、ただちに立ち直り、駅前交番へ

連れて行き、干しイモ三枚に水をやりました。

キク　おまいがどげんしたか、そげえなことを聞いとるんじゃなあ。なひて時坊がそげんところにおったいうんじゃ。

四郎　レイテ島でアメリカさんの捕虜になったんだそうですよ。そして、この十月、なつかしい内地へ復員してきた。ひさしぶりに日本を見て、腰を抜かしたらしいですな。なにしろ人口五万以上の都会はすべて焼け野原になっちまったんですから、時坊は浦島太郎にでもなったような気持だった。

キク　おまいの話はむかしからムダばっかりでほんい往生するわ。焼跡の感想なぞどうでもええ。復員しよったらしよったで、なひて岩手におらんのじゃ。

四郎　本人から聞いてくださいよ、もう。

　　その本人はすでに縁先の上手際《かみてぎわ》に出て、雑巾でDDTを払っていたが、四郎に身振りで「先をつづけてください」と頼む。また、「捕虜」「復員」ということばが、芙美子、こま子、三木を少しずつ溶かしていて、こま子はお勝手から木桶に手拭を持ち出して縁先に置き、芙美子は時男の様子をじっと観察している。

四郎　上陸地の佐世保から岩手へ電報を打って、三日がかりで遠野駅に着くと、駅には、こいつのかみさんの父親が出迎えていた。父親はこいつを駅前の旅館に案内すると、いきなり平蜘蛛《ひらぐも》になって畳に額をこすりつけた。

キク　なひてじゃ。

四郎　そのうちに、ボタボタ涙を畳に落しながら、父親はこう詫びたというのです。「役場から戦死公報が届いて満一年、ことしの春、娘はまた新しい婿をとった。娘のお腹にはもう子どもがおる」……。

キク　……！

四郎　「時男さんに合わせる顔がない。娘はそればかり云って、すきを見ては裏の溜池に飛び込もうとする。新しい婿も、申しわけがない、申しわけがないと呟きながら、朝から晩まで草刈り鎌を研いでいる。おまえが帰ってくれば、家は地獄になる。察してくれ」……。

キク　……切ない話じゃのう。

四郎　お金を二千円くれたそうです。

キク　……ほいで。

四郎　仕事を探しに、そのまま、東京へ出てきた。そのへんが、こいつの至らぬところで、焼け野原の東京は失業者のでっかい溜り場、仕事なぞあるはずがない。たちまち、手切金を使い果してしまった。その上、靴も時計も着替えもなにもかも売りつくして、それでごみ箱を漁り歩いていたってわけですよ。……そうだったな。

時男のところへ行って、衿を直してやったりしながら、

四郎 その金で闇米でも仕入れて、東京と岩手を行き来する担ぎ屋になる手もあったんだぜ。もっと手っ取り早いところでは、その二千円を元手に紀伊國屋《きのくにや》の前あたりで立ち食い雑炊を売る手があったな。そしたら、もっと早く会えたんだぞ。あのへんは、一日一回は回るところなんだ。

時男 ……軍隊ボケつのかな、捕虜ボケつのかな、復員ボケつのかな、んでねば、離縁ボケつのかな、こごんどご、ずーっとアダマ病《や》みで、そごまで、知恵、回んねがったけもな。

四郎 ……日本の軍隊とアメリカの捕虜収容所、ずーっとその訛りで通してきたのか。

時男 (うなずいて) 二等兵と捕虜ばっかやってだがら、「はいっ」て返事するほかに、あんまり喋るごどはねがったのっしゃ。喋ンのは、いっつも相手方ばっかりだったけもな。

四郎 ……ま、いいや。さ、みなさんにご挨拶だ。

四郎に押されてキクの前に出た時男、正座をして、丁寧に頭を下げる。

時男 おばちゃ、おばんでがす。

キク おまいのこと、ごっつ恨んどるよ。

時男 ……はあ?

キク なひて、まっすぐ、ここへ、来なかったんじゃ。

時男 ……面目ねくてなや。

キク 面目ない? おまいが悪いんじゃなあ。おまいは、ただ、はいはい、はいはい、元気よう働いてきただけなんじゃけえの、だれに謝らんでもええんじゃ。

時男 もしゃげねえす。

キク (叱るのを諦めて) ……四郎くん。ひさしかぶりに、今夜は、三人で枕を並べて休もうかいの。

四郎 今夜は、深夜の急襲狩り込みが予定されております。

キク 女子衆《おなご しゅ》にひと晩ぐらい、ゆっくり商売させてあげんさい。

四郎 アメリカ兵に性病がうつりますと、日本政府の責任になりますが。

キク みなさんに、その性病いうのをお土産に持たせて、アメリカに帰してあげりゃええが。

四郎、仕様がないというふうにうなずいてから、時男の上着の裾をひっぱる。時男、気づいて、

時男 (三木に) おばんでがす。

三木 いろいろと……ほんとうにいろいろとご苦労さまで

した。

時男　（こま子に）おばんでがす。

こま子　（受けてから、キクに）あとで、お夜食でもつくりましょうか。新宿駅前マーケットのウドン玉がいくつかありますよ。

キク　いっつもかっつもごっつ気の利くお人じゃの。（苦笑して）時男くんにつられて、あしの訛り、急にひどうなっちょってですよ。

時男　（芙美子に）おばんでがす。

芙美子　（全世界の愛を込めて）おかえりなさい。

　時男の顔がくしゃくしゃになる。

芙美子　つらいことばかりだったわね。しばらくうちでゆっくり体を休めることとね。

時男　ありがともしゃげます。

　時男、さらに顔をくしゃくしゃにして、巻いた毛布を解いて、中からボロボロになった薄い雑誌を出す。中に「新潮」（昭和二十一年二月号）。

時男　……こごんどご、おら、一丁前《いっちょめー》に、先生の小説つーの、どさっと読みした。ひまだけは、でっさりど、ありしたもんでね。

芙美子　ありがとう。

時男　道ッ端《ばた》の露天の古本屋台だど、定価の半分こで買えんのだ。……んで、先生の書くものさ、復員兵の小説、あまだあんだっけもな。

芙美子　（うなずいて）……それで？

　時男が急に芙美子の小説について言い出したので、ほかの四人も、耳を澄ます。

時男　……こげな筋の小説は、どうだべが。えがったら、書いてけねべが。

　芙美子が表情で「どうぞ」と許してくれたので、時男、自分なりに注意してことばを選びながら、

時男　ある男がねや、いじっぱりの根性のねじくれた女子《おなご》の婿さなったんだど。そのうぢに、その男さ赤紙がきたので、男は、「こりぁ、うめえごどになった」って、えらぐうるすがって出征したったづおん。……やがて、戦さが終わって、「やんだな、またあの嬶《がが》と暮らさねばなんねのがな」ど、家《えー》さ帰ってきてみっと、なんと、嬶は、新すぐ婿ばとってたんだど。「役場がら戦死公報がきたがら、てっきり死んだと思って、新しく婿とったんだ。もしゃげねえな」ど、舅《しゅうと》が謝

ったけんども、男は心ん中では、うんとうるすがって、「なもかも戦さつー非常時だったんだから仕方ねえべ。おら、おいどますっから、嬶、新しい婿さまと仲よくやってけらえん」ど、家ば出でったづもな。すっと、その新すー婿が後から追っついできて、「おめさまが本来の亭主《ごで》だ、おらは下りっから」ど云ったんだど。

男は、「いやいや、いま亭主してんのが、本来の亭主だべ。おらが下りっから」ど云って、逃げっぺどしたども、新すー婿の方も「おらが下りる」ど云ってきくもんでねえ。譲りっこしてるうぢに、だんだんとおたげえの気持が読めてきて、いづこのまに、「一服すっぺが」て、誘い合って、飲み屋さへえって、嬶の悪口悪態ば、どさっとかだったづ……(話の中身とは逆に声が湿ってきて)んで、んで、そのうぢ、どっちがらどいうともねぐ、「……おららの嬶は浮気者だがら、おらら二人で力ば合わせで、ほかの男さおしつけるごどにしたらどうだべ」つごどさなって……それがうまぐ行って……二人は……気ままな一人者さもどったづ……。

時男から目を逸《そ》らし、その話に暗然としているキクたち。途中まで手帖に時男の話を書き留めていた三木、やはり顔をくしゃくしゃにしながら、

三木 あんまり話が明るすぎますなあ。おもしろすぎます。いまのも放送劇には向きません。

時男 んだがもしゃねね。この『雨』づ復員者のごど書いた小説、これ読んで、いまみてえなボケにボケた話こしゃえで元気っこ出してえだんだでば。

芙美子 ……ありがとう。

雑誌を大事に持つ時男の手を、芙美子は両手で宝石箱のように大切そうに包むが、それは一瞬か二瞬のあいだのこと、時男、後退《あとずさ》りして、

時男 なんだべや、お礼もしゃげるのはおらの方でがすと。この小説、読まながったらどげなごどさなったか……それ考えっと……おら、おっかなぐなる。

芙美子 ……もっと書かなくてはね。あなたの……あなた方のつらさを苦しさを、もっと書かなくてはね。それから、無事だった者がどんなにすまないと思っているかも書かなくてはね。歴史の本はわたしたちのことをすぐにも忘れてしまう、だから、わたしたちがどんな思いで生きてきたか、どこでまちがって、どこでそのまちがいから出直したか、いまのうちに書いておかなくてはね。戦さだ何だかんだとムダな欲ばかりで、わたしたちが自分で地獄をつくったということを……そんなことより、深谷のネギや練馬の夏大根や銚子のイワシや水戸の納豆や

北海道の玉ネギや瀬戸内の鯛の方がずっと大切だということをしっかりと書いておかなくては、それをことばにして、だれにでも送り届けなくてはね。

右の途中、立ち上がって書斎（廊下）へ行こうとするが、半瞬ぐらい、鋭く心臓を刺す痛みに襲われる。すぐそれを抑えて、太陽よりも明るくつづける。

芙美子　休んでいるひまはないんだわ。書かなくては、書かなくてはね。

芙美子は、一度二度、左右に揺れながら廊下の奥へ入って行く。

五人は、その後姿をいつまでもじっと見送っている。

九　エピローグ

ピアニストが「ハレルヤ」を弾いている。

その上に、いきなり割って入ってくる男声のアナウンス。

男子アナ　「今週の『私の本棚』は、二ヵ月前に、持病の心臓弁膜症からくる心臓麻痺《まひ》で亡くなられた林芙美子さんの処女作『放浪記』から、その抜粋を、樫村治子《かしむらはるこ》さんの朗読で、六回にわけてお送りいたしました。

それにしても、林さんほど、たくさんの批判を浴びつづけた小説家は珍しいでしょう。文壇に登場したころは『貧乏を売り物にする素人小説家』、その次は『たった半年間のパリ滞在を売り物にする成り上がり小説家』、そして、シナ事変から太平洋戦争にかけては『軍国主義を太鼓と笛で囃し立てた政府お抱え小説家』など、いつも批判の的になってきました。

しかし、戦後の六年間はちがいました。それは、戦さに打ちのめされた、わたしたち普通の日本人の悲しみを、ただひたすらに書きつづけた六年間でした。弱った心臓をいたわりながら徹夜の連続……その猛烈をきわめた仕事ぶりは、ある評論家に、

『あれは一種の緩慢な自殺ではなかったか』

と云わせたほどでした。

来週は、林さんの代表作『浮雲』から、その結末の部分を、六回に分けて放送の予定です。（一呼吸、おいて）つづいて『尋ね人の時間』です」

ピアノが遠く去って、蟬時雨と照明が入ってくる。

「昭和十八年の十月ごろ、仏印のサイゴンで、農林省の農林研究所の所長をなさっていた牧田《まきた》喜三《よしぞう》さん、ご家族がお探しです。ご家族は疎開先の福島県の、」

三木がラジオのスイッチを切る。
降るような蟬の声。

昭和二十六年八月中旬の正午すこし前の、東京下落合、林芙美子自邸の茶の間。
卓袱台の上にラジオと骨箱。その前で放送を聞いていたのは、キク（黒喪服）、三木、こま子（黒喪服）の三人。……蟬の声がふっと遠退く。

こま子　（大きなため息をついて）……すばらしい紹介アナウンスでした。（骨箱に目をやって）先生もきっとお聞きになっていた……。
三木　（自分で自分の顔を指さしている）……。
こま子　……？
三木　いまのアナウンス原稿、ぼくが申し出て書かせてもらいました。
こま子　……！
三木　ぼくだって少しは進歩しますよ。

遠くで電話が鳴る。こま子、立とうとするが、すぐ止む。

キク　「しっかりしないとね」。
三木・こま子　……？
キク　これ、あの子の口癖じゃったとですよ。朝早く、お茶を持って行くと、真っ赤な目であしを見て、いっつもこげえいうんじゃ。
「夜中にふっと障子に目をやると、障子の桟《さん》が原稿用紙の枡目に見えるんだよ、かあさん」……ぞっとして、少し休んだらどうじゃいうと、「しっかりしないとね、しっかりしないとね」……自分に言い聞かせながら、両手で、ほっぺた、ぱんぱんぱんと何度とのう叩いとった。
三木・こま子　……！
キク　机のあるところも、毎朝、ちごうとったけえね。
三木　……どういうことですか。
キク　うんうん力こめて書くもんじゃけえ、知らんうちに体でぐいぐい机を押して行くんじゃいうとった。ほいじゃけえ、机がひと晩に一間《いっけん》も二間も前へ進むわけじゃの。（骨箱を見て）もう、紙一枚、髪の毛一本、動かすこともできんようになってもうたの。

三木とこま子も、骨箱を見る。

キク　（ものすごく明るく）じゃけんど、この子は、やれるだけのことはやり果《おー》せたんじゃ、なにもあしらが勝手に悲しがることはなあです。（キッとして）坊やもおるけえ、これからは、あしが、しっかりしませんとのう。

　　じっと見ている三木とこま子にキクが頬笑み返したとき、廊下から四郎と時男が入ってくる。

四郎　坊やのお父さんからの電話でしたよ。大雨で丸一日、軽井沢に停まっていた汽車がやっと動いて、たったいま、新宿駅についたそうです。真っすぐお寺さんへ向かうと云ってました。小学生になって初めての夏休み信州旅行が大雨にたたられて、坊やもたいへんだったな。

時男　んでも、納骨式《のーこつしき》さ間に合って、ようがすた。あ、あのっしゃ、ハイヤーが来てっけんじょも、なじょすべが？

キク　この子、うんすこお茶好きじゃったけえ、お茶を一杯、供えたいんじゃがの。

時男　わがりした。ちょこっと待ってけらいんて云ってくるでば。

　　こま子はすでにお茶の支度。
　　出て行く時男に、

四郎　昨日の昼すぎ、新宿駅の前でアイスキャンデー売ってたろう。

時男　あれ、見でだんだ。

四郎　（うなずいて）おまえがなにを云っているのか分からなくて、お客が困ってたみたいだったな。

時男　そのうぢ、なんとかなるっちゃね。

　　時男、廊下へ入る。この間に、お茶が骨箱に供えられ、みんなにも配られる。
　　お茶を持って、骨箱を見つめているそのうちに、キクをのぞく三人から、静かに「ハレルヤ」が湧き上がる。
　　間もなく時男が戻ってきて、この最後のお茶に加わる。

　　あなたはこんなに
　　小さな四角の箱の中
（こま子）けれどもあなたの
　　いくつもの本は　大きくはばたくでしょう
　　いまもこれからも

　　あなたのいのちは
　　束の間のかげろうのはかなさ
（四郎）けれどもあなたの
　　いくつもの本は　長くのこるでしょう

この世があるかぎり

四郎、時男、三木、キクとこま子の順で茶の間から廊下へ出て行きながら、

あなたはまいにちの
（三木）哀しみを　苦しみを書きのこした
だからこそあなたの
いくつもの本は　いつも慰めるでしょう
ひとというひとを

茶碗と卓袱台を残して暗くなるうちに、幕がおりてくる。

主要参考文献

新潮社版『林芙美子全集』（全二三巻）
文泉堂出版『林芙美子全集』（全一六巻）
藤原与一著『瀬戸内海方言辞典』東京堂出版
大貫弁研究会編『大貫《おおぬき》のことば』私家版
加藤陽子『戦争の日本近現代史』講談社現代新書
日本国際政治学会太平洋戦争原因研究部編『太平洋戦争への道』（全八巻）朝日新聞社
筑摩書房版『島崎藤村全集』（全三一巻）
テレンス・ラティガン　加藤恭平訳『お日様の輝く間に』原書房
サマセット・モーム　海保眞夫訳『夫が多すぎて』岩波文庫

兄おとうと

とき

明治四十二年（一九〇九）の降誕祭前夜《クリスマス・イヴ》から、昭和七年（一九三二）の十二月のある夜までの二十三年間。

ところ

東京本郷の吉野作造の借家、江戸川べりの料理旅館、東京帝国大学吉野研究室、吉野信次宅、箱根湯本《ゆもと》温泉の小川屋旅館。

ひと

吉野作《さく》造《ぞう》 (31)

玉《たま》乃《の》 (29)

吉野信《しん》次《じ》 (21)

君《きみ》代《よ》 (20)

青木存《なが》義《よし》 (31)

大川勝江 (18)

ピアニスト

年齢は、いずれも、劇が始まったときのものである。また、俳優は自分の扮する人物の年齢に忠実である必要は、ほとんどない。さらに、青木存義と大川勝江に扮する俳優は数役を兼ねる。

ピアニストの静かに弾く序曲に誘われて場内に深い闇が訪れる。と、曲調が変わって、

プロローグ　ふしぎな兄弟

「ふしぎな兄弟」の前奏。
すばやく明るくなり、六人の俳優が登場、そして歌う。

（青木）ときは明治と大正、昭和
三つの御代の長いおはなし
（勝江）寒さきびしい小さな町に
生まれ合わせた兄とおとうと
（六人）兄とおとうと
どちらも秀才
兄とおとうと
どちらも秀才
（作造）兄作造は東大教授
デモクラシーを唱えた学者
（信次）おとうと信次　えらい役人
二度も大臣を　つとめあげた
（六人）デモクラシー
えらい役人
デモクラシー
えらい役人
（君代）ふしぎなことに　この兄弟は
枕ならべて寝たことがない
（玉乃）おとなになって　おんなじ部屋で
寝たのはわずか一二三四五回
（六人）一二三四五回
一二三四五回
一二三四五回
一二三四五回
これから始まるのは
いっしょに寝た日のはなし
お見せするのは
なかよく寝た日のはなし

第一幕

一　姉いもうと

笠つき電球が点ると、そこは明治四十二年（一九〇九）暮れの、東京本郷の吉野作造の借家の茶の間。

背後に下手（お勝手と風呂場）から上手（寝室と子供部屋）へつながる横一本の廊下。

「ふとんの唄」の前奏にのって、玉乃と君代の姉妹、そして女中の勝江の三人が布団や枕を抱いてあらわれ、歌いながら、床を二つ敷く。

（玉乃）フワフワ綿のふとん
ここに敷きましょう
花の柄《がら》の模様
ネルを当てた衿《えり》

（三人）ふとんのなかの
眠りの国の
夢のたのしさ

玉乃（勝江に）子どもたちは寝たかしら。

勝江（うなずいて）お三人とも、鼻から大きな提灯を出していなさいますよ。

（勝江）イギリス製の毛布
とても高い毛布
一度に払えない
二年月賦です

（三人）ふとんのなかの
眠りの国の
夢のたのしさ

玉乃（勝江に）青木さんはどうなさった？

勝江ずーっとお風呂です。よっぽど、お風呂がお好きなんですね。

右の会話の間に、作造（パジャマに中国風ガウン）と信次（浴衣の上にどてら）が入ってくる。

（君代）二つならんだふとん

お義兄《にい》さんは右
信次さんは左
ふたりなかよくどうぞ

（五人）ふとんのなかの
眠りの国の
夢のたのしさ
（繰り返し）
ふとんのなかの
眠りの国の
夢のたのしさ

繰り返しの間に、三人は兄おとうとにおやすみの挨拶をして引っ込むが、玉乃と君代は上手、勝江は下手にわかれる。

玉乃 勝江さん、青木さんは今夜、あなたの部屋にお休みになるのよ。おわかりね。

勝江 （大きくうなずいて）お客様用のおふとん、もう敷いてあります。

君代 お姉さんは子供部屋、勝江さんとわたしはお納戸《なんど》部屋よ。

勝江 はーい。……青木の若殿に襲われた下町娘、舌嚙み切って純潔守る、東京本郷、吉野作造帝大助教授宅での深夜の惨劇。（思わず身震いして）そんなことになったら事件ですからね。（下手へ駆け込みながら）おふとん持ってすぐまいります。

大の字になっていた作造、ふとんの上にむっくと起き上がる。

作造 （大声で）たしかにこれは「事件」だな。信次、そうは思わないか。

信次はさっきから妙なため息をついていたが、

信次 人生なんて事件の連続でしょう。（ため息）無数の事件が積み重なったものが人生でしょう。なにもそう大声でいうほどのことはないと思うけど。（ため息）こうやってため息をつくのも、ぼくがいま事件と向き合っているからです。しかし、ぼくは兄さんのように喚いたりしない……。

作造 酔っているな。クリスマスのお祝いに青木が持ってきてくれたポルトガルの葡萄酒、あれに酔ったんだな。そこで妙なことをいっているわけだ。

信次 コップ一杯ぐらいで酔うもんか。兄さんとはちがいますよ。

作造 ぼくは酔った。だからすこし、感傷的になっているかもしれないが……考えてみると、こうして同じ屋根の下の一つ部屋に弟と枕を並べて眠るのは、今夜が初めてだ。だから事件といったのさ。ふしぎといえば、ふしぎな話だ。

信次　なにがですか。

作造　いっしょに悪戯《わるさ》をして並んで叱られて、週に一度は喧嘩して、どっちかがべそをかきながら、結局は一つふとんにくるまって寝てしまう。これを繰り返しているうちに大人になる。これが普通だろう。ところがぼくたち吉野兄弟はどうだ。(信次を指し) 東京帝国大学法律科一年生で二十一、(自分を指し) 同じ大学の政治学助教授で三十一、この年になるまで、いっしょに寝たことがないんだからふしぎだ。……十《とお》も年が離れすぎていたのがいけなかったんだな。

信次　東北地方が生んだ明治の神童、それがいけなかったんですよ。

作造　……？

信次　普通の子なら小学校を卒《お》えると父親の仕事の手伝いで家にいる。ところが兄さんは神童だった。郷土の誉れだ、仙台に出て中学を卒えろ、高等学校も卒えろ、東京帝国大学を卒えろ、学者になれ、帝国大学教授になれ……頭のよさに惚れ込んだ人たちが兄さんを吉野の家から遠ざけてしまったんだ。ゆえに弟や妹たちといっしょに暮す機会を逃した。たったそれだけの話でしょう。

作造　(あたまをかいて) 理路整然たるものだな。なるほど、評判通りの秀才だ。ぼくより頭が切れる。

信次　自分と比べないでください。なにしろ、ぼくは、子どものころから、お兄《あん》つァんを見習え、お兄つァんがあの八幡太郎なら、信次などは町の番所の番太郎だと云われて育ってきたんですから。

作造　いや、いまの分析はみごとだった。たしかにおまえはよくできる。

信次　(ピシッと) よしましょう。兄弟で誉め合うのは。

作造　(あたまをかいて) また一本とられた。……明日の朝、本郷教会の説教壇にお立ちになるのは海老名弾正《えびなだんじょう》先生だ。聞きそこなっちゃ損だよ。(ふとんに潜り込みながら) 寝るときに灯りを消すのを忘れるな。

信次　……兄さん。

信次の方は、ふとんを折り畳んで、正座する。

作造　どうした？

信次　……じつは (言い出せない) ……。

作造　遠慮は他人同士がするものだ。兄弟の間で遠慮は禁物だよ。(うなずいて) そうか。ヨーロッパ留学を半年後、来年六月に控えているから、あまり余裕はないが、それでも二十円ぐらいならなんとかなるだろう。玉乃に云っておくよ。(軽く、しあわせそうに笑って) 弟に小遣いをせびられるって、いい気分だな。

信次　（下手を睨みつけながら）あいつ……いつまでもお湯につかってふやけかかっているあいつ、いったい何者なんですか。なぜ、今夜、ここに泊まるんですか。
作造　さっき紹介したはずだよ。
信次　青木存義《ながよし》、文部官僚。いま、小学唱歌集をつくっている……、
作造　わかっているのなら、あいつなんて云ってはいけない。
信次　仙台一中、第二高等学校、そして東京帝国大学と、ずーっと兄さんといっしょだった。実家は宮城県北部に三百町歩の水田をもつ大地主。それで家に帰ると、「青木の若殿」と呼ばれている……。
作造　ところが身分に似合わずまじめなやつでね、通りを曲がるときでも定規でもあてがったようにきちんと四角に曲がらないと気がすまない……、
信次　でも、今夜は、ここへ来たときから、ニヤニヤにやついて、気持が悪い。青木さんは、なにが狙いなんですか。

作造、起き上がる。

作造　青木くんは君代ちゃんに夢中なんだよ。
信次　（やっぱり！）……でも、あいつ、どこで君代さんを知ったんです？
作造　三年間のヨーロッパ留学に出発しようとしているぼくにとって最大の問題は、留守中の家族の生活をどう保証するかなんだ。わかるか？
信次　だれもそんなことを聞いていません。ぼくにとって問題なのは、あいつがどこで君代さんを知ったかです。
作造　おまえに答えるためには、まずここから始めなければならない。いいか、信次、留学中のぼくの助教授の俸給は三分の一に減額されることになっている。しかるに、助教授の月給は百二十八円、その三分の一となると四十円とちょっとである。おまえ、ひと月にいくらかかる？
信次　三十円。古川から十円、伊達家から奨学金が二十円。それにときどき、兄さんから一円か二円……あいつどこで君代さんを知ったんですか。
作造　玉乃と三人の子どもが一月《ひとつき》四十円で暮せると思うか。
信次　それはきびしい……あいつどこで君代さんを知ったんですか。
作造　（制して）子どもが病気にでもなったら、それこそ悲劇だ。古川の父さんは羽二重工場に手を出して失敗、倒産寸前、おまえに送金するので精一杯だろう。これはだれか篤志家の援助を仰ぐしかないなと思いはじめたところへ、あの青木くんが、「うちの父に会ってみたら」と云ってくれた。さっそく麴町の青木家東京事務所を訪ねると、青木くんのお父さんというのが、なかなかの人格者でねえ。

勝江がふとんを抱えて、下手から上手へ行く。

信次　その人格者の息子ですが、いったいどこで君代さんを知ったんですか。

作造　もうすこしの辛抱、話の終点はすぐそこだよ。それで、そのうちに話題が家族に及んだから、ちょうど持ち合わせていた家族写真をお見せした。

信次　（いらいらして）あいつどこで君代さんを知ったんですか。

作造　その写真に、すばらしい笑顔の君代ちゃんが写っていた。というのも、ほら、今年の一月まで三年間、ぼくはチャイナは天津《テンシン》の学校で政治学を教えていただろう。清国はヨーロッパ列強によって半ば侵略されかかっている。これは清国にまだ憲法と議会がないのが原因である。その証拠に、日本は憲法と議会ができてから、うんと強くなったではないか。憲法と議会を使って人民の力を吸い上げているから国力がぐんとましたのだ。よろしい、それなら、日本から学者を招いて憲法と議会の勉強をしようではないか。そこでぼくが招かれた。

信次　そのありがたいお説教はまだつづくんですか。

作造　だからその天津のフランス租界で写真を撮ったことがあるんだよ。そのとき写真師がこう云った。そのへんの写真師はシャッターを切るときに「はい、チーズ」なんて云いますが、あれでは上っ面の笑顔にしかなりません、わたしはお客さまに「シンク・オブ・ハー」、あるいは「シンク・オブ・ヒム」と申します、写真に撮られるときは、恋しい人、愛しい方のことを思いなさい、すると、最高のポートレートができますよ。これを君代ちゃんに教えたことがある。おまえも覚えておくといいぞ。

信次　……兄さん！

作造　君代ちゃんはさっそく家族写真で、その「シンク・オブ・ヒム」を実行したらしい。それですてきな笑顔で写ったんだな。

信次　（ついに怒鳴る）あいつどこで君代さんを知ったんですか！

作造　だから、そのすばらしい笑顔を一目見て、同席していた青木くんがたちまち恋におちた。どうしても実物にお目にかかりたいと云うから、「君代ちゃんはこんどのクリスマスに仙台から上京するはずだよ」と教えてあげた。そしてクリスマス・イヴの今夜、青木くんはついにその念願を果たしたわけだ。

信次　兄さんは、もう……、

作造　君代ちゃんはうちの玉乃の妹、ぼくも彼女のしあわせを考えてあげなければならない立場にある。そこで思うんだが、いいんじゃないかな、この組合せは。それに彼のお父さんからの援助、これも大いに期待できそうだし……（ハッと気づいて）おまえ、君代ちゃんのことを異常に気にしていなかったか。

信次　実の弟のことなど、どうでもいいんだな。冷たいなあ、兄さんは……。

作造　なんだって……？

玉乃が君代を押し出すようにして入ってくる。そのあとから勝江。

玉乃　あなた、君代と信次さんがたいへんよ。

君代　大さわぎしないで。こんなの、ごく当たり前のことよ。

作造　……どうした。

玉乃　あなたの弟さんとわたしの妹とが結婚するんだそうですよ。君代がいま、そう白状しました。

君代　クリスチャンとして恥ずべきことはなに一つしていません。白状なんていやなことば、使わないで。

君代、しゃんとして信次の横に坐る。

玉乃　（作造に）さっき晩御飯のあとで、青木さんの持ってきてくださったお蜜柑をみんなでいただきましたわね。

作造　きみはいま、結婚と云ったはずだよ。

玉乃　食後のお蜜柑から始めないと、話がわからないんですよ。大きな粒《つぶ》の、おいしそうなお蜜柑。子どもたちもいるし、取り合いになるといけないと思って、卓袱台《ちゃぶだい》のまわりに集まったみんなに一個ずつ配りました。

作造　結婚はどこへ行きましたか。

玉乃　ですから、君代がお蜜柑を割って、ひとふさ、口に入れるでしょう。何気なく見ていたら、この子、ふさの中味を半分のこして、それを皮の上にそっと置くじゃありませんか。

作造　結婚です。

玉乃　（制して）それで、君代が中味を半分たべのこしたふさを、信次さんが横からすばやく摘《つま》んで口に入れたんです。そして、順番がその逆になることもありました。蜜柑をもっと甘くいただくやり方って、あればあるものねえ。

作造　つまり、二人は結婚を前提に蜜柑のふさを交換していたわけか。

玉乃　いま君代を問い詰めたら、じつはそうなんですって。

作造　（信次に）いつごろから蜜柑の、ツバのついたふさを交換するような、そういう関係になったんだ。

信次　（君代に）……いつからかなあ。

君代　いつからともなくよ。

勝江　この夏からじゃありませんか。

ちょっとの間。

玉乃　どうしてわかるの？
勝江　夏になると、仙台名産の長茄子《ながなす》のお漬物を大鉢にいれて、卓袱台の上にどんとお出ししますね。
玉乃　長茄子の話じゃなくて、二人の間になにか起こったのがこの夏からだと、どうしてわかるのかって聞いているんですよ。
勝江　長茄子から始めないと話がわからないんです。遊びにきておいでの信次さんがお茄子のヘタをおのこしなさいますね。それで小皿がヘタで山盛りになります。
作造　（思わず）あれはもったいない。信次、じつはあのヘタがうまいのだ。
玉乃　……あなた。
作造　（あたまをかきながら、勝江に）信次のヘタがどうしました。
勝江　そのヘタを、女子師範の夏休みでやはり遊びにきておいでの君代さんがひょいと口になさったんです。アレマアと思いました。それからもう一つ、忘れてならないのはあのおソーメンです。君代さんは、信次さんが箸をつけたあたりから、きまってかならずおソーメンを持ってお行きなさった。このときもアレマアと思いました。そんなわけですから、まず君代さんの方からお熱になられたんじゃないですか。
作造　（感心して）観察、分析、そして組み立てる。学者のやり方だ。
勝江　先生の十八番《おはこ》を盗んだだけです。
作造　……ぼくの十八番？
勝江　いまいる場所は神様から大事な道具としてあたえられたものだよ。よくそうおっしゃってるでしょう。だからその場所がどんな場所であれ、その場所からよくモノを見て、がんばって生きて行くしかない……。
作造　（うなずいて）人間は、いまいる俗世間の中で光を求めて走り続けるしかない、それが人間の運命である……本郷教会の海老名先生の教えです。
勝江　だから、あたしはお勝手から一所懸命モノを見て、君代さんと信次さんはアレマアの仲だなと見当をつけたんです。
作造　えらい。
信次　兄さんにその観察力が少しはあればな。
作造　……？
信次　そしたら、ぼくの様子がおかしいと見抜けたはずだもの。じつは、君代さんとのことで、相談に乗ってもらいたかったんだ。
作造　すまん。

風呂場から手桶が転がる音。

玉乃　そうだわ。青木さんがいらっしゃったんだわ。どうしましょう。あなた、青木さんに君代のことをお薦《すす》めになっていたんでしょう。

作造 （唸って）……結果としては青木くんをだますことになってしまった。（両手を組合せる。祈っているらしい）わたくしは、どうしようもない罪びとです。

玉乃、作造をいたわりながら君代に、

玉乃 主人の留学中の家計を、青木さんのお父さまが助けてくださるという話が進行中だったのよ。長茄子のヘタを分け合っているって、もっと早くに云ってくれたらよかったのに。

君代 じゃあ、こうする。義兄《にい》さんへの援助が決まるまで青木さんとお付き合いする。

信次 ……君代さん。

君代 それでわたし、青木さんから嫌われるようなことをうんとする。そして向こうから断ってくるよう仕向けます。どう、姉さん、これなら気に入って？

玉乃 ……！

信次 気に入らない。ぼくは、断然、気に入らない。

君代 いまのは冗談よ。信次さんがどうおっしゃるか知りたかったの。（ひたすらに）姉さんがどこまでも反対なさるなら、駆け落ちでもなんでもするわ。来年三月、宮城師範女子部を卒《お》えれば、小学校訓導のお免状がもらえます。お免状さえあれば、日本国中、どこででも小学校の先生ができるわ。信次さんと二人、なんとか食べて行ける。

信次 その気持はありがたいけど、心配は無用だよ。在学中に高等文官試験を受けて、官僚になってみせる。あなたには生涯、苦労はさせません。

君代 ……信次さん。

信次 農商務省がいいんじゃないかと思うんだ。農業と商業、この二つがいまもこれからもこの日本の二本柱になるにちがいないからね。

君代と信次が手を取り合う。
そこへ、ドテラ姿の青木が、「団栗《どんぐり》ころころ」を歌いながらやってくる。
シューベルトの歌曲のような美しいピアノの伴奏。

青木 団栗ころころ　どんぶりこ
お池にはまって　さァ大変
泥鰌《どじょう》が出て来て「今日は！
坊ちゃん一緒に　遊びましょう」

青木、信次と君代の間に割り込んで、

青木 宮城師範女子部生徒の君代さん、いまの唱歌をどうお思いになりましたか。

君代　……はい？
青木　君代さんは小学校の先生になる勉強をなさっておいでですね。小学生諸君はいまの唱歌をよろこんで歌ってくれるでしょうか。
君代　……はあ。
青木　歌詞を書いたのは、このわたしですが、この次に出る文部省の小学唱歌集に入れようかどうしようか迷っております。ここはぜひ、あなたのような専門家のお考えが知りたいな。
君代　それなら姉の方がずっと適任ですわ。姉は九年前に宮城師範を出ております。それに東京の谷中《やなか》小学校で三年間、実際に教壇に立っておりましたし、バイオリンなどはとても上手ですよ。
玉乃　（助け舟）結構な唱歌でしたよ。
青木　もちろん、吉野くんの奥さんが小学校の訓導をなさっていたことは知ってます。でも、あなたのような、新時代を背負うお若い方のお考えをうかがいたいんですよ。二番もあるんですよ。

青木、自作を歌う。美しい伴奏。

青木　団栗ころころ　喜んで
暫《しばら》く一緒に　遊んだが
やっぱりお山が　恋しいと
泣いては泥鰌を　困らせた

唄のあいだ、作造は申しわけなくて部屋の隅へ下がって、あたまを抱えている。
歌い終わった青木に、玉乃と勝江がバカに盛大な拍手をおくる。

青木　（拍手を制して）湯舟につかりながら、長い間、悩んでいたところでした。いまの「やっぱりお山が　恋しいと」の恋しい、こんなどきどきするようなコトバを小学唱歌で教えていいものかどうか……
信次　いいんじゃないんですか、教えても。
青木　君代さんのお考えは？
君代　……はあ。
青木　恋……。やはり君代さんとぼくが使うコトバでしょうね。
君代　（困り果てて）どうでしょうか。
青木　いや、いますぐお答えをお出しにならなくてもいい。これから何度もお会いして、二人でよく話し合って結論を出せばすむことです。
玉乃　（思い切って）君代はクリスチャン、青木家のご家風には合わないと思いますが。
青木　（笑い飛ばして）クリスチャンが怖くてオボッチャンなんかやってられません。

玉乃 それも熱烈なクリスチャンで、朝晩二時間ずつ十字架の前に坐りっ切り。
青木 （ひるまず）そんなにお好きなら麹町の屋敷に電柱より高い十字架をお立てしますよ。
玉乃 一日一度は教会へ行かないと気分が悪くなるようですし……、
青木 ついでに屋敷に教会も作ります。
玉乃 お金でもモノでも持っているものはみんな人さまにあげてしまいますし……
青木 うちも慈善事業をやってます。
玉乃 （詰まる）それから……
勝江 （助け舟）夜中にはキリストさま、キリストさまと、ひっきりなしに寝言をおっしゃいます。
青木 耳栓をします。
勝江 そのうちににゅーっと首がのびます。
青木 見て見ないふりを……
勝江 それから油をお舐めになります。
青木 ……！
作造 （ついに）やめなさい！

みんな動かなくなる。玉乃と勝江は首を垂れ、君代は一種の感動を覚えて青木を見つめ、その君代を支えて心配そうな信次。この「構図」をしばらく見ていた青木、すべてを察して、

青木 ……化け猫と恋はできませんね。さよなら。

青木、下手へ駆け込む。作造、その後を追う。

作造 青木くんに懺悔しなければならない。

玉乃、ポツンと、

玉乃 なんてまっすぐな人。
君代 信次さんを知らなかったら、わたし、あのひとの奥さんになったかもしれない。
信次 ……君代さん。
勝江 でも、いいお唱歌でしたね。どんぐりころころ……、
玉乃 シーッ。

玉乃はみんなの注意を風呂場の方に向ける。下手から、青木と作造が明るく「団栗ころころ」を歌っているのが聞こえてくる。

二　恩賜の銀時計

十一年後の大正九年（一九二〇）十月初旬、秋晴れの日曜日、午後おそくの江戸川東岸の料理旅館

「川源《かわげん》」の二階座敷（奥に廊下）。隅に革製の旅行鞄とバイオリンのケース。

高衿《ハイカラー》の白シャツに黒ズボンをズボン吊りで吊った作造が、江戸川名物の鮒《ふな》を描いた立屏風の前で、今夜の講演の予行演習をしている。講演ずれのしていない、祈りを捧げる牧師のような、ひた向きな口調。なお、立屏風に引っ掛けてあるのは作造の黒上着。

遠くから（一つ置いた座敷あたりから）バイオリンの「ユモレスク」が薄く聞こえてきている。ちなみに、玉乃は、当時としてはという注釈が入るが、バイオリンの名手。

作造 ……文部省から派遣されて三年間、わたくしはヨーロッパ各地の大学で政治学の研究をしてまいりました。帰国したのは七年前ですから、だいぶ昔のことになりますが、その三年間で、もっとも印象に深かったのは……（大きく見回して）市川キリスト教会青年会のみなさん、ここからが本日の講演の眼目《がんもく》でありますが……もっとも印象に深かったのは、ヨーロッパ各地で、人びとが目覚め始めているという厳粛なる事実でありました。（手元のカードをチラと見て）たとえば、炭坑夫が寒さの冬にひとかけらの石炭も買えずに親子で抱き合って震えている。（チラ）布地を一日に何キロメートルも織《お》る職工さんがボロをまとうわが子に一枚のシャツさえ買ってやれない。（チラ）りっぱなお屋敷を建てている大工さんがいまにも倒れそうなあばら屋に住み、豪華な着せ替え人形をこしらえる女工さんが孔《あな》だらけのショールで寒さを防いでいる。これまではみんな「人生ってそんなものさ」と、何の疑問も持たなかったが、最近はちがう。わが子のための石炭やシャツがないのはなぜ？　雨風から家族を守る住まいが持てないのはなぜ？　自分を暖めてくれるショールがないのはなぜ？　なぜ、なぜ、なぜ。（すこし改まって）さよう、人びとは「なぜ」と考えることによって政治に目覚め始めたのであります。（チラ）こうなると政治学も変わらねばなりません。これまでの政治学は、お偉方になり代わって世の中を考えていた。天下をとるにはどうしたらよいか、天下を取ったら人びとをどう治めればよいかと、そればかり考えてきた。つまり、明治の政治学はお偉方の走り使いに甘んじていたと言い切ってもよろしい。政治学ばかりではありませんよ。たとえば、小説もそうである。やれ古代中国では皇帝たちがこうやって天下を取り、こうやって人びとを治めたとか、やれ信長、秀吉、家康がこうやって天下を争い、こうやって人びとを治めたとか、偉い人のことばかり書いている。しかも治められる側の一般の人びとがそれらの読物に夢中になっているのですから、皮肉といわんか、滑稽といわんか……これを奴隷根性といいますが、しかし、世の中に「なぜ」と問いかけることで人びとが目覚めた以上は、少なくとも政治学は変わらねばなりません。市川キリスト教会青年会のみなさん、これからの政治学は、お偉方に向かって人びとが抗議するときに役立つ学問でなければならぬのです。為政者《いせいしゃ》すなわち政治を行う側にではなく、人びとの側に立って考えること、これこそが大正新時代の政治学なのであります……。

自動車のエンジン音が近づき旅館の前に止まる。作造、廊下まで出て道路を見下ろしてメモを持った手を振ったりするが、そのあいだも講演の予行演習に余念がない。バイオリンも、ちょっと止まるが、またすぐ、聞こえ始める。

作造 ……では、人びとはどのような方法でお偉方に抗議するのか。もちろん、憲法と議会をもってそれを行なうのであります。(じつに改まって) 市川キリスト教会青年会のみなさん、憲法とは、人びとから国家に向かって発せられた命令である。逆に法律とは、国家から人びとに発せられた命令であります。そしてもちろん、いかなる場合でも、憲法は法律に優越する。国家の法律より、人びとの憲法の方がはるかに偉いのであります。ただ残念なことにわが国の憲法は、人びとから発せられたものではなく、天皇から発せられたものであった。そこにわが憲法の重大な欠陥があるのでありまして……、

信次 (ピシャリと) いかん! いけませんよ、兄さん。

上手から、りっぱなハイカラー洋服の信次が飛び込んでくる。バイオリンの音も止む。

信次 過激すぎるんですよ、兄さんは。ぼくが農商務書記官になったからって言うんじゃない、世間の常識に照らしても激しすぎるから言うんです。

作造 ……世間の常識?

信次 いまの発言は非国民の非常識。だから言っているんですよ。

作造 (自信) ぼくの論文を載せた雑誌は、それこそ羽根でも生やしたように、飛ぶように売れているんだよ。しかも、国中の書店で、だよ。

信次 中央公論ですか、改造ですか、それとも婦人之友ですか。全部を合わせても読者の数は百万もいないでしょう。しかし日本には六千万の人間がいるんです。常識というのは、それら六千万人の、ものの考え方のことです。

作造 今夜の聴衆は、市川のクリスチャンの青年たちだ。ごく内輪の集まりなんだよ。

信次 (言下に) 内務省警保課《けいほか》の危険思想係がきている。

それもクリスチャンよりクリスチャンらしい顔で。
作造　ほう、確信があるんだ。
信次　(詰まるが) 彼らも天皇の官僚ですからね。官僚のやりそうなことは、ぼくにはよくわかるんですよ。
作造　ところで、われわれの銀時計は出てきそうかね。
信次　それなんですがね……、

下手から、玉乃がバイオリンを手巾《ハンケチ》で拭きながら入ってきて、

玉乃　お帰りなさい。長いあいだ放っておいたら、ずいぶん技量《うで》が落ちたわ。
信次　そんなものを弾いているときじゃないでしょう。兄さんの発言にもっと神経を向けておかないと、またいつかのように、右翼の国士や士官学校生徒にねじこまれてしまいますよ。このあいだも、玄関のガラス戸をメチャメチャにされたはずですよ。
玉乃　(うなずいて) ついでに門柱を抜いて、持ってっちゃいました。根っ子が腐って、そのうち替えなきゃと思ってたところだったから、かえってよかったんですけどね。
信次　まったく二人とも、のんき坊主なんだからなあ。
玉乃　それで、お財布の行方は、やはり分からずじまいなの。
信次　だから、それなんですがね……、

上手から、鮒の雀焼《すずめや》きや鮒の甘露煮《かんろに》を山のように抱えた洋装の君代が入ってくる。

君代　(二人に見せて) ここの川源の御主人がこんなにくださったのよ。見てよ、姉さん、すごいでしょ。
玉乃　……鮒の甘露煮、鮒の雀焼き。ここ江戸川の名産よ。

君代、姉と自分とに分けながら、

君代　御主人が、「みなさまのお座敷を泥棒が荒らしたについては、わたしども旅館側に責任がございますゆえ、本日は本式のお詫びは近いうちにかならずいたしますが、本日はとりあえずこれをお土産にお持ちくださいまし。ご主人さまにどうぞよろしくお取り成しを」って、何回も何回もお辞儀をなさってた。(信次に) 岸信介《きししんすけ》さんや木戸《きど》幸一《こういち》さんにも、これ、分けてあげましょうね。
信次　……。
玉乃　岸信介さんに木戸幸一さん?
君代　(うなずいて) お二人とも信次さんお気に入りの部下。それはそれはお仕事がよくおできになるんですって。
玉乃　(感心して) たいした内助の功ね。
君代　へへへ、賢夫人でしょ。

二人、お土産の仕分けをつづける。

信次 昨夜、盗まれた銀時計と財布の話をしているところなんだがね。
君代 （気づいて）……あ、こちらの警察署の様子はいかがでした？
信次 のろい、とろい、おそい。
君代 ……やっぱり、見つからなかったのね。
信次 署長以下署員全員、天子さまからお授かりになった恩賜の銀時計が二つもこの市川で失われるとは町始まって以来の不吉な凶事、そう言いながら、うろうろ騒ぎ立てるばかりだ。あの様子ではほとんど絶望だな。

ちょっとの間。
作造は黙々と講演の予習。

玉乃 （坐り直して）信次さんの書記官昇任をお祝いしたくて、ここを選んだのだけれど……飛んだ招待旅行になってしまいましたね。ごめんなさい。
信次 ……。
玉乃 ほんとうに申しわけがない……。
信次 （口の中ではなにか言っている）……。
玉乃 あの……、
君代 時計とお財布を盗んだのは姉さん、そういうわけじゃないんでしょう。
玉乃 そりゃそうですよ。
君代 じゃあそんなに謝らないで。
玉乃 でも、こんな物騒なところを選んだのはわたしだから……主人の論文の載った朝日新聞に、この川源料理旅館の宣伝チラシが挟み込まれていたのよ。主人の講演の予定もあって、こりゃ好都合とここに決めたんだけど……大失敗でした。

君代、玉乃を少し脇へ誘って、

君代 へそくりしてる？
玉乃 してないこともないけど、でも、どうして？
君代 銀時計を買ってあげましょうよ。
玉乃 （うなずいて）それくらいならなんとかなるわ。

君代、信次に、

君代 あすの月曜午後四時半、お役所近くの歌舞伎座の前で逢引きよ。いいこと？
信次 （仰天して）……逢引き？
君代 銀座で銀時計を買ってあげる。
信次 銀時計……？

君代　わたしのへそくりでね。
信次　あの恩賜の銀時計が銀座の銀時計といっしょになりますか。
君代　でも、こんどのはスイス製よ。
信次　（一瞬グラッとくるが）あの銀時計の裏蓋には、「恩賜　大正二年東京帝国大学法科大学首席卒業者　吉野信次君」という二十六文字が彫ってあるんだよ。何度も見てるんだから、きみだって知ってるだろう。
君代　その二十六文字も彫らせましょうよ。
信次　（絶句）……！
君代　だいたい信次さんは、あの銀時計にご不満だったじゃない。（玉乃に）いつもこぼすのよ、「ぼくの前の年までスイスの銀時計だったのに、ぼくの年からは国産の精工舎になっちゃった。ああ、つまらねえ、兄貴のはスイス製なのに」って。
信次　夫婦の会話をこんなところで大っぴらにするやつがあるか。

予行演習を終えた作造が、信次のそばへきて横から大きく肩を抱く。

作造　お前が卒業した大正二年、この国の財政はほとんど破産しかかっていた。なにしろわが国はあの日露戦争を外国からの借金で戦ったんだからね。
信次　（思わずすらすらと）日露戦争の戦費総額は十八億二千六百二十九万円です。そのうちアメリカからの借金が約八億円です。戦後、わが国は、その借金を死に物狂いになって返済しなければならなくなりました。一方、アメリカはその利子で莫大な利益を手中に収めた……。
作造　だから、借金返済に追われていたその大正二年のわが国の財政が、国産品の恩賜の銀時計としてあらわれただけの話じゃないか。
信次　わかってはいますが、しかし……、
作造　スイス製だろうが国産品だろうが玩具の時計だろうが、おまえが首席で卒業したことは疑いようもない事実だ。そうだろう。
信次　……はい。
作造　時計を盗まれて、ぼくも衝撃を受けた。しかし、いまはこうも思うのだ。たしかに時計は失われたが、その代わりにぼくは十一年ぶりに弟と枕を並べて眠ることができたんだってね。それを考えれば、時計の一つや二つがなんだ、安いものじゃないか。
信次　……はあ。
作造　もっともおまえは枕にあたまを当てたとたんに、いびきをかきはじめたから、実のある話はできなかったがね。
信次　このところ毎晩、会議の連続で……、
作造　いや、おまえのいびきが、江戸川の水の岸辺を洗う

音と溶け合って、まるでなつかしい音楽のように聞こえていた。
信次　(さすがにジンとくる)……!
作造　来てくれて、ありがとう。
信次　ぼくの方こそ……(思い当って)あ、ここの宿賃はどうしますか?　ぼくたちは財布まで盗まれてしまったんですよ。
作造　……そうか!
信次　ぼくの名刺を置いていきましょう。役所へ取りにくるように言います。
作造　それではきみたちを招待した意味がない。市川キリスト教会から借りよう。
玉乃　たよりになる助太刀がいますよ。
作造・信次　……助太刀?
君代　へそくりのことよ。
玉乃　(うなずいて)銀時計や宿賃ぐらい、なんとかなります。

姉と妹は「ユモレスク」の旋律へ跳ぶ。

(玉乃)　へそくり始めて
　　　　あれこれやりくり
　　　　かれこれ十何年
　　　　一日十銭

(君代)　ときには一円
　　　　地道にためる
　　　　おかずをへらして
　　　　おやつを抜かして
　　　　かれこれ十何年
　　　　一日十銭
　　　　ときには一円
　　　　せっせとためる

(二人)　へそくりは身だしなみ
　　　　女の才覚
　　　　へそくりは強い助っ人
　　　　まさかのときの助太刀

　　　　へそくり始めて
　　　　あれこれやりくり
　　　　かれこれ十何年
　　　　夫にかくれて
　　　　タンスのうしろに
　　　　こっそりためてゆく

(二人)　だからといって女は
　　　　決して単なるケチではない

(君代)　子どもの病気　夫の怪我

迷わずポンとつかう
（玉乃）ご祝儀　香典　中元返し
迷わずきれいにつかう
（二人）けれどもたまに街へでかけ
お汁粉などにもつかう

作造と信次が歌う。

（二人）へそくりやられて
あれこれからくり
かれこれ十何年
笑顔でおねだり
男を丸めて
せっせとためてゆく
（四人）へそくりはすばらしい
女の才覚
へそくりは家庭の光
家族のみんなの神様

唄のおしまいで廊下から、紫の風呂敷包みを大事そうに捧げ持った下矢切《しもやぎり》交番の山田巡査（二十代前半）がそっと顔を出す。
山田巡査に小さくなってついて来たのは高梨千代（十八）。
ボロボロの着物にもんぺ。
唄がきまったところで山田が拍手。

山田　うらやましい次第であります！　わたくしどもの月給では、たとえ女房をもらったところで、へそくりを持たせるなんてことはとてもできはいたしません。

四人、びっくりしている。

山田　わたくしは、すぐそこの下矢切交番の山田正であります。お探しのものを持ってまいりました。
玉乃　お探しのもの……？
君代　……まさか！
山田　（包みを解きながら）恩賜の銀時計が二個に、財布が二つであります。

作造と信次、奪うように銀時計を取る。財布の方は玉乃と君代が受け取る。

作造　（裏蓋の彫り文字を読む）「恩賜　明治三十七年東京帝国大学法科大学首席卒業者　吉野作造君」……。
山田　（感動の面持ち）じつにみごとなスイス製でございますな。

作造　いやー、助かりました。それで、これ、どこで見つかったんですか。
山田　事情はのちほどくわしく。
作造　……？
信次　（読む）「恩賜　大正二年東京帝国大学法科大学首席卒業者　吉野信次君」……。
山田　（親しみを持って）巡査を拝命いたしました際に、親戚一同から、同じ精工舎の、この腕時計をもらいました。親戚というのが揃って江戸川の川漁師《かわりょうし》の貧乏者、ですから、まったくの安物でありますが、しかしこの三年間、一度も狂ったことがありません。国産品も出世したものであります。
信次　どこで見つけたのだ。
山田　見つけたといいますか、見つかるように仕向けられたといいますか……。
信次　時計に足があるわけはない、だれかが盗んだのだろう。犯人はだれなんだ？
山田　それがいると思えばいるし、いないと思えばいない……、
信次　（作造に）のろい、とろい、おそい……これなんですよ、田舎の警察というのは。（山田に）犯人は捕まえたのか。
山田　捕まえたというのか、捕まえられにきたというのか……なにしろ複雑な事件なのであります。
信次　（官僚的一喝）はっきりしなさい！
山田　はい、じつは、その……、
千代　あたしでございます！

四人、びっくりする。

千代　あたしはこの近くの工場《こうば》で……はい、（分けてあったお土産を手当たり次第に取って）これも、これも、これもこれもみんな、あたしが作りました。
山田　こちらの川源さんが魚の加工場を持っておりまして、この高梨千代さんは、そこの一番の働き手であります。
信次　（千代を見据えながら）おまえが盗《と》ったのか。
千代　申しわけございません。昨日、旦那さま方が川べりを歩いていなさるところを工場の窓から拝見しておりました。窓の前でポケットからギラッと光る時計をお出しになった……ああ、あれがあれば願いごとがかなう……そんな罰当たりな考えに取りつかれてしまいました。
山田　お千代さんの願いごととは、弟の孝くんのことです。孝くんは駅前の銀行支店で給仕をしながら早稲田講義録で勉強しておりますが、これが「下矢切の神童」と噂されるほど、勉強のよくできる子であります。その孝くんを中学へ出してやりたい……。
千代　（うなずいてから）中耳炎ですから病院にも通わせてやりたい、そう思いつめて、ゆうべ仕事が終わってか

らこっそりこのお座敷へ……、
山田　時刻は午後十時すぎだったそうです。
玉乃　ずいぶん遅くまで働いているのね。
山田　ここの人使いの荒さときたら下矢切一ですからな。
千代　はっと我に返ったのは……お二人の旦那様の枕元にしゃがんで時計とお財布を手にしたときでした。こんなことをしちゃいけない！　とっさに時計とお財布を元へ戻そうとしたとき……、
玉乃　どうしたの？
千代　こちら（信次）の旦那様が、大きな声で「兄さん！」と寝言をおっしゃったので、びっくりいたしました。心臓が飛び出しそうになりました。それでそのままここから飛び出しました。
君代　あなたの寝言が犯人だったのよ。
信次　ムチャをいっちゃいけない。
千代　家へたどりついたら、孝に思いっきり頬を打《ぶ》たれました。……「亡くなったおとっつァんやおっかさんが知ったらどうするんですか。二人とも嘆き悲しんで、もう一度、死のうとするにちがいないよ」……。とんでもないことをいたしました。お許しくださいまし。
山田　このように心から反省し、自分から時計と財布を交番へ返しにきたのですから、これは盗ったというよりは、一晩、預かったという言い方もできるのではないかと思うのでありますが。
信次　きみもムチャをいってますよ。
山田　おことばを返して恐れ入りますが、両親を亡くしてからのお千代さんは、孝くんや妹たちの面倒を見ながら、朝は蜆を売り納豆を売り、日中は鮒の加工場でウロコまみれになって働き、夕方には豆腐を売り、弟たちの夕飯をつくってからまた加工場へという働き者で、下矢切町内会から賞状をいただいたこともあります。
玉乃　けなげねえ。
君代　りっぱよ。
山田　どうかよろしくおねがいいたします。

千代は額を畳にこすりつけて詫び、山田は平伏、玉乃と君代も信次に取りなす。作造は、千代の上に「人びと」を見ている。

君代　ねえ、あなた、時計とお財布がここにちゃんとあるわけだし、お千代さんは心の底から悪いことをしたと反省してもいるんだし、事件はなかったも同じじゃなくて。
信次　事件はあった。こうやって議論していることが、そもそもその証拠じゃないか。
君代　それはそうかもしれないけど、なんとかならないものなの。

信次、少し改まって、しかし口調はこれまでにな

く柔らかに、

信次　わたしは国家の官僚です。

山田　はい。本省の高等官にして書記官、たいへんに偉いお役人でいらっしゃいます。

信次　官僚ですから、ほかのだれよりも法を守らなければなりません。それが官僚たるものの第一のつとめです。さて、ここでお千代さんを許してしまうと、どうなるか……。

山田　八方めでたくおさまります。

信次　大日本帝国は崩壊しますな。

山田　（仰天）……ホウカイ？

信次　（うなずいて）まちがいなく崩壊します。

君代　ちょっと大げさじゃありません？

信次　冷静ですよ。（理路整然と）ここでお千代さんが許されるなら、警察署も裁判所も監獄も、そのほかあらゆる役所がいらなくなります。つまり、交番とものわかりのいい巡査がいれば、それでいいということになります。ところで、国家とは、法律の網のことです。全国いたるところにひろがっている警察署や裁判所や監獄やお役所で織り成した法律の大きな網、それが国家なんですよ。山田巡査はその法の網に穴をあけようとしている。

山田　そんな大それたこと、考えたこともありません。

信次　きみのような妙にものわかりのいい巡査が百人、二百人と出てきてごらんなさい。法の網がずたずたになり、やがてわが国は崩壊にいたる。

山田　おそろしい話ですが、しかし……、

信次　お千代さんは、刑法第二百三十五条の「他人ノ財物ヲ窃取シタル者ハ窃盗ノ罪トナシ十年以下ノ懲役ニ処ス」という法の網の目を一つ破ろうとした。そのほころびは自分で繕わなければなりませんね。

千代と山田、硬くなっている。

信次　けれども、その一方、国家は救いの網も用意しているんですよ。

山田　……救いの網、でありますか。

信次　（うなずいて）たとえば情状酌量。事情が事情ですから、お千代さんは三ヶ月の懲役ですむかもしれませんね。

千代、三ヶ月と呟いて、ぞっとして顔をおおう。

信次　またたとえば、執行猶予。お千代さんは監獄に入れられずにすむかもしれません。

山田　あの、表沙汰になりますと、孝くんは給仕の仕事を失ってしまいます。

信次　世間はひろい。中には同情する人も出てくる。お金

を送ってくる人もいるでしょう。弟さんの学資なぞ、あっという間に集まるんじゃないの。

山田　孝くんも心配ですが、わたしはまだちっちゃい妹さんがかわいそうでならんのです。

信次　(面倒になって)孤児院に行けばいい。

山田　それはどこにあるんでしょうか。

信次　きみが探しなさい。(千代に)国家だの法の網だのというと、いかにも冷たい感じがするでしょうが、いまもいったように、やさしいところもあるんです。安心してこの国の法の網に体をお預けなさい。わたしたち国家が決して悪いようにはしませんからね。……市川警察署までついて行ってあげよう。署長に、しかるべく扱うよういっとかなくてはね。

　ふらっと立ち上がりかけた千代、突然、畳にしがみついて、

千代　……なぜでございますか。勉強したい子が中学へ上がれないのは、なぜでございますか。孝のほかにもそういう子がたくさんおります。

信次　(虚を衝かれて立往生)……!

千代　なぜ、弟たちは病気でもお医者にかかれないのですか。

信次　それは……(山田に)調べなさい。

山田　はあ……?

千代　弟たちにも甘露煮をたべさせてあげたい、でも、あたしたちがこしらえた甘露煮をあたしたちが買えないのは、なぜですか。教えてください!

信次　(山田に)教えてあげなさい。

山田　……!

信次　(千代に鋭く)行こう。

作造　お千代さんのなぜ、国家の高等官たる信次は、まずそのなぜに答えるべきだな。

信次　(外して)愉快な一泊旅行でした。兄さん、ごちそうさま。

　玉乃となにかひそひそやっていた君代に、

信次　君代、帰りますよ。

作造　お千代さんのなぜをがっしりと受け止める法律、それをきみたち高等官はなに一つ用意していない。それでは、お千代さんならずとも、安心して法の網に身を預けることなどできないだろうが。

信次　法治国家なんですよ、わが国は。法の網を守れというのは当然でしょう。

作造　だから、その法の網に、お千代さんたちのなぜが組み込まれていないといっているんだ。自分たちに都合のいいことばかり盛り込んだ法の網に、お千代さんたちが

安心して身を預けることができると思っているのか。

信次、作造に向かい合って、どっかりと坐って、

信次　じゃあ、どうすればお気に召すんですか、社会の不平屋さん。

作造　……不平屋だと。

信次　世間での兄さんの呼び名です。うちの局長などは、ぼくを呼ぶのに、「おーい、不平屋の弟」ですからね。

作造　悪い兄貴を持ったと諦めてもらうしかないな。

信次　とっくに諦めてます。それで兄さんはどうなってほしいんですか。

作造　なによりもまず、お千代さんたちのなぜに答える法律をつくることだな。この国の人びとの胸の内にある、ありとあらゆるなぜ、そいつをすべて帝国議会に集めるんだよ。

信次　そのためには普通選挙を実施せよ、ですか。もう聞きあきましたよ。

作造　もっと突っ込んでいうなら、日本国民が抱くありとあらゆるなぜを憲法に注ぎ込むこと。そうしてその憲法を物差しにして、きみたちご自慢の法の網なるものがその憲法に違反していないかどうかきびしく点検する。そういう法の網になら、お千代さんたちも安心して身を預けることができる。

信次　（ピシャリと）帝国憲法は明治大帝が発せられた帝国臣民への下されものです。

作造　（はっきりと）そこへ帝国臣民のなぜが割り込んで、なぜ悪い？

信次　憲法に不満を持つことは天皇陛下にも不満……（自分でも仰天して）過激だ。兄さんは過激すぎる！

君代　（細かく畳んだ半紙を差し出しながら）この書付けもずいぶん過激ですけど。

信次　（払いのけて、畳を打ちながら）ぼけた理想論を言い触らし書き散らしているひまがあったらどうしてちゃんとした学問の本を書こうとしないんですか。兄さんをかげで「街頭《がいとう》学者」といっている者も大勢いるんですよ。

作造　……街頭学者？

信次　学問の本を書かずに、そのときどきの時事問題を肴に雑文を書き散らし、講演会を掛け持ちして喋り散らし、世間に顔を出していないと不安な、目立ちたがり屋の学者、これをひっくるめて街頭学者……。

作造　学者の仕事は二つ、「究《きわ》めること」と「広めること」、究めたことを広めるために雑文を書き、講演会で話す。学者の務めを果たしているつもりだよ。

信次　兄さんほど勉強をした人をぼくは知らない。そしてそれがぼくの誇りだった。その兄さんが、社会の不平屋だの、街頭学者だのといわれているのがつらい、口惜しいんです。

作造、「おとうと」をヒシと感じて、坐り直す。

信次、軽く一礼。

信次 では、また、いつか。（千代と君代に）行こうか。

君代 （半紙の文章を読む）「あなたのお役所の三階のお窓が、照菊《てるぎく》のお部屋からも見えますの」……あなたのお財布に入っていました。照菊ってどなたでした？

信次 （あわてて）……照菊というのは、ほら、きみも知ってのように……、

君代 （ピシャリ）知りませんけど。

信次 いや、農商務省が築地の花街《はなまち》の真ん中にあるってことは知ってるねといいたかったので……つまり、三井や三菱の番頭の中には、うちの役所に用があるふりをして表玄関から入って、そのまま役所をツーッと通り抜けて通用口から新橋芸者の待つ料亭に飛び込むやつがいるんだな。

山田 おもしろいですねえ。

信次 だろう？

山田 ただし、奥様のおたずねへの答えにはなっていなかったように思いますが。

信次 ……ぼくもそんな気がしてたんだ。

君代 （読み続ける）「三越で買っていただいた旅行鞄を大切に抱きながら、シーさまのお姿を探して今日もお役所のお窓を見ています」……シーさまってどなたですか？

信次 エート、それは……

玉乃 信次さんのお財布から出てきたのだから、信次のシーでしょうね。

山田 わたしは山田ですからヤーさまですか。

玉乃 そうなりますね。

君代 （読む）「この旅行鞄をさげて伊豆の温泉へまたお供したいなと祈っている照菊より」……。（切り口上で）伊豆へいつお出かけになりますか。

信次、君代の前に正座。

信次 ……すまなかった。もう二度とこういうことはしない。いろいろ云いたいこともあるだろうが、家に帰ってからこころして聞く。

君代 お千代さんも、二度といたしませんと謝っていたのに、あなたは許そうとはなさらなかった。

信次 ……？

君代 わたしはあなたの妻、ですからあなたがなさるようにいたします。あなたがお千代さんを許さないように、わたしもあなたを許しませんわ。家を出ます。

玉乃 子どもたちをみんな連れて、うちへいらっしゃい。

君代 そのときはお願いね。

　　信次、のろのろと立って、

信次　……どうか考え直してほしい。いま、云いたいこと
は、それだけだ。

　　信次、千代をチラと見てから出て行く。君代が追
　　う。

君代　（にっこりして）わたしも帰るわ。
玉乃　だいじょうぶ？
君代　（笑顔が翳《かげ》って）じつは、なれっこなの。
山田　お見送りいたします。

　　千代、一人のこった作造に、

千代　……なにが起こったんでしょう。あたしは、この先、
どうなるんでございますか。
作造　お千代さんは、さっきわたしたちの前で自分の罪を
懺悔しましたな。……つらくて恥ずかしかったでしょう。
でも、じつはそのときお千代さんは許されていたんだと、
わたしは信じています。
千代　（よくわからない）……はい？
作造　帰っていいんですよ。たった一人の弟さんに、もう
悲しい思いはさせないでください。
千代　あんな罰当たりなことはもう二度といたしません。
ありがとうございました。

　　立ち上がろうとする千代に、

作造　（心の深みからポツンと）なぜ。
千代　……はい？
作造　お千代さんの、あのなぜはよかったなあ。
千代　はい？

　　「なぜ」の前奏が忍び込む。

作造　つまり、自分の内側に、そして自分の外側に、なぜ
と問うことができるのは、人間だけだからですよ。
千代　（理解して）はい。
作造　（自分に言い聞かせるように）なぜにぶつかったら、
そこに立ち止まって考える。これしか人間の生き方はな
いのかもしれない。
千代　（完全に理解している）はい！

　　二人は歌う。

（二人）　疑問　疑問　疑問　疑問
　　疑問がわいたら

止まれ止まれ　急がずに止まれ

（作造）人間にとって
一個の疑問符は
世界の重さと同じ
とっても大事

（二人）止まれ止まれ
あわてずに止まれ
止まれ　止まれ　止まれ　止まれ
止まれ　止まれ

戻ってきた玉乃と山田が、廊下で二人の唄を聞いている。

三　天津からきた娘

三年後の大正十二年（一九二三）、関東大震災から旬日を経た九月十日（月）の正午近く。東京帝国大学法科大学の吉野作造研究室。

上手寄りに、大机と背もたれ椅子。

下手寄りに書物がほとんど並んでいない書棚。そしてドア。

床の上には、泥で汚れた書籍が数十冊、あちこちに小山をなして置かれている。その小山のいくつかに布巾が載っている。

上手奥に洗面台。それを半ば隠すように木製の衝立が立っている。

机の横の革張りのスツールに学生服の青年が異様に緊張して坐って中空を睨んでいる。その目も据わっている。この青年は偽《にせ》帝大生の美和作太郎《みわさくたろう》、国粋右翼団体「浪人会《ろうにんかい》」の青年部幹部。

……と、人の気配。作太郎、白鉢巻を出して手早くしめ、懐中から斬奸状《ざんかんじょう》と白鞘の短刀を取り出して身構える。

ノックの音。作太郎、ギラリと短刀を抜く。ドアが勢いよく開くと同時に、

美琴　吉野作造先生の研究室はこちらですね。

少し汚れた地味なチャイナ服の袁美琴《えんびきん》が、古い旅行鞄を提げて飛び込むように入ってくる。

作太郎、あわてて短刀と斬奸状をしまう。

美琴　あら、お仕事中にすみません。

作太郎、仕方がないので、仕事（書物の表紙を布で拭く）をする。

美琴　先生のお弟子さんですね。ご苦労さまです。

作太郎　……！

美琴　わたし、袁美琴といいます。お猿さんの猿から獣偏《けものへん》をとって袁、美琴は美しい琴と書きます。よろしく。

作太郎　……。

美琴　天津航路の定期船河南丸《かなんまる》で、十日前の九月一日のお昼に、横浜港に着いたんです。ところが上陸間際に、あの大地震！　上陸は許されませんでした。それで、神戸へ回されて、中央本線でやっとさっき、東京に辿り着きました。でも、東京帝国大学が焼けてなくなっていたらどうしようと、ドキドキしながら道を聞き聞きこわごわやってくると……大学はあった！　壊れた教室も多いけど、吉野研究室はぶじだった！

作太郎、この邪魔者をどう始末しようかと、じっと美琴を見ている。

美琴　……怪しい者じゃありませんよ！　今年の八月、そう、ほんのひと月前、吉野先生が上海《シャンハイ》へいらっしゃったでしょう。わたし、天津から上海へかけつけて、先生にお目にかかりました。なつかしかったわ……！　そしてそのあとすぐ、先生から、「都合がついたら、いつでも日本へいらっしゃい」って、こんなお葉書をいただいたんです。

美琴、チャイナ服のポケットから出した葉書を作太郎に突きつける。

美琴　これがそのお葉書。読んでくだされば事情がおわかりになります。

作太郎　……。

美琴　読んでください！

仕方がないので、作太郎、不機嫌な一本調子で、いやいや葉書を読む。

作太郎　……「お父上袁世凱閣下のお招きで天津に赴き、あなたの兄さんの家庭教師をしていたころ、あなたはまだ五歳の、かわいい女の子でした」……、

文面に合わせて美琴の体がなんとなく動きだす。葉書の文章がよほどうれしいらしいが、傍からは、なんだか当てぶりでも踊っているようにも見える。

作太郎　……「それがあんなに大きく成長なさって、日本語も上手になられて、十五年の歳月の力は、つくづく偉大です。政治学を勉強なさりたいとのこと、わたしの知っていることならなんでもお教えしましょう。むかし、小さなあなたから護身術を習ったお返しにね」……（作太郎、一瞬、警戒する）……「都合がついたら、いつでも日本へいらっしゃい。東京に慣れるまで、うちにお泊りなさい。いらっしゃるときは、うちを目当てにするよりも、『東京帝国大学法科大学吉野作造研究室』とおっしゃい。東京の人で、東京帝大を知らない人はまず、いない。すぐわかります。吉野作造」……。

美琴、葉書を取り上げて、

美琴　おわかりでしょう。わたしは怪しい者ではありません。いってみれば、あなたのおとうと弟子みたいなものですね。（軽く）先輩。

作太郎　……！

美琴　お手伝いします。

作太郎、美琴と並んで、しぶしぶ書物の表紙の汚れを拭く。そのうち、美琴、いきなり作太郎の手を打つ。

美琴　手抜きですよ、先輩。これは大地震で泥をかぶった先生の大事なご本なんでしょう、ちゃんと、きれいに泥を落とさないと。

作太郎　……！

美琴　せっかくの鉢巻が泣きますよ。格好倒れです。

作太郎　……！

美琴　ご専攻は？

作太郎　……？

美琴　なにを研究していらっしゃるんですか。

作太郎　（じつに低い、小さな声）右翼だ。

美琴　（うなずいて）ああ、筋道が通らなくなると、すぐ刀を振りまわしたり、ピストルを射ったりして、暴力で片をつけようとする一派のことですね。

作太郎　……！

作太郎、こいつも殺《や》っちまえ！　と決心して、懐中の短刀の柄《つか》に手をかける……そのとき、ドアが勢いよく開く。作太郎、一瞬、どっちに殺意を向ければいいのか迷う。

入ってきたのは、風呂敷包み（握り飯を詰めたお重）を抱えた玉乃。数歩おくれて麦茶の入った竹筒を何本もぶらさげた君代。続けざまに拍子抜けする作太郎。

美琴　あ、玉乃先生！
玉乃　まさか、あなた、天津の……？
美琴　（うなずいて）袁美琴です。先生から三年間、日本語を教えていただきました。
玉乃　主人から聞いてはいたけど……まあ、こんなに大きくなっちゃって！
美琴　先生は十五年前とちっとも変わってませんね。

玉乃と美琴、手を取り合って、「夢の街　天津」を歌う。

川に沿う屋根の波
水の都のテンシン
住むひともおだやかで
いつも笑顔のテンシン

八月の川遊びは
たのしいなテンシン
お空にお月さまが
かかるまであそぶよテンシン

そうよ　あの街　夢の街
旅に出るたび　思い出す
あの水しぶき

いつかは帰る　あの街へ
あの街へテンシン
テンシン　テンシン

一月の川遊びは
たのしいなテンシン
おそりにまたがって
どこまでも行くよテンシン

そうよ　あの街　夢の街
夢の街　テンシン　テンシン
テンシン　テンシン

ピアノの間奏の上に、

君代　姉さんの教え子さんだったのね。（美琴に）妹の君代です。よろしく。
美琴　こちらこそ。お姉さまは、とってもいい先生でした。ですから、生徒さんがたくさんいました。
玉乃　あのころの天津の日本語熱はすごかったものね。
美琴　このごろはだれも日本語に見向きもしません。
二人　（顔を見合わせる）……。

美琴　でも、わたしはずーっと日本語のお勉強をつづけていました。
玉乃　ありがとう。
美琴　日本語を忘れると、先生のことまで忘れてしまいそうな気がして、それで……、
玉乃　ありがとう。

三人、「夢の街　天津」を歌う。歌う内に動き出す。

川に沿う屋根の波
水の都のテンシン
住むひともおだやかで
いつも笑顔のテンシン

八月の川遊びは
たのしいなテンシン
お空にお月さまが
かかるまであそぶよテンシン

そうよ　あの街　夢の街
旅に出るたび　思い出す
あの水しぶき

美琴　先輩！
作太郎　……！

作太郎、美琴に摑まれて三人の動きの中へ引きずりこまれる。

いつかは帰る　あの街へ
あの街へテンシン
テンシン　テンシン

一月の川遊びは
たのしいなテンシン
おそりにまたがって
どこまでも行くよテンシン

そうよ　あの街　夢の街
夢の街　テンシン　テンシン
テンシン　テンシン

三人の動きに翻弄されてボロボロの作太郎、足を踏みならして、

作太郎　どうして、吉野がこないんだ！

三人、びっくりする。

作太郎 どうして用のないやつばかりが、つぎつぎにやってくるんだ！

君代 （美琴に）なんだか怒っているみたいよ。

玉乃 （美琴に）お手伝いの学生さんなんでしょ。

美琴 （首を傾げながら作太郎に）先輩……。

作太郎 うるさい。貴様は最初からうるさい。

作太郎、斬奸状と短刀を取り出しながら、ぴたりと正座。

作太郎 吉野博士と刺し違えて死ぬ。わたしはそのために、ここへきたのだ。博士はどこだ。

君代は竦み、美琴はとっさに身構える。玉乃は二人を制して、

玉乃 吉野の妻です。

作太郎 ……おお？

玉乃 吉野の運命はわたしの運命です。吉野に代わって、わたしが御用件をうけたまわりましょう。

作太郎 この斬奸状を読め。

美琴 （玉乃のうしろから顔を出して）ザンカン……ジョウ？ どういう意味なんですか。

作太郎 悪人を叩き切る理由を書いた書状のことだ。

美琴 先輩、先生は悪人じゃないよ。

作太郎 先輩、先輩と気やすく云うな。

玉乃 （美琴を制して、作太郎に）お読みなさい。

作太郎 ……またか。

玉乃 （ピシッと）どうぞ。

作太郎、斬奸状を読み上げる。

作太郎 「われら浪人会は、吉野博士のいわゆる民本主義《みんぽんしゅぎ》、すなわち〈政治は、国民の考えにもとづいて行なわれるべき〉とする危険思想に天誅を加えるため、先ごろ、立会演説会を設けて、博士の思想を木っ端微塵に打ち砕こうとした。民本主義は、天皇、親しくまつりごとを見たもうとするわが国の美徳に反するばかりか、善良な庶民を惑わす邪説であり、これを論破するのは日本男児の務めと考えたからに外ならない。しかるに、立会演説会の当日、わが方の五人の弁士、折り悪《あ》しく揃って体調を崩し、博士の猪口才《ちょこざい》な論法に、あたかも組み敷かれたかのように見えたのは遺憾千万、残念至極であった。それ以後、われら一同、再挑戦の機会をうかがっていたが、このたび博士が、東京帝国大学学生数十名を動員し、九月一日の大地震における朝鮮人虐殺の調査を始めたと聞き、

ここについに博士をこの世から取りのぞこうと決心をした。もちろん、人の命を一つ殺《あや》める以上、余《よ》にも死ぬ覚悟はある。大正十二年九月十日。浪人会青年部幹部　美和作太郎」（堂々と読み納め、三人を見渡して）どうだ。

玉乃　それで、その先は？

作太郎　……？

玉乃　そういう書状にはたいてい辞世の和歌か俳句、でなければ漢詩が付いているはずですよ。（斬奸状を覗こうとする）あるんでしょう。

作太郎　（愕然として隠す）……！

玉乃　地震で気を高ぶらせた日本人が大勢の朝鮮人にひどいことをした、これはだれもが知っていることでしょう。わたしも、すぐそこの市街電車の停留所で現場を見かけました。みんなが棒を振り上げて「殺してしまえ」と怒鳴りながら……（一瞬、顔を覆って）……何人の朝鮮人がそんなひどい目にあったのか、それを調べてはいけないなんて……なぜですか。

作太郎　……吉野博士はかならずその調査結果を天下に公表する。

玉乃　（うなずいて）そのために調査を始めたんですよ。

作太郎　国の恥を満天下にさらしてはいけないのだ！

玉乃　わたしも日本人の一人……だから恥ずかしい。でも、実際にひどいことをした以上は、その恥と真っ正面から向かい合うしかないじゃありませんか。

作太郎　……だまれ！

玉乃　いいこともよくないことも、全部、はっきりさせる。そうしながら少しずつ前へ進むしかありませんよ。

作太郎　女には分からん！

ギラリ！　作太郎、短刀を引き抜いて、玉乃に突きつける。

作太郎　博士に会わせろ。

飛び出そうとする美琴を玉乃が制して、

玉乃　……わかりました。吉野はいま、東大赤門前の、呑《の》喜《き》という行きつけのおでん屋におります。

作太郎　真っ昼間から呑んでいるのか。

玉乃　吉野は大学の図書館の復旧委員を仰せつかって、その呑喜の座敷を借りて会議をしているんです。こんどの地震で会議用のお部屋がみんな潰れてしまいましたからね。

作太郎　呑喜は遠いのか。

玉乃　ですから赤門の前……そう、辞世の句を一句か二句、お案じになるのにちょうどいいぐらいのところ。その物騒なものは、どうぞ、鞘にお納めを。（君代と美琴に）ちょっと行ってきますからね。

作太郎　（パチンと鞘に納めながら美琴に）遠くから訪ねてきたのに、飛んだ無駄足だったな。エ、後輩よ。

作太郎に押し出されるようにして玉乃が出て行く。

美琴　（追いかけて）……玉乃先生！
君代　（止めて）麦茶、いかが。
美琴　（怒って）あなた、ほんとうに姉の妹ですか。
君代　姉はなれっこなの。
美琴　……なれっこ？
君代　（うなずいて）赤門の守衛さんに「この人をよろしく」って預けてくる計略よ。たぶんそうよ。ああいう人たちがしょっちゅう押しかけてくるから扱いなれているのね。
美琴　……玉乃先生って、すごいな。
君代　（麦茶を入れながら）たしかに、姉はよくやるわね。というのも、作造先生が新事業を始める名人だから、よくやるしかないんだけど……、
美琴　……新事業？
君代　（指折り数えて）お金のない産婦《さんぷ》さんのための産院、身寄り頼りのないお子さんのための保育所、お医者にかかれない病人のための病院、仕事の元手のない人のための相互金庫、手に職のない娘さんのための職業学校……まだまだあるけど、とにかく、そういう施設や団体をつぎつぎに作っては、理事だの理事長だのをつとめている。そしてたいていどこも赤字なのよ。
美琴　その赤字、まさか、先生が……、
君代　（うなずいて）そこで作造先生は新聞雑誌に書きまくる。でもまだ足りない。横浜の造船所の社長さんが毎月決まった額を寄付してくださるから、今のところなんとかなっているようだけど、姉はそのやりくりでたいへん……ただ、なんとかやり果《おお》せているところをみると、たしかに、姉はよくやってる。
美琴　もしかしたら、吉野先生は病気だな。
君代　（驚いて）姉も同じことを云ってたわよ。「うちの先生は、日本にもうすでになければならないのに、まだないものを一人でやろうとする病にかかっているのよ」って。うれしそうに云ってるところをみると、姉にも病気がうつっているんでしょうけどね。
美琴　（嚙みしめるように）日本にもうすでになければならないのに、まだないものを一人でやろうとする病気……。
君代　（うなずいて）その病気の症状をはっきり見たければ、作造先生のところへいらっしゃい。地震で住むところがなくなった人を片っ端から引き取るものだから、居候さんがもう二十人もいるのよ。
美琴　……！
君代　とうとう自分の寝るところがなくなって、昨夜はう

ちへ泊まったぐらい。

美琴 （心細くなって）わたしで二十一人目か。

君代 潜り込む隙間がないようなら、うちへいらっしゃい。

美琴 ……ありがとう。

作造と信次が、いきなり入ってくる。

作造 こんどの大地震と大火災が天の助けだというのか。ばかも休み休みいうものだぞ。

信次 だから、ゆうべも寝しなに説明したでしょう。いまこそ、霞が関にすべての官庁を集中させる絶好の機会なんですよ。築地から農商務省を、竹橋から文部省を、麹町と大手町に分散している大蔵省を霞が関に持ってくる。各官庁が一つところに集まれば、これまで以上のものすごい力を持つことになる。

作造 その前にすべきことがあるはずだ。なによりもまず被災者の救済……、

信次 （さえぎって）ふだんであれば土地を持つ者の欲がからむ、当の役所にもわからず屋が多い。そのために世の中が無事のときに官庁を一つところに集めるのは難事業ですが、こんどのような大災害に遭うと、命があったのが見つけものと思うから、だれもかれもが無心になる。そこが天の助けなんですよ。ぼくらはやりますよ。

作造 火事場泥棒の手口だな。

信次 （聞いていない）わが法の網の製造元もひどいやられようですね。

作造 ……法の網の製造元？

信次 （うなずいて）日本一の官吏養成所の別名ですよ。ぼくはこの東京帝国大学の復興担当官でもありますから、どんと予算をつけましょう。

作造 あっぱれな官僚ぶりだよ。

信次から顔をそむけると、そこに、早く自分に気づいてほしいと願っていた美琴がいる。

美琴 先生……。

作造 やあ、出てきていたのか。

美琴 （大きくうなずいて）天津から、たったいま……！

作造、いきなり「夢の街　天津」の途中から歌い出し、美琴がすぐ従う。そのあいだに、驚いている信次に君代が身振り手振りで、美琴について知っていることを伝える。

……そうよ　あの街　夢の街
旅に出るたび　思い出す
あの水しぶき

いつかは帰る　あの街へ
あの街へテンシン
テンシン　テンシン

一月の川遊びは
たのしいなテンシン
おそりにまたがって
どこまでも行くよテンシン

そうよ　あの街　夢の街
夢の街　テンシン　テンシン……

信次の大声。

信次　短刀だって？
君代　そう、その男は、姉さんに短刀をこう突きつけて、作造先生のいるおでん屋の呑喜とやらへ案内しろと凄みに凄んで……、
信次　（ドアへ突進）すぐに警視総監に電話だ。
君代　（止めて）そう騒ぎ立てることはなさそうよ。
信次　どうしてだ？
君代　義兄さんが笑っているもの。
作造　そのかわいそうな男は、いまごろ赤門の守衛さんにこってり絞られている最中じゃないかな。相手の云いなりになると見せておいて、そのまま交番や守衛所にご案内するというのは、うちの玉乃の得意芸なんだ。
信次　それならいいんですが……。

君代、美琴に「ほらね」と目顔で云い、美琴も目顔で「やっぱりそうですね」。

作造　（美琴に）弟の信次……ま、偉くなりかかっている役人だよ。（信次に）天津からきた袁美琴くん。七年前、北京に三ヶ月間だけ、洪憲《こうけん》王朝というものが成立したことがあって……、
信次　皇帝の座についたのは、たしか袁世凱でしたね。
作造　その十八番目のお嬢さん。
信次　……十八番目？
美琴　（君代にもかけて）父には八人の奥さんがいました。わたしはその第四副夫人の娘です。父には、四つのときに一度、抱いてもらっただけ……。だからって云うわけではありませんが、父はまちがっていました。
作造　ほう、なぜそう思うのだね。
美琴　皇帝の座、父はそれを軍隊の力とお金の力で手に入れられると信じた。武力と財力で国を一つにまとめられると過信していました。それが父の過ちです。
信次　では、国を一つにまとめることができるのは、いったいどんな力なんですかな。

美琴　それが教わりたくて、天津からやってきました。
作造　天津からずいぶん重い荷物を担いできたみたいだねえ。よろしい、いっしょに考えてみよう。
美琴　お願いします。
玉乃　みなさん、お腹が空いたでしょう。

　玉乃が入ってきて、さっそく風呂敷包みを解き始める。

玉乃　お昼にしましょうね。
君代　姉さん、あの人をどうしたの？
玉乃　ああ、あの作太郎さんなら、正門の守衛さんにきちんとお預けしてきましたよ。
君代　（美琴に）ほらね。
美琴　すごいなあ。
作造　（玉乃の肩に手をのせて）いつもすまないねえ。
玉乃　（にっこりして）あなたのお好きな海苔のおにぎりですよ。

　重箱からの海苔の匂いをいっぱいに吸い込んだみんなの気持が唄（「海苔のおにぎり」）になる。

まごころこめた
手のひらで
塩でにぎった
海苔のおにぎり

海苔はくろぐろ
梅あかく
ご飯のしろい
海苔のおにぎり

いざや　一つずつくわん
いざや　よく噛んでくわん
いざや　お茶とともにくわん
いざや　ありがたくくわん　おう！

まごころこめた
手のひらで
塩でにぎった
海苔のおにぎり

海苔はくろぐろ
梅あかく
ご飯のしろい
海苔のおにぎり

　ピアノの上に、

美琴　先生、わたしたちの国では今、国民党と共産党が握手をして、国を一つにまとめようとしています。でも、わたしたちの国は一つになれるでしょうか。
作造　そりゃなれるとも。ごらん、おにぎりは、芯に据えた梅干しをもとに一つになっているね。これだよ。
美琴　……はい？
作造　国もおにぎりと似ている。なにを芯にして一つになるのか、そこが大切なんだよ。
美琴　……はあ。

　おにぎりをかじりながら、美琴は考える。

いざや　一つずつくわん
いざや　よく嚙んでくわん
いざや　お茶とともにくわん
いざや　ありがたくくわん　おう！

まごころこめた
手のひらで
塩でにぎった
海苔のおにぎり

海苔はくろぐろ
梅あかく
ご飯のしろい
海苔のおにぎり

　唄が終わると同時に、
美琴　民族です、先生！
　玉乃と君代、「なるほどそうか」という表情。
美琴　民族がもとになるんですよね。わたしたちの国は漢民族をもとにして一つになればいいんだわ。
信次　（うなずいて）いっこくも早く満洲族を追い出して、漢民族一本におなりなさい。そうすればひとりでに国は成《な》る。
作造　ちがうな。民族も種族も、国のもとにはならない。
信次　（語気鋭く）わが国は大和民族で一国を形成しています。
作造　ちがう。
信次　……それがたとえ実の兄であれ、国の成り立ちに否《いな》を唱える者を、ぼくは許しません。
作造　弟は大切だ、しかし、真理もまた大事だからいうが、たとえば、ドイツとフランス。どちらもゲルマン系とケルト系の混血というところは共通しているが、さらにそこへスラブ系が入ってドイツになったり、イベリア系が入ってフランスになったりする。世界のどこを探しても純血な民族など存在しない。わが国もまたしかり。

信次　おやめなさい！

作造　（かまわずに）シベリアから、満洲から、朝鮮から、アイヌの地から、そして南方の島々から、そのほかいろいろなところから来た人びとが、長いあいだここで暮らしている。日本人はその混合体なんだ。したがって、民族や種族をもとに、国はつくれない。

信次　（絶望して）兄さん……！

だれも気づいていないが、ドアがゆっくりと開いて行く。

君代　そうだわ、ことばよ。ことばは国のもとになるでしょう？

信次　（力づけられて）国語を話すから日本人、それで決まりだ。

作造　ちがう。英語を話すからといって、イギリス、アメリカ、オーストラリア、ニュージーランドが一つの国か。

信次　屁理屈ばっかり！

作造　あべこべにスイスには三つも四つもちがうことばがあるのに、それでも一つの国だ。それからカナダ、たしかあそこは英語とフランス語を使っている。このように、ことばもまた国のもとにはならない。

信次　（小声）非国民！

作造　屁理屈とか、非国民とか、そんな中身のないことばで議論を封じ込めようとするのは卑劣な行為だぞ。

信次　ぼくが卑劣？

作造　その上に卑怯、恥ずべきだ。

信次　（思わず）黙れ！

作造　……信次。

信次　……。

兄おとうとの議論に出そびれていた作太郎、駆け込む。

作太郎　いらざる問答はもう無用にするがいい！　この日の本の国を一つに束ねているのは、国家《こっか》神道《しんとう》、と決まっているのだからな。

五人、一瞬、呆然。

作太郎　ついに、そのときは来た。吉野博士、覚悟はよいな。

玉乃　さきほどは急ぎの用で途中で失礼いたしましたが、あのあとどうなさいましたか。

作太郎　（うらめしそうに見てから）守衛どもが一斉に昼

の弁当を使い出した。

玉乃　そのすきに？

作太郎　いったんは外へ逃れ、根津の方からまた入ってきたのだ。

玉乃　それはそれは。

作太郎　（玉乃を押しのけ）吉野博士、国のもとになるのは宗教である、すめらみことを大神主《だいかんぬし》にいただく国家神道である。まいったか。

作造　すると、明治以前の日本は、国ではなかったのだろうか。

作太郎　なに？

作造　国家神道ができたのは明治になってからだが。

作太郎　（詰まって唸る）……！

作造　宗教が国のもとというなら、イランもイラクもトルコもイエメンも、コーランの教えのもとに、一つの国になっていてよいはずだが、そうはなっていない。したがって、宗教も国のもとにはならない。帰りたまえ。勉強しなおして、またきなさい。

作太郎　……うぬ、すめらみくにに仇《あだ》をなすこの国賊め、天誅を加えてやる！

作太郎、両手を鷲手にしてジリジリと作造に寄る。

玉乃　あれ（短刀）は、どうなさいましたか。

作太郎　守衛どもに……預けてある。

玉乃　それならこれをどうぞ。

右手におにぎりを持たせる。

作太郎　……？

玉乃　さきほどあなたの前を赤門に向かって歩いているとき、うしろでお腹の鳴る音が聞こえたような気がしました。

作太郎　（かすかに恥じて）この日のために、じつは一昨日から、うがいをして身をきよめ、水垢離《みずごり》を七度も取っては食を断ち……（ハッと気づいて）この日の本の国は、かつて豊葦原瑞穂国《とよあしはらのみずほのくに》と呼ばれていたのではなかったか。すなわち、みずみずしい稲穂のみのる国……！

おにぎりを掲げて、そして、かぶりつきながら、

作太郎　このコメの文化が国のもとなのだ。

作造　いや、文化も文明も、国のもとにはなりえないだろうよ。

作太郎　（なにかいっているが）モグモグ……。

作造　ライスカレーをたべるから、日本とインドを一つの国にしようとしても、ムリだろうね。

作太郎　（のどに閊《つか》えて）クックッ……。

作造　蒸気機関車が走っているから、日本とイギリスを一つの国にしようとしても、やはりムリがある。
作太郎　（しゃっくり）ヒクヒク……。

美琴が湯呑みを、君代がお茶を持ってきてやる。

美琴　わかった。答えは歴史ですね。歴史が国のもとになるんでしょう。
作造　先ごろの大地震で東京横浜のほとんどが壊滅した。いずれ歴史年表にゴチック文字で書かれるにちがいない歴史的大事件だ。だからといって、たとえば、横浜で被害にあったイギリス人が、歴史的事件をともに経験したというだけで日本人になるだろうか。
美琴　じゃあ先生は、なにが国のもとになるとおっしゃるんですか。
作太郎　（口がきけるようになり）もう、はっきりしてください。
君代　民族、ことば、宗教、文化、歴史……全部だめ。ほかになにがあるの？
作造　ここでともに生活しようという意志だな。

信次、「うん？」となる。

作造　ここでともによりよい生活をめざそうという願い、それが国のもとになる。
美琴　……あの、よく判りません。
作造　そして、人びとのその意志と願いを文章にまとめたものが、憲法なんだ。

信次、硬直する。

美琴　（頭に刻み込む）ここでともに生活しようという意志、ここでともによりよい生活をめざそうという願い……、
作造　（うなずいて）美琴くん、きみたち大陸の人たちが、その二つをめざして一つになったとき、そこに初めてきみたちの国、新しいチャイナが成立する。ぼくはそう信じているよ。

美琴の顔が次第に輝いてくる。それにつれて、信次は石像になる。

作太郎　（美琴に）もう一杯お茶を所望したい。
美琴　あ……はい。
作太郎　どうも。……きみを先輩と呼びたい気分になってきたな。
美琴　……わたしが先輩？
作太郎　（うなずいて）まず、きみの先生について弁論術

を学ぶ。そしてそれから、きみの先生に改めて論争を挑む。そういう気分になりかかっているというのだ。

美琴　（短刀で刺す仕草）これはやめたの？

作太郎　……当分は。

ほっと和んだ空気を引き裂いて、信次がドアへ行き、振り返って、

信次　君代、これ以上、ここにいては危険だ。帰ろう。

君代　おにぎりがまだのこってる。

信次　（改まって）万世一系《ばんせいいっけい》の神聖にして侵《おか》すべからざる巨《おお》きな存在から下しおかれた憲法、その憲法にたいし、い、い、い、きみの義兄は不敬をはたらいている。それが判らないのか。

君代　きみの義兄？　へんな言い方なさるのね。

信次　帰るんだ。

君代　いまのはただのお講義でしょう。

信次　その内容は大逆罪《たいぎゃくざい》に相当する。

作太郎、硬直する。

作造　待てよ、信次。憲法の原理を説いて、なぜ大逆罪なんだ。ましてやここは学問の府、どんな議論も許されるはずだよ。

信次　国家の官僚としてとうてい聞き逃すことのできない話を耳にしました。しかし、密告はしません。それが、弟としての最後の友情、と思うからです。

信次、さっと出て行く。君代、作造や玉乃に目顔で「さよなら」を告げて、そのあとを追う。

作造　弟として最後の……どういう意味だ。

玉乃　あなたが、うーんと遠いところ、怖いところへ行ってしまった。だから……。

作造　……縁を切る？

玉乃の悲しいうなずきに、作造、暗然となる。

第二幕

四　カードの行方

さらに三年の歳月を経て、今は大正十五（昭和元・一九二六）年初夏の夜明け前。

本郷区（現・文京区）駕籠町の吉野信次宅。山手線「巣鴨駅」に近い高台に建っているので、風の具合によっては省線電車の音が届いてくるが、今はまだ電車が通っていない。

スイッチの音がしてシャンデリアが点き、下手のドアから、パジャマにガウンの商工省文書課長の信次（三八）が、両手を上げたまま後向きに入ってくる。足もとはスリッパ。

信次に出刃包丁を突きつけているのは説教強盗の松本幸子《さちこ》（三五、六）。

着物にモンペ、手拭で泥棒被り、足元は地下足袋、手には軍手をはめている。

シャンデリアで照らし出されたのは、案外安手な「文化住宅」の洋風応接間。あちこちに大小のトランクや古鞄や行李が放り出してあり、なんとなく雑然としている。

上手に開けっ放しのフランス窓があり、レースのカーテンが微かに揺れている。

正面の壁の掛時計が「四時」を打ち、その音にもドキッとしている信次へ、

幸子　お財布ですよ、だんな。

信次　じつは財布は持たない主義で……。

幸子　（泥棒被りをパッと取って、一喝）とぼけるんじゃないよ。

信次　……。

幸子　世間がまだシーンと寝静まっている午前四時に、わざわざ窓を押し破って入ってきたんだ。手ぶらで帰すって法はないでしょう。つい今し方、枕の下からそのガウンのポケットへこっそり財布を移すのを、この目でちゃんと見てたんだよ。

信次、しぶしぶガウンから大きな札入れを抜き出しながら、

信次　……かならず後悔させてやるからな。いいかね、ここは商工省文書課長の家なのだよ。本省の課長ともなると、警察関係にも大勢の知り合いができているから、電話一本で東京中のお巡りがさっそくドッと駆けつけて、

幸子　来るはずないじゃないか。

　幸子、マントルピースの上の電話から延びている電話線を出刃包丁で切り、ついでにそのへんの書類鞄を蹴っ飛ばす。

信次　……わかった。（財布を渡して）交番に届けるのは、すっかり夜が明けてからにしましょう。それなら不服はないはずだ。もう一人の方にも、そう伝えてください。では、このへんで引き取っていただきましょう。さようなら。

幸子　あたしの仕事場なんだよ、ここは。だんなが勝手に仕切っちゃいけないね。（いきなり）こちらには、たしか六人、お住まいだったね。だんなと、奥さまの君代さんと、三人のお子さん。それに女中のお八重さんで六人。

信次　（びっくりして）どうしてお八重のことまで知っているんだ。

幸子　そのお八重さんは、おとっつあんの一周忌の法事に出るために、ゆうべの夜行で仙台の北の古川へ発った。だから今、ここには五人しかいないはずだ。

信次　（怖くなって）……なぜ、そんなにうちのことに詳しいんだ？

幸子　あたしは屑屋に化け、うちの人は竿竹屋になって、このところ、このへんを触れ歩いて、お八重さんと親しくなったのさ。お八重さんは人柄がいい。おまけに骨惜しみせずによく働く。まるで女中の鑑《かがみ》のようなお人だ。ただ、口の軽いのが玉に瑕《きず》だね。

信次　……うちのことを調べていたのか。

幸子　下調べを怠けるとやはり現場でバタバタ慌ててしまいがちなもの、そして慌てると、ついこいつ（出刃）をこう振り回して、無駄な人死《ひとじに》を出してしまいかねない。押し込み先で人を殺《あや》めたり怪我をさせたりするのは、こちらも願い下げだからね、それでどこまでも調べるんだよ。

信次　感心といえば、ま、感心な心がけだが、しかし……、

幸子　ところが、五人しかいないはずの人間が、ついさっきは九人もいた。なぜなの？

信次　これにはいろいろと込み入った事情があって……身内のことはあまり言いたくないな。

幸子　なぜだ！

信次　わかった。……じつは昨日の朝、兄の家に火をつけたものがある。

幸子　……放火？

信次　（うなずいて）玄関と茶の間が焼けた。そこでその

修繕ができるまで、兄の一家がうちに居候することになった。それで人数がふえたというわけですな。
幸子　そうか、もう一人、男がいたのか。まずいな。(信次に出刃を突きつけて) 兄をどこに隠した?
信次　兄は、ここにはいない。近くのYMCA会館で書き物をしているよ。
幸子　……ワイエム、シーエー?
信次　キリスト教青年会という集まりのこと。そもそもその東京帝大YMCAを作ったのが兄でね、今もそこの中心的人物なんですな。会館には泊まるところもある。
幸子　作り話じゃないだろうね。
信次　(首を横に振って) 兄とはどうもうまく行かないのだよ。それで兄だけは別のところに避難したというわけですな。
幸子　なぜ、うまく行かないの。
信次　それは……そんなことまで言わなきゃならないのかね。
幸子　なぜだ!
信次　わかった。……わたしは国家の官僚です。したがって、「自分の務めは、この国のただ一人の主権者である天皇に仕えることだ」と、堅く信じている。つまりわたしのご主人は天皇陛下である。ところが兄は、「この国のほんとうの主人は国民である」と言い張って一歩も譲ろうとしない。火をつけた連中も、この過激な考えに腹を立てたにちがいないが……それはとにかく、わたしたちが顔を合わせれば、きっと議論になり、たちまち喧嘩になる。兄はわたしと顔を合わせるのを避けたのだ。わたしにしても、あのわからず屋と顔を合わせるのはまっぴらだ。ま、そういったところですかな。
幸子　いけないね。
信次　(うなずいて) あんたもそうおもうだろう?
幸子　いけないのは、だんなだよ。
信次　……そんなバカな!
幸子　そこへお坐り。

出刃を突きつけて、信次をソファに坐らせて、

幸子　仮にも相手は実のお兄さんだよ。同じおっかさんのお腹の中で十月と十日、おこもりしながら世の中に出て行くのを待っていた仲じゃないか。兄と弟が仲たがいしていると知ったら、おっかさんが泣きます。それに、だんなより長く生きている分だけ、兄さんは余計に苦労をしているんだ。だから、できるだけ兄さんを立ててあげなさい。
信次　財布を取られた上に、こんどはお説教か。ふん、踏んだり蹴ったりだ。
幸子　だんなに、うちの子たちの仲のいいところを見せてあげたいね。ことし十五の姉さんを「アネキアネキ」と

立てながら、姉弟四人仲よくふた親の帰りを待っているんだよ。納豆ごはんを楽しみにしながらね。

信次　……納豆ごはん？

幸子　納豆を担いで押し込んで、引き上げるときにまた持って帰る。うちの子たちは、その納豆を楽しみにしているんだ……あ、納豆は、庭に置かしてもらってますよ。

信次　どうもよくわからんが……その納豆、やはりどこかで（指を鍵型にして）コレしたわけかね。

幸子　お金を払って仕入れたんだよ。なにしろ大事な煙幕だからね。

信次　……煙幕？

幸子　夜明けの街を手ぶらで歩いていては、お巡りさんに怪しまれるからね。

信次　なるほど、納豆売りに化けて朝の街に溶け込もうという戦略だな。

幸子　アタマが切れるね、だんなも。あたしらの商売に向いてるかもしれないよ。

信次　官僚で十分……わたしは官僚に向いているんだ。

信次が憤然としたところへ、手拭の猿ぐつわ、後ろ手に縛られた君代と玉乃が駆け込んでくる。君代はパジャマの上に薄物のガウン、玉乃は浴衣の上に羽織。二人とも足元はスリッパ。二人はなんだか浮き浮きしている。

幸子　（キッと下手を見て）まったくドジなんだから、うちのは！

信次　二人とも様子がおかしい。猿ぐつわを取ってやっていいかね。

幸子　（少し考えてから、うなずいて）妙な気を起こすんじゃないよ。

信次　わかってますよ。

信次、君代の猿ぐつわをほどく。

君代　あなた、たいへんよ……！

信次　（玉乃のをほどきながら）わが家では、さっきからずーっとたいへんがつづいているんだよ。

君代　そうじゃないの。

二人、幸子を感心しながら見て、

玉乃　わたしたち、とんでもないクジを引き当てたみたいですよ。

君代　それも大当たりのクジ。

信次　……大当たりって、どういうことかね。

出刃を下げた幸子の亭主の大吉（四十凸凹）が出

てくる。職人風の出で立ち。地下足袋。

幸子 どうした？　なにがあったんだ？

大吉 「動くんじゃねえ。おとなしくしていろ」と定番の脅しをかけていたら、いきなり飛び出しちまうんだから、まったく躾けの悪い奥様たちだよ。

幸子 お子さんたちは？

大吉 縛ってある。

幸子 手荒なことはしなかったろうね。

大吉 （うなずいて）お子さんたちは、お利口さんで、聞き分けがいい。だから痛くないよう縛っておいた。

幸子 猿ぐつわは？

大吉 （うなずいて）「一番電車が動き出したらサヨナラするから、それまでおとなしくしていようね」と、やさしく言い聞かせながら上の子から順に猿ぐつわを噛ませた。「うんと勉強するんだよ。宿題忘れちゃいけないよ。お父さんやお母さんの言いつけにそむくのは一番いけない。でないとおじさんみたいになっちゃうからね。兄弟は仲よくするんだよ」……そしたら、一等ちいさな子に言いあてられちまった。
「さっきからお説教ばかりしてるけど、おじさん、もしかしたらあの有名な説教強盗でしょ。よし、学校で自慢してやろうっと」……、

君代と玉乃から耳打ちされていた信次が叫ぶ。

信次 ……説教強盗？

二人 （うなずいて）そうなの。

ピアノがアタックしてくる。

信次 唄にまで歌われている、あの……？

二人、またうなずいて、「説教強盗の唄」のヴァースを歌い出す。
なお、五行目から信次が、リフレンから幸子と大吉が加わる。

二人 山の手あたりの
白い壁を
黒い人影、
横切った

三人 あれこそ噂の
説教強盗
ちかごろ名高い
フシギな泥棒
おカネのほかには

何も盗らず
あとはありがたいお話を
お説教を聞かせて帰る

大吉 たしかに歌いにくそうだな。
幸子 （大吉に）気をおつけ。この人、アタマが切れるよ。
信次 誓って謀反はしない。ただ新聞に「説教強盗は、殺さないケガさせない縛らないの三ない主義だから、人気がある」と出ていたから、ちょっといってみただけ。
大吉 （幸子に）どうする？
幸子 （信次に）謀反は、なしだからね。
信次 だから誓いますよ。

二人が玉乃と君代の縄を解いたところでリフレンになる。

五人 すぐにでも
聞きたいな
ありがたいお話

おビールも
おつまみも
用意してあります

おカネふやす秘策
クジに中《あた》る秘伝
痴漢などを投げる秘術

五人 わたしにも
聞かせてね
ありがたいお話

おにぎりも
お茶菓子も
用意してあります

戸締まりのやり方
お財布の隠し方
キャベツ刻むときの秘訣

今夜にも
押し入って
お教えください

もう一度、繰り返されるピアノ（ヴァース）の上で、次のやりとり。

信次 （幸子と大吉に）縄を解いてやってくださいよ。

いますぐに
押し入って
お教えくださいい

……盛り上がったとき、

信次 ちがう。これがあんたたちの唄であるはずがない。

四人、「エ？」となる。

信次 かみさんを連れた説教強盗なんて、聞いたことありませんよ。

幸子 うちはかみさんが亭主を連れているの。

信次 とにかく、二人連れはおかしい。

玉乃・君代 （口々に）……ニセモノ？

信次 （二人に）主題歌を歌ったのは、軽率だったな。

幸子 （出刃をかざして一喝）みんな、そこへお坐り！

大吉も出刃で、三人をソファに坐らせながら、

大吉 うちのを怒らせないでください。いったんアタマに血がのぼるともう、手がつけられなくなりますから。

玉乃 ……あの、どういうふうに？

大吉 お説教が長くなるんです。

幸子 あれは半月前、同じ日の同じ明け方、東京中野と横浜伊勢崎町に、同時に、説教強盗が現われた。

大吉 （幸子に）そろそろ一番電車がくるよ。

幸子 （夫を出刃で制して）十日前の明け方には、浦和と新宿と鎌倉に現われている。これがどういうことか、本省の課長さんならわかるだろ？

信次 （愕然として）……同時多発！

幸子 やっぱりアタマが切れるね、だんなは。こうなるともうホンモノもニセモノもない。めいめいみんな、それなりに説教強盗なんだよ。

信次 （官僚的発見）社会の病気だな。説教強盗症という呪わしい病いが社会に伝染しはじめているんだ。いったい警察はなにをしているのか。このまま放っておいては、しまいには国家が滅亡する。

幸子 大風呂敷をひろげるヒマに、まず自分のアタマに集《たか》った蝿を追い払うことだね。

信次 どういうことだ？

幸子 だんなのお宅なぞは、その病気を自分から呼びよせておいでだよ。

信次 ……なに？

幸子 防犯体制がてんでなってない。

大吉 バイキンが入りやすいんですよ。

幸子 女中さんの口が軽すぎる。

大吉 無口な娘さんにお代えなさいまし。

幸子　お洒落ぶったフランス窓。
大吉　日本式雨戸になさいまし。
幸子　お偉い役人だからって振《ぶ》っている。
君代　……振っている？
幸子　つまり隣近所とつきあいがない。
大吉　ご近所と仲よくなさいまし。
幸子　交番巡査にも評判が悪いよ。
大吉　節季ごとの心付けを忘れずに。
幸子　庭の植込み大きすぎ。見栄を張っているのが見え見えだね。
大吉　あたしども、夜夜中《よるよなか》からずうっとあそこに隠れていたんですよ。
君代　（信次に）だからいったでしょ、芝生の方が断然いいって。
信次　いまは、植込みか芝生かを議論するときではないでしょう。
作造　明かりがついていたから、もしやと思ったのだが、やはり起きていたんだね。

白シャツ、チョッキ、黒ズボンの作造が、フランス窓から顔を出す。

作造　いや、起こさずにすんでよかった。

一同、びっくり。幸子と大吉は出刃を後ろ手にして隠し、信次は反射的に顔をそむけて隅へ行く。

作造　中央公論の連載コラムでつい徹夜になってしまってね。それはいいが、大事なカードが見当らないんだ。たしかデカルトかカントの言葉だったとおもうが、それを引用しないと、原稿がうまく終わりにならないんだよ。

靴を脱ぎ、靴下のまま上がる。

作造　それで、いつもの鞄を引っくり返して探しているうちに、ここに預けた古鞄に入れておいたんじゃないかしらんと思いあたって……（大吉と目が合い）来客中でしたか。
大吉　……どうも。（玉乃と君代に）どなたです？
玉乃　夫です。
君代　主人の兄です。
大吉　お金持ち？
玉乃　学者です。
大吉　持っていない？
玉乃　ええ。

この間、作造はスリッパを探し、幸子はジロッと信次を見、それから玉乃と君代に「早く帰せ」と

目顔の命令。作造はスリッパがないので諦めて、

作造　（大吉に）吉野作造です。

大吉　わたしは……名乗るような者じゃございません。

作造　……はあ。（首を傾げてから、玉乃に）お勝手にパンの切れっ端かなんか残っていないかしらん。会館まで歩いて七分……歩きながら腹拵えをしておけば、向こうへ着いてすぐ仕事を再開できるんだがね。

玉乃　お仕事、ごくろうさま。

君代　残りものはなにもないんですよ。

玉乃　（例の書類鞄を押しつけて）はい。お探しの鞄はここ。早くお帰りになるんですよ。

君代　このへん近ごろなかなか物騒なんですよ。

作造　（なにかヘンだなと思いながらも）……それじゃすきっ腹を抱えて、もうひと踏ん張りしよう。（窓へ行きかけて）……子どもたちはどうしている？

大吉　（思わず）お利口さんにしていらっしゃいます。

作造　……？

玉乃　心配なさらずに。わたしがついていますからね。

作造　それは、ま、そうだな。

靴を履こうとして、窓の外のテラスになにか見つけて、

作造　……ん？

作造、肩かけ帯付きの籠二つ、持ち出す。中身はそれぞれ藁苞《わらづと》納豆が十本前後。

作造　だめだよ、こんなところに納豆を放っておいては。（ドンと床へ置いてから）……そうか、紅茶用の角砂糖をつぶしてふりかければ甘納豆になる！　君代さん、一本、いただいて行きますよ。

大吉　（思わず出刃をかざして）泥棒！

作造　……だれが？

大吉　だんなが……。

作造　……わたしが？

作造、改めて大吉を眺め回して、

作造　……泥棒！

大吉　（一瞬、詰まるが）泥棒からピンハネする泥棒！

たまりかねた幸子と信次が同時に出て、

幸子　（大吉に）脅すなら脅す、ぶじに帰すなら帰すと、どうしてテキパキやれないの。

信次　（作造に）兄さんがもたもたしているから話がこう

やややこしくなるんだ。

幸子　このおたんちん。

信次　まったく甘助《あますけ》さんなんだからな!

幸子　(信次の気迫に食われて)……とんま。

信次　どうしようもない空気頭《くうきあたま》だ!

幸子　……ドジ。

信次　(嘆いて)おめでたい、救いがたい、そしてどうしようもない……!

作造　信次……。

信次　兄さんはまだ実社会のひよこだ!

幸子と大吉、気を呑まれている。玉乃と君代が兄おとうとを取り成して、

君代　(信次に)お兄さんはまだ、事情がわからないのよ。頭から決めつけてはだめ。

玉乃　あなた、こちらは、説教強盗さんなんですよ。

作造　……説教強盗?

五人　(それぞれ、うなずく)……!

作造　……すると、唄にもなっている、あの……?(小声で歌い出す)……わたしにも　聞かせてね　ありがたいお話……のあの?

一同、またうなずき、ピアノもおずおず入ってくる。

作造　おにぎりも
お茶菓子も
用意してあります
戸締まりのやり方
お財布の隠し方
キャベツ刻むときの秘訣

幸子、パチンと手を叩いて止めて、作造と信次にズバリと、

幸子　小さいころ、二人の間に、なにかあったね?

作造・信次　(異口同音)……小さいころ?

二人、この場で初めて顔を見合わせ、すぐそむける。

幸子　なにかあったにちがいないんだよ。でなきゃ、こんなに仲が悪いわけはないんだからね。なにがあった?

作造　(考えている)……。

信次　なにもない。十も年が離れている。一緒に遊んでもらったこともないのだよ。

幸子　でも、なにかあったはずだよ。
玉乃　あの、わたしから……いいですか。
幸子　はい、どうぞ。
玉乃　うちの先生は、小さいころのことはなにもおっしゃいません。でも、お父さまのことだけは、なんどもなんども……（作造に）そうでしたね。
作造　（うなずく）……。
玉乃　お父さまのご商売は糸や綿《わた》の商い、でも裏では貧しい人たちにお金を貸してもおいでだった。
作造　（悲しい思い出）きびしい取り立て方をする人でした。払えなければ田畑を取り上げ、そうして肥《ふと》っていった。いったい何人の人たちの生活を踏みにじったのか……恐ろしい！　しかし、わたしはその長男です。かならず父の罪をつぐなわなくてはならない。
信次　罪をつぐなう……？（ほんの少しの理解）そうか、それでキリストみたいなことをしているんですね。
作造　ただの学者だよ。ただし……どんな人間であろうと、のびのびと生活のできる世の中を作り出せるように、そのお手伝いのために学問をしている、せめてもの罪ほろぼしにね。
信次　兄さんはそれでも……しあわせだったんですよ。
作造　わたしがしあわせだった……？
君代　捨てられたんです、信次さんは。（信次に）そうだったんでしょ。
信次　（うなずいて）ぼくが生まれたころの父は……兄さんも知っているように、事業を興《おこ》して、それがうまく行っていなかった。そこでぼくは生まれて三日目にもう町内の酒屋さんに養子に出された。はっきりいえば、捨てられたんだ。
作造　……しかし、また家へ引き取られたはずだよ。
信次　（うなずいて）十三のときでした。そのころの父は、事業の失敗を酒でごまかして、酒臭い息でグチばかりいっていた。それだからぼくは、自分の立っている土台がぐらぐら揺れているようで、いつも不安だった。そこでぼくは絶対に揺らぐことのない職業に就こうと決心したのです。そう、国家そのものに就職すれば、土台は決して揺るがない。
作造　……苦労したんだな、おまえも。

作造は弟を見つめ、信次も兄に近づこうとする。それを見て、手を取り合う玉乃と君代。かすかな一番電車の音。

大吉　（感動している）なるほどねえ！　善きにつけ悪しきにつけ、父親というのは巨《おお》きなものなんですなあ。
幸子　だから気がかりなんだ。
大吉　……なにが？
幸子　あんたを父親に持ったうちの子たちの行く末が、だよ。

大吉　これでも精いっぱいやっているんだよ。

幸子　震災のあとの復興景気で、左官屋のあんたも忙しくなった。そしたらなんだい、仲間におだてられて、左官屋の株式会社かなんかこしらえて、「今日からおまえも社長夫人だぞ」だって、笑っちゃうね。

大吉　……いいよもう、そのお説教は。

幸子　復興景気がしぼんで不渡り出したとたん、「一家で首を吊ろう」っていわなかったかい。あたしが、死んだ気になれば泥棒してでも生きていけるよと止めなかったら、いまごろ、うちの子たちは墓の中だよ。のろまなくせに気が短い。そんなところが子どもたちに伝わったらどうするんだ。上のお姉ちゃんなんか、お嫁に行けなくなるよ。

大吉　わかった、わかりました。

幸子　それから、いい機会だから、いっておくけどね……、

玉乃　あの、お説教のつづきはおうちでゆっくりなさってはいかがですか。

君代　それにいま、外回りの一番電車が通りましたよ。

二人　……え？

こんどは近くで電車の音。

君代　いまのは内回りの一番電車。

玉乃　（君代に）唄でお送りしましょうか。

君代　あ、それはいいわね。

ピアノもみんなを促して、

六人　（リフレンから）

わたしにも
聞かせてね
ありがたいお話

おにぎりも
お茶菓子も
用意してあります

戸締まりのやり方
お財布の隠し方
キャベツ刻むときの秘訣

今夜にも
押し入って
お教えください

ヴァースへは戻らずに、またリフレンを歌うが、その間、大吉と幸子は帰り支度をし、四人と挨拶

を交わし、大吉、作造に藁苞納豆を一本進呈し、手を振りながらフランス窓から外へ。

すぐにでも
聞きたいな
ありがたいお話

おビールも
おつまみも
用意してあります

おカネふやす秘策
クジに中る秘伝
痴漢などを投げる秘術

いますぐに
押し入って
お教えください

作造、朝の光のさしこむ窓際へ出て、二人を見送っている。

玉乃　（君代に）……猿ぐつわ！
君代　（うなずいて）それから縄！

玉乃と君代、下手のドアへ駆け込むが、作造はまだ手を振っている。

作造　またいらっしゃい。待っておりますぞ。
信次　泥棒は待つものではない、逮捕すべきものです。
作造　もっと話が聞きたいんだよ。
信次　……ばかな！
作造　いまの二人に、わたしは、人びとのたくましさを見た。殺さないケガさせない縛らないという三ない主義をしっかり打ち立てて、ああやって懸命に生きようとしている。
信次　盗みを認めるわけにはいきませんな。
作造　たしかに、方向は少しまちがっているかもしれない。だから、あの人たちに、正しい方向を指し示してあげたいのだよ。
信次　（もう聞いてはいない）盗みを認めるばかりか、その恥ずべき行為を唄までして褒めそやす。国家の力がまだまだ足りない！
作造　おまえも、うれしそうに歌っていたぞ。
信次　……話を合わせていただけだ！　いったい、兄さんのいう人びとは、どこにいるんですか。泥棒がそうなんですか。
作造　わたしもおまえも人びとの一部さ。そして隣へそのまた隣へと、どんどん輪を広げて行くと、ひとりでに人びとが見えてくるはず……。
信次　泥棒を褒めそやす連中が「人びと」なんですか。人びとなんてね、兄さん、人を疑うこと、ウソをつくこと、そして逃げること、この三つで生きているんですよ。
作造　人びとにはちがう面もある！
信次　そんなやつらをしあわせにしたいなんて……兄さんは狂ってる！

信次、そのへんにあった鞄を叩きつける。カードがこぼれ出る。また電車が通って行く。

作造　……信次。
信次　子どもが四人で、株式会社を設立したことのある左官屋……これだけでも有力な手がかりだ。朝のうちに役所から警視庁へ連絡を入れよう。

振り向いて、作造を見据える。

作造　……どうした？
信次　これで夢見る人の顔は見納めです。子どもたちはしっかり預かりました。

信次、さっさとドアへ入る。

作造　……信次、おまえは夢を見ないのか。

少しあと追うが諦めて、のろのろとカードを掻き集めはじめる。そのうちに、

作造　……あった！（読む）「社会と国家とは同じではない」。これだ。（読む）「社会とは、人びとによる共同生活のことである。その社会には、道徳や習慣や思想など、たくさんの原理が集まっている。国家の在り方もまた社会の一原理にすぎない。したがって、国のかたちもまた、習慣と同じように、人びとの意志で変えられるのである。……大正九年、吉野作造」……わたしの言葉だったのか。つまり、わたしは、わたしを探していたわけか。

カードを鞄の中へ詰め込んでいるところへ、大吉がおずおずと顔を出す。

大吉　……ごめんください。
作造　……あれ、まだこのへんをうろうろしていたんですか。
大吉　……はあ。
作造　忘れもの？
大吉　のようなもので。

作造　のようなもの？

大吉　うちのやつに、「もう一人のだんな（作造のこと）のお財布をいただくのを忘れてた。おまえさん、取りにお戻り」といわれまして……うちのやつ、先に帰って朝ご飯の支度をするんだそうで、はい。

作造　たくましいおかみさんをお持ちだ。

大吉　おそれいります。

　作造、財布を出して渡す。

作造　十円も入っていませんが、そこの納豆代です。

大吉　高い納豆になりましたなあ。もうしわけございません。

作造　いろいろ勉強しました。授業料も入っています。

大吉　はい……？

作造　帰って仕事をつづけなくては……。大通りまでご一緒しよう。

大吉　……はい。

　作造、納豆と鞄を抱えて、大吉とともに窓から出て行く。だれもいない応接間。そこへまた、電車の通過音。

　ピアノの音とともに、ゆっくりと暗くなる。

五　寝言くらべ

六年後の昭和七年（一九三二）十二月十七日土曜日の夜。箱根湯本温泉の小川屋旅館。松の疎林の中に、八室並べた別館の、真ん中あたりの座敷。

机の前に正座、決裁書を睨んでから、しっかり決裁印を捺《お》す背広姿の信次。凝《こ》っているのか、ひんぱんに右肩をピクピクさせる。机上の未決書類は、まだかなりのこっている。

その横に洋装の君代。息を吹きかけて朱肉を乾かし、かたわらの黒の大鞄にていねいに入れている。

君代　（腕時計を見て）ちょうど九時。

信次　（決裁に集中している）……。

君代　お湯に入る約束だったでしょ。

信次　（集中している）……お茶。

君代　（お茶を淹れてやりながら）せっかく箱根の湯本にきたというのに、わたしたちときたら、まだ着いたときのままの格好……。

信次　（茶をすすりながら肩をピクピク）……。

君代　ほらほら……決裁印の捺しつづけで肩がこるからって、この小川屋旅館へ出かけてきたんじゃなかった？

くどいようだけど、ここのお湯は肩こりと衰弱症に、とてもよく効くんだそうよ。

信次　(書類を睨みながら)いまは来年度の予算編成の真っ最中なんだ。あさって月曜の朝(視線で書類と鞄をぐるりと示して)一件のこらず決裁して文書課長に渡さないと、次官の役が果たせなくなる。

君代　明日もありますよ。

信次　(印を置いて)肩をたのむ。

君代　(肩を叩いてやりながら)夕御飯のあとで、このまわりをちょっと歩いてみたのよ。この別館のお座敷は横一列に八つね。ふさがっているのは、一番奥(上手)と、本館からの廊下を通ってすぐのお座敷(下手)の二つだけ。あとはわたしたちと……(言い損ないに気づいて)廊下の途中を左に曲がると、かわいらしくて、きれいな浴場があった。この時間なら、だれも入っていないはずよ。

信次　もういい。ありがとう。(書類を睨みながら)ばかばかしいと思うかい。

君代　せっかく温泉にきておいて、いつまでもお湯に入らないって、どちらかといえば、ばかばかしいわね。

信次　このハンコ捺しのことをいっている。次官といえば官僚のトップだろう。ところが、その商工次官が朝から晩までハンコ捺しをしている。ばかばかしいといえば、こんなばかばかしいことはない。(また仕事に戻って)ところが、わたしがこうやってぽんとハンコを捺すと、そのたびに、揮発油《きはつゆ》や砂糖の値段が決まり、パルプ会社の合併が決まるんだ。

障子が少し開いて、玉乃の顔。君代、すっと立って廊下へ出る。

信次　つまり、このハンコには力がある。いわばこのハンコは国家そのもの。権力であり、法でもあるんだ。そう思えば、肩が凝るぐらいなんだというんだ(と、力一杯捺して)……いかん、隣の大臣の欄に捺しちまった。

さらに障子が開く。作造が後向きに入ってきながら、廊下の玉乃に、

作造　ここにはもう誰かいるよ。座敷がちがうんじゃないか。

信次、ハッとして見て、

信次　……兄さん。

作造　(振り返って)……信次じゃないか。

信次　(思わず)やせたなあ。

作造　(これも思わず)貫禄が出たなあ。

しかし、一瞬あとはもう睨み合い。
そしてすぐ、

信次　君代！
作造　玉乃！
信次　これはいったいどういうことなんだ。
作造　……まてよ、
信次　まさか、
作造　企んだな。
信次　タクシーを呼びなさい。
作造　小田原行きの最終電車にまだ間に合うはずだ。

玉乃と君代、「やっぱりだめだったか」という表情で入ってくる。

玉乃　おしずかに。
君代　ほかのお部屋に迷惑よ。
作造　（玉乃に）こいつは自分から兄弟の縁を切ったんだぞ。
信次　（君代に）おたがい赤の他人同士なんだ。
作造　（君代に）男の兄弟というものは、いったん縁が切れたら、それでもうおしまいなのだ。
信次　（玉乃に）姉といもうととは、わけがちがうんです。
玉乃　（信次に）どうぞお坐りください。
君代　（作造に）五分間だけ話をきいて。おねがいです。

兄おとうと、ブツブツいいながら、座敷の端と端に、できるだけ距離を空けて坐る。

玉乃　この二泊旅行……筋書きを書いたのは、たしかにわたしたちです。

なにか叫びそうな兄おとうとを、姉いもうとが抑えて、

君代　（信次に改まって）この八、九年、よく寝言をおっしゃるようになりましたね。
信次　うそだろう。そんな趣味があるもんか。
君代　菊丸、花香《はなか》、珠音《たまね》、どなたも、あなたがかわいがっておいでの芸者さんでしょう。
信次　……だ、だれから聞いた。
君代　寝言で白状なさったの。
信次　……！
君代　でも、あなたの寝言の断然トップは、お兄さんについてなのよ。
信次　……うそだろう。

君代が持ち出す小さな手帖。

君代　あなたの寝言帖。数えてみたら、この九年間に五十三回、あなたはお兄さんのことを寝言でおっしゃっている。
信次　(呆然)……。
作造　ありがたいお話だな。
玉乃　これはあなたの寝言帖。
作造　(仰天)なに？

玉乃の手にも小さな手帖。

玉乃　あなたも、信次さんのことを寝言でよくおっしゃるのよ。わたしが聞いただけでも、この九年間に三十八回ですよ。
作造　……！
信次　示し合わせていたんだな。
作造　なんという姉妹だろう。
信次　……スパイ。

玉乃と君代、「妻の思い」を懸命に連ねる。

玉乃　ついこないだ、電話でおしゃべりしてたとき、初めてわかったんです、二人とも、だんなさまの寝言を手帖につけているって。
君代　それまでは、世の中にこれほど仲の悪い兄弟はない、世の中の見方がちがうと、ここまで縁が薄くなるものかと諦めてたの。
玉乃　でも、眠ってしまえば、いびきをかきながらでも、兄は弟を気づかっている。
君代　よだれをたらしながらでも、弟は兄を想っている。
二人　寝言でそれがわかったんです。
君代　どちらも頭がよすぎて、
玉乃　いつも銀時計にしばられている。
君代　どちらも外からどう見えるかが心配で、
玉乃　いつもことばの硬い鎧を着ている。
君代　どちらも誇り高いばっかりに、
玉乃　いつも素直になれずにいる。
二人　頭でっかちの、なんて不幸な兄弟でしょう。
玉乃　でも、眠りに落ちれば、まだ兄弟らしいところがのこっている、
君代　だったら目が覚めてからも兄弟でいられるようにしてあげたい。
二人　でも、どうやって……？
玉乃　妹が、信次さんの商工次官就任の記事の載《の》った新聞に、この小川屋旅館のチラシが入っていたのを思い出してくれました。
君代　信次さんはハンコの捺しすぎで肩をこらせている、
玉乃　うちの先生は、病み上がりで体がまだ衰弱している、

君代　小川屋旅館のお湯はどちらにも効く、
玉乃　べつべつにここへ誘い出したらどう？
君代　一つ座敷で休ませてあげたらどう？
玉乃　これが、この二泊旅行の筋書きです。
君代　二人で作戦、立てたのよ。
玉乃　出すぎたことをしているかもしれません。でも、わたしたちの気持も、少しは汲んでやってください。
君代　おねがいよ。

ちょっとの間。

作造　きみたちから、いくつか批判を浴びたが、いまはあえて反論はしない。しかし（弟とちがって）わたしは、銀時計にこだわって生きてきたつもりはこれっぽっちもないぞ。
信次　ことばの鎧を着ているだなんて飛んでもない言い掛りだ。（兄とちがって）これまで無口の信ちゃんで押し通してきたんだ。いまもあだ名は無口次官なんだからね。

また理屈をこねだしたので、玉乃、君代に目配せ。

君代　（手帖を読む）「兄さん、もったいない。なんてばかなことを……兄さん！」。震災の翌年の正月三日から一週間ぶっつづけの寝言よ。

玉乃　震災の翌年……そう、それまでお金を寄付してくださっていた横浜の造船所が震災でつぶれて、そこで、うちの先生は、帝大の先生から朝日の編集顧問へ仕事を替えた。そのときの寝言ね。
君代　そう。
作造　（主に君代に向けて）朝日新聞はそれまでの三倍の給料を払うというんだ。一万二千円の年俸だ。それぐらいあれば、なんとか慈善病院をつぶさずにすむ。
信次　（つい云ってしまう）もったいない！
作造　……なに？
信次　なんてばかなことを。
作造　……ばかだと。
信次　東京帝大教授の椅子を捨てるなんて、ばかのやることだと云っている。ばかも行き止まりですな。
作造　（ムッ）……当時のわたしたちは、七百を超える入院・通院患者と、十三名の赤ちゃんと、四十六名の孤児を預かっていた。責任はすこぶる重い。その責任を放り出すことができるか。（唸るように）できない！

祈るように兄おとうとを見ている姉いもうと。

信次　身のほどを知りなさい。
作造　……身のほどだと。
信次　自分の限界のことです。

作造　限界は、努力とまごころがあれば、少しは拡げられるはずだ。
信次　おいくつですか。
作造　五十五。それがどうかしたか。
信次　五十をすぎての理想論は、すべて幼稚な空論にすぎない。
作造　（ムッ）おまえはいくつだ。
信次　十ちがいの四十五。
作造　四十すぎてもハンコ捺しをうれしがっているやつに、わたしの生き方をウンヌンされてたまるか。
信次　（ムッ）わたしのハンコはただのハンコじゃない。
作造　どんなハンコなんだ。
信次　日本を動かす力がある。
作造　悪い方へ動かす力か。
信次　（ムッ、ムッ）兄さん！

そのとき、障子が遠慮がちにそっと開いて、石川太吉《たきち》（三十五）が顔を出す。

太吉　エー、わたしは石川太吉といいまして、深川でオモチャ工場をやっている者でございますが……。

太吉、客用着物に半天で、廊下の下手ぎりぎりのところに正座している。

太吉　慰安旅行というほどのものではありませんが、従業員三人と（下手を指し）廊下から入ってすぐの座敷で休んでいるところでして……、

玉乃と君代、ハッと気づいて、

玉乃　ごめんなさい。
君代　やかましかったでしょう。
太吉　やかましい、というほどじゃございません。向う三軒両隣、やかましい音を立てる工場ばっかりですから、耳が丈夫にできております。ただ、明日は朝一番で帰らねばならなくなって、それで、八時前に早寝をしてしまいましたので……。
玉乃　これからは静かにいたします。
太吉　いえいえ、お話がたいへんに盛り上がっておいでのご様子、まことに結構でございます。ただ、できればもう少しお声を抑えて盛り上がっていただければよろしいので……では、おやすみなさいまし。
玉乃・君代　おやすみなさい。
作造　石川さんとおっしゃいましたな。
太吉　……はい？
作造　従業員のみなさんやご近所に、病気でお困りの方はおいでかな。

太吉　（ちょっと考えてから）おかげさまで、みんな元気にやっておりますが……お医者さまですか？

作造　そうではありませんが、まさかのときは、錦糸町の賛育会《さんいくかい》病院へいらっしゃるといい。親切に診てくれるし、料金は日本一安い。

太吉　うちはブリキでオモチャをつくりますので指を切るのはしょっちゅうですし、ときにはブリキが跳ねて顔や首をやられたりするときがありますから、ぜひ、その錦糸町の……、

作造　賛育会病院ですよ。

太吉　いいことをうかがいました。では、おやすみなさいまし。

作造　そうだ。今年二月の総選挙で、どの党に投票しましたか。

太吉　トーヒョー……はてな。

作造　普通選挙法が実施されてから今年二月まで、三回、総選挙があったわけでしょう。

太吉　それはそれは。

作造　投票はしましたか。

太吉　（半ば口の中で）トーヒョー、トーヒョー、トーヒョーと……

作造　（泣きそうな声で）二十五歳以上の男子であればだれでも、帝国議会に自分たちの代表を送り込むことができる。おわかりですか。四年前から、投票によって自分たちの抱いた「なぜ」を、議会に注ぎ込むことができるようになったんですよ。

太吉　それはようございましたなあ。

作造　……！

はらはらしながら見守っていた玉乃と君代が飛んで行き、

玉乃　ほんとうにおやかましゅうございました。おやすみなさいまし。

君代　いい夢をごらんくださいまし。

太吉　……！

玉乃、呆然としている太吉を、君代と二人で廊下下手のかなりのところまで送って行き、次の信次と作造の対話のあいだに戻って、障子を閉める。

信次　忠告。他人にいきなり、あのような政治的な質問をすべきではない。

作造　わたし流の世論調査の一種なんだがね。

信次　特高刑事だったらどうするんですか。とにかく、兄さんは無警戒に喋りすぎる。

君代　（ハッとなって）いまのことば、あなた寝言でいってらしてよ。

君代、寝言帖をめくる。

君代　……これよ、これ。作造先生が朝日新聞社を五ヶ月で退職なさったという記事を読んだあなたは、その夜、（読む）「口が軽すぎる。兄さん、あんまり無警戒すぎるよ」、

信次　そう、その寝言はまったく正しい。どこかの講演会で、こともあろうに兄さんは、「天子様と国家に対する忠義は時代おくれだ」としゃべってしまった。これはもうムチャクチャな暴言だ。たちまち非《ひ》難囂囂《なんごうごう》。朝日が兄さんを庇い切れなくなったのは当然、なによりもよく右翼から刺されなかったものだ。

玉乃　（うなずいて）短刀かざした黒い影が主人にすうっと忍び寄って行く夢……毎晩うなされていました。たしかに、朝日からの一万二千円が不意に消えたのもつらかったけど、あの夢にくらべたら、なんてことはありません。

作造　悪い夫を引き当ててしまったな。

玉乃　でも、あなたは偉かった。あれからずうっとペン先一本で病院や産院を支えていらっしゃるんですものね。

信次　忠義は時代おくれ、あれを撤回したら、兄さんはもっと偉いんだがな、尊敬に値するんだがなあ。

作造　忠義とはなにか！

あまりの大声なので、玉乃と君代が「シーッ」と制する。

作造　（抑えて）忠義とは、江戸時代に完成した考えで、〈まごころ尽くして徳川家に仕える〉というのが、その意味だ。

信次　まごころ尽くして徳川家に仕える？

作造　御用学者たちが、徳川家のために、このことばにそういう御大層な解釈を与えたわけだな。ところが、その徳川家を倒したはずの明治新政府が、このことばをこっそりくすねて、〈まごころこめて天皇に仕える〉と、そう横すべりさせてしまった。したがって、近代日本は江戸時代とさほど変わってない、仕える相手が変わっただけかもしれませんよと、あのときの講演会では、こうしゃべっただけだよ。それがなぜ……、

信次　近代日本は江戸時代と変わらない？　右翼はやはり刺すべきだった！

作造　意見のちがいを刃物で解決しようとするのはまちがいだといっているのだ！

玉乃と君代、抑えようとするが、作造と信次の「論戦」は白熱する。

信次　元禄時代に汽車が走っていたか！
作造　刃物でことばを消すことはできん！
信次　宝暦時代に地下鉄があったか！
作造　刃物よりはペンが強い！
信次　寛政に飛行機が飛んでいたか！
作造　話の筋道がちがうぞ！
信次　文化文政にデパートがあったか！
作造　そんなことを云っているのではない！
信次　天保にライスカレーがあったか！
お春　（外から）うるさい！
信次　うるさい？　兄さんこそ、ぼくのことばを封じようとしている！
作造　なにも云っていないぞ。
信次　……？
お春　これ以上、騒ぐようなら、容赦しないよ。

障子が開かれて、廊下の上手ぎわに、パジャマに旅館の半天を引っかけた「サロン春」のお春（三十二）が、くわえタバコで立っている。

お春　番頭を呼んで、表へ放り出しちまうからね。それでもいいのかい。
玉乃　おやかましゅうございました。
君代　おやすみなさいまし。

玉乃と君代が謝りながら障子を閉めようとするのを、ピタッと足で押さえ、

お春　はるばる大連《ダイレン》から、船と汽車を乗りついで、やっと何日ぶりかで布団の上で眠れると思ったらこれだもんね。いいかげんにしてくんない。

信次が灰皿を持って行く。

信次　大連の景気はいかがですかな。内地とちがって、悪くないはずだが。
お春　景気は上々。
信次　これからはもっとよくなる。
お春　……占い関係のひと？
信次　そうではないが、これからは満洲の時代だ。
お春　おかげで大連あたりは人手不足、それで人買いにきてるんだ。

「人買い」という禍禍《まがまが》しいことばに四人、一瞬、固くなる。

お春　今朝、夜行列車を静岡で降りて、集めておいてもらった娘っ子を三人、買い取って、やっと夕方、ここへ

作造　（上手奥を示して）着いたんだ。明日はあの子たちに東京見物をさせてやりたいし、あたしにも大事な大事な用がある。そいで、七時前から寝てたんだよ。それなのに、なんだい、あんたたちときたら、まったく……

お春　いまたしか、人買いと云われたようだが……。

作造　（うなずいて）糸繰《いとく》り工場《こうば》の、器量のいい女工さんを三人、大連へ連れて行くんだよ。

お春　人間を売ったり買ったりしていいのですか。

作造　みんな親に孝行したいんだよ。支度金五百円、その大金がそっくり親のふところに入るんだ。

お春　しかし、人身売買はいけない……。

作造　女はだれでも一つずつ、股倉《またぐら》に金箱《かねばこ》を持っているんだ。

お春　……股倉……金箱？

この間、下手の廊下に石川太吉が這うようにして現れ、お春の姿、その一挙手一投足を食いつくように観察している。そのうち、座敷の中まで這ってきて、お春を見る。

作造　あの三人の娘っ子にしても、そのうちに股倉をうまく使ってお店ぐらい持つはずよ。あたしがやったみたいにね。そして、しまいにはみんなしあわせになるんだ。

お春　それがほんとうのしあわせと云えるだろうか。

作造　宗教関係のひと？

信次　……いかがなものでしょうな、そういう考え方は。

お春　（お春に）堅苦しい性格のひとなんですよ、彼は。気にしちゃいけません。

作造　あんた、いい男だね。

パジャマのポケットから出したバカ派手なマッチをポンとほうる。

お春　大連にくることがあったら寄ってよ。

信次　（ラベルを読む）「大連市連鎖《れんさ》街《がい》内銀座通り　エロの殿堂サロン春」……。

お春　あたしがそこのマダムの石川お春さんてわけ。

太吉、ひっくり返らんばかりに驚く。

お春　それじゃ、あたしたちを静かに寝かしといてちょうだいね。それとも、いっしょにきて寝かしつけてくれる？

ニコッと笑って引き返そうとするお春に、太吉が全身から絞り出したような声で呼びかける。

太吉　……春子か？

お春　（振り向いて）……？
太吉　春子だろ。
お春　（半信半疑）ウソォ……
太吉　生まれは、静岡？
お春　大井川の川上《かわかみ》の山の中。
太吉　やっぱり……！
お春　兄さんね。

四人、びっくりしている。太吉とお春、少しずつ間を詰めて近寄りながら、

太吉　声、変わったな。
お春　酒とタバコとオトコのおかげ。
太吉　顔も変わった。
お春　パーマと美容整形のおかげね。
太吉　うちへ電報、くれたんだってな。
お春　今日の午後、静岡駅から打った。
太吉　かみさんがここへ電話してくれた。
お春　「アス　ユク　ヨロシク　ハルコ」
太吉　あす朝一番で帰るつもりでいたんだ。
お春　同じ宿に泊まっているなんてね。
玉乃　まあ、ご兄妹《きょうだい》だったんですか。
太吉　長いこと別れ別れになっていました。
お春　ちょうど九年ぶりね。
君代　よかったわね、おめでとう。
太吉　亡きふた親の導きでしょう。
お春　兄さん！
太吉　春子！

二人、「逢いたかった」へ跳ぶ。

（お春）逢いたかったわ
（太吉）逢いたかったよ
（二人）なつかしい　わたしの
　いもうと（お兄さん）
（太吉）いもうとだけを
（お春）兄さんだけを
（二人）想いつづけて　生きてきた　二人
（お春）元気そうね
（太吉）おかげさまでね
（二人）なつかしい　わたしの
　いもうと（お兄さん）
　これからは
　これからは
　年に一度は　どこかで　会おうよ

（この前後から、感動した玉乃と君代によるハミ

ングコーラス）

むかし二人は貧しくて
山ほどつらい苦労をした
少しは利口に　ましになったよ
だからこれから　しあわせに
手紙も書くよ
はがきも書くよ
困ったときは助け合おうよ

夢じゃないよ
夢じゃないよ
なつかしい　わたしの
いもうと（お兄さん）
三度のごはん
きちんとたべて
火の用心　元気で　生きよう
きっとね

（薄くつなぐピアノの上に次の対話）

玉乃　（心から）ご苦労なさいましたねえ。

太吉　はい。ふた親を早くに亡くしてからは、二人とも親戚中を盥回しにされ、わたしは小学四年で、浅草のお団子屋さんへ奉公に出されました。

お春　わたしは小学三年で、静岡市の糸繰り工場の見習女工に売り飛ばされたわ。工場《こうば》監督に股《もも》をさわられ、工場《こうじょう》主《ぬし》に尻をなでられ、工場主のバカ息子に胸をいじられ、仲間はつぎつぎ胸の病気で死んで行った……それで、二十二のときに、友だち三人と語らって満洲へ逃げ出したわけよ。

太吉　そこで消息が切れたんだ。浅草の団子屋から根津のコンニャク屋、それから本所のブリキ工場、住所を転々とするたびに、村役場に葉書を出しておいたんだよ。おまえからいつ連絡があっても、兄さんの住所がわかるようにね。

お春　葉書を書くひまもなかった。なにせ八年間に三度もオトコに騙されちゃって、バタバタしてたからね。

太吉　かわいそうに。

お春　わたしもオトコを四度、騙して四勝三敗、いまは大連でカフェをやってるのよ。

太吉　よかった。

お春　そいで兄さんは？

太吉　深川のブリキ工場の、いちおう社長……。

お春　（目頭を抑えて）えらいねえ。

太吉　おまえも……えらい。

お春　役場もえらい。ためしに村役場に電話を入れたら、兄さんの住所を教えてくれたんだよ。生まれて初めてよ、役場に親切にされたのは。
太吉　役場もえらいなあ。

改めて手を取り合う兄と妹。

君代　お二人とも、がんばったのねえ。
お春　そのときそのときその場その場で命がけ。それだけのことさ。
太吉　貧乏人には、それしか生きて行く手がないんだよ。
お春　だよね。

いっそう堅く手を取り合う二人に、玉乃と君代が歌いかける。

二人　逢ってよかった
逢ってよかった……

お春と太吉も、もちろん加わって、

なつかしい　わたしの
いもうと（お兄さん）
三度のごはん
きちんとたべて
火の用心　元気で　生きよう
きっとね

四人の唄、完璧にきまる、が、作造と信次が、なぜか突然、歌い出す。
ピアノが慌てて後を追う。

二人　（一回目は不揃い）
……三度のごはん
きちんとたべて
火の用心　元気で　生きよう
きっとね

顔を見合わせた作造と信次、もう一回、繰り返す。こんどはすばらしい二部合唱で歌い上げて行く。

三度のごはん
きちんとたべて
火の用心　元気で　生きよう
きっとね

四人、びっくりして見ていたが、唄がみごとにきまったところで、太吉、足を踏みならし、

太吉　ドカーンとやる。あしたは盛大にやる。

お春　(理解して) 大宴会をやるんだね。

太吉　(下手はるかを目で指して) 帳場の電話で、かみさんをここへ呼ぼう。

お春　わたしにも義姉《ねえ》さんに挨拶させてよ。

さっそく、いろんな「もしもし」の練習を始める。

お春　(気取る)「もしもし」……(甘える)「もしもし」……(純情)「もしもし」……、

太吉　どんな「もしもし」でも、うちのはよろこぶよ。

お春　(ぐっとくだけて)「もしもし」……。

太吉　みんなでもう一泊するんだ。うちの連中もよろこぶぞ。(四人に) こいつと、こうやって一日早く逢えたのも、みなさんがうんとやかましくしてくださったからこそです。あしたの宴会に席を用意しておきます。

お春　(四人に) みんなでワーッとさわごうよ。(女実業家ぶる)「もしもし」費用はわたしが持つよ。

太吉　兄さんに任せておけ。伝票にポンとハンコを捺すと、経理部長がお金をポンと出す仕組みになっているんだ。

お春　(まじめな事務員ぶる)「もしもし」、その経理部長って、義姉さんのことですか。

太吉　(うなずいて) その経理部長に電話するんだよ。

お春　(なんだか横柄に)「もしもし」……、

太吉　(伝染、嬶天下《かかあでんか》)「もしもし」……、

お春　「もしもし」「もしもし」……、

太吉　「もしもし」「もしもし」……、

二人、廊下を下手へドタバタと走り去る。……四人、……それを見送っているうちに、

作造　「三度のごはん　きちんとたべて」……みんなの願いは生活の保障にあるんだねえ。いやいや、他人事《ひとごと》のようにはいうまい。わたしたち人間のほんとうの願いがここにあったんだな。

信次が大きくうなずいたので、玉乃と君代が目をみはる。

信次　「火の用心」は、つまり、災難や災害に遭《あ》いませんように……という祈りですか。

作造　(うなずいて) だれもが切実にそれを願っている。そしてもしも運悪く、災難や災害が降りかかってくるようなことがあっても、それでもきちんとたべて行けますように……万人が心の内でそう祈っているんだ。「元気で生きよう」、これもその通り。

信次　(うなずいて) 健康は生活の基本ですからね。

作造　(うなずいて) 万が一、その健康が害《そこ》なわれるようなことがあっても、家族みんながきちんとたべて行けま

すように……！

作造、信次をしっかりと見て、

作造　（唸って）ふしぎだ。

信次　……え？

作造　ものごころついてから今まで、世の中の不幸を目にするたびに、なぜ、なぜ、なぜと問うてきたが、その無数のなぜは、結局、「三度のごはん　きちんとたべて　火の用心　元気で生きよう　きっとね」という、いまの唄の文句にまとまってしまうんだよ。

信次　（うなずいて）たしかに、ふしぎですね。

作造　いまの唄が、つまりは、ほんとうの憲法なんだな。いまの唄の下にみんなが集まればいい。この唄の文句を実現するための議会があればいい。いっそ、いまの唄を国歌にしてしまえばいい。

信次　すでに君が代があります。

玉乃と君代、ハッと緊張する。

信次　危険な冗談ですよ、兄さん。

作造　（小さく笑って）そうかな。

信次　わたしの考えはこうです。法の網をもっともっと綿密に張りめぐらせること。そして、「三度のごはん　きちんとたべて　火の用心　元気で生きよう　きっとね」という生活を国民に与えること。それが国家の、政府の夢、いや務《つと》めです。

作造　おまえの立場からいえばそうなるかもしれないな。

玉乃と君代、ほっとする。

作造　しかし、もしそうならば、しっかり性根《しようね》を据えてかかれ。

信次　性根を据える？

作造　（うなずいてから）いまの憲法と議会は、わたしの理想からは、はるかに遠い。

信次　（ムッ、しかし抑えて）……それで？

作造　しかし、その不十分な憲法や議会さえも無視して、このところつづけざまに、大事なことがらが、宮城《きゆうじよう》と軍部とのあいだで決められて行く。

信次　（呟くように）去年からの満洲事変と満洲国建国、ですね。

作造　（うなずいて）そのごたごたを外国の目から隠すために、今年は上海総攻撃を始めた……国民の未来を決める重大なことがらが次から次へと、議会の外で決められている。

信次　……そうかもしれない。

作造　そうかもしれないだと。だから性根を据えろといっているんだよ。「三度のごはん　きちんとたべて　火の用心　元気で生きよう　きっとね」、そういう政策を国民にほどこすのが務めというなら、政治の流れを帝国議会へ引き戻せ。財閥の番犬に甘んじている政党に喝《かつ》を入れろ。自分かわいさに志を失っている議員諸公の尻をひっぱたけ。(暗い未来を覗き込むような表情で) そうしないと、宮城と軍人どもが、間もなくこの国を地獄へ引きずり落としてしまうぞ。

信次　兄さん、なにか変ですよ。

玉乃　(同感) ……あなた!

君代　まさか、湯中《ゆあた》り……?

玉乃　(ピシリと) まだお湯に入っていない。

作造　日本は、国境を越えて悪いことをするな。

信次　……兄さん。

作造　国家が悪いことをすれば、それはかならず国民に返ってくるんだ。忘れるな。

信次　兄さん!

　信次たちがゾッとして見守っていると、そこへ下手から太吉とお春が駆けてくる。作造の様子がふっと元へ戻る。

太吉　あした、かみさんがまいります。どうぞ、よろしく。

お春　それが、感じのいいひとなのよ。

太吉　気のいいやつだよ。でも、こわい顔になるときもあるんだぜ。

お春　(怖い顔して) こんな?

太吉　そんなもんじゃないよ。

お春　(もっと怖い顔をして) こんな?

太吉　百面相をやっているひまに、お湯へ行ってきな。お湯からまっすぐ兄さんの座敷へくるんだぞ。今夜は徹夜で呑むんだからな。

お春　うちの女の子たちもお湯へ連れてっちゃおう。

　廊下の上手へ駆け出しかけて、玉乃と君代に、

お春　ちょっと……いつまでよそ行きを着て、かしこまっているのよ。ここは温泉なんだよ、まったく。いっしょにお湯へ行こうよ。兄さん、すぐあとで。

　上手へ駆けて入る。

太吉　(作造と信次に) だんな方も旅館の着物になさっちゃいかがですか。それじゃ、肩がこるでしょう。

　太吉、下手へ駆けて入る。

　信次、右肩をピクピクさせて、

信次　背中、流しましょう。

作造　（これまでになかったような輝くばかりの表情で）じゃあ、あすはわたしがおまえの背中を洗う。

信次　（うなずいて）ここに二泊もするんです。何度も洗いっこしましょうよ。

作造と信次、それぞれ玉乃と君代に目顔で「お湯へ行く」と告げて、座敷から出かかるが、作造、ふと立ち止まって、

作造　そういえば、これまで、信次といっしょにお湯に入ったことがなかったな。今夜が初めてだよ。これは「事件」だ。

信次　十も年が離れすぎていたのがいけなかったんですよ。

作造　なるほど、明快な答えだな。おまえはあいかわらず頭がいい。

作造と信次、「三度のごはん　きちんとたべて火の用心……」と歌いながら廊下を下手へ歩き去る。

君代　この寝言帖、どうしようか？

玉乃　（ちょっと考えてから、笑顔になり）しばらくタンスの奥にでもしまっておいたら。姉さんはそうする。

君代　（笑顔で受けて）妹もそうする。

玉乃と君代も下手へ出て行き、舞台にだれもいなくなる。

エピローグ　ふしぎな兄弟ふたたび

すぐに「ふしぎな兄弟」の前奏が始まり、六人の俳優が登場、そして歌う。

（信次）兄の作造　このあとすぐに
胸の病いで　この世を去った
（君代）議会の外で　すべてがきまる
それを見ながら　なげいて去った

（ハミングコーラス）

（作造）おとうと信次　このあとすぐに
商工省の　大臣になった
（玉乃）兄の教えが　この弟に
生かされたのか　よくはわからぬ

（ハミングコーラス）

（お春）いくさのあとに　いくさがあって
ブリキ屋のあるじ　空襲で死んだ
（太吉）いくさのあとに　いくさがつづき
大連のマダム　引き揚げ中に死んだ

（ハミングコーラス）

（六人）これでおしまい
兄おとうとのはなし
これでおしまい
兄おとうとのはなし

主要参考文献

『吉野作造選集』（十五巻・別巻一）岩波書店

赤松克麿編『故吉野博士を語る』中央公論社

太田雅夫編『試験成功法』青山社

田中惣五郎『吉野作造』未來社

田沢晴子「『民本主義』から『デモクラシー』へ」「民衆史研究」第四十二号

吉野信次『青葉集』相模書房

吉野信次『商工行政の思い出』商工政策史刊行会

吉野信次『日本国民に愬《うった》ふ』生活社

吉野信次『我國工業の合理化』日本評論社

有竹修二著、吉野信次追悼録刊行会編著『吉野信次』吉野信次追悼録刊行会

吉野作造記念館（宮城県古川市／現・大崎市古川）にはたいへんお世話になりました。感謝いたします。

初演記録

〔**父と暮せば**〕
こまつ座第三十四回公演として一九九四年九月三日から十八日まで十六日間二十回、新宿紀伊國屋ホールで上演され、ひきつづき山形県下巡演。戯曲は一九九八年五月に単行本として刊行された。
演出・鵜山仁。
配役は竹造・すまけい。美津江・梅沢昌代。

〔**黙阿彌オペラ**〕
こまつ座第三十五回公演として一九九五年一月三十一日から二月三日まで四日間六回、渋谷シアターコクーンで上演された。戯曲は一九九五年一月三十一日刊「ｔｈｅ座」第二十九号に一場のみ掲載された。
演出・栗山民也。音楽・宇野誠一郎。美術・石井強司。照明・室伏生大。音響・深川定次。衣裳・富原守武／井上純一。殺陣・國井正廣。歌唱指導・宮本貞子。宣伝美術・安野光雅。演出助手・北則昭。舞台監督・菅野郁也。制作・井上都。
配役はとら／おみつ・梅沢昌代。河竹新七・辻萬長。五郎蔵・角野卓造。円八・松熊信義。久次・大高洋夫。及川孝之進・溝口舜亮。おせん・島田歌穂。陳青年・朴勝哲。

〔**紙屋町さくらホテル**〕
一九九七年十月二十二日から十一月十二日まで、落成なった新国立劇場の開場記念公演として十九日間二十四回、同劇場中劇場［ＰＬＡＹＨＯＵＳＥ］で上演された。戯曲は一九九八年二月一日刊「せりふの時代」第六号に掲載された。
演出・渡辺浩子。音楽・宇野誠一郎。美術・堀尾幸男。衣裳・緒方規矩子。照明・服部基。音響・深川定次。振付・謝珠栄。歌唱指導・宮本貞子。方言指導・大原穣子。演出助手・篠原宏子。舞台監督・三上司。制作・新国立劇場。
配役は神宮淳子・森光子。熊田正子・梅沢昌代。浦沢玲子・深澤舞。大島輝彦・井川比佐志。丸山定夫・辻萬長。園井恵子・三田和代。戸倉八郎・松本きょうじ。針生武夫・小野武彦。長谷川清・大滝秀治。

〔**貧乏物語**〕
こまつ座第五十回・紀伊國屋書店提携公演として一九九八年十月十七日から十一月三日まで十六日間二十回、新宿紀伊國屋サザンシアターで上演された。戯曲は一九九九年二月一日刊「せりふの時代」第十号に掲載された。
演出・栗山民也。音楽・宇野誠一郎。美術・石井強司。照明・服部基。音響・深川定次。衣裳・宮本宣子。宣伝美術・安野光雅。演出助手・北則昭。舞台監督・矢野森一。制作・井上都。
配役は河上ひで・倉野章子。河上ヨシ・藤谷美紀。加藤初江・吉添文子。田中美代・田根楽子。竹内早苗・木村有里。金澤クニ・銀粉蝶。

〔**連鎖街のひとびと**〕
こまつ座第五十八回・紀伊國屋書店提携公演として二〇〇〇年六月十九日から七月二日まで十四日間十八回、新宿紀伊國屋ホールで上演された。戯曲は二〇〇〇年八月一日刊「せりふの時代」第十六号に掲載された。
演出・鵜山仁。音楽・宇野誠一郎。美術・石井強司。照明・服部基。音響・深川定次。振付・西祐子。衣裳・前田文子。歌唱指導・宮本貞子。宣伝美術・安野光雅。演出助手・川畑秀樹。舞台監督・矢野森一。制作・井上都。
配役は塩見利英・辻萬長。片倉研介・木場勝己。陳鎮中・松熊信義。今西練吉・藤木孝。石谷一彦・高橋和也。崔明林・朴勝哲。市川新太郎・石田圭祐。ハルビン・ジェニィ・順みつき。

〔**化粧二題**〕
こまつ座第六十回公演として二〇〇〇年十月二十三日から十一月五日まで十四日間十六回、新宿紀伊國屋ホールで上演された。
演出・鈴木裕美。
配役はその一・西山水木。その二・辻萬長。

〔**太鼓たたいて笛ふいて**〕
こまつ座第六十六回公演として二〇〇二年七月二十五日から八月七日まで十四日間二十一回、新宿紀伊國屋サザンシアターで上演された。ひきつづき八月十日から関東地方巡演。戯曲は「新潮」九月号に掲載された。
演出・栗山民也。
配役は林芙美子・大竹しのぶ。林キク・梅沢昌代。島崎こま子・神野三鈴。加賀四郎・松本きょうじ。土沢時男・阿南健治。三木孝・木場勝己。ピアニスト・朴勝哲。

〔**兄おとうと**〕
こまつ座第六十九回公演として二〇〇三年五月十三日から三十一日まで十九日間二十二回、新宿紀伊國屋ホールで上演された。
演出・鵜山仁。音楽・宇野誠一郎。
配役は吉野作造・辻萬長。吉野玉乃・剣幸。吉野信次・大鷹明良。吉野君代・神野三鈴。青木存義ほか・小嶋尚樹。
大川勝江ほか・宮地雅子。ピアニスト・朴勝哲。

解説

扇田昭彦

『井上ひさし全芝居』の「その六」は、一九九四年から二〇〇三年までの九年間に発表された戯曲八編を収める。広島で被爆した父と娘を描く二人芝居の名作『父と暮せば』、歌舞伎作者・河竹黙阿彌を主人公にした『黙阿彌オペラ』、新国立劇場の開場記念で初演された『紙屋町さくらホテル』、一人芝居の傑作『化粧』の増補改訂版『化粧二題』、戦中から戦後にかけての作家・林芙美子の軌跡を描く『太鼓たたいて笛ふいて』など、多彩な劇が並ぶ。特に『父と暮せば』『紙屋町さくらホテル』『連鎖街のひとびと』『太鼓たたいて笛ふいて』のように、日中戦争や太平洋戦争を背景にした作品が多い。また音楽劇に寄せる作者の強い関心を反映して、音楽劇スタイルの作品が大半を占める。

『父と暮せば』

初出は『新潮』一九九四年十月号。同名の単行本は一九九八年五月、新潮社から刊行された。新潮文庫版は二〇〇一年二月刊行（解説・今村忠純）。

初演は、鵜山仁演出によるこまつ座の第三十四回公演として一九九四年九月三日から十八日まで、東京・紀伊國屋ホールで初演された。東京の後、山形県の川西町と米沢市で上演。宇野誠一郎・音楽、石井強司・美術。

初演の竹造役はすまけい、娘の美津江役は梅沢昌代が演じた。この公演は反響を呼び、舞台は読売演劇大賞優秀作品賞を受賞。演出の鵜山仁も優秀演出家賞を受けた。同じ配役で翌九五年に再演し、広島、盛岡、札幌、東京などで上演された。九七年には同じ配役で北海道、近畿、四国、九州など全国を巡演。

その後も、この作品は配役を変えてこまつ座で繰り返し再演を重ねている。井上戯曲の中でも再演されることが多い人気作品である。

例えば、九八年は前田吟と春風ひとみ（東北各地、東京、名古屋など）、九九年、二〇〇〇年は沖恂一郎と斉藤とも子が演じ、この二人は二〇〇一年六月にはモスクワのエトセトラ劇場でも演じた。さらに二〇〇四年と二〇〇五年は辻萬長と西尾まり（関東、東海、北陸、北海道、長野など）、二〇〇八年は辻と栗田桃子のコンビが演じた（東京、鎌倉、山形など）。

全編が広島弁で書かれた作品である。舞台は日本の敗戦から三年後の一九四八年（昭和二十三年）七月、広島市の東側にある家。図書館に勤める娘・美津江と、娘を慈しみ、その将来を気遣う父の竹造。美津江は最近、図書館を訪れる木下という物理学者の青年と相思相愛の仲になった。だが、原爆で学生時代の親友の多くを失い、自分だけが生き残ったことに強い罪悪感を覚える美津江は、この恋を進める気になれない。一方、娘の「恋の応援団長」を自認する竹造は、木下青年と結婚するよう娘を懸命に説得する。

劇の展開につれて分かってくるのは、実は竹造は一九四五年八月六日の原子爆弾投下ですでに世を去った死者で、いわば幽霊だということだ。だが、この竹造は、この世に思いを残して成仏できないという、怪談などによく出てくる幽霊ではない。

作者自身が単行本と文庫版に寄せた文章「劇場の機知──あとがきに代えて」によれば、美津江は、「『しあわせになってはいけない』と自分をいましめる娘と、『この恋を成就させることで、しあわせになりたい』と願う娘とに、真っ二つに分裂して」しまう。この心の分裂状態から、彼女の積極的な心の分身として竹造が生まれる。作者が言う通り、「『娘のしあわせを願う父』は、美津江のこころの中の幻」（同）なのだ。

この作品の執筆に先立ち、井上ひさしは広島を訪れ、原爆関係の膨大な資料を渉猟し、被爆者たちの多くの手記を読み、広島弁を研究した。

この戯曲を書いた動機につき、作者は一九九五年のこまつ座公演『父と暮せば』のチラシに次のように書いた（単行本と文庫版『父と暮せば』にも「前口上」として収録）。

「あの二個の原子爆弾は、日本人の上に落とされたばかりではなく、人間の存在全体に落とされたものだと考えるからである。あのときの被爆者たちは、核の存在から逃れることのできない二十世紀後半の世界中の人間を代表して、地獄の火で焼かれたのだ。だから被害者意識からではなく、世界五十四億の人間の一人として、あの地獄を知っていながら、『知らないふり』することは、なににもまして罪深いことだと考えるから書くのである。おそらく私の一生は、ヒロシマとナガサキとを書きおえたときに終わるだろう。この作品はそのシリーズの第一作である」

このシリーズの第二作が、一九九七年に初演された『紙屋町さくらホテル』である。

『黙阿彌オペラ』

一九九五年一月発行のこまつ座の機関誌兼公演パンフレット「ｔｈｅ座」第二十九号に第一幕一場のみ掲載された。単行本は一九九五年五月、新潮社から刊行。新潮文庫版は一九九八年五月に刊行された（解説・扇田昭彦）。

一九九五年一月三十一日から二月三日まで、こまつ座の三十五回公演として、栗山民也演出により東京・シアタークーンで初演された。宇野誠一郎・音楽、石井強司・美術。

元来、この作品は前年の九四年十一月十四日から二十九日まで東京・紀伊國屋ホールで初演される予定だった。だが、作者の執筆遅れから台本が完成せず、同ホールでの公演はすべて中止された。約二カ月後の翌九五年一月から会場を渋谷のシアターコクーンに移してようやく上演されたが、会場の都合で公演はわずか四日間、六回だけという異例に短い東京公演となった。

なお、『黙阿彌オペラ』が上演されるはずだった九四年の二月にも、こまつ座は井上ひさしの新作劇『オセロゲーム』を上演する予定だったが、戯曲が完成せず、公演は中止になっている。

『黙阿彌オペラ』初演の配役は、河竹新七＝辻萬長、とら／おみつ＝梅沢昌代、五郎蔵＝角野卓造、円八＝松熊信義、久次＝大高洋夫、及川孝之進＝溝口舜亮、おせん＝島田歌穂、ピアノを弾く陳青年＝朴勝哲。

再演は九七年二月〜三月の東京・紀伊國屋ホール。久次役が松本きょうじに代わった以外は初演と同じ配役。山形・川西町、広島、九州、関東、福島、大阪などを巡演した。

三演目は二〇〇〇年二月の紀伊國屋ホール。初演と同じキャストが顔をそろえた。横浜、松山、長野、名古屋、湘南、仙台などを巡演。

井上ひさしは二〇一〇年四月九日に七十五歳で死去した。その追悼公演として、こまつ座＆ホリプロが『黙阿彌オペラ』を同年七月十八日から八月二十二日まで紀伊國屋サザンシアターで再演する（予定）。初演以来の栗山民也が演出するが、陳青年役の朴勝哲以外はすべて新キャスト。河竹新七＝吉田鋼太郎、とら／おみつ＝熊谷真実、五郎蔵＝藤原竜也、及川孝之進＝北村有起哉、円八＝大鷹明良、久次＝松田洋治、おせん＝内田慈の予定。

幕末から明治前期にかけて活躍した歌舞伎の狂言作者、河竹黙阿彌（現役時代の筆名は二世河竹新七）の三十八歳から六十六歳までの二十八年間を描く評伝劇である。

執筆に当たって作者は黙阿彌関係の研究書や評伝を詳しく調べ、三百六十本余りもある黙阿彌の作品をすべて読破したという。

嘉永六年（一八五三年）の暮れ、三十八歳の河竹新七は、河原崎座で新作を書かせてもらえない状態に絶望し、両国橋から隅田川に身投げしようとする。だが、偶然、同じ場所で自殺しようとしていた笊売りの五郎蔵と出会う。身投げを思いとどまった二人は老女とらが営む柳橋の小さなそば屋に入り、親しい仲になる。それがきっかけで、このそば屋を介し、新七の周りには新しい仲間が出来ていく。売れない落語家の円八、「身投げ小僧」の久次、米相場に失敗した浪人の及川孝之進など、いずれも失意の男たちだ。このぱっとしない男たち五人がそろったところは、日本駄右衛門、弁天小僧菊之助など悪漢五人が格好よく勢ぞろいする黙阿彌の『青砥稿花紅彩画《あおとぞうしはなのにしきえ》』（通称『白浪五人男』）のしがない男バージョンのようでもある。

彼らは器量よしの捨て子の少女おせんの将来のために金を持ち寄って株仲間を作り、毎年師走二日にこのそば屋で会合を持つことになる。

彼らの親密な語り合いは心に迫る。特に十年にわたってコンビを組んだ名優の四世市川小団次（屋号は高島屋）が死んで、新七が失意の状態にある時、仲間たちがその死を忘れさせようと懸命に知恵を絞る場面には、井上ひさしが言う、幸せな「時間のユートピア」（「ｔｈｅ座」第二号「ユートピア特集」の座談会での発言、一九八四年十月発行）が顕現しているかのようだ。

だが、第二幕、時代が明治になると、仲間たちの境遇は大きく変わる。株仲間自体は残るが、近代化の大波を受けて、新七と仲間たちの関係が一変してしまう。

新七を除く男四人は官僚に引き立てられて次々に出世し、地方銀行を設立して、銀行家に成りあがってしまうのだ。この銀行は間もなく破産し、かつての仲間たちは自殺を図ろうとするのだが、この辺には一九八〇年代から九〇年代はじめにかけての狂騒的なバブル経済とその末路に対する作者の痛烈な批判が込められている。

第二幕五場では、明治維新に伴って生まれた、上からの「演劇改良運動」が、かつての株仲間をも巻き込んで、自分の演劇観を変えようとしない新七に「転向」を迫ってくる。そして明治十二年（一八七九年）、欧化主義の先頭に立っていた新富座の座主・守田勘彌は、秋の興行のために新七に「新作オペラ狂言」を依頼する。だが、新七は「ロを『ヘ』の字に固く結んで」、この「壮大な国家的事業」を、怒りをこめて拒否する、という具合に劇は展開する。

ただし、史実ではこの年の九月、新富座で新七の新作『漂流奇譚西洋劇《かぶき》』が上演されている。これは作品の中に劇中劇として、横浜のゲーテ座で上演中だったヴァーノン一座のオペレッタ『連隊の娘』をはめこんだ作品だった（この舞台は西洋のオペラを見たことのない観客の不評を買い、興行的にも失敗した）。つまり、実際には新七はオペラを劇中劇として取り入れた新作劇を書いている。だが、守田勘彌が新七に新作オペラの脚本を依頼したというのは、おそらく井上ひさしの虚構だろう。

『黙阿彌オペラ』初演から二年後の九七年、渡辺保著『黙阿弥の明治維新』（新潮社）が刊行された。この本の中で、明治期における黙阿彌の怒りはこう書かれている。

「明治新政府にも裏切られた挫折と絶望。黙阿弥にとって、明治維新は近代の原点であると同時にその原点を大きく逸脱していく政治権力との戦いにほかならなかった。黙阿弥の一生を支配したのはこの怒りであった」

『黙阿彌オペラ』三演目の「the座」の「前口上」で井上ひさしは渡辺保のこの本に共感を込めて触れつつ、「彼(黙阿彌)を旧いとしたのは、じつは明治以降の日本人たち(むろん私たちを含めて)の精神の弱さや脆さや甘さだった」と書いた。

『紙屋町さくらホテル』

初出は一九九八年二月発行の『せりふの時代』第六号(小学館)。単行本は二〇〇一年二月に刊行された『紙屋町さくらホテル』(小学館)。この戯曲集は『貧乏物語』『連鎖街のひとびと』をも収める。

東京の新国立劇場の依頼を受けて井上ひさしが書き下ろし、一九九七年十月二十二日から十一月十二日まで、同劇場の開場記念公演として中劇場で初演された二幕劇である。当時、新国立劇場演劇部門の芸術監督だった渡辺浩子が初めて井上戯曲を演出した。宇野誠一郎・音楽、堀尾幸男・美術。

初演の配役は、神宮淳子＝森光子、熊田正子＝梅沢昌代、浦沢玲子＝深澤舞、大島輝彦＝井川比佐志、丸山定夫＝辻萬長、園井恵子＝三田和代、戸倉八郎＝松本きょうじ、針生武夫＝小野武彦、長谷川清＝大滝秀治。

初演の翌年の九八年に演出の渡辺浩子は病死した。このため、二〇〇一年四月の再演は、基本的に渡辺演出を踏まえつつ、渡辺浩子と井上ひさしの共同演出という形を取った。神宮淳子役は宮本信子に代わったが、それ以外は初演と同じ配役だった。

二〇〇三年にはこまつ座がこの作品を上演した(山形、九州、関東地方など巡演)。鵜山仁の演出。宇野誠一郎・音楽、石井強司・美術。配役は、神宮淳子＝土居裕子、熊田正子＝栗田桃子、浦沢玲子＝深澤舞、大島輝彦＝久保酎吉、丸山定夫＝木場勝己、園井恵子＝森奈みはる、戸倉八郎＝大原康裕、針生武夫＝河野洋一郎、長谷川清＝辻萬長だった。

こまつ座は二〇〇六年にもほぼ同じキャストでこの作品を再演した。二〇〇七年にも再演したが、神宮淳子役は中川安奈が演じた。

『父と暮せば』(一九九四年初演)に続き、作者が「ヒロシマ」に正面から取り組んだ戯曲の第二弾である。

俳優・丸山定夫(一九〇一〜四五年)は愛媛県生まれで、はじめは浅草オペラに加わり、榎本健一とともに根岸歌劇団のコーラス部員となった。一九二四年、丸山は小山内薫、土方与志らが創立した築地小劇場に加わり、第一期研究生となった。彼は築地小劇場の代表的俳優として活躍し、「新劇の団十郎」とも呼ばれたが、小山内の死後、築地小劇場は分裂し、丸山は土方らとともに新築地劇団を結成した。

その後、一九四二年に丸山は徳川夢声らとともに苦楽座を結成した。宝塚歌劇出身の園井恵子（一九一三〜四五年）も苦楽座に加わり、この劇団のヒロイン女優になった。

第二次大戦中の一九四五年、苦楽座は国策宣伝の巡回公演をするために組織された日本移動演劇連盟に参加し、「桜隊」を名乗った。丸山は園井恵子をはじめとする隊員たちとともに広島に駐留し、地方巡業を続けた。だが、同年八月六日、米軍は原子爆弾を投下。被爆した丸山は即死ではなかったものの、八月十六日に死去。被爆後、神戸に逃れた園井も八月二十一日に亡くなった。

桜隊をめぐるこの史実をもとに、昭和天皇の密使として全国各地を視察する海軍大将と、彼を密かに監視する陸軍中佐、桜隊の宿泊所となったホテルのオーナーである米国籍の日系二世の女性、彼女を見張る特高刑事らをからませて作者が書きあげたのがこの作品である。

舞台設定は、原爆投下が三カ月後に迫る一九四五年五月の広島。重い主題を持つ作品だが、随所に笑いが仕掛けられ、登場人物たちが宝塚歌劇を象徴する歌「すみれの花咲く頃」などを歌ったり、『無法松の一生』の稽古をしたりするなど、作品全体が新しい劇場の開場にふさわしい演劇賛歌の劇になっている。

面白いのは、丸山定夫が率いるこの移動演劇隊に、園井恵子らのプロの俳優だけでなく、身分を隠したエリートの軍人、ホテル・オーナーの日系二世の女性とその監視役の特高刑事らが加わり、にわか仕込みの新劇俳優として演劇の稽古を重ねるうちに、みんながそろって演劇の魅力に取りつかれていく展開だ。天皇の密使自身が「浮かれて」、戦争末期とは思えない楽しい時間を過ごす。演劇を軽蔑していた特高刑事までもが演劇に熱中していく過程は、三谷幸喜の優れた二人芝居『笑の大学』（一九九六年初演）とも共通する。

『無法松の一生』の稽古中、出演者の一人が自分の前の台詞をしゃべってしまうため、劇が同じところをぐるぐる回り、前に進まなくなる笑劇風の趣向もおかしい。

また、宝塚歌劇団の男役出身の園井恵子が、築地小劇場系のリアルな演技とは対照的な、宝塚の「紋切り型」の恋人の役を誇張気味にコミカルに実演してみせる場面もにぎやかな笑いを誘う。

同時にこの作品には、井上ひさしの「昭和庶民伝」シリーズなどと重なる要素が見られる。例えば、神宮淳子を執拗に「密着監視」する特高刑事は、『きらめく星座』（一九八五年初演）の憲兵を思わせる。淳子が語るアメリカの日系人収容所の話も、『マンザナ、わが町』（一九九三年初演）の中心的なテーマだった。

国が建設した新国立劇場の中劇場の柿落としに新作を書き下ろすに当たり、井上ひさしは次の二点を意識したように思われる。

第一は、戦前と戦時中に新劇を厳しく弾圧し、戦争で多くの国民を死に追いやった日本の国家指導者たちの責任を浮き彫りにすることを通して、これからの国と演劇の新しい関係を探ること。

第二は、新劇の本格的出発となった築地小劇場と戦時中の移動演劇隊の苦難を描くことによって、過去の新劇と現代の演劇をつなぐ道筋を示すこと。

つまり、この作品が描いたのは、新劇人と庶民たちから成る受難者たちの群像である。だからこそ、幕切れ近く、合唱隊に加わる登場人物たちは「この世の人とは思えないような、明るい、透明な笑顔で歌いつづけている」のだ。


『貧乏物語』


初出は一九九九年二月発行の『せりふの時代』第十号(小学館)。戯曲集『紙屋町さくらホテル』(小学館、二〇〇一年)に収録された。

初演は一九九八年十月十七日から十一月三日まで、こまつ座の第五十回公演として東京・紀伊國屋サザンシアターで行われた。演出は栗山民也。宇野誠一郎・音楽、石井強司・美術。

初演の配役は、河上ひで＝倉野章子、河上ヨシ＝藤谷美紀、加藤初江＝吉添文子、田中美代＝田根楽子、竹内早苗＝木村有里、金澤クニ＝銀粉蝶。

舞台は一九三四年(昭和九年)の春、東京・中野区相生町にあるマルクス経済学者・河上肇(一八七九〜一九四六年)の自宅。河上肇は前年の一九三三年に治安維持法違反の容疑で逮捕され、懲役五年の実刑判決を受けて小菅刑務所に入獄中だった。つまり、この劇に河上肇は登場しない。そして獄中の夫を励ましながら、留守宅を果敢に守る妻ひで、日本共産党の運動に身を投じた娘ヨシ、女中の初江、そしてさまざまな事情を抱えて河上家に身を寄せる三人の女性(元女中の美代、河上肇門下の内務官僚と結婚した早苗、新劇女優クニ)という女性ばかり六人が物語を担う。劇の進行につれて、河上家の借家は、国家権力の強風に抗して親しい女性たちが結束する一種の砦のような様相を見せていく。

題名は河上肇が一九一六年(大正五年)に大阪朝日新聞に連載し、ベストセラーになった著書『貧乏物語』(一九一七年)から取られている。

井上ひさしはすでに『頭痛肩こり樋口一葉』(一九八四年初演)で女性ばかり六人の戯曲を書いている。そしてこの『貧乏物語』も女性だけ六人の劇である。

ここで思い出されるのは三島由紀夫が書いた、やはり女性六人の傑作戯曲『サド侯爵夫人』(一九六五年初演)である。この作品の陰の主人公であるサド侯爵は獄中にあり、舞台には登場しない。そして彼をめぐる六人の女性たちのドラマが華麗な台詞術で繰り広げられる。

三島由紀夫と井上ひさし。二人の作風は百八十度違うが、獄中にある男性をめぐる六人の女性たちのドラマという点で、二つの戯曲がきわめて似た構造を持つのは興味深い。もしかしたら、井上ひさしは『サド侯爵夫人』の構造を踏まえつつ、あえて貴族趣味の三島とはまったく違う民衆志向の劇を作り出したのかも知れない。

『連鎖街のひとびと』

初出は、二〇〇〇年八月発行の『せりふの時代』第十六号（小学館）。その後、戯曲集『紙屋町さくらホテル』（小学館刊、二〇〇一年）に収録された。

初演は二〇〇〇年六月十九日から七月二日まで、こまつ座の第五十八回公演として東京・紀伊國屋ホールで行われた。鵜山仁演出で、宇野誠一郎・音楽、石井強司・美術。

初演の配役は、塩見利英＝辻萬長、片倉研介＝木場勝己、陳鎮中＝松熊信義、今西練吉＝藤木孝、石谷一彦＝高橋和也、崔明林＝朴勝哲、市川新太郎＝石田圭祐、ハルビン・ジェニィ＝順みつき。

再演は翌年の二〇〇一年十二月十二日から二十三日まで東京・紀伊國屋ホール。その後、東北、長野、北海道を巡演。石谷一彦役が中村繁之に代わった以外は初演と同じ配役だった。

日本の敗戦直後の旧満州を舞台にした喜劇的な音楽劇である。舞台は一九四五年（昭和二十年）八月末、ソ連軍の軍政下にある大連市。舞台の設定は大連の繁華街の連鎖街にあるホテルの地下室。そこに新劇の劇作家・塩見と大衆演劇の劇作家・片倉が呼ばれ、彼らはソ連軍の日本語通訳将校たちの歓迎会のために、芝居の脚本を共同で書くことになる。

その地下室にやって来た若手作曲家の石谷一彦。彼は婚約者の人気歌手ハルビン・ジェニィ（ジェニィという芸名の日本人）との再会を心待ちにしている。

だが、地下室が停電した暗がりの中に、ジェニィと彼女の昔の愛人だった俳優が現れ、二人の関係が今も続いていることを匂わせる会話を交わす。偶然、それを立ち聞きしてしまい、絶望する一彦。

そこで二人の劇作家は一計を案じ、立ち聞きした会話は実は芝居の稽古だったと一彦に思わせるための計画を練る……。

緊迫した状況下での物語だが、ジェニィらがロシア風の音楽劇『シベリアのリンゴの木』を稽古する場面の笑劇風の趣向が楽しい。

小学館刊のこの作品の末尾、「引用参考文献」の後に、作者は次のようなただし書きを付けた。

「この戯曲は、モリエール『孤客』（辰野隆訳）、モルナール『城館劇場』（鈴木善太郎訳）、ピランデッロ『ヘンリイ四世』（内村直也訳）などにその結構を仰ぎ、ギャグ（「高田の馬場」）は浅草で学んだものを用い、そして台詞は、シェイクスピアやラシーヌやチェホフなどの調子を意識して真似たところがあります」

要するに、この戯曲がさまざまな名作劇を踏まえて書かれたことを明らかにしている訳だが、ここに挙げられた作品の中でも作者が特に影響を受けたと思われるのはハンガリーの劇作家・小説家モルナール・フェレンツ（フランツ・モルナールと表記されることもある）の戯曲である。前述の作者の文章では、『城館劇場』（鈴木善太郎訳）という題名になっているが、これは英語版では、『ハムレット』第二幕第二場の「それには芝居だ」というハムレットの台詞を題名にした、モルナールの“The Play's The Thing”（一九二六年、アメリカ初演）という戯曲である。一九九〇年には三田地里穂訳による『芝居は最高！』（而立書房）という題名で刊行され、同じ年に劇団テアトル・エコーが三田地訳・演出で上演している。

このモルナールの戯曲の舞台はリヴィエラの城の一室。二人の劇作家、若い作曲家と恋人の歌手の登場、歌手と昔の愛人の会話を作曲家が偶然聞いてしまう設定、劇作家が芝居を使って恋のトラブルの解決を図る趣向など、『連鎖街のひとびと』の構成と重なる部分がきわめて多い。歌手の昔の愛人が稽古で異様に長い名前をしゃべらされて難渋するという、ナンセンス喜劇風の趣向も共通する。

つまり、井上ひさしはモルナールの劇の趣向を大幅に引用しつつ、それを日本の敗戦直後の、ロシア軍政下の大連という危機的な状況の中に組み込んだ。こうして、演劇の知恵を使って困難な事態を何とか懸命に乗り越え、生き抜いていく人々を描く喜劇が生まれた。

『化粧二題』

初出は『すばる』二〇〇〇年十二月号（集英社）。単行本に収録されるのは本巻が初めて。

初演は二〇〇〇年十月二十三日から十一月五日まで、東京・紀伊國屋ホール。鈴木裕美の演出。宇野誠一郎・音楽。石井強司・美術。その後、山形・川西町、横浜、室蘭、札幌、仙台、盛岡などを巡演した。

初演は、「その一」（第一幕）の五月洋子を西山水木、「その二」（第二幕）の市川辰三を辻萬長が演じた。

大衆演劇の女座長を描く井上ひさしの一人芝居の名作『化粧』に、幼いころに母に捨てられた過去を持つ大衆演劇の男の座長を描く一人芝居を後編として書き加え、一人芝居の二本立て構成にしたのが、この『化粧二題』である。

ただし、『化粧二題』の成立過程には多少の説明が必要になる。

『化粧』が一九八二年七月、木村光一演出、渡辺美佐子独演の地人会公演として初演された時、この作品は一幕劇だった。大衆演劇の女座長が出番を前に楽屋で化粧をしているところに、テレビ局から、座長がかつて捨てた息子と再会する話が持ちこまれる、という物語で、座長自身が抱える過去のつらい現実と、座長が演じて見せる母子再会の虚構のドラマが巧みに交錯し、観客に強い感銘を与えた。

だが、同年十二月に再演された時、作者は後半にもう一幕書き加え、二幕劇とした。そしてこの変更によって、『化粧』はまったく違う様相を見せることになった。つまり、第二幕ではどんでん返しが起こり、この劇は実は解体寸前の芝居小屋の楽屋で精神を病んだ元座長の女性が孤独に演じる切ない一人芝居であることが明らかになるのだ。

二幕構成になることによって『化粧』は名作として高い評価を受け、渡辺美佐子の名演技も加わって海外を含め数多く上演を重ねてきた。

だが、その成功を喜びつつも、同時に作者はある疑問も覚えたという。『化粧二題』初演の公演パンフレット（「the座」第四十四号）に書いた作者の「前口上」によると、「作者の頭の片隅に住みついている批評家」からこう「難詰」されたという。

「貴様は、女座長の自己発見の瞬間を書こうとしたのではなかったか。二幕劇にするために、女座長を狂女にした途端、自己発見という主題は消えてしまったのではないか」

この疑問に基づいて作者が改作したのが、この『化粧二題』である。「その一」では、改訂以前の、初演に近いテキストが使われる。前述の「前口上」に作者はこう書いている。

「『化粧二幕』を原型に戻しながら改訂をほどこし、あらたに、『捨てられた子の立場』から、もう一幕書き加えて、都合二つの自己発見劇にいたしました。それがこの『化粧二題』です」

後編の「その二」が描くのは、大衆劇団の座長・市川辰三。彼は子供の頃、母に捨てられ、川崎市のカトリックの養護施設で育てられた過去を持つ。彼の劇団は、生き別れになった母と息子が再会する長谷川伸の名作劇『瞼の母』（一九三〇年）と、同じ長谷川伸の『一本刀土俵入』（一九三一年）の二作をまぜこぜにしたような『瞼の土俵入』を得意の演目にしている。

息子との再会話が出る「その一」と対をなすように、「その二」では、座長の辰三に、カトリックの養護施設の修道士から、実の母と再会する話が持ち込まれる。そしてここでも、辰三が抱える過去のつらい現実と、彼が演ずる劇の虚構とが巧みに重ね合わされる。

楽屋にやってくる、目には見えない（つまり、実際には登場しない）修道士の「ジュール先生」はカナダ人という設定である。そしてこの設定には、作者自身が父の死と家庭の解体により、中学から高校にかけて弟とともに仙台市郊外のカトリックの児童養護施設「光ケ丘天使園」に預けられ、その施設の修道士たちの多くがカナダ人だったことが反映していると思われる。おそらく井上ひさしはこの作品に、彼自身の深い思いと少年時代の日々をも書き込んだのだ。

『太鼓たたいて笛ふいて』

初出は『新潮』二〇〇二年九月号。同名の単行本は二〇〇二年十一月、新潮社から刊行。新潮文庫版は二〇〇五年十一月刊行（解説・扇田昭彦）。

初演は二〇〇二年七月二十五日から八月七日まで、こまつ座の第六十六回公演として東京・紀伊國屋サザンシアターで上演された。栗山民也演出。宇野誠一郎・音楽、石井強司・美術。

配役は、林芙美子＝大竹しのぶ、林キク＝梅沢昌代、島崎こま子＝神野三鈴、加賀四郎＝松本きょうじ、土沢時男＝阿南健治、三木孝＝木場勝己、ピアニスト＝朴勝哲。

再演は二〇〇四年四月二日から二十九日まで紀伊國屋サザンシアターで、初演と同じ配役。神戸、名古屋、福岡、新潟、山形・川西町でも上演された。

三演目は二〇〇八年十一月二十一日から十二月二十日まで紀伊國屋サザンシアター。加賀四郎役が山崎一に代わった。

『放浪記』『浮雲』などの名作を残した作家・林芙美子（一九〇三〜五一年）の戦中・戦後を描く評伝劇である。十一曲もの劇中歌が歌われる音楽劇でもある。日中戦争が迫る一九三五年（昭和十年）から、第二次大戦を経て、戦後の一九五一年（昭和二十六年）まで、十六年間の林芙美子の軌跡をたどる。

この作品につき、作者はこまつ座の初演の公演パンフレット（「ｔｈｅ座」四十八号）にこう書いた。

「林芙美子の〈転向〉もまた、おもしろい思想問題です。日中戦争から太平洋戦争にかけての彼女は軍国主義の宣伝ガールとしてバカに派手な活躍をしました。ところが、戦後の彼女は一転して、いわゆる『反戦小説』をたくさん書きました。そこだけを見ると、なんて調子のいい女だろうということになりますが、しかし、彼女の〈転向〉には一種の凛凛《りり》しい覚悟がありました。宣伝ガール時代の自分の責任を徹底的に追求したところが、その他の月並み作家とはちがいます。わたしたちはだれでも過ちを犯しますが、彼女は自分の過ちにはっきりと目を据えながら、戦後はほんとうにいい作品を書きました。その彼女の凛凛しい覚悟を尊いものに思い、こまつ座評伝劇シリーズに登場ねがったのです」

井上ひさしは多くの評伝劇を書いたが、主人公の多くは男性で、女性を主人公にした評伝劇は、『頭痛肩こり樋口一葉』（一九八四年）と『太鼓たたいて笛ふいて』の二作だけだ。作者が深い思いをこめたこの二作は特に優れた作品となって実を結んだ。

この作品のキーワードは「物語」という言葉である。メフィストフェレスのように、林芙美子を国策協力の道に引きこむプロデューサーの三木孝がしきりに口にする言葉だ。

三木孝が言う「物語」とは、小説などの物語ではなく、「世の中を底の方で動かしている物語」、つまり国家が求める大きな「物語」だ。作家がその「物語」の方向に沿って作品を書けば、作品は大いに売れ、発禁になることもない。露骨に言えば、それは「戦さは儲かるという物語」であり、「戦さはお祭りであり、またとない楽しみごとでもある」という方向に大衆を扇動する「物語」でもある。

林芙美子は三木の「物語」に乗り、「ペン部隊」の一員として積極的に戦地に出かけていく。「物語」のプロである作家が、国家権力が仕掛ける大きな「物語」にからめ取られていくのだ。だが、新聞社の報道班員としてジャワ、ボルネオなどの南方を回るうち、彼女はようやく、「あの物語は妄想だった」ことに気づく……。

虚構の人物と思われる、この三木孝という人物が興味深い。三木はポリドールレコードの文芸部員から日本放送協会、さらに内閣情報局へと出世し、敗戦後は一転してアメリカ軍の占領政策を担う組織で「音楽民主化主任」になる。自分の変節にまったく疑問を覚えず、いつも明朗で、面倒見のいい好人物風の男。権力の動向に敏感で、いつも時流に乗っているある種のマスコミ関係者の典型のような人物だ。自分の「悪」を自覚しない、こうした普通の「いい人」こそが実は一番恐ろしい「悪」かも知れないことをこの作品は暗示している。

劇中に登場する島崎こま子（一八九二〜一九七九年）は実在の人物。作家・島崎藤村の姪で、藤村の子を妊娠し、藤村の告白小説『新生』では「岸本節子」のモデルになった。藤村と別れたこま子は年下の社会主義者と結婚し、東京の託児所で働いたが、一九三七年に過労のため町中で倒れ、板橋の養育院に収容された。関心を持った林芙美子は養育院にこま子を訪ね、インタビュー記事を雑誌『婦人公論』に書いた。つまり、林芙美子と島崎こま子の間には確かに接点があった。だが、劇中で描かれたような親しい関係はおそらく作者の虚構だろう。


『兄おとうと』

初出は『新潮』二〇〇三年八月号。同名の単行本は二〇〇三年十月、新潮社から刊行。

初演は二〇〇三年五月十三日から三十一日まで、こまつ座第六十九回公演として東京・紀伊國屋ホールで行われた。はじめは五月十一日に開幕する予定だったが、作者の執筆遅れのため、初日が二日遅れた。演出は鵜山仁。宇野誠一郎・音楽、石井強司・美術。

初演の配役は、吉野作造＝辻萬長、吉野玉乃＝剣幸、吉野信次＝大鷹明良、吉野君代＝神野三鈴、青木存義ほか＝小嶋尚樹、大川勝江ほか＝宮地雅子、ピアニスト＝朴勝哲。

再演は二〇〇六年一月十九日から二月五日まで紀伊國屋ホールで、初演と同じ配役。四国、近畿、東北、北海道などを回った。

三演目は二〇〇九年七月三十一日から八月十六日まで、紀伊國屋サザンシアター。首都圏、近畿、東海、北陸、仙台を巡演した。配役は、吉野君代役が高橋礼恵に、大川勝江役が宮本裕子に代わった以外は初演と同じキャスト。

この再演に際し、作者は男女二人組の説教強盗が出てくる愉快な場面を書き足し、劇中歌「説教強盗の唄」も追加した。このため、初演では一幕四場だった作品はこれ以後、二幕五場の作品となった。本巻にはこの増補版を収める。

大正デモクラシーを代表する有名な政治学者で、民本主義を唱えた吉野作造（一八七八〜一九三三年）と、農商務省の高級官僚、戦前の商工大臣を務めた吉野信次の兄弟を描く音楽劇スタイルの評伝劇である。

二人はともに東京帝国大学の政治学科を首席で卒業し、優等生として恩賜の銀時計をもらった。作家など在野の芸術家を主人公にすることが多い井上ひさしの評伝劇シリーズの中では、「官」の中で育ったエリート中のエリートを描くこの作品はやや異色である。

吉野作造は井上ひさしが出た仙台第一高等学校の先輩。井上ひさしは一九九八年には宮城県大崎市にある吉野作造記念館の名誉館長に就任した。こうした点も吉野作造の半生を劇化する動機になったようだ。

この作品が描くのは、一九〇九年（明治四十二年）から、作造の死の前年の一九三二年（昭和七年）までの二十三年間。全編にわたって強調されるのは、右翼などの妨害を受けながら言論の自由のために闘った作造と、有能な官僚として国家のために仕事をし、兄を「非国民」と批判する信次との鮮明な対比だ。

作造の妻・玉乃と信次の妻・君代は実の姉妹。信条の違いから、顔を合わせれば必ず対立する二人の夫の関係をよくしようと姉妹は懸命になる。

ともに頭が切れるエリートの兄弟。しかも、作造は貧しい産婦のための産院や身寄りのない子供のための保育所を作るなど、まるで一種聖者のような人物だ。こうした人物を喜劇化するのは難しい。そこで作者は、兄弟の周囲に登場する庶民たちの方を思い切って面白く描き、喜劇色を強めた。この庶民の群像を芸達者な男女の俳優二人（初演では小嶋尚樹と宮地雅子）が早変わりで演じ分ける趣向が楽しい。

中でも印象的なのは箱根湯本の温泉旅館の場面だ。久しぶりに再会した兄弟は、ここでも激しく「論戦」を続ける。だが、この同じ旅館で、貧しい境遇に生まれ、長く生き別れになっていた兄と妹が再会する。兄は今は小さなおもちゃ工場を経営し、妹は満州の大連で「エロの殿堂」のサロンを経営する。二人は仕事の違いなど気にもとめず、堅く手を取り合って、巡り会えた喜びを素直に歌い上げる。この庶民の兄妹の率直で濃い人情の世界が、誇り高いエリート兄弟の冷たい関係と鋭く対比される。吉野作造に強い共感を示しつつ、庶民との微妙な距離感をも暗示する巧みな描写である。

（文中、敬称略）

日本音楽著作権協会（出）許諾第一〇〇六四〇八—〇〇一号

井上《いのうえ》ひさし全芝居《ぜんしばい》 その六

発行 平成二二年六月三〇日

著者 井上《いのうえ》ひさし

発行者 佐藤隆信
発行所 株式会社新潮社
〒一六二―八七一一
東京都新宿区矢来町七一
電話 編集部〇三―三二六六―五四一一
読者係〇三―三二六六―五一一一
http://www.shinchosha.co.jp

印刷所 大日本印刷株式会社
製本所 大口製本印刷株式会社

ISBN978-4-10-302331-9 C0393